U0755609

世界科幻大师丛书
主编：姚海军

金·斯坦利·罗宾逊
短篇集

[美] 金·斯坦利·罗宾逊 著

崔龚荣秀 梁爽 小酹 译

The Best Of Kim Stanley Robinson

四川科学技术出版社

图书在版编目(CIP)数据

金·斯坦利·罗宾逊短篇集 / [美] 金·斯坦利·罗宾逊 著;

崔龚荣秀, 梁爽, 小酵 翻译. --成都: 四川科学技术出版社, 2023.8

(世界科幻大师丛书 / 姚海军 主编)

书名原文: The Best of Kim Stanley Robinson

ISBN 978-7-5727-1080-3

Ⅰ.①金… Ⅱ.①金 ②崔… ③梁… ④小… Ⅲ.
①幻想小说 – 小说集 – 美国 – 现代 Ⅳ.①I712.45

中国国家版本馆CIP数据核字(2023)第144402号

图进字号: 21-2021-333

世界科幻大师丛书

金·斯坦利·罗宾逊短篇集

SHIJIE KEHUAN DASHI CONGSHU

JIN SITANLI LUOBINXUN DUANPIAN JI

丛书主编	姚海军
著 者	[美] 金·斯坦利·罗宾逊
译 者	崔龚荣秀 梁 爽 小 酵

出 品 人	程佳月
责任编辑	宋 齐 姚海军
特约编辑	龙 飞
封面绘画	刘 禹
封面设计	姚 佳
版面设计	姚 佳
责任出版	欧晓春
出 版	四川科学技术出版社
	成都市锦江区三色路238号 邮政编码 610023
	官方微博: http://weibo.com/sckjcbs
	官方微信公众号: sckjcbs
	传真: 028-86361756
成品尺寸	140mm×203mm 印 张 19.75
字 数	370千 插 页 2
印 刷	四川新财印务有限公司
版 次	2023年8月成都第一版
印 次	2023年9月成都第一次印刷
定 价	72.00元

ISBN 978-7-5727-1080-3

邮 购: 成都市锦江区三色路238号新华之星A座25层 邮政编码: 610023

电 话: 028-86361770

目 录

威尼斯沉没

好不容易撵走瞌睡虫那会儿,正是黎明时分。娃儿哇哇地哭,茶壶鸣鸣地叫,屋里一股子炉烟气,水波在底下房间哗哗地拍着墙。卡洛·塔弗尔不情不愿地将自己拔出床单,爬起了床,一眼也没看自己的妻儿,穿过家里另一间房,打开门来到了屋顶。

威尼斯还数黎明时候最美,卡洛一边往运河里撒尿一边思索。可以想象,黯淡的浅紫色晨曦中,成群结队的游客们趁着美好的夏日清晨,一窝蜂涌向大运河……当然,想充分享受这一美景,少不得要忽略周围屋顶上乱七八糟的搭建物。教堂——里奥多圣雅各布教堂——周围的建筑,全数连顶层都给淹了,只好拆掉屋顶瓦,打屋梁上再建起一座座棚屋;屋梁的材料则是水里捞起来的,五花八门——有木头、条形砖、石头、金属和玻璃什么的。卡洛住的也是这种棚屋,拿木梁、圣雅各梅塔教堂的彩绘玻璃和锤扁的管子搭的,用料简直匪夷所思。他扭头看了一眼,叹了口气。从里奥多俯视的景色最佳,正好能看见红日映照圣马可教堂那球形拱顶的景象。

"你今天得去跟那些日本人碰头。"屋子里传来卡洛的老婆路易莎的声音。

"我知道。"不消说,威尼斯还是有游客的。

"别去招惹他们,先收钱,再划船,"她继续道,声音清晰地出现在了门口,"你怎么对待匈牙利人的,就怎么对待他们。他们从水里掏了什么无所谓,知道吗?都是些老皇历了。反正,这些搁水里的老旧玩意儿大家又不会当什么宝贝。"

"闭嘴,"他恹恹道,"我知道。"

"柴火、蔬菜、厕纸、童袜,这些都得买,"她说,"你现在最好的顾客可不就是这些日本人了,好好招呼他们。"

卡洛回了房间,换了衣服。套靴子的间歇,他点上了屋里最后一根烟,一边抽,一边盯着地上的那摞书——路易莎讥称那为藏书室——都是些讲威尼斯的书。这些烂烂翻翻的书卷边皱角、满是霉味,叫水汽润得都合不上了;霉迹斑斑的书页起起伏伏,仿佛雨天里的潟湖,真是一幕惨淡的景象。返回另一个房间时,卡洛用冰凉的鞋子蹭了一脚紧挨着的棚屋。

"走了。"他说着,亲了老婆孩子一人一口,"我回来得晚——他们想去托切罗。"

"他们上那儿干啥呢?"

"可能就是去逛逛。"他耸耸肩,钻出了门。

屋顶下面是街坊们泊船的小院子。卡洛顺着砖滑到了跟邻居一起建起来的狭窄漂浮船坞，穿向自己那条帆布篷的宽船。他踏上船，解开缆索，划出广场，上了大运河。

大运河上，卡洛提桨让小船顺流往下漂。这条运河素来是穿越潟湖滩涂的自然通道，它一度变得温温吞吞的，现在倒是又汹涌了起来。瓦顶、石殿化作了它的河岸，又有百千条支流汇入其中。人们在晨光中盖着屋顶房。那些认识卡洛的，挥舞着手里的锤子、绳索，跟他打着招呼；卡洛则在漂过去的时候，举着桨敷衍式地朝他们晃晃。房子建得离大运河这么近，真蠢——激流现在可是有力气冲垮旧建筑，而且这事真不少见。不过那是他们的问题了。真要说的话，威尼斯人全是些蠢货。

他一路到了圣马可内港，又划过总督府外的广场。两层楼高的总督府风采依旧，外边的交通也一如往常的拥挤。整个威尼斯也就还剩这个地方仍然人潮汹涌。卡洛喜欢这样的感觉，不过要是有贡多拉挤到面前，他也会跟别人一样，冲着对方破口大骂。他驾着船，从大教堂的窗洞划了进去。

灿烂的蓝金色穹顶下，一片嘈杂之声。房间的大部分水面上全都覆盖着漂浮码头。卡洛把船泊过去，两手各拎着一只氧气瓶踩上码头。正赶上鱼市最闹热的时候：一间间屋子里，乌鱼、潟湖鲨、三文鱼摆在摊上待售；东边彩绘窗透过来的阳光，映得一盘盘蛤蜊的壳闪闪发光;码头边上,男男女女们冒着被夹手的风险,从下边洞里的蟹笼中掏着螃蟹;乌贼喷得满桶子乌漆漆的,海绵在吐着泡泡;渔夫们扯着嗓子喊价,还不忘诋毁隔壁卖的货不新鲜。

鱼市正中间有个潜水器具摊,是卡洛的好哥们路德维克·萨列诺摆的,他的那两位日本客人正在那儿候着。卡洛打了个招呼,把氧气罐交给卡列诺拿去机器上灌氧。趁着这时间,两人语速飞快地操着意大利土话聊了起来。完事儿后,卡洛付了钱,领着俩客人回了船。卡洛拽氧气罐的当口,两人上了船,把背包塞在了帆布篷下面。

"我们准备出发去托切罗了吗?"其中一位客人问,另一位笑着重复了一遍。这两人分别叫浜田和拓。他们拿拓的名字和卡洛的姓①开了几个谐音小玩笑,不过拓的意大利语不怎么好,所以也没闹上多一会儿。这两位是四天前在萨列诺的摊上雇的卡洛。

"对。"卡洛说。他划着船出了广场,回到大运河之上,途中经过了跟广场差不多拥挤的圣玛丽亚福莫萨教堂。这之后,大运河便空荡了起来,偶有星星点点的屋顶棚子出现,打破这片无边无际的宁静。

"那个,那部分的威尼斯市,不多的人住,"浜田观察道,"房子上没有房子。"②

①拓的罗马音拼写为Taku,卡洛姓塔弗尔(Tafur),与前者发音相近。

②此处和后文中,两位日本客人说话时的语法错误是作者刻意为之,以体现二人外语的生疏。后不再注。

"确实。"卡洛回道。划过了圣若望及保禄大殿和医院,他又解释道:"医院离这儿太近了,疾病很多。就是生病,你懂吧。"

"噢,医院!"浜田点点头,拓跟着附和,"我们游览过医院,以前的威尼斯之旅的时候。在最下面房间捞起来好多个完整的雕像。"

"石狮子,"拓补充道,"许多带翅膀的石狮子,2040年水位线下面的房间。"

"是吗?"卡洛道。石狮子,他想,杵在几个日本商人满世界修的豪宅大门口……他打算换换自己的思绪,便趁着俩乘客笑谈往昔的时候,研究起他们光洁、健康、面具似的脸庞。

他们从新基码头出了城北的边界,到了潟湖上面。卡洛摇着桨破开北边涌来的细浪,又踏前一步,收了船的独帆。东边吹来的风确保了他们前往托切罗的航程一帆风顺。晨光中,身后的威尼斯看上去十分美丽,又仿佛离他们有数里之远;渐渐地,地平线似的湖水遮住了他们全部的视线。

两个日本人已停下了闲聊,正在盯着一旁看。卡洛意识到,他们正位于圣米盖尔公墓的上方。下方躺着的这座岛,数百年来一直是这座城最大的墓场。他们所经过的这一块,满是坟墓、陵寝、墓碑和方尖碑,落潮时会危害到航船……如此多怪异的白色砌块,让人不由觉得这是鱼的建筑学思想结晶。为了给客人们留个好印象,卡洛迅速在胸口画了个十字,又坐回了船头。他拉紧船帆,小船微微一侧,撞进了浪涛之中。

不到二十分钟时间,他们就已经游弋在了穆拉诺的东边。这里跟威尼斯一样由岛和运河交织而成,大洪水之前是一座古朴的小镇。不过,它没有威尼斯那么多的高楼大厦。据说一条水下暗流把整个穆拉诺岛给吞了;总之,这地方现在只剩下残垣断壁。两个日本人兴奋地聊了起来。

"那个,卡洛。我们能去这座城里看看吗?"浜田问。

"太危险了,"卡洛应道,"房子都沉到运河里了。"

客人们笑着点点头。"有人住这儿吗?"拓问。

"有的,有几个。他们在威尼斯干活,然后住在这边最高的房子里,那里的楼层没淹水。这样一来,他们就不用非得在那边城里搭屋顶棚屋了。"

两位同伴满脸问号。

"他们要躲开威尼斯的住宅短缺问题,"卡洛说,"如果你们留意的话,会发现威尼斯的住房'缺口'挺大的。"两人这次听明白了那双关语,一阵哄堂大笑。

"那个,可以住水面下的房间,如果他们有氧气瓶的话。就像我们。"浜田指了指卡洛的设备。

"是呢,"卡洛回道,"要不就长点儿鳃出来。"他鼓起眼睛,又拿手指在脖子上比画鳃的形状,逗得这俩日本人乐不可支。

过了穆拉诺,潟湖周围数里复归澄澈,四下一片碧波荡漾。浪儿颠着小船,风儿拽着手里的帆索,卡洛不由得露出享受的表情。

"暴风雨要来了。"他指着北边的水天交界处，主动提道。这场面颇为常见：急促、猛烈的暴风雨，从奥地利阿尔卑斯山来，打布伦纳山口而过，浇得波河河谷跟潟湖满头满脸，再消失在亚得里亚海中……这场面一周能见着至少一次，夏天也不例外。这也是鱼市如今开在圣马可的穹顶之下的原因之一：以前在雨里做买卖，所有人都被淋得不行了。

日本人也把云认出来了。"这里马上要下好多雨。"拓说。

浜田咧着嘴，"拓和塔弗尔，绝对的天气预言家，赚大钱！"

大家都乐了。"他在日本也这个样子吗？"卡洛问。

"是的，没错。在日本，每天都下雨——拓会说：'明天肯定会下雨。'天气预言家！"

笑声渐息，卡洛问道："雨有没有淹掉你们那里的什么城市？"

"你说什么？"

"日本有跟威尼斯一样遭遇的地方吗？"

然而他俩不想谈这话题。"我听不懂……没有，日本没有威尼斯。"浜田轻快地回道，不过脸上的笑容也没了。于是他们继续向前航行。威尼斯已消失在地平线的尽头，穆拉诺也一样看不着了。再过一会儿，布拉诺就要到了。卡洛引导着船在水浪上航行，听着同伴们彼此交流；他们一会儿用着自己那奇妙的语言，一会儿又换成了让他不停在爆笑和气到咬船舷间来回的蹩脚意大利语。

渐渐的，布拉诺蹦出了地平线；先是钟塔，然后是些许仍旧位于水面之上的房子。穆拉诺仍有居民,有一个小市场,甚至还有仲夏节,而布拉诺却空无一人。它的钟楼高高竖起角度清晰,让人联想到沉船的桅杆。布拉诺在2040年之前曾经是座岛城;现如今,它的每个屋顶旁边都成了"运河"。卡洛非常不喜欢这里,便离它远远的。两位乘客小声地用日语谈论着。

一英里①之外便是托切罗——另一座岛上鬼城。城里的钟塔高大、洁白,矗立在北边乌云之下,从布拉诺就能一眼望见。小船沉默着靠近那里。卡洛降下帆,一边让拓去船头注意暗礁,一边小心翼翼地划向城市的边缘。他们穿行在如礁石或破土的地基似的屋顶和墙壁之间。许多屋顶的瓦片和横梁已经被拿去重建威尼斯的建筑,这做法并非是头一遭:文艺复兴时期,托切罗曾经是威尼斯的小对手,那时候它的人口一度达到了两万,可到了十六、十七世纪那会儿,整个城却完全荒废了。于是威尼斯的建筑商们便跑到这里来,四处翻找上好的大理石,还有尺寸合适的阶梯……一小部分人短时间内回了托切罗,做点儿手工蕾丝的生意,接待寻求文艺气息的游客,然而水位一涨,托切罗就这么永垂不朽了。卡洛用桨推倒了一堵墙,大段的墙体歪斜着沉下了水。他忍着不去盯着瞧。

他载着乘客来到曾是广场的那片开阔水域。水域周围矗立着一些完好的屋顶,不比他们的船桅高。有石块或圆砖砌成的断壁残垣露出水面,而水中那团团阴暗昭示着墙壁就沉在下面。很难说清

---

①英美制长度单位,1英里合1.609 3公里。

小镇的街道规划曾经是什么样子。广场的一侧是仍旧坚挺的圣玛丽亚阿斯昆塔大教堂,仍旧支撑着方正、敦实的白色钟楼,仿佛其下的世界仍旧如往日那般熙熙攘攘。

"那个,我们想潜水的教堂就是这里。"浜田说道。

卡洛点点头。航行带来的快乐荡然无存。他徘徊在广场周围,准备找个平坦的地方,好让大家把水肺都穿上。教堂的附属建筑——曾经颇为庞大的一个结构——现在全沉到了水里。船的龙骨有一下甚至蹭到了屋脊。他们沿着谷仓式的中殿划过去,从高窗看到了里边:底层全被水吞没了。毫不奇怪。钟楼边侧的一扇小窗被大锤拓宽过,正对着里面的石头台阶,再往上几步就是石头地板。他们把船拴在了墙那儿,搬着装备去了石头地板。黯淡的午后光线下,室内的石块被投上斑斑点点的阴影。石块外形乃草草凿就:托切罗的居民认为世界会在千禧年,也就是公元1000年的时候终结,于是把钟楼建得颇为粗糙。卡洛笑着想到,这些人在千禧年之后活了又有多久呢。他们沿着螺旋楼梯的台阶往上,在钟室突兀的阳光中四下看着:不远处的布拉诺、远处的威尼斯……向北望去,是潟湖的浅滩和意大利的海岸。在那之外,黑色的云线就像一堵几乎淹没在地平线下的墙,但它正在上升——暴风雨要来了。

他们回返下去,穿上水肺,扑通一声跳进了钟楼旁的水里。教堂建筑群就在他们下方,黑漆漆的。卡洛慢慢带着两个日本人回到广场,然后潜了下去。水底全是淤泥,卡洛小心翼翼地避免自己踩上去。他的同伴看见了广场中间的巨大石椅(卡洛从他的一本发霉的书中看到说,它曾被称为阿提拉王座,没人知道为什么),他们互相挥手示意,游到了石椅前。他们中的一个人滑稽地试图站在海底,用他的鳍走来走去搅起了一团团淤泥。另一个也加入了他的行列。他们轮番坐在石椅上,用水下相机互相拍着照片,气泡柱从石椅上升起。卡洛想,淤泥会毁掉这些照片。当他们嬉闹的时候,他又酸溜溜地想,不知道他们打算在教堂里得到什么。

最终,浜田游到他身边,冲着教堂示意,面罩后面的眼神兴奋不已。卡洛慢慢地上下摆动着脚蹼,带着他们绕到了前面的大入口处。门已经不见了。他们游进了教堂。

里面一片漆黑,三个人都解下大手电筒,打开了它们。光束扫来扫去,浑浊的水体变得晶莹剔透。教堂内部与外部没有任何区别,地面上全是厚厚的泥浆。卡洛看着他的两个顾客游来游去,让手电筒的光束在墙壁上游走。一些水下的窗户仍旧完好无损,整个场景看着莫名古怪。偶尔光束会捕捉到一柱柱气泡,照得它们银闪闪的。

不消多大会儿,日本人就找去了大厅西端那幅瓷砖马赛克画的面前。拓(卡洛猜测)擦掉了瓷砖上的淤泥,画的色彩顿时光鲜不少。他们先看了大的那幅描绘受难、死而复生和审判日的画——真是一幅沉重的壁画。卡洛游了过去,想再仔细看看,可日本人把墙擦干净还没一会儿,就已经去了教堂另一端的大殿,那上面有另一幅马赛克画。卡洛跟了过去。

这幅画没花多久就擦干净了。待到水中的浑浊消散，三人浮了过去，手电筒的光束汇聚在露出的画面上。

那是圣母玛利亚，天主之母。她站在暗金色的背景下，怀里抱着孩子，用一种忧伤而又明了的目光注视着这个世界。卡洛摆动双腿游到了日本人上方，用灯光稳稳地照着圣母的脸。她仿佛能看到未来的一切，包括此时此刻以及未至的时日，她孩子短暂的一生，之后的一切恐怖和灾难……她的脸颊上有马赛克嵌出的泪水。一看到这些泪水，卡洛情不自禁地让自己的眼泪也混入脸颊上感受到的湿润之中。困守在海底最深处教堂里的感觉猛然侵入。这感受带来的压力让他完全无法自控，他感觉自己随时会就此崩溃。水如冰凝般静止，他打着寒战，吐出几乎连绵不断的气泡柱……圣母继续注视着。他一蹬腿转身游走，两个同伴像受惊的鱼一样跟在他后面。卡洛带着他们游出教堂，进入朦胧的光线中，出了水面，来到了船和窗洞前。

卡洛浑身滴水，坐在楼梯上脱了脚蹼，拓和浜田也爬进窗口，跟他坐在一起。他俩用日语交谈了一会儿，显然很兴奋，卡洛则黑着脸盯着他们。

浜田转向他，"那个，我们想要的图就在这儿，带着孩子的圣母。"

"啥?"卡洛吼道。

浜田眉毛一抬，"那个，我们想要把这里的图带回日本。"

"但是怎么可能！这图是拿嵌在墙里的小瓷砖拼出来的——你咋可能弄下来！"

"意大利政府允许——"拓开了腔，被浜田用手势打断。

"马赛克，是的。我们会用带来的工具——水炬。考古学的方法，你懂的。把墙一块块切下来，砖块。给它们编号——在日本找新的地方修起来。水面之上。"他再次灿烂一笑。

"你不能这么干。"深受冒犯的卡洛面无表情道。

"我不明白？"浜田回应道，可他又说，"意大利政府允许我们这样。"

"这儿不是意大利。"卡洛粗声道，甚至愤怒地站了起来。圣母去日本能有什么用？他们连天主教徒都不是。"意大利在那边。"他说着，激动之下朝东南方向瞎挥着手，毫无疑问让俩听众更迷糊了，"这里从来都不是意大利！这儿是威尼斯！共和国①！"

"我不明白。"同样的句子，声音呆呆的，"意大利政府给了我们许可。"

"老天，"卡洛说，又厌恶地顿了一顿道，"你就说还要多久？"

"时间？我们下午切割，明天下午。把砖块放在这儿，去雇威尼斯驳船把它们运到威尼斯——"

"在这儿过夜？我才不要在这儿过夜，该死的！"

---

① 威尼斯共和国始建于公元687年，1797年为拿破仑·波拿巴所灭并割让给奥地利，1866年并入意大利。

"我们给你带了睡袋——"

"不!"卡洛毛了,"我不会待这儿的,你们这些可悲的异教徒鬣狗——"他脱下了水肺。

"我不明白。"

卡洛擦干身子,穿好衣服,"我会把水肺留这儿,明天下午回来找你们,下午晚些时候。懂吗?"

"懂了,"滨田直直地盯着他,面无表情地回道,"带着驳船?"

"什么? ——行,行,我给你们找驳船,你们这些可悲的、吃臭泥的鲇鱼,兀鹫……"他骂骂咧咧地把船弄出了窗洞。

"暴雨要来了!"拓大喊着指向北边。

"见鬼去吧!"卡洛回道,推了船一把,开始摇桨,"懂吗?"

他划着船从托切罗回到潟湖。暴风雨确实实要来了:可得赶快了。他升起帆,把帆布篷拉过来,遮住除座位之外的一切。风此刻从北边吹过来,力量很强,但方向没问题。它把帆拉得紧紧的。小船在波涛汹涌的水浪上逆流行进,在墨黑的天空下拉出一道白色的航迹。幕布似的云层铺满了半边天:一半黢黑,一半亮蓝,一条线分隔了两者。卡洛猜,这有点儿像2040年的那头一场大暴雨:云仿佛黑色羊毛毯子一样横过威尼斯,倾泻了四十天的雨水。此后便再也没有任何类似的雨出现,这世上任何地方都再没见过……

此刻,他就在布拉诺的残骸旁。黑云之下,能看到的只有那七扭八歪的钟楼。他蓦然意识到,为何自己如此厌恶这番鬼镇的景象:那是威尼斯行将变成的模样,是残酷未来的模型。假使水位上升哪怕仅仅三米,威尼斯就会变成大号的布拉诺。即便水位不再上涨,留守威尼斯的人也在日渐稀少……总有一天,这儿将再无人烟。凝视圣母图时的那种悲哀感再度充斥着他,又从悲哀变成了一种深渊般的绝望。"该死的。"他骂了句,瞪着残缺的钟楼。这词宣泄不出他的感受,他也不知道怎么才能表达。"该死的。"

风暴正守在布拉诺外面。它几乎要把帆从他手里吹走。他不得不用力攥紧帆索,绑在船尾,再固定稳舵柄,又手忙脚乱地踩着倾侧的帆布篷把帆降下来,一边降一边破口大骂。他把帆降到了最后一圈,仅留了一块手帕帆暴露在风中。即便如此,船还是被扯着在水浪上飞驰,桅杆吱吱作响,仿佛随时可能撂挑子……波涛汹涌的水浪已经变得一片雪白,尖啸的风将浪尖撕得粉碎,白色的泡沫在一片昏暗中上下翻飞……

卡洛正想着要不要去穆拉诺避难,雨浇下来了。雨点比潟湖的水更冷,几乎横着砸过来。风势也越来越大,他的手帕帆都快把桅杆拽飞了……"天哪。"他又爬上了船篷,滑到桅杆上,用僵硬、不听话的手指把帆取下来。他爬回甲板上的洞里,在小船的颠簸中绝望地稳住身体。小船几乎整个歪进了水里,他急忙抓住舵柄转了一圈,险险地用船尾迎上了一波大浪。他松了一口气,浑身颤抖起来。每一个浪头似乎都比上一个大,它们在潟湖上一波又一波,没个尽头。好吧,他想,现在怎么办?下船桨?不,那不行;他必须时刻正对着水浪,而且,在这汹涌波涛中划船基本没用。他意识到,他必须随波逐流:如果错过了穆拉诺和威尼斯,那就意味着会漂去亚得里亚海了。

水浪掀得他上下翻飞的时候,他开始严肃地思考这个问题。在如此的力量中,光他的桅杆就产生了帆的作用;而风似乎是从西北方向吹过来的。水浪——他在潟湖上见过的最大的浪,也许是潟湖有史以来最大的浪——自然是跟着风的方向在推进。好吧,这意味着他到不了威尼斯,威尼斯在正南,甚至可能是西南偏南的方向。该死的。而这一切都是因为他让那两个日本人以及圣母给气昏了头。他何必在乎托切罗的一幅水淹马赛克画的命运?他曾帮外国人找到和运走垮掉的圣马可教堂里的一匹青铜马……还有不止一只象征威尼斯的石狮子……还有整座叹息桥,老天爷!他是怎么了?他为什么要关心一幅无人记得的马赛克画?

罢了,木已成舟,吃后悔药也来不及了。每个浪头都会撬起他的船尾,钻到船的下面,如果他愿意从波涛上往下看的话,会瞧见船桅杆跟海面几乎成了平行线。水浪一次次把他推向破碎、翻着白花的浪尖,所有浪头似乎都想打破甲板上他待着的那个小洞,把他淹没——而后一秒他就飞上半空,舵柄无法掌控,也毫无作用,然后又撞进下一道波浪里。每到了浪顶他都会想,这个浪会把他和船卷走,所以虽然他全身湿透,四周还风雨交加,但恐惧造成的肾上腺素反复分泌,再加上厚厚的羊毛大衣包裹,他一直感觉不到寒冷。一百多个浪头过后,他坚信下一个浪头也会一如既往安全地从他身下滑过,这让他放松了一些。除了等待,什么都不用做,保持船身紧贴浪花……他会没事的。当然,他想,他可以乘着这浪穿过亚得里亚海,去往的里雅斯特或者里耶卡,这两个下三烂的城镇取代了威尼斯,变成了亚得里亚海的女王……也可以说是亚得里亚海的公主,或者两个小荡妇……要不干脆更进一步,熬出暴风雨范围,掉头再驶回来。

此外,利多岛大部分已经变成了暗礁,这么大的浪会载着他从上面经过,他肯定会被当场掀翻。实事求是地讲,亚得里亚海非常广袤,只要在这浪涛之上犯一次错误(他也不能永远这么漂下去),他就可能会侧倾、翻船,加入那些沉在亚得里亚海海底的威尼斯人的行列。一切都是因为那幅该死的圣母画。卡洛蹲坐在船尾,根据每道水浪的具体情况调整舵柄,周围呼啸的、阴暗的、望不见边的湖水和空气堆积的混沌包围着他。他没有把其他任何东西放在心上,反而为自己能以如此完美的航海技术驶向死亡而感到高兴。但他一直回避着思考利多岛。

他就这样向前,像没有空间参照物的时候一样,失去了对时间的掌控。一波一波又一波的浪。他的船底积了水,他的精神愈发消沉。倘若船就这么逐渐进水沉没,他就走投无路了……

厉声呼啸的风中,突然出现一种低沉的轰鸣,一阵闷闷的咆哮声。他转过身对着自己被推着去往的方向,看见了一道左右延伸的白线。他的心狂跳不止,恐惧陡然炸裂开来:就是这儿了。曾经的利多岛,如今的一片绊住水浪的礁石。浪在这里被撞得粉碎。他能看见一片白沫飞上天际,再消失无踪,吓得他胆裂魂飞。船在海面上慢慢沉没的下场,突然让人更容易接受了。

突然,在那边——那一片拍礁白浪的右边——有根像是灰色手指的东西指向了昏沉的——

钟楼。卡洛被迫回头看了看载着他的水浪,想把船拉直;等他再回过头来时,它还在那里——像一座死寂的灯塔般立在那里的钟楼。"天哪!"他大声道。似乎水浪把他推到了它的北边几百米处。每当浪头把他掀起来的时候,船在浪尖滑落的速度都会有那么一瞬间跟浪头在他身下移动的速度一样快。在这一时半刻里,他若是摇动一下舵柄,船就会转过来向南逆浪而行,直到浪头在他身下升到波峰,他又不得不把船拉直。他一次又一次地重复着这种精细的操作,有时急得差点儿把船弄坏。这可要不得——他想,只要尽可能多地从水浪乐于赏赐的范围内薅取好处就够了,以及祈祷他的好运能多到够用。

利多岛越来越近。看起来卡洛应该正处在钟楼的上风口,似乎靠近利多海峡入口处的那座岛,要不就是更南边的佩勒斯特里纳那座。他无从得知,也顾不上细想。他只是为祖先能如此有远见地在这建一座坚固的钟楼而感到高兴。惊涛骇浪中,他摸索着在甲板下找到了船钩和他携带的长绳。当真可能会出现这么个问题:他好不容易靠近钟楼,结果却以几米之差无奈地与它失之交臂;或者,他直直撞上钟楼,在眼下这种大浪之中,他可不指望自己这样还能活下来。事实上他越是考虑,就越意识到靠钟楼固定自己这个办法必须得讲求精准,而且非常困难。越想越怕,他干脆不再去想,反而专心致志地在水浪中前进。

最后一道,也是最大一道浪袭来。随着船滑下浪尖,浪面变得愈发陡峭。到了最后,卡洛甚至觉得自己会被这道浪彻底冲走。高大、阴沉的钟楼耸立在前方,浪花带着尖锐、致命的轰鸣声砸碎在它周围。卡洛可以看到,湖水仿佛被什么力量抽着,越过它后面的断裂处,像是一条条虽短但无限宽阔的瀑布,那声音简直震耳欲聋。从水浪的顶端位置,卡洛似乎能直接跳进钟楼的顶窗。他拿出船钩,轻转舵柄,深呼吸了三次。轰鸣声中,水浪托着他,把他带了过去,位置刚好与石塔交错。浪砸在了石塔上,水花飞溅了他一身。他用力拉过舵柄,小船如离弦之箭,射向钟楼后方——他站起身,把船钩甩向了头上面的窗扉。钩中。他用力抓得紧紧的。

他停在了钟楼的背风面。被拍碎的水浪在船下起起伏伏,嘶嘶作响,但已失去了当初的凶猛。他依旧抓着绳子,同时单手将绳子的一端缠在船尾的帆绳栓上,另一端系在了船钩上。

船钩固定得很稳。他冒着风险往下探,将绳索牢牢系在了螺栓上。然后,他再度以身犯险:趁着扑腾得好似一锅沸水的另一波碎浪将船抬升,他从座位上一跃而起,抓向石头窗台——窗台太宽了,他没法抓实,靠着半截手掌扣在窗沿,挂在窗边好一会儿。绝望之下,他使出吃奶的力气猛地一撑,一只手趁机往里探,终于抓到了窗台内沿,好歹把自己拽上窗台,钻了进去。内侧的石头地板位于窗台下面四英尺①位置,他迅速把船钩拉进来扔在地板上,把绳子扯紧收短。

他看向窗外。小船在水面上上下下。行吧,它也许会沉掉,也许不会。而他此刻已经重获安全。意识到这一点,卡洛深吸一口气,大叫出声。他回想起自己飞过塔侧那会儿,离塔只有不到两米的距离——还被拍在塔正面的浪花溅了个满头满脸——他做得简直完美!哪怕重复一万次他也没法再做得更成功了。他迸发出胜利的笑声,听起来短促又尖利:"哈!哈!哈!耶稣基督!哇喔!"

"谁在那那那儿?"从楼上传来一句说话声,沿着楼梯飘荡下来,声音尖利刺耳,"谁谁谁谁在那儿?……"

卡洛当场僵住了。他蹑手蹑脚地走到石梯的底部,往上看去。透过洞口可以看到,上一层楼的地方闪烁着微弱的灯光。说得好听点就是,上面比其他地方都要亮上那么一些。与其说恐惧,卡罗更多的是惊讶(虽然他也很害怕),他尽可能地睁大了眼睛——

"谁谁谁谁在在那那那那儿?……"

他迅速地走到船钩旁,解开绳子,在湿漉漉的地板上摸来摸去,直到找到一坨能当作船锚的石块,把绳子固定住。他向窗外望去:

①英美制长度单位,1英尺合0.304 8米。

船还在那里,利多岛两侧仍有白色碎浪在前仆后继。卡洛提着船钩,顺着楼梯慢慢往上走。经历了这些事情之后,他觉得自己能把任何游魂野鬼砍成碎片。

一盏蜡烛灯笼的火光,闪烁在令人心神不安的空气中——他来到一个垃圾遍布的房间。

"噫!噫!"

"上帝!"

"魔鬼!死神,退散!"一道矮小的黑影挥舞着锋利的金属尖冲向他。

"上帝!"卡洛重复道,举起船钩保护自己。那道身影停住了。

"死神到底还是找上门来了。"那身影说。卡洛辨认出这是一位两手各拿着一枚绣花针的老妪。

"大错特错。"卡洛说着,感觉自己的心跳平复了下来,"我跟上帝发誓,太婆,我就只是个遭暴风雨刮到这儿来的水手。"

女人拉开黑色斗篷的兜帽,编好的白发下面,一双眯缝的眼睛正盯着他看。

"可你拿着镰刀?"老太婆疑惑道。她的脸上有几条皱纹,眼神有些涣散。

"这就是只船钩。"卡洛说,把它拿出来让她检查。她往后退了一步,威胁地举起绣花针。"只是一把船钩,我向上帝发誓。对上帝、圣玛丽、基督和所有圣徒发誓,太婆。我只是一个水手,被风暴从威尼斯吹到这儿来了。"他心里觉得有些想笑。

"是吗?"她说,"好吧,那你算是找到地方避难了。我眼睛不行了,你瞧。快进来,坐,坐。"她转身把他让进房间,"开头我在绣蕾丝做苦行,你瞧……虽然光线怎么都不够。"她举起一个钉着花边的摊帛立①。卡洛注意到图案上有很大的缝隙,就像被弄破的蜘蛛网一样。"再来点儿光。"她说着,拿起一根新蜡烛凑近正燃着的蜡烛。等点燃之后,她提着它在房间里转了一圈,又点了三根蜡烛,分别放在了桌子、箱子和衣柜上的灯笼里。她让他坐在她桌子旁的一张沉重的椅子上,他照做了。

趁着她在对面坐下的当口,他四下看了一圈。一张堆满毯子的床、箱子和铺满了各种东西的桌子……周围的石墙,还有一条通往钟楼上一层的楼梯,有一股热气吹上来。"把外套脱了吧。"妇人说道。她把摊帛立摆在椅子的扶手上,用针在上面戳来戳去,慢慢地拉扯着线。

卡洛坐了回去,看着她问道:"你一个人住在这吗?"

"一直是一个人。"她回答,"我就乐意这样。"烛光映在她脸上,让卡洛觉得她和自己的母亲或别的什么熟人有几分相似。暴风雨后,房间里显得非常平静。老太婆在椅子上弯着腰,把脸几乎贴到了摊帛立跟前。不过,卡洛还是情不自禁地注意到,她的针在明显是花边的图案之外老远的地方,漫无目的地东一下西一下乱戳。她

---

① 摊帛立(tomboli),威尼斯人制作刺绣蕾丝时垫在蕾丝下面以方便固定和刺绣的团状布垫。

可能是已经瞎了吧。每隔一段时间,卡洛就会因为兴奋和紧张而颤抖,很难相信自己已经脱离了危险。偶有片刻,他们会用一阵短暂的谈话打破沉默,又再度像一对老友似的在烛光中各自沉浸于思绪中。

"那你上哪儿找吃的呢?"又一段沉默之后,他问道,"以及蜡烛?"

"我会在底下套龙虾。渔民也会过来用食物换取蕾丝。他们可赚了,从不担心。我从来没有少给过,除了他说的……"她眯着眼,痛苦扭曲了她的脸,话音戛然而止。她拼命地戳着,卡洛偏过了头。抛开热气不说,他本身也已经暖和起来了(他没脱外套,毕竟是羊毛的),于是开始昏昏欲睡……

"他是我的灵魂伴侣,你能明白吗?"

卡洛猛地站了起来。老太婆依旧盯着她的摊帛立。

"然后——洪水刚开始那会儿,他把我扔在了这儿,扔在了这个荒凉的地方,然后跟我说了一些我永远、永远都忘不掉的话。直到死亡降临……我真希望你已经死了!"她哭道,"我真的希望……"

卡洛想起她挥舞绣花针的架势。"这里是哪儿呀?"他柔声问道。

"什么?"

"这里是佩莱斯特里纳吗?或者圣拉扎罗?"

"这是威尼斯。"她回道。

卡洛浑身颤抖着站了起来。

"我是最后一个威尼斯人,"老太婆说,"大水涨了,老天怒了,爱的誓言碎成了苦痛。我——我活着就是为了证明,再多的苦痛也要不了我的命。我会一直活到整个世界都像威尼斯这样被水淹了,我会一直活到最后只剩下我一个活着的生命,我会一直活到……"她的声音渐渐微弱。她抬起头,好奇地看着卡洛,"老实说,你究竟是谁?哦。知道了,知道了。你是个水手。"

"楼上还剩下啥没有?"他试着换个话题。

她看着他,眼睛眯缝着。最后她开了口:"话讲再多也没用。我以为我这辈子再也不会开口,即便心底的悄悄话也不会再讲半句,到头来我还是说起了话。是的,楼上那一层还完好无损,但再往上就全是废墟。闪电把钟室给劈开了,我那会儿正躺在这张床上。"她指指自己的床,起了身,"来吧,我带你去瞧瞧。"斗篷下,她的身体是如此的小。

她提上身旁的灯笼,卡洛跟在她背后,小心翼翼地踏着变幻不定的阴影上了楼。

风在这层楼里打着旋儿。从楼梯打量再往上一层楼的地方,他看见了乌黑的云层。老太婆把灯笼放在地板上,眼睛盯着楼梯,"上去看看吧。"

刚出了洞口,他们就被大风和天空笼罩了。雨已经停了。巨大的石头砌块横七竖八倒在四处,墙壁裂得乱七八糟的。

"我本以为整座钟楼都会倒掉。"她在呼啸的风中朝他喊道。他点点头,走到齐胸高的西墙边。从墙上看过去,他能看到水浪逼近,上升,砸在下面的石头上,又朝他飞溅过来。他能感觉到脚上的冲击力。它们的力量让他害怕。很难相信他居然从中幸存下来,现在已经脱离了危险。他猛地摇了摇头。在他的左右两边,白色的碎浪线标记着利多岛,如同一片黑中镶着无比宽阔的白。他看见老太婆在说话,便走回了她身边去听。

"湖水还在上涨,"她喊道,"看!还有闪电……你能看见闪电把阿尔卑斯山劈得灰飞烟灭。末日到了,孩子。岛屿全部消失,群山也再无踪影……第二天使①把他的瓶子泼向了大海,大海便成了死者之血一样的玩意儿:所有活物都死在了海里。"她不停地讲着,话语混在狂风巨浪的轰鸣中,就这么持续下去……直到卡洛——又冷又累,胸中充满了怜悯和如头顶涌动的黑云似的阴郁痛苦——用手臂搂着她瘦削的肩膀,让她转过了身。他们提着已经熄灭的灯笼,返回了她那灯火依旧亮堂的房间。这里还是很温暖,像是一处避难之所。她的念叨没有停下,他也一直止不住地颤抖。

"你一定很冷,"她胸有成竹道,从床上拉了几张毯子过来,"来,盖着。"他坐进了又大又沉的椅子里,把毯子裹在腿上,脑袋往后靠。他累了。老太婆坐在椅子上,把线绕到线轴上。沉默了几分钟后,她又开始絮絮叨叨。卡洛假寐了一会儿,换了个姿势又接着

---

① 即七大天使中的第二天使加百列,其余分别为:米迦勒、拉斐尔、乌利尔、拉贵尔、沙利叶、雷米尔。

打瞌睡,她还在继续讲呀,讲呀,讲到风暴,讲到溺水,讲到世界末日,还有失去的爱……

早上卡洛醒的时候,她不见了。黯淡的晨光照亮了她的房间:破烂的屋子、损坏的家具、虫咬过的毯子,还有一如既往丑不拉几的威尼斯玻璃做的小摆件……

太婆也没在楼下。最底下那间屋子被她用作了船库,他能看得出来。里边有两艘破旧的划艇和几个捕虾篓。最大的那个"船寮"是空着的——她可能是去检查虾篓去了,也可能是她不想白天的时候跟他说话。

他从船库蹚水绕到了船上,水不过齐膝深。他坐在船尾,重温着前一天下午的情景,又为自己还活着笑了起来。

卡洛取下帆布篷,一边用排水桶把龙骨位置的水舀掉,一边注意着老太婆的动静。他忽然记起了自己的船钩,又到楼上去取。回来之后,还是没见着老太婆的影子。他耸耸肩,下次再来跟她道别吧。他划着船绕过钟楼,离开了利多岛,又把帆升起来,朝着他猜测威尼斯所在的西北方向驶去。

那天早上的潟湖平静得如同池塘一般,万里无云的天空就像一座大教堂里的蓝色穹顶。真是太神奇了,不过卡洛倒是没有多惊讶。这几天的天气都这样,唯独昨晚的暴风雨却是另一番景象。昨晚出现的仿佛是所有暴风之母,还有潟湖有史以来最大的波浪,毫无疑问。他开始在心中组织他的故事,好讲给老婆和朋友听。

威尼斯出现在了船头前方的地平线上,正如他所想的那样:先是大钟楼,然后是圣马可和其他尖塔。钟楼……谢天谢地,他的祖先曾想爬上那里,以便离上帝更近一些——或者说离水面远一些——这种冲动救了他的命。在雨水冲刷过的空气中,通往城市的海路比以往任何时候都要美丽,甚至连以往常有的那种困扰——也就是无论你多么努力靠近,它似乎依然远在天边——都没有烦到他。这就是现在的情况,就是这样。威尼斯共和国到了。他很高兴看到它。

他仍然很饿,也非常疲倦。等进了大运河,取下船帆之后,他发现自己完全没力气划船。大雨从陆地上灌进了潟湖,大运河汹涌得像是条山溪。这一路走得很艰难。在大运河转了急弯的消防站那儿,几个正搭着新的屋顶房的朋友朝卡洛挥着手,惊讶于他居然一大早就朝上游走。"你走反了!"其中一个喊道。

卡洛虚弱地挥了挥船桨,又放了回去。"我还能不知道么。"他回道。

越过里奥多圣雅各布教堂,返回圣雅各梅塔教堂的小院子里。上了他和邻居们建的坚固的码头,走得略有点儿摇摇晃晃——小心点,卡洛。

"卡洛!"他老婆在上面尖叫道,"卡洛,卡洛,卡洛!"她从屋顶顺着梯子飞奔了下来。

他在码头上站定。到家了。

"卡洛,卡洛,卡洛!"他老婆边喊边往码头跑。

"老天,"他恳求道,"别喊了。"然后给了她一个熊抱。

"你到哪去了?那暴风雨让我好担心你,你说你昨天就会回来的,哦,卡洛,看到你我好开心……"她努力把他扶上了梯子。娃儿在哇哇地哭。卡洛坐在厨房的椅子上,满意地环视着这个小小的临时房间。咀嚼面包的间隙,他向露易莎讲了他的冒险经历:那两个日本人和他们的破坏行为,横跨潟湖的狂野之旅,钟楼上的疯女人。等讲完故事、吃完那块面包后,他没多会儿就迷糊起来。

"可是,卡洛,你还是得去把那俩日本人给接回来。"

"可去他们的吧。"他口齿不清地说,"让人毛骨悚然的小王八蛋们……他们要拆掉圣母画,我不是跟你说过?他们会把威尼斯的所有东西都拿走,每一幅画、每一座雕像、每一个雕刻、每一片马赛克全拿走……我接受不了。"

"噢,卡洛……没关系的。他们会把这些东西带去世界各地安置好,然后会说这是从全世界最棒的城市威尼斯搞来的。"

"它们应该留在这儿的。"

"好啦,好啦,快进来躺下,睡几个小时。我去问问约瑟佩乐不乐意跟你去趟托切罗,把那些砌块给拉回来。"她把他弄到两人的床上,"把水底下的东西让给他们吧,卡洛。让他们拿。"他睡着了。

他挣扎着坐了起来,老婆正摇晃着他手膀子。

"快醒醒,要迟到了。你得上托切罗去领那俩日本人。他们可还拿着你的水肺呢。"

卡洛呻吟起来。

"玛丽亚说,约瑟佩会跟你一块去,他带着船在新基码头跟你汇合。"

"该死的。"

"别磨蹭了,卡洛,我们需要那钱。"

"好吧,好吧。"娃儿在不停地哭闹。他倒回床上:"我去总行了吧,别再纠缠我了。"

他爬起床,喝掉她炖的汤,僵硬地爬下梯子,忽略了路易莎的道别和警告,回到了他的船上。他解开绳子推了一下,让船从院子里漂到圣雅各梅塔教堂的墙边。他定定地望着墙。

曾经,他记得,他曾经穿着水肺潜进了教堂里边。他坐在祭坛前面的一个石凳子上,调整着自己的配重带和氧气罐,让自己不至于漂起来,然后尝试隔着呼吸头和面罩祈祷。呼吸间吐出来的银色气泡,从水中一路冉冉上升到了天上。他也不知道自己的祷告有没有被气泡一起带走。过了一会儿,他觉得自己有点儿蠢兮兮的——倒也没有到愚蠢透顶的程度——于是游出了教堂的门。他注意到门上面有一行铭文,便停下读了起来,面罩跟石头只隔了几厘米。但使此殿之周围商贾,其律法公,其分量足,其契约信。这虽然是在告诫里奥多以前的那些高利贷,但他可以拿来用在自己身上,他想。分量足可以指配重带，不要让他的客户超重，把他们给沉海什么的……

回忆消散，他的注意力又回到了海面上，还有份工作等着他呢。他深呼吸了一口气，把船桨锁进桨架，划起了船。

水下的死物就给他们吧。威尼斯仍旧在水面上漂着呢。

（崔龚荣秀　译）

山巅之行

  三个男人坐在岩石上。这是块湿润的花岗岩,积雪微融,恰好露出岩石顶,周围裹着的积雪向四面八方铺散开去。东边,积雪一直蔓延到林木线;西边,积雪攀上一面高耸入云的岩壁。三个男人坐着的圆石是林木线到岩壁之间唯一裸露的落脚处,雪地靴的足印从北边横穿山坡,一直延伸到岩壁。三个男人沐浴在阳光下,活像三只土拨鼠。

  一个男人嚼着雪块——他下巴方短,胳膊腿儿粗壮——伸手调整缠在靴子和小腿上的蓝色尼龙绑腿。他穿着灰色运动短裤,大腿裸露着。俯身把一只靴子系进橘色塑料雪地靴里。

  坐在他身边的男人开口了:"布莱恩,我觉得我们该去吃午饭了。"这个男人身形高大,戴着按医生的方子定制的墨镜,镜片上镶着金属圈。

"彼——得,"布莱恩慢吞吞地说,"我们在这儿吃不舒坦,几乎都没地方坐。只要我们绕过了山肩,"他指向南边,"穿行就结束了,我们就到山口了。"

彼得深吸一口气,又吐出来,"我得休息。"

"好吧,"布莱恩说,"你休息。我要绕去山口,我坐腻了。"他拎起另一只橙色雪地靴,把脚上的靴子塞进雪地靴里的绑带里。

第三个男人身高中等,十分瘦削,一直目不转睛地盯着黏在内层靴上的雪霰。此刻,他拿起一只黄色雪地靴,努力想穿上它。彼得看着他的动作,叹了口气,弯下腰,把他深陷在积雪里的铝制缚绳雪地靴揪出来。

"看那只蜂鸟。"第三个男人欢喜地指着。

他指着空无一物的积雪。两个同伴向他所指的方向看去,不安地交换了个眼神。彼得摇摇头,看着自己的靴子。

"我都不知道塞拉斯山脉有蜂鸟,"第三个人说,"可真漂亮!"他犹疑地看向布莱恩,"塞拉斯山脉有蜂鸟吗?"

"这个嘛,"布莱恩说,"其实我觉得有,不过……"

"不过这次不是,乔。"彼得截断话头。

"啊,"乔盯着雪地上那个地方,"我可以发誓……"彼得忧心忡忡地绷着脸,看着布莱恩。"也许只是光在那块雪上照了一下。"乔十分困惑地说,"唉,算了。"

布莱恩站起身,拎起一个捆得结结实实的蓝色背包扛在肩头,迈下圆石,踏进雪中。他俯身调整鞋带。"我们走吧,乔,别想那个了。"他又对彼得说,"这春雪感觉不错。"

"除非你是只天杀的北极熊才会这么觉得。"彼得说。

布莱恩摇摇头,他的镀银太阳眼镜中闪出积雪和彼得的倒影。"如果你一月或二月跟我们来过,就会知道,现在是山上最好的时候。"

"夏天!"彼得一边说,一边拎起他那长长的内架型背包,"我喜欢夏天——晒晒太阳,看看花儿,随心所欲到处走,不用穿这该死的笨鞋——"他晃荡着背包,把它拎在肩上,赶紧后退几步以维持平衡(铝鞋撞上花岗岩,发出"咔咔"的声音)。他姿势扭曲地系上腰带,看着日头。快中午了。他抹抹额头。

"夏天的时候你也不跟我们来,"布莱恩一针见血,"多久了,四年了吧?"

"时间啊,"彼得说,"我压根儿没时间,这是实话。"

"一辈子都这样。"布莱恩嗤之以鼻。彼得皱着眉头,恼火地摇摇头,放过了这个话题,伸腿踏上雪地。

他们转身看着乔,他还在使劲眯着眼观察雪地。

"嘿,乔!"布莱恩说。

乔挪挪身子,抬起头。

"该走了,还记得吗?"

"哦,记得,马上就好。"乔开始准备动身。

三个男人穿着雪地靴，一步一个脚印。

布莱恩打头阵，每一步都往积雪里陷一英尺深。乔紧随其后，仔细地把黄色雪地靴踩在布莱恩的脚印上，因此他几乎不会再下陷。彼得却对脚印毫不在意，雪地靴有时落在前面的脚印里，有时落在雪上。他的雪地靴向左歪，下山的时候经常滑脚。

山坡陡峭起来，三个男人都汗涔涔的。布莱恩总是向左侧滑，于是停下来脱掉了雪地靴。山坡太过峻峭，他们连上面的岩壁也看不到了。布莱恩把雪地靴捆在自己的背包上，又背起背包。他右手戴了一只手套，这样在斜着身子前进时就能把手卡进山坡石缝里。

乔和彼得也在布莱恩刚刚停住的地方停住脚，以便做些调整。乔指着前面的布莱恩，他正穿过一段角度超过四十五度的陡坡。

"奇异的三腿山地生物，"乔笑着说，"吃雪兽。"

彼得在包里翻着找手套，"为什么我们不下山去树林里，非要横穿这操蛋的山坡呢？"

"那儿风景没这么好。"

彼得唉声叹气。乔一边等，一边摩挲着积雪，好奇地看着彼得。彼得之前在脸上涂了美黑油，汗水从前额飞流直下，带着胡茬的脸颊油亮亮地反着光。他说："是我的错觉，还是我们真的走得很费力？"

"我们走得很费力，"乔说，"横穿山脉很难的。"

他们看向布莱恩,他已经到了最陡峭路段的中间。"你俩搞这种雪地活动就是图个乐?"彼得问。

片刻之后,乔开口了。"不好意思,我们刚才在说什么?"

彼得耸耸肩,仔细地审视着乔。"你没事吧?"他问,把戴着手套的手放上乔的胳膊。

"没事。没事。我只是……忘了。又忘了!"

"每个人都会有忘事的时候。"

"我知道,我知道。"乔沮丧地叹口气,踩着布莱恩的脚印继续出发,彼得跟在后面。

从山区俯视,他们只是几个小点,是黑白汪洋中唯一移动的物体。皑皑积雪映在墨镜中,射出棱形的光芒。他们擦拭着前额,时不时停下歇口气。布莱恩遥遥领先,彼得落在后面。乔一边喃喃自语,一边谨慎地迈出每一步。他们的手套都湿了,在手腕处凝成一圈冰环。山坡上没有一丝风,甚至有点儿热;山脚下,林木线处孤零零的几棵树却在微风中摇曳。

坡度变缓,他们已过了山肩。布莱恩放下背包,拿出坐垫坐上去,仿佛在背包上扎了根。少顷,乔也坐了过来。"呼!"乔长出一口气,"这次穿行真不容易。"

"其实不难,"布莱恩答道,"只是无聊而已。"他吃着几粒 M&M

巧克力豆,一扬手,撒了一把在山脊上。"不过,我对横穿山区腻了倒是真的。我要上山脊去,这样我就能沿着它下到山口。"

乔看着通往山脊的雪墙,"是啊,那个,我想彼得和我要继续绕着走,经多丽丝湖去山口。从这里开始几乎是平路了。"

"的确。但无论如何我都要去那儿。"

"好吧,等下我们在山口见。"布莱恩看着乔,"你没问题吧?"

"放心。"

布莱恩背起行李,转身继续上山,向前弓着身子,缓缓迈出每一大步。乔看着他,自言自语道:"驼背外八脚背包怪,没错。背着房子的生物,巨型雪蜗牛,嗨哟,向大山出发,唧里格唧,唧里格唧里格唧。"

彼得出现在山肩处,漫不经心地缓步走来。他铺开坐垫,坐在乔身边。过了一阵,他的呼吸慢了下来,"布莱恩去哪儿了?"

"上面那儿。"

"我们也要去那儿?"

"我想我们可以绕去小路。"

"谢天谢地。"

"我们会经过多丽丝湖。"

"大名鼎鼎的多丽丝湖。"彼得嘲弄道。

乔冲他挥着手指,责备道:"它很美,你懂吗?"

乔和彼得走着,他们的呼吸很快就恢复了平常的节奏。他们穿过一片草地——它像露台一样镶嵌在山脊一侧,上面覆盖着满满一层球果和积雪融化的小坑洼,走在上面深一脚浅一脚。

"我的脚冻僵了。"彼得跟在乔身后几英尺处。

乔回过头答道:"这是种降温机制。我大部分的血都很温热——热到把雪握在手里,手却不会冷。但我脚冷,那里的血也变冷了。我觉得膝盖附近有个点平衡得很完美。我的膝盖感觉好极了。只要念着它,一切都舒坦。"

"我的膝盖痛。"

"唔,"乔说,"那这成了个问题。"

积雪嘎吱作响,和着靴子和雪地靴相互摩擦的声音填满了一阵沉默。彼得说:"我不明白为什么我这么累,我可是整个冬天都在打全场篮球。"

"山地可不像球场那么平整。"

乔的脚步比彼得稍快一些,慢慢地领了先。他看向左边树木茂密的山谷,却滑了几次脚,于是收回目光,盯着前方的雪地。呼吸粗糙地磨着喉咙,他抹去眉毛上的汗珠。他先是不成曲调地哼唱,不一会儿又用呼吸打节拍,每跨一步就喃喃地吐出一个词:动物,动物,动物,动物,动物,动物。炫目的雪面上斑斑点点地带着许多小孔,他看着自己的雪地靴在坑坑洼洼的雪地上踩出花纹,太阳镜框周围反射出刺眼的白光。他停下来系紧鞋带，接着抬头看向前方——几十码①外有一棵树。他以此为目标调整路线，继续向前走。

过了一阵，他到了那棵树跟前。他看着它——那是一棵又粗又矮的老杜松，四周散落着数百根松针，都各自深陷在小雪窝中。乔张了几次口，说："卢格旺普？"他摇摇头，走到树跟前，用一只手抚着它，"我不知道，你是谁？"他向前俯身，鼻尖离树皮只有几英寸②。树皮剥落，斑斑驳驳，看上去像面团皱了的表皮。他伸出胳膊，环住树干。"树——"他说，"树——"

当彼得哼哧哼哧地喘着粗气到他身边时，他还在自言自语。乔绕着树踱步，指着树前远方的一片水面——在高耸的山脊一侧有个小缺口，就像一口碗。

"那就是多丽丝湖。"他笑着说。

彼得看着那小碗中心漂浮的一块圆形积雪，无动于衷。"夏天比较常见。"乔说。彼得瘪着嘴点点头。"但那不是山口。"乔指着西面，补了一句。

碗沿西面是山脊——积雪中露出一排乌黑的峰尖——略微向下探入，伸进深处的U形冰川道。这冰川道极标致，极对称，几乎是个完美的半圆，道上铺着湛蓝的天空。乔微笑着说："那是石抱山口。那里的景色让人触目难忘。我想我看到布莱恩了，我要上去和

---

① 英美制长度单位，1码约合0.914 4米。
② 英美制长度单位，1英寸约合0.025 4米。

他会合。"

他向西进发,绕着湖边一直走,直走到可以从湖泊通往山口的山坡。这座山坡上的积雪薄一些,塑料雪地靴在裸露的花岗岩上摩擦,嘎吱作响。他动作迅速,跨着大步,配着深呼吸。坡度逐渐放缓,可以看得到山口隆起的山脊。山风吹过面颊,每一股风都比之前更强劲。等他到了半山口马鞍形的平凹处,更是狂风大作。他的衬衫被风吹得冰冷,紧贴在身上,眼中也满是泪水。他感到山风慢慢吹干了他脸上的汗水。布莱恩正在山口更高处沿着北面的山脊下山,狂风裹挟着他的喊声向乔扑过来。乔扔下行李,把双臂伸得笔直,向西边大力地挥舞。他已经到了山口。

俯瞰四周,西边的地势像马戏团环形的碗状场地,冰川在碗沿上挖了一道,又把它雕成了山口。环形山壁上几乎没有雪,一层层硕大的花岗岩在太阳下熠熠生辉。一串湖泊——光滑的白色圆点——标记出从环形山向西伸出去的山谷,海拔较低的一排排山脉向着朦朦胧胧的地平线绵延而去。

往身后看,碗状的多丽丝湖挡住了身后深谷的景色。乔转身向西回看,狂风又劈头盖脸地砸过来。布莱恩跳下鞍形凹地,向他走来,乔大声呼喊:"又是个大风天!"

"山口总是风多!"布莱恩大声喊道。他脱下背包,喘着粗气向乔走来,一边四下打量,一边说:"老兄,有一阵子,大概是一年前,我觉得我们再也不会来这儿了，"他拍拍乔的后背，声色动容地说，"你能来，我真是太高兴了。"

乔不住地点头，"我也是，我也是。"

彼得也来会合了。"看看这景色！"布莱恩喊道，同时向西挥手，"叹为观止吧?"彼得看了这环形地势一阵，点点头。他取下背包，坐在一块岩石背后，挡住山风。

"很冷。"他说。打开背包时，他的双手不停地颤抖。

"套件运动衫。"布莱恩语气尖锐，"吃点儿东西。"

乔脱掉雪地靴，在离布莱恩和彼得有一些距离的山口处徘徊。裸露的岩石支离破碎，是棕褐色花岗岩，上面覆盖着斑斑点点的地衣，橘红、骏黑、草绿。乔蹲着仔细观察一道裂缝，又捡起一块三角形的石片向西掷去，石片在空中划出一道长长的弧线。

布莱恩和彼得靠在挡风的巨石背后吃午餐，两人坐着的地方很温暖。布莱恩吃着从一大块奶酪上切下来的薄片；彼得膝盖上放着块玉米饼，他把塑料管里的花生酱挤上去，又拿起一瓶液体黄油在花生酱上喷了一股。

布莱恩看着这一坨混合物，眯起眼睛，"看起来像屎。"

"嘿，"彼得说，"不要侮辱食物。我还以为你是个实用主义呢。"

"我是，但是……"

彼得狼吞虎咽地解决玉米饼,布莱恩则继续专注于他的切奶酪事业。

"你觉得早上的徒步之行怎么样?"布莱恩问。

彼得道:"我读到过,雪地靴是平原印第安人发明的,为了在平地上用。在山区,横穿 ——"他咬一口玉米饼,"横穿山区太可怕了。"

"你以前很喜欢山上的。"

"那是在夏天。"

"现在好多了,这里没有其他人了。在雪地上,你想去哪儿都成。"

"我注意到你是这么想的。但是我不喜欢雪,太多工作要做了。"

"工作,"布莱恩奚落道,"彼得,之前那间律师事务所扭曲了你对工作的看法。"

彼得躁怒地把牙齿磨得咯咯作响,似乎受到了冒犯。两个人继续咀嚼食物,耳边飘来乔胡乱哼唱的调子。

"说到反常的想法。"彼得说。

"是啊。你一直在关注他?"

"差不多吧。不过他失去神智的时候,我也不知道怎么办。"

布莱恩向后拱拱身子,转身越过石头看去。"嘿,乔!"他喊,"过来吃午饭!"他们都看到乔被布莱恩的声音吓了一跳,但他环顾四周片刻,又回去耍弄那些岩石块了。

"他又神游了。"布莱恩说。

"那小伙子,"彼得说,"是病了。都是那些医生,真是祸害他。"

"是那次车祸害的他,医生救了他的命。你没在医院见过他那副样子,但我见过。天哪,要是十几二十年前受那么严重的伤,他一定会变成个植物人!我见到他的时候,觉得他就是个活死人。"

"是啊,我知道,我知道。他可是直接从挡风玻璃那里飞了出去。"

"但你不知道他们对他做了什么。"

"他们对他做了什么?"

"唉,他们刺激了他大脑里神经连接受损的区域,让什么轴突发芽了——也就是说,他们差不多让他的脑子长了回来!"

"让它长出来?"

"没错!当然只是长一部分——坏掉的连接,你懂的,就像海星的腕子,知道不?"

"不知道,但我相信你说的话。"彼得越过岩石看着乔,"我真希望他们让一切都长回来了,哈哈。也许他就能想起那些忘掉的日子,从悬崖边上走回来。"

"不是。据我观察,他只是忘了怎么说话。大脑重组结果的一部分,我想。没啥大不了的。"布莱恩又站起身子,"嘿,乔!来吃饭!"

"没太大妨碍,"彼得说,"比如说他忘记了'悬崖'这个词,忘了它的概念。他对自己说'我要下去到那个湖边',结果哦豁,掉下了悬崖。"

"不会,"布莱恩说,"事情不是那样的。认知概念不需要语言。"

"什么?"彼得大叫,"认知概念不需要语言?你开什么玩笑?我还以为乔才是这儿精神不正常的人呢。"

"不,说真的。"布莱恩说,突然从平时缄默内敛的状态变得兴致勃勃。"感官输入已经是一种思维了,我们处理它的方式是概念性的,这足以保护你不掉下悬崖了。"尽管嘴上这么说,他还是回头看了看。乔站着点头,好像在赞同他说的话。

"没错,语言就像隐形眼镜。"乔说。

彼得和布莱恩对视一眼。

"是在眼球后的隐形眼镜。里面有彩色滤片,是铭文玻璃做的,把物体反射到大脑的对应区域,比如树区域,或者岩石区域。"

彼得和布莱恩回味着他的话。

"所以,你的隐形眼镜掉了?"布莱恩小心翼翼地问。

"没错!"乔用赞许的眼光看着他,"差不多。"

"那现在你脑袋里有什么?"

乔耸耸肩,"我也想知道。"片刻之后,他试着表述:"我感知事物。我感觉有什么东西不对劲。也许我能用另一种语言吧,但我不确定。什么都不对劲,一切都只是……颜色,没有名字。你明白吗?"

布莱恩摇摇头,脸上带着不自觉的笑容。

"呃,"彼得说,"听起来你要更新驾照的话,怕是会有点儿问题。"三个人都笑了起来。

布莱恩站起来,把塑料袋塞回背包,对另外两个人说:"准备好山脊之行了吗?"

"等会儿,"彼得说,"我们才到这儿,再休整一会儿不好吗? 这山口应该是这趟旅程的高光时刻,我们到这儿才半个小时。"

"不止半个小时。"布莱恩说。

"还不够久,我很累!"

"我们今天才走了大概四英里,"布莱恩不耐烦道,"我们都付出了一样的努力。现在我们有一整个下午走下山脊,这是很棒的事!"

彼得从牙缝中吸进一口气,憋起来,决定不再说一个字,然后也把袋子塞进了背包。

他们都站起身,背起背包和雪地靴,准备离开山口。布莱恩对腰带最后做了些调整,彼得抬头看着他们即将攀登的山脊,乔俯瞰着西边那只岩石和积雪塑就的大碗。午后的太阳光彩炫目,一团云翳快速跨过环形山壁向他们飘来,跳上山口西侧,有那么一阵,他们都被笼罩在其中。

"看!"乔指着山口南侧的山壁大声喊道,布莱恩和彼得齐齐看过去——

一道褐色的光，一对尖角，模糊不清的四肢，远远传来岩石噼啪掉落的声音。

"一只大角羊!"布莱恩惊叹道,"哇!"他一边不停向上看,一边飞速穿过山口凹地,登上南边的山脊,"又出现了,在那儿,快看!"

乔和彼得匆匆跟在他身后。"反正你们也不可能抓得住它。"彼得说。

南边山壁多有断层且圆石密布。为了避开一个个小雪堆,他们只好弯弯绕绕地前进。他们牢牢地抓着突出的岩石,拳头紧紧地卡进岩石缝,卖力地登上齐腰高的山阶。山风贴着山脊刮过,吹得他们身上凉飕飕的。他们大口喘着粗气,时不时停下脚步。布莱恩打头阵,彼得落在后面,布莱恩和乔高声喊叫着,讨论着那只大角羊。

布莱恩和乔攀上山脊,手脚并用爬上逐渐平缓的斜坡。山脊边缘—— 一堆破碎的岩石,二十至二十五英尺宽,像一条公路——角度接近水平,但仍然很高,足以严严实实地挡住向南的视线。他们手脚麻利地攀上山脊的平坦处,南边的视野豁然开朗至几英里以外。

他们停下来观望,只见山脊起伏,海拔骤低处紧接着一座高峰。高峰远处,山体陡然下落,又耸起,起起伏伏,终于结成在一簇黑色顶峰。东边,陡峭的雪坡和山脊平行,绵延落入山谷;西边,马刺般的群峰和环形山交替往复,积雪和岩石构成一片支离破碎的荒原。

高耸的山脊在中间切断一切,放眼看去,周围没有什么可以与之相提并论。乔在坚硬的岩石上轻轻磕着靴子,念念有词道:"化石脊柱,属于原始地球生物。"

"我觉得我还是能看见那只羊。"布莱恩指着远处说,"彼得呢?"

彼得出现了,面容憔悴。他被一块岩石绊了脚,为了站稳,赶紧挪了几步。走到布莱恩和乔身边后,他猛地把背包砸在地上。

"太荒唐了,"他说,"我必须得休息。"

"巧了,我们不能在这儿扎营。"布莱恩拍着垫屁股的乱石块,讥讽道。

"我不管。"彼得说着,一屁股坐下来。

"午饭后我们只不过走了一个小时。"布莱恩反对道,"而且我们在试图追上那只大角羊!"

"累了,"彼得说,"我得休息。"

"你最近很容易累!"

一阵愤怒的沉默。

乔用温和的声音说:"你俩总是对对方撒泼。"

一阵长久的沉默。布莱恩和彼得各自看着不同方向。

乔指着山脊上的第一处洼地,那里有一小块平整的花岗岩,角落里积着砂砾,"为什么我们不去那儿扎营呢?布莱恩和我可以丢下背包去山脊上散散步,彼得可以休息,如果能找到木头,等下也许还能生火。"

布莱恩和彼得都同意这个计划,于是三个人一起去这鞍形凹地里扎营。

两个男人在山脊上奔跑,沿着山脊顶部凌乱的道路在平稳抬升的坡地上快速移动。他们跨过被冰雪和闪电撕成碎块的裸露的岩石,黑色花岗岩中突出的棕褐色球状岩石碎成了同心圆碎片。他们对山上的圆石啧啧称奇——看起来好像自山脉诞生之日起,它们就端坐在那儿了。他们从一块岩石跳上另一块岩石,肆意挥舞着从背包中解放的臂膀。布莱恩看到了大角羊的身影,指着前方大喊:"你看到了吗?"

"当然看到了。"乔头也不抬地答道。布莱恩见状,不满地哼了一声。

山脉在东侧山谷投下巨大的阴影,光线黯淡。乔从一处跃到另一处,在布莱恩身后几码①的地方不停地唠唠叨叨。"给它起名字,给它起名字。你给他起个名字。名——字。好主意。我脚上起了三个水泡,我给左脚后跟那个起名叫阿摩司。"他暂时停住,爬上一块

---

① 1码约等于0.9144米。

齐肩高的花岗岩,"我把右脚跟的起名叫克劳奇。然后还剩右脚踝前面那一个,我给它起名阿喀琉斯。这样一来,我感受到的就不是疼痛,而是像个小玩笑。我脚后跟的刺痛——"他喘着粗气说,"——是小问候,每走一步就问候一次。我是阿摩司,你好啊,乔。我是克劳奇,你好啊,乔。真奇妙。这么一想,我可能根本不用穿靴子,我应该把它们脱掉!"

"你最好还是穿上。"布莱恩一本正经地说。乔咧嘴笑着。

山坡越来越陡,山脊边缘越来越窄。他们放慢脚步,越发小心谨慎起来。碎石块被大块断裂的山体取代。他们四肢并用,叉着腿攀在山脊上,左脚在山坡东侧,右脚却在西侧。两侧的山坡角度都遽然变陡,西边更甚。太阳替陡坡描上金线,乔的手抚过山脊边缘。

山脊又宽阔起来,他们又能行走了。地上全是又硬又脆的岩石碎片,上面覆盖着地衣。"这花岗岩真好。"乔说。

"这其实是闪长岩,"布莱恩说,"闪长岩或者是辉长岩,是由长石和一些颜色更深的物质形成的。"

"哦,别跟我说那些,"乔说,"我只记花岗岩也没问题。而且,在地质学家给这些玩意儿命名之前,它们早就是花岗岩了,他们不能用那样的名字来瞎搞。"他仍然仔细观察着岩石,只是凑得更近了,"辉长岩、辉长岩……听起来像我造的词。"

他们在岩石和层出不穷的陡坡间穿来绕去。他们遇到一块从黑色花岗岩中冒出头的石英,这簇石英已支离破碎,好像曾被一把巨锤劈头砸下。"蔷薇石英。"布莱恩说,然后继续前行。乔盯着这一摊石头,嘴巴大张。他跪下来,捡起几片石英,凝视着它们。看到继续往前走的布莱恩,他站起来,自言自语道:"我要是无所不知就好了。"

顷刻之间,他们登上了顶峰,万物都在脚下。乔停在布莱恩身边,两人静静地站着,只相隔几英寸,山风围着他们呼啸盘旋。往南看去,山脉依旧连绵起伏,连接着他们第一次登上山顶时看到的巨大的顶峰群。四面八方的山峰海拔都逐渐下降,白色的积雪带着褶皱在地平线上铺开。除了山风,万物纹丝不动。布莱恩说:"我想知道,那只羊去哪儿了。"

两个男人坐在山顶上。布莱恩从一堆石头里挖出一个生锈的锡盒。"啊,"他说,"那只羊给我们留了线索。"他从盒子里拿出一张纸,"它的名字——黛安·亨特。"

"嗨,胡说八道!"乔大喊,"这算什么名字,让我看看。"他从布莱恩手中抓过盒子,盒子底朝天,一二十张纸片雨水般倾泻而出,在风中打着旋儿,往东飞去了。乔扯下一页还卡在盒子里的纸读道:"'罗伯特·斯宾塞,2014年7月20日'。这是个姓名盒,是为那些想给自己的登山之旅留点儿纪念的人准备的。"

布莱恩笑道:"怎么会有人喜欢这种东西呢? 尤其是在这种能直接走上来的山上。"他再次笑起来。

"我想我应该尽力复原一下。"乔看着山峰陡峭的那一侧,犹豫地说道。

"为了什么? 这又不会抹去他们的经历。"

"你怎么知道?"乔说,自顾自地笑着,"很有可能啊。想想吧,在整个美国,二十个人脑海中对这座山峰的记忆'噗'地消失了。"他向东挥手,"永别了……"

他们静默地坐着,山风呼啸,云朵飘过,太阳消失在地平线上。乔说着短促的话语,挥动着双臂。布莱恩一边侧耳听,一边看着云彩。某一刻,布莱恩说:"你是全新的存在,乔瑟夫。"听到这话,乔高高地昂起脑袋。

接着,他们只是坐着、看着。开始冷了。

"鹰。"布莱恩声音沉静。他们看着一点黑色在山脉附近的上升气流中翱翔。

"是那只羊。"乔说,"它是变形生物,能改变外形。"

"不是,活动方式都不一样。"

"我觉得它是。"

那黑点在风中调转方向,在世界上空绕着圈越飞越高。它不停地微调双翼,随着上升气流滑行,直到那满是棱角的巨大顶峰上空时仍在不停盘旋。突然,它向山顶一个俯冲,比自由落体坠得更快,最终隐没在了如犬牙般交错的山峰背后。"鹰，"乔吸着气，"大鹰潜水。"

他们看了看彼此。

布莱恩说："我们明天要去那儿。"

他们从宽敞的雪地上滑下来，双腿僵直，每走一步就要滑行五到十英尺，因此很快回到了营地。他们一左一右一摇一摆地下坡时，整个人仿佛在梦中行走。

"那只大角羊呢?"乔问，"我一丝踪迹也没看到。"

"或许我们出现了同一种幻觉吧，"布莱恩说，"他们是怎么说这种现象的?"

"会传染的'二连性精神病'。"

"我不喜欢这种说法。"他们顿了顿，从高高的雪堆上滑下来，双腿打直，像在滑雪似的。"希望彼得已经把火生起来了，这儿太他娘的冷了。"

"心灵景观的一个特征。"乔又开始自说自话，"当然了，怎么会不是呢? 我跟你说，它看上去和我预想的差不多。怪不得我总是把事情搞混。你看到的或许只是我一时的想法，正在逃离荒原。大角羊，当然啦。"

不久，他们看到了彼得所在的鞍形凹地，远远的在下面宽阔的岩石上，还有一抹雀跃的橙黄。他们号叫着："火啊! 火!"

营地在花岗岩斜坡之间的沙地上。他们向彼得打完招呼，便饿虎扑食般冲向背包，在里翻面找。乔拿出汤锅，塞满雪，架在火上，然后在彼得身边坐下。

"你俩去了好久，"彼得说，"找到那只羊了吗？"

乔摇摇头，"它变成了一只鹰。"他把锅向大火上挪了挪。"你生了火，我太开心了，"他说，"在这种大风里，生火肯定很不容易。"他开始脱靴子。

"也没多少木头，"彼得说，"但我在那儿找到了一棵枯树。"

乔皱着眉头，把一根燃烧的树枝往里捅了捅。"杜松，"他满意地说，"好木头。"

布莱恩也来了，穿着羽绒服、羽绒裤和羽绒短靴。彼得又沉默了。乔一直盯着彼得，因此注意到了这一点，于是又皱起了眉头。他僵硬地站起来，去取背包里的羽绒短靴，随后回到火堆边，脱掉靴子。他双脚雪白，闷出了褶皱，还长着几个红色水泡。

"看起来很痛。"彼得说。

"不痛。"他大口吞着锅里渐渐融化的雪，接着又穿上靴子。

他们沉默地看着火焰。

乔开口了，"还记得那次你俩在我们公寓的客厅里打架吗？"

"记得，我们把地毯都烧了。"

"还摔了那盏从没亮过的台灯——"

"然后你就像疯了一样!"布莱恩笑道,"你疯了,还想把我的耳朵咬下来。"他们都笑了,彼得点着头,尴尬又得意地咧嘴笑着。

"那次是彼得赢了。"乔说。

"没错,"布莱恩说,"把我的肩膀按在垫子上——那次是按在地毯上。全世界的疯子都是这么赢的。"

彼得缓缓点头,一副官方批准的模样。"但是今晚我没法揍你,"他坦白道,"我太累了,我觉得我没法子胜任这次雪地露营。"

"你这些天都很健壮,"布莱恩对他说,"但我跟你说,今天你跟我们走的是激进路线。老实说,据我所知,没几个人愿意跟我们来。"

"那乔呢?去年大部分时间他可都卧床不起。"

"是啊,但他现在疯了。"

"我之前才是疯了!"乔不满道,他们都笑起来。

布莱恩把通心粉倒进锅,挪到彼得身边的一块岩石上坐下,好看着锅。他们开始聊学生时代同住的往事,乔一边听一边咧嘴笑着。他差点儿把锅打翻,惹得另外两人惊呼不已。彼得说:"这黑色的玩意儿是锅,乔瑟夫,这橙黄色的是火——要记住。"乔咧嘴笑着。蒸汽从锅上腾起,在习习晚风中向东飘去。

三个男人在火堆边团团而坐。乔缓缓站起身,小心翼翼地去了背包边。他展开防潮地垫,拉出睡袋,又直起身。夜晚的星子高悬在西天,天色越来越暗。身后,他的老朋友布莱恩正被彼得的话逗得阵阵发笑。

东方也有明星高悬,仍有一片天空是浅浅的蓝天鹅绒色,山风吹拂着,十分轻柔。乔捡起一块石头,仔细打量,"岩石。"他把岩石紧握在拳中,冲着晚星晃一晃,把它抛向天空,"岩石!"他俯视着山脉:像从蓝白之间挣脱的黑龙的脊梁,像混沌之中的一抹意识,是牢不可破的连绵群峰——

"嘿,乔瑟夫!你这个呆子!"

"空间工程!"

"——快来看你的锅,不然它要把火压灭了。"乔咧嘴笑着,走到木堆边,取出更多木头架在火上,直到火焰在薄暮中闪出耀眼的橙黄色。

（崔龚荣秀　译）

梦醒之前

　　然后他醒了过来，一切只是梦一场。

　　梦里，阿伯内西站在陡峭的岩脊上，岩屑坡体从山脊上垮塌下来，掉进环抱着一汪小小湖泊的冰川盆地。湖心是钴蓝色的，湖边上围着一圈海宝石蓝。山岩上，一块块微微闪光的草皮蔓延生长，斑斑驳驳，好像土拨鼠在上面安了家。周围没有一棵树，灌进喉咙的空气寒冷而稀薄，放眼望去，他能看到数英里之外绵延的山脉。尽管一切都纹丝不动，天地间仍有一股足以横扫一切的力量，像呼啸而过的狂风一般，不放过万物的每寸肌理。

　　"该死的，你醒醒。"一个声音说。他背后被人推了一把，和落石一起跌落山脊，引发一场小规模山崩。

　　他站在一间宽敞的白色房间里。屋里到处堆着各种尺寸的玻璃箱子，四五个一摞，每个箱子里都有一只熟睡的动物：猴子、老鼠、狗、猫、猪、海豚、乌龟。"不，"他后退一步，"千万不要。"

一个留着胡须的男人走进房间。"快点儿,醒醒,"他毫不客气,"该回去了,弗雷德。竭尽全力才是我们唯一的希望。开始失去意识的时候,你必须得跟它对抗,保持清醒!"他抓着阿伯内西的胳膊,让他坐在一箱松鼠上。"现在,听好了!"他大喊,"我们正睡着! 我们在做梦!"

"谢天谢地。"阿伯内西说。

"先别急! 我们同时也醒着。"

"我不相信你。"

"不,你信!"他把一大卷图纸拍到阿伯内西胸前。图纸散开,滚落着铺了一地,图纸上有一些凌乱的黑色线条,显得有些污糟。

"看起来像乐谱。"阿伯内西心不在焉地说。

留胡子的男人大喊:"没错! 没错! 这就是我们的大脑弹奏的乐章,特别贴切! 小提琴如怨如诉的琴音如日出冰消——那曾是属于我们的东西,弗雷德。那是意识。"他双手猛扯自己的胡须,看起来痛苦万分,"突然落入低音区,琴弓反复拉扯,幸福地入眠,是的,是的! 到了夜间,那鬼魅般的乐器:号角、双簧和大提琴,伏在低音部一丝一缕地吐出即兴小调,越拉越长,越拉越长,直到小提琴再起铮鸣。是啊,弗雷德,完全贴合我们的意识!"

"谢谢夸奖。"阿伯内西说,"不过你没必要喊那么大声,我就在这儿。"

"那就醒来,"那男人凶神恶煞,"醒不来,是不是! 魇住了,是不是！跟我们其他人一样,奏着新的乐谱。看看这里吧——快速眼动期和意识和深度睡眠随机混合交织,我们都变成了梦游的人！一步步走进清醒的噩梦。"

透过男人的胡须,阿伯内西看到他满嘴长着的居然都是门牙。阿伯内西缓缓挪到门边,夺门而逃。男人猛扑上来,他被掼倒,两人一起滚落在地。

阿伯内西醒了过来。

"啊哈。"那男人说——他是温斯顿,实验室管理员。"所以现在你信我了,"他一边酸溜溜地说,一边揉着胳膊肘,"我想我们应该把它写在墙上。如果我们都开始失去意识,根本就不会记得以前是什么样,那时候一切就都完蛋了。"

"我们在哪儿?"阿伯内西问。

"在实验室,"温斯顿答道,言语间的耐心满得要溢出来,"我们现在住在这儿,弗雷德。记得吗?"

阿伯内西环顾四周,实验室很大,灯火通明。几张记录着脑电波的图纸散落在地,黑色工作面板从墙上伸出,上面堆满了仪器。角落里,一只笼子里关着两只老鼠。

阿伯内西猛地摇摇头。一切都回来了。他现在醒着,但梦也是真真切切。他喘着粗气,走到房间小窗边,看到下方城市上空有烟雾升起,"吉尔在哪儿?"

温斯顿耸耸肩。他们匆匆穿过实验室另一端的门,进入一间放着小床和毯子的小屋。里面空无一人。"她可能又回家里去了。"阿伯内西说。温斯顿躁怒又担忧地说:"我去院子里看看。"他低声嘶吼,"你最好去家里。小心点儿!"

弗雷德早已出了门。

大街上,撞毁的车辆几乎堵塞了许多地方,但情形和上次阿伯内西冒险回家时相比并没有什么变化,因此一切顺利。郊区烟雾弥漫,让人窒息,闻起来像焚烧炉的气味。开车经过加油站时,一个攥着油泵把手的职员一脸不可思议地盯着他,然后冲他挥挥手。阿伯内西没有理睬。在某次这样的险途中,他曾碰到有人想持刀捅他,这次他可不想再碰到了。

他在家门前的路边停好车。或者说,家的残骸前——之前有房子的地方如今几乎是一片焦土,比胸口更高的唯有黑黢黢的烟囱。

他从自己的旧福特老爷车里下来,缓步穿过烙着黑脚印的草坪。远处,一只狗在不停地狂吠。

吉尔正站在厨房里自顾自地哼着小曲,把黑乎乎的东西搬来挪去。阿伯内西在她面前的侧院里停下脚步,她抬起头,眼睛抽搐。"你回来啦,"她兴高采烈地说,"今天过得怎么样?"

"吉尔,我们出去吃晚饭吧。"阿伯内西说。

"但我已经在做饭了!"

"我看见了,"他迈过曾是厨房墙壁的废墟,拉住她的胳膊,"不用担心那个,我们快走吧。"

"哎呀,哎呀。"吉尔说,用一只乌漆嘛黑的手剐蹭他的脸,"今晚你不浪漫一把?"

阿伯内西努力咧开嘴巴,挤出个笑容,"当然要。来吧。"他小心翼翼地把她牵出房子,穿过院子,又帮着她坐进老爷车。"真绅士,"她点评道,两只眼珠骨碌碌直打转。

阿伯内西坐进车里,发动引擎。"不过,弗雷德,"他妻子问,"杰夫和弗兰怎么办?"

阿伯内西看着窗外。"他们有保姆呢。"半晌,他终于说道。

吉尔皱皱眉,点点头,又坐回座位。她宽宽的脸蛋上也沾染了污迹。"啊,"她说,"我可太喜欢下馆子了。"

"是啊。"阿伯内西说着,打了个哈欠,他感到昏昏沉沉的。"哦不,"他说,"不!"他咬着嘴唇,使劲掐扶在方向盘上的手背。又一个哈欠。"不!"他大叫。吉尔惊恐地使劲撞着车门,为了不轧到坐在马路中间的东方女人,他打了个急转弯。"我必须得去实验室!"他大喊,一把拉下老爷车的遮阳板,又从外套口袋里掏出一支笔,潦草地画下几个字:去实验室。吉尔盯着他喃喃道:"不是我的错。"

他开车上了高速,看到三十条车道都畅行无阻,这才把脚踩上了油门。"去实验室,"他哼着小调,"去实验室呀去实验室。"一辆飞行的警车降落在他们前方的高速路上,收起翅翼,然后加速开走了。阿伯内西想要跟上,但高速公路拐了个弯然后变窄,他们又有种回到了街上的感觉。他灰心丧气地大吼一声,咬住了自己的大拇指根。吉尔向后贴在车门上嘤嘤哭泣,她的双眼看起来像两只小生物,正试图组成行动队齐齐从眼眶中挣脱。"我管不住自己,"她说,"他爱过我,你知道吗? 我也爱过他。"

阿伯内西继续前行,有些街道正在烈火中燃烧。他想要往西去,他必须得往西去。这辆车不太对劲。他们在一条林荫大道上行驶,路边几乎一栋房子也没有。一架巨大的波音747横卧在马路中央,双翼折向前方,为了让车流通行,机体被挖穿了,成了一条高大的隧道。一名警察吹着哨子,带着白手套,挥手示意他们通行。

仪表盘上,应急灯忽闪忽闪。去实验室。阿伯内西上气不接下气地抽噎着,"我不知道怎么走!"

吉尔,他妹妹,直挺挺地站起来。"左拐。"她平静地说。阿伯内西一把按下转向开关,汽车变更路线,驶进了左转车道。每次遇到岔路口,吉尔都会告诉他走哪条路。后视镜里烟雾滚滚,密不透风。

然后他醒了过来,温斯顿正在用一团棉花拭去他胳膊上的一滴血。

"安非他命①和痛感。"温斯顿低声说。

他们在实验室,大概有十几个实验室技术人员、博士后和研究生在工作台前,火力全开地忙前忙后。"吉尔怎么样?"阿伯内西问。

---

① 精神类药物,用于治疗气喘、嗜睡症与过动症状,能提神防疲劳。

"没事,安然无恙,她正睡着。弗雷德,听好,我找到了一种能让我们长时间保持清醒的方法,安非他命和痛感。持续注射苯丙胺①,差不多每小时施加一次尖锐的痛感,怎么方便怎么来,过高的新陈代谢水平能阻止大脑进入梦游状态。我试过了,持续六小时都保持了绝对清醒和警觉,现在我们都用这个法子。"

阿伯内西看着实验室里健步如飞的技术员,"看得出来。"他能感觉到心脏在自己的胸腔中疯狂跳动。

"那就开始吧,"温斯顿语气坚定,"我们要好好利用这段时间。"

阿伯内西站了起来,温斯顿发起了一场小型会议。阿伯内西感到在场的目光都聚焦在自己身上,他理理思绪,"意识由电化学作用构成。由于我们都受此影响,在我看来,我们可以忽略化学,只关注电学。如果环境场发生了变化……有人知道现在磁场是多少高斯,或宇宙射线计数是多少吗?"

他们盯着他。

"我们可以收听空间站监听器,"他说,"其他的活儿都在这里做。"

说干就干,其他人也甩开膀子一起干活。每过一个小时,温斯顿就咧着嘴出现在阿伯内西身边,手里操着皮下注射器,唱着"快点,快点,快——点——儿——啊!",他还劝他把盐酸②滴在小臂内侧。

相比其他人,这玩意儿在阿伯内西身上更见效。一天过去,两

---

① 一种苏醒剂。

② 氯化氢的水溶液。其性状为无色透明液体,有强烈刺鼻气味和较高的腐蚀性。

天过去,他一刻不停地工作,连吃饼干喝水也不放下手里的活,温斯顿不在的时候他就自己给自己注射。

几个小时后,尽管有注射剂和盐酸共同加持,助手们仍然开始陷入梦游状态,他交代的任务全都无果而终。一个研究员向他展示的成功实验居然是那两只腿被嫁接到一起的老鼠。阿伯内西试图把他揿醒,结果也是白费力气。

最终,还是他一个人做了所有的活儿,花了好几天时间。研究员们要么不省人事地瘫在地上,要么神情恍惚地四处游荡,他却穿梭在操作台之间,觑着酸涩的双眼读示波器和电脑屏幕。他从未感到如此疲惫,好像去考一门学不懂的课,在这门课里他彻底是个智障。

然而,他还是坚持工作。脑电波显示出觉醒状态和快速眼动期之间的振荡波形,这种模式他从未见过。此外,脑电波和磁场波动之间也有关联。

有些人睁开了颤动的双眼,坐在地板上彼此交谈,或跟阿伯内西讲话。还有一次他不得不安抚温斯顿,因为他正坐在地板上边抹眼泪边说:"我们会一直做梦的。弗雷德,永远不会停止。"阿伯内西给他打了一针,却没有一丝效果。

他继续工作。高中同学聚会上,他坐在拥挤的桌子前,发现自己怎么着都能工作。只要想起来,他就给自己打一针。他十分疲惫,疲惫不堪。

终于，他觉得自己完全弄明白了。其他人不是和吉尔躺在放小床的屋子里，就是萎靡地瘫在地板上，眼珠和眼皮都不住地抽搐。

"我们穿越了弥漫着尘埃、气体并且充斥着引力场的空间。现在，所有常数都变了，太空站读数明确显示我们进入了超强电磁场。更多尘埃、宇宙射线，更大引力通量。也许它是超新星爆发时的冲击波，爆发处离我们不远，但我们刚刚才发现。最近有人抬头看过天空吗？总而言之，肯定发生了什么。变化的力场把我们大脑的电活动丢进了一种新模式，它和睡眠中快速眼动期的状态十分相似。我们的大脑拼尽全力抗拒，挣扎着想寻回意识，但这种力场会把大脑拽回去，所以我们才会不停地在不同状态间摇摆、震荡。"他有气无力地笑了笑，勉强爬上一张工作台，想睡会儿觉。

他醒了过来，拂去实验室外袍上一层厚厚积着的灰尘——仿佛盖了一张毯子。他走着，刚躺过的土路上空空如也。阴云密布，天快黑了。

他走过一小排棚屋，房子都是以热带风格建造，开放式墙壁配着棕榈茅草屋顶。屋里空无一物，天空光线晦暗。

然后，他来到了海边。他面前伸出一处低矮的海岬——原来是数千张破烂的木椅堆叠在一起。海岬那端有一个人影，坐在一张还残存着椅座、椅背和一边扶手的大木椅上。

阿伯内西小心翼翼地迈出一步，踏上椅子横档，攀上木头钉成的圆柱,从一处扶手到另一处底板。周围环绕着他的灰色海洋异常平静,玻璃般的海浪起起伏伏,悄无声息地不断舔舐着水线处光滑的木板,朦朦胧胧的云雾低垂,悠悠飘上海岸。空气湿咸,阿伯内西打了个哆嗦,踏上另一块早已风化的灰色木板。

那坐着的男人转过身,看着他——是温斯顿。"弗雷德。"他叫道,声音划破寂静的黎明。阿伯内西向他靠近,捡起一块椅背,轻手轻脚地放好,坐下。

"你好吗?"温斯顿问。

阿伯内西点点头,"不错。"下方隐隐约约传来海水涨落时拍打和抽离的声音,浪涌看起来比先前大了一些,当它们涌近岸边时,他看到上面升腾起一层薄雾。

"温斯顿,"他声音嘶哑,于是清清喉咙,"发生什么了?"

"我们在做梦。"

"但那意味着什么?"

温斯顿笑得癫狂,"突发第一阶段睡眠期,过渡睡眠期,快速睡眠期,快速眼动睡眠期,桥脑睡眠,活动性睡眠,异相睡眠……"他嘲讽地笑着,"没人知道这是什么。"

"可我们做了那么多研究。"

"是啊,那些研究。我曾对它们深信不疑,我曾为它们废寝忘食,所有那些抱憾的猜想,荒唐无稽也好,荒诞不经也罢。我们梦想着把经历编织进记忆,想着激起黑暗中的感官,想着未雨绸缪,想着锤炼我们的深度知觉。老天爷啊！我们不明白,不是吗,弗雷德?我们不知道梦是什么,我们不知道睡眠是什么,你只要稍微想一想就会明白,我们甚至不知道意识是什么,它对清醒来说又意味着什么。我们真的明白过吗? 我们活着,我们睡着,我们梦着,三种都是未解之谜。然而现在我们同时做着这三件事,岂不更是迷障重重?"

阿伯内西在一条椅子腿边捡起一颗谷粒。"许多次,我都觉得一切正常,"他说,"可奇怪的事却接二连三地发生。"

"你的脑电波模式异乎寻常,"温斯顿开玩笑地用学究腔调说,"比起我们其他人,你有更多阿尔法和贝塔曲线,看起来就像你在挣扎着醒过来。"

"对,就是这种感觉。"

他们静默地坐了片刻,看着浪涌拍打湿漉漉的椅子。潮退了。阿伯内西看到,海面上,在视野可见的极限处,有一艘巨大的游艇正在洋流中飘荡。

"跟我说说,你发现了什么?"温斯顿说。

阿伯内西说了空间站传来的数据,又说了自己的经历。

温斯顿点点头,"所以,我们被永远困在这儿了。"

"除非我们穿越这个力场,或者——我想到一个法子,做一个可以戴在头上的设备,它也许可以恢复旧磁场。"

"梦里看到的法子?"

"对。"

温斯顿笑道："我曾经相信过我们的理论,弗雷德。梦境是神经系统的一种电化学表现,是随机活动。听起来多有道理啊! 练习深度知觉! 天啊,这太狭隘、太固执己见了。为什么我们不能相信,梦境是一次伟大的旅行——通往未来,通往其他宇宙,通往一个比我们所在的更真实的世界! 有时候,在醒来的前一秒,就会有那种感觉,好像我们活在一个填满意义的世界里,它鼓鼓囊囊,随时都可能爆裂……现在,我们在这儿。我们在这儿,弗雷德,此时此刻,我们仅有的时刻,不管我们给它起什么名字。我们在这儿。也许,从抽象概念到具体符号,人类会适应的,这是我们的天赋之一。"

"我不喜欢它,"阿伯内西说,"我从来没喜欢过我的梦。"

温斯顿只是笑了笑,"他们说,意识本身的飞跃就像这样:人类本来像狗一样东游西逛,突然有一天,也许是因为地球穿过了远处某次爆炸的冲击波,当然了,某天某个人突然双脚站立,四下打量,惊呼'我存在!'"

"那真是一鸣惊人。"阿伯内西说。

"这次,每个人都在那天清晨醒来,却仍在梦里。他们看向四周,问'我是什么?'"温斯顿笑了笑,"没错,我们被困在了这里,但我能适应。"他补一句,"看,远处那艘船要沉了。"

甲板上有几个人正努力把橡皮筏放到船的一侧,"扑通""扑通"几次水声后,他们都上了皮筏,然后划着船离开了。他们离岸越来越远,终于消失在迷雾中。

"我很害怕。"阿伯内西说。

然后他醒了过来。他又回到了实验室,这里情况更糟了。为了给棋盘腾地方,几张工作台被清理得干干净净,几个技术员正蒙着眼下着好几盘棋,同时对哪块棋盘归属哪一局棋争吵不休。

他到温斯顿的办公室拿苯丙胺,但却一无所获。他拎起一个博士后,问:"我睡了多久?"那人双眼抽搐着,唱歌似的回答:"亡灵箱上十六人坐[1],嗨哟哟来一瓶朗姆酒。"阿伯内西又来到放小床的那间屋子,吉尔在里面。她几乎浑身赤裸,只穿着一条浅蓝色内裤,正吞云吐雾地抽烟,一个研究生用一根羽毛轻轻地刷弄着她的乳头。"哦嗨,弗雷德。"她说,直勾勾地盯着他的眼睛,"你去哪儿了?"

"和温斯顿聊天,"他吃力地吐出几个字,"你见过他吗?"

"见过!不过……我不知道是什么时候。"

没人愿意帮忙,他又独自一人开始工作。他在主实验室清理出一个小房间,把必要的设备拖了进去。他还在橱柜里锁了三大盒饼干,只要感觉瞌睡,他就把自己锁进这间屋子里。有一次,他在中国待了六个星期才醒过来,有时候他又在自己的老爷车里醒来,抱着方向盘,就像搂着他唯一的挚友。他所有的朋友都失踪了。每次回到实验室再次开始工作,他都能一次性清醒几个小时。他做成了许多事。那磁铁的功效不赖,他造出了自己想要的磁场。那个在脑袋

---

[1] 经典水手歌曲。小说《金银岛》和电影《加勒比海盗2:亡灵宝藏》均有涉及,原歌词第一句为"亡灵箱上十五人坐"。

周围创建力场的设备——一顶怪模怪样的有线头盔——很实用。

他很疲劳,连眨眼都酸痛无比。一旦觉得昏昏欲睡,他就在自己胳膊上猛滴盐酸。小臂伤痕累累,但都已经不疼了。每次苏醒,他都觉得自己已经好几天没睡觉了。有两次,他的研究生来帮忙,他对此很感激。温斯顿偶尔来一次,却也只是笑他。他太累了,做什么事情都笨手笨脚。有次,他拿起实验室的电话想打给父母,却总是占线。除了一个只播放《独行侠》片段的电台,收音机其他电台全被静电干扰了。他又回去继续工作,吃饼干、工作,除了工作还是工作。

一天黄昏,他去实验室餐厅露台上歇口气。太阳低垂,凉风习习。他能看到空气映着阳光,呈琥珀色,于是急切地把它吸入身体。下方的城市正冒着烟,风吹着,他知道自己还活着,知道自己意识到自己还活着,知道一些重要的东西正在注入这个世界,渗透每个物体……

吉尔走上露台,还是只穿着条淡蓝色内裤。她踮着脚走路,脸上带着古怪的微笑。阿伯内西看到密密麻麻的小疙瘩在她肌肤上荡漾开来,就像猫爪点上水面。她的存在带来的力量——冷漠,阴柔,玄秘——让他无比恐惧。

他们相隔几英尺站着,低头看着城市里曾经是家的地方。那片区域正在燃烧。

吉尔指着那儿,"我们只在梦里才有勇气活得尽兴,真是太可惜了。"

"我觉得我们做得还行，"阿伯内西说，"我觉得，在每个清醒时刻，我们都尽力做到最好了。"

她盯着他，还是那副早已了然的微笑，"你想过那件事的，不是吗？"

"是啊，"他恨恨道，"我想过，想过。"

他又进屋继续工作了。

然后他醒了过来。他正站在山巅，在那一环高高的山脊上。他站得更高了，能看得到另外两片湖泊，小小的花岗岩水塘，海拔比那一汪海宝石蓝镶着钻蓝的湖泊更高。他正在碎裂的花岗岩石块上攀登，已经接近低凹的山口了。岩石上斑斑驳驳地覆盖着地衣，山风吹干了他脸上的汗水，让他感到很凉爽。周围一片寂静，万物纹丝不动，如此静谧，如此死寂……

"醒醒！"

是温斯顿。阿伯内西缩在小房间的角落里（远处是绵延的高山，山下是灰绿色的山林）。他站起身，走到装饼干的橱柜前，把之前从地上（满是积雪和地衣）捡的几支针管里的苯丙胺全都注射进自己体内。

他进入主实验室拉响了火警报警器，警铃声吸引了所有人的注意，然后他又花几分钟关了报警器。警报停后，他的耳朵嗡嗡直响。

"设备可以开始试用了。"他对人群宣布。面前大约二十人，其中有人衣冠楚楚,仿佛正要出发去教堂,还有些人衣衫褴褛、蓬头垢面。吉尔则站在一边。

温斯顿粗暴地挤到人群前面,喊道:"试用什么?"

"让我们不再做梦的设备,"阿伯内西虚弱地说,"可以试用了。"

温斯顿慢慢地说:"唉,那我们就试试吧,好吗,弗雷德?"

阿伯内西把头盔和设备搬出他的小屋,放进实验室。他安装好信号发射器,给磁铁和磁场生成器通上电。一切就绪后,他站起来,擦擦额头。

"这就是了?"温斯顿问。阿伯内西点点头,温斯顿拿起一个有线头盔。

"那我不喜欢它!"说着,他把头盔砸向墙面。

阿伯内西大吃一惊。一个研究员推了一把他的电磁铁,阿伯内西突然火冒三丈,抄起一块木板朝那人抢去。一些助手跳着脚来帮忙,其他人也压过来撕扯他的设备,把它扯了下来。一场激烈的混战随即爆发。阿伯内西肆意挥舞着手里的木板,每次重击都让他觉得无比满足。空气中弥漫着血腥味,他的设备正在被摧毁。吉尔捡起一个头盔冲他扔过来,歇斯底里地尖叫:"都是你的错,是你的错!"他打晕了一个靠近他的磁铁的男人,又抢了一板让他死透。这时,他突然瞥见温斯顿手中握着一件闪闪发亮的东西——那是一把手术刀。只见他纵身一跃,像投手侧投球一样冲他袭来。温斯顿的刀插进了阿伯内西的胸腔隔膜,深深没入其中。阿伯内西跟跄着后退几步,发现自己还能呼吸。他安然无恙,没有被捅伤。他转身就跑。

他冲上露台,温斯顿、吉尔和其他人紧随其后。他绊倒了,其他人也依样绊倒了。那露台比以往高出许多,远远地悬在燃烧着冒出滚滚浓烟的城市上空,一段长而宽阔的阶梯向下伸入城市心脏。阿伯内西耳中充斥着尖叫声。正值夜间,晚风习习,天空中看不见一粒星子,他已经退到了露台边缘。他转过身,正对着身后的人群,面容因愤怒而扭曲。"不!"他大喊。他们冲他袭来。他不停地挥舞着手中的木板,挥啊,挥啊,随即转身奔下阶梯。不知为何,他又绊了一跤,一个倒栽葱跌下了岩石阶梯,往下掉啊,掉啊,掉啊。

然后他醒了过来,发现自己正在掉落。

（崔龚荣秀　译）

黑　云

　　他们驶出了里斯本港口,高悬天际的炽阳下,旗帜闪闪发亮。
牧师们以拉丁语嘹亮地颂出教皇的祝福,着甲的兵士从船头塞到了
船尾,水手们蜘蛛般攀爬着桅索,朝着丢下工作、乱哄哄地挤到明媚
的山道上看船的市民们挥手。这可是无敌舰队,最为吉星高照、所
向披靡的舰队,秉承上帝的旨意前去征服英国异教徒——前无古人
后无来者,便是说这番景象。奈何出港以来,东北风整整吹了一个
月,刮得罗盘连一个刻度的方向都没法转。月底的时候,无敌舰队
的位置已经离英格兰相去甚远,差不多到伊比利亚了。祸不单行,
重压之下的葡萄牙箍桶匠们用了许多未干透的木头来造桶,等舰队
的厨师开桶时才发现,装在里边的肉和水全臭了。于是他们只好去
了科伦纳港,结果有几百个士兵和水手落跑,游泳去了西班牙的海
岸线,从此再无下落。因病再度损失一百来个人手后,旗舰病榻之
上的梅迪纳·西多尼亚第七任公爵、无敌舰队司令唐·阿隆索·佩雷

斯·德古斯曼·布埃诺,停下手头写给腓力二世的日常诉苦,命令士兵们前往乡野,找些农民回来帮着开船。

其中一小队士兵去了科伦纳郊区的某个方济会修道院,想拉着在修道院里生活、给僧侣们帮工的男孩们加入舰队。僧侣们并不情愿,但他们反对不了,于是这事就这么定了。男孩们被派往了各艘船上,当中有一个十七岁的小伙子,叫作曼纽尔·卡洛斯·阿加迪尔·特图亚。他出生于摩洛哥,父母是阿拉伯人抓来的西非奴隶。阅历尚浅的人生中,他先后待在摩洛哥的海滨小镇特图亚、直布罗陀、巴利亚、西西里和里斯本。他种过田、打扫过马厩,帮忙搓绳子乃至织布,还在旅店里端过盘子。母亲因天花去世、父亲也溺水而亡后,他在科伦纳港的大街小巷里行乞为生——正是他父亲最后那次出海的港口。直到十五岁那年,睡在小巷里的他绊倒了一位方济会修士,这才被带去修道院加以庇护。

士兵把曼纽尔带上"拉维亚号"时,他的泪痕都还没干。这艘近千吨的黎凡特帆船的航海长叫兰格尔,他接管了曼纽尔,安排他去了甲板下面。这兰格尔是个爱尔兰人,离开祖国主要是为了做生意,同时也是因为他憎恨统治爱尔兰的英国人。他是个大块头,身子壮得像野猪,胳膊跟船桁杆一般粗。看见悲伤的曼纽尔后,他还是表现出了那么点儿仁慈。他拿满是茧疤的手拍着曼纽尔的后颈,以口音浓烈但流利的西班牙语说道:"别哭哭啼啼的,孩子。我们要去征服该死的英国佬。等干成了,修道院的神父们会让你当院长的。而且，在那之前，就会有十几个英国妞跪倒在你脚边，恳求你拿你这黝黑的双手抚摸她们，毫无疑问。好了，别哭了。让我先带你去你的铺位，等出海了之后，我再给你分派岗位。我会让你去大桅楼，我这儿的黑人可都是守望桅楼的好手。"

兰格尔钻进了一扇只有他一半高的门里，轻松得恍若黄鼠狼溜进土里的小洞。一只半扇门一样大的手重新出现，把曼纽尔拉进了黑暗当中。男孩吓坏了，差点儿从宽板的梯子上摔下去，还好在撞上兰格尔之前稳住了自己。底下远远地响起几个士兵的嘲笑声。曼纽尔从没坐过任何比西西里信使船更大的船，绝大多数时候乘的都是浅海的克拉克帆船，因此，看着下面宽广的甲板舱中，黄色的阳光照进修道院窗户那么大的展望口，照着一百来号挤在一层层木桶、干草和绳索之间的人，这场景着实震惊了他。"圣人安娜保佑。"他说道，难以相信自己是在船上。为什么连修道院都没有眼前这么大的房间？"这边来。"兰格尔鼓励着他。

他们从那个巨大的甲板舱室下了楼，来到前者四分之一大小的一个闷热房间，丝丝日光透过船板的裂缝照进来。"这是你睡觉的地方。"兰格尔靠着一面巨大橡木墙的角落，指着舱室黑暗处说。那里突然有了动静，一双眼睛随着眼睑睁开显露出来，呆滞的声音响起："又一个要消失在这黑暗里的人，对吗，老大？"

"闭嘴，胡安。孩子，你瞧，这有横栏把你的床铺跟别人的分开，等出了海，你就不会变成滚地葫芦了。"

"就像口上了盖子的棺材。"

"闭嘴,胡安。"

等船长安排好曼纽尔的铺位后,他瘫在铺上,又哭了起来。铺位比他身子短,舱室里的隔板满是裂痕和崩口。周围的人要么睡觉,要么各自聊天,对曼纽尔视若无睹。曼纽尔挪了挪卡到脖子的粗绳挂饰,这才想起来做祷告。

僧侣们给他选的守护圣徒是圣安娜,她是圣母玛利亚的母亲、耶稣的祖母。他有块小小的木制挂饰,上面画有她的脸,是修道院院长阿隆索给的。他把挂饰拿在指间,看着上面代表眼睛的棕色小点:"求求你,圣安娜,"他悄无声息地祈祷着,"带我离开这船,带我去。带我回家。"他紧紧地把挂饰攥在手里,木片背后凸起的十字架在掌心里印下了红色的十字痕迹。好几个小时后,他终于沉沉睡去。

两天后,无敌幸运的无敌舰队离开了科伦纳。这一次,没有旗帜,没有夯夯挤挤看热闹的人群,也没有顺风袅袅飘散的熏香。承蒙上帝眷顾,西风起了,舰队一路向北疾行。舰队按士兵们部署的队列组成方阵,有条不紊地在海浪中颠簸前进:三桅帆军舰打头阵,供给船在中间,大帆船在两翼。数百根桅杆上层层叠叠张着数千船帆,气势如虹,好似一望无际的蓝色平原上茂密的白色树林。

曼纽尔和其他人一样对这场景印象深刻。"拉维亚号"上一共四百人,只有三十人需要随时待命准备掌舵。其他的三百多士兵就在高高的艉楼上观赏这支舰队,不当值和休息的士兵也凑在稍低的艏楼上干着同样的事。

作为水手,曼纽尔的职责很简单。他被安排在左舷船腹的栏杆边上,那里捆着左舷的主桅帆和前桅的大三角帆。曼纽尔和另外五个汉子要听从兰格尔的号令,一起把这捆帆布的绳子拉进船或者放出去。其他人负责套索结,曼纽尔负责按指令下去把绳子拉上来。本来要派给他的会是更困难的活儿,但兰格尔让他同其他非洲人一样当个桅楼守望员的计划泡汤了。兰格尔不是没费过口舌:"上帝赏了你们非洲人这爬高的天赋,为了逃离狮口你都能爬到树尖尖上,是这回事吧?"但当曼纽尔跟着一个叫哈伯丁的摩洛哥人乘升降索梯到了主桅楼,他的感官骤然放大了:那云雾,低低的像擦着他的头皮而过;那海面,船队绣出的尾迹好似就在他脚底踩着。他手脚并用、紧紧地夹住一根柱子,惹得在场五个人又笑又骂,要把他从柱子上掰下来。兰格尔尽管十分鄙夷,却没真的发火,只用手杖把他戳下来,搡到了左舷栏杆边,"你怕不是个假非洲人。"就这样,他被安排到了这儿。

尽管有这么段插曲,曼纽尔和其他船员处得还不错,但他和士兵处不来——他们对水手粗鲁无礼,对着谁都一副鼻孔朝天的态度。水手们不想触霉头,只得对他们退避三舍。船上七八成的人都是士兵,他们仿佛属于不同阶层,也无意与水手相识。正因如此,水手们站到了一条战线上。他们血统繁杂,覆盖了整个地中海区域,所以连曼纽尔这个新面孔也不显突兀。水手们团结一致的原因只有一个：对士兵的嫌恶和怨恨。"要是没有我们把船开过去，那些英雄本事再大也拿不下怀特岛。"胡安说。

曼纽尔先和他同岗的水手熟识了起来，然后是和他同舱室的人。他能说西班牙语和葡萄牙语，还能讲好些阿拉伯、西西里、拉丁和摩洛哥方言，因此，他和前甲板下边的每个人都能聊上几句。他还时不时被拉去给摩洛哥人当翻译，这意味着他三番五次地得去当和事佬。他的大脑飞速运转，只要能让双方讲和，他也不介意译错几句。胡安是曼纽尔舱室里唯一土生土长的西班牙人，曼纽尔刚来的时候，他曾说过兰格尔的坏话。他是个话痨，还总爱跟曼纽尔和其他人抱怨。"之前在西印度群岛，我和'埃尔·德拉科号'打过仗，"他洋洋自得，"我们会吉星高照的，一定能干过这怪物。我敢跟你打包票，要它有来无回。"

曼纽尔在艉栏杆的伙伴们就要快活得多，他喜欢和他们一起值守，也喜欢跟着兰格尔苛刻的指令训练。伙伴们喊他"桅楼守望者"或者"攀爬小能手"，打趣他在套索桩上打的结总是死活解不开。因为这个，曼纽尔还被兰格尔用手杖锤过好几次，不过他倒也不是船上垫底的，而且领航员对他也没有恶意。

颠沛流离的生活让曼纽尔适应性极强，因此甲板生活自然而然地成了他生存的一部分。曼纽尔的头儿，兰格尔和彼得罗，会把他吼醒。往上走到炮台甲板，尽管是士兵的地盘，但那儿有通往新鲜空气的船梯。只有在那儿,曼纽尔才能确认是一天里的什么时辰。第一周,摆脱了下层甲板的抑郁,站在蓝天下、海风中,纯净的空气略带咸味,这种喜悦的滋味难以言喻。然而越向北走,温度越低得让人难受。值守一结束,曼纽尔和他的伙伴们就纷纷缩回厨房,弄到些小饼干、清水和酒。有时候,厨师会宰山羊和鸡做汤。虽然一般而言只有小饼干——还没在桶里风干的小饼干。他们都对此怨声载道。

"这些饼干啊,干成木头块又被蛆啃穿的时候才是天下无敌。"哈伯丁对曼纽尔说。

"那还怎么吃啊?"曼纽尔问。

"把饼干搁桌子上磕啊磕,直到把蛆磕出来。你要是乐意,把它吃了也成。"他笑道。曼纽尔猜哈伯丁这是玩笑话,但他也不太确定。

"这些面屎也忒恶心了。"彼得罗用葡萄牙语说。曼纽尔把这句话翻译成摩洛哥阿拉伯语给两个沉默的非洲人听,又用西班牙语表示这玩意儿的确难以下咽。"最糟糕的,"他主动说,"是一半坏了一半还新鲜的那种。"

"新鲜的部分永远都没熟。"

"不,新鲜的是蛆。"

旅途时间越久,曼纽尔和同舱室人的关系也越发亲密起来。越往北,这些摩洛哥人越要承受酷寒。值守结束回到舱里的时候,他们黝黑的皮肤上都是鸡皮疙瘩,就像田里割下的密密麻麻的小庄稼茬。他们的嘴唇和手指冻得铁青,牙齿止不住地打架,像嘉年华乐队里的响板,得在被窝里哆哆嗦嗦一小时才能睡着。不止如此,大西洋的浪涌也越来越大。这些下甲板里的人已经把所有衣物布料都裹在身上御寒了,没垫子也没防护,只能随着船的颠簸在铺位上东倒西歪、到处乱滚。因此,先是摩洛哥人,再是下甲板里的所有人,都开始三人挤一个铺位,每人轮流睡中间,像三只挤在一起的勺子。这样挤在一起,船倾斜的时候他们会"啪"地黏在船梁上,不过倒不会遍地滚皮球。曼纽尔愿意加入三人组,还愿意贴着船梁睡,这两件事都很讨人喜欢。每个人都觉得他真是个好垫子。

可能就是因为这种热心之举,他病了。虽然他的精神紧随北上的征途,但肉体却拖了后腿。每天搬运粗麻绳磨得他手掌开裂,海盐、碎屑、套索桩和那样式奇特的钳锁也都在手心留下了痕迹。于是,熬过第一周,他就从衬衣下摆撕下布条把手掌裹了起来。发烧的时候,心脏每抽动一下,手心也疼得突突跳。他想,只怕这热病就是从手心的伤口进了身体。

后来,胃也开始闹腾了。他什么都咽不下去,瞥那饼干或汤羹一眼都觉得恶心反胃。发热也更厉害了,他变得口干舌燥、十分虚弱。他忍受着疟疾折磨,不停地胡思乱想。"都是那饼干有毒,"胡安告诉他,"就跟我在印度群岛的时候一样,都是让盒子里的新鲜饼干给闹的。他们可能也在饼干桶里放过生面团。"

曼纽尔的室友跟兰格尔说了情况，兰格尔就把他挪去了医院。医院在船尾的下层甲板上，一间宽敞屋子里面同时盛着病人和舵柱——一根被刨平滑的树干贯穿地板和天花板。其他所有人都病得很厉害。曼纽尔被他们扶着躺在自己的小床上，只觉得天愁地惨，一边被晕船折磨，一边又畏惧这充斥着腐臭味的医院。他隔壁床的人没有意识，随着船的摇摆翻来滚去。三盏烛灯只照亮了房间低处，照得到处都是影子。卢西恩——一位多明我会修道士，给了他些热水，又帮他擦拭脸蛋。他们交谈了一阵，这位修道士还聆听了曼纽尔的忏悔。这本是正经牧师才能做的事，但他们都不在意。船上的牧师都对医院避之不及，只想为官员和士兵鞍前马后。卢西恩修道士是出了名的愿意照料水手，所以在他们中很受欢迎。

曼纽尔发热更严重了，严重到水米不进。日子一天天过去，他每次睡醒睁眼，身旁和他入睡时躺的都不是同一个病人。他开始确信自己要死了。自己曾是吉星高照的无敌舰队的成员啊，他再一次为这件事感到绝望。"为什么我们在这儿？"他问修道士，声音嘶哑，"为什么我们不能让英国佬们快去死？"

"无敌舰队的目的不只是打击英国异教徒。"卢西恩一边说，一边举着蜡烛凑近书页。那不是《圣经》，而是他一直藏在袍子里的一本薄薄的小书。阴影在头顶暗处的横梁和木板上跳动，舵柱磨着地

上的皮垫圈,一边转一边发出嘎吱嘎吱的声音。"上帝也是派我们来经受考验的。你听:

'吾愿炼金者之烈焰净化形体之污浊。此乃吾严苛之处,且吾亦乃以熔炉试金之人。余以烈火相试,则灵魂纯净不染如金,观之如焰,然后休降于圣主,余将观灿然之形,此实乃汝之璞质矣。'"

"要记得,坚强起来。来喝点儿水吧——来吧,你想让你的圣主失望吗?这是试炼的一部分。"

曼纽尔喝了水,又吐了。他的身体烫得像皮肤下包裹着一簇火舌,从手心的伤疤处火辣辣地喷出来。他已经不知年月,除了自己和卢西恩修道士,也忘记了其他人的存在。"我从来没想过离开修道院,"他告诉修道士,"虽然我也没想在那儿久待。我还从来没有在哪个地方久待过。那儿曾是我家,但我知道其实不是。我还没有找到家。他们说英格兰有冰——我在加泰罗尼亚山区见过一次雪,神父,我们会回家吗?我只想回修道院去,成为像你一样的神父。"

"我们会回家的。只有上帝知道你会成为什么样的人。他为你留了一席之地。现在睡吧,快睡吧。"

这时候他烧得太严重,肋骨像拳头攥紧时的手指骨,根根分明地从胸膛突出来。他几乎无法行走了。卢西恩狭窄的脸庞记忆般清晰地从阴暗中浮现:"尝口汤吧。显然上帝觉得你应该留在这儿。"

"谢谢您,圣安娜,感谢您的代祷。"曼纽尔声音沙哑。他热切地灌下了汤,"我想回到舱室去。"

"快了。"

他们把他带到甲板上。他扶着栏杆和柱子,脚步虚浮得像踩在云絮里。兰格尔和他的工友愉悦地跟他打招呼。整个世界都是纷繁的蓝色:海水嘶吼着喷薄出雪浪;云朵低垂,被风吹得向东挤作一团;海云之间,万缕金光战栗着涌进海面。虽然被免除了劳作,但他还是尽量待在岗位上。他觉得难以置信,自己居然侥幸摆脱了病魔。当然,他没有彻底恢复:不能吃固体食物,尤其是饼干,所以他的饮食就是汤羹和酒水。他觉得很虚弱,总是头晕。但是每每站在甲板上吹着海风,他都确信自己正在好转,因此他便尽可能多地待在那儿。当他们看到英格兰第一眼的时候,他正在甲板上。一听到兰格尔指着海平面上冒出的小黑点说那是利泽德半岛①,士兵们全都激动地指着那里叫嚷起来。曼纽尔已经完全习惯了大海,以至于他觉得左舷舷首那边逐渐抬高的低矮岬角是那么不真实,像是对海洋世界的侵犯。洪流似乎正向后撤去,本被淹没的山坡从波浪中露出肩膀,它浑身湿透,身上还覆盖着新鲜的绿水藻。那就是英格兰。

几天后,他们遇到了第一艘英国船——比西班牙大帆船更快,但是更小。他们想阻拦无敌舰队,无异于螳臂当车。浪涌越来越大、越来越密、越来越陡。"拉维亚号"不停急剧地校正航向,曼纽尔在这颠簸倾斜中几乎难以站立。为了保持平衡,他有一次撞到了脑

---

① 亦译利沙半岛,位于不列颠岛最南端。

袋,还有一次剥掉了满手的痂。有天早上他又起不来了,只好躺在漆黑的舱室里,室友给他送来了些汤。这一躺太久,躺得他又开始担心自己要咽气了。最后,兰格尔和卢西恩一起下来看他。

"你得起来了,"兰格尔命令道,"一小时内开战,你也必不可少。我们给你安排了容易的活儿。"

"你只用给炮手递火绳,"卢西恩修道士一边扶曼纽尔站起来一边说,"上帝会帮助你的。"

"上帝必须得帮我。"曼纽尔说。他看到他俩的灵魂在头顶微微摇曳:三重结①样的透明火焰从发丝间飘出,照亮他们的面容。"则灵魂纯净不染如金,观之如焰。"曼纽尔诵道。"嘘。"卢西恩眉头微蹙,曼纽尔才意识到之前听到的内容是卢西恩偷偷念给他的。

在船腹处,曼纽尔发现他看得见朱砂微染的天空。他们正在浅红色苍穹之下,又在碧蓝色汪洋之上。随着他们每次呼吸,天空颜色被越染越深。人们呼出一团团雾气,就像马儿在霜冻的清晨喷出水汽,只是水汽被天光浸成了血色。曼纽尔痴痴地看着,为上帝赐予他的这番异景感到心荡神摇。

"过来,"兰格尔干脆地说,带他快速穿过甲板,"这桶里的玩意儿都是你的。都是火绳,懂吗?"一个大桶贴着舱壁立着,里面密密地装着一圈圈绳索,一段绳子搭在桶外吱吱地燃着,把周围的空气映成了深红色。曼纽尔点点头,"火绳。"

---

① 三重结在基督教背景下代表"三位一体"。三重结中间往往有一个圆圈,代表三个部分之间的统一。有时也被称为"三位一体结"或"三位一体圆"。

"给你刀。割成大概这么长的绳段,点一根随身带着。其他的点着分给来拿火绳的炮手,要是他们喊你,就给他们拿过去。但别把点着的全分出去了。明白了吗?"

曼纽尔点点头表示明白,然后头晕眼花地在木桶边坐下来。就在离他几英尺的地方,一架火炮从舱壁炮洞向外伸出去,炮手主动跟他打招呼。甲板另一边,他的工友们都站在栏杆边。士兵们列阵在艉楼和艏楼上群情激昂地喊着号子,在太阳下看起来像熠熠闪光的贝壳。透过炮洞,曼纽尔依稀看到了英国的海岸线。

兰格尔来看他上手得怎么样。"喂,小伙子,别把手指头砍下来了。看见那儿了吗?那是怀特岛,我们要围攻它。毫无疑问,然后拿来当攻打大陆的据点。咱们有这么好的兵和船,他们永远别想把我们从岛上干下去。真是个好计划。"

但事情没有按兰格尔的预想发展。无敌舰队分五个方阵组成新月形,在怀特岛东岸转了向。包围小岛过程中,打头阵的三桅帆装军舰遭遇了英国人迄今为止最顽强的抵抗。一股股烟雾从船外腾起,瞬间又化为明火,响声震天。

随后,"埃尔·德拉科号"从小岛南端绕到了他们侧翼,"拉维亚号"随即做出反应。士兵们咆哮着击发了火绳枪。曼纽尔身边的火炮"砰"的一声弹回轨道,他被震到船壁上,险些失聪。火绳突然就派上了用场。他把绳索割断,一边把点燃的一端和没燃的相对,一边吹着气助燃。炮弹从头顶划过,在血色天空留下一串涟漪。人们灰头土脸地从曼纽尔手中一把抓过火绳,一边躲开摔在甲板上的滑轮,一边冲向火炮。曼纽尔看见,那些炮弹如西柚一般大小,呼啸着从英国人的船上冲他们飞过来。他还看见那些盘旋在人们头顶的透明三重结火焰,比以往飞得都高。

突然间,一枚炮弹击穿了炮眼,火炮被炸落轨道,许多人被炸到了甲板中间。曼纽尔站起来,惊恐地发现炮手们七零八落地躺着,头顶上的火焰结消失了。他现在看清了他们的脸,他们都只是凡人,只是残破的肉身,糊在精心刨过的甲板上。他啜泣着,试图扶起一名只有双耳流血的炮手。兰格尔的手杖却猛地抽在他肩膀上,"继续切火绳!有人管他们!"曼纽尔只得继续切割火绳,一边绝望地吹气,一边颤抖着双手将它们点燃。炮声隆隆,暴露在船楼上的士兵在铁弹炮雨中厉声惨叫,火炮的道道划痕撕裂了血色的天幕。

接下来几天又有数场战役,和无敌舰队被迫放弃怀特岛、驶进英吉利海峡的那场如出一辙。曼纽尔发着烧,也睡不着,于是晚上他就去给甲板上受伤的士兵帮忙,把他们带下甲板,为他们拭去脸上的汗滴。他几乎和他们一样无语伦次、神志不清。到了黎明时分,他就吃点儿饼干喝点儿酒,然后守在装火绳的桶边等着下次交火。"拉维亚号"是左翼最大的船,因此总是英国人火力集中的对象。第三天,"拉维亚号"主桅的上桅桁掉下来,砸中了他的老工友哈南和彼得罗。曼纽尔撕心裂肺地吼着冲去帮忙,他抓住昏迷的胡安,把他拉下甲板,又赶回船腹。周围的人在冲击下纷纷撞到甲板上,他也无暇顾及。他跳跃着穿过遮天蔽日的红雾,把一截截火绳递给炮手。他们已经人员短缺,没法匀出人手去他那儿了。他到甲板下医院里去帮伤员——此刻这里成了人间炼狱。他帮着处理尸体,每扔一具就用嘶哑的声音简短祷告;他也帮那些躲在舱壁壁垒后、白费功夫等英国人进入火绳钩枪射程的士兵。现在船上喊的都是:"曼纽尔,递火绳!曼纽尔,给些水!救命,曼纽尔!"身体的燥热反而使曼纽尔迸发出能量,让他马不停蹄地赶去帮忙。

他总是如此匆忙,在一次猛攻之中竟差点儿撞到他的守护圣徒——圣安娜。她突然出现,站在角落里的火绳桶边。他瞠目结舌地看着她。

"圣祖母!"他大喊,"你不该来这儿,太危险了!"

"你无私助人,我便来助你。"她答道。她手臂微动,越过绛紫的碎浪指向一艘英国军舰。曼纽尔只见一股烟雾从那艘船侧翼腾起,一枚炮弹冲破烟雾、划着弧线越过海面。他看得一清二楚——就像一颗从房间那头扔过来的橄榄,漫不经心地旋转,越来越近,越来越大。此刻,曼纽尔意识到炮弹正冲他飞来,轨道将击穿自己的心脏。"呃,圣安娜。"他说,想引起圣女注意。不过她已经了然:她伸手轻抚曼纽尔的前额,随即飘然跃上了主桅楼,士兵却都对她视而不见。曼纽尔一边注视着她,一边留意着逐渐逼近的火炮。她手指一点,一副套索便从主桅帆架上飞向远处,拦截了那枚炮弹,炮弹旋即砸入船体,深陷在厚实的木板中。曼纽尔盯着那半截黑色铁球,惊得目瞪口呆。他冲上面的圣安娜挥手,她也向他挥挥手,便飞上殷红的云层,往天堂去了。曼纽尔双膝跪地诵着祷词,感谢她相助,也感谢基督遣她前来,然后就又去割火绳了。

许是一两夜之后——曼纽尔自己也不太清楚,时间的流逝于他而言已是镜花水月了——无敌舰队停靠在了弗兰芒海岸的加莱罗兹,这是"拉维亚号"离开科伦纳后第一次停靠在岸边。深夜,曼纽尔侧耳倾听,才意识到那木板嘎吱嘎吱响得多厉害,才知道发出声声叹息的原来是船员而不是船。他几口灌下自己的那份酒和水,顺着下层甲板走去。他和伤员交谈,或帮着清理碎木块。许多人想要他摸摸他们,因为有人目睹了他在那场惨烈屠杀中安然无恙的场景。他轻轻地触碰他们,如果他们请求,他便祈祷。后来,他又登上甲板。西南风正吹得轻柔,船在海潮怀抱中轻轻摇晃。一周过去了,天空终于不再是浓稠的血色:曼纽尔看到满天繁星,还有弗兰芒滨海的篝火,宛如掉落的星子在人间燃尽生命。

兰格尔在船中间一瘸一拐地走来走去,避开碎裂的甲板,绕着平日习惯的路线。

"你受伤了吗,兰格尔?"曼纽尔问道。

兰格尔闷闷地"嗯"了一声,曼纽尔和他并肩走着。过了片刻,兰格尔停下来,说道:"他们说你现在是圣人,因为过去几天你在甲板上到处跑。枪弹跟下冰雹似的,你却满不在乎,还毫发未伤。但要我说,你就是蠢得无可救药,活像个站在天使也要避开的地方跳舞的傻子。这是种诅咒。懂规矩和循规蹈矩的才会受伤——他们拿手的事虽说是保命的盔甲,可有时候也是致命的软肋。但胡乱撞进暴风眼的蠢瞎子却能安然无恙。"

曼纽尔看着兰格尔的步伐,"你的脚?"

兰格尔耸耸肩,"我也不知道它会怎么样。"

曼纽尔停在一盏灯下,盯着兰格尔的眼睛,"圣安娜出现了,她从半空中截下了远处冲我飞来的火炮。出于某种目的她救了我。"

"不可能,"兰格尔的手杖"咚"地敲在地板上,"你烧糊涂了,小子。"

"我可以给你看那枚炮弹!"曼纽尔说,"它就卡在甲板上!"兰格尔却拖着瘸腿走开了。

曼纽尔眺望着弗兰德斯的海面,为兰格尔的话、也为他的腿伤感到垂头丧气。他看到了自己无法理解的东西。

"兰格尔?"

"干吗?"兰格尔的声音从船腹另一侧传来。

"明亮的东西……英国人的灵魂马上,或许……"他的声音颤抖着。

"什么?"

"有东西冲我们过来了。过来看,老大。"

咚,咚,咚……曼纽尔听到兰格尔一边呼哧呼哧地跑来,一边嘟嘟囔囔地骂着。

"火攻船，"兰格尔放声大吼，"火攻船！醒醒！"

船上立马乱成了一锅粥，士兵到处乱窜。"跟我来。"兰格尔对曼纽尔说。他跟着这位领航员来到艉楼，锚缆正没在水里。兰格尔不知早从哪里搞到了一杆斧枪递给曼纽尔，"把绳子砍断。"

"船长，这样就没锚了。"

"那些火攻船太大了，没法阻止。如果是自爆船那更是活见鬼，会把我们全都炸飞的。砍吧！"

曼纽尔开始砍那小树干一般粗的锚缆，可他砍啊砍啊，才砍断了一小股麻绳。兰格尔于是夺过斧枪亲自动手，同时姿势扭曲地避免重心压到伤脚。船长的声音这才传来："砍断锚缆！"兰格尔放声大笑。

绳索"啪"地断了，船浮动起来，火攻船已经到了他们屁股后面。透过那地狱之光，曼纽尔看见英国的水手们行走在燃烧着的甲板上，如火蜥蜴或者魔鬼一般在火里穿行。毋庸置疑，他们就是魔鬼。八艘火攻船上烈焰冲天，和邪恶的英国士兵一样蠢蠢欲动。每一簇火舌都似一只金黄的恶魔之眼，搜寻着无敌舰队的身影。点点火星从盘旋的火团迸出，试图在"拉维亚号"上落地生根，把它焚为灰烬——只是枉费心机。曼纽尔拿着自己的木挂饰驱走了它们，就好像当初在西西里岛时，以同样的姿势驱走那些恶魔之眼一样。这时，船舰也被冲散，漂在海潮上，为了躲避火攻船惊慌失措地横冲直撞。其他船上，船长和军官横眉立目地冲同伴吼叫，但也无济于事。正值深夜，又丢了船锚，船队无法重新聚拢。随着夜越来越深，许多船都被吹到北海里去了。无敌舰队第一次乱了阵型，再也没能重振雄风。

战火止息后，"拉维亚号"就这样靠着船帆在北海上行驶，军官试着辨认他们周围的船只，然后明白了梅迪纳·西多尼亚的指令。曼纽尔、胡安和他们的舱友一起站在船腹处，胡安摇着头道："我以前在葡萄牙做过瓶塞。我们在英吉利海峡就像个瓶塞，被推到细脖瓶子里。只要乖乖卡在脖子里，我们就是安全的——脖子越来越细，说不定他们永远也不能奈我们何。但现在英国佬把我们推到了瓶底，我们就像瓶底的渣渣絮絮，再也出不去了。"

"反正从脖子是出不去了。"另一个人附和道。

"没救了。"

"上帝会送我们回家的。"曼纽尔说。

胡安摇摇头。

梅迪纳·西多尼亚将军决定不再强渡英吉利海峡，改道绕行苏格兰，然后打道回府。由于兰格尔对英国北方的了解在西班牙领航员里无出其右者，他被带去旗舰上待了整整一天，帮忙制定路线。

饱经战火的舰队背向红日，继续往纬度更高、气温更低的北海驶去。火攻之夜后，梅迪纳·西多尼亚以雷霆之势重整了纪律。一天，在英吉利海峡经历数次战火的幸存者都目睹了这样一幕：有个船长的船赶到了海军旗舰前头——那个位置现在是禁地——于是他被绞死在了桅桁上。那艘大帆船在舰队中来来回回地穿梭，因此每个船员都能看见那悖逆的船长的尸体，挂在桅桁上晃晃荡荡。

曼纽尔看着这一幕，心生厌恶。一旦死亡，人就只剩下了皮囊。他抬头扫视云层，却不见船长灵魂的丝毫踪迹。或许它早已经坠入深海或是堕入了地狱。死亡是种奇异的过程，不知为何，上帝总是让死后之事神秘莫测，不为人知。

"拉维亚号"忠诚地循着海军旗舰的尾迹，余下的船只也一样。它们逐渐深入北境，进入严寒主宰之地。有时他们登上甲板，迎着橙黄的晨曦，能看到绳索上结着的缕缕冰柱如钻石般熠熠生辉；有时他们在银色天空下驶过牛乳似的海面。大部分时候，海面是绀青，天光是水蓝，这样的澄澈透明让曼纽尔渴鹿奔泉般想要在航行中活下去。然而他快被冻死了，回忆起自己发烧的那些滚烫的夜晚，他觉得如同在北非海岸第一处家园一样愉悦。

所有人都在苦寒中熬着。牲畜都冻死了，厨房关了门，因为没有热汤。将军要求每个人配给定量物资，也包括他自己；接下来的航程中，他甚至因物资匮乏饿到下不了床。而水手们要拖拽浸湿甚至冻硬的绳索，境况更是糟糕。曼纽尔看着一张张阴郁的面容排队领取他们的两块饼干、一大杯酒和清水——这就是每天的配给，觉得他们将一路向北，直到太阳没入地平线，进入北极，进入由死亡统辖、上帝也鞭长莫及的冰雪王国。那时他们会马上放弃挣扎，一齐咽下最后一口气。确实，海风几乎把他们驱到了挪威，他们费了九牛二虎之力才把满身弹孔的船转为西向。

转向的时候,他们在"拉维亚号"船身上发现了二十几处新的裂缝。为了让船转向,所有人都已经精疲力竭,现在又要没日没夜地往外泵水,一天一品脱①酒和一品脱水哪里能够。死亡启程了。痢疾、寒症、细微伤口,个个致命。

曼纽尔又能看到那雾气了。它现在是墨蓝色,而人们吐吸处的颜色更要浓重得多。置身其中,他们都像是身披藏青寿衣,连头顶的灵魂火冠也变得影影绰绰。医院的伤员都死光了。许多人在弥留之际要见曼纽尔,他就去握着他们的手或轻抚他们的额头,当灵魂从头顶振翼飞出,如炭火熄灭前拼尽全力迸出光亮,他就为他们祈祷。现在,有人想见他却虚弱得无法离开舱室,他就去静立在他们身边,默默感受痛苦。有两个人从痢疾中恢复了过来,于是更多人要求见他了。船长病魔缠身时也要求过曼纽尔的抚摸,不过和剩下的大多人一样,他还是死了。

一天早上,乌云密布,滴水成冰,海面也被冻得铁青。曼纽尔和兰格尔站在船中间的壁舱前,看见士兵为了省水,正把他们的马牵上甲板赶到一边。

"我们冲出套子那会儿,他们就该这么做了,"兰格尔说,"真是浪费水。"

"我都不知道船上还有马。"曼纽尔说。

---

① 1品脱约等于568.26125毫升。

兰格尔笑了几声，"娃儿，你真是愚人们的王。带来的惊喜层出不穷。"

他们看着那些马笨拙地掉进海面，它们翻着白眼，鼻孔朝天喷出一团团蓝色雾气，在水中扑腾泅水。

"说起来，没准我们应该吃上几匹的。"兰格尔说。

"马肉？"

"应该也不会太难吃。"

马全沉了底，蓝色雾气融进铁青的海水。"太残忍了。"曼纽尔说。

"在亚热带，没风的话它们得游一个小时，"兰格尔说，"这还算好的。"他指着西边，"看见那些云团了吗？"

"看见了。"

"是飘在奥克尼群岛上空的。奥克尼或者设得兰群岛，我现在不太确定。我倒想看看这群笨蛋怎么把这艘破烂安全弄到岛上。"曼纽尔环顾四周，只能看到约莫十二艘船，无敌舰队的其他船或许早就遥遥领先不见了踪影。他回过神思考着兰格尔刚说的话，因为引航到不列颠群岛最北边本该是兰格尔的活儿。就在此刻，兰格尔却像那些马儿一样翻着眼白，瘫倒在了甲板上。曼纽尔和其他士兵一起把他抬去了医院。

"是他的脚，"卢西恩修道士说，"脚压碎了，腿也已经化脓。他本该让我替他截肢的。"

大约中午时分,兰格尔恢复了意识。曼纽尔一直握着他的手,寸步不曾离开,但兰格尔却皱着眉头,把他推开了。

"听着。"兰格尔艰难地说道,他斑白的头发十分凌乱,灵魂像一顶蓝帽子一样搭在他脑袋上。"我要交代你一句以后可能用得着的话,"他慢慢说道,"我主慈悲①。"曼纽尔重复了一遍。"再说一遍。"曼纽尔一遍又一遍地重复着这些音节,就像拉丁祈祷文。兰格尔点点头,"我主慈悲。很好,要永远记得。"然后,他盯着头顶的甲板梁,再也不回答曼纽尔的任何问题。各种情绪阴影般在他脸上飞速掠过,最后,他意味深长地看向曼纽尔,"摸摸我吧,孩子。"

曼纽尔轻抚他的前额,兰格尔带着一抹自嘲的笑容合了眼——他的蓝色火冠振翅穿过甲板,消失了。

他们在黄昏时海葬了他,那时雾色朦胧,残阳如血。卢西恩修道士低声喃喃,用难以察觉的音量做着简短的弥撒。曼纽尔把他的木饰紧贴在兰格尔僵冷的手臂上,直到皮肤上深深地印下十字痕迹。他们把他掷下了船。曼纽尔看着这一切,冷静得异乎寻常。几周前同伴们被战火撕裂的时候,他还悲痛欲绝、吼得撕心裂肺;现在看着曾经教导过自己、保护过自己的人被冷如寒铁的大海吞噬,他也不懂自己的内心为何会毫无波澜。

兰格尔过世已经有几夜了,曼纽尔坐在舱室里,看着边上一窝幼猫般挤作一团熟睡的室友。他看着一簇簇蓝色火焰在疲惫的躯

---

① 原文为"Tor conaloc an dhia",爱尔兰盖尔语。

体头顶盘旋,眼神空洞又木然。他很累。

卢西恩修道士从窄门探进脑袋,低声道:"曼纽尔,你在吗?"

"我在。"

"跟我来。"

曼纽尔起身跟着他,"我们去哪儿?"

卢西恩摇摇头,"是时候了。"他接下来说的话都是希腊语。他手执一柄三面百叶雕窗小烛灯,借着它的光亮,他们穿过舱口进入了下层甲板。

尽管曼纽尔住的舱室在炮甲板底下,却不是船的最底层。"拉维亚号"其实很大,舱室下面还有三层没有舱门的甲板,都在吃水线以下。这里永远幽暗,存放着水桶、饼干桶、火炮、绳索和其他物资。他们穿过军火室,里面的军械士都穿着毛毡拖鞋,免得靴子带起火花把船炸飞。他们寻到一个带船梯的舱口去往更下层甲板。每下一层,通道就更狭小,他们只能弓着身子往前走。又下了一层,曼纽尔越发意外,他以为已经到了龙骨位置,要不就是位于其下方的屋子——但卢西恩显然明白自己在哪。他们往更深处走去,穿过一段迷宫般阴暗潮湿的木走廊。曼纽尔早就迷路了,只得紧紧抓着卢西恩的胳膊,生怕和他走散后孤立无援地困在船底深处。终于,他们来到一扇门前,那狭小的走廊到了尽头。卢西恩轻轻地敲敲门,低声说了些什么。门开了,扑面的光亮让曼纽尔有些眩晕。

习惯了逼仄的走廊,他们进来的这间屋子显得很宽敞。这儿专门堆放缆绳,位于船头,就在龙骨层上方。自火攻船那一战之后,"拉维亚号"就没什么缆绳了,仅剩的都堆在这间屋子角落里。侧梁钉着一架枝状铁烛台,上面的蜡烛照亮了它们。房间里有一英寸深的水,倒映得烛焰像一团团白光。弧形的墙面也渗着水滴,微微发光。房间中央立着个箱子,上面盖了块布。几个人围着箱子站成一圈:一名士兵、一名海军士官,还有些曼纽尔只打过照面的水手,他们头顶的钴蓝色火焰给屋里蒙了一层微蓝的光晕。

"我们准备好了,神父。"其中一人对卢西恩说。修道士把曼纽尔带到那倒放的箱子前,其他人自动将他围成一圈。后墙处,墙根和地板不甚贴合,曼纽尔看到墙缝处有两只皮毛油亮的棕色大老鼠,因觉察到屋内的异动,它们的胡须微微抖动,眼珠滴溜滴溜,窸窸窣窣地嗅来嗅去。曼纽尔眉头紧蹙,一只老鼠"扑通"落入地板积水中,然后顺着墙根游走。它的尾巴像小蛇一样来回甩动,本性在曼纽尔面前暴露无遗。另一只老鼠就站在原地,眨着亮晶晶的小圆眼,恬不知耻地迎上曼纽尔那不甚友好的目光。

卢西恩一边从箱子后扫视每一个人,一边用拉丁文诵读。曼纽尔听得懂第一部分:"我信上帝,全能的父,创造天地的主,创造有形和无形万物……①"卢西恩从这里继续念道,语调铿锵而抚慰、恳切又骄傲。念完信经,他又拿起另一本书——正是那本他曾随身携带的小书,用西班牙语诵读道:

---

① 出自《尼西亚亚圣经》,基督教古老信经之一。

"以色列,汝可知,所谓生死恰如白墨珠串于一线;此一线乃永恒之变化,乃吾不变之生命,渺渺兮生死交横绸缪,无穷尽也。

"狂风驱船偏航入险滩,乱神逐人失智堕深渊。

"观之!是日将至。彼时狂风止于光曜,弊秽锢于光熙;灵冠将降光辉福泽以庇佑众生。"

卢西恩读这一段时,那士兵在屋内慢慢挪动。他先在箱子顶放了一碟切成薄片的饼干,还有一碟面包——在海上几个月,面包早就硬如磐石,切也切不开,所以被磨成了色如蜂蜜、几近透明的圣饼,上面零星几个虫洞让圣饼看起来像磨平打了孔做配饰的旧硬币。

接着,士兵又从箱子后拿出一个空玻璃瓶,上面裁掉了一半,看起来像只碗。他一手握着酒瓶,在碗里斟了一半船上那味道糟糕的酒,然后放下酒瓶,在修道士结束诵读时绕了众人一圈。在场每个人手上都有割伤,或多或少渗出血迹。他们接过酒瓶,扒开伤口,把血滴进去。曼纽尔看到那酒的颜色渐浓,和着蓝光显出深堇紫色。

士兵把酒瓶放回那碟面包旁边,卢西恩修道士已经诵读完毕。他看着箱子,又诵出最后一句:"灯焰兮!明神智之深穴,异彩炯然,赠热与光于汝之所爱,则吾等与汝同在。"他把碟子端在手上,一边绕着屋子走,一边把圣饼递送到人们口中。"基督之体,给予你。基督之体,给予你。"

曼纽尔"啪"的一声咬断圣饼,咀嚼着。他至少明白他们在干什么——这是为死者举行的圣餐:为了兰格尔,为了所有死难者。他们命数已定。那潮湿的弧形墙外就是深海,海水紧压着木板一点一滴地挤进来。他们终将被海水吞噬、沉入海底,他们的肉身将成为鱼儿腹中之食,白骨则成为海底的摆件——那是上帝鲜少涉足之地。曼纽尔觉得那嚼碎的饼干难以下咽。卢西恩修道士拿起半瓶酒举到口边,先说道:"基督之血,为你而流。"曼纽尔阻止了他,接过他手中的酒瓶。士兵向前一步,但卢西恩挥手示意他走开。他在曼纽尔面前跪下来,又在身上画着十字,只是动作次序颠倒,跟希腊人一样自左向右。曼纽尔说道:"你就是基督之血。"一边把碗举到卢西恩唇边,倾斜酒碗帮助他饮下。

他对所有人都一视同仁,包括士兵在内。"你就是基督。"在场所有人都是第一次体验圣餐,有些人勉强才能咽下这食物。待他们都饮过了酒,曼纽尔把酒瓶举到唇边,饮尽了最后一滴。"卢西恩修道士的书上说,灵冠将降光辉福泽以佑众生,而我们要化身基督。确实如此。我们饮了酒,现在就是基督了。瞧——"他指着墙根下那只老鼠:它此刻正用后腿站立、搓洗着前爪,看起来就像在祷告,亮晶晶的小圆眼盯着曼纽尔。"就连走兽也知晓。"他掰断一块圣饼,俯身递给那只老鼠。老鼠用前爪接过便啃咬了起来,也顺从地接受了曼纽尔的抚摸。曼纽尔直起身,只觉得血液涌上头顶。每个人头顶都燃着一顶火冠,火舌呼呼卷上屋顶舔舐着船梁,整间屋子照得通亮——"他降临了!"曼纽尔大喊,"他以光与我们联结,看!"他挨个触碰他们的前额,每个人都看见了熊熊燃烧的灵魂,不禁指着彼此的头顶、睁大双眼显出诧异之色。他们在这明澈的圣光中紧紧相拥,泪水从脸颊滑落,胡须间却绽出明朗的笑容。烛光映在水汪汪的地面后碎为千簇,翩然起舞。那老鼠被吓了一跳,飞快溜回墙下的缝隙。他们开怀大笑,笑啊,笑啊……

曼纽尔手臂搂在修道士肩上,他的眼中也闪耀着欣喜。"太好了,"等他们都安静下来,曼纽尔说道,"上帝会送我们回家。"

他们回到上层甲板,仿佛一群从常去嬉闹的岩洞中玩耍归来的少年。

虽然失去了兰格尔,虽然很多船实属侥幸,无敌舰队还是成功穿越了奥克尼群岛。然后他们进入了北大西洋,那里的海浪更汹涌、波谷更深幽,谷顶比"拉维亚号"的船楼还高,一浪盖过一浪。

西南方吹来的狂风一直在持续。三周后,他们到西班牙的距离,比起当初溜过奥克尼群岛时,并未更近分毫。"拉维亚号"的境况令人绝望,其他船舰也是如此。"拉维亚号"上每天都有人咽气,他们被扔下甲板,除了曼纽尔在他们手臂按下的十字印,再没有任何仪式。死亡倒是让水和食物的短缺问题不那么尖锐,但形势却依然严峻。"拉维亚号"现在只能由代理船员掌控,士兵是主力。没有人手去操作水泵,但大西洋每天都在已经开裂的船身播种新的裂痕。船体开始大量进水,以三副身份航行的代理船长决定——必须直奔西班牙,不再考虑知之甚少的爱尔兰西海岸。其他几艘受损船只的船长一致同意这个决议，于是，他们向本已向西、遥遥领先的主力舰传达了南下西班牙的建议。梅迪纳·西多尼亚躺在病床上表示了赞同，“拉维亚号”开始向南进发。

天不遂人愿，转向后不久，一场风暴从西北袭来，他们毫无招架之力。“拉维亚号”时而跌落波谷，时而又被推上峰浪，一波接一波，直到饱受折磨后停靠在爱尔兰背风岸边。

每个人都晓得，要结束了。曼纽尔也晓得，因为云雾成了浓重的墨色。黑云像数千枚火炮在船桅附近翻滚，时不时轰然撞击，然后向海面劈下一道闪电。海也是一片黑色，只是没那么浓厚。狂风像海浪一样肉眼可见，怒号着、冒着黑雾在主桅周遭盘旋。曼纽尔在这浓黑中什么也看不见，但有人在风暴中瞥见了背风岸。他们绝望地失声惊叫——爱尔兰西海岸都是悬崖峭壁。真是穷途末路了。

曼纽尔对这位现任三副船长敬佩得无以复加。只见他掌着舵，仰头冲瞭望台大吼，让他们在面前的悬崖下找一处海湾。然而和许多人一样，曼纽尔对他坚守岗位的命令充耳不闻——这明显是白费劲。桅楼上的船员紧紧相拥、互道永别；有人蜷缩在甲板壁舱后瑟瑟发抖；还有人到曼纽尔身边请求抚摸，但曼纽尔正躁怒地在艏楼乱转，只在他们额前抬手扫过。曼纽尔一碰他们，有人便即刻魂归天堂了，还有人则从船边一头扎进海里，像海豚般在海浪中沉沉浮浮。曼纽尔无暇顾及这些，他正忙着祈祷，歇斯底里地嘶吼着祈祷。

“为什么降临风暴？上帝，为什么？先是让人寸步难行的顶头北风,它正是我现在在这里的原因。是你想让我在这里,但是为什么? 为什么? 胡安死了,兰格尔死了,彼得罗死了,哈伯丁死了,不久我们都要死了,为什么? 不该是这样。你保证过会带我们回家!"他怒气冲天,掏出割过火绳的利刃,爬下被海水淹没的船腹,来到主桅。利刃深深刺入木板,一下又一下。"来啊! 让你的风暴好好瞧瞧!"

"这是亵渎神明。"他把刀拔出来扔到一边,兰格尔的声音响起,"你知道刺桅杆意味着什么。在风暴中这么做,你会冒犯比耶稣更古老、甚至更强大的神明。"

"说起亵渎神明,"曼纽尔答道,"那么说的时候,想想你自己为什么成了漂在海上的鬼魂吧。你才应该小心。"他抬头看到圣安娜,正在主桅楼给三副指引方向。"你听到兰格尔说的了吗?!"他冲她大喊。她没有回音。

"还记得我教你的那句话吗?"兰格尔问。

"当然。别烦我了,兰格尔,我马上要变成和你一样的游魂了。"兰格尔后退一步,但曼纽尔念头一转,说道:"兰格尔,为什么我们要受到这样的惩罚? 我们明明是为上帝而战,不是吗? 我不明白。"

兰格尔微笑着转过身去,曼纽尔看到他身后原来有一双翅膀,羽翼在这黑风孽海中显得格外洁白丰盈。他紧握住曼纽尔的手臂,"我知道的一切,你也都了然。"他振翅几下飞离地面,像海鸥一样,在这墨染的天空中身姿轻颤,灵巧地往东飞去了。

在圣安娜的帮助下，三副在悬崖间找到一处缺口——是个很大的海湾。无敌舰队其他船只也已发现了它，"拉维亚号"疲惫地徐徐靠近海岸时，它们已经零零散散地停在了一大片海滩上。船底一碰到地面就开始分崩离析。浑浊的海水撞击着倾斜的船体，曼纽尔爬上艉楼船梯，那里乱糟糟地缠着一堆前桅断裂后掉下来的绳索。主桅掉到了船下，船体一侧的挡风板碎了，看起来像个破浴盆，在他们眼前哗哗地涌着海水。浮木中，曼纽尔看到一块木板上面镶着枚黑色炮弹，毫无疑问这就是被圣安娜拦在半道上的那枚。想到她曾救过他的命，曼纽尔逐渐冷静下来等她现身。沙滩离他们就几艘船的距离，但在浓厚的黑雾中几乎踪迹难辨。和很多人一样，曼纽尔也不会游泳，他目光急切地搜寻圣安娜的身影。这时，卢西恩修道士出现在他身边，穿着一身黑袍，越过凄厉的狂风传来他的吼声："如果我们抓着木板，就能漂到岸上！"

"你先走，"曼纽尔也冲他喊，"我要等圣安娜！"修道士耸耸肩。暴风吹得他的袍子猎猎作响，曼纽尔看到卢西恩在试着挽救金色圣衣，把它们捆成一串缠在腰间。卢西恩艰难地走到横杆边跳了下去，落到一块海浪从船上卷走的木板上。然而他没能抓住，瞬间便沉没了。

艉楼已被咽入水中，喷着雪沫的碎浪很快就会把它从龙骨上撕下来。大部分人已经逃离了船骸，把性命寄托在一块块飘零的碎屑上，但曼纽尔仍然在等待。正在忧心之时，他突然看到了自己的圣祖母,她的模糊身影立在海滩上人群中间,向他示意。她迈步踩上白浪,他恍然大悟。"当然,我们是基督啊! 我会像他那样,走上海岸。"他一只脚试着踩踩水面:感觉……好像……不太坚固,但肯定可以支撑——就像他们曾去过的现在已经被压毁的教堂,上帝坚定的支撑上面只是覆盖着一层薄薄的海水。于是,曼纽尔迈步踩上下一朵齐艏楼高的海浪,然后跌进了海里。

"喂!"他呛了几口水,气急败坏地挣扎着想要漂在海面。"喂!"只有腥咸的海水,却没有圣安娜的回音。他开始溺水,痛苦万分,却在挣扎时想起小时候的场景——父亲带他去摩洛哥海滩看前往麦加朝圣的船只渐行渐远。那和爱尔兰海岸这番场景截然不同:骄阳似火,茶棕色海滩,海水温热,他和父亲去浅水湾嬉戏,追逐漂在海面的柠檬。父亲把柠檬投到水更深的地方,柠檬在水面一沉一浮,曼纽尔扑腾着去把它们捡回来,一边呛水一边放声大笑。

曼纽尔呼哧呼哧喘着粗气,止不住地咳嗽,努力地蹬水想把脑袋送出水面。他脑中能原原本本勾画出那些柠檬的样子——柠檬在碧绿的海面浮动,椭圆的小球表面坑坑洼洼,颜色像拂晓时分在地平线露出脑袋尖的太阳……它轻巧地探入水下,又在别处咕嘟冒出头。曼纽尔想象自己也是一颗柠檬,同时努力想象当时在他身边浅水区刨水的狗。胳膊下压,却不管用。他在海浪裹挟下,像柠檬一样翻滚着被卷向岸边。他撞到水底,站了起来,水只有齐腰深。另一波海浪从背后袭来,他又探不到地面了。这不行! 他想。手肘撑进沙子,他转过身站起来。这次,水只到膝盖。他一边关注黑暗处汹汹而来的海浪,一边拼尽力气拔腿走到一片粗砂地,那上面覆盖着一层松软的海藻。

在他不远处的海滩上,有士兵、同伴,还有其他从沉船上幸存的人。但在他们之间,有士兵坐在马背上——英国兵,骑马的、站着的。看到这一幕,曼纽尔不由得发出一声呻吟——利剑和棍棒向筋疲力尽的人挥舞着,痛得他们满地乱滚。"不!"曼纽尔大喊,"不!"但这如此真切。"上帝啊……"他嗫嚅着,慢慢瘫坐在地。沙滩上,英国兵正用棍棒狠揍他的弟兄,他们的脑壳像敲碎的鸡蛋,蛋黄汩汩淌进岩石缝里。曼纽尔双手紧攥,麻木的拳头狠狠地砸进沙子。高大的马队在幽暗中阴森森地逼近,曼纽尔眼中顿时写满了恐惧。他们冲着他过来了。"我要让自己消失不见,"他下定决心,"圣安娜会帮我隐藏起来的。"然而想起自己跌落入水中那一幕,他决定自己促成神迹——他向沙滩又踉跄几步,在一堆极高的海藻下面挖了个洞。不需要它,他也可以隐匿起来,但毫无疑问,覆在海藻下能保持温暖。他怀着这个想法躺在地上,止不住地颤抖,身体和双手一样都失去了知觉。

他醒来时,英国兵已经消失无踪了。沙滩上,伙伴们横陈的尸体像一片片苍白的浮木,乌鸦和野狼已经流着涎水聚在了他们身边。他不太能动弹,花了半个小时才勉强抬起脑袋打量海滩四周,又花了半个小时,他才挣脱身上覆着的海藻。接着,他又瘫了下去。

再次清醒时,他发现自己躺在一根巨大的原木后面。经历了数年在沙滩上的抛磨,它已经变成了银白色。空气再次变得澄澈,他感到空气淌进身体又流出去,却都是肉眼不见的。正是清晨:东曦既驾,风暴已停。每挪动一寸身体,曼纽尔都要花很大力气,就像彻底重生了一次似的。他感觉自己的皮肤仿佛早已被海水腌透,除了裤子还剩些破布条围在腰间,其他的衣服都丢了。他使出吃奶的劲挪动着胳膊,用僵硬的食指碰了碰那块浮木。他有触感,他还活着。

他的手又滑落进沙子。手指刚触碰过的浮木变了,中央沁出一片碧绿,从中拱出一芽嫩黄,直向太阳生去。新叶曼妙舒展,瞬间绿盖如阴。曼纽尔痴痴地看着,浑然不知在目光之下,一枝花苞正悄然绽放:一朵白色玫瑰,冰清玉润,在清亮的晨光中熠熠生辉。

他强撑着站起来,用海藻遮住身体,往内陆走了不足一里便遇到了人。确切说来是三个人,两男一女。曼纽尔从未见过有谁像他们这样野性、这样不修边幅:男人的胡须从未修剪过,双臂和兰格尔一样,如船桁杆一般粗壮。那女人和圣安娜的微型画像别无二致,直到她走近了些,他才看到她原来污手垢面、牙齿豁裂,满身斑痕状如犬腹。他从来没见过这样的斑纹,只是愣愣地盯着它——也盯着她;而他们也愣愣地盯着他。他怕他们。

"帮我藏身,躲开英国人,求求你们。"他说道。听到"英国人"这个词,他们皱起眉头,骄傲地扬起了头。他们情绪激动地向他说着什么话,他却听不懂。"救救我,"他说,"我不懂你们在说什么。救救我。"他挨个试了西班牙语、葡萄牙语、西西里语和阿拉伯语，两个男人开始有些愠怒。他又试了拉丁语，他们退了回来。"我信上帝，全能的父，创造天地的主，创造有形和无形万物，"他笑着，颇有些歇斯底里，"尤其是无形的物。"他扯着自己的木饰给他们看上面的十字架。他们打量着他，茫然不知所措。

"我主慈悲。"他脱口而出，四个人都吓了一跳。接着，两个男人移步到他身边稳稳地扶住了他，他们手舞足蹈地同他交谈。女人微笑着，曼纽尔才看出她很年轻。他又跟他们重复那些音节，他们于是更健谈了。"谢谢你，兰格尔。"他说，"谢谢你，安娜。安娜。"他对那女孩说道，一边向她伸出手，她却尖叫着向后退去。他便再次重复了那句话。由于他无力行走，身边的两个男人便抬着他，穿越了一片石楠丛。他微笑着亲吻两个男人的脸颊，惹得他们直笑。他重复着那神奇的语句沉沉陷入梦境，梦里也在微笑着重复这一句：我主慈悲。女孩拨开他眼前的湿发，曼纽尔感受着这轻抚，感到内心再度绽开了新蕾。

——以上帝之名降以仁慈——

（崔龚荣秀　译）

好 彩

　　战争会滋生出一些奇奇怪怪的消遣方式。1945年,在北太平洋的天宁岛上,弗兰克·简月上尉开始在拉索山顶砌鹅卵石堆——每起飞一架B-29①就堆一颗鹅卵石,每出一次任务就会有一座卵石堆,最大的一堆能有四百颗石头。这是一种不需要动脑子的把戏,打扑克牌也是。第509混合飞行大队的这群人,就坐在棕榈树下翻倒过来的板条箱上,汗流浃背地打着不知道第几百手扑克,咒骂着赌上所有的薪水和香烟。他们一把又一把地玩儿,直到卡牌变得像狗耳朵般软趴趴的,甚至能当厕纸用了。简月上尉受够了这些,便老往山上跑,几次之后,一些队员也开始跟着他跑。再等到飞行员吉姆·菲奇加入后,这便成了一种类似于往空地扔燃烧弹或是猎捕迷路的日本兵的官方活动。简月上尉对于把戏的升级无言以对,这时菲奇队长递给他一个破酒瓶。"嘿,简月,"菲奇喊,"扔一个燃烧弹

---

　　① 美国一种螺旋桨型战略轰炸机,绰号"超级空中堡垒"。

试试!"

简月晃悠过去,接过瓶子。菲奇嘲笑他的鹅卵石堆,"你就是在那儿练习轰炸技术,嗯?教授?"

"对啊。"简月有些不大高兴。任何读过连环画以外书籍的人对菲奇来说都是教授。他猛灌了一口朗姆酒,在这里,没有那个团体心理治疗师的监视,他想怎么喝就怎么喝。他把酒瓶递给领航员马修中尉。

"这就是为啥他是最厉害的,"马修开着玩笑,"永远在练习。"

菲奇笑起来,"他是最好的,是因为我让他成了最好的,对吧,教授?"

简月皱起眉。菲奇是个身材魁梧的年轻人,长了一对猪泡眼,在简月看来他就是个彻头彻尾的恶棍。其他队员和菲奇差不多大,二十五岁左右,都很喜欢他们队长那种专横跋扈的作风。但三十七岁的简月有些格格不入。他信步走开,回到一直砌着的石堆旁。在拉索山上,他可以俯瞰从"华尔街"港口到"哈林区"北场的整座岛屿。简月看到过数百架B-29从北场的四条平行跑道起飞,呼啸着飞往日本。这次特殊任务的最后四架飞机轰鸣着跃过整座岛,简月对准石堆的缝隙又扔下四颗石头,有一颗卡得刚刚好。

"它们在那儿!"马修说,"它们在滑行道上。"

简月看到了509大队的第一架飞机。今天,就在8月1日,比起观摩"超级空中堡垒"大巡游,他们有更好玩儿的要看。之前有消息说,李梅将军打算取消509大队的任务。而他们的指挥官蒂贝茨上校和李梅将军进行了私下会面。最终,将军同意由他们来执行任务,但有个条件:得带上将军的人和509大队一起进行试飞,以确保他们能够胜任在日本上空的作战。将军派的人已经抵达,现在他和蒂贝茨上校一起带着一小队人坐进了轰炸机里。简月悄悄溜回同伴中间一起观看起飞。

"这架轰炸机为啥没名字?"哈多克问。

"刘易斯不会给它取名字的,这不是他的飞机,他很清楚这点。"菲奇说,其他人笑起来。刘易斯和他的手下不太受其他队员待见,毕竟他们是蒂贝茨的得力干将。

"你们觉得他会怎么对付将军派来的人?"马修问。

其他人一笑置之没有说话。"我敢打赌,他在起飞时就会搞坏一个引擎。"菲奇指了指堆在每条跑道尽头的B-29残骸,都是在起飞时引擎报销了,"要真出故障,他也会尽全力不让自己坠毁。"

"他当然不会!"马修说。

"希望如此。"简月低声说。

"他们太早让那些莱特发动机投入使用了,"哈多克严肃地说,"它们总在起飞的负荷下出问题。"

"蒂贝茨那头老牛才不在乎这些。"马修说。然后他们讨论起蒂贝茨的飞行技术,连菲奇也加入进来。他们一致认为蒂贝茨是最好的飞行员,但对简月来说,比起菲奇,他更加不喜欢蒂贝茨。这得从他被调到509大队后说起。他被告知自己是战事中最重要群体的一员，然后就给他放了个假。两个从英格兰回到维克斯堡的飞行员给他带了不少威士忌，鉴于简月之前在伦敦附近驻扎过几个月，他们有许多事情可聊，结果喝得酩酊大醉。两人对他的情况十分好奇，但简月每次都含糊其辞糊弄过去，然后不停把话题转移到闪电战上。比如，他曾和一位英国护士约会过一阵子，她的公寓被炸了个稀巴烂，家人和邻居都死了……但他们还是不依不饶刨根问底。于是简月只能说自己在执行一项特殊任务，这俩立马亮出徽章表明自己是军情处的，如果他再像这样随便泄露机密危害安全，就会被发配到阿拉斯加。这是个肮脏的套路。简月回到温多弗当面把这事告诉了蒂贝茨，后者脸涨得通红，对他又是好一顿威胁警告。从此，简月就特别鄙视他。也因此，简月算是彻底告别了前线，因为蒂贝茨只提拔自己偏爱的人。简月也不确定自己是不是真的在意这件事，但在这一年的训练中，他变得比以往任何时候都擅长轰炸，决心以此来证明这老家伙将他除名是错误的决定。每次他俩目光相接，彼此之间的隔阂都显露无遗。但无论简月变得多么优秀，蒂贝茨都没做出丝毫让步。一想到这些，简月气得捡起鹅卵石瞄准一只蚂蚁砸过去。

"你能消停点儿吗?"菲奇抱怨道，"我敢打赌你拉屎的时候肯定也吊在天花板上，好练习瞄准茅坑。"大家笑起来。

"我不就睡在你上铺吗?"简月问，接着指了指，"他们要起飞了。"

　　蒂贝茨的飞机滑行进入贝克跑道。菲奇又把酒瓶传了一圈。酷热的阳光炙烤着他们,岛屿周围的海面波光粼粼。简月抬起汗湿的手压了压棒球帽檐。

　　四个螺旋桨猛烈地转起来,流线型的"超级空中堡垒"迅速加速,呼啸着冲过贝克跑道。在到达跑道的四分之三处时,飞机最右边的螺旋桨出现了故障,晃动起来。

　　"哎哟!"菲奇叫出声,"我告诉过你们他会出问题!"

　　机头抬起,离开地面,向右倾斜,接着又在简月身边四个年轻人的欢呼声中拉回航线。简月又指了指飞机,"他把三号引擎也关了。"

　　在右翼内侧的螺旋桨也故障后,整架飞机仅仅靠着左翼动力向上拉升,右边的两个螺旋桨被风吹得胡乱转动,完全没了用处。"我的天哪!"哈多克喊出声,"蒂贝茨这老家伙真有两下子!"

　　他们吼叫着,眼睁睁看着飞机快速推进,为蒂贝茨的胆大捏了把汗。

　　"上帝啊,李梅的人会对这次飞行印象深刻,"菲奇咒骂道,"哎呀,快看! 飞机在倾斜!"

　　显然,对蒂贝茨来说,仅用两个引擎起飞还不够,他驾驶飞机向右转了个幅度极大的弯,让飞机丧失动力的右机翼侧立起来。飞机完成转向,朝天宁岛飞回来。

　　然后,左边也有一台引擎失灵了。

战争撕碎了许多人的想象。这三年来，弗兰克·简月一直禁锢着自己的想象力，不让它们有任何发挥空间。他拒绝去思考无时无处不在的危险、轰炸带来的影响以及其他参战者的命运。但战争的残酷让他失去了对这一切的掌控：英国护士的那间公寓，鲁尔区上空的那次任务，他甚至曾眼睁睁地看着自己飞机正下方那架轰炸机被高射炮打得四分五裂。后来他在犹他州待了整整一年，那种曾经对想象力的牢固把控已然悄悄溜走了。

所以，当看到2号引擎也失灵时，他的心在胸腔里微微一颤。无奈的是，跟蒂贝茨一起上飞机的是一队的投弹手费雷比，他此刻有些担心这位飞行员了。

"只剩一个引擎了？"菲奇问。

"确实只剩一个了。"简月严肃地说。尽管他都有些不忍直视驾驶舱里的恐慌，他们拼命地想启动右边两个引擎。飞机正飞速下坠，蒂贝茨将飞机拉平，沿着航线往岛屿返航。右边两个螺旋桨转动着，模糊的残影发出一丝丝光亮。他们需要更多升力。蒂贝茨试图将飞机驶过岛屿上空，或许他想尝试在岛南的短跑道上迫降。

但天宁岛的地势太高，而飞机又太重。它咆哮着冲进海滩上方的丛林，那里是"42街"与东河交汇的地方。一片火光升腾起来，爆炸声响起时，他们便知道机上将无人生还。

黑色的烟柱高耸入白色的天空。在拉索山令人震惊的寂静中，只剩昆虫的嗡嗡和树木燃烧的噼啪声响。简月肺里的空气仿佛被一瞬间抽走。他就这么眼睁睁地看着费雷比走到生命的尽头,他似乎身临其境般听到了绝望的呼喊,看到了最后那片涌动的绿色,那种被牙医钻剜牙齿般的疼痛让他呆立在原地。

"哦,我的上帝啊!"菲奇念叨起来,"我的老天爷。"马修呆坐在原地。简月拿起破酒瓶子,朝菲奇丢过去。

"快、快来。"他有些结巴。自打十六岁起他就再没口吃过。他带着这群人冲下山。当抵达"百老汇"大道时,一辆吉普开过来,滑行着停在他们面前。是蒂贝茨的主参谋长斯科尔斯上校。"出什么事了?"

菲奇告诉了他。

"那些该死的莱特发动机。"斯科尔斯说着,其他人也蜂拥而至。这次可真是在错误的时机干了错误的事。或许只是因为美国本土的一些焊工在焊接时让火焰与金属的接触比平常少了一秒——抑或因为一些同样细小且微不足道的琐事—— 一切就变得不一样了。

他们在"42街"与"百老汇"的交汇口与吉普车分开,往东徒步走过一条狭窄的小路,来到海岸边。一圈巨大的树正在熊熊燃烧,消防车已就位。

斯科尔斯站在简月身边,神情沮丧。"那可是整个第一梯队啊。"他说。

"我知道。"简月还没从震惊里恢复过来,他的那些想象被碾碎、烧成灰、无情地毁灭了。在他还是个孩童时,他曾把被单绑在手臂和腰上,从房顶跳下来,胸口着地。这次的感觉和那个差不多。尽管他并不知道这次的碰撞会带来什么后果,但他怀疑自己切切实实地撞上了什么坚硬的东西。

斯科尔斯摇了摇头。半个小时过去,火快被扑灭了。简月的四个同伴正和海军聊着天。"他本来想以他母亲的名字来命名这架飞机,"斯科尔斯看着地面说着,"他今早才告诉我的。他打算叫它艾诺拉·盖①。"

夜晚的丛林仿佛会呼吸,炙热的气息冲刷着509大队的驻地。简月站在匡西特活动屋②门前,希望能感受点儿真正的微风。今夜没人打牌。大家都很沉默,面色凝重。有些人在帮牺牲的战友收拾细软装箱。大部分都躺在自己的床铺上。简月放弃了吹风,爬上自己的上铺,盯着天花板。

他观察着顶上凹凸不平的波纹。蟋蟀的鸣叫打断了他的思绪。下铺正进行着一场以略有内疚的口气进行的激烈交谈,而菲奇正是这场谈话的中心人物。

"简月是现在剩下的人里最好的投弹手,"他说,"我的话,和刘易斯水平差不多。"

---

① 真实历史中,在广岛投下第一颗原子弹"小男孩"的B-29轰炸机的名字。

②1941年,美国罗德岛的匡西特海军基地使用的一种预制构件搭成的长拱形活动房屋。这种房屋装卸简单,移动方便,特别适合作战。在战后也得以广泛使用。

"但斯维尼也是啊,"马修说,"而且他和斯科尔斯是一伙的。"

他们正在琢磨接下来会由谁来接手轰炸。简月有些生气。蒂贝茨和那些人死了不到十二小时,他们就已经在为谁来接手而争吵了。

简月抓起一件汗衫,套上身,翻下床铺。

"嘿,教授。"菲奇说,"你去哪儿?"

"外面。"

尽管已快临近午夜,但天气依然闷热。蟋蟀在他走过时消停了一会儿,接着又在身后叫起来。他点燃一支烟。黑暗中,两两组队宪兵在围起来的驻地里巡逻,活像两枚行走的臂章。他们就是509大队里的囚犯。而其他组的飞行员已经无聊地开始朝围栏外扔起石头。简月用力地吐出一口烟,好像这样就能把厌恶排出体外。他们还是一群小屁孩儿,他这么安慰自己。他们的思想在战争中成形,为战而生,为战服务。他们很清楚不能为死者哀悼太久,背负着这样的重担会把自己压垮。这种态度对简月来说没毛病。毕竟,这态度是蒂贝茨培养出来的,所以这也是他应得的。蒂贝茨肯定希望自己在一次次的任务执行中被尘世淡忘。他活着的意义就是朝日本兵头上扔那些不为人知的玩意儿。除此以外,作为一个人,他的妻子、家庭,或者别的什么东西他都不在乎。

所以,困扰简月的倒不是同伴们的无情无义,而是在训练一年后那种迫切想发动空袭的想法。这倒也挺正常,如果你在孩童时期就跟随蒂贝茨这样的战争狂热分子,被他培养、受命于他,那就会完全不计后果。

但简月不是孩子,他不会让蒂贝茨这样的人对他的思维产生任何影响。至于蒂贝茨那个不为人知的玩意儿,可不太正常。他猜那都是些化学武器之类的违反日内瓦公约的东西。他把烟头掐熄在鞋底,烟蒂扔过围栏。酷热的夜色笼罩下,他头疼起来。

几个月以来,他很确信自己永远不可能驾驶轰炸机了。蒂贝茨和他眼神交汇时(简月非常清楚那种眼神)流露出的厌恶是那么强烈而真实。蒂贝茨明白简月之前在索尔顿湖上空飞行演练的优秀记录是对他的一种挑衅,仿佛在通过这种方式告诉他:虽然你讨厌我,我也讨厌你,但你就是拿我没辙。这项优秀的记录也迫使蒂贝茨不得不把简月留在后备队伍里,但简月明白,这已经足够让自己远离战事了。

现在,他不是那么确定了。蒂贝茨死了。他又点燃一支烟,手有些颤抖。骆驼牌香烟有点儿苦涩。他把烟扔过围栏,朝一位正在后退的"臂章"扔过去,却立马后悔了。简直就是浪费。他走回了驻地。

在爬上床铺之前,他从置物柜里拿出一本书。"嘿,教授,你读的啥?"菲奇笑着问。

简月给他看了看蓝色的书封,《冬天的故事》,一个叫伊萨克·迪内森的人写的。菲奇翻了翻这本战时版本,"色情吗,嗯?"

"当然，"简月语气有些沉重，"这家伙每页都有性描写。"他爬上床铺，翻开书。故事比较晦涩，不易读懂。下铺传来的声响让他有些困扰，很难集中精神。

当他还是阿肯色州农场的一个普通男孩时，简月就尽可能地阅读他所能接触到的一切。每到周六下午，他会和父亲赛跑，沿着泥泞的小路奔向邮筒（他父亲也是位阅读爱好者），抓起《星期六晚邮报》，如饥似渴地读完每一个字。但这也意味着他又有一周时间没啥新玩意儿可以读了，可他就是忍不住。他的最爱是关于霍恩布洛尔①的小故事，然而其他任何文章也都行。这是他逃离农场的一种方式，也是去往新世界的一条路。最后，他成了那种随时翻开一本书便能读进去的人。

但今晚不行。

第二天，牧师举行了一场追悼会。那天早上，斯科尔斯上校吃过早饭后，朝营房的门里望了望。"十一点做简报。"他宣布道，神色有些憔悴，"早点儿到。"他充血的眼睛盯着菲奇，勾起一根手指，"菲奇、简月、马修——跟我来。"

简月套上鞋。其他人都坐在床铺上默默看着他们。简月跟着菲奇和马修走出营房。

"我和李梅将军在无线电上谈了大半夜，"斯科尔斯注视着他们

---

① 英国畅销作家佛瑞斯特代表作中的主人公，描写霍恩布洛尔船长的海上传奇，故事人物正直、勇敢、智慧、富有冒险精神。

的眼睛说,"我们决定,你们将担任轰炸行动的第一梯队。"

菲奇点点头,好像他早就预料到了。

"能胜任吗?"斯科尔斯问。

"当然。"菲奇回答道。看着他,简月便明白为什么他们会选择他来代替蒂贝茨:菲奇和蒂贝茨一样,残酷无情。一头年轻的公牛。

"是的,长官。"马修说。

斯科尔斯正盯着简月。"当然。"简月说,不太想去思考这件事。说出这话时,他的心脏都快跳出胸腔了。但菲奇和马修看起来就像猫头鹰一样严肃认真,于是他尽量让自己看起来不那么古怪。毕竟,这算得上大新闻,任何人都会被吓一跳。尽管如此,简月还是努力点了点头。

"很好。"斯科尔斯说,"麦克唐纳作为你们的副驾驶员。"菲奇皱起了眉,"我得去告诉那些英国军官,李梅不想让他们和你们一起飞行。简报会上见。"

"好的,长官。"

斯科尔斯刚走开,菲奇就朝着天空挥了一拳。"呀呼!"马修发出欢呼,他和菲奇握了握手。"我们做到了!"马修拉着简月的手拧了拧,一脸傻笑,"我们做到了!"

"不管怎样,总得有人去做。"简月说。

"啊,弗兰克,"马修说,"拿出点儿魄力来,你总是这么冷静。"

"面瘫脸老教授,"菲奇看了眼简月,带着一丝轻蔑地笑道,"走吧,我们去简报会。"

　　简报营房是一座比较长的匡西特活动屋,周围尽是端着卡宾枪的宪兵。"天哪!"马修感叹着,屈服于眼前的景象。营房内已经烟雾缭绕,墙上贴满了常用的日本地图。前面的两块黑板上挂着投影布。与科学家们一起研究"那玩意儿"的海军军官谢帕德上尉和他的助手斯通中尉站在后面,把一卷胶片放进投影仪。团体心理治疗师尼尔森博士已经坐在前排靠墙的长凳上了。蒂贝茨前不久才把心理治疗师安插进队里——他的另一个伟大壮举,就像在酒吧里塞间谍一样。那个人提出的问题在简月看来十分愚蠢,因为他甚至没察觉到伊斯特利不大正常,但凡和他一起飞过或打过一局扑克的人都能看出来。简月溜到同伴身旁的长凳上坐下。

　　两个英国人走进来,看起来很生气。他们坐在简月身后的凳子上。斯维尼和伊斯特利的队员们也鱼贯而入,后面还跟着其他队的人。很快,屋子便被塞满了。菲奇那群人掏出"好彩"香烟点上,自从他们给那架轰炸机取名"好彩"之后,就只剩简月还在坚持抽骆驼牌了。

　　斯科尔斯带着一群简月不认识的家伙走进来,径直去到最前面。叽叽喳喳的聊天声戛然而止,所有的烟柱宛如丝带般飘浮在空中。

　　斯科尔斯点了点头,两名情报员收起黑板上的投影布,露出空中侦察的照片。

"各位，"斯科尔斯说，"这些就是目标城市。"

有人清了清喉咙。

"按照优先顺序，它们是：广岛、小仓和长崎。我们将派出三架气象侦察机：'同花顺'去广岛，'奇货'前往小仓，'满堂红'飞去长崎。'大艺术家'和'91号'协助执行任务并拍照。'好彩'负责投弹轰炸。"

屋里一阵骚动伴着咳嗽。人们都转过头望着简月和他的同伴，大家都坐直了身子。斯维尼往后伸过手和菲奇握了握，有人笑出声。菲奇也跟着笑起来。

"现在，听好了，"斯科尔斯接着说，"我们准备使用的武器几周前在美国本土测试成功。此刻我们接到命令，向敌人投弹。"他顿了顿，好让大家理解，"我会让谢帕德上尉和你们详细说明。"

谢帕德缓步走向黑板，尽情享受自己的登场。他额头上满是汗珠，简月意识到，他要么很兴奋，要么非常紧张。他倒想知道心理治疗师对此会如何诊断。

"我就开门见山吧，"谢帕德说，"你们即将投下的炸弹是史无前例、绝无仅有的。我们认为它会摧毁四英里内的一切。"

现在屋里一片寂静。简月发现，他能看到自己大部分鼻子、眉毛还有脸颊，仿佛他在逐渐退回到自己的身体里，就像狐狸退进洞里一样。他牢牢地盯着谢帕德，尽量忽视这种感觉。当谢帕德重新拉下投影布时，有人关掉了灯。

　　"这段记录是我们做过的唯一一次测试。"谢帕德说。影片开始放映，卡顿一下，又继续播放。一团明亮的香烟烟雾在房间中腾起，投影布上呈现出一片死灰色的景象：无垠的天空、平滑的沙漠、远处的山丘。投影仪发出"嗒-嗒-嗒-嗒"的声响。"炸弹在塔顶上。"谢帕德说。简月的注意力集中在山丘前的沙漠里冒出来的尖状物体，它估计离摄像机有八到十英里。他很擅长计算距离，但仍被自己的脸搞得心烦意乱。

　　"嗒、嗒、嗒、嗒"——屏幕瞬间白得刺眼，甚至照亮了整个房间。当画面恢复正常时，沙漠被一团巨大的白色火球填满，凝聚的火球从地平线升起，直冲平流层，老天爷啊，这活像一颗从枪膛里射出的曳光弹，身后拖着一道长长的白色烟柱。烟柱冲天而起，一团越来越大的烟雾向外翻腾着，逐渐吞没了烟柱。简月算了算烟云的大小，但他很确定自己这次算错了。它就这么立在那儿升腾翻涌。画面突然一闪，投影布又变白了，仿佛摄影机已经融化，或者那部分的世界已经坍塌。但投影机发出的啪嗒声告诉他，影片结束。

　　简月能感到空气在他张开的嘴里进进出出。当烟雾缭绕的房间亮起灯时，他有那么一瞬间慌了神，挣扎着摆出平日正常的表情——那个心理治疗师肯定会环顾四周观察他们——然而他发现自己并不是唯一一个被吓得面无血色的人。身边的人要么面色苍白，要么眼神闪烁，再或者震惊地大睁着双眼，还有些吓得嘴巴大张，抑或紧咬嘴唇。有那么一会儿，他们都不得不承认自己的惊慌失措。

吓得够呛的简月有种无法抑制的冲动，"你们能再播放一遍吗？"菲奇不安地扯着他前额上的标志性黑色鬈发。越过他，简月看到那群英国佬对自己错过了回去的飞机重新懊恼起来。他现在看起来肯定不太好。有人长叹了一口气，另一个吹响了一声口哨。简月又望向前方，心理治疗师就这么静静地看着他们。

谢帕德说："我知道这看起来有点儿吓人，而且没人知道空投的话会发生什么。你们看到的这朵蘑菇云至少能到三万英尺的高度，或许是六万英尺。而你们一开始看到的闪光比太阳更炙热。"

比太阳还要热。大家舔了舔嘴唇，艰难地咽了咽口水，整理好棒球帽。其中一位情报员分发着像焊工眼镜一样的有色护目镜。简月接过眼镜，扭了扭不透明的刻度盘。

"你们现在是军队里最引人注目的一群人，所以别告诉任何人这件事，你们之间也不能讨论。"斯科尔斯深吸一口气说，"我们用蒂贝茨上校希望的方式来做。他选择了你们，是因为你们都是最优秀的，现在是时候证明他是对的了。所以——所以我们得让这位老人家自豪。"

简报会结束后，人们鱼贯而出，迎向突如其来的阳光，承受着炫目的高温。谢帕德上尉走向菲奇，"斯通和我将与你一同飞行，负责调试炸弹。"

菲奇点点头，"你知道我们要飞多少架轰炸机吗？"

"能飞多少飞多少，只要能击败他们。"谢帕德狠狠地盯着所有人，"但投弹只需要一架。"

　　战争会孕育出奇怪的梦。简月裹着床单，仿佛在一片炎热潮湿的漆黑菜地里翻滚，在那种令人恐惧的半梦半醒中，有时候你知道自己在做梦，但却无能为力。简月梦到自己在行走……

　　……他正走在大街上，太阳突然落下，一切瞬间变得漆黑，只剩缭绕的烟雾、寂静，接着是震耳欲聋的轰鸣。还有一片火墙。他头痛欲裂，视野里是一片蓝白色的模糊景象，好像上帝的镜头在他眼前爆炸了一般。啊——太阳下山了，他思索着。他的手臂被烧伤，就连眨眼都很痛。人们跌跌撞撞地走过，张着嘴，在可怕的烈火中燃烧挣扎——

　　他是一位牧师，他能感觉到脖子上的硬白领。受伤的人向他求救。他指了指自己的耳朵，想尝试碰触，却没办法。黑烟笼罩着一切，城市已经沦陷。啊，这就是世界末日。在一座公园里，他找到了一片树荫和空地。人们像受惊的动物一样蹲在灌木丛下。在公园与河流交汇的地方，红黑色的人影拥挤在蒸腾的河水里。一个人在竹丛中冲他招手，他走进去，发现五六个面目全非的士兵挤成一团。他们双眼融化，嘴部只剩一个黑黢黢的洞。耳聋让他听不见他们的话，那个还能看见的士兵冲他比了个喝水的动作。他们都渴坏了。他点点头，走到河边寻找能盛水的容器。河的下游漂浮着许多尸体。

　　几个小时过去，寻找容器无果，他把人们从废墟里救出来。他能听见鸟的尖鸣,这才意识到让他耳聋的是这座城市燃烧的轰鸣,就像他耳朵里血液流动的汩汩声。他并没有真的聋,他觉得自己聋了是因为这里没有人类的尖叫呼喊。人们都默默地承受着痛苦。穿过昏暗的夜晚,他蹒跚着回到河边,一阵剧痛穿过他的头。人们从田地里拔出已经烤熟可以吃的土豆,他和他们一起分享。而河里的人全都死了——

——他挣扎着从梦中醒来,浑身汗湿,嘴里尽是泥土的味道,胃因恐惧而绞痛着。他坐起身,粗糙且潮湿的床单紧贴着皮肤。他感觉肺被心脏挤压得无法呼吸。丛林里鲜花腐烂的气味充斥着鼻腔,梦里的画面在他眼前闪现,栩栩如生,以至于在昏暗的营房里,他什么都看不见。他抓起烟,跳下床铺,匆忙跑进院子。他颤抖着点燃烟,开始四下来回踱步。他一度担心那个白痴心理治疗师会看到他,但接着便打消了这个念头。尼尔森肯定睡着了。他们都睡了。简月摇了摇头,看向自己的右手臂,他差点儿把烟吓掉——但那只是烫伤而已,一道旧伤疤,从他把煎锅从炉子上拽下、热油烫到手臂那天开始,伴随了他大半辈子。他甚至还记得母亲匆匆赶过来查看情况,嘴巴张成了圆圆的"O"形。只是个老旧的烫伤,他想,还是别太纠结了。他把袖管放下来。

余下的夜里,他试图用散步打消这些念头,烟抽了一支又一支。天色逐渐亮起来,庭院和后面的丛林都越发清晰。白昼的亮光让他不得不回到营房躺下,假装什么都没发生过。

　　两天后,斯科尔斯命令他们带着李梅的人在罗塔岛①上空试飞。这位新提拔的中校命令菲奇在起飞时不要瞎摆弄引擎。他们的飞行很顺利:简月把"那玩意儿"的模型对准了目标点,就像他在索尔顿海②经常做的那样;菲奇则加足马力猛冲向河岸,开始了一百五十度转弯,飞行安全。返回天宁岛后,中校向他们表示祝贺,并和每个人握了手。简月和其他人一起笑着,手心冰凉,心跳平稳,就好像他的身体只是一具躯壳,可以从外面操控它,宛如一具投弹瞄准器。他胃口挺好,和以往一样健谈,当被心理治疗师约谈时,他甚至表现得开放且友善。

　　"你好啊,医生。"

　　"对于这一切,你感觉怎么样?"

　　"和往常一样,先生。挺好。"

　　"胃口好吗?"

　　"没有比现在更好了。"

　　"睡得好吗?"

　　"在这种潮湿环境下,我尽力了。我恐怕已经习惯了犹他州的生活。"尼尔森医生笑起来。事实上,从那个噩梦开始,简月就很难入睡了。他有些害怕睡觉。难道眼前这人看不出来吗?

　　"对于成为第一轰炸小队的成员,你有什么想法?"

---

　　① 旧称萨尔潘岛(Sarpan),是太平洋西部北马里亚纳群岛联邦南部岛屿。

　　② 位于美国加利福尼亚州东南部,长约三十五英里,是一个于1905年至1907年间为分流科罗拉多河水而人工修建的湖泊。

"这是个正确的决定,我认为。我们是最——剩下的机组里最优秀的。"

"你对蒂贝茨他们的事故感到难过吗?"

"是的,先生,我挺难过。"你最好相信。

在一堆玩笑话和坚定的握手后,谈话结束。简月走到正午的烈日下,点燃一支烟。在和这个男人挥手告别的同时,他感觉到自己心里是多么鄙视这位心理治疗师和这个盲目的职业。没脑子。为什么他看不到呢? 之后不管发生什么都是他的错……一股烟从他嘴里喷出来。简月意识到,想愚弄一个人是多么容易的事。一切行为都可以隐藏在一张面具后面,在某个地方完美操控。与此同时,在另一处,简月一直活在"嗒–嗒–嗒"的胶片里,活在梦境无声的咆哮中,与无法驱散的梦魇斗争。酷热的阳光——九千三百万英里[①]之外的炎热,不是吗? ——在他的后脖颈上痛苦地跳跃着。

当看到心理治疗师又抓住了尾炮手克钦斯基时,他想走过去对他说:我不干了,我真不想再干了。他能想象说出这话时那人的眼神,菲奇的眼神,甚至是蒂贝茨的眼神;他打消了这个念头。他看不上这伙人,也无论如何不会给他们任何一个能够鄙视自己的机会,或者叫自己懦夫的借口。他倔强地把一切胡思乱想都抛到脑后,这样才能更容易接受现状。

因此,在混乱的几天后,八月九日午夜刚过,他发现自己正为袭

[①] 指地球与太阳之间的距离。

击做准备。他身边的菲奇、马修和哈多克也都在做着同样的事。当你要去炸毁一座城市,终结十万人生命的时候,穿衣服这种日常行为就显得十分奇怪。简月发现自己正检查着手、靴子和油毡上的裂缝。他穿好救生衣,心不在焉地翻看口袋里的鱼钩、水壶、急救包和应急口粮,然后是降落伞的背带以及他的连体工装服。光绑好靴子的系带他就花了好几分钟——如此细致地盯着自己的手指,让他不太灵活。

"快点儿来吧,教授!"菲奇的声音有点儿紧张,"大日子到了。"

他跟着其他人走入夜幕。一阵凉风吹来。牧师为他们做了祷告。他们坐上吉普车沿着"百老汇"前往跑道"埃布尔"。"好彩"停在一圈聚光灯中,旁边围着一群男人,其中一半举着相机,另一半拿着记者的记录本。他们一见到飞行员们便围了上来,这让简月想到好莱坞的电影首映式。最后,他从舱门溜进了飞机,其他人也跟着一起,而菲奇过了半个小时才姗姗来迟,笑得像个电影明星。他们启动了引擎,简月对发动机的震动以及抑制思想的轰鸣声心存感激。他们滑行离开这个好莱坞般的场景,简月感到片刻的放松,直到他想起他们的目的地。在"埃布尔"跑道上,发动机转速达到两千三百转/分,发出阵阵呼啸。从透明的挡风玻璃望出去,跑道上的漆痕移动得越来越快。菲奇保持对准跑道,直到冲出天宁岛,接着迅速拉升。他们已经上路了。

当到达巡航高度后,简月爬过菲奇和麦克唐纳身边,坐上投弹手的座位,把降落伞放上去。他向后靠上椅背。四台引擎的轰鸣像棉花一样包裹着他。他在飞机上,现在什么都做不了。这种沉重的震动反倒是一种安慰,他挺喜欢。一种不得不接受现实的悲伤感在他心里嗡嗡作响,令他昏昏欲睡。

他紧闭双眼,突然脑海中闪过一张没有眼睛的黑色脸孔,他猛然惊醒,心跳加速。他在飞机上,无路可逃。他此刻意识到,想摆脱这一切原本很容易。他可以直接说不想干了。如此简单,甚至让他有些震惊。和眼前这一切相比,谁他妈在乎那个心理治疗师或者蒂贝茨再或者其他什么人的想法呢?现在,是真的没有退路了。从某种程度上讲,这也算是一种安慰。至少他目前不需要再担心,不必去想着如何选择了。

简月坐在那儿,用膝盖抵住投弹瞄准器,打着盹儿,做了个白日梦。他可以爬上楼梯,对菲奇和麦克唐纳宣称自己被秘密提拔为少校,并奉命重新调整任务。他们要转向飞往东京,并把炸弹投进海湾里。日本战时内阁被告知去观看这种新型武器的演示。当他们看到火球让海水沸腾并升腾上天时,他们便会以最快的速度——管他什么"神风特攻队"——直接跑去签署投降书。毕竟,他们不是疯子,没必要把整座城搭进去。这是多么好的一个计划,以至于远在家乡的将军们毫无疑问、迫不及待地想要改变任务,拼命地用无线电向天宁岛发出指示,却发现为时已晚……若是这样,当他们返回天宁岛,简月会因为猜中将军们真正的想法并冒险去实施而成为英雄。这就像《星期六晚邮报》上霍恩布洛尔的小故事一样。

简月再次猛地惊醒。幻想中昏昏欲睡的快乐被绝望的嘲笑取代。他根本不可能让菲奇他们相信他收到了秘密命令,他更不可能爬上去挥舞着手枪命令他们把炸弹丢进东京湾。因为他才是那个真正要负责投弹的人,他不可能在同一时间一边在下面投弹,一边爬上去指挥。这就是个白日梦。

时间缓慢流逝,度秒如年。然而简月的思维却像飞机的螺旋桨般飞速转动,绝望地四处发散,一会儿想到这个一会儿想到那个。他就像一只被陷阱夹住腿死命挣扎的动物。大家都很沉默。

飞机下方的云层就像黑色海洋上的白色碎石。简月的膝盖顶着投弹瞄准器不停抖动。他就是那个不得不扔下炸弹的人。无论他的思想扑向哪里,都会落空。他就是那个人,不是菲奇或其他队友,不是李梅,也不是远在家乡的那些将军和科学家们,更不是杜鲁门和他的幕僚们。杜鲁门——简月突然有点讨厌他了。罗斯福肯定会采取不同的做法,要是他还活着就好了!当简月得知罗斯福的死讯时,比以往任何时候都更强烈的悲伤在他心里回荡。辛勤地工作却看不到战争结束,这不公平。而且罗斯福肯定会以不同的方式结束它。早在战争开始时,他就曾宣布不会对敌方平民区进行轰炸。如果他还活着的话,如果,如果,如果……但他没有。而现在,那个笑嘻嘻的混蛋,哈里·杜鲁门,命令他,弗兰克·简月,把那颗太阳扔到二十万妇女儿童头上。他记得父亲曾带他去观看过一次布朗队^①的比赛,那次现场也不过只有两万人。简月恶狠狠地低声说:"我从来没给你投过票。"然后猛地意识到自己声音其实挺大,好在麦克风没开。总之,罗斯福肯定会采取不同的方式,他肯定会。

投弹瞄准器在他眼前升起,指向漆黑的天空,挡住了不少星星。"好彩"继续向硫磺岛方向行进。每分钟都朝着目标接近四英里。简月身体前倾,把脸放在瞄准器冰凉的头托上,希望头托能像抓住他的前额那样抓住他的思绪。它效果出奇的好。

耳机一阵噼啪作响,他坐直身体。

"简月上尉。"是谢帕德,"我们现在准备装弹,要看吗?"

"当然。"他摇摇头,对自己的口是心非有些诧异。他走到飞行员之中,硬着头皮挪到驾驶舱后面的宽敞机舱。马修正在自己桌前通过硫磺岛和冲绳的无线电信号进行导航修正,哈多克站在一旁。在舱室的后面有一个圆形小舱门,下面的大隧道通往飞机的尾部。简月打开它,坐下来,把脚先从洞口伸进去。

炸弹舱内没有暖气,寒冷的空气让他感觉很舒适。他面对炸弹站着,斯通坐在弹舱的地板上,而谢帕德则躺在炸弹下方,把手伸进去。斯通身旁的胶垫上放了很多工具、盘子和几个圆柱形块状物。谢帕德往后退出来,坐起身,吮了吮刮伤的指关节。他懊丧地摇摇头,"摆弄这玩意儿我可不敢戴手套。"

"只要你没搭错线,我就挺开心了。"简月有些紧张地开着玩

---

① 一支位于美国俄亥俄州克利夫兰市的美式橄榄球队。

笑。两人大笑起来。

"在我把那些绿线换成红线前,不会爆的。"斯通说。

"把扳手给我。"谢帕德说,斯通递了过去,他又钻回炸弹下面。在里面笨拙地拧了几下后,他取出一个圆柱形塞子。"后膛塞。"他说,然后把它放在垫子上。

简月发现自己在寒冷的空气里起了一身鸡皮疙瘩。斯通又递给谢帕德一个块状物。谢帕德又从炸弹下面伸出手。"红线连接后膛塞。""我知道。"看着他们,简月想起了躺在汽车修理厂油腻腻的地板上,在底盘下修车的日子。在举家搬往维克斯堡之后,他干了好几年这样的工作。和江城广岛一样,维克斯堡临密西西比河而建。有一次,一辆拉着几袋水泥的平板卡车从山上的第四街驶下时,刹车失灵,猛地冲向与大河街相交的十字路口,尽管司机努力转向,还是撞上了一辆过往的汽车。那时弗兰克正在院子里玩儿,他听到了车祸碰撞的声响,看见了扬起的水泥灰。他是第一批到现场的人,福特T型汽车副驾座上的女人和小孩已经死了。开车的女司机还活着。他们来自芝加哥。一群人制住了卡车司机——尽管他头上受了伤,一身白灰——他一直试着想去救福特车上的人。

"行了,让我们把后膛塞拧紧。"斯通把扳手递给谢帕德。"正好十六圈。"谢帕德说。即使在舱内寒冷的气温下,他仍然出了一身汗,他停下来擦了擦额头,"希望我们不会被闪电击中。"他放下扳手,挪动膝盖,拿起一个圆盘。轮毂盖,简月想。斯通把线接起来,然后帮谢帕德装上两个圆盘。美国佬的绝活儿,简月思索着,鸡皮疙瘩在皮肤上浮起,就像猫爪踩在水面泛起的涟漪。谢帕德是位科学家,他组装炸弹就像给汽车换油门和火花塞一样。简月对设计这枚炸弹的科学家感到一阵强烈的愤怒。他们在新墨西哥州研发了一年多,难道就没有一个人停下手里的工作想想自己在做什么?

但是,他们那群人都不需要去丢炸弹。简月转过身,不让谢帕德看到他的脸,从舱室走了下去。炸弹看起来像一个又长又大的垃圾桶,一端有像鳍一样的玩意儿,另一端有根小天线。只是一颗炸弹,他想,该死的,只是另一颗炸弹而已。

谢帕德站起身,轻轻拍了拍炸弹,"我们现在有一颗激活的了。"他从未想过它是用来做什么的。简月匆匆走过他身边,害怕厌恶的情绪会冲破躯壳,暴露自己。他腰带上的手枪卡在了舱门上,他想象着射杀谢帕德——射杀菲奇和麦克唐纳——然后把飞机操控杆向前压,让"好彩"像一颗燃烧殆尽的曳光弹,像一架被高射炮击碎的飞机,沿着人类所有雄心壮志的弧线向下旋转坠入海里。没人会知道发生了什么,而他们的"垃圾桶"会永久地被丢弃在太平洋底,在属于它的地方。他甚至可以射杀所有人,然后跳伞,或许会被跟在后面的哪个大蠢货救起也说不定。

这个之前曾有过的念头现在又回来了,这让简月厌恶地眯起眼。但另一方面,他还是得承认这事不是不可能。这是可以做到的,还能解决他眼前的问题。他的手指摸索着手枪的皮套扣,发出咔嗒声。

"喝咖啡吗?"马修问。

"好啊。"他的手离开枪,接过杯子,抿了一口:热的。他看着马修和本顿调试远程无线导航系统的设备。当嘟嘟声响起时,马修拿起直尺,在地图上标注了冲绳和硫磺岛的位置。他敲了敲交叉点,"他们已经把导航搞得没一点儿艺术感了,"他对简月说,"可能连陀螺仪上的玻璃盖都停产了。"他对头顶上的树脂玻璃窗竖了竖大拇指。

"美国佬的绝活儿。"简月说。

马修点点头,用两根手指测了测他们和硫磺岛的距离,本顿又用尺子量了一下。

"五点三十五会合,嗯?"马修说道。他们将在硫磺岛上空与两架护航观察机会合。

本顿不同意,"我觉得可能要到五点五十分。"

"什么? 再确认一遍,伙计。我们可不是在拖船里闹着玩儿。"

"有风——"

"是啊,有风。弗兰克,要来下个注吗?"

"五点三十六。"简月立马说道。

他们大笑起来。"你们看,他对我更有信心啊。"马修傻笑着说。

简月想起射杀机组人员,将飞机翻进海里的计划。他抿了抿嘴唇,打消这个念头。他无论如何都不能杀掉这群人,即便他们算不上朋友,但也是同伴。勉强算是朋友吧,他们都不坏。

谢帕德和斯通爬进机舱。马修给他们端了咖啡,"那玩意儿已经准备好胖揍他们一顿了,嗯?"谢帕德点点头,喝了一口。

简月往前走去,经过哈多克的操控台。另一个计划无法实施,怎么办?飞机的所有仪表盘显示一切正常。或许他可以蓄意搞点儿破坏?剪断条线什么的?

菲奇回头望着他,"我们什么时候经过硫磺岛?"

"五点四十。"马修说。

"他最好是对的。"

真是一名彻头彻尾的暴徒。要是在和平时期,菲奇就是那种在台球桌旁瞎晃悠,给警察找麻烦的角色。他是战争的绝佳人选。蒂贝茨很会挑人——至少大部分人都选对了。简月走回哈多克身旁,停下脚步,盯着导航舱里的那群人。他们喝着咖啡,有说有笑。他们和菲奇有点儿像:年轻,都是硬汉,能干但没脑子。这次任务被他们当成欢乐的冒险。这就是他对509大队战友们的印象。尽管抱怨颇多,偶尔还会怕得要死,但此时此刻他们很开心。他的思维向前走了几格,仿佛能清楚地看到这群年轻人成长后的样子:西装革履,经商致富,还谢了顶。他们在战争中会很强悍勇猛,但也轻率莽撞。随着岁月流逝,这场大战在时间里褪去,如果能够成为幸存者,他们会怀念这段经历。每过一年,这场战争在他们的记忆中都越发深刻,战争是他们生命的核心——那段历史握在他们手中,每日的所作所为都影响着历史的发展。当只需要听从他人命令时，道德问题变得简单起来——时光荏苒，幸存者们老去，身体分崩离析，生活遭遇这样或那样的困境，他们会不自觉地努力将世界再次推向战争。在他们内心深处的某个地方，始终会认为只要能重新发动战争，便又能神奇地重回战时状态，年轻、自由、快乐。而到那时，他们绝对有能力掌握大权。

在简月看来，未来会有更多的战争爆发。他能从马修的笑声里听到，也能从他们兴奋的双眼中看到。"到硫磺岛了，五点三十一分。给钱！我赢了！"而在未来的战争中，他们将会有更多炸弹，就像这次的这个玩意儿，成百上千颗，毫无疑问。他看到更多的飞机，更多像他们这样的年轻士兵，飞去莫斯科或者世界任何地方，一个个火球从每座城市升腾而起，为什么不呢？为了什么？为了怎样的目的？为了让那些老去的人神奇地重回青春，没有比这更"合理"的了。

他们正经过硫磺岛上空。还有三小时抵达日本。"大艺术家"和"91号"的声音在无线电里噼啪作响。会合完成，三架飞机一同沿西北方向，朝航线上第一个日本岛屿四国飞去。简月走去机尾上厕所。"你还好吗，弗兰克？"马修问。"还行，就是咖啡太难喝了。""不都这样吗？"简月拽了拽棒球帽，匆匆走开。克钦斯基和其他机枪手在打扑克。他上完厕所后，径直走回最前面。马修坐在地图前的凳子上，准备着各种设备仪器，以便监测和随时修正航线偏移。哈多克和本顿也在自己的位置上忙碌。简月巧妙地从一群飞行员中间穿过，走向了机鼻。"挺灵活的嘛！"马修冲他嚷嚷。

最前面似乎安静了许多。简月坐下来，戴上耳机，俯身看向棱纹玻璃外。

破晓把整个天空染成粉色。慢慢地，光影逐渐从淡紫变成了蓝，一点一点幻化出不同色彩。下方海面上的粉色浮云点缀出大理石般的纹路，还有一架闪闪发光的蓝色飞机。上面的天空是一座巨大穹顶，光线相较于地平线似乎还要暗淡些。简月一直认为，黎明时分是看清地球有多大、他们飞得有多高的绝佳时机。看样子，他们似乎巡航在大气层最上层的边缘。简月这才知道大气层有多有限，它就像一层空气的外皮，因此即使飞到顶端，仍能感觉到地球向各个方向无限延展开去。咖啡让简月的身子暖和起来，他开始冒汗。阳光洒在树脂玻璃上，闪闪发亮。他手表的指针指向六点。飞机和蓝色的玻璃半球仓被瞄准器分隔开，耳机噼啪作响，他听着飞过目标城市上方的领航飞机发回的报告。小仓、长崎、广岛，三座城市云量均为十分之六。或许他们会由于天气原因不得不取消整个任务。"我们先看看广岛。"菲奇说。简月又兴致勃勃地看起了天上的小云朵。他的降落伞滑到了身下，重新调整好后，他想象着背起降落伞，溜回到领航舱下方的中央逃生舱，打开舱门……他可以神不知鬼不觉地跳下飞机。剩下的任务就交给他们去决定吧。他们可以选择轰炸或取消，反正不是简月的事情。他可以像蒲公英一样飘落在这个世界上,感受凉爽的空气在周围涌动,望着丝绸降落伞挂在头顶,像一片微缩的天空,一个属于自己的世界。

一张黢黑的没有眼睛的脸。简月抖了抖,仿佛噩梦随时都会回来。就算他跳下去,也无法改变什么,炸弹仍然会丢下去——漂浮在自己内心世界的海洋里,他会感觉好些吗?当然!一部分的他咆哮着;或许会好些,另一部分也做出妥协。但剩下的他看到了那张脸……

耳机继续传来声响。谢帕德说:"斯通中尉已经装弹完毕,我可以告诉你们运载的是个什么玩意儿了。和我们同在一架飞机上的是世界上第一颗原子弹。"

不完全是,简月想,口哨声在耳机里此起彼伏,第一颗原子弹是在新墨西哥州爆炸的。原子裂变,简月听过这个词。每颗原子都有巨大的能量,爱因斯坦说过,裂变一颗的话——他已经在影片上看到了结果。谢帕德说到了核辐射,这让简月想起了更多相关的事。能量以X射线的形式释放。人被X射线杀死!他们但凡想想,就应该知道这违反了日内瓦公约。

菲奇插话进来:"炸弹投放后,本顿中尉会记录下我们对于所看到的场面的反应。这段记录将会载入史册,所以注意你们的言行。"注意你们的言行!简月哽咽着笑起来。不要在看到一颗原子弹用X射线毁灭一座城市、焚化所有生灵时咒骂上帝!

六点二十分。简月发现自己正紧握着投弹瞄准器的头枕。他感觉自己好像发烧了。在刺眼的晨光中,他的手背皮肤显得有些半透明。皮肤的纹理就像海面上浪花掀起的精致图案。他的手也是原子组成的。原子是构成物质的最小部件,要有几十亿颗原子,才能组成那双颤抖的手。然而裂变一颗原子,就会有一个巨大的火球。这意味着哪怕是一只手都蕴藏着巨大能量……他翻起手掌,看着皮肤下的线条和斑驳的血肉,一个人就是一颗能毁灭世界的炸弹。简月感受着在他体内激荡的潜在力量,每一次都狠狠敲击着心脏。在广袤无垠的蓝色天地里,他们是多么令人惊叹的存在——他们在这里旋转着投下一颗炸弹,杀死成千上万个令人惊叹的生命。

当一只狐狸或浣熊被捕兽夹夹住腿时,它们会不断挣扎,一直到腿磨破、扭曲,甚至折断。只有疼痛和精疲力竭会让它们放弃求生。此刻,简月想以同样的方式放弃。他头痛欲裂。那些逃跑计划就像屎一样——愚蠢、毫无用处。最好放弃吧。他尝试着停止思考,却没办法。他怎么可能停下?只要意识清醒,他就会不断思索。他的思想在捕兽夹中挣扎的时间比任何狐狸都久。

"好彩"开始向上,慢慢爬升至轰炸高度。地平线上,云层覆盖着一座绿色岛屿。日本。舱内越来越热,肯定是空调坏了,简月想。别再胡思乱想了。每隔几分钟,马修就会让菲奇稍微修正一下航线。"现在方向二七五。就这样。"为了逃避这一刻,简月回忆起童年。儿时跟在骡子后面,在田间犁地。后来举家搬去维克斯堡(河畔)。在维克斯堡的那段日子,他因为口吃的毛病几乎交不到什么朋友,只能自己玩游戏。他通过想象来打发时间,幻想自己做的每一件事都极其重要,决定着整个世界的命运。比如,他在某辆车前面穿过马路,那这辆车就不得不停下而无法经过下一个十字路口,那卡车便不会撞上它,司机也就不会死。这样他就能发明出拯救被绑架的威尔逊总统的飞艇——所以他得让那辆车等一下,毕竟一切都取决于它。哦,该死的,他想,该死的,想点儿别的东西吧。他读过的最后一个霍恩布洛尔小故事——当时是怎么回事来着?他妈妈冲进来看到他手里的报纸,震惊得大张着嘴。还有那条密西西比河,堤坝后面堆积的褐色泥土——他突然摇摇头,一脸扭曲的沮丧和绝望,最终意识到没有哪段记忆能够让他暂时逃避现实。目前为止,他的生活没有任何一部分适用于此时的状况,无论他把思想放在什么地方,都会让他与现状对立起来。

　　还有不到一个小时。他们已经爬升到三万英尺,抵达轰炸高度。菲奇给了他高度读数,以便他调整投弹瞄准器。马修报告了风速。汗水流进眼里,他愤怒地眨巴着眼睛。背后初升的太阳活像一颗原子弹,阳光下的树脂玻璃闪闪发亮,猛烈的眩光充斥在整个舱内。零碎的计划在脑子里乱成一团,他呼吸急促,喉咙发干。他徒劳地诅咒那些科学家,诅咒杜鲁门。是那些该死的日本人一开始造成这一切混乱,该死的战争分子,这都是他们自找的。想想珍珠港,甚至没有宣战,美国人就死在了炸弹下。他们挑起了战争,是时候遭报应了。他们活该。然而入侵日本要耗费数年时间,牺牲百万人的生命——现在就终结它,结束吧,他们活该,他们活该……让河水沸腾,生灵涂炭。该死的战争狂热分子们!

"那里是本州。"菲奇的话音把简月拉回了飞机里的现实世界。他们已经在内海上空了。很快,他们将飞跃第二个目标地点,小仓,在稍微南边一点儿。七点三十。岛上覆盖的云层比海面还要厚重,一想到这次任务或许会因此取消,简月的心脏又一次狂跳起来。但他们就是活该。这次任务和别的任务没什么不同,他曾轰炸过非洲、西西里岛、意大利和整个德意志……他俯身看了看瞄准镜。十字瞄准线的下方是大海,但视线的前沿就是陆地。本州岛。以每小时二百三十英里的速度,他们大约半小时后抵达广岛。可能更快。他想知道自己的心跳是否还能持续那么久。

"马修,我来操控,你只需告诉我们该怎么做……"菲奇说。

"向南转两度。"马修只说了这么一句。终于,他们的声音流露出了一丝警觉,甚至是恐惧。

"简月,你准备好了吗?"菲奇问。

"我正等着呢。"简月说着,坐起身,这样菲奇就能看的他的后脑勺。投弹瞄准器立在他两腿间,它侧面的一个开关将启动轰炸程序,炸弹不会在按下开关后立刻脱离飞机,而是会向后方观测机发出十五秒的无线电警告音后脱离。他把瞄准器做了相应调整。

"航向调整到二六五,"马修说,"我们正逆风飞行。"这是为了不让炸弹做出任何不必要的侧向漂移。"简月,把速度调至每小时二百三十一英里。"

"二三一。"

"简月和马修,戴上护目镜。"菲奇说道。

简月从地上拿起那副漆黑的护目镜。他需要保护自己的眼睛,否则可能会融化掉。他戴上它们,把额头抵上头枕。护目镜有些碍事,他摘了下来。当他再次透过瞄准器望出去时,十字瞄准线下方已经是陆地了。他看了眼手表,八点整。人们刚起床喝茶,读着报纸。

"还有十分钟到达投弹点。"马修说。投弹目标是相生桥[①],一座T字形大桥,位于三角洲纵横交错的城市中央,很好辨认。

"下方云层太多。"菲奇点了点头,"你能看见吗?"

"在尝试之前,我不确定。"简月说。

"如果需要的话,我们可以再飞一圈,还可以使用雷达。"马修说。

"除非你非常确定,不然别投弹,简月。"菲奇说。

"遵命,长官。"

透过瞄准器,能从碎云之间看到一群屋顶和灰色的道路。周围是绿色丛林。"好了,"马修大声说,"我们开始! 保持这个航向,机长! 简月,我们将巡航在二三一。"

"航向不变,"菲奇说,"它就交给你了,简月。每个人确保戴好

---

① 1945年(昭和二十年)8月6日,广岛市遭原子弹轰炸,相生桥为美军投弹目标。

护目镜。做好转弯准备。"

简月的世界缩小到投弹瞄准器里看到的样子,斑驳的云雾和森林。飞机越过一小片山峦,进入广岛水域。泥棕色的宽阔河流,大地蒙着一层朦胧的淡绿,繁复交织的道路网是单调的灰色。现在,小小的矩形建筑几乎覆盖了所有土地,城市的本体逐渐映入眼帘,狭长的岛屿伸入蓝色海湾。十字瞄准线下,城市移动着,一座座岛,一片片云。简月的呼吸快停止了,手指像石头般僵硬地放在开关上。而那里,便是相生桥。它从十字瞄准线下滑过,一个小小的"T"在云层的缝隙里。简月的手指紧紧按住开关,他小心地吸了口气,屏住呼吸。瞄准镜里的云层飘浮着,接着便是下一个岛。"快到了。"他平静地对麦克风说道,"坐稳了。"此时此刻,他正在付诸行动,这让他的心脏就像莱特发动机般嗡嗡作响。他数到十。十字瞄准线下交错着流动的云层、绿色的森林和铅灰色的道路。"我已打开开关,但没有听到警报音!"他冲着麦克风嘶哑地喊道,右手牢牢握住开关。菲奇在吼叫着什么——马修的声音也混进来——"飞稳点儿,别晃来晃去。"简月喊出声,用身体挡住投弹瞄准器,不让别的飞行员看见,"但还没——等一下——"

他按下开关。低沉的嗡嗡声充斥着他的双耳,"就是这个声音,开始了!"

"但它会落到哪里?"马修叫喊着。

"坐稳了!"简月咆哮。

"好彩"颤抖着向上拉升了十或十二英尺。简月扭头向下望去，炸弹就在飞机下方飞行，然后摇摇晃晃地坠落下去。

飞机右倾，猛烈俯冲，让简月撞上了树脂玻璃。向下俯冲几千英尺后菲奇拉平飞机往北飞去。

"你们看到啥了吗?"菲奇吼着。

尾炮手克钦斯基喘着气说:"什么都没看见。"简月挣扎着坐起身。他伸手去抓护目镜，但已经不在头上了。他找不到它了。"多久了?"

"三十秒。"马修回答道。

简月紧紧闭上双眼。

眼睑里流动的血液一阵红一阵白。

耳机里一片嘈杂:"我的上帝啊。我的老天爷!"飞机弹跳着、翻滚着，金属摩擦着发出尖利的声响。简月把自己从树脂玻璃上推离。"又一个冲击波!"克钦斯基呼喊出声。飞机又摇晃起来，失去了控制。就这样吧，简月想，世界末日。这样就能解决我的全部问题了。

他睁开眼，发现自己还能看见。引擎依旧咆哮着，螺旋桨不停旋转。"那是炸弹的冲击波，"菲奇喊道，"我们现在安全了。快看那个! 快看那狗娘养的玩意儿!"

简月望过去。下方的云层爆裂开来，一股黑色的烟柱从红色的火核中升起，烟柱顶端已经到达了他们的高度。震惊的呼喊声在简月耳朵里痛苦地徘徊着。他凝视着炽热的云底,盯着那几十团燃烧的火焰。突然,他透过云层看到了什么,指甲陷入了掌心。从云的缝隙中他清晰地看到了三角洲、六条河流,以及在烟柱塔的左侧:广岛,完好无损的广岛。

"我们失误了!"克钦斯基咆哮着,"我们失误了!"

简月背过身,不让战友们看到他的脸。他咧着嘴,露出巨大的微笑。他靠在座椅上,一身轻松。

接着又回到了现实。"该死的!"菲奇冲他咆哮。麦克唐纳试图阻止他,"简月,给我上来!"

"遵命,长官。"现在又出现了一系列新问题。

简月站起来转过身,双腿发软。他的右手指尖痛苦地抽动着。大家拥上前,透过树脂玻璃望向窗外。简月也凑了上去。

蘑菇云逐渐成形。地狱的火焰和下方黑色的"茎秆"助长着它汹涌翻腾,仿佛可以不断延伸。它刚爆炸时看起来大约两英里宽,半英里高,迅速扩展至远高于他们的飞行高度,让飞机相形见绌。"你觉得咱们都会失去生育能力吗?"马修问。

"我能尝到辐射的味儿。"麦克唐纳宣称,"你们呢? 像铅的味儿。"

火焰从下往上蹿入云霄,把"茎秆"染成了紫红色。它就矗立在那里:栩栩如生、穷凶极恶,有六万英尺高。就这么一颗炸弹。简月推开队友们,走进导航舱,有些不知所措。

"我应该开始记录每个人的反应了吗,上尉?"本顿问。

"见鬼去吧!"菲奇说,简月走进来。但谢帕德抢先一步,从导航舱迅速滑下来,冲过机舱,一把抓住简月的肩膀。"你这个混蛋!"他尖叫着,简月跌跌撞撞往后退,"你失去了勇气,你个懦夫!"

简月扑向谢帕德,他很高兴终于有一个目标了。但菲奇插进来抓住了他的衣领,拉到身旁直到他俩面对面。

"是这样吗?"菲奇哭喊着,和谢帕德一样愤怒,"你是不是故意搞砸的?"

"不是。"简月咕哝着,打掉脖子上菲奇的手。他挥拳打在菲奇嘴上,牢牢抓住他。菲奇跟跄着后退了几步。等他回过神,无疑会把简月揍个半死。但马修、本顿和斯通跳起来挡住了他,大叫着维护秩序。"闭嘴!都闭嘴!"麦克唐纳在驾驶座上咆哮,一时间一片混乱。但菲奇克制住了自己,很快就只剩下麦克唐纳的声音了。简月退到驾驶座中间,右手摸上枪套。

"当我打开开关时,城市确实是在十字瞄准线里。"他说,"但我按了几次,什么都没发生——"

"他在撒谎!"谢帕德喊道,"开关没有任何问题,我亲自检查的。而且,炸弹是在距广岛数英里远的地方爆炸的,你自己看!那是好几分钟的误差。"他擦了擦下巴上的口水,指向简月,"你故意的。"

"你不明白。"简月说,看得出来这些人已经被谢帕德说服了,他后退一步，"你们把我送去调查委员会好了，尽快。在那之前，如果你们再敢碰我一下，"他恶狠狠地瞪着菲奇和谢帕德，"我会杀了你们。"他转身跳回座椅上，感觉自己像一只暴露在树上的浣熊一样脆弱。

"他们会枪毙你！"谢帕德在他身后叫喊，"违抗军令——叛国罪——"马修和斯通让他闭了嘴。

"我们出去吧。"他听到麦克唐纳说，"我能尝到铅味儿，你们呢？"

简月从树脂玻璃窗望出去。那朵巨大的蘑菇云依旧在燃烧翻滚着。一颗原子……好吧，他们已经毁了那片森林。他几乎快笑出声，但又忍住了，害怕自己变得疯狂。透过云层，他第一次清楚地看到广岛，它像一张地图一样，铺满整座岛屿，毫发无损。嗯，就是这样。蘑菇云底部的火海离海岸有八到十英里，离内陆有一两英里。有一部分森林会不见，被摧毁——从地球上彻底消失。而那些日本人可以去调查破坏情况。如果他们被告知这是一场示威，一个警告——如果他们行动够快的话——那就还有机会。或许会成功。

紧张情绪的释放让简月一阵恶心。他回想起谢帕德的话，他很清楚不管自己的计划是否成功，他都会有麻烦。坏了！会比这更糟。他咬牙切齿地诅咒着日本人，他甚至有那么一刻希望自己把炸弹扔在了他们头上。他疲惫地让绝望掏空自己。

过了好一会儿，他坐直身子。再一次，他觉得自己像一只困兽，开始扑腾挣扎着想逃跑,同时琢磨着各种计划。一个又一个的备选方案。在漫长而严峻的回程途中,他一直在思考,脑子转得像螺旋桨一样快。当他们抵达天宁岛时,他有了一个计划。成功的机会很渺茫,他很清楚,但他尽力了。

简报棚又被宪兵们包围起来。简月和其余人跌跌撞撞地从卡车上下来,走了进去。他比以往任何时候都更在意别人的眼光,这些注视严厉且充满指责。可是他太累了,根本无暇顾及。他已经有三十六个多钟头没合眼,打从一周前他最后一次来这间营房,他就不怎么睡得着了。此刻,房屋似乎不停地震颤着,却少了引擎来维持稳定,它在无声地咆哮。他唯一能做的就是坚持自己的计划。菲奇和谢帕德的怒视,马修的伤感不解,他不得不转移注意力,无视这些。幸好他点了一支烟。

在一片质疑和争论的吵闹中,其他人讲述了这次袭击。接着,憔悴的斯科尔斯和一名情报官领着他们复盘了轰炸航线。简月的计划让他必须坚持自己的故事:“……当十字瞄准线对准投弹点后,我按下了开关,但没有信号音。我翻来覆去的按动它,直到信号音响起。此时距离投弹还有十五秒。”

“是什么让那个信号音响起来的呢?”

“我刚开始没立马注意到,但——”

“这不可能。”谢帕德打断他,脸涨得通红,“起飞前我检查过开关,没有任何问题。而且投弹用时超过了一分钟——”

"谢帕德上尉,"斯科尔斯说,"我们一会儿会听你陈述。"

"但他很明显在撒谎——"

"谢帕德上尉! 这一点儿都不明显。除非你被询问到,否则不要讲话。"

"总之,"简月说,希望把问题从时间延迟上转移开,"我注意到在炸弹下落时的一些情况,这能解释它为什么会卡住。我需要和一位熟悉炸弹设计的科学家讨论一下。"

"什么情况?"斯科尔斯疑惑地问。

简月有些犹豫,"会有调查,对吧?"

斯科尔斯皱起眉,"这就是调查,简月上尉。告诉我们你看到了什么。"

"但除此以外,还有别的调查吗?"

"是的,上尉,这事要上军事法庭。"

"我也是这么想的。除了和我的律师以及一些熟悉炸弹的科学家,我不想和任何人说话。"

"我是熟悉炸弹的科学家,"谢帕德脱口而出,"如果你真有什么发现,可以告诉我,你——"

"我说了我需要一名科学家!"简月喊道,站起身面对一脸通红的谢帕德,"不是一个该死的机械师!"谢帕德开始咆哮,其他人也加入进来,屋内充斥着争论。当斯科尔斯维持好秩序后,简月坐下来,拒绝参与任何谈话。

"我会给你指派律师,让你上军事法庭。"斯科尔斯有些不知所措,"同时你因涉嫌在战斗中违抗军令被逮捕了。"简月点点头,斯科尔斯把他交给了宪兵。

"最后一件事,"简月与疲惫抗争着,"转告李梅将军,告诉日本人这是一次警告,或许和直接轰炸广岛有同样的效果——"

"我告诉过你们!"谢帕德喊叫着,"我告诉过你们他是故意的!"

谢帕德身边的人拽住了他。但他其实已经说服了大部分人,甚至连马修都诧异且愤怒地瞪着他。

简月疲惫地摇摇头。他有一种沉闷感,尽管他的计划到目前为止很成功,但最终不是个好主意。"只能尽力而为了。"他用尽了所有残存的意志力,才迫使自己用双腿有尊严地走出营房。

他的牢房是一间空的军士长办公室。宪兵们会给他送饭。刚开始,他除了睡觉,什么都没做。第三天,他向办公室的铁窗外瞥了一眼,看到一辆牵引车拉着一台油布包裹的推车离开大院,后面跟着满载宪兵的吉普。看起来像一场军事葬礼。简月冲到门前使劲敲门,直到一位年轻的宪兵走过来。

"他们在外面干什么?"简月问。

宪兵冷冷地看着他,嘴巴扭曲着说:"他们要进行另一轮轰炸。这次一定会成功。"

"不!"简月喊出声,"不!"他冲向宪兵,宪兵把他推搡回去锁了门。"不!"他砸着门,使劲咒骂着,直到手疼,"你们不需要这么做,没必要。"那层躯壳终于碎裂,他瘫倒在床上,哭出声。现在看来,他所做的一切都毫无意义。他白白地牺牲了自己。

过了一两天,宪兵们领着一位上校进来,他有铁灰色的头发,站得笔直,握手时几乎捏碎简月的手。他的眼睛是暗淡的冰蓝色。

"我是德雷上校。"他说,"我奉命在军事法庭上为你辩护。"简月能感觉到从这个人身上涌出的厌恶情绪,"要做到这一点,我需要掌握所有事实真相,我们开始吧。"

"在见到原子科学家前,我不会和任何人说话。"

"我是你的辩护律师——"

"我不在乎你是谁,"简月说,"你能否为我辩护取决于你能不能弄个科学家过来,地位越高越好。而且我想和他单独谈。"

"我必须出席。"

所以他一定会在场。但现在,简月的律师,对他来说也是敌人。

"行吧。"简月说,"你是我的律师。但除此之外不能有别人。我们的原子机密可就取决于此了。"

"你看到了蓄意破坏的证据?"

"科学家来之前,我一个字都不会说了。"

上校生气地点点头,离开了。

第二天晚些时候,上校带着另一个人回来了,"这是福利斯特博士。"

"我帮忙研制了炸弹。"福利斯特说。他剪了个平头,穿着迷彩服,在简月看来,他比上校更像军人。他疑惑地来回看着两人。

"你会以军官的身份担保这个人吗?"他问德雷。

"当然。"上校生硬地说道,有些生气。

"所以,"福利斯特博士说,"你在投弹时遇到些问题。告诉我你看到了什么。"

"我什么都没看见。"简月严肃地说,他深吸一口气,是时候坦白了,"我想让你给科学家们带个话。你们研发这玩意儿用了好几年,你们一定考虑过该如何使用这枚炸弹。你知道我们只需要给日本人演示一下,就能说服他们投降——"

"等等,"福利斯特说,"你是说你什么都没看见? 没有出现故障?"

"没错。"简月清了清嗓子,"没必要那么做,你明白吗?"

福利斯特看向德雷上校。德雷厌恶地耸了耸肩,"他说他看到了蓄意破坏的证据。"

"我想让你回去请科学家们为我求情,"简月提高了声音,引起那个人的注意,"我在军事法庭上没有胜算。但如果科学家们为我辩护,我或许能活下来,明白吗? 我不想因为做了你们每位科学家都会做的事而被枪毙。"

福利斯特博士有些退缩,涨红了脸说:"你凭什么认为我们会像你那么做? 你以为我们没考虑过吗? 你不觉得这是比你更有资质的人做出的决定吗?"他摆了摆手——"该死……是什么让你觉得自己有资格决定这么重要的事!"

简月对这个人的反应有些震惊,事情完全没有按照他的计划发展。他愤怒地用手指指向福利斯特,"因为我是那个去执行任务的人,福利斯特博士。你后退一步便能独善其身,假装这些都和你没关系。对你来说是挺好,但当时我在场。"

每句话都让那个人变一次脸,感觉他脖子上的青筋都快炸了。"你有没有试想过你的一颗炸弹会对整座城的人造成什么影响?"

"我受够了!"那人爆发了。他转向德雷,"我没有义务对在这里听到的事保密。可以肯定的是,这一切将作为简月上尉在军事法庭的呈堂证供。"他转过身,满腔仇恨地望着简月,简月明白了。如果这些人承认他是对的,就意味着承认自己是错的——他们每一个人都要为自己在制造简月拒绝使用的武器中所扮演的角色负责。明白了这点,简月很清楚自己完蛋了。

福利斯特博士离开时关门的巨响震颤着这间小办公室。简月坐在帆布床上,掏出了烟。在德雷上校冷漠的注视下,他颤抖着点燃一支,吸了一口。他抬头看着上校,耸了耸肩,"这是我最好的机会。"他解释说,这确实起了点作用——第一次也是唯一一次,上校那双冷漠、轻蔑的眼里流露出一丝严厉的、律师式的敬意。

军事法庭审判持续了两天。罪名是战场上违抗军令,予敌人以协助及方便,构成叛国罪。判处死刑,由行刑队执行。

剩下的日子里,简月几乎不怎么说话。在他隐藏已久的面具后面,他越躲越深。一位牧师前来探视,是509大队的那位,曾在"好彩"起飞前为它祈祷过。简月愤怒地把他打发走了。

然而后来,一位年轻的天主教神父来访。他叫帕崔克·盖蒂。这是个矮胖的男人,戴了副眼镜,似乎有些害怕简月。简月任由这个人对他说话。第二天他再来的时候,简月回应了他几句。再后面一天,他们说的更多一些。这逐渐变成了一种习惯。

通常,简月会聊自己的童年。他讲过自己跟在骡子后面耕种泥泞的黑土地;沿着小路跑去邮筒;在被母亲勒令睡觉后,偷偷借着月光看书,还因此被母亲用高跟鞋揍的情景。他向神父讲述手臂被烧伤的经历,以及在第四街尽头的车祸,"我仍然记得那个卡车司机的脸,你懂吗,神父?"

"是的,"年轻的神父说,"是的。"

他告诉他自己曾玩过的那个游戏,每一个行动都会改变世界的平衡。"当我想起那个游戏时,我觉得很蠢。踩上人行道的裂缝,引发地震——你知道,这很傻。但孩子就是这样。"神父点点头。"但现在我一直在思索,如果每个人都像这样过一辈子,认为自己的每个举动都举足轻重,那么……可能会有所不同。"他含糊地挥挥手,吐出一口烟,"你要对自己的所作所为负责。"

"是的,"神父说,"是的,你确实是。"

"如果你被命令去做错的事,你还是要承担责任,对吧? 命令并不会改变这点。"

"没错。"

"嗯。"简月抽了会儿烟,"反正他们是这么说的。但你看看都发生了什么。"他冲着办公室挥挥手,"我就像我读过的故事里那个人——他认为书里的一切都是真实的,在他读了一堆西部故事之后,他想抢劫一列火车。然后他们把他丢进了监狱。"他笑了笑,"书都是垃圾。"

"并不是所有书都无用,"神父说,"再说了,你也没打算抢劫火车。"

他们为此笑起来。"你有读过那个故事吗?"

"没。"

"这是一本很奇怪的书——里面有两个故事,一章一章地交替,但没什么联系。我没搞明白。"

"……或许作者想表达,每件事都是互相联系的。"

"或许吧。这种说法挺有趣。"

"我很喜欢。"

就这样,他们聊天打发着时间。

所以,是由神父来告诉简月,他的总统特赦请求被拒了。盖蒂有些尴尬,"看样子总统批准了这个判决。"

"狗娘养的。"简月有些虚弱地说道,一屁股坐在床上。

时间流逝,又是另一个炎热潮湿的日子。

"好吧,"神父说,"让我给你点儿好消息。鉴于你目前的状况,我不觉得告诉你会有什么不好的影响,尽管别人让我不要说。第二次轰炸——你知道有第二次轰炸任务吧?"

"知道。"

"嗯,他们又失误了。"

"什么?"简月叫喊着跳起来,"你在开玩笑吧!"

"没有。他们飞去小仓,发现覆盖的云层太厚。长崎和广岛的情况也一样。于是他们又飞回小仓,试图在雷达引导下进行投弹。但显然这次真的发生了设备故障,炸弹落在了一个岛上。"

简月上蹿下跳,大张着嘴,"所以我们从、从来没有——"

"我们从未向日本的城市投下过原子弹,没错。"盖蒂笑起来,"还有——我是从我上司那儿听到的——他们向日本政府发了条消息,告诉他们这两次轰炸是警告,如果他们不在九月一日前投降,我们就轰炸京都和东京,然后再轰炸其他必要城市。据说天皇去广岛勘察了损毁情况,之后立刻命令内阁投降。所以……"

"所以它起作用了,"简月说着蹦来蹦去,"成功了,成功了!"

"是的。"

"就像我说的那样!"他叫着,在神父面前笑出声。

盖蒂也跟着他蹦跶。神父这么蹦来蹦去的样子让简月有些吃不消。他坐回床上,笑到眼泪流下来。

"所以——"他很快清醒过来,"杜鲁门无论如何都要杀了我,嗯?"

"是的,"神父难过地说,"我想是这样。"

这一次,简月的笑声透着苦涩。"行吧,他就是个混蛋。还是个挺自鸣得意的杂种,这更糟。"他摇摇头,"如果罗斯福还活着……"

"那情况会完全不同。"盖蒂总结道,"是的,或许吧。但可惜他死了。"他坐到简月身旁。"抽烟吗?"他掏出一包烟,简月注意到上面白色的战时包装,皱起眉。

"哦,对不起。"

"哦,没关系。"简月拿了一根"好彩",点燃。"那是天大的好消息。"他呼出烟雾,"我从不相信杜鲁门会赦免我,所以基本上你带来的都是好消息。哈,他们失误了。你不知道这让我感觉有多好。"

"我想我知道。"

"……所以,我是一个善良的美国佬。我是个善良的美国佬,"他坚定地说,"不管杜鲁门怎么说。"

"是的,"盖蒂附和,咳嗽起来,"你比杜鲁门强多了。"

"注意你的措辞,神父。"他看向玻璃后面那双眼睛,那副表情让他顿了顿。自从那次投弹之后,每个看向他的眼神都充满了轻蔑。而他在军事法庭上,面对这样的目光早习以为常,已经学会无视。此刻,他必须教会自己重新去审视。神父看着他,就好像他是……好像他是某位英雄。这并不完全对,但看到这样的眼神……

简月无法活着看到之后的岁月。所以他永远不会知道自己的行动会带来什么样的影响。他已经放弃了对未来的设想和对各种可能性的想象，已经没什么意义了。他的计划结束了。任何情况下，他都无法想象战后几年的进程。世界将飞速发展成一个在核战争边缘的武装营地，他或许会预见到这个，但他永远不会想到会有这么多人加入"简月阵营"。他更不会知道这个阵营团体在朝鲜危机期间，对杜威的影响有多大。也不会知道这个团体成功争取到了禁止核试验条约，不会知道在这个团体和其盟友的帮助下，各个大国签署了逐年减少核弹的条约，直到一颗都不剩。

弗兰克·简月永远不会知道这些。但他坐在床上望着年轻的帕崔克·盖蒂的眼睛那一刻，似乎猜到了某些端倪——他隐约地感觉到自己对历史的影响，尽管只有一瞬。

就这样，他放松下来。在他的最后一个星期里，每一位见过他的人都带着同样的印象：简月很平和、安静，以一种隐忍、平实的方式表达着对杜鲁门和某些人的不满。帕崔克·盖蒂是之后"简月团体"的中坚力量。他说在得知小仓袭击失败后，简月在一段时期里很健谈。但随着行刑时间临近，他变得越来越安静。他们在拂晓时把他叫醒，押送到一间匆忙搭建的行刑棚。宪兵们和他握了手，神父陪着他抽了最后一支烟。他们把事先准备好的头套罩在他头上。简月平静地望着他，"他们其中有把枪装的是空包弹，对吧？"

"是的。"盖蒂说。

"所以队里的每个人都可以想象杀死我的不是他们?"

"是的,没错。"

简月的最后一个表情是严肃的,不带幽默感的微笑。他扔掉烟头,踩灭了它,然后戳了戳神父的胳膊。"但我射过空包弹,我很清楚。"然后,简月的那张面具永远滑回了原位,让头套显得多余起来。简月迈着坚定的步伐走到墙边,或许有人会说他找到了属于自己的平和安宁。

(梁 爽 译)

对初始条件的敏感依赖

历史解释的覆盖律模型[①]称:若通过一组初始条件与一组一般历史规律能够逻辑推导得出某事件,则该事件即被解释。上述两组集合为解释要素,事件为待解释事项。一般规律作用于初始条件,待解释事项则体现为必然结果。在该模型中,解释与预测具有相同结构。

1945年8月6日上午,保罗·蒂贝茨上校与机组人员乘"艾诺拉·盖号"轰炸机从天宁岛飞往广岛,并在广岛市投下一颗原子弹。约十万人死于此次轰炸。三天后,另一飞行员在长崎郊区投下一枚原子弹。约七万人死亡,日本投降。

哈里·杜鲁门总统与顾问团磋商后决定投下原子弹。他为何做出如此决定?因为日本人在南太平洋诸多岛屿进行了激烈抵抗,

---

① 即演绎—律则模型,由德籍美籍哲学家亨普尔提出。按照这一模型,解释的本质表明待解释的现象是被某个自然普适定律所"覆盖"的。

而攻克它们成本太高。日本"神风特攻队"已在袭击中击沉诸多美国船只,据说日本人也将在日本列岛展开大规模"神风特攻队"式防御。据估计,攻入日本列岛造成的美国人员伤亡数量将非常惊人。

此为条件。那么何为一般规律?领导人希望在最短时间内以最小代价结束战争,而且还喜欢恐吓潜在的战后敌人。随着欧洲战场战争结束,苏联军队整装待发,随时准备前往斯大林下令的任何地方,可是并无人确定斯大林想去何处。结束令他恐惧的日本战争并非坏事一桩。

然而条件不止这些。日本人在领空与领海毫无防备,美国飞机可以随性轰炸日本列岛,且完全可以对日本进行全面海上封锁。日本平民已在忍饥挨饿,封锁与军事基地轰炸相结合,很可能迫使日本领导人在并无外敌入侵的情况下投降。

可杜鲁门及其顾问团依旧决定投掷炸弹。若要彻底解释清楚他们做出该决定的原因,需要深入了解杜鲁门及其顾问团、炸弹研制人员、日本和苏联领导人的生平经历,以及对1945年日本局势和美国相关局势情报的详细分析。但考虑到篇幅原因,此处决定对上述内容予以省略。

1948年,杜鲁门总统击败托马斯·杜威获得绝对胜利,再次获选美国总统。两年后,美国在朝鲜开战,而这只是二十世纪下半叶诸多重大战役其中的一场。该世纪下半叶共发生六十多次战役,虽然没有一场核战争,仍有大约五千万人死亡。

海森堡不确定性原理称,我们无法同时确定粒子的速度和相位。这与人类感知无关,纯属宇宙基本属性。因此,对所有粒子在时空中的运动的确定性预测永远不可能实现。尽管量子力学取代经典力学成了对此类事件的最佳描述,它也只能预测一部分可能结果的概率。

历史解释的覆盖律模型断言,历史解释与科学解释之间不存在逻辑区别,然而该模型对科学解释的理解建立在经典力学的基础之上;在量子现实中,覆盖律模型分崩离析。

历史解释的充分条件模型是对覆盖律模型的修正,它指出,如果可以描述一组对于事件发生而言充分(但不必要)的初始条件,则可以称该事件可解释。从一般规律得来的推论不包括在内,因为它的性质是描述性而非规定性,而且"只为实现差强人意的连贯叙述"。

1945年7月,蒂贝茨上校受命在西太平洋执行飞行测试任务,以展示其机组运送原子弹武器的能力。起飞时,蒂贝茨同时关闭了右翼两个螺旋桨,意在表明如果在武装飞行期间发生类似情况,自己仍然能够控制飞机。然而,该操作带来的压力导致飞机左内侧发动机故障,在紧急返回天宁岛时,"艾诺拉·盖号"坠毁,机组人员全体遇难。

1945年8月9日,蒂贝茨所在中队选拔出一名替补人员并派其轰炸广岛。飞越广岛时,投弹手弗兰克·简月上尉故意推迟投弹时间,导致投弹地点与广岛相距约十英里。该周另一次任务遭遇厚重云层,意外投偏,未击中小仓。简月因在战斗中违抗军令被军事法庭审判并处决;日本人于爆炸后对轰炸地点进行评估,后宣布投降。

简月决定投偏的原因是:他做了个预兆性的梦,并在梦中目睹了轰炸结果;他已有一年多未曾参加战斗;他确信战争已经结束;闪电战期间他在伦敦;他不喜欢飞机飞行员;他厌恶保罗·蒂贝茨;他喜欢独处,还比他的中队成员年长;他曾在《星期六晚邮报》上读过霍恩布洛尔的故事;他曾目睹一辆卡车与一辆汽车相撞,并曾在事后监视卡车司机;他孩提时代曾被炉油烫伤过手臂;他产生了某种幻想。

"艾诺拉·盖号"左内侧发动机发生故障的原因是:莱特制造厂的一名工人未按要求将焊接枪的火焰在焊接节点上保持二十秒,而是提前了三秒钟挪开。他提前三秒挪开的原因是他很累,他很累的原因是前一天晚上熬夜和朋友喝酒。

1948年,杜鲁门总统在一次势均力敌的选举中输给了托马斯·杜威,一个名为"简月阵营"的政治团体曾轻微地影响了这次选举。朝鲜的冲突通过谈判解决;1956年2月,一项禁止使用和制造核武器的条约在日内瓦签署。

光的表现与波还是粒子类似取决于不同的观察方式,著名的双缝实验就是很好的例证。实验中,对波形的干涉导致通过隔板上两处缝隙照射到屏幕上的光线形成了明暗条形图案。即使一次只有一个光子被发射至狭缝,明暗条形图案依然出现,这意味着单一光子同时穿过两处缝隙,与自身形成了干涉图案。

覆盖律模型有云:历史是种干涉模型。条件是粒子,规律是波。

必要条件模型指出,历史解释只需要识别被解释的历史事件的类型,然后在其初始条件中锁定事件发生的一些必须条件。历史的一般规律帮不上忙,只能靠锁定更多必要条件。正如威廉·德雷在《历史规律与解释》一书中所指出,当我们"能够追溯导致事件产生的过程"时,待解释事物便得到了解释。

蒂贝茨及其机组人员在一次训练飞行事故中丧生,而"好彩"投手被派去顶替"艾诺拉·盖号"原机组成员。投弹手弗兰克·简月上尉在那次飞行中有过许多疯狂思考,做出了与蒂贝茨原本既定的投弹手相同的操作,将炸弹投向了广岛的T形相生桥。约十万人死亡。三天后,长崎遭到轰炸,日本投降;杜鲁门再次当选;朝鲜战争导致冷战;1963年11月22日,肯尼迪遇刺;越南战争;1989年秋,苏联解体。用一位机组成员替换另一位并没有造成太大结果上的差别。

理查德·费曼在其"历史的总和"概念中提出,一个粒子从A点移动到B点并不像经典力学描述的那样只有单一路径,而是像波一样存在诸多可能路径。有两个参数可以描述这些可能路径:一是波的大小；另一个是路径从波峰到波谷循环中的位置。当泡利不相容原理（即在不确定性原理的数学极限内，两个粒子不能同时具有相同速度且占据相同位置）被用来总结历史时，它指出一些可能的路径会干涉图案并导致彼此相互抵消，其他路径则分阶段加强，这使得它们发生的概率更高。

也许历史有自己的历史总和，因此所有可能的历史都与我们的历史相似，也许每一位可能的投弹手都会选择投向广岛。

弱覆盖律模型试图通过弱化一般历史规律的严谨性来维护其概念，这种弱化的程度一度到了人们无法再仅凭解释要素推断出被解释事物的地步。规律不再是规律，而是趋势，通过提供事件与其初始条件之间的"指引线"来帮助历史学家。正因如此，不确定性原理得到认可，覆盖律模型进入二十世纪。

可是哪个历史模型可以解释二十世纪？蒂贝茨坠机，"好彩"投手飞往广岛，简月上尉选择放过这座城市。他被处决，战争结束；杜威赢得1948年总统大选；朝鲜战争通过谈判解决；1956年二月条约签订，核武器被禁用。

"可是"还在继续。1956年11月，埃及和以色列在中东地区爆发冲突。为保护自己在苏伊士运河的利益，英法两国迅速介入。即将被怀特·艾森豪威尔接替的杜威总统要求英、法两国退出纷争；他的要求被忽略，战火燃遍中东；12月，苏联入侵西德，美国向苏联宣战;泰国在中南半岛发起进攻,第三次世界大战爆发。美国和苏联两国迅速建造了许多原子弹;仅在1957年第一周,耶路撒冷、柏林、波恩、巴黎、伦敦、华沙、列宁格勒、布拉格、布达佩斯、贝鲁特、阿曼、开罗、莫斯科、海参崴、东京、洛杉矶、华盛顿特区、普林斯顿及新泽西(被针对纽约的炸弹击中)相继被摧毁。在那一周及之后的一年时间里,估计有一亿人丧命。

正常能量时,强核力具有一种被称为"约束力"的特性,它将夸克①紧紧捆绑在一起。然而,通过加速器让粒子获得高能量时,强核力明显减弱,夸克和胶子仿佛自由粒子似的喷射出去。这种高能量状态下的散射特性被称为"渐近自由"。

历史是一个粒子加速器,其能量并不总是正常状态。我们生活在渐近自由的状态下,每一种历史都有可能发生,每一位投弹手都必须做出选择。

在《开放社会及其敌人》中,卡尔·波普尔②写道:"如果两支军队同样领导有力、装备精良,其中一支拥有极大人数优势,则另一支军队永远无法赢得胜利。"波普尔提出这一命题是为了证明任何具有广泛解释力的历史规律都会变得非常宽泛,从而变得无关紧要。对于与他想法一致的学派而言,覆盖律可有可无。

---

① 夸克是一种基本粒子,也是构成物质的基本单元。

② 卡尔·波普尔(Karl Popper,1902—1994),著名科学家、哲学家。

1945年6月,七名参与曼哈顿计划[1]的科学家向临时委员会负责监督核弹进展的科学小组提交了一份名为《弗兰克报告》[2]的文件,呼吁在诸多国家(包括日本)的观察员面前进行核爆炸演示。科学小组认为该选项可行,将报告提交给委员会,委员会又将其传递给了白宫。"责任止于此。"杜鲁门阅读完报告,决定邀请詹姆斯·弗兰克、利奥·西拉德、尼尔斯·玻尔以及阿尔伯特·爱因斯坦到白宫商讨该问题,最后的磋商还包括奥本海默、战争部长史汀生和曼哈顿计划军事负责人莱斯利·格罗夫斯将军。经过一周激烈辩论,杜鲁门指示史汀生联系日本领导层,并安排在东京湾南部伊豆七岛群岛的一座无人岛上进行爆炸演示。1945年8月24日,一枚原子弹在鹈渡根岛爆炸,从东京可以看到蘑菇云。裕仁天皇观看爆炸影像后指示其政府投降;投降日为8月31日[3],也就是杜鲁门宣布将轰炸日本城市的前一天。

1948年,杜鲁门在总统选举中获胜。1950年,北朝鲜军队入侵南朝鲜,经过六次一连串的所谓岛屿爆炸后——每一次都更靠近北方先遣部队——他们才在三八线处被拦下。1952年,阿德莱·史蒂文森成为总统,任命利奥·西拉德为第一任总统科学顾问。1953年,斯大林去世;1956年,西拉德被派往莫斯科与赫鲁晓夫进行磋

---

① 美国陆军部于1942年6月开始实施的利用核裂变反应研制原子弹的计划。

② 撰写于1945年6月,由当时若干著名原子核物理学家联署,建议第二次世界大战期间的美国不要用核武器要挟日本投降。

③ 此处为故事虚构的日期。

商。会议促成了"国际和平旅"的成立，该组织后来派遣国际联合青年团队前往发展中国家和经历二战、正在恢复的国家工作。1960年，约翰·肯尼迪当选总统；1968年，其弟罗伯特接替总统职位。1976年，由于政府部门丑闻不断，理查德·尼克松当选。在那个时间节点，人们普遍认为战后时期已经结束。该世纪即将在没有任何大规模战争的情况下结束。虽然曾有一些局部冲突，然而核武器的存在已经使战争画上了句号——就像该世纪上半叶那样。在二十世纪下半叶，只有大约五百万人死于战争。

伟人理论探讨粒子，历史唯物主义探讨波。经过实验多次证实的波粒二象性向我们证明：两种理论都不是完全真理，二者都无法充当覆盖律。

覆盖律模型的捍卫者在回应各种批评时称，历史学家到底用没用该模型其实无关紧要，事实就是他们应该用。如果他们不用，那么像"瓶子掉下桌子"这个事件也可以用"是猫尾巴把它扫下了桌"或者"是猫用眼睛把它盯下了来"来解释，且两种解释之间不会有其他的选择余地。历史解释不仅是历史学家怎么做的问题，而是现实本质的问题。而在现实中，物理事件受一般规律约束——就算不是规律，也至少是对事件及其后续之间联系的极详细描述，才能使得预测——哪怕准确度不是分毫不差——足够准确，从而使我们拥有远越物理现实的强大力量。这一点，对于除大卫·休谟[①]的追随

---

① 大卫·休谟（David Hume，1711—1776），苏格兰哲学家，主要思想为经验主义和怀疑主义。

者之外的任何人而言,都足以作为规律。人类作为宇宙物质的一部分,也受控制宇宙其他部分的同一种物理定律管辖。因此,探究历史的科学性并尝试总结一些普遍历史规律是有道理的。

这些一般规律是什么样? 此处举例:

· 如果两支军队同样领导有力、装备精良,其中一支拥有极大数量优势,则另一支军队永远无法赢得胜利。

· 特权群体永远不会自愿放弃特权。

· 帝国以周期性循环模式崛起、繁荣、衰落并更迭。

· 一个国家的命运取决于其在战争中的成就。

· 一个社会的文化由其经济制度决定。

· 体系的存在是为了掩盖不平等。

· 最后,综合上述许多例子,地位与权力有可能带来腐败。

因此,似乎确实存在一些强有力的历史解释规律。然而,试想另一种:

· 因为缺少一枚钉子,战斗失败。

举个例子:1945年7月29日,一位吉尔吉斯族游牧民走出蒙古包,踩到了一只蝴蝶;因为蝴蝶没有扇动翅膀,所以这片区域吹的风略微少了些;因此,一条往中国东部地区移动的低压锋的速度比原本慢了些;因此,当"艾诺拉·盖号"轰炸机于8月6日飞越广岛时,它被90%的云量覆盖,而非50%。蒂贝茨上校转而飞往第二目标长崎,但它也被云层覆盖。"艾诺拉·盖号"的燃料所剩无几,但机组人员在返回天宁岛的途中能够飞越小仓,并趁云量变化的空档在那里投下炸弹,导致小仓九万人死亡。"艾诺拉·盖号"降落在天宁岛时,油箱剩余的燃料"还不够装满一只打火机"。8月9日,第二次任务再次尝试攻击广岛,但云层仍在;任务最终将炸弹投向云量较少的次要目标长崎,但并未击中市中心,因此仅造成两万人死亡。一周后,日本投降。

1945年8月11日,一个名叫松井爱的婴儿在广岛出生。1960年,她开始在当地会议中就许多议题发表演讲,其中包括广岛在世界上的特殊位置。她说,那里的公民能死里逃生,仿佛是受了某位天使(或规律)庇佑。他们要为小仓和长崎的死难者负责,在生者世界代表他们,让世界变得更加美好。"广岛和平党"迅速成长为广岛主要政治力量;后来,它在二十世纪六十年代对越南及其他地区暴力事件的反感情绪中发展壮大,力量遍及日本;七十年代,该政党成长为世界级政治力量,并获得前美国总统肯尼迪和总统巴比特的热心支持,来自各个国家的年轻人仿佛经历宗教皈依似的纷纷加入其中。1983年,日本创建"亚洲援助联盟",其中一项医疗保健项目挽救了一名患有疟疾的印度年轻女性的生命。第二年,她生下一个孩子——一个注定成为印度最伟大领袖的女人。1987年,巴勒斯坦国在约旦河西岸以及约旦和黎巴嫩部分地区竖起国旗;一代难民营儿童搬进家中;一名婴儿在加利利出生。1990年,日本成立"非洲援助联盟"。"广岛和平党"拥有十亿成员。

诸如此类。因此,那么到2045年7月29日为止,如果一个世纪前吉尔吉斯的游牧民没有踩到那只蝴蝶,现存于地球上的人,或许一个都不会存在。

这种现象被称为"蝴蝶效应"。对任何其他历史解释模型而言,它都是个严重的问题;对你和我而言,它则意味着麻烦。它的科学术语是"对初始条件的敏感依赖",属于混沌理论的一个方面,由气象学家爱德华·洛伦兹最早开始研究。他在用计算机模拟天气模型时,发现初始模拟条件的略微变化会迅速导致完全不同的天气。

因此,强覆盖律模型认为历史解释应该与科学解释同样严谨。后来,认同它的人把模型带入了量子世界,承认预测其实充其量只是预测概率。再也无法从解释要素中推导出待解释事物;它只能表示概率。

现在混沌理论中新添了几个问题。但仍请考虑:弗兰克·简月上尉选择放过广岛。十年后,核武器在全球范围内被禁止。十一年后,中东的局部冲突升级为全面战争,核武器被迅速重组并投入使用,因为知识一旦学会了就很难忘记。T对称①的意思是不管时间箭头指向哪个方向,物理定律都保持不变。然而,实际上它在自然界中并不存在。开弓没有回头箭。

因此,到了1990年,在这个特定的世界里,经历轰炸后的城市被重建。西方工业国家富裕,全球南方发展中国家贫穷;跨国公司

_____

① 指时间(Time)反演对称性,指在时间反演操作下物理系统的对称性。

控制世界经济,苏联集团分崩离析,巨额资金投入军备。到2056年,这个世界与简月投下原子弹、蒂贝茨轰炸广岛、蒂贝茨进行核爆演示、蒂贝茨轰炸小仓的世界几乎都没有什么区别。

也许历史的总和已经把所有概率都汇集在了一起。这可能吗?我们无从知晓。我们是粒子,在波浪中运动。波浪会断裂,没有算法能够预测影响波段的气泡会出现在何处。可是,还有历史的总和。混沌系统跟随混沌吸引子①的拉动落入模式。线性混沌图形看上去似乎完全没有重复,但若将其切割成庞加莱截面②,则会显现出最简单的模式。那是潮涌,而我们漂浮其中。也许它是宇宙自身的波动,不论游动方式如何,潮水都会将我们带往同一目的地。也许吧。

因此,覆盖律模型再次被修改。解释仍然需要规律,但并不是每个事件都有规律。历史解释的任务变成了事件区分行为:可以用规律解释的部分和无法用规律解释的部分。构成待解释事件的零部件(事件)被挨个分析,然后历史学家将注意力集中在可以解释的零部件上。

保罗·蒂贝茨飞往广岛,游牧民走出蒙古包。

---

① 又叫"奇异吸引子",是反映混沌系统运动特征的产物,也是一种混沌系统中无序稳态的运动形态。"吸引子"是微积分和系统科学论中的概念,一个系统有朝某个稳态发展的趋势,则该稳态叫"吸引子"。混沌吸引子是其中一种类型。

② 用来对多变量自治系统的运动进行分析。

　　李雅普诺夫指数是衡量吸引子在相空间①中拉伸、收缩和折叠产生的冲突作用的数字。它们是不可预测性的拓扑参数设置:指数大于零意味着拉伸,因此随着时间流逝,各种备选历史都渐行渐远;指数小于零意味着收缩,因此备选方案趋于渐行渐近;指数为零时则产生周期性运行轨道。

　　历史的李雅普诺夫指数是多少? 这个规律没人知道。

　　弗兰克·简月飞往广岛,游牧民待在蒙古包。

　　据说,历史学家的工作需要对过去行动的人们的思想以及行动环境进行极具想象力的重构。"当历史学家感到自己试图解释的过去正重焕生机时,就可以说是成功的解释。"

　　你正飞往广岛;你是投弹手;两天前,你接到这项任务;你知道炸弹会带来什么;你不知道你会怎么做;你必须做决定。

　　大脑中有一千亿个神经元,其中一些神经元有多达八万个突触末梢。思考时,神经递质②流经一个神经元的突触小结与另一个神经元的树突棘之间的突触间隙,使少量电荷反转,进而传递信号。信号传递途中通常会在突触和树突留下痕迹,从而永远改变大脑结构,这种可塑性使得记忆和学习成为现实。大脑总是在成长:前五年改变剧烈,后来变得稳定。

　　在做选择的一瞬间,信号将飞越一处神经网络,而它已经在其

---

　　① 用以表示出一系统所有可能状态的空间。

　　② 在神经突触信号传递中担当"信使"的特定化学物质。

生命周期里被塑造成了特定且特殊的结构。一些信号有意识,有些则没有。据罗杰·彭罗斯所言,大脑的决策量子效应发生过程中,有大量并行计算同时发生。这一数量可以是海量,甚至超过10^{21}。只有当"观察"侵入时——也就是"决策"时——并行计算才会重新变成单个有意识的思想。

在决策过程中,头脑所尝试的工作与历史学家相同:将潜在事件分解成组成部件、列举条件、寻找覆盖律,以便从各种各样的可能选择中预测它们之后会发生什么。备选未来在远离当下的过程中不断产生分枝,就像树突延伸出的各种分权一样。它在混乱中不断变化,被朦朦胧胧中感知到的吸引子牵往不同方向。很可能的结果来源于不太可能的结果。

接着,在量子思维的无数间隙中,出现了一则未解之谜:一个选择被做了出来。我们必须选择,这就是时间中的生活。一些影响深远的选择过程——也许具有美感,也许符合道德,也许切实有效(思想家的生存之道)——将那些似乎最安全、最正确、最美妙、我们无从知晓的计划推往意识;接着,便做出了选择。就在这个观察结果产生的瞬间,绝大多数候补选项消失得无影无踪。只剩我们自己,在渐近自由中、在不确定中、在时间不对称的流动中行动。

几乎不存在什么覆盖率,也永远无法完全了解初始条件。蝴蝶可能正在振翅,也可能在脚下粉身碎骨,而你正往广岛飞去。

(崔龚荣秀 译)

亚瑟·斯特巴奇在火星打曲线球

　　他是个身材瘦高的火星小孩,生性腼腆,佝偻着脊背,像笨拙的小狗。我不知道为什么他们要让他打三垒,又让我当游击手——我是左撇子,还接不来滚地球。可我是美国人,所以就这样了。通过视频学运动的效果就是这样。有些事情过于明显,明显到人们从来想不到要提一嘴,比如永远别让左撇子当游击手。可是在火星上,一切都有了新面貌。那里有些人爱上了打棒球,订购了设备,建了一些场地,然后就开始了。

　　所以我们——我,还有这个名叫格雷戈尔的小孩,在内野左翼手忙脚乱。他看起来年龄很小,我问他几岁,他说八岁。我想:老天爷啊,你才没那么小。可我又意识到他当然是指火星年,因此他大约十六七岁,可是他看起来还要更小一些。他最近才从其他地方搬来阿耳古瑞①,和亲戚朋友一起住在当地他的合作社的房子里。我

　　---

　　① 火星南半球撞击盆地,约八百公里宽。

从没直接跟他说,但在我眼里,他似乎很孤独。哪怕他是一支烂透了的球队里面球技最烂的,他也从来没有缺席过训练。显而易见,他为自己的所有失误和三振出局而感到十分灰心丧气。我之前很好奇他为什么要出门:如此害羞,驼背,还长着粉刺,会被自己的脚绊倒,满脸通红、喃喃自语——非常典型。

英语也不是他的第一语言,他的母语是亚美尼亚语或摩拉维亚语之类的。反正除了他合作社里的一对老夫妻,没有人讲它。所以他咕咕哝哝地说着火星版本的英语,有时候还用上翻译盒子,但大部分时候他都在努力让自己不落到非要开口的境地,免得脱口而出一个又一个的语法错误。我俩一定构成了一道风景线——我身高只到他腰。我们看着地面球擦身而过,跟魔术表演似的。要不就是拦截球,跟在球后面四处撵,之后再拿着球飞过一垒,与跑者失之交臂。我们很少能完成封杀。还好别人跟我们也差不多,要不我俩真就无比刺眼了。在火星上,一场棒球赛总是会出现很高的比分。

不过,无论如何,景色是很美的。真的,就像一场梦。首先,在阿耳古瑞这样一马平川的平原上,地平线只有三英里远,而不是六英里。对于地球人的眼睛来说,这种差别显而易见。另外,他们的棒球场内野只比正常规模略大一些,但外野必须建得很大。我们球队所在的球场上,中线长九百英尺,边线为七百英尺。站在本垒板上远眺,外野围栏仿佛远处的一道小绿线。在紫红色天空下,它几乎就是地平线本身——我想跟你说的是,棒球场覆盖了整个肉眼可见的世界。太棒了。

他们和四个外野手一起打球，就像打垒球，外野手中间的球道很宽。可以说，这里的空气和珠穆朗玛峰大本营的一样稀薄，而且重力只有地球的38%，因此被击中的曲线球就像是被大号木杆击中的高尔夫球一样飞得老远。哪怕场地再大，每场比赛都还是有许多本垒打。火星上没有多少零封对手的比赛，反正，在我加入之前是没有多少的。

爬过奥林匹斯山之后，我去了阿耳古瑞，目的是协助他们建立一座新型土壤科学研究所。他们很明智，没有靠视频指导胡乱尝试。起初，我闲暇时会去爬切力特姆斯，可迷上棒球之后，棒球便占据了我大部分空闲时间。好吧，我参加。他们问我时我这么说。可我不做教练的事，我不喜欢对别人该做什么指指点点。

所以我会和其他人一起去做跑动练习，给永远都派不上用场的肌肉热身。接着维尔纳开始内野击球练习，格雷戈尔和我练习挥棒。我们就像几名斗牛士。偶尔我们能逮住一个球，猛扔到一垒；偶尔，一垒手——身高突破两米，跟辆坦克似的——能接到我们的投球，这时候我们就会一起拍手套击掌。这样日复一日，格雷戈尔在我面前的害羞终于少了一点儿——尽管也没好多少。我看得出来，他使出了吃奶的力气投球。他的手臂长度和我的身高差不多，柔若无骨，仿佛从鱿鱼身上扯下来的触手；他的手腕松软无力，非常适合扔曲线球。当然了，有时候球会被他扔得高过一垒手头顶十米,却依旧不断往上升;毫无疑问,球这也算是在移动嘛。我开始意识到,他之所以出来打棒球,或许不光是因为可以不用和人交谈,而且还在于他有本事把东西扔得老远。我也意识到,与其说害羞,不如说他性格阴沉,又或许二者兼具。

总之,我们的防守就是个笑话,击球还略微好一些。格雷戈尔学会了把球打落,还有在半路拦截地滚球,手法卓有成效。我也开始与他们磨合在了一起。好不容易从慢悠悠投了几年的垒球改变过来,我的各方面进度都要落后队伍一个星期,加上格雷戈尔这位游击手,我确信队友们觉得队里混进了个美国骗子。而且由于规则限制每队只能有两个地球人,他们肯定对我们两个失望透顶。可是我慢慢调整了对时机的掌握,然后开始打得越来越好。问题在于他们的投手没有什么具有杀伤力的招数,这些大高个儿只会像格雷戈尔一样后退,然后尽力扔球。光是扔球就能耗光他们的力气。这可有点儿吓人,因为他们经常不小心朝你人扔过来。但若投球没有问题,那你只需静待时机即可。只要能击中一个,瞧那球飞得多精彩!每次球棒与球的连接都像一个奇迹。仿佛只要你以正确的方式击中,就能把它送入行星轨道。而且这其实也是他们给本垒打起的昵称,他们会它说是"轨道球"——看着球从球场飞往地平线。他们还在后挡板上系了个小铃铛,就像船铃铛,每有人击中一个球,他们就在你跑垒时摇起铃铛。这本地习俗很棒。

因此我沉浸其中,哪怕自己总是笨手笨脚,依旧不妨碍它是个美妙的游戏。因为笑得太厉害,训练结束以后,我最酸痛的肌肉总是肚子那一团。我甚至在短期内获得了一些成功:接住往我右边飞的球,再向后转身掷向一垒或二垒。这当然很荒谬,但却让人印象深刻,因为这就像盲人国度唯一一个独眼龙:矮子里面拔将军。这不是说他们不是好运动员,你明白的,可是他们小时候都没有打过球,所以没有棒球这种本能。他们只是喜欢玩,而我能明白为什么——在和这个世界一般大的绿色球场上,在这紫色天空下,黄绿色的棒球四处飞舞——美哉。那是我们的欢乐时光。

我也开始给格雷戈尔教一些小妙招,尽管我曾向自己发誓绝不好为人师。我不喜欢告诉别人该做什么。这游戏的难度也不适合那么做。但当我把高飞球打给外野手时,总忍不住要告诉他们:要看球、跟在球底下跑,戴上手套接球,而不是伸着胳膊,仿佛一尊奔跑的自由女神像似的;也很难不在他们轮流击打高飞球时(操作起来比看起来更难)给他们讲点儿击球技巧。格雷戈尔和我在热身期间总是会投球接球:只靠看着我模仿,并尝试朝小小的目标投球,他的表现就渐渐提高了。他扔得的确非常用力。从他的投球中,我看到了许多变化。它们从各个方向追着我而来,考虑到他那松软的手腕,倒是不足为奇。我必须全神贯注、目光敏锐,否则就会接不住。他缺乏控制,但很有潜力。

事实上,我们的投手技术很臭。我喜欢这些家伙,可是只要你一把注意力放他们身上,他们就没法扔出好球。一般情况下,每场比赛他们都把十到二十个击球手保送一垒,这还是五局比赛。维尔纳会看着托马斯把十位击球手保送一垒,然后他会如释重负地接手,然后自己再送十位。有时他们会这么操作两次。格雷戈尔和我会站在那里,看着另一支球队的跑垒手列队游行,或是仿佛在杂货店门口排队似的,一个接一个从我们身边走过。当维尔纳站到投球区土墩时,我会站在格雷戈尔旁边对他说:"格雷戈尔,你知道吗,你可以比这些家伙都投得更棒,你的手臂长得好。"而他会惊恐地看着我,喃喃自语:不,不不不,不可能。

但是后来有一次热身时,他突然扔出一个极为惊艳的曲线球。我靠手腕接住它,一边揉着手腕一边向他走过去。

你看到那个球的曲线轨迹了吗?我说。

看到了。他说着,目光看向别处,对不起。

不用觉得抱歉,这叫曲线球,格雷戈尔。这种投球可以派得上用场。最后一刻你扭动了手腕,球从弧顶拐了弯,像这样,看到了吗?来,再试一次。

就这样,我们慢慢开始练习掌握它。高中最后一年时,我曾是康涅狄格州棒球代表队队员,每天干的就是扔这玩意儿——曲线球、滑行曲线球、叉指快速球、变化球。我能看出格雷戈尔的大部分成功投球只是因为碰对了运气,但为了不让他感到困惑,我只帮他改进曲线球。我对他说:就像你第一次投球那样,把它扔给我。

我以为你不会指导我们。他说。

我不是在指导你！你只管那样扔。比赛的时候直着扔球，能扔多直扔多直。

他用摩拉维亚语对我咕哝几句，也不看我的眼睛，但还是照做了。没过多久，他就可以扔出不错的曲线球。当然，火星上稀薄的空气意味着小球几乎没有可借力的地方，但我注意到蓝点棒球的缝线比红点棒球要多。他们两种球都打，好像没有区别似的，但其实有。我记下了这事，继续和格雷戈尔一起练习。

我们做了许多练习。我从伸展开始向他展示如何投球，因为怕挥臂动作会让他胳膊打结。到赛季中期时，他已经能挥臂投出一个漂亮的曲线球。我们没有跟其他任何人提及这件事。他对此无比狂热，但投出的球曲度很大。我的身手得非常敏捷才能接住其中一些，但这也让我对游击手的角色更为擅长。尽管最终，我们还是像往常一样在一场比赛中以0:20落后。一名击球手击中了一个高耸的内野高飞球，我跟着跑回去，风一直吹着它向前飞，我就一直跟着它跑。等接住它时，我才发现自己正以"大"字躺在一堆目瞪口呆的中场手中间。

也许你应该守外野。维尔纳说。

我说，谢天谢地。

因此从那以后，我开始守左外野或右外野，在比赛中能追着直线球一直跑到围栏，然后把球扔回给接传手。但更多时候，我只是站在原地，看着另一支球队的打者被保送。我像往常一样不停地大喊,却在那一刻突然注意到,火星上压根儿没有人在这样的比赛中大喊大叫,我仿佛身处聋哑人联盟的比赛。我不得不在两百码以外的中场一刻不停向整个球队大喊,当然也包括对裁判的裁决大声批判。我离本垒板更远了,但我的表现还是比他们好,他们也清楚这一点。真有趣。人们路过会时说:嘿,那儿肯定有个美国人。

有一天——又是我们主场失利——我想是28比12,大家都去吃东西了,格雷戈尔却只是站着,眺望着远方。你要一起来吗?我指着其他人问他,可他摇摇头。他得回家,去工作。我自己也要回去工作,因此和他一起走回镇里(镇子就像得克萨斯的狭长带状地区)。我在他所在的合作社外面停下来,不知道那儿是大房子还是小公寓所在的大楼——我分不清火星上这两种房子。他站在那里,就像一根灯柱。我正准备离开时,一位老妇人出来邀请我进去。她用生硬的英语说,格雷戈尔跟她提过我。于是我又被介绍给了厨房里的人,大多数都很高。格雷戈尔似乎很尴尬,不想让我待在那儿,因此我尽快抓住机会离开了。老妇人有一个丈夫,他们两个看起来像格雷戈尔的祖父母。那里还有一个年轻女孩,年纪和他差不多,像一只鹰似的看着我们俩。格雷戈尔从不与她对视。

接下来那次训练中,我说:格雷戈尔,他们是你祖父母吗?

就像我的祖父母。

还有那个女孩,她是谁?

没有回答。

比如表妹之类的？

对。

格雷戈尔，你父母呢？他们在哪？

他只是耸耸肩，开始朝我投球。

我的印象是，你的父母住在他所在合作社的另一处分社里，但我一直没能把地方对上号。在火星上看到的许多东西都让我很喜欢——合作社的共同经营，极大地减轻了他们的压力，相较地球上的我们，他们的生活相当轻松。可他们有些育儿系统——孩子由集体抚养，或单亲，或在其他的情况下长大——我不是非常能接受。你要是问我，我会说它会带来些问题。一帮小年轻厮混在一块儿，时刻打算找个谁揍一顿之类的。估计你做什么都救不回来。

无论如何，我们终于熬到了赛季末，而我打算在赛季结束后返回地球。我们球队的战绩是3胜15负，常规赛积分榜倒数第一。不过，他们为阿耳古瑞盆地的所有球队举办了最后一次周末锦标赛，由于球队太多，所以大家都得背靠背连打三场。我们在第一场比赛中很快败北，然后又输了第二场，主要是因为上垒。维尔纳一度暂时缓解了托马斯的压力，当这不再奏效后，托马斯回到投球区土墩，又重新解救了维尔纳。这局面发生时，我从中心区一路跑来投球区土墩和他们会合。我说：听着，兄弟们，让格雷戈尔投球。

格雷戈尔！二人异口同声：没门！

维尔纳说，他还不如我们。

是吗？我说，您二位刚连续保送了十一位击球手。再不换格雷戈尔来，我们就完蛋了。

因此他们同意了。如你所料，当时他们二人都很泄气。于是我走到格雷戈尔跟前说：好了，格雷戈尔，现在你试试。

哦，不，不不不不不不。他非常抵触。他抬头看了看坐着数百观众的看台，其中大部分是朋友、家人，还有些好奇的路人。我还看到可能是他祖父母的夫妻，还有可能是他女朋友的那个女孩，他们都在看台上观看比赛。每过一秒，格雷戈尔的表情都变得愈发阴郁，愈发愁眉苦脸。

来吧，格雷戈尔。我说着，把球塞进他的手里。我跟你说，我会接住你的球，就像热身那样，你只管继续扔你的曲线球。我连拖带拽，把他拉到投球区的土墩上。

因此，当我去穿上捕手装备、搬了一盒蓝点棒球去裁判员补给区前面时，维尔纳正帮他热身。看得出来，格雷戈尔非常紧张，我也很紧张。我以前从来没有捕过球，他也从来没有投过球，而且这时候已经满垒了，还没有人出局。这是个非比寻常的棒球时刻。

终于，我穿戴完毕，朝他走了过去。不用担心用力太猛，我对他说，只管把曲线球往我的手套扔就行。别去在意打者。每次投球前我都会给你信号，两个手指代表曲线球，一个手指代表快球。

快球？他问。

就是让你快速扔球。别担心，反正我们只要投出曲线球就行。

你说过你不教别人，他幽怨道。

我不是在教球，我说，我在捕球。

因此我回去，在本垒板后准备就绪。瞧好了，曲线球。我对教练说。曲线球？他问。

开始了。

格雷戈尔蹲伏在投球区土墩上，活像一只大螳螂。他满脸通红、面目狰狞。他投的第一球径直飞过我们头顶正上，飞去了挡网。等我拿回它，已有两人上垒，但我淘汰了从一垒往三垒跑的跑者。我去找格雷戈尔。好了，我说，清垒完毕，我们干掉了一个。我们继续扔，冲着手套扔，就像上次那样，不过更低一点儿。

他照做了。

他把球扔给击球手，击球手击球，球直接被擦进我的手套。裁判哑口无言。我转过身，向他展示我手套里的球。那是个好球，我告诉他。

好球！他喊道。

他对我咧嘴一笑，这是个曲线球，对吗？

这当然他妈的是了。

嘿，击球手问，刚才那是啥？

我们会再秀给你看的。我说。

打那之后，格雷戈尔开始大展身手。我不停比出两根手指，他不停地投曲线球。当然不可能全都是好球，却也足以避免他保送太多击球手。所有球都是蓝点棒球,裁判开始觉得饶有兴味起来。

两名击球手身后,我看到全场观众以及当时没有比赛的球队都挤在挡网后面看格雷戈尔投球。火星上从来没有人见过曲线球,现在他们都挤在后面,想从最佳角度看到它。每划出一道曲线,他们都重出一口气,叽叽呱呱、喋喋不休。击球手或是擦棒,或是虚晃一棒,然后咧嘴笑着回头看向人群,仿佛在说:看到了吗?那是个曲线球!

于是,我们杀了回来,赢下那场比赛。我们一直让格雷戈尔投球,又赢了接下来三场比赛。第三局,他正好投了27球,9名打者全都三振出局。在一场高中比赛中,沃尔特·费勒曾经让27名打者全部三振出局,就像眼下这种情况。

观众们爱得不行。格雷戈尔的脸蛋不再那么通红,他站在投手区,腰杆儿更加笔挺了。他还是不愿意看其他地方,只盯着我的手套,不过他那愁云密布的担忧已转变为杀气十足的专注。或许他很瘦削,但他身材高挑。站在土墩上,他开始让人心生畏惧。

由此,我们慢慢爬入优胜组,接着进了半决赛。比赛间隙,一群人一窝蜂涌到格雷戈尔身边,想让他在自己的棒球上签名。大部分时候他都看起来晕头转向,但有一次,我看到他抬头看了一眼观众席上合作社的家庭,朝他们挥了挥手,面上带着转瞬即逝的微笑。

你的胳膊还能继续坚持吗?我问他。

什么意思?他回道。

好吧，我说。听好了，这场比赛里我想再次打外野。你能给维尔纳投球吗？因为我们接下来对阵的球队里有几个美国人，厄尼和恺撒，我怀疑他们可能会接曲线球。我只是有这种预感。

格雷戈尔点点头。我看得出来，只要还有目标可以让他扔球，其他都不足为虑。于是，我跟维尔纳安排好这件事，在半决赛时回到了右外野。此时我们正在灯光中比赛，绛紫色暮光下，球场就像绿色天鹅绒。从中场往里看，一切都很渺小，仿佛在梦境之中。

我肯定是灵光一现，因为我抓到了厄尼打出的一个平直球——我一个滑步捕到球，接着跑了大概三十秒钟穿过中间，触杀了从恺撒来的一个牛高马大的得克萨斯跑者。连格雷戈尔都在两局之间前来向我道贺。

而且你知道的，老话说得好：比赛打得好，挥棒就差不了。那天的比赛我就打得很不错。现在这场半决赛里，我上场后打出一个高飞快球，名副其实的快球。好像我都没打它，它就自己飞了似的。这支全垒打飞出中场围栏，没入黄昏之中。不等球往下落，它就已经飞出了我的视线范围。

决赛中，我又在第一局再次做到了这一点，与托马斯背靠背——他往左路，我向中路。我连续打出两次高飞球。我们朝胜利越行越近，而格雷戈尔也在大杀特杀。因此，下一局我又成功一次以后，感觉更好了。观众大声呼喊着，想要另一支本垒打，另一支球队的投手的脸看起来十分坚毅。他真是个大块头，和格雷戈尔一样高,但拥有和许多火星人一样发达的胸大肌。他向后仰去,第一个球正好扔到了我的脑袋上。他并非故意,只是没控制住。接下来,我挥棒很迟,又躲闪着投手怀着满腔的血投出的球,结果只勉强打出几个界外球,最后来到两好三坏的局面①。当时我在想:哎,随便了,现在被三振出局也无所谓了,反正我已经连续击中了两次。

然后,我听到格雷戈尔正大声呼喊:加油,教练,你能行! 坚持! 保持专注! 我猜,他模仿我模仿得很像,球队其他成员笑得大牙都要掉了。我想,这些话我从前都对他们说过,当然这都是在球赛中你会自动冒出来的话。我从来没有别的意思,我甚至没有意识到别人听到了我喊的话。不过,我确实听到格雷戈尔在刺激我,我回到打击区,心想:天哪,我甚至不喜欢当教练。我在十场比赛中都当游击手,就是为了避免教你们。我恼火极了,几乎意识不到到球场的位置,但不知怎的我还是把球打去了右场围栏,甚至比我的前两个球打得更高、更深。膝盖高的快球,内野。就像厄尼赛后对我说的那样:你把那小宝贝揍飞了。我的队友一直在垒包周围摇小小的船铃,从第三垒到本垒的路上,我与他们每个人击掌,感到脸上挂着笑容。后来我坐在长凳上,击球的感觉还停留在手上,眼里也依旧能看见那球飞出去的影子。

因此,最后一局我们四比零领先,对手下定决心要追上我们。格雷戈尔终于累了,他保送了两位击球手,然后打了一个曲线球。

---

① 指投手接下来的一球定胜负,若好球则打者出局,坏球则打者保送。

他们那位大块头投手猛地一棒击中,球从我头上高高地飞了过去。如今我倒是能应对直线球了,可这球飞过我头顶的一刹那,我有些迷糊。于是,我背对着它,跑向围栏,想着要么那球飞出挡网,要么我可以在围栏边上捡到它,但我不可能在空中见到它。可是,在火星上跑步的感觉很奇怪。你如果跑太快,身体就会像风车一样打转,同时还随时可能摔个狗啃泥。看到警示标语时,我正是这种状态。我抬头往上看,发现球正在下落,于是我跳了起来——我只想直直地往上升,明白吧,但我的势头很大,还把重力的事忘了个一干二净。于是,我跳起来接住了球——真棒——同时发觉自己飞出了挡网。

我落下来,滚落在尘土和沙子中,棒球卡在手套里。我跳回围栏,举起球向所有人展示我抓住了它。可他们还是给打者判了个本垒打,因为捕到球时,你必须在场地里,这是本地的规则。

我不在乎。

打比赛,不就是为了让你能干出这样的事吗?那打手击出一支本垒打,挺好的。

于是我们重整旗鼓,格雷戈尔击出边路,最终我们赢得了联赛。我们被团团围住,特别是格雷戈尔,他是当下的英雄,每个人都希望他能在什么东西上签名。他没有多说,可是也没有俯身签名,而是看起来十分惊讶。后来维尔纳拿来两个棒球,每个人都签了名,作为格雷戈尔和我的某种战利品。后来,我看到我的战利品上有一半名字都是抖机灵,写着"米奇·曼托"①之类的名字;而格雷戈尔在上面写着:"嗨,亚瑟教练,格雷戈尔致意。"那个棒球现在还在,就摆放在我家里的桌子上。

(崔龚荣秀　译)

---

① 美国职业棒球运动员。

盲目的几何学家

如果你先天失明,那你的成长历程就会有别于视力正常的小孩(我先天失明,所以深有感触)。原因显而易见:许多正常婴儿的早期发育,包括身体和精神发育,都与视觉有关。视觉是所有感知和行为的协调器,没有了视觉,现实就会是……(难以描述的)一种空虚。在这种空虚世界中,事物只有在被抓住、说出来和听到时才会被短暂具象化,然后,当陷入沉默或手松开时,具象化的东西就会渐渐淡化,不复存在(我时时刻刻都被这样的感觉包围)。这种对物体永恒性的感知能力,是视力正常的婴儿也必须要学会的——如果你把玩具藏到屏风后面,非常小的婴儿会误认为玩具消失了,但是他们的视觉(瞥到屏风后的玩具或人)能更容易快速构建起对物体永久性的感知。而对于盲童来说,难度要大得多,需要几个月甚至是数年的时间。如果没有对物质世界的感知,那就无法形成自我这一补充性概念;缺少了这个概念,所有的现象则会被处理为外延的"身体"来感受。(扩展触觉空间[或触感空间、身体空间],以填充视觉空间……)所以失明的婴儿都有患自闭症的危险。

但我们也知道,我们有能力完全自由地从思想和幻象中去转变人类的历史存在……

埃德蒙德·胡塞尔 《几何的起源》

我的记忆开始于大约三岁半时的圣诞节早晨。当时我收到一袋弹珠作为礼物。捧着一把把弹珠的感觉让我深深着迷:沉甸甸的,玻璃球面,声音清脆悦耳,又是那么光滑,大小那么一致……连装弹珠的皮袋都同样吸引我。那皮袋材质柔韧、形状妥帖,正好能被如此坚韧的拉绳给拉紧(我必须要说,从触觉美学的角度来评判,没有什么东西比上好油的皮革更美了。我最喜欢的玩具就是我父亲的靴子)。总之,我开始在撒满弹珠的地上打滚(更多的接触),还撞到了扎人的圣诞树。我伸手想折几根松针,好放在指间感受摩挲的触觉,结果碰到了树上一个装饰品,摸起来就像是弹珠一样,让我兴奋不已。于是我拽住它,猛地一拉(毫无疑问,装饰品被牢牢地固定在树枝上),然后——树倒了。

随后的危险警告在我的记忆中只是一片模糊,就好像所有内容都被录在了磁带上,而其中的一部分快进成了永恒的尖叫声和颤音。这小块小块未分割的磁带片段,正是我的记忆(我的故事)。

在那之前，在形成意识之前的许多年岁里，我还有多少这样的探索片段呢？我又是怎样初次发现我身体之外的世界，我的探索之手之外的世界？这曾是我最伟大的智力成就之一——也许没有之一——但现在我却做不到了。

所以我通过阅读来了解其他失明的幼儿是如何完成这项任务的。我是通过文字的形式了解到自己的生活的——世界于我是一个文本——我也已经习以为常了。这就是卡斯沃斯所说的，进入了"语言不真实"的世界，这也构成了有好奇心的失明者的命运。

我从来不喜欢杰里米·布拉辛加姆。他曾与我共事过几年。我们俩的办公室只隔了六个门。在我看来，他是那种在盲人周围就浑身不舒服的人，而盲人又总是需要承担让这些人舒服起来的责任，这是很让人抓狂的事情。(事实上，我通常忽略这个问题。)杰里米总是凑近了观察我(你可以通过声音来判断)。很明显，他很难相信我是《拓扑几何》的合作编辑之一。他时不时会向本杂志投稿，是一位优秀的数学家，也是还不错的拓扑学家。他的大部分投稿我们都有发表。所以他和我保持着表面上的友好。

不过，他总是在打探我、刺探我的想法。某次我努力研究 n 维流形的几何时，欧洲核子研究组织、国家加速器实验室，外加瓦胡岛上新的大型回旋加速器所产生的一些最新结果，奇妙地与我的研究工作联系到了一块：某些亚原子粒子似乎在多维流形中移动。于是，沙利文、吴，以及来自这些地方的其他物理学家前来向我请教。

和他们在一起,我很乐意交谈,但和杰里米谈话让我觉得毫无意义。我与他谈话时所做的某些推测,后来出现在了他的一篇论文中。在我看来,他是在寻求我的帮助,只是没有明说。

关于他的形象。在阳光下,我能感知到他是一团移动的、有斑点的光亮。我能"看见"人是很不寻常的事情。我也解释不清楚为什么(是视觉,还是别的什么?),所以心里硌得慌。

但现在回想起来,我当时确实有点儿小题大做。

记忆当中,第一件让我投入感情的事出现在我八岁的时候(更早发生的事情顶多算是录相片段而已,它可能是我与任何人的相处,记忆的多寡取决于我和这些人的感情多寡),并且与数学有着象征性的联系:当时我正在用盲文打孔器添加数列。这个新能力让我欣喜若狂,所以我举起凹凸不平的数字纸让父亲看,他的眼中闪现出困惑的神情。"嗯,"他说,"这儿的数字要和其他行列保持齐平。"他长长的手指把我的手指引向一个列,"数字22偏左边去了,感觉到了吗?这些点都得站在一条直线上。"

我不耐烦地抽回我的手,挫败感如洪水般在我心里汹涌澎湃(最熟悉的感觉,一天能有几十次)。我的声音变得尖锐起来:"但是为什么非得这样?根本没什么要紧——"

"它挺重要。"我父亲并不是那种苛求整洁的人,因为我经常被他乱放的公文包、溜冰鞋、鞋子绊倒……"让我想想。"他又把我的手指拉了过去,"你知道数字的基本原理。这是22,意味着两个个位数和两个十位数;第一个2是十位数,后一个是个位数,尽管它们都只是两个一样的字符,对吗? 当你添加的时候,最右边的列是个位数。上一位数是十,再上一位数是百。这里你已经列着三列了,能表示百位数了,对吗? 现在,如果你把22放在左边太远,你会把22加在百位数这一列中,就好像这个数是220而不是22。那就错了。所以你必须把列对得笔直——"

理解。我感到醍醐灌顶。我就像是一个古老的教堂大钟,而"理解"就是铃锤。这种感觉成为我生命中永恒的快乐之一:去理解。

理解数学概念很快就给我带来了力量(我多么渴望!)。力量不仅存在于抽象的数学世界,也存在于父亲和学校所构建的现实世界。我记得自己乐得上蹿下跳,父亲也笑得很开心。我冲进我的房间,戳出一排排直得像尺子那样的列来,再一列列地添加数字。

哦,对了,我叫卡洛斯·奥列格·内夫斯基。母亲是墨西哥人,父亲是俄罗斯人(军事顾问)。2018年我出生于墨西哥城,早产三个月。母亲怀孕期间患了一场风疹,结果是:我几乎完全失明(能区分黑暗或光亮)。我在墨西哥城一直住到五岁,然后父亲被调到华盛顿特区的俄罗斯大使馆,此后几乎一直住在华盛顿。十五岁时,我的父母离异。自2043年起,我一直担任乔治·华盛顿大学的数学教授。

一个寒冷的春天下午,我在教员休息室泡咖啡时撞见了杰里米·布拉辛加姆——在休息室里，从来没有人聊闲天。"你好，卡洛斯，最近怎么样？"

"很好，"我说，伸手去拿桌上的糖，"你呢？"

"不错。不过，我在咨询工作中遇到了一个有趣的问题。让我百思不得其解。"

杰里米在五角大楼的军事情报部门工作，但他很少谈论自己在那里做了什么，我当然也从来没有问过。"哦，是吗？"我边说边找到糖，舀了一些进去。

"是的。他们有一个编码问题，我打赌你会感兴趣。"

"我不太喜欢密码学。"间谍游戏——涉及的数学问题非常具体。糖的甜味，溶解在休息室的劣质咖啡里。

"是的，我知道，"杰里米说，"但是——"他声音中透出一丝沮丧，"——但这可能是几何学家的代码。我们有一个观察对象，这是她画的。"

一个观察对象。"嗯哼。"我哼了个声。某个可怜的间谍在某个地方的牢房里涂鸦……

"所以——我这里有一个图，让我想起了你上一篇文章中的定理。也许是某种射影几何。"

"是吗？"但是哪个间谍会画这样的东西？

"是啊，而且这似乎也和她的言语有关。她的语言顺序完全混乱——有时单词的顺序很奇怪。"

"真的？她怎么了？"

"嗯……来,看看这张图。"

我伸出手,"拿给我看看。"

"你下次喝咖啡的时候来找我吧。我在办公室里好好研究一下这张图。"

"好吧。"

我一辈子都在好奇,"能看见"到底是一种什么样的体验。毫无疑问,我心里的小剧场时刻都在努力地把东西视觉化。"我从感觉上看见了。"在语言中、音乐中,最重要的是在几何定律中,我找到了最好的方法去看:即通过与触觉、听觉及抽象化进行类比。理解:完全了解几何就是准确理解光所揭示的物理世界;在某种程度上,就是感知某种类似隐藏在可见世界现象之下的、柏拉图式的理想形式。有时候,理解的力量振聋发聩,其巨大声响完全填满了我,我觉得我一定是看到了什么;否则还能怎么解释呢?我相信我一定是看到了。

然后就是过马路的问题,还有找到我放错地方的钥匙的问题。几何没有什么帮助,此时的手和耳朵就充当了眼睛的功能。在这些时候,我发现我什么都看不见。

换个方式来解释好了。射影几何始于文艺复兴时期,是为了帮助对透视感兴趣的画家解决在画布上表现三维世界的问题,又很快成为一种强大而优雅的数学。我简短地描述一下它的基本流程:当一个几何图形从一个平面投影到另一个平面时(别人告诉我,就像是光将幻灯片上的图像投影到墙上),图形的某些属性会改变(边长、角度的度量),而其他属性则不会——点仍然是点,线仍然还是线,特定的比例也不会改变,等等。

现在请想象,视觉世界就是一个几何图形,而且在某种程度上确实如此。但是想象一下,它被向内投射到不同的东西上——并非投射到平面上,而是投射到莫比乌斯带或克莱因瓶上,或者投射到一个实际上比那些更复杂和奇怪的流形上(别惊讶)。这时该图形的某些特征(例如颜色)已经不复存在,但其他基本特征依然保留。射影几何是一门寻找在射影变换中被保存下来的特征或品质的艺术……

明白我的意思吗?

这是一种非欧几里得的几何学,事实上,严格来说是涅夫斯基式的。因为它必须是涅夫斯基式几何,这样才能帮助我从视觉空间投射到听觉空间及触觉空间。

第二次见到布拉辛加姆时,他急于听听我对图的看法(情感声学是可能的——继而有情感数学;同时,盲人的耳朵每天都在做这些情感数学计算)。

"一张图还不够,杰里米。我的意思是,你是对的,它看起来像一个简单的投影图,但是中间又有一些奇怪的线穿过。谁知道是什么意思? 可能就是一个小毛孩胡乱画的。"

"她可不是小毛孩。想多看几张吗？"

"嗯……"他不断提到的这个女人，某个五角大楼里的玛塔·哈丽[1]式的囚犯，除了画几何图形、出谜语之外拒绝多说半个字……我自然很感兴趣。

"给，也看看这些吧。这些图里面似乎存在渐进性。"

"最好能让我和画图的人谈一谈，兴许会有所帮助。"

"实际上，我不这么认为……但是——"他看到我不耐烦，"——我想，如果你对这些画感兴趣的话，我可以带她过来。"

"我会仔细研究的。"

"好，好。"他声音中透露出一丝奇怪的兴奋、紧张、期待……我皱着眉头，从他手中接过文件。

当天下午，我把这些画拖进我专用的施乐打印机里，从里面滚出来凹凸不平的硬拷贝纸。我慢慢地将手放在凸起的线条和字母上。

我必须向你承认，大多数几何图形对我来说几乎是无用的。如果你考虑一下，很快就会明白为什么：大多数图纸是三维结构的二维表示。这非但对我没有好处，反而徒增困惑。比如说，我感觉到页面上有个梯形；而事实上，这真的是梯形吗？还是说，这其实是在表达某个不相邻页面上的矩形？又或者，它是一个平面的传统表达？只有对图纸的描述才能告诉我答案。没有描述，我只能尝试推

---

① 玛塔·哈丽（Mata Hari, 1876—1917），二十世纪初的一位交际花，一战期间与欧洲多国军政要有关联，后被判处间谍罪。

断出这张图的意思。如果有三维模型的话,我可以用手触摸,那就容易得多了。

但在眼前这种情况下,没戏。所以我用双手拂过纸张杂乱的隆起面,又用我的起垄笔重新画了几次,找到了其中的两个三角形、连接三角形各角的线,以及三角形的边向同一个方向延伸的线。我试图用自己的百宝箱来制作一个三维模型以解释这幅画——你可以自己尝试一下,就会了解这种智力壮举能有多难!这可是想象里的投影……

这明显看起来就是德萨格斯定理的草图。

德萨格斯定理是第一个明确涉及射影几何的定理之一,由吉拉德·笛沙格在十七世纪中期提出。吉拉德同时也是建筑师、工程师,并著有音乐书籍。这是一个相对简单的定理,指的是两个互为投影的三角形于同一侧所生成的一组点都位于一条直线上。定理的主要兴趣点在于展示投影经常创造出的优雅关系。

(这个定理也是可以反推的,这也是事实。也就是说,如果假设两个三角形的边的延长线在三个共线点相交,那么就有可能证明这两个三角形是彼此的投影。我也学习一下教科书的做法,请读者自己来练习证明一下。)

但那又怎样?我是想说,这个定理本身确实很美,具有文艺复兴时期数学的那种纯粹特征——但五角大楼的某个可怜的囚犯画下来这个定理是何用意呢?

我一边想着,一边走向我的健身俱乐部——沃伦水疗中心(无论如何,我只能把这个问题放在次要位置,交给我的潜意识。我目前最需要关心的是街道和车辆。华盛顿州的街道与我描述的那些令人困惑的几何图形有某种相似之处[州街道斜穿常规的网格,形成了各种各样的交叉路口]。还好,你不需要在上街前一下子弄清楚整座城市的脉络。但你却很容易走丢。所以当我走路的时候,会把注意力集中在距离上,集中在保持不变的街道的声音上,集中在气味上[集中在新罕布什尔州的公园的泥土上,集中在21号街和国王街的热狗摊上];与此同时,我的手杖在我的脚下建立了这个世界,我的声呐眼镜随着物体的接近或后退发出上升或下降的声音……从A点到B点且不迷失方向还挺费力[如果走丢的话,就不得不拉下脸来去问路了],但是这是可以做到、也是盲人都会遇到的小任务/成就之一[就看你怎么想了])——尽管如此,我还是在走路的时候思考了画的问题。

走在21号街和H街,我很高兴地闻到了我的朋友雷蒙推车上椒盐脆卷饼的味道。他也是盲人。其他家的摊子上总能闻到金属烧焦的味道,因为脆饼烤的太久、没有及时卖掉。而他的摊子是唯一没有这种气味的。雷蒙更喜欢新鲜出炉的面团散发出的清新气味,他声称这给他引来了更多的顾客,我当然是相信的。"请给零钱,谢谢。"他轻快地对某人说,"为了您的方便,在小摊的另一边有一台换钱机,谢谢。椒盐脆卷饼!热腾腾的椒盐脆卷饼,一美元一个!"

"嘿,超级电眼老兄!"我走过去,开始招呼他。

"你好啊,超级电眼教授。"他回答道。("超级电眼"是一个略带贬义的名字。那些视力正常、心态却不平衡的社会服务人员,会用这个词来描述他们虽然眼盲但是却能妥妥地在社会立足的盲人同事。自然地,我们把这个术语挪为己用。有时这个词对我们来说指代的也是原意——通常是当用在第三人称时——但当用在第二人称中时,它却成了表达喜爱的词。)"来块儿饼吗?"

"当然。"

"你去健身房?"

"是啊,我去练投球。下次我们一起玩球的时候,让你尝尝我的厉害。"

"希望有那么一天吧,你可是我的手下败将!"

我在他满是老茧的手里放了四个二十五美分硬币,他递给了我一个椒盐脆卷饼。"问你个问题,"我说,"为什么会有人用几何图形来传达信息呢?"

他笑了,"别问我,那可是你的专长!"

"但这条信息不是给我的。"

"你确定吗?"

我皱起了眉头。

我在健身俱乐部的前台遇到了沃伦和阿曼达。他们正笑着看小报,阿曼达笑得发抖。他们总是会很快地浏览报纸,然后把最好笑的标题传遍健身房。

"今天的热点是什么?"我问。

"'同性恋大脚怪调戏小男孩'怎么样?"沃伦建议。

"或者'一个女人因把老公弄成银行行长被判罪'",阿曼达咯咯笑着说,"她先用药迷了他,还给他施法术,直到他从出纳员变成了行长。"

沃伦说:"我必须要在你身上也试试,嗯,阿曼达?"

"要做也要取得比银行行长更好的职位才行。"

沃伦咂了咂嘴,"这世道,鬼迷心窍的药物实在太多了。来吧,卡洛斯,我去把训练场打开。"我去更衣室换了衣服,当我到达投球室时,沃伦刚布置好房间。"准备好了。"他从我身边晃过去时高兴地说。

我走进去关上门,走到房间的中央,一根齐腰高的金属线筒里堆满了棒球。我拿出一个棒球,举起来,摸了摸球上的缝线。棒球是一个美丽的物体:完美球体表面上是弧度完美的曲线,拥有完全适合投掷的重量。

我轻按一下开关,打开了训练场,然后从发球机拿了两个球,每只手一个。房间里很安静,只有一丝微弱的声音穿过隔音墙。我尽力减轻自己的呼吸声,甚至能听到自己的心跳。

左后方传来一声低沉的哔哔声,我身体一旋,把球扔了出去。砰的一声。"右……低。"机器的声音从上面轻轻地说。哔哔——我又扔了一次:"右……高。"这次音量大些,意味着我偏得更多了。"妈的。"我又拿了两个球时说道,"这么不顺利的开场。"

哔——我向左边使劲儿一扔!——当啷!"耶!"生活当中,没有什么比正中靶心发出的声音更令人心满意足了。它大约是中音 C 调,有几个泛音,就像用锤子敲打矮小敦实的教堂钟的声音。它是成功的声音。

我又再投了 7 次,4 次中靶。机器声音说:"10 投 5 中。平均击靶时间,1.35 秒。最快击靶时间,1.84 秒。"

拉蒙有时会在半秒或更短的时间内击靶。我需要听到饱满的哔哔声,才能拉高平均分。我按下按钮,准备再进行一轮,四下又安静了下来。哔哔,投球,哔哔,投球;努力使我的脚动得更快,跟进,根据我失手的信息来校正下一次目标,靶有时接近地板,或者天花板和我身后(我的弱点是低位击靶,我好像根本无法准确地低投)。身体热起来之后,力气也越来越大……使尽全身力气投掷棒球本身就是一种乐趣。然后就是为了把铃弄响!当!你的每一个细胞都充满活力。

但当我打完球冲了澡,站在柜子前伸手取下门顶挂钩上的衬衫时,我的手指碰到了一根细小的金属丝。它隐蔽地粘在门的上端内角,就算是有视力的同伴们一般也碰不到那东西。我一拉,它就掉了下来。我用手指量了一下长度,还是不能确定是什么,心里怀疑了起来。所以我把它交给我的朋友詹姆斯·戈德,他在声学工程系工作。我让他悄悄帮我看一下这东西是什么。

"这是个小型遥控麦克风,好吧。"然后他开玩笑说,"谁在监听你呀,卡洛斯?"

当我问他在哪里可以给自己也弄一套这样的系统时,他变得严肃起来。

约翰·梅特卡夫(1717—1810),"克纳斯伯勒的瞎子杰克"。六岁时,他因天花而失明;九岁时,他可以独立生活;十四岁时,他宣布从此忽略掉自己的痛苦,在各方面都表现得很好,就像一个正常人。事实上,刚许下如此的雄心壮志的他,随后就摔进了他正在抢劫的果园里的一个沙坑中,还在逃避追捕时受了重伤……幸运的是,这并没有影响他的自立。他二十岁时就得到了拳击手的美名。

欧内斯特·布拉马,简介,

《马克斯·卡拉多斯的眼睛》

我年轻的时候,喜欢读布拉马写的盲人侦探马克斯·卡拉多斯的故事。卡拉多斯的听觉、嗅觉和触觉都非常灵敏,他巧妙的推理充满了睿智;他在紧要关头无所畏惧;而且,他非常富有,名下有一座豪宅,还有一位秘书、男仆和司机充当他的眼睛。这些都很对富有想象力的年轻读者的胃口,当然对于我也是。我读了每一本我能找到的书,对阅读器的声音比对任何人类的声音都要熟悉。

　　除开阅读和我的数学研究工作之外,我本可以很容易地从我自己的经验中脱离出来,进入卡特斯沃斯的"语言不真实"世界,像海伦·凯勒一样喋喋不休地谈论云的形状和花的颜色等等。世界变成了一系列的文本,听起来有点儿像解构主义,不是吗? 当然,上个世纪的解构主义者让我着迷。世界就如文本:胡塞尔的《几何的起源》有二十二页,德里达的《几何的起源》有一百五十三页,你可以理解为什么它会吸引我。正如解构主义者所说,如果世界只是各类文本的集合,而我有阅读的能力,那我可不会因为失明就错过任何东西。

　　年轻人很固执,很愚蠢。

　　"好吧,杰里米,让我见见画这些东西的神秘人物吧。"

　　"你想见她吗?"他试图掩饰自己的兴奋。

　　"当然。"我回答。在我见到她之前,我无法发现更多信息——这是我自己的潜台词,但我比杰里米更擅长隐藏这些东西。

　　"你发现了什么? 这些图有什么含义吗?"

　　"不多。你了解我的,杰里米,我不擅长绘图。我宁愿让她把图做成模型,或者写下来,或者口头表述也行。如果你想让我继续下去,你就得带她过来。"

　　"好吧,好吧。我看看我能做什么。不过,她帮不了什么忙。你会发现的。"他说着,面露喜色。

　　念高中的时候,我某天上完体育课,走出体育馆,听到我的一位教练(我曾经有过的最好的老师之一)在他的办公室里对一个人说

(这个人一定是背对着我):"你知道,对大多数孩子来说,身体残疾不是问题。障碍所带来的情感问题才是真正的负担。"

我在办公室听我的阅读机。多年来,它以那种平直、毫不拐弯抹角的机械声音(我的一些同事几乎听不懂)成了我无助的、愚蠢的朋友。我称它为"乔治",并一直在帮它编一套新的发音规则,想提升一下它拙劣的讲话风格,但基本没有效果。乔治总是能找到新的方式来侮辱语言。我把书面朝下放在玻璃面板上:"寻找第一行。"机器里的扫描仪响了起来,乔治也开始叽叽喳喳:它念起了罗伯托·托雷蒂对恩斯特·马赫的引用和讨论(用你能想象到的最跛脚、最笨拙、逐音节的错误发音来念以下内容)。

"'我们对空间的概念植根于我们的生理结构,'"(乔治提高音调表示斜体,这也大大减慢了他的速度),"'几何概念是空间的物理经验的理想化产物。'生理空间与经典几何学和物理学中的无限、各向同性、度量空间有很大不同。它至多可以被构造成一个拓扑空间。以这种方式观察,它自然地分成几个部分:视觉或视觉空间、触觉或触觉空间、听觉空间等。视觉空间是各向异性的、有限的、受限的;触觉空间或'我们皮肤的空间对应着二维、有尽头、无限(封闭)的黎曼空间',这一概念是胡说八道,因为黎曼空间是度量空间,而触觉空间不是。我认为马赫的意思是,后者可以自然地看作是一个二维列紧连通拓扑空间。马赫没有充分强调触觉与视觉空间的分离——"

门上响起四下短促的敲门声。我按下乔治身上的停止按钮：
"请进!"

门开了。"卡洛斯!"

"杰里米，"我说，"你好吗?"

"我很好。我把玛丽·安瑟带来了——你知道的，就是那个画画的人——"

我站着，感觉/听到房间里有另一个人。有时候（比如这一次），你能察觉到有另一个人在，但察觉的方式较为奇怪、无法描述、有别过往，或者……（我们的语言确实不太能充分描述盲人的体验。）"很高兴认识你。"

我说过我能区分黑暗和光亮，此言非虚，尽管这几乎不是什么非常有用的信息。然而，在这种情况下，我吃惊地发现我的注意力被吸引到了我的"视线"上——因为这个女人比其他人更黑，她在房间里像是一团黑暗，而她的脸明显比她身上其他地方更亮。（或者，准确地说，那是她的脸吗?）

长时间的沉默。然后，她说："边界上，站在我们多维空间。"刚听完乔治念书的我，立马就被其中某种相似性所打动：一个单词接一个单词的机械节奏，机器导致的理解缺失……我的前臂起了鸡皮疙瘩。

另一方面，她的声音本身完胜乔治。虽然语调奇怪，但还是能感觉到是活生生的人发出来的，音色很厚重，带着低音管的音调，有种习惯性夹杂鼻音者的瓮声瓮气再加上过度放松的声带,语言病理学家或许会称之为"声门炸音"。通常鼻音不好听,但是音调足够低的话……

她又说了一遍,语速更慢(肯定是喉音):"我们站在多维空间的边界上。"

"嘿,"杰里米说,"很好!"他解释道:"她的词序通常不像那样……正常。"

"我发现了,"我说,"玛丽,你这句话是什么意思啊?"

"我——哦——"好似卡祖笛声的痛叫传来。我走近她,伸出一只手。我的手被她以握手一般的姿势拿住了:一只和我差不多大的手,拇指根部的肌肉又窄又结实,明显是在颤抖。

"我研究拓扑复杂空间的几何,"我说,"我比大多数人更有可能理解你说的话。"

"从里面永远见不到我们指向我们。"

"没错。"但是有些不对劲,一些我不喜欢的东西,尽管我不知道到底是什么。她和杰里米谈过了吗?她和我说话的时候却看着他?黑暗中的一团黑暗……"但是为什么你的句子如此混乱,玛丽?你的话没有按你想的顺序说出来。你肯定是知道这一点的,因为你能理解我们。"

"被折叠——哦——!"又出现宛如双簧的吱吱声,突然她开始哭起来,浑身发抖。我们让她坐在我的访客专座上,杰里米给她拿了一杯水,她的手在我手里颤抖。我抚摸着她的头发(短短的,松散鬈曲的,野性的),并趁机进行了快速的颅相检查:头骨正常,据我判断,没有损坏;太阳穴宽,这一点很明显;眼窝也很正常;鼻子是相当普通的锥形,没有鼻梁可言;脸颊狭窄,被泪水打湿。她握住我的右手用力捏着,频率三短、三长,期间一直抽泣着,还打着嗝说:"痛,它,站台。我,哦,折叠末端,光明,光线,空间折叠,哦,哦哦……"

好吧,直截了当的问题并非总能管用。杰里米拿着一杯水回来了,喝了一些水之后她似乎平静了下来。杰里米说:"也许我们可以稍后再试。尽管……"他似乎并不十分惊讶。

"当然,"我说,"听着,玛丽,等你感觉好些了,我会再和你谈的。"

杰里米把玛丽带出办公室并安置了她之后(怎么处理的? 和谁?),回到了七楼。

"她到底怎么了?"我生气地问道,"她为什么像那样?"

"我们不能完全确定,"他缓缓说道,"原因是这样。她是齐奥尔科夫斯基五号基地的科学家之一,在月球背面的山上,你知道的。她既是天文学家也是宇宙学家。嗯——我必须请你保密——有一天,五号基地停止了所有的广播,等他们过去查看的时候,发现电台里只有她一个人在,而且处于紧张性症状中。没有其他科学家或空间站工作人员的踪迹——十八个人消失得无影无踪。也没有任何能解释这一情况的异常出现。"

我哼哼着，"他们认为发生了什么？"

"他们还不太确定。很明显，该地区没有其他人，也没有什么人曾经去过。失踪十人的俄罗斯方面认为，这可能就是第一次接触——你知道，外星人带走了失踪的人，以某种方式扰乱了玛丽的大脑，留下她作为一个无法正常工作的信使。她的脑部扫描结果很奇怪。我是说，这听起来不太可能……"

"是啊。"

"但这是解释那里情况的唯一理论。部分情况他们不会告诉我。所以，我们正在尽力从玛丽那里获得信息，但是正如你所看到的，这很难。她似乎就喜欢画图。"

"下次我们将从图开始。"

"好的。还有其他想法吗？"

"没有了，"我撒了谎，"你什么时候能把她带回来？"

不要以为我是盲人，就觉得我好骗！我愤怒地捏紧拳头。哦，他们犯了个错误，好吧。他们不知道声音能透露多少信息。声音的秘密表现力能揭示的信息可不少！语言确实不足以表达它，我们需要情感数学……在我曾短暂参加的一些盲人高中课程中，经常出现新老师被立即讨厌的情况，就是因为他或她的声音要么虚伪，要么傲慢、怜悯或自命不凡。这些老师（以及他们的上级）本以为自己隐藏得很好——倘若他们真有意识到这些特质。但这对学生来说是昭然若揭的，因为声音（如果我听到的是真的）比面部表情更能说明问题,你没办法控制它。这就是大多数表演让我如此不满意的原因:表演时发出的声音是如此程式化,与现实生活中的音质大相径庭……

而此刻,我想,我"看"到的也是一场表演。

奥利维亚·梅西安的《阿门视景》中有这么一个场景:一架钢琴弹奏着一系列传统、和谐的大调和弦;而另一架钢琴却重重地敲着几对高音和弦,破坏了整体和谐,像是在大声呼喊:"出问题了!出问题了!"

我坐在办公桌前,左右晃动,陷入了那一刻。出问题了。

当我镇定下来后,我给部门秘书打了电话,她可以看到面对电梯的大厅。"德尔菲娜,杰里米离开了吗?"

"是的,卡洛斯。你想让我叫住他吗?"

"不,我只需要他留在办公室的一本书。我能借万能钥匙去拿吗?"

"可以的。"

我拿了钥匙,走进杰里米的办公室,关上门。詹姆斯·戈尔德给我的一个小拾音器正好可以放在电话线的卡扣式插头下面,我又在桌子下面的抽屉后端放了一个麦克风,然后就赶紧离开了。(你看,我每天都要大胆,才能勉强度日。但是他们不知道。)

回到办公室,我关上门上好锁,开始翻箱倒柜。我的办公室很大:两张沙发、几个高书架、一个办公桌、一个文件柜、一张咖啡桌……为了腾出更多的空间,盖尔曼图书馆七楼的隔断被重新设置,德尔菲娜和当年的主席乔治·汉普顿紧张地来找我说:"卡洛斯,你不会介意没有窗户的办公室吧?"

我笑了。所有的正教授都享受这层楼外面那圈儿带窗户的办公室。

"你看,"乔治说,"反正这栋楼里没有一扇窗户是开着的,你不会错过任何微风。如果你的房间设置在大楼的中间位置,那么我们就有足够的空间来弄一个舒服的教师休息室了。"

"那好吧。"我说,并没有提到我能看见阳光,分辨光明和黑暗。他们没有记住,没有想过要问,这让我很生气。所以我给我的办公室起了个绰号叫"保险柜"。我有很多空间,但是没有窗户。大厅也没有窗户,所以我真的没有阳光,但我也没有抱怨。

现在我手脚趴在地上,继续搜索,几乎感觉找不到什么了。但就在这时候,我在沙发底部摸到了一个玩意儿。电话里还有一个。我被窃听了。我把它们留在原地,然后回了家。

我住在靠近21号街和N街的一个小顶楼公寓,我猜那里也被装了窃听器。我把斯托克豪森的电视音乐调到我能忍受的最大音量,希望能让窃听的人进入一种想要自杀的恍惚状态,或者至少让他们头疼。然后我匆匆做了一个三明治,愤怒地把它吃了下去。

我想象自己是一艘海军帆船的船长(就像霍雷肖·霍恩布洛尔),由于我对风有着敏锐的感知,所以我会是海上最好的船长。整座城市不得不组织撤离,所有我认识的人都已上船,都得靠我。但是我们在背风岸被两艘大船挡住了去路,在随后的舷炮齐发之下(大炮的轰鸣声,火药和鲜血的气味,还有受伤者像海鸥尖叫一般的哀号),我认识的每个人都倒下了——被切成两半,被巨大的碎片刺穿,被炮弹炸爆脑袋,等等。然后,当他们都变成尸体,躺在满是沙子的破碎甲板上时,我感觉到最后一轮舷炮的发射。每发炮弹都向我飞了过来,就好像我是指向0点的时针。瞬间爆发,然后就是一片死寂。

我从想象中脱离出来的时候,感觉自己有点儿令人恶心。这样的幻想是通过消灭那些攻击我自尊的人来积极捍卫我的"自我"意识。卡斯沃斯说这种幻想对盲人来说是有益、健康的(至少对十四岁的孩子是如此)。所以就这样吧。为健康干杯。你们都去死吧。

几何学是一种语言,它的词汇和语法被人类赋予了尽可能多的清晰性和精确性。在许多情况下,术语和操作的定义被明确地阐明,以帮助实现这种清晰性。例如,人们可以说:

(括号)表示推论。

[方括号]表示原因。

{大括号}表示……

但对另一种心灵的语言来说,也是如此吗?

第二天下午,我和我的队伍赛了场盲人棒球。太阳炙热地照在我的脸和手臂上,春天的花粉和湿草的气味扑鼻而来。雷蒙在我投球前获得了六次全垒打(盲人棒球是一种板球/垒球混合运动,用垒球设备玩[“这证明盲人也可以玩板球。”一个盎格鲁波贝人｛她是爱尔兰人｝对我说过一次])。到我上场时,我击中两个,然后三振出局。挥得太用力了。我认为我更喜欢外场。球飞了出去,以短弧腾空而起,狠狠被球拍击中,球飞了起来——向我飞了过来!一阵恐惧感袭来。球接近时,我举起手套挡住脸,挡开它,球掉在地上继续滚动,我追在后面,捡起来——雷蒙的声音清晰地呼唤着:“这里!这里!”——然后使出吃奶的力气扔出去。接下来我能听到球飞到远处,撞在雷蒙的手套上。太棒了。完全不像外场。

接下来的一局我打了一个好球,很棒。那种感觉会直上你的手臂,传遍全身。

回家的路上,我想着盲人侦探马克斯·卡拉多斯,又延伸到视力正常的海军上校霍雷肖·霍恩布洛尔,然后再到俄克拉荷马州的盲人参议员托马斯·戈尔。小时候,他的梦想是成为一名参议员。他阅读国会记录,加入辩论小组——他的一生都是为了这个计划。他成了参议员。我知道那种幻想,也知道逆反的青少年白日梦:整个青年时代,我都梦想着成为一名数学家。我现在也实现了这个梦想。所以白日梦是可以实现的,只要想着做某事,然后去做。

不过,这意味着,你得先想象一些可能的事情。人们不能总在尝试之前就先行想象这事可能还是不可能。即使人们想象了一些可能的事情,也不能保证计划能够成功实施。

我们的球队叫海伦·凯勒玩笑队(也有一些更好听的名字,[来源{当然}于澳大利亚],但我不是很感冒)。可悲的是,海伦[①]这样一个聪明的女人,受到如此错置的教育——与其说是被莎莉文所误,倒不如说都得怪她所处的时代。所有那些甜蜜的维多利亚时代的感伤,涌上了她的心头:"无论是从海滩还是从山顶上看,康沃尔的渔村都美丽如画,所有的船只,或驶向停泊处,或在港口航行。硕大、恬静的一弯明月浮上天空,在水中撒下一道长长的光辉,就像犁将银色的土壤打碎一样。我只能感叹我的狂喜。"——得了吧,海伦。那就是生活在文本世界里的样子。

但是,我的大部分(全部?)生活,不正是在文本中度过的吗? 对我来说,这就像月光对海伦·凯勒一样不真实? 这些n维流形……我之所以能掌握它们,基础还是来自触觉空间的现实生活。不过,它仍旧与我的实际经验有很大的差距。我现在面临的情况也是如此,杰里米和玛丽表演了一些我不理解的戏码……我的应对计划也是。言语……文字VS现实。

我抚摸着手套,感受着球拍对球的撞击。沉思于我的计划。

---

① 海伦·凯勒(Helen Kellev,1880—1968),美国著名的女作家、教育家、慈善家、社会活动家,代表作《假如给我三天光明》。她在出生的第十九个月时因患急性胃充血、脑充血而被夺去视力和听力。1887年与莎莉文老师相遇。1899年6月考入哈佛大学拉德克利夫女子学院。

下一次杰里米把玛丽·安瑟带到我的办公室时,我没说什么话。我拿出访客专用的纸和铅笔,让她在咖啡桌旁坐下。我带来了我的模型:亚原子粒子在一束金属丝中分裂,就像淋浴喷头里喷出的水一样;用来制作模型的吸管式泰勒棒;各种多面体块。然后我坐了下来,挨着以她之前图纸所制成的脊面图,加上我尝试制作的模型,提出非常有限的问题:"这条线是什么意思? 它在前面还是后面? 这是R还是R素数? 这里我理解得对吗?"

她会发出一种笑声,或者说:"不,不,不,不。"(没有语序问题),然后疯狂地画画。她完成后,我拿起纸页,放在我的施乐打印机里,拿出隆起的、凹凸不平的纸页,让她引导我的手指去触摸。尽管如此,还是很难理解。她沮丧地走到吸管模型前,拼成三角形、平行线等。这很容易,但最终她也达到了极限。"得画在这之外。"她说。

"好吧。想要什么就写下来吧。"

她写了下来,然后大声读给我听,或者我通过打印机翻译成盲文。我们继续,杰里米则一直在我们身后看着我们。

最终,我们循着亚原子粒子进入微观维度,在那里它们看起来像是在"跳跃",情况也变得越来越向我的工作范畴靠拢。我提出一个n维拓扑流形,其中1<n<无穷大,被映射的连续体在一维和有限维之间波动,从一条曲线直至某种——若这样更形象——n维的"瑞士干酪",取决于该区域显示的能量大小,可以是电磁、重力或强和弱相互作用的四种"形式"中的任何一种。正如我说过的,这种流形

模式的几何学(如此接近触觉空间的经验)吸引了欧洲核子研究组织和国家加速器实验室物理学家们的注意——但据我所知,仍然有无法解释的数据。事实上,我还没有发表过相关工作成果。

我叹了口气。我们已经谈了两三个小时。我坐回到沙发上,握着玛丽的手,给了她一个安慰的拥抱。我不知道该怎么办。"我累了。"

"我感觉好多了,"她说,"用方式更容易交谈——用这种方式。"

"啊。"我说。我拿起一个正电子撞击"静止"μ子的模型:像一棵金属丝树,树干突然爆裂成一团鬈曲的树枝。所以关键点就在这里:一系列事件,一大堆解释。尽管如此,大部分粒子还是朝一个方向射出(触觉空间的真相)。

她放开我的手,画了最后一张图。然后,她给我打印了一份,并引导我的手去摸那份棱纹的副本。

这又是德萨格斯定理。

玛丽这时说道:"布拉辛加姆先生,我想喝水。"他走到大厅的饮水机旁,她迅速用手指和拇指夹住我的食指(用不适当的压力把我的指腹压平,把我的手指都弄痛了)——捏了两下,然后把我的手指先戳到她的腿上,然后戳到图上,画出一个三角形。她重复了这个动作,然后戳了戳我的腿,画出了另一个三角形。然后她沿着这条线一直画到一边,这条线是由两个三角形一次又一次的投影产生的。她是什么意思?

杰里米回来了,她放开了我的手。过了一会儿,在完成一切礼仪之后(有力地握手,颤抖的手),杰里米把她带走了。

当他回来时,我说:"杰里米,我有没有可能单独和她谈谈?我认为你的出现让她变得紧张——你知道,这是有关联的。她对 n 维流形确实有一个有趣的视角,但是当她停下来和你互动时,她会感到困惑。你知道,我只是想带她去散步——沿着河,或者潮汐湖,和她好好谈谈。这样可能会得到你想要的结果。"

"我看看他们会怎么说。"杰里米面无表情道。

那天晚上,我戴上一副耳塞,播放了杰里米的电话录音。某次电话接通时,他说道:"他现在想和她单独谈谈。"

"很好,"一个男高音说道,"她已经准备好了。"

"这周末?"

"如果他同意。"电话挂断。

我喜欢听音乐。我最喜欢听二十世纪的作曲家的作品,因为他们中的许多人通过我们当前世界里的声音来创作音乐。这个世界充满了喷气式飞机、警报器和工业机械,还有鸟鸣、木刻和人声。梅西安、帕奇、赖克、格拉斯、夏皮罗、苏博蒂尼克、利盖蒂、潘德雷茨基——这些第一批离开管弦乐队和古典传统的探索者,对我来说算是我们时代的声音,他们和我能够产生共鸣。事实上,他们为我代言:在他们的不和谐、困惑和愤怒中,我听到自己被表达了出来。所以我会听他们费解而复杂的音乐,因为我理解它,这给我带来了快乐。并且,理解的过程让我充分参与到其中,我产生了一种优越感,没有人能比我做出更多的演绎。一切尽在我掌控之中。

我听起了音乐。

你看,这些 n 维流形……如果我们足够了解它们,能够操纵它们,利用它们的能量……是啊,这些粒子中包含了大量的能量。那种能量意味着权力,而权力……吸引着有权力的人。或者那些不择手段地追求权力的人。我开始感觉到这将是多么危险的事情。

当我们穿过购物中心走向林肯纪念堂时,她很安静。我想,如果我说了任何重要的事情,她都会阻止我的。但我知道得够多了,所以什么也没说。我想她猜到我已经知道她被监听了。我的左手松松地握着她的上臂,让她引导我。晴朗多风的一天,偶尔有云遮住太阳一两分钟。在购物中心的湖边,潮湿的海藻散发出的略微滞涩的气味,携裹着其他各种各样的气味:青草、灰尘、木炭和烤肉的双重味道……越南纪念碑周围,缠绕着一片黑暗。鸽子咕咕地叫着,声音怪异、嘹亮得超出了身体的承载力。我们走过时,它们喧闹地拍打着翅膀飞走了。我们坐在刚刚修剪过的草地上,手指拂过坚硬的叶片。

这场对话的过程很奇怪。对我而言,没有视效。或许我们依然被监视着。(这是盲人常见的焦虑,害怕被注视——真是这样。)我们不能自由交谈,尽管同时我们又必须要说些什么,以防止布拉辛加姆和他的朋友们认为我已经觉察出了端倪。"天气真好。""是啊,像这样的一天,我很想出去沿着河走走。""真的吗?""是的。"

她的两根手指一直握着我的一根手指。我的手是我的眼睛,一直都是。现在它们像声音一样富有表现力,触觉变得前所未有地敏感,我们在触觉空间投射了一场罕见的对话。你还好吗? 我没事。你知道发生了什么吗? 不完全知道,解释不了。

"那么,我们去划桨船那边吧。然后从湖上划出去。"

我说:"你今天的言语顺序好多了。"

她用力捏了我的手三次。错误信息?"我……被……电击。"她的声音打滑,含糊不清,有点儿失控。

"散步似乎有点儿用。"

"是的。有时候。"

"那数学思维的顺序呢?"

带着嘶嘶的笑声,沙哑的声音:"我不知道——也许更混乱——补充性的流程? 你自己判断吧。"

"作为一名宇宙学家,你研究过数学领域吗? "

"微观维度的拓扑结构,显然决定了引力和弱相互作用,对此你不会反对吧?"

"我说不上来。我算不上什么物理学家。"

又捏了三次,"但是你一定有一两个想法?"

"真没有。你呢?"

"也许……有一次。但在我看来,你的工作与此直接相关。"

"据我所知没有。"

陷入僵局(似乎?)我对这个女人越来越好奇,她给我的信号是如此复杂……她又一次像是白天的一团黑暗,一个除了头部以外所有光亮都消失的旋涡。(我"看到的"一切都会通过想象来实现,始终为触觉影像。)

"你穿的是深色衣服吗?"

"不完全是。红色、米色……"

我们仍旧走着,我把她的胳膊抓得更紧了。她和我差不多高,手臂上的肌肉清晰可见,胸肌从肋骨处凸出。"你平时一定游泳吧。"

"我做力量训练。在月球上,他们让我们练。"

"在月球上。"我重复道。

"是的。"她说完就沉默了。

这真的不可能。我并不完全认为她是我这边的——事实上我认为她在撒谎——但我从她那里感受到了一种潜在的同情,以及一种与她合谋的感觉,我们待在一起的时间越长,这种感觉就越强烈。问题是,那种感觉是什么意思?由于没有自由交谈的能力,我很难去了解更多的东西。在她反常的行为中,我只能猜她在想什么,以及我们的听众是如何看待我们俩在这个阳光明媚的日子里沉默的谈话的。

我们划到潮汐湖,不时地谈论着周围的景色。我喜欢在水上的感觉——感受到小船在其他船只的尾流上轻轻摇摆,闻到周围散发出的潮湿陈腐的气味。"樱桃树还在开花吗?"

"哦,是的。但不是盛开,刚开过。太美了。这里——"她探出头来,"——这里有一朵花快枯萎了。"她把它放在我手里,我闻了闻。"香吗?"

"不,没什么味道。"我说,"人们说花越漂亮,香气就越少。你觉得呢?"

"我想是吧。我喜欢玫瑰的香味。"

"虽然气味很淡,但我想这些花一定很漂亮——所以闻起来一点儿也不香。"

"总的来说,它们很可爱。我真希望你能看得见它们。"

我耸耸肩,"我真希望能把触摸花瓣的感觉分享给你,或是这种我能感受到的、随着小船上下起浮的感觉。我有足够的感官信息来娱乐自己。"

"是的……我相信你可以。"她用手捂住了我的手。

"我想我们已经走了很远了。"我说。这样岸上的人就看不清楚我们了。

"至少从码头上看不清楚了。实际上,我们几乎都在湖的另一边了。"

我把手从她的手下面抽出来,扶住她的肩膀。她的锁骨十分明显。这种接触,这种通过触摸进行的对话……牵手最能表达彼此的心意,所以我再次握住她的手,我们的手指随意纠缠、探索。孩子们大喊大叫,然后在我们左边的船上大笑,声音中充满了兴奋。这种兴奋,应该如何用触摸的语言表达呢?

我们都知道。指尖划过手掌的线条;弄乱了手腕后面的细毛;手指互相按压;这些当然是句子。这是一种很难掌握的语言。在我轻抚的指尖下,那像猫一样的性感伸展……

过了一会儿,她说:"我们前面水域没人。"她的声音充满了嗡嗡的弦外之音。

"给炉子加燃料,"我喊道,"该死的鱼雷!"伴随着咯咯的笑声,我们划着桨,穿过水池,进入清新潮湿的风中,阳光洒在我们的脸上。我们笑着感受着紧张气氛的释放(巴松管和男中音),用诙谐的语调喊着"马克·吐温!"或者"前面有障碍!"我们越蹬越用力,缠绕在一起的手互相摁压……"顺着波多马克河走!""穿过大海!""穿过赫拉克勒斯的大门!""寻找金羊毛!"直到一阵带着寒意的微风扑面而来——

她停止踩踏板,我们向左急转弯。

"我们得返回了。"她低声说。

我们划船漂进港口,一声不吭。

通过窃听器,我知道有两个、可能是三个人闯入过我的办公室。只有一个人说过话—— 一个男人,低声说:"文件柜找找。"文件柜抽屉被拉了出来(滚珠轴承上的滑道发出熟悉的咔嗒声),书桌抽屉也被拉出来了,然后传来了翻动纸张的声音,还有打翻东西的声音。

我还听到了杰里米的一段有趣的电话录音,是别人打给他的。杰里米说:"有什么事吗?"一个男人的声音(和之前打给杰里米的声音一样)说:"她说他不愿意透露任何细节。"

"意料之中。"杰里米说,"但我肯定他已经——"

"是的,我知道。继续按我们讨论过的计划进行。"

我猜就是指入室盗窃。

"好的。"电话挂断。

毫无疑问,他们甚至从来没有想到过我可能会反其道而行之,或者开始对付他们,或者觉察出端倪。这让我愤怒。

与此同时,我感到害怕,感受到了存在于华盛顿特区的力量,感受到了围绕官方政府的神秘团体之间的权力斗争。我读过不了了之的谋杀案,神秘的被杀者有着不为人所知的工作……作为一个盲人,我常因身患残疾而感觉自己远离神秘的世界和隐藏的力量,生活在边缘地带。("没有人会伤害盲人。")现在我知道自己也身处其中,只能靠我自己。这太可怕了。

一天晚上,我正沉浸在哈利·帕奇的《云室音乐》中,飘浮在那些巨大的玻璃状音符中,门铃突然响了。我拿起可视电话,"喂?"

"我是玛丽·安瑟。我可以上来吗?"

"当然。"我按下按钮,走去楼梯中间层。

她一个人上了楼。"不请自来,打扰啦。"她气喘吁吁地说,"我在电话簿上查了你的地址。我不应该……"

她站在我面前，摸着我的右臂。我举起我的手，握住她的手肘，"有什么事吗？"

她发出一阵紧张而响亮的笑声，"我不应该在这里。"

那你可能很快就会有麻烦了，我想说。但她肯定知道我的公寓会被窃听吧？所以她其实应该在这里吗？她剧烈地颤抖着，我用另一只手抓住她的肩膀，"你没事吧？"

"没事。哦不，有事。"双簧管落下的音调，似笑非笑……她似乎在害怕，非常害怕。我想，如果她是在演戏的话，那她演得太好了。

"进屋吧。"我说着，把她带了进去。我走到音响前，调低了音量——然后想了想，又调高了音量。"请坐——沙发不错。"我自己也很紧张，"你想喝点儿什么吗？"突然间，这一切都变得不真实起来，就像是我的一个梦，一个幻想。《云室音乐》和周围的东西之间，我怎么知道什么是真实的？

"不用，哦不，还是来点儿吧。"她又笑了，但又不是真的笑。

"我有一些啤酒。"我去冰箱，拿了几瓶，打开瓶盖。

"你来找我有什么事？"我在她身边坐下时说道。当她说话时，我喝着啤酒，她不时停下来咽下一大口。

"嗯，我觉得我越思考你所说的n维流形之间的能量转移，我就越能理解……发生在我身上的事情。"但是现在她的声音变了——泛音消失了，不那么响亮，不那么带鼻音了。

我说:"我不知道能告诉你什么。这不是我可以谈论、甚至写下来的事情。我能表达的,我已经发表了,你知道的。在论文上。"我说得更加大声,这样窃听器那边能听得见(如果有人的话)。

"嗯……"她的手,在我的手下面,再度开始颤抖。

我们在那里坐了很长一段时间,在这段时间里,我们通过那两只手交谈,说一些我现在几乎记不起的事情,因为我们没有语言可以来表达。但是它们仍然是重要的东西。过了一会儿我说:"来,跟我来。我住在顶层,所以在屋顶上有一个门廊。把这些啤酒喝完,今晚你就畅快多了,到屋外的话感觉会更好。"我带她穿过厨房,来到餐具室,那里有通向上面的楼梯。"上去吧。"我回去音响那边,播放了杰瑞特的科隆音乐会,声音足够大,我们在楼顶都能听得见。然后我爬上楼梯,上了屋顶,嘎吱嘎吱地踩着柏油碎石。

这是我最喜欢的地方之一。建筑物的侧面一直延伸到屋顶边缘的中上部,两侧长着大柳树,树枝搭在上面,形成了一个避风港。我在外面放了一个旧沙发。有些夜晚,当刮起风、空气凉爽的时候,我会躺在上面,手里拿着一个凹凸不平的盲文平面图,听着斯科尔斯的《星云图》,通过这些投影图感觉仰望夜空的样子。

"真好。"她说。

"是呀。"我从沙发上拉下塑料布,然后我们坐下。

"卡洛斯?"

"什么事?"

"我——我——"

我一只手搂着她。"忍住，"我说，突然感到心烦意乱，"别是现在，别是现在，放松，忍住。"她转向了我，将头靠在我的肩上，颤抖着。我把手指伸进她的头发里，慢慢地穿过她那缠结的发丝。她的头发刚好齐肩。我抚摸她的耳朵，抚摸她的脖子。她平静了下来。

时间流逝，我只是爱抚着玛丽。没有其他想法，没有其他感知。这种情况持续了多长时间我说不上来——也许半个小时？也许更久。她发出一种咕噜咕噜的卡祖笛声，我俯下身子吻了她。贾勒特的声音，在流畅的钢琴音符中短暂地呼喊着。她把我一把拉过去，呼吸屏住，又一下子迸发了出来。我们吻得更加激烈。我们的舌头跳动着，灵肉交融。这种感觉穿过我的脉轮、脖子、脊柱、腹部、腹股沟。只是亲吻而已。我没有丝毫的企图或抵抗，深陷其中。

我记得一位大学朋友曾经支支吾吾地问我，我的爱情生活有没有什么困难。"很难知道他们什么时候……想要？"我笑了。我想说的是，整个过程非常简单。盲人对触摸的依赖让他们总是先人一步。可以这么说：用手看脸，被手牵着（依赖），一个人已经跨越了拉斯所谓的非性世界和性世界的边界；一旦越过边界（且另一半有受保护的感觉）……

我的手摩挲着她的身体。我第一次了解她的身体——在整个过程中，这是一个非常让人激动兴奋的时刻。我一直认为脸窄的人应该臀也是窄的（你会发现，大部分情况确实是这样的）。但她却并非如此——她的臀部呈现出姣好的女性曲线(难以相信,就像另一个人的另一种感觉)。我的手指不由自主地滑进了她的衣服下面,滑动在她的纽扣之间,像小老鼠一样灵巧聪明、精力充沛。我解开她的衬衫的扣子,然后把手伸到后面解开了她的内衣。她耸动着肩,脱下文胸,伸手去拉扯我的皮带,这时我感觉到了她柔软的乳房。我移了移,把耳朵放在她坚硬的胸骨上,在乳房紧贴着我的脸时亲吻了她的胸部,感受那快速的心跳……她把我往后推,拉开了我的拉链。我们停顿了一下,迅速把剩下的衣服都脱下,直到脱得精光。裸露的肌肤贴在一起,在一个单一的触觉空间里充满能量地摩擦着,不停地爱抚着,嘴对嘴,十指交握,身体对身体,一番索取。

皮肤是终极的声音。

我们翻云覆雨。我们做爱时(我的脚戳着沙发的一端,沙发很宽,但有点儿太短),我弓起身子,让微风吹进我们身体的缝隙(风吹着汗水,让人感到凉爽),接着俯下身子,先吮吸一边乳头,然后吮吸另一边——

(这让我在某种意义上变得像是无助的、需要帮助的婴儿,完全依赖着她[因为对一出生就失明的人来说,母爱的重要性更胜其他。盲人几乎在所有事情上都依赖于他们的母亲,依赖于对事物永恒性的感知,依赖于区分自我和世界的教育,依赖于语言的开端,也依赖于建立一种个性化的语言来弥补失明{如果你的母亲不知道,用手来回扫动意味着"我想要"的话},并架起通向通用语言的桥梁

——只有母亲才能给予这一切,如果没有这些,失明的婴儿就迷失了。没有母爱之上的母爱,失明的孩子很可能会发疯]所以吮吸爱人的乳头会带回最初的信任和需要感,我确信这一点。)

——即使在那时,当我和这个陌生的另一个玛丽·安瑟做爱时,我也确信这一点。这个女人对我来说,和其他所有与我对话的人一样陌生。至少直到现在。现在,随着每次插入她的身体(圆柱体被圆锥体覆盖,通过圆柱体滑入粗糙的球体,神经元与神经元之间,数百万个神经元融合在一起,所以我无法分辨我在哪里停下来,她又是在哪里开始的),我对她有了更多的了解,她的形状、她的节奏、她的整个神经现实,都在运动和触摸中对我说话(张开的手握住我的背、侧腹、屁股)。在那些破碎的低音管音调中,就像有人在短暂地、不由自主地哼唱一样。"啊。"我对所有这些感觉、所有这些新知识高兴地说。我感觉到所有的皮肤和所有的神经像一阵风一样卷进我的脊椎、睾丸的背部,把我的全部都抛向她——

当我们结束时(双簧管吱吱地响),我从她身上滑了下来,我的膝盖弯曲着,让脚翘在空中。我在微风中扭动脚趾。微弱的交通噪声,伴随着公寓里的钢琴演奏了一种城市音乐。从通风井传来一群鸽子的合唱声,听起来像紧闭着嘴又想要说话的猴子。玛丽的皮肤湿湿的,我舔了舔,爱上了这咸味。在我模糊的视野中有一片黑暗,里面束缚着黑暗……她滚动到了一边,我的手在她身上游弋。她的二头肌突出,光滑结实。她背上有几颗痣,像半埋在皮肤里的小葡萄干。我把它们按下去,用手指摸她的脊椎。她背部的肌肉使她的脊椎陷入了深深的肉槽中。

我记得有一天,我们被带到一个博物馆去上盲人科学课,那里的人允许我们去触摸一具骷髅。所有这些坚硬的骨骼,刚好长在正确的地方,完全合乎逻辑,摸起来就跟隔着皮肤摸一样,真的——没有什么大的惊喜。但我记得,感受骨骼的经历让我非常沮丧,我不得不走到外面,坐在博物馆的台阶上透气。直到今天我都不知道我为什么如此震惊,但我想(且不说那些坚硬的骨骼)大概是因为:知道自己有多真实令人恐惧!

现在我轻轻地拉拉她,"你是谁?"

"现在不能告诉你。"我想再说话时,她把一根手指放在我的嘴上(散发着我们的气味),"一个朋友。"嗡嗡的鼻音,像音叉,像我开始喜爱的声音(这让我害怕,因为我知道我还并不了解她),"一个朋友……"

在几何思维的某一点上,视觉只是一个障碍。那些习惯于可视化定理(如在欧几里得几何中)的人会发现,到某一个特定点的时候,概念根本不能被可视化,在n维流形或其他地方都是如此。强行可视化只会导致混乱和误解。除此之外,由一种运动美学来引导的内部几何学、一种触觉几何学,可能是我们最好的感官类比,所以我是有优势。

但是在现实世界中,在心脏这个几何形状中,我有过任何类似的优势吗？存在任何只能感觉到而永远看不到的东西吗？

对于每个关心几何和现实世界之间关系的人来说，关键问题在于，一个人如何从感官世界不可交流的印象（模糊的力场、危险场）转移到普遍认同的数学抽象概念（解释）。或者，正如埃德蒙德·胡塞尔在《几何的起源》中所说的那样（在这个特别的早晨，乔治极其笨拙地为我阐述了这段话）："几何的理想性（就像所有科学一样）是如何从它最初的内在起源——它是第一个发明家灵魂意识空间中的一个结构——发展到它理想的客观性的？"

这时，杰里米敲响了我的门——快速敲了四下。"进来吧，杰里米。"我说，我的脉搏加快了。

他探头探脑地打开门。"我煮了一壶咖啡，"他说，"下来喝点儿吧。"

于是我来到他的办公室，那里散发着浓郁的法式烤肉的味道。我坐在杰里米桌旁的一把长毛绒扶手椅上，接了一个小釉面杯，啜饮着。杰里米不安地在房间里走来走去，喋喋不休地谈论着各种鸡毛蒜皮的小事，显然有意避开玛丽和所有相关的话题。咖啡让我浑身发热——甚至我的脚都被热气熏得躁动起来。因为天花板空调通风口直对着我，我并没有开始流汗。起初，这是一种舒适甚至愉快的感觉。咖啡苦涩而混浊的味道冲刷着我的上颚，穿过我的上颚，进入我的鼻窦，再通过鼻窦到达我的眼睛后面，穿过我的大脑，一直到我的喉咙，进入我的肺部：我呼吸着咖啡的气味，我的血液温暖地歌唱着。

我们一直在谈论一些事情。杰里米的声音从我的正上方和前方传来，有一种噼里啪啦、微弱的感觉，就像是由一个旧的碳麦克风发出的："如果这个流形的Q能量通过这些矢量维度被引导到宏观维度的流形中，会发生什么？"

我高兴地嘀咕起来："是这样的，给n维可微分流形M的每个P点一个切平面的模拟，也就是一个n维向量空间$Tp(M)$，称为P处的切空间。现在我们可以在流形M中定义一条路径，作为R到M的开区间的可微映射。沿着这条路径，我们可以拟合所有定义M的子流形K的力，这必将是巨大的能量。"我一边写一边说着，这时候，药物不仅对我的意识、还对我的身体开始产生作用，我意识到不对劲。（"现在的特制新药真是五花八门……"）杰里米的呼吸变得不流畅，他抬起头来，想看看我怎么停笔了；与此同时，我感到轻微的恶心，这更多是因为我意识到自己被下药了，而不是因为化学物质本身。它们几乎没有对我产生什么"噪声"。我跟他都说了些什么啊？我的天啊，为什么？至于吗？

"对不起，"我喃喃自语的声音穿过换气扇的轰鸣声，"有点儿头疼。"

"没事吧？"杰里米说，声音和乔治的一模一样，"你的脸好像都发白了。"

"有点儿难受。"我说，试图掩饰我的愤怒。（后来，听了这段对话的录音,我发现我当时的声音充满困惑。)(而且我也没怎么谈论我的工作——说的主要是定义类的东西。)"很抱歉,我得走了,我真的很不舒服。"

我站起身来。有那么一会儿,我恐慌了:房间门的位置——在任何情况下我都能不费力记住的最基本的方位点——我怎么也想不起来。如果我向杰里米·布拉辛加姆问起这种事,或者在他面前跌跌撞撞,那我就惨了。我有意识地努力去回忆:桌子对着门,椅子对着桌子,所以门应该就在身后……

"让我送你回办公室吧。"杰里米拉着我的胳膊说,"也许我可以送你回家?"

"没事。"我说,甩开他的手。我似乎是偶然发现了门,然后离开了。我不知道是否能找对自己办公室的门。我的血液里满是热土耳其咖啡,我感到头晕目眩。钥匙插进门锁,门开了。我进去把门反锁,躺在了沙发上,却仍旧没有舒服一些。但我已经动弹不得了。我无助地躺着,忍受着头晕的感觉。我曾读到过,这样的特制药几乎不会有副作用,但也许不是对所有人——否则,我为什么会有这样的反应?我感到十分恐惧。或者杰里米还给我下了其他药。一个警告?抗议?突然,我意识到我的理解是有严格的界限的,在这之外还有我不理解的各种各样的行为——后者有完全淹没前者的威胁,如果这样的话我就什么也无法理解了。这样的情况让我害怕。

一段时间后——可能长达一个小时——我觉得我必须回家。身体上我感觉好多了，只是当我走出去站在风中的时候，我才意识到这种药物对我神经的影响仍然存在。罕见地，我闻到飘散在空气中那沉重的柴油废气，穿着旧汗衫的人的味道。这些气味让我无法通过鼻子找到雷蒙的推车。我的手杖感觉异常的长，我的声呐眼镜的升降口哨声构成了一部音乐作品，像出自梅西安的《东方目录》。我被这种效果迷糊住了。汽车带着风驰电掣的声音飞速而过，风发出的声音太大，我根本无法处理。我找不到雷蒙，也决定放弃尝试；不管怎么说，让他卷进来不是什么好事。雷蒙是我最好的朋友。在沃伦玩投球的那些时间里，当我们在他的公寓里玩乒乓球时，我们有时会笑到脚都站不稳——毕竟，除此之外，友谊还能是什么呢？

被这样的想法、奇怪的风和交通的音乐分散了注意力之后，我已经记不清自己过的是哪条街了。当我站上路边台阶时，一辆汽车的嗖嗖声几乎与我擦身而过。我迷路了。"请问，这是宾夕法尼亚大街还是国王大街呀？"该死的。我战战兢兢地走着，时不时会硌到脚的碎玻璃、人行道上木板上伸出的小钉子、托着树枝或路标的低悬的电线、路边的狗屎都像香蕉皮一样等着把我绊倒在路上，被公共车碾压；从街角飚出的无声电动马达汽车，不在乎我是否失明或残疾的抢劫犯，人行道上没盖子的检查井，患有狂犬病的狗，从栅栏的缝隙中露出尖牙利齿，随时准备咬上一口……哦，是的，我击退了所有这些还有其他更多的危险。我看起来一定像个疯子，踮着脚走在人行道上,像与魔鬼战斗一样挥舞着我的手杖。

当我回到公寓时,已经气得直发抖了。我打开史蒂夫·赖克的《出来》(书里的短语"出来让他们瞧瞧"被循环了无数次),以我能忍受的最大声音播放。在音乐的掩护下,我在家来回踱步,咒骂和哭泣交织(眼睛都觉得刺痛了)。我制订了一百个不可能的计划来报复杰里米·布拉辛加姆和他神秘的幕后老板。我刷了十五分钟的牙,想把咖啡的味道从嘴里弄掉。

第二天早上,我有了一个可行的计划:是时候进行一些对抗了。那是一个星期六,我得以在办公室不受干扰地工作。我进入办公室,打开了一个公文包,又打开了我的文件柜,制造出将文件从公文包转移到文件柜的声音。然后我轻手轻脚地拿出了那天早上买的一个大型捕鼠器,在背面我写道:"抓住你了"。第二个陷阱极具杀伤性。我把陷阱设置好,并将其小心地放置在我放到柜子里的新文件后面。当然,这完全是出于我青春期的愤怒幻想之一,但我不在乎。这是我想到的最好方法,既惩罚了他们又隔空警告。一旦文件从机柜中取出,陷阱就会夹住拉出文件的手,并且还会以只有我能感觉到的方式破坏录音带。因此,如果陷阱被触发,我就会知道。

第一步已经准备就绪。

在彭德列奇的《广岛受难者》中,一刹那致命的寂静,弦乐在整个世界的等待中嗡嗡作响。

切削,血腥味。

在马路对面，一个木匠在屋顶上钉钉子，每组敲七次，声音渐强：叮叮叮叮叮叮叮！叮叮叮叮叮叮叮！

在情感数学中，压力计算可以用来衡量一个人的紧张感：刚好我们可以拿来用。也许所有类型的数学都可以绘制出意识状态，表达存在的当下。

她深夜又来找我，风通过门廊从她身边擦过灌进屋来。天色已晚，狂风骤雨，晴雨表跌落。暴风雨来了。

她说："我想见你。"

我有些恐惧，又感到高兴。我不知道哪种感情占上风，或者一段时间后留下的到底是哪种感情。

"好。"我们进了厨房，我给了她一杯水，不安地围着她打转。我们开始工聊起来，我的声音也平静了下来。几分钟之后，我非常坚定地抓住了她。"跟我来。"我把她带进厨房，走上狭窄的发霉的楼梯，走出屋顶的门，走进风中。一阵大雨点扑向我们。"卡洛斯——""没关系！"狂风伴随着湿漉漉的灰尘和热沥青裹挟在雨水中的气味，还有空气中的静电。远处向南，一阵低沉的雷声让空气也颤抖。

"要下雨了！"她对着风喊道。

"小声点儿。"我告诉她，紧紧拽着她的手。风吹过我们的衣服，和我的愤怒及恐惧交织在一起。我感到暴风雨在我心中升起。风吹过来，我的头发被头皮拉住。我握住她的手，等待着。"听着，"我说，"看，感受风暴。"过了一会儿，我感觉到——不是，是我看到了，我看到了一束骤然绽开的光线，就是闪电。"啊！"我大声说，指着自己。大约十秒钟后，雷声将我们推开。闪电只有几英里之遥。

我以命令的口吻说："告诉我你看到了什么？"我在自己的声音里听到了无法否认的活力。

"那是——那是一场雷暴雨。"她回答说，对我的新情绪感到困惑，"云很黑，压得很低，但是有些地方被一些较大的缝隙撕碎了。有点儿像巨石在头顶上碾压过去。闪电——那儿！你注意到了吗？"

我跳了起来。"我可以看到闪电。"我咧嘴笑着说，"我能基本区分光明与黑暗，还有瞬时闪烁的光线。就好像太阳出来又消失。"

"是的，差不多是那样。只有光像是锯齿状的白线，从云层延伸到地面。像你的那个亚原子粒子破裂的模型—— 一种断线雕塑，像太阳一样白，将地球分叉了一瞬间，像雷声响亮般的明亮。"她的声音满是激动，我们的手也感受到这种情绪，还有恐惧，好奇，我不知道到底是什么。电闪……轰，雷声像拳头一样袭来，她跳了起来。我笑了出来。"只打到了我们旁边！"她害怕地说，"差点儿劈到我们！"

我控制不住地笑了。"再来！"我大喊，"快一点儿！"好像我是一个天气贩子一样，闪电掠过了我们周围的黑暗，哗啦——轰……哗啦——轰……哗啦——轰！！

"我们该蹲下来!"玛丽在仿佛要撕裂一切的狂风中大喊大叫,雷声回荡。我来回摇头,用力握住她的手臂,力度足以把她抓疼。

"不! 这是我的视觉世界,你明白吗? 这是最美丽的——"电闪——撕裂——轰。

"卡洛斯——"

"不! 闭嘴!"哗啦——哗啦——哗啦——轰! 滚雷,此刻如像山一样大的空心桶,滚过水泥地面。

"我害怕。"她痛苦地说,从我身边走开。

"你有赤条条暴露的感觉了,嗯?"我冲着她大喊。闪电划过,风吹向我们,雨点敲打着屋顶,溅起一股柏油味,与闪电的臭氧混合在一起。"你感觉到无助地站在一个能杀死你的力量面前是什么感觉了,对吗?"

在间歇性的雷鸣中,她绝望地说:"是的!"

"现在你知道我在你们这些人身边的感受了!"我喊道。轰! 轰!!"该死的。"我说,疼痛感划过我的声音,就像闪电划破空气一样,"我可以和毒品贩子、流浪汉和疯子一起坐在公园的角落里,我知道我会很安全。因为即使是那些人也仍然认为伤害一个盲人是不对的。但是你们这些人!"我无法说下去了。我把她从我身边推开,摇摇晃晃地往回走,回忆起这一切。哗啦——轰! 哗啦——轰!

"卡洛斯——"手拉着我。

"什么?"

"我没有——"

"你他妈的没有？你走进来，给我讲了那个关于月亮的故事，颠三倒四地说话，画东西，所有的一切都是为了偷我的作品——你怎么能这样做？你怎么能这样做呢？"

"我没有，卡洛斯，我没有！"我甩开她的手，可她的感情却好像一座大坝决了堤，唯独在暴雨冲击之下，她才能够说出来："听我说！"哗啦——轰。"我和你一样。他们让我做的。他们让我来是因为我有一些数学背景。我想，他们给我植入了我无法详数的记忆。"现在，她那充满激情、嗡嗡作响的绝望声音直接掠过我的神经系统，"你知道他们用那些药物和植入物能做什么。他们可以像机器一样给你编程。你可以按自己的步调行走，你可以看着自己，却什么都不能做。"轰！"他们给我编了程序。我根据提示将所有要传递的信息都给了你。但是你知道——"轰。"——我在努力，你知道的，我脑中的某些部分他们是无法触及的。我在努力与他们战斗，你不明白吗？"

哗啦——轰。炙热的空气，臭氧，耳鸣。这个闪电差点儿真打上我们。

"我服用了TNPP-50，"她现在平静多了，"还有MDMA[①]。我在来见你的路上还偷偷溜进了一家药店。我用了一个我保存的空白处方笺，拿到了这些药。我们去潮汐湖的时候，我被下了药，走路都

---

① TNPP-50,抗氧剂的一种；MDMA,摇头丸。

很困难。但这药帮助我说话,帮助我对抗编程。"

"你被下药了?"我惊讶地说(我知道,马克斯·卡拉多斯一定能够想到。但是我……)。

"是的!"轰。"那次以后我每次见你都被下药,而且每次效果都更好。但为了保护我们俩,我不得不假装还在做你的工作。上次我们在这里的时候——"轰。"——你知道我和你在一起时的一切反应,卡洛斯,你认为我会假装吗?"

巴松管的声音,因疼痛而嘶哑。远处雷声隆隆。黑暗中的闪烁,不再像以前那样清晰:我的视觉时刻即将结束。"但是他们想要什么?"我叫了出来。

"布拉辛加姆认为,你的工作将帮助他们解决如何在某种极小的粒子束武器中获得足够能量的问题。他们认为可以将能量从你一直在研究的微观维度中导出。"轰。"大概是这样吧,从我无意中听到的情况来看。"

"那些傻瓜。"虽然在某种程度上这个想法可能有些道理。事实上,我几乎已经猜到了。这么多能量……"布拉辛加姆真是个傻瓜。他和他愚蠢的五角大楼老板——"

"五角大楼!"玛丽惊叫道,"卡洛斯,他们不是五角大楼的人!我不知道他们是谁——我想是一个私人团体,来自德国。他们在我的公寓外绑架了我,我是国防部的统计学家!五角大楼与此事没有任何关系!"

轰。"但是杰里米……"我的胃感觉一下子沉了下去。

"我不知道他是怎么卷进去的。但不管是什么身份,他们都很危险。我一直担心他们会杀了我们俩。我知道他们讨论过杀你,我听到过。他们认为你已经发现他们了。从潮汐湖开始,我就在给自己用TNPP和MDMA,用了很多。我还告诉他们你什么都不知道,你只是还没有想出公式罢了。但是如果他们发现你知道他们……"

"上帝,我讨厌这种屎一样的间谍活动!"我痛苦地喊道。还有我办公室里那个非常聪明的陷阱,警告杰里米不要……

开始下大雨了。我将玛丽带回了屋里。我想,没有时间可以浪费了。我必须去我的办公室,拿走陷阱。但是我不想让她冒险。我突然为这个新暴露的盟友感到害怕,胜过我自己。

"听着,玛丽,"回到屋里的时候我说,然后我想起了什么,在她耳边低语道,"你身上被塞了窃听器吗?"

"没有。"

"看在上帝的分上。"所有这些沉默——她一定认为我精神错乱了!"好吧。我想打几个电话,我肯定我的电话被窃听了。我要出去一会儿,但我希望你待在这里。好吗?"她开始抗议,我阻止了她。"求你了! 待在这里。我马上回来。请留在这里等我。"

"好吧,好吧。我留下来。"

"你保证?"

"我保证。"

出门上街左拐，我向办公室走去。雨打在脸上，我不由自主地想回去拿把伞，然后愤怒地放弃了这个想法。雷声仍不时在头顶隆隆作响，但这辉煌的（"辉煌！"我说——意思是我黑暗中看到了一些光亮）、曾经给我带来短暂视觉体验的闪电消失了。

我反复咒骂自己，我的愚蠢、我的自负。我已经从定理中得出公理（人类最常见的逻辑——句法缺陷？），从没停下来想过，我整个后续推理的架构都是基于他们的信息。而现在，我在挑战一种我不理解的力量，毫无疑问，我处于真正的危险之中；毫无疑问（由此及彼），玛丽也是。我越想越害怕，直到发展成我本来一开始就应该有的恐惧感。

瓢泼大雨变成了不规律的毛毛雨。空气冷了下来，风速和频率也慢了下来。湿漉漉的21号街上，汽车嘶嘶作响，像玛丽嗡嗡的声音。到处都是水的声音，咯吱咯吱，水花溅起、滴落。我经过雷蒙有时摆摊的21号街和国王街。我很高兴他不在那里，这样我就不必默默地走过他身边，也许会忽略他愉快的购买邀请，甚至是他特别的问候。我不想这样对他。然而，如果我想，这将是多么容易！只是路过——他不会知道的。

一种令人作呕的失能感席卷了我。所有微小的挫折感，加上艰难认识到的、我人生的某些局限性，在恐惧和忧虑的巨浪中激荡、冲刷着我，就像闪电般的轰隆声和大雨倾盆而下一样；我在哪里？我要去哪里？我怎么才能迈出下一步？

这种恐惧麻痹了我。我觉得自己还没有从杰里米给我的药物中恢复过来，好像我仍在幻觉影响下挣扎。我不得不停下来，倚着我的拐杖。

我听到了他们的脚步声。亨利·考威尔的《女妖》以指甲反复轻刮钢琴的高音键开始，同样的音乐在我的神经系统中弹奏。在我身后，三四组脚步声停了下来，就在我停下一小会儿之后。

我的心怦怦直跳，让我听不到别的声音。我强迫它慢下来，深吸了一口气。我当然被跟踪了。这完全说得通。前方就是我的办公室……

我又开始往前走。一阵风吹来，雨越下越大，我默默地诅咒它——当雨淅淅沥沥地下的时候，很难听清楚其他声音。周围全是啪嗒啪嗒的声音。但我现在适应了他们存在的感觉，我能听到他们在我身后尾随，三四个人（可能是三个人）走着，节奏和我一样。

绕道时间。我没有继续沿着21号街走下去，而是决定在宾夕法尼亚街向西走，看看他们会做什么。附近没有汽车的声音，所以我站着不动。我飞快地穿过马路，当拐杖撞到路边时，我差点儿丢了它。尽可能不经意地，尽可能"意外"地，我转身，面朝街道。声呐眼镜冲我尖叫起来，我知道有人正在靠近，尽管我听不到他们在雨中的脚步声。我比以往任何时候都更加热情地在心里赞美我的眼镜，转身再次离开，步子很急促，但又尽可能保持自然。

风雨中，一辆路过的汽车发出电嗡嗡声和轮胎的嘶嘶声。春天的华盛顿在暴风雨之夜,异常的安静和空旷。在我身后,潮湿的脚步声再次响起。我强迫自己保持稳定的步伐,以免泄露我察觉到了他们。假装我只是深夜漫步去办公室而已⋯⋯

在22号大街,我又向南转。一般来说,没有人会像那样在宾夕法尼亚倒退着走,但是这些人仍然跟着我。现在我们走近了大学医院,那里有了更多的人流。人们向左向右走,街对面传来讨论电影的声音,有人在甩掉雨伞上的水,然后折起来,汽车经过⋯⋯但跟踪我的那些脚步声还在,只是离我更远了一些,几乎听不见了。

当我走近盖尔曼图书馆时,我的脉搏又加快了,我的大脑在一系列计划中快速运转。所有这些计划都有不令人满意的地方。在户外,我无法逃避追捕。但是如果在楼里⋯⋯

当盖尔曼图书馆向我逼近时,我的声呐开始鸣响起来。我急忙从人行道上的台阶下去,想要进入大堂,大堂电梯可以上到六七楼。我没找到门,我的肾上腺素急速飙升。就在这时,我找到了,就在我左边。我赶紧溜进去,向左走进唯一的一部电梯,按下了七楼的按钮。身后的脚步声匆匆走下人行道的台阶。电梯门还敞开着,等待着⋯⋯然后幸运的是,门关上了,我总算甩掉了尾巴。

盖尔曼图书馆有一个奇怪的特点:除了从外面锁住的防火梯之外,没有通往第六层和第七层的楼梯(图书馆正上方的办公室)。要去办公室的话,你不得不去坐唯一的那部电梯,这是我以前多次抱怨的事实——我更喜欢走楼梯。现在我却想要谢天谢地,因为这样的设置反倒给我争取了时间。电梯在七楼打开时,我走了出来,伸手进去,按下了所有七个楼层的按钮,然后跑向我的办公室,一边伸手去钥匙串里找钥匙。

我找不到钥匙了。

我慢了下来。一把把查看钥匙。找到钥匙、打开门锁、把门猛地一推,门打在门档上。我奔到文件柜前,打开中间的抽屉,小心翼翼地将一只手探到那份文件旁边。

捕鼠器不见了。露馅儿了。

我不知道我愣在那里了多久;虽然我的思绪疯狂地在几十个计划中打转,但应该没花很长时间。然后我走到书桌前,从最上面的抽屉里拿出剪刀。我顺着台式电脑的电源线找到了文件柜旁边的墙插。我拔出那里的插头,把剪刀大大打开,把一个尖头插进插座,塞进去,用力拧。

噼啪。电流让我痉挛了一会儿——强烈的疼痛随着脉冲穿过我的身体——我被打到一边,背对着文件柜跪倒在地。

(当我还年轻的时候,有一段时间我觉得我对诺沃卡因过敏。我的牙医在没有麻醉剂的情况下钻开了我的牙齿。非常难受,但与正常的疼痛完全不同:是超越疼痛之痛。疼痛伴随着电流的感觉。后来,我问我的哥哥,他是一名电工,他说神经系统确实能够感觉到每秒六十个周期的交流电:"当你触电时,你总是感觉到那样的电流跳动,非常快,但感觉仍然很明显。"他还说,如果我穿着湿鞋,那可能就会没命。"电流使肌肉抽筋,从而使你和电源套牢,这可能会让你一命呜呼。你很幸运。你在脚底发现水泡了吗?"我有。)

我挣扎着站起来,左臂剧烈疼痛,耳边嗡嗡作响。我返回到办公桌。我的眼镜发出相当大的哔哔声,所以我摘下眼镜,把它们放在面向门的书架上。我测试了收音机——还没有连接电源。我不知道是不是整层楼都断电了,于是我很快地到大厅看了看天花板上的灯。没亮。回到办公桌后,我拿起订书机和水杯,把它们放在文件柜旁边。走到书架前,收集所有的塑料多面体形状(这个球体就像一个大母球),并把它们放到文件柜里。然后我找回了地板上的剪刀。

大厅里的电梯门开了。"好黑呀——""嘘——"犹豫的脚步声走进大厅。我踮着脚尖走到门口。可以肯定地说,只有三个人。电梯里会有灯光,我回忆起来;被照到可不行。我退了回去。

(有一次,马克斯·卡拉多斯陷入了和我相似的境地。他干脆向袭击他的人宣布,他有枪指着他们,会向第一个移动的人开枪。在他的情况下,这威胁是有效的,但现在我发现这个计划风险极大。)

"在这下面,"一个人小声说,"散开,保持安静。"沙沙声,安静的脚步声,三声小小的咔嗒声(枪的保险?)。我退到办公室,躲在文件柜的后面。我屏住呼吸,保持一种他们永远无法做到的沉默。如果他们听到了什么,那只会是我的眼镜……

"在这里，"第一个声音小声说，"门开着，小心点儿。"一阵急促的呼吸声传来。他们堆在门外，其中一个说："嘿，我有打火机。"所以我把拉开的剪刀扔了出去。

"啊！啊——"当啷一声，重重地撞在大厅的墙上，各种声音的碰撞。"什么——""扔刀子——""啊——"

我用尽全力把订书机扔了出去，砰——我猜是落到了上面的墙——等他们跳回来时，我把十二面体扔了出去。我不知道我打中了什么。我几乎跳到了门口，听到一个声音低语："嘿。"我把母球扔向了那个声音。啪。听起来像是——我从未听过的声音。（尽管偶尔会有类似外野手脑袋被球打中的声音，木头和空心的声音。）受害者倒在大厅地板上，发出关车门一般的沉重声音，一声金属撞击声标明他的枪在地板上滑了出去。磅！磅！磅！另一个人对着办公室开枪。我蜷缩在地板上，迅速爬回文件柜，耳朵痛苦地嗡嗡响着。听觉消失了，恐惧充斥着我，就像火药味充斥在房间里一样。我无法知道他们在做什么，混凝土地板上铺着地毯，所以没有振动可言。我张着嘴，试图把听力集中在眼镜的声音上。如果人们很快进入房间，眼镜会发出声音，也许（再一次）比他们自己的声音更响亮。眼镜仍在发出轻微的哔哔声，现在通过枪声在我耳中留下的脉冲式噪声响着。

我举起了水杯——圆筒状厚玻璃水杯，底很重。哨声越来越响，然后，在大厅里，打火机的打火石发出刺耳的声音。

我把玻璃杯用力扔了出去。咣当,玻璃掉落的声音。一个男人进了办公室。我捡起五面体,扔了出去——砰的一声,撞在了远处的墙上。我找不到其他任何多面体了——不知何故,它们已经不在柜子旁边了。我蹲下身子,脱下一只鞋。

他把我的眼镜扫到一边,我扔出了鞋子。我想是击中了,但完全不管用。我一个人,没有武器,极度脆弱,暴露在一个该死的打火机的光亮中……

当枪声响起的时候,我以为他们没打中,或者我被打中了,只是感觉不到。然后我意识到有些枪声是从门口发出的,有些是从书架这边发出的。身体撞击的声音,摇晃的声音,坠落的声音,扭打的声音——而我一直蜷缩在角落里,颤抖着。

然后,我听到大厅里传来一声鼻音呻吟,像一把被锉刀弄弯了的中提琴。"玛丽!"我喊着,跑到走廊里找她,被她绊倒。她靠墙坐着。"玛丽!"她身上有血。"卡洛斯?"她痛苦地尖叫着,听起来很惊讶。

幸运的是,她只是略微受了伤:子弹刚好从她肩膀下方射入,肩膀被打伤了,但没有造成致命伤害。

我是后来在医院才了解到了这些。是我们到达一个多小时后,医生走出来告诉我的。我膈肌里令人作呕的紧张结一下子就解开了,让我感到另一种恶心、头晕,但是如释重负,一种难以置信的、巨大的缓解。

之后我和警察进行了一次谈话,玛丽和她的老板们也进行了很多次谈话。我们也都回答了联邦调查局的很多问题(事实上,这个过程花了好几天时间)。这些刺客死了两个(一个被枪击中,另一个被球击中太阳穴),第三个被刺伤:怎么回事? 第一天晚上,我彻夜未眠,解释、追溯和播放我的录音带等等,直到黎明。他们还是没有找到杰里米,那时他已经了无踪影。

最后,我和玛丽单独待了一会儿,大约是第二天早上十点。

"你没留在家里。"我说。

"没有。我以为你要去布拉辛加姆的公寓。我开车去了,但一个人都没有。所以我开车去了你的办公室,然后上楼。枪响的时候,电梯刚好打开了。所以我趴倒在地,匍匐着摸到一把枪。但是后来我花了很长时间才弄清楚谁在哪里。我不知道你是怎么做到的。"

"啊。"

"所以我违背了我的诺言。"

"我很高兴。"

"我也是。"

我们的手找到了彼此,我们拥抱在一起。我向前探了探身子,我的额头碰到了她的肩膀(没伤到的那一边),就这样歇下了。

几天后,我问她:"那些德萨格斯定理的图又是关于什么的呢?"

她笑了,丰富的音色穿透了我,就像是我墙上插座电流的缩影,

"嗯,他们给我编了所有这些几何问题的程序,而我当时正在机械地解决所有这些问题。你知道,我在这些问题下面挣扎着去理解发生了什么,他们想要什么。后来,又在想该如何提醒你。实话告诉你,德萨格斯定理是我唯一记得的大学几何知识。我是一名统计学家,你知道,我的大部分训练都是在统计学和分析方面……所以我一直在画它,试图引起你对我的注意。你看,我在里面留了言。你是第一个平面上的三角形,我是第二个平面上的三角形,但我们都受投影点的控制——"

"这我已经知道了!"我嚷道。

"是吗? 但是我也用我的拇指甲在投影点上画了一个小J,这样你就知道是杰里米在背后做手脚。你感觉到了吗?"

"没有。我复印了你的画,这样的印记体现不出来。"所以,讽刺的是,我的缩排拷贝漏掉了关键的缩排。

"我知道,但我希望你会理解它什么的。真是愚蠢。好吧,不管怎样,在我们所有人之间,我们把三个共线的点移到一边,这就是他们想要的。你看,在这种情况下,是由点J和他的投影决定的……"

我笑了。"我从来没想过,"我说,又笑了起来,"但我确实喜欢你的思维方式!"

然而,这个图有着比那更清晰的象征意义。

当我告诉雷蒙这件事时,他也笑了,"你是数学家,却没发现其中的关键! 难道是太简单了!"

"我可不觉得是因为太简单了——"

"等等——等等——你说你告诉你的这个女朋友留在你家,而你知道你会在办公室碰到那些暴徒?"

"嗯,我不知道他们会在那里。但是……"

"这就是超级链接。"

"是的。"我不得不承认。我太笨了,我已经走得太远了。那时我突然意识到,在思考、分析和计划的领域,我一直都败得一塌涂地。然而,在连续的物理动作上,我做得相当好(虽然在某种程度上,我并不想记起——球体砸碎头骨的声音,和我在打火机的光线下畏缩不前的情形)。虽然这很令人不安,但最终这种想法让我很高兴。总之,一段时间里,我几乎摆脱了文本的世界。

自然,玛丽过了一段时间才恢复健康:绑架、行为编程、枪击,以及最重要的是,绑架者和她自己的反复下药。这些让她病得很重,她在医院住了好几个星期。我每天都去看她,一聊就是几个小时。

很自然,我们花了很长时间才理清头绪。不仅跟当局,更是跟我俩彼此。我们之间真实而永恒的东西,以及我们相遇时奇怪环境的产物——谁也说不清哪个是哪个。

也许我们从来没有理清这些头绪。一段关系的起点也永远成为这段关系的一部分。就我们而言,为了自己的利益,我们在彼此身上看到了我们可能永远不会拥有的东西。我知道几年后,当她的手碰到我的手时,我仍会感觉到她的第一次触摸带给我的那种原始的恐惧和兴奋。在未知的另一个人的神秘影响下,我会再次颤抖……有时,手挽着手,那种感觉让我深深地感到,在一场充斥着巨大的麻烦和威胁的风暴中,我们是紧紧团结在一起的。因此,现在对我来说很清楚的一点是,在紧张和危险的环境中锻造出来的爱也必定是最炽热的爱。

而对这句话的佐证,就要留给读者身体力行地去完成了。

(梁　爽　译)

我们的小镇

我在顶层公寓观景台东北角找到了我朋友德斯蒙德·基恩。他正在组装望远镜,想用它来观察下面的世界。他拿起装有镜头的金属筒,把它拧进望远镜一侧,然后把眼睛对准镜头中对焦的吸收光。最近几个月我发现他经常这样子！我禁不住打了个寒战。他对这种新玩意儿的痴迷比对手工钟表、鸟类标本和几何证明都更强烈,在我看来几乎是鬼迷心窍了。

我清了清嗓子,却没有引起他的注意,所以我壮起胆子,"德斯蒙德,城里正通缉你呢。"

"看这个,"他答道,"你快看！"他后退一步,我透过他的设备看去。

我一直搞不明白,为什么通过两片弧形玻璃就能把远景拉近。难道照射到第一个镜头的光量与照射到普通玻璃圈上的光量不一样吗？如果是这样,要如何处理两个镜头间的光量,才能使它显示如此画面呢？我疑惑不解地低头看着突尼斯郁郁葱葱的绿植。微微发光的玻璃镜头中,浅灰色或淡绿色的木头堆和茅草堆横七竖八地躺在稻田里。"叹为观止!"我感慨道。

我用望远镜对着北方。德斯蒙德曾经告诉我,在某些特定日子里,当温度梯度以某种特定的方式将大气层分层,光线会在空气中弯曲(跟我讲讲它的原理!),这时人们可以看到比平时更遥远的地平线。今天就是一个特殊的日子,一个黑点悬停在地平线上方耸立的一根银针顶端,在镜头中微微晃动。那黑点是罗马,高耸的银针是优雅的尖塔,它将"永恒之城"①高高挑起。意识到自己正从迦太基②凝视着罗马时,我的心脏怦怦直跳。

"真美!"我再次叹道。

"不,不,"德斯蒙德不满地大叫,"往下看! 看下面的东西!"

我依他说的往下看,甚至把身体也倚上了栏杆。我们崭新的迦太基也拥有自己的尖塔,可与罗马的尖塔或世界上其他任何大都市的尖塔相媲美。肉眼看去,尖塔就像一根银绳、一根细线、一缕游丝。然而通过望远镜,我看到了尖塔巨大而厚重的底座:一大块混凝土,就像无窗的堡垒。

"太震撼了!"我感叹道。

"不!"他从我手里夺过望远镜,"看那些在底座扎营的人! 看他们在做什么!"

---

① 罗马的别称。
② 古城名。位于非洲北海岸,今突尼斯,与罗马隔海相望。

我透过玻璃看向他说的地方:烟熏火燎的炉子、简陋的小板房、紧致的小麦色皮肤下完美勾勒出肋骨的形状……"看呐,"德斯蒙德声音嘶哑,"燃着篝火的地方。他们让大火烧上好几天,然后在混凝土上浇水,好让它裂开。你看到了吗?"

我看到了,他描述的场景正倒映在曲面玻璃上。"照这样的速度,他们得花上一万年。"德斯蒙德不无苦涩地说。

我从栏杆边退下来。"拜托,德斯蒙德。这世界已经陷入了悲惨的境地,这确实让人心痛,但一个人单枪匹马的,又能怎么样呢?"

他举起望远镜又看了一遍。有一阵子我以为他不会有所回应,但他随后说道:"我……我也不确定,罗瑞克,我的朋友。这是个好问题,不是吗? 但我觉得一个有知识、有专长的人,还是可以有一点儿作为。给人治病,或者……给点儿农耕活计相关的建议。我一直在尽力研究这个方面。他们在破坏土壤。或者……或者只是给转盘多加了一副肩膀! 或是多加一只手照料那篝火! 我不知道,我不知道! 除非开始行动,否则我们真的能知道吗?"

"不过,德斯蒙德,"我问,"你是说要下去那边吗?"

他抬头看着我,"当然。"

我又打了个寒战。即便在阳光下,我们所在的海拔高度也总是带着寒意。"回屋吧,德斯蒙德。"我替他感到悲伤。这些执念……"展览要开幕了。要是你不出席,克利奥就会施压,要求进行全套惩罚。"

"现在可有得怕了。"他阴阳怪气道。

"进来吧。别给克利奥可乘之机,你可以改天再来。"

他做了个鬼脸,把望远镜放进大行李袋,然后拎起它跟我进了楼。

玻璃墙内,蓝花楹树飘落的紫花在巨型弧形温室画廊里洋洋洒洒。展台上的作品依旧覆盖着橘红色布单,但我们进去后没过多久,它们就被一次性全揭开了。人类形体的多样性和美妙之处被充分体现,虽然它们被定格在此处,却依旧充满生命的张力。我看到一位跑步的男人,两个打架的女人,一名即将跃入水面的潜水员,四个打牌的醉汉,一对永远定格在高潮时的夫妻。开幕之夜那种熟悉的兴奋感引得我一阵阵战栗。这一部分是由于展台的力场,因为得把活生生的异体定格在一处;但更是出于内心狂喜,是对艺术和自然美的生理反应。"乍一看,今年似乎不赖嘛。"我说,"我已经看到三四件好作品了。"

"模仿太多。"德斯蒙德道。

"好了,行了,没那么糟糕。有些作品是模仿去年,没错,但比往年好多了。"

我们沿着大厅往里走,去查看我的展品的陈列情况。和德斯蒙德放弃雕塑以前一样,我主要感兴趣的方面是,发现并分离那些仅凭自身就能体现整体舞蹈的优雅之美的时刻。今年,我在一次双人舞结束时拦下了一对芭蕾舞演员,当时那位女演员刚做完基础展示动作,她的搭档正用稳固而优雅的动作把她放下地。不知道我和培育员一起工作了多久才得到这些精瘦的舞者的异体! 也不知道我花了多少小时才设置好他们无意识的教学内容,好在他们短暂的清醒时间里为他们训练、编舞! 这还没完,最后不知道又有多少次,我让他们在展台上跳舞,又在力场中拦截,才精准地捕捉到我预想的时刻! 没错,今年我在雕塑室花了许多时间。现在矗立在我们面前的雕塑作品仿佛将人类精神中的所有优雅全汇聚一身。不仅如此,我很满足地看到,在差强人意的灯光下,他们在观众面前展示的角度依旧十分得体。两张脸庞上的表情仿佛在说,对他们而言,舞蹈之外的一切都不存在。在此场景中确实如此。没错,我很满意。

德斯蒙德却只是摇头,"不,罗瑞克。你不明白。我们不能一直这样——"

"德斯蒙德!"克利奥喊着,像一尾鱼似的从雕塑家和宾客组成的熙攘人流中走来。她笑容灿烂,眼睛明亮,里面却满是怨恨,"快来看看我最新的作品,亲爱的缺席先生!"

德斯蒙德一言不发地跟在她身后,脸上空洞,没有一丝表情,因此所有心思都一览无遗。全体员工都小心谨慎地跟着我们,因为德斯蒙德和克利奥两人是出了名的不对付。没有人记得原因,不过有人说他们曾是恋人。如果是真的,那也是我认识他们之前的事。也有人说德斯蒙德憎恶克利奥是因为她在雕塑比赛中大获成功。还有一些更尖酸的留言,说这是"酸葡萄心理"——你懂的,嫉妒心正好能解释德斯蒙德对下面世界那种病态的新兴趣。不过,德斯蒙德总是对无人在意的事感兴趣——重新发现科学小真理之类的——对于我而言,这种痴迷很显然只是种个人气质的显现,也是因为他的望远镜最近给他呈现的东西。肯定不是嫉妒,因为他和克利奥之间的是更深刻的厌恶:是本性截然相反的矛盾。

此刻德斯蒙德正盯着克利奥的新雕像。不得不说克利奥是出色的艺术家,尤其是面部表情方面,她能够对独特的情绪状态给予极其复杂的投射,而这部作品用最难的媒介展示出了她一贯的才华。这是一件单人作品:一位回首远望的妙龄红发女郎,脸上的表情脆弱而迷茫,透出浓重的忧思。精妙无比。

看见这尊雕塑后,德斯蒙德·基恩终于克制不住,爆发了。我亲眼看到了这一切——他眼中盛满杂糅着的怜悯与嫌恶,撇着嘴大声道:"你做了什么,克利奥?你在你那小泡泡世界里对她做了什么,才让她露出那副表情?"

如今没有人会问这个问题。每位艺术家的生态建筑都是自己的专属疆域,是艺术家创造性的潜意识在肉身上的投射,是彻彻底底的私人世界。一个人要对自己的材料做什么,那都是个人的事。

可是,其实人们从来不曾忘记不幸的亚瑟·马吉斯特。曾经有几年,他展示的雕像越来越怪异,越来越病态。他的最后一件作品是位少女,但脸上的表情却让人目不忍视。虽然有隐私制度保驾护航,但人们仍然会在心里犯嘀咕。要不是亚瑟把自己和自己的生态建筑一起炸飞,废墟中暴露出令人恶寒的数个异体被肢解的身躯,根本就不会有人知道答案。

因此,这个问题十分敏感。德斯蒙德肆无忌惮地向克利奥问出这不怎么怀着好意的问题时,她的脸色瞬间煞白,接着被气得满脸通红,轻蔑(虽然我感觉到她也在害怕)地表示拒绝回答。德斯蒙德眼神锐利地盯着我们所有人:如果他是异体,我必定要让他定在那一刻。

"你们这帮小'神明'!"他低吼道,然后离开了房间。

他会为此付出代价,就算不会被实际判刑,他的名声也要臭了。但其他人很快便忘记他这通脾气,只感到如释重负:这下,我们终于可以正儿八经地开始展会了。酒桌上,香槟酒的软木塞击落无数蓝花楹,洒落一场花雨。

几个小时后,筵席上人声鼎沸、酒至酣处,一则消息却迅速传开:有人破坏了展台上的锁(不知怎么办到的),关闭了它们的力场,把大部分雕像放跑了。我们刚沿着顶层公寓的大圆弧冲到温室画廊遥远的尽头,我就听说有人看到德斯蒙德·基恩带着克利奥的红发异体一起离开了画廊。

彻底闹成了丑闻。德斯蒙德的代价不仅是赔钱了。他们会把他流放到这城市某个最为单调乏味的区域,让他用机器人擦洗墙壁或是教育小孩什么的:他们要让他及时补偿。还有克利奥!我不禁叹息,这辈子她都不可能原谅他了。

没办法,朋友只能做到这些了。但当其他人忙着围捕并抚慰迷茫的异体(唉,其中也包括我的两个舞者,他们相拥着蜷缩在彼此怀里)时,我去找德斯蒙德,想警告他有人看见了他。我很清楚他常去的地方,大部分我们都一起待过。我匆匆穿过顶层公寓那带着巴黎风情的宽敞的林荫大道,来到他们身边。

我先去了浴池附近破损的天文馆,用我们多年前偷偷复制的钥匙打开门。草率了! ——德斯蒙德和那妙龄异体女郎正在屋子正中的讲台上颠鸾倒凤。德斯蒙德背靠讲台,女郎跨坐在他身上。他弓着身子,似乎那伟大螺旋体的所有力量都涌向了她……这一夜,他打破了所有禁忌。我立刻关上门,虽然这时候本该先大声敲门才是。"德斯蒙德! 我是罗瑞克! 他们看到你和那个女孩了,你赶紧走!"

里面一片寂静。这种情况该怎么办? 我从未遇到过。煎熬了三十秒后,我又打开门。德斯蒙德不见了,女郎也不见了。

然而,我是最先和德斯蒙德一起发现这个星大陆的另一个出口的人。于是我赶紧走到光纤球中央,拉开一旁的活板门,走下楼梯、穿过通道,跑进我所在那栋顶层公寓的另一处设施。

无须赘述我那漫长的搜寻过程的诸多细节,也不必多言我拼了老命避开对面搜索队的种种尝试有多荒诞可笑。尽管我了解德斯蒙德的行事风格,尽管我在整个过程中都焦虑难安,但直到想起那个本该第一个蹦出脑海的地方,这才找到他。我返回观景台东北角,他就在那温室画廊玻璃墙外(现在已是黄昏)。如果里面的艺术家们能隔着自己的倒影看到外面,他们就能一眼看到他。

德斯蒙德和红发女郎站在望远镜旁边,手肘撑着栏杆,并肩俯瞰着边界。行李袋就放在德斯蒙德脚边。看着他们的姿态,我一时不忍从阴影处出来:他们似乎刚结束一场极其随意却又无比亲密的交谈——说些琐碎的、无关紧要的小事,就像已经相伴多年的恋人那样随意聊聊天。如此平和,如此坦然……而我只能看着,仿佛看着一副安如磐石、能永世留存的展品。

德斯蒙德长叹一声,歪过头看着她。他指间拈起一缕她的红色卷发,中间的金发像一段闪闪发光的金带子。"有三种红发,"他哀伤地说,"黑红色、棕红色,还有金红色。其中最美妙的是……"

"黑红色。"女人答道。

"金红色。"德斯蒙德说着,指尖轻轻抚摸着卷发……

女人指了指,"下面都是什么?"

下面阴暗的世界早已沉浸在黑夜里:广阔的黑暗非洲,树叶宛如黑色皮毛,一千堆篝火亮起冒着煤烟的火花,一个个小光点像黄色的星星。"那就是世界,"德斯蒙德喉咙紧绷,声音像粗砾似的,"我猜你对它一无所知。那些火堆周围有人,他们是奴隶。可以说,他们的生活比你的要糟糕许多。"

然而,他的话似乎并没有触动那个女人。她转过身,举起留在栏杆上的空酒杯,脸上的表情无比……迷茫——遽然重现了她身为雕像时的神态——我不禁在冷风中打了个寒战。她根本不明白发生了什么。

"见鬼,"她说,"要是我多带一杯就好了。"

跨越异世界的对话在此刻重新开启。那时我看到德斯蒙德·基恩的脸色,便明白适时打断是正确的做法。"德斯蒙德!"我冲上去抓住他的手臂,"没时间了,你真得去找个我们的密室躲起来! 你根本猜不到他们会拿这种事怎么罚你!"

静默许久之后,想到我们三人相对而立的画面,我不寒而栗——这世界是无情的雕塑家。

"好吧,"德斯蒙德终于点头同意,"这样,罗瑞克,带上她,让她离开这儿。"他弯着腰在包里胡乱摸索,"发生这种事以后,如果他们抓住她,就会把她下放的。"

"可是——可是我该去哪儿呢?"我结结巴巴地说。

"你对这城市的了解不亚于我! 试试用画廊的服务电梯,去地板下面——你知道的。"他坚持道。正当他要为我指出进一步行动时,远处的温室门豁然打开,一大帮人汹涌而出。我们不得不开始逃亡:我拉着女郎的手,冲向更近处的温室大门。最后一眼看到德斯蒙德·基恩时,他正要爬过栏杆。天哪,我想,他要自杀——然而,下一秒我便看到了他早已捆在背上的长方形包裹。

(崔龚荣秀　译)

逃离加德满都

1

一般来讲,我对别人的信件没多大兴趣。我是指,坐下来正儿八经处理信件的时候,哪怕是写给自己的信,我也不是非常感冒。它们大部分为垃圾信件或账单,就算是那些有实质内容的,也长得跟我嫂子发给家里所有亲戚的喜帖似的;至多是登山伙伴偶尔寄来的信,其内容也写得像是在给《登山杂志:文盲版》的稿件。费工夫去读不知道谁写来的这玩意儿? 你可别逗了。

不过,加德满都朗星酒店那些吃满灰尘的信件却让我兴致颇高。每天,我都会数次逃离人世喧嚣,穿过朗星酒店庭院里洒满阳光的小道,迈进大厅,随便找个正在神游的印度员工拿钥匙——他们都很好说话——然后踩上凹凸不平的楼梯去自己房间。楼梯底的墙上钉着一个木制大信架,被信塞得满满当当。上面已经堆了至少两百封信和明信片——厚厚一摞,有蓝封皮的航空邮件,泰国或秘鲁寄来的折角明信片,还有写着复杂地址、盖着紫色邮戳的普通信封——它们一个个灰头土脸,把木头信架的固定杆都压弯了腰。信架上方,一方织印的象鼻神愁眉苦脸地俯视着,好像代表着那些寄件人——他们寄出的信永远无法抵达目的地。这些死信无人问津,早就凉透了。

过了好一阵子我才注意到这信架,好奇心开始止不住地滋长。我每天都打这哀怨的地方路过十次,每次它都原封不动——没有取走的,也没有新添的。这是多少白费的功夫啊!不知何时,这些名字乘着飞机来到尼泊尔,不管它们是于何处写就,想必离这里都是天遥地远。曾经花时间坐下写信过来的,有家里的亲戚、朋友或是爱人。于我而言,写信这事与其说是消遣,不如说更像拿石头去砸别人的脚掌。真是一番壮举。"亲爱的乔治·弗雷德里克斯!"他们呼唤着,"你在哪?你好吗?你嫂子有娃了,我要返校了。你什么时候回家?"签名:你忠诚的朋友,想你——但乔治却正好去了喜马拉雅,或是住进了别家酒店、压根儿没来过朗星,或是已经去了泰国、秘鲁,随便什么地方。那么这片投向他的痴心终究石沉大海了。

一天,我在微醺中跨进酒店,注意到了这封写给乔治·弗雷德里克斯的信。就是随便瞅一眼,你知道,纯属好奇。

因为我的名字是乔治——一样的,乔治·弗格森。这封给乔治的信是架子上最厚的,布满灰尘,对折着夹在那里。"乔治·弗雷德里克斯——朗星酒店——泰米尔区——加德满都——尼泊尔。"上面贴着三张尼泊尔邮票——国王,卓奥友峰,又一张国王——邮戳上的日期和其他信件一样模糊不清。

磨磨蹭蹭、心不甘情不愿地,我把信塞了回去。为了满足自己的好奇心,我捡起一张从泰国苏梅岛寄来的明信片:"你好!还记得我吗?十二月份的时候我钱用光了,只好离开。我明年会再来的。向弗朗茨和巴迪·巴杜尔问好——米歇尔。"

不,不。我把明信片放回去,抬腿把自己架上楼。明信片都一个样。你记得我吗?分毫不差。但是,现在,那封写给乔治的信有一厘米多厚!可能一两百克重——某种史诗般的长篇,肯定是。明显是在尼泊尔写的,这让我愈发感兴趣。你看,我前几年基本上都在尼泊尔待着,登山、做徒步导游、闲逛,世界其他地方都变得不太真实。这几天,我有点儿佩服《国际先锋论坛报》作家的独创性,这种感情之前对《国家询问报》的作家也有过。"天哪,"当时我正在泰米尔区的一家书店门口翻《特里比》,读到其中稀奇古怪的战争、异想天开的会议、匪夷所思的劫机,"他们怎么想出来的?"

而现在尼泊尔寄来了一封长篇巨著。真真切切,寄给"乔治F."。万一后半截名字写错了呢,对吧?反正,从折痕和信封残破的情况来看,它肯定被撂在那儿好几年了。如果没人拯救它于灰尘之中,把它拆开阅读,那可是太糟蹋了。所有刻骨铭心的情感、那牺牲的脑细胞、那些手上工夫,都付诸流水了。真是暴殄天物。

所以我拿走了它。

2

我住的房间位于朗星酒店四楼,在泰米尔区算得上数一数二。窗户向东,正对着国王宫殿挂满蝙蝠的参天大树,俯瞰着泰米尔区杂乱无章的商店。高大的常青树点缀着乱糟糟的建筑,其实从我的角度看去,更像整个城市都种满了树。从这个距离,我能看到苍翠的丘陵怀抱着加德满都谷地;早上云气蒸腾之前,向北甚至能瞥见几座喜马拉雅山脉的峰尖。

屋内陈设简单:一张床,一把椅子,都笼罩在天花板上那只光棍灯泡孤独的灯光里。但别的真有必要吗?床垫的确坑坑洼洼,不过我用登山装备里的海绵垫把床垫平,一样没毛病。我还有独立浴室,虽然厕所的蹲坑漏得厉害,不过洗澡水也是直接掉地板上再漏下去,所以无所谓。确实有两个洗澡水出口,一个齐腰高的水龙头,一个靠近天花板的喷头。喷头坏了,要想洗澡,我得坐在地板上凑到水龙头底下。但也还好啦——这都还好——因为洗澡水能烫死人。屋里的热水器就在蹲坑上面,里面的水太烫,所以我洗澡的时候得把冷水也打开。正是因为还有冷热水,可以说,我拥有整个泰米尔区最体面的浴室。

总而言之,过去的近一个月时间里,在我恭候下一个"带你上更高"有限公司的徒步旅行团时,这间屋子和浴室就是我的城堡。拎着这封信进了门,我得先踢开一堆衣服、爬山设备、睡袋、食物、书、地图,还有一本《特里比》——把一堆玩意儿从椅子上挪开——再在窗户边上给椅子腾个地儿,然后才能坐下来,小心翼翼地打开信,尽力在拆的时候不把这旧信封撕坏。

现实太骨感。这不是尼泊尔的信封,因为封盖上严严实实地糊着胶水。虽说我尽了自己的全力,可这番开信的手艺如果让美国中情局看见,应该会欲言又止吧。

出来了。八页横格纸,和大多数信一样折了两次,又被信架再给折弯了一道。双面都写了一堆蝇头小字,字迹工整得有点儿神经质,跟平装书一样易读。第一页的日期是1985年6月2日。我对它年龄的猜测戛然而止,但我发誓,这个信封看起来有四五年了。加德满都的灰尘就是这么厉害。开头处写着一句话,下面重重地画着线:"千万不能告诉任何人!!!"哇哦,有料!为防秘密泄露,我甚至瞥了一眼窗外。一封有秘密的信!太棒了!我放斜椅背,抚平信纸,开始读它。

1985年6月2日

亲爱的弗雷兹:

我知道,能从我这里收到明信片都是种奇迹,更别说这么厚一封信了。但我身上发生了一件不可思议的事情,而你是我唯一相信能守口如瓶的朋友。你一定不能把这件事告诉任何人！好吗？我知道你不会的——自打我们同住一个宿舍做了室友，你就是我能推心置腹的人。有你这样的朋友，我太开心了，因为我发现，我得把这事告诉别人，不然我会疯。

不知道你还记不记得，你离开以后，我在加利福尼亚大学戴维斯分校拿了动物学硕士学位，然后又花了不堪回首的好几年来读博士，直到后来厌恶不已，最终决定放弃。我本不打算和那些事再有任何瓜葛，但去年秋天我收到了一个朋友的来信，她叫莎拉·霍恩斯比，以前和我同一个办公室，正准备参加一次喜马拉雅山脉的动植物学探险。这次活动模仿了克罗宁探险，多个领域的专家会在林木线处集合，然后竭尽所能深入到最纯粹、最原始的野外。他们想让我同去，因为我"对尼泊尔了如指掌"，也就是说他们只想让我当领队，和我的学位毫不相干。那我可以接受，就接下了这份工作，开始着手在加德满都处理官方手续的那些繁文缛节。你肯定更拿手，但我做得也还凑合。中央移民局、旅游部、森林公园、尼泊尔皇家航空公司，整套流程令人想想就害怕，制定这些规矩的人铁定是卡夫卡看多了。等一切终于都搞定之后，初春的时候，我和四个动物行为学家、三个植物学家还有一大堆设备乘飞机北上。在机场，又有二十二名当地搬运工和一位名副其实的领队加入了队伍。探险开始了。

我不会告诉你准确地点。不是因为不信任你，是因为付诸纸面太冒险了。不过，那里靠近一条水域源头，离喜马拉雅山脉顶峰和西藏边界都不远。你知道那些山谷的尽头是什么样子:支流纵横交错,地势低低高高,一个个的箱型峡谷①渐次聚拢,直延向最高峰处。我们把露营地扎在三个闭合山谷的交汇处,这样队员可以根据项目情况随机应变,上下游都走得通。有一条小路通往营地,附近的河面上也架着一座桥,不过高处的三个山谷都是原始荒野,要穿越密林抵达那里不是易事。但这正是这伙人想要的——人类不曾染指的蛮荒之地。

营地扎好之后,搬运工就离开了,只剩下我们八个人。我的旧相识莎拉·霍恩斯比是鸟类学家——她在这方面很擅长,我大部分时间都和她一起干活。不过她男朋友也在,是个哺乳动物学家(不,别乱开玩笑,弗雷兹),叫菲尔·阿德里肯。一开始我就不太喜欢他。他是探险队长,完全是个"我只想观察动物行为"的怪人——不过他要在那里找哺乳动物可不容易。还有瓦莱丽·巴奇,昆虫学家——她应该能发现点儿什么,对吧?(的确,她像虫子一样烦人,这方面她也是行家。)还有阿迈特·雷,爬行动物学家,不过他却在夜间伪装棚方面帮了菲尔不少忙。三个植物学家是凯蒂、多米尼克和约翰,这三位大部分时间都蹲在一个装满植物标本的大帐篷里自娱自乐。

就是这样——动物学探险的露营生活。我猜你应该没有体验过吧。我得跟你讲,比起登山探险来说,它没有那么刺激。最初一

---

① 峡谷两岸更陡,形成断层崖,就像箱子的边缘一样。

两周,我都会跨过小桥,去规划穿越密林、进入三个高谷的最佳路线,然后差不多一直在帮莎拉做项目。在此期间,我一直以观察他们为乐——可以说,我是个研究动物行为学家的动物行为学家。

我最好奇的是,为什么在已经试过一次,并且觉得不值当之后,那些人还要继续。跟在动物屁股后面跑,为你看到的每一处细枝末节加以解释,又和别人在这个解释上面进行激烈争辩——为了一份职业? 到底为什么会有人这么做?

一天,趁着我们上中间山谷去看蜂窝的时候,我跟莎拉聊了聊我的想法。我告诉她我自创了一套动物行为学家分类系统。

她笑道:"分类学! 你是时刻不忘自己的技能啊。"她让我跟她讲一讲。

"首先,"我说,"有些人对动物有由衷且强烈的迷恋。"我说,"她就是这样的人:看到鸟儿飞过的时候,她脸上的表情……就像正在目睹奇迹。"

她对此不置可否。你知道,你得从科学中超脱出来。不过她承认,这类人的确存在。

然后,我又提到那些跟踪狂型动物行为学家。这类人喜欢潜伏在灌木丛里跟踪其他生物,就像玩游戏的小孩。我又继续解释,为什么我认为这是一种强烈的欲望。因为在我眼里,这种生活方式和我们的原始人类祖先很相似,持续了有数百万年。营地生活、密林追踪,重温那样的生活方式能带来极大的满足感。

莎拉表示同意,但也指出,现如今要是厌倦了野营生活,可以出去外边泡个热水澡,照她说的那样享受白兰地加贝多芬的滋味。

"没错!"我说,"就算是在营地,也可以有精彩的夜生活,你可以读陀思妥耶夫斯基,讨论爱德华·威尔逊……两全其美。对,我觉得你们大部分人在某种程度上都是跟踪狂。"

"但你总是说,'你们'",莎拉直截了当地问我,"为什么你一副置身事外的语气,内森? 你为什么要退出呢?"

气氛严肃起来。我们曾在一条路上同行了许多年,但今时不同往日,我已经离开了。我认真思索着该怎么去剖白自己,"或许还有第三类,理论家。因为我们须铭记在心,动物行为是非常可敬的学术领域! 它得有自己的学术合理性。你不能只是大摇大摆地去学术会议上说:'尊敬的同事们,我们这么做是因为我们喜欢鸟儿飞翔的方式,而且趴在灌木丛里也很有意思!'"

莎拉被逗笑了,"那倒是。"

我又提到生态学和自然平衡,种群生物学和物种保护,进化论和生命形成,社会生物学和社会行为表象下隐藏的动物性……但她表示反对,认为那些才是真正问题所在。

"社会生物学?"我问道。她眉头微蹙。好吧,我承认,在动物研究方面确实存在一些绝佳的评判角度;可这个评判的角度,在我看来,反而被某些人当成了该领域最重要的部分。就像我说的:"对我们系的许多人而言,理论比动物重要。他们在野外的观察不过是在给自己的理论增加数据！他们真正感兴趣的是故纸堆,是开大会;他们中的相当一部分人,跑野外只是因为得证明自己能行。"

"哎,内森,"她说,"你有点儿愤世嫉俗啊。愤世嫉俗的人都是些郁郁不得志的理想主义者,我记得的——你可不就是这么个理想主义者!"

我知道,弗雷德——你的观点跟她一样:内森·霍,理想主义者。也许我是。而我是这么告诉她的:"也许我是。可老天哪,系里的氛围让我恶心。理论家们在背后相互中伤、抨击彼此感兴趣的观点,还要说得冠冕堂皇、无比科学,实际上一点都不科学!你又没法靠设计实验来重现场景、测试这些理论,没法分离或者改变因素,更没法控制——只是观察,是无法检验的假设,一遍遍没完没了!他们却表现得像是靠谱的科学家,像是一切讲求数学建模的化学家和别的什么家那副样子。只不过是科学主义罢了。"

莎拉冲我摇摇头,"你太理想主义了,内森。你想要事事完美,但事情没有这么简单。你要想研究动物,就得妥协。至于你的分类系统,你可以给《社会生物学评论》投稿!但要记住,这只是理论。如果你忘了这一点,就掉进自己的套子里了。"

她说得对。此时我们都瞥见几只蜜蜂,不得不匆忙追着往上游赶去,于是谈话到此为止。但是,接下来几个晚上,当瓦莱丽·巴奇在帐篷里跟我们解释人类社会和蚂蚁有多相似——或当莎拉的男朋友阿德里肯为一无所获而垂头丧气,或喋喋不休地分析,好像自己是自罗伯特·特里弗斯以来最炙手可热的理论家时——她会给我一个眼神带一抹微笑,我就知道我说的在理。实际上,哪怕阿德里肯再怎么长篇大论,我也不觉得他有多优秀。他的出版物还不至于让搬运工累得腰肌劳损,如果你懂我的意思。我也想不通莎拉看上了他什么。

不久后,某个万里无云的早上,莎拉和我再次返回山谷寻找蜂窝。我们走的是喜马拉雅惯常的森林攀登路线:跨过小桥,在布满卵石的河床上跋涉,从一个水塘到另一个更高的水塘,穿过潮湿的树林和灌木,蹚过起伏不平、青苔密布的草地。我们到达一处海拔较低的山谷山壁,然后又进入一个地势更高的谷底。那里天气更加晴朗,阳光更加充足,杜鹃开成一片花海。粉红馥郁的花朵在枝头怒放,一束束阳光穿透绿叶,照亮粗糙的黑色树皮、橘色真菌和鲜绿的蕨类植物——就像在梦中穿行。我们之上近一千米高处,雪山连绵,状如马蹄铁,高耸直指天际。你知道的——那是喜马拉雅山脉。

沿着河床竟然能攀到这样高海拔的山谷,我们顿觉兴致高涨,也觉得自己运气不错。又拐了个弯向上,河面突然变得开阔了些,成了一弯狭长的小池塘。仰望南边,有一面条纹密布的浅黄色花岗岩峭壁,上面横亘着几道巨大的裂缝。峭壁上,蜂窝自缝隙中探出,雾团般的蜂群在裂缝前飘荡,活像峭壁的脉搏一般在暗暗跳动,蜜蜂忙碌的嗡嗡声低沉地从安静的河面上传来。莎拉和我喜出望外,于是坐在阳光下的一块岩石上,举起双筒望远镜开始观察飞翔的鸟儿。戈拉克鸟①在高谷的雪地上信步,髭兀鹰在山顶滑过,一些较为普通的鸟儿就在周围唧唧啾啾——然后我就看到了它——只比大型蜂鸟大一点儿的一抹鹅黄:那是一只莺子,正在蜂窝前悬垂的一枝嫩梢上轻轻跳跃。突然,它俯身飞落到掉在地面的一块蜂蜡上,嗒嗒地啄食了起来—— 一只食蜜莺。我用手肘轻轻碰了碰莎拉,指给她看,她早就注意到了。我们静默良久,看得如醉如痴。

爱德华·克罗宁,之前有在喜马拉雅山脉担任过类似探险活动的领队,第一个做了关于食蜜莺的全面研究。我知道莎拉想检验他的观察,然后继续这项工作。食蜜莺是不同寻常的鸟儿,它们以蜂巢中多余的蜜蜡为食,肠胃系统中有特殊的细菌可帮助消化。这种消化本领在地球生物中独一无二,是一种极大的优势——这意味着它们有大量的食物来源,没有其他生物和它们争食。这正是它们的研究价值所在,不过,学者们搜集的信息还不够拿来研究——这也是莎拉希望改变的情况。

当食蜜莺的黄色身影轻巧地飞出我们的视线,莎拉终于难掩心绪——她深吸一口气,靠过来、搂着我,在我脸颊落下轻轻一吻。"谢谢你带我来这儿,内森。"

我心里有点儿堵。她男朋友,你知道的——莎拉比她男朋友强太多……不仅如此,我记得,我们还在一个办公室的时候,有一天夜里她心烦意乱地跑过来,因为她当时的男朋友向别人表白了,外

---

① 藏雪鸡。生活在高海拔地区的鸟类,体型较大,与乌鸦相似。

加其他这样那样的事——好吧,我不想说这个。但我们一直是好朋友,现在那种感觉依然强烈。所以于我而言,那不只是脸颊上的亲吻,如果你明白我说的意思。反正,我肯定又和平时一样,笨手笨脚、一本正经了。

无论如何,我们都为这次发现感到喜不自禁。于是接下来一周,我们每天都要回到蜂蜜峭壁去看看。那真是一段美好的时光。后来,由于莎拉想继续她之前对戈拉克鸟的研究,所以我独自去了几次蜂蜜峭壁。

事情就发生在我独自前去的那几天。食蜜莺没现身,我就继续逆流而上,想看看能不能找到源头。云团自谷底翻卷上涌,感觉一场降雨即将不期而至,但我所在的地方还有阳光。我来到小溪源头—— 一个岩屑坡底的涌泉池——站在那里看它汩汩流进这世界。这是喜马拉雅的静谧时刻之一,此时世界就像一座宏大的教堂。

突然,水池的对面、两棵虬结橡树的暗影中,有什么动静吸引了我的注意力。我呆立在原地——四周空旷,我无处可躲。在其中一棵橡树下,在阳光遗漏的阴影中,有一双眼睛正盯着我。那眼睛的高度跟我的身高相差无几,我一边猜那可能是一头熊,一边回想身后的树能不能爬。就在此时,它又动了——眨了眨眼,然后我看到那双眼睛的瞳孔四周有清晰的白色。是外出打猎的村民吗?我想不是。我的心脏开始疯狂搏动,不禁紧张得直咽口水。阴影里真的是一张脸吗?一张长着胡须的脸?

对于刚才与我对视的东西,我当然心里有数——那是雪人,是山中野人,是神秘莫测的雪地生物。老天爷啊,喜马拉雅雪人!我的心脏从来没跳得这么快。怎么办?眼睛里的白色……狒狒用白色眼睑表示威慑,如果直接盯着它们,它们也能看见你的眼白,因此会认为你也在威胁它们。万一这种生物也用同样的信号……为了以防万一,我斜低下头用余光看他。我发誓,他似乎点头回应了我。

又一次眨眼过后,那双眼睛就此不见,长满胡须的脸和下面的身体也没了踪影。我勉强找回呼吸节奏,极力侧耳细听,然而除了溪水在欢快地流淌,四下里一片寂静。

过了一两分钟,我趟过小溪去查看橡树下的地面。密布的青苔上,有被什么东西踩过的印记,目测体重至少和我差不多;当然,没有留下足够清晰的足印。此外,周围没有一丝痕迹。

我头昏脑涨地回到营地,几乎什么也看不见,每一丝轻微的声响都让我如同惊弓之鸟。你可以想象一下我的感受——遭遇了那样的场景……!

就在那一晚,当我正沉默地吃着炖菜、试图掩盖发生过的事情时,小组的讨论话题突然拐到了雪人身上。我惊得差点儿扔掉了叉子。又是阿德里肯——他很懊恼,尽管这一区域有许多兽足印,他却只看到过几只松鼠、远远瞥见过一两只猴子。当然,如果他之前在夜间伪装棚下多待几个晚上,也许会更有成效。总之,他想找点儿话题让自己成为注意力的焦点,再以"大牛"的身份抒发己见。"你们知道,这种高海拔山谷正是雪人的生活区域。"他煞有介事地宣布道。

那一刻,叉子差点儿从我手里滑落。"当然,几乎可以确定它们是存在的。"阿德里肯继续说,脸上带着滑稽的微笑。

"哎呀,菲利普。"莎拉说。她这两天经常对他这么说,但我才不介意。

"是真的。"然后他又开始扯那一套,我们耳朵都要磨起茧子了:艾瑞克·希普顿拍的雪地足印照片,乔治·夏勒对这一想法的支持,克罗宁团队找到的印记,还有其他目击证据……"这里有数千平方公里无法逾越的山脉荒野,都是处女地。"

当然,我不需要任何证据。不过其他人也十分乐意认可这种观念。"如果我们能找到一个,那就太棒了!"瓦莱丽说,"搞些绝妙的照片——"

"或找到一具尸体。"约翰说。植物学家想要的都是不会动的玩意儿。

菲尔慢慢点头,"还或许,我们能捉到一只活的……"

"我们会出名的。"瓦莱丽说。

理论家。他们的名字甚至有幸被写成拉丁文,在新物种的名字里占得一席之地。阿德里肯-巴奇山区大猩猩①。

我憋不住了,必须要说句话。"如果我们发现了雪人存在的证

---

① 原文为作者为雪人自创的学名。物种学名一般由两个部分构成:属名和种加词(种小名),但通常在种加词的后面还会加上命名人及命名时间。译为中文之后次序颠倒。

据,我们的责任是把它扔到脑后然后忘掉。"我说道,也许声音有点儿大。

他们都盯着我。"为什么?"瓦莱丽问。

"很显然,为了雪人啊,"我答道,"作为动物行为学家,你们想必会关心自己研究的野生动物的福祉,对吧? 以及它们赖以栖息的生态圈? 可一旦确认了雪人的存在,两者都要遭难。肯定会有各种探险队、游客、偷猎者来侵害它们——把雪人关在动物园,锁在灵长类中心的铁笼里,把它们按在实验室的刀下,或者填成博物馆的标本——"我开始心烦意乱,"我是说,归根究底,雪人对我们真正的价值是什么?"他们只是盯着我:价值?"它们的价值在于其未知,它们超越科学,代表我们不可触碰的野性。"

"我能理解内森的观点。"莎拉打破紧随而来的沉默。她看着我,那神情让我有了一丝恍惚。她的赞同原来比我想象的重要得多……

其他人摇着头。"很为他人着想,"瓦莱丽说,"不过说真的,雪人几乎不会被研究影响。想想它们对我们灵长类动物进化研究的弥补完善!"

"找到一只就是对科学的贡献。"菲尔盯着莎拉。我不得不承认,他对此很笃定。

阿迈特狡黠地说:"而且,不会对我们的任职机遇有任何坏影响。"

"那倒是,"菲尔附和道,"但真正的问题是,你必须得实事求是。如果我们发现了雪人,那我们就有义务汇报,因为事实如此——不管我们感受如何。否则你就犯下了隐匿数据、篡改数据那种学术不端行为。"

我摇头否认,"科学诚信并不是唯一需要我们坚守的准则。"

争论就此继续了下去,大部分时候都在不停重复。"你是理想主义者,"菲尔一度对我说,"如果要研究动物学,难免会在某种程度上打扰一些作为研究对象的动物。"

"也许那正是我退出的原因。"我说。我必须得就此打住了。他被这个领域巨大的工作压力腐蚀得太严重,变得为获声誉极尽所能,可我要怎么说才不会让场面太难堪? 不可能的,而且莎拉也会因我而失望难过。我只是叹了口气,"那被研究的动物怎么办?"

瓦莱丽有点儿气急败坏,"他们会给它用镇静剂,研究它,再放回原来的环境。也许会圈养一只,反正比野外生存安逸得多。"

完全堕落了。连植物学家们听了这句话都似乎有点儿不自在。

"我不觉得我们需要担心这个,"阿迈特仍然带着狡黠的微笑,"这种野兽应该是夜行动物。"——你知道,因为菲尔对夜间伪装棚并没体现出多大热情。

"这正是我要在高谷设置夜间伪装棚的原因。"菲尔对阿迈特的见缝插针厌倦无比,直截了当地打断道,"内森,我可能需要你一起来帮忙。"

"还要带路。"我说。其他人继续争论,莎拉接过我的话头,或者说,她对我说的话至少有点儿共鸣。我退出讨论,心里仍为白天在阴影里看到的身影而惴惴不安。离开的时候,菲尔狐疑地看着我。

就这样,菲尔开始大展拳脚了。在我目击过雪人的高谷西面,我们安了一个伪装棚。我们在一棵橡树上过了几夜,看到许多喜马拉雅梅花鹿,还在黎明时分看到过几只猴子。菲尔本该开心才对,然而他却面有愠色。我恍然大悟,想起他那些喃喃自语:找到雪人是他的夙愿。他奔着这个新大陆而来,如同渴鹿奔泉。

事情发生在一天深夜。凸月高悬,月光穿透薄薄的云雾。还有两个小时才到黎明,我正打着盹,阿德里肯突然用胳膊肘捅捅我,无声地指向小溪水塘另一侧。

黑暗中有一团黑影,正在快速移动。水面上落着一道月光——照出水光上方的轮廓—— 一个直立的身影。有一瞬间,我清晰地看到了他的头颅:高耸、形状奇异、毛皮覆盖的头盖骨。看起来和人类相差无几。

我其实想大声示警的,不过却只是在地板上挪动了下身体。地板轻微地"嘎吱"一响,那个身影马上不见了。

"蠢货!"菲尔轻声咒骂,月光下的他看起来凶神恶煞,"我去追他!"他跳下树,从羽绒夹克里拔出什么东西,我猜是镇静剂手枪。

"大半夜的,你在外边啥都找不到的!"我低声喊,但他已经走远。我赶紧爬下树跟着他——我也不确定出于什么原因。

你应该知道森林中的夜晚是什么样子。不可能找到任何动物,四处走动也不是易事。要找到阿德里肯也是一样——他行动迅速、无声无息。我瞬间就跟丢了,只是间或听到远处树枝折断的声响。已经过了一个多小时,我仍旧在树林间游荡。我回到溪边时,月亮已经西沉,曙光马上就要照亮天际。

我绕过浅滩上的一大块圆石,差点儿和迎面而来的雪人撞个满怀,仿佛我们是在繁忙人行道上的两个路人,试图避开对方却拐到了同一方向。他比我稍矮一些,深色毛发覆盖着躯干和脑袋,但面部裸露——露出一块粉色皮肤,在昏暗的光线下看起来和人类十分相似。他的鼻子既像人类,又像灵长类动物——宽大,但在脸部中间突起——仿佛枕骨崎从后脑勺一直延伸到了前额。他阔嘴方下巴,下颌掩盖在毛发中——无论如何,他绝对属于人类范畴。他宽厚的眉骨高悬在双目上方,因此看上去总是一副惊讶的表情,长得就像我之前养过的一只猫。

此时此刻,我确定他是真的十分惊讶。我们都呆若木鸡,对峙着,在夜风中微微打战——没有其他动作。我甚至忘了呼吸。怎么办?我注意到,他拿着一根光滑的木棒,颈间的皮毛里有东西串在绳子上。他的脸——工具——装饰。我拢回一点儿思绪——没有被吓飞的思绪——思考着(我想我骨子里还是个动物学家)。他们不是别的灵长动物,他们是原始人类。

似乎是为了证实我的想法,他开始同我讲话。他简短地哼着、发出短促的叫声、猛嗅几下空气、咧开嘴(露出好几颗犬齿),然后发出哨音,声音很轻。他的眼中露出疑惑,如此沉静、温柔、聪慧。我感到难以置信,自己不能理解也无法回答他。

我举起手,动作缓慢,试着对他说"你好"。我知道,很蠢,但遇见雪人你还能说什么呢? 总之,除了一声压抑的"哼嗯",没有别的回应。

他好奇地歪着脑袋,重复着那声音:"哼嗯。哼嗯。哼嗯。"

突然,他猛地抬头盯着我身后小溪的上游,大张着嘴,站着凝神细听,又盯着我打量,试图判断我的动机。(我发誓我能分辨这些行为!)

上游传来树枝断裂的声响。他一把抓住我的手臂,"嘭"的一声,我们已经上了河岸、钻进了密林。跳跃之间,我们穿越了树丛,俯卧在一根倒下的粗木后,并排趴在黏腻潮湿的青苔上。阵阵疼痛从胳膊传来。

菲尔·阿德里肯衣衫褴褛、狼狈不堪地出现在河滩。他穿过灌木丛时刮到了枝丫,羽绒夹克的尼龙面料被撕破好几处,蓬松的白羽绒在他周围纷纷扬扬;他可能还摔进了哪里的泥坑。雪人使劲眯着眼看他,明显觉得四散逃逸的羽绒很神奇。

"内森!"菲尔大喊,"内——森——啊!"看起来,他依旧生龙活虎,"我看到了一只! 内森,你在哪儿? 我靠!"他一边继续往下游走一边叫喊,雪人和我原样趴着,默默地看着他走远。

我不知道,之前的人生中是否有过比此时更心满意足的时刻。

当他的背影消失在小溪拐弯处，雪人站起来，又摊开四肢靠坐在原木上，活脱脱一个累瘫了的背包客。太阳已经升起，他只是短促地叫着、吹着哨音，呼吸平缓地看着我。他在想什么？我一头雾水。他甚至可能在威胁我，我想象不出接下来会发生什么。

他拨弄着我的衣服——双手比人类的更加瘦削、细长。他又拨弄着自己的项链，把它拉过头顶。草绳上串着厚贝壳一样的东西，是化石，像扇贝壳——喜马拉雅昔日曾在水下的证据。雪人是怎么做出来的呢？无从知晓。但很明显它们珍贵无比，是文化的一部分。

他盯着自己的项链看了很久。然后，小心翼翼地，他把项链拿到我的头顶，挂在我脖颈上。我的皮肤瞬间变得通红滚烫，泪水模糊了视线，喉咙酸痛——那感受，就像上帝从树背后现身，毫无缘由地给我赐福一样，你知道吗？我配不上。

他一言不发，也再没有其他动作，只是跳起来、罗圈着腿，头也不回地走了。我独自一人留在晨曦中，那串项链沉沉地垂在我的胸口，酸痛刺激着我的臂膀。所以，这事确实发生过，我没有在做梦。上天赐福于我。

恢复神智后，我顺下游走回营地。项链已被我深藏在羽绒夹克内衬的口袋里，我还编了一个能自圆其说的故事。

菲尔已经回到营地，正和队员们聊天。"你回来了！"他大喊，"你他妈到底去哪儿了？我都以为你被他们抓住了！"

"我找你来着,"我发现假装生气很容易,"这个他们是谁?"

"雪人啊,你这个笨蛋!你也看见他了,别否认!我循着踪迹又看到他一次,在小溪上游!"

我耸耸肩,怀疑地看着他,"我什么也没看见。"

"你去错地方了!你本该和我一起。"他转向其他人,"我们要把营地挪到河流上游几天,悄悄地。这可是绝无仅有的天赐良机!"

瓦莱丽点头同意,阿迈特点头同意,甚至连莎拉好像都被说服了。能找点儿刺激,植物学家们看起来也很开心。

我表示反对,这么多人搬去上游山谷不是易事,还会打扰那里的生物。我暗示菲尔那可能是一头熊,但他听不进去:"我看到的那个生物会直立行走,而且枕骨嶙高耸。就是个雪人。"

因此,尽管我竭力反对,搬到高谷的计划仍然势如破竹般地进行了下去,对雪人紧锣密鼓的搜寻也即将开始。我感到茫然无措,再继续反对下去会显得我非常可疑,让他们怀疑我是不是也看到了菲尔所看到的东西。在实施诡计阻碍别人计划方面我从来都不开窍,这也是我当初离开大学的原因。

正当我一筹莫展之际,一场季风暴雨意外提前从天而降。我突然灵光乍现。我们所在山谷的分水岭大而陡峭,一整天暴雨后,小河水位迅速上涨。我们要到三谷汇聚的地方,得先过那座桥,再穿过两个山谷,才能回到飞机跑道。

天赐良机。半夜,我偷偷溜下山谷去了桥边。那座桥是普通的乡下手艺的产物,两岸各有一大摞石头支撑着作为桥身的三根半圆木。河水已经在冲刷着石头基底,拿长树杆一撬,我们所在这侧的石头就塌了。破坏一座桥的感受很奇异,这是喜马拉雅山上来之不易的人类成果之一,但我却铁了心要这么做。很快,那些圆木翻滚掉落,其中一根被冲到河流下游,消失得无影无踪。送其他两根上路也轻而易举。诸事毕,我又悄无声息地溜回营地,回躺在了床上。

接下来的事顺理成章。我发现桥塌了,为它扼腕叹息,顺带跟他们提了一嘴下游的洪水兴许泛滥得更厉害,我不知道我们是否有足够的食物撑过季风——这是废话,当然撑不过。接着又是一小时瓢泼大雨,阿迈特、瓦莱丽和那几位植物学家由此深信季风季已经来临了。第二天,菲尔尖叫着抗议也没效用,我们在清晨的薄雾中拔营离去;中午,薄雾散开,带着潮气的明媚日光洋洋洒洒。但那时我们已经走出很远了,而且目标坚定。

就是这样,弗雷德。你还在读吗?我撒了谎、隐瞒了数据,还吓跑了雇我的老同事。但你明白,我非这么做不可。那里的生物智慧、安宁、文明只会毁了他们。还有和我一起躲藏的雪人——不知为什么他知道我跟他是站在一边的。我愿意付出生命去守护这份信任,这是肺腑之言。那是我不能出卖和背叛的东西。

在出山的路上,菲尔还是坚称他看到了一个雪人,我就继续拆他的台,直到莎拉开始饶有兴味地看着我。难过的是,我们靠近J地

——我们此行终点的时候,她和菲尔又重修旧好了。也许她是可怜他,也许她是不知怎的察觉到我在撒谎。对此我毫不怀疑,她相当了解我。但不管出于哪个原因,都叫我灰心丧气,而且束手无策。我不得不撒谎、不得不掩藏我知道的事,不管它对我的友情有多大破坏、不管让人多受伤。因此,到了J地,我跟他们一一告别。我心里有数,动物学普遍资金短缺,他们一时半会儿没法回到这里,所以不用担心。至于莎拉——好吧——真是的……我有点儿责怨地跟她道了别。然后,我没有坐飞机,而是徒步回到了加德满都,距她越来越远,慢慢整理心绪。

归来之后的黑夜是如此漫长,于是我决定写这封信,让自己的大脑没空停下来瞎想,我也希望把这一切写下来能有所助益。但实际上,我感到了前所未有的孤独。想象你被我的故事搞得魔怔的画面,于此刻而言反而是种慰藉——我都能看见你在屋里跳脚,声嘶力竭地喊"你在开玩笑!",正如以往那样。等我秋天在加德满都当面见到你,我会一五一十地告诉你所有细节。一言为定——

你的朋友,内森。

3

我的天哪,真是匪夷所思。读完这封信,我能说出来的只有"哇哦"。我回到开头,想整篇重读一遍,却又很快跳到精彩的部分。和大名鼎鼎的喜马拉雅山雪人打了照面！真是无巧不成书！很明显，这位内森兄也就只能听懂个"哼嗯"。但情况特殊，我想他尽力了。

我自己也一直想和雪人偶遇。曾经无数次，我都曾在破晓前的微光中早早起床，一边闲逛着找地方撒尿，一边观测天气状况。每一次，尤其在高海拔林区，我都会四下打量，琢磨上一秒我惺忪的睡眼余光瞥到的正在动弹的东西，会不会是蠢蠢欲动的雪人。

到目前为止，就我所知，都是一厢情愿。我发现我有点儿嫉妒这位内森，还有他的天降神运。为什么雪人——中亚最腼腆的物种之一——对他如此青睐有加？接下来几天，尽管我忙着自己的业务，这个谜团却一直在脑海中徘徊不去。不知为何，我希望我能再多做点儿什么。我查阅了朗星酒店内森和乔治·弗雷德里克斯的入住记录，找到了六月中旬内森那工整小巧的签名，却没有找到那个乔治，也就是内森所述的"弗雷德"。这封信表明他们今年秋天都会在尼泊尔，但具体在哪里呢？

接下来，我不得不把一些西藏地毯运去美国，我的公司还想要我从旅游移民局那里批三个"视频徒步"业务；同时，中央移民局还嫌我在这个国家待得太久了。在这个寄封信得耗一天时间的国家，为了搞定这些事，我忙得团团转，几乎把这封信抛在了脑后。

然而，就在一个阳光明媚、碧空万里的下午，比往常晚了一阵才来到朗星酒店的我，看到几个人情绪激动地围在信架边上。信架被翻了个底朝天，可怜的信件尸体横陈，第一段楼梯一片狼藉。我隐隐有预感，似乎知道问题出在哪里。我有点儿被唬到了，甚至好像还有一丝良心不安，但也不全然是不快的情绪。我强压下那一阵负疚感，从用尼泊尔语骂骂咧咧的两个店员身边走过。"我能帮你找什么吗？"我对那心急如焚的祸首说。

他站直身子，双眼直勾勾盯着我，自始至终一本正经。"我在找一个朋友，他一般都待在这里。"他勉强还算镇定，但也在惊慌失措的边缘了，"店员说他这一年没来过，可我今年夏天寄给他的信却不见了。"

对上号了！我不动声色地说："可能他顺道拿走了，没有登记入住。"

他瞬间萎靡下去，就像我捅了他一刀。他的相貌和我读他的史诗巨著时设想的一模一样：修长、挺拔、黑发。他的络腮胡像兽毛一样优质浓密，从脸颊到脖颈每一根都精心修剪过——堪称完美。就凭这胡子和带包肘的夹克，他能在美国任何一所大学谋个终身教职。

然而，此刻他正心烦意乱，尽管他在努力掩饰，"我不知道怎么才能找到他，那……"

"你确定他在加德满都？"

"他应该在，两周后他要参加一个大型登山活动。但他一般都住在这儿！"

"有时候会住满。可能他实在没办法，所以换了住处。"

"也是,说得对。"突然,他从烦躁中回过神,心态平静了一些。他审视着我,清澈的灰蓝色眼睛微微眯起。

"乔治·弗格森。"我边说边伸出手。他试图用力跟我相握,还好我及时绷紧了手。

"我叫内森·霍。你的名字很有意思,"他面无表情,"我在找乔治·弗雷德里克斯。"

"真的吗! 太巧了。"我捡起丢了一地的弯折的信件,"好啦,说不定我能帮你呢。我之前也曾不得不在加德满都找朋友——不容易,但不是不可能。"

"是吗?"好像我扔给了他一个救生圈。他有什么问题?

"当然。如果他要去爬山,就得去中央移民局买许可证,要获得许可证就得写下现在的住址。我在移民局泡得太久,很熟悉相关流程,也认得几个朋友。如果塞给他们几百卢比的好处,他们自然会帮我们找出来。"

"太棒了!"他又重获了希望,激动得浑身颤抖,"我们能现在就去吗?"

我可算明白了,让他神魂颠倒的女神、那个无耻之徒的女朋友,对他真是了如指掌。他是理想主义者,理想透过他的身体发光,就像穿透玻璃罩的科勒曼营灯一样明光锃亮,只有瞎了眼的女人才会看不出他的一片情意。我不禁好奇莎拉对他是什么感觉。

我摇摇头,"已经过了下午两点——今天关门了。"我们把信架钉回墙上,两个店员也回了前台,"但如果你愿意,我们还能试几个别的路子。"内森点点头,一边看着我一边把信塞回架子,"不管什么时候,如果我想住这儿但是却没房了,我就去隔壁。我们可以去那儿看看。"

"好,"内森说,又重新来了精神,"走吧。"

我们走出朗星向右拐,去了悦亨酒店——要不叫悦享酒店——打探情况,反正招牌那里的字看不清楚。

果然,乔治·弗雷德里克曾住在这里。实际上,正是当天早上退的房。"我的老天爷,别啊。"内森哀号着,像给他那位仁兄号丧一样。这下他可真要惊慌失措了。

"对呀,"那名店员满面红光,为在厚重的簿子里找到那个名字而十分志得意满,"他去徒步了。"

"但他两周内都不会离开这里!"内森不愿相信。

"他可能自己先出发了,"我说,"或是和朋友。"

对内森而言,只能这样了。他瘫倒在地,方寸大乱、垂头丧气。我仍在思考,"如果他是打算飞去山区的话,我听说今天尼泊尔皇家航空公司的所有航班都取消了,所以他可能还会回城里来吃晚饭。他熟悉加德满都吗?"

内森阴沉地点点头,"和当地人一样熟。"

"那么,我们去老维也纳饭店碰碰运气吧。"

4

傍晚深蓝色天空下,泰米尔区一如既往地生机勃勃。街道上的店面亮起灯光,人们在大街上优哉游哉地闲逛。威风凛凛的路虎车和娇小的丰田出租车狂吹着喇叭、蠕动着挤过拥堵的车流;街边的牛反刍着草料,满脸惊讶地四处张望,仿佛数秒前刚被人从牧场神奇地变到了这儿似的。

内森和我一前一后贴着店面走,时不时还要躲避自行车,跳过一个个小水坑。我们经过了地毯专卖店、爬山装备店、餐馆、二手书店、徒步旅游中介、宾馆和纪念品站,一路拒绝了一百多个毛头小伙儿的推销:"换钱吗?""不换。""飞叶子不?""不飞。""买张美美的地毯吧?""不买。""来点儿哈希什^①?""不来。""换钱不?""不换。"从前我走过这一片区,从来都只是简单地对每个人说"不":"不换不飞不买不来不尝不听不试"。内森截然不同,但他的方法似乎成效更显著,因为那些托儿不觉得我态度坚定,而内森会带着那副一本正经的模样彬彬有礼地点头,说"不了,谢谢您",然后留下托儿们目瞪口呆地在风中凌乱。

我们经过 K.C. 徒步旅行社,穿去了"时代广场",经过一个永远都在堵车的十字路口,又顺着泰米尔区通往加德满都其他区域的那条街走下去。两个批发商站在自己商店门口,跟着磁带唱平克·弗

---

① 大麻毒品的一种。

洛伊德的《迷墙》:"我们根本不需要教育,不需要思想控制。"一辆自行车差点儿撞到我。随后街道又宽阔起来,路也有重新铺过。我把一只黑山羊推到路边,和内森一起跳过一个大水坑,进入街边一段隧道一样、穿透了一栋摇摇欲坠的建筑的大厅,在大厅里向左拐上一段脏兮兮的水泥楼梯。"你以前来过这儿吗?"我问内森。

"没有,我一般去K.C.徒步旅行社或红广场。"他一脸坦荡,好像一点儿没觉得不好意思。

爬上楼,推开门,我们瞬间步入了奥匈帝国:白色桌布,长条椅用镶板隔开,红墙纸上点缀着鸢尾花图案,家具装饰富丽堂皇,一盏盏桌灯既雅又俗;空气中弥漫着德国酸菜和匈牙利炖牛肉的辛香,音箱里放着施特劳斯的华尔兹。除了楼下传来的微弱汽车喇叭声把人拉回现实,其他一切都如梦似幻,让人难辨真假。

"我的天哪!"内森叹道,"他们是怎么搞成这样来的?"

"差不多都是老板娘的杰作。"餐馆老板娘常驻这里,是个烹饪天才。她身形高大,体态丰满,待人亲切友好,走过来用生硬的德式英语跟我打招呼。

"你好啊,伊娃。我们在找个朋友——"我还没说完,内森就径自从我们身边冲向了里屋的一张条椅。

"我想他找到他了。"伊娃面带微笑。

等我走到那桌边,内森正使劲晃着一个男人的手臂,拍着他的背。这男人不高,留着金色长发,约莫四十岁。内森的心终于放回了肚子,正在喋喋不休—— 一副如释重负的表情。"弗雷德,谢天谢地,我可算找到你了!"

"我见到你也很开心,兄弟! 真巧,实际上——我早上本来准备和几个英国佬去爬山,但'尼白来黄家航空'又炸了。"弗雷德带着一点儿南方或是乡村口音,语速和我认识的那些南方人一样快,甚至有时候还要更快些。

"我知道。"内森抬起头,看着我,"其实,是我新交的朋友告诉我的。乔治·弗格森,这是乔治·弗雷德里克斯。"

我们握握手。"名字很不错,"他说,"叫我弗雷德吧,大家都这么叫。"弗雷德跟我们解释,说一起爬山的朋友去找房子了。交谈间,我们围着桌子坐了下来。"你在做什么,内森? 我都不知道你也在尼泊尔,还以为你回美国工作了,保护野生动物保护区什么的。"

"之前是,"内森说,他又挂上了那副不成功便成仁的大义凛然样,"但我必须得回来。我说——你没收到我的信?"

"没有,你给我写信了?"弗雷德说。

内森直勾勾地盯着我,我尽可能表现得一脸无辜。"我现在必须得把你划进保密范围了,"他对我说,"我还不怎么了解你,但你今天帮了大忙。事情特殊,我不可能……"

"面面俱到?"

"不,不,不是——我不能过分谨慎,你瞧,我往往谨慎过头,弗雷德以后肯定会跟你说的。但是,现在,我需要帮助。"他的表情比给自己上坟还严肃。

"这段时间苦了你了。"我安抚他,尽量让自己看起来靠谱,什么值得信任啊忠诚啊。弗雷德龇着牙冲我笑,要维持我想要的表情可太难了。

"事情是这样的,"内森对我们俩说,"我要跟你们说的是我春天去探险的时候发生的一件事。这件事儿一言难尽,不过⋯⋯"

他低着头,身体前倾、压低声音,讲了一遍我在信上读到的故事。弗雷德和我也都努力在桌子上向前凑,脑袋都撞在了一起。听到故事高潮,我尽力表现出讶异的神色,但也不用太费力气,因为该惊讶的时候弗雷德一个都没落下,表现完美。"你开玩笑吧。"他说,"不。难以置信,这不可能。雪人一般很容易受到惊吓。这一个就傻站在那儿? 开玩笑吧! 太难以——他妈的——置信了,兄弟! 我打死也不信。太神奇了! 啥? ——妈呀,不,不会吧!"当内森说到雪人送了他一条项链,和内森在信中预料的一模一样,弗雷德一蹦三尺高,又靠回椅背大喊:"你开玩笑吧!!"

"嘘!"内森嘶道,脸都贴到桌布上去了,"别! 声音低一点儿,弗雷德! 求你了!"

于是他坐下来,内森继续讲,然后情景再现("你把那该死的桥拆了!?!""嘘!!!");等内森讲完,我们都靠回椅背,感到筋疲力尽。慢慢地,其他桌的食客终于不再盯着我们,我才清清喉咙,"不过今天,你⋯⋯呃⋯⋯你提到还有一个问题,还是有新的问题⋯⋯?"

内森点点头,嘴唇微皱,"阿德里肯回来了,还从一个有钱的美国老男人那里得到了一笔钱——这人叫J.李维斯·菲茨杰拉德,以前的爱好是大型动物狩猎,现在在一栋大房子里经营一个摄影动物园。他和阿德里肯、瓦莱丽,甚至还有莎拉来了这里,然后直接回了我们春天去过的营区。我从阿迈特那儿知道消息后就尽快赶过来了。就在我到达后,他们住进了喜来登酒店的套房。一个门童告诉我,他们开着路虎,帘子挡着车窗,他还看见有个滑稽的人被推搡着上了楼梯。现在他们把那间套房上了锁,守卫森严。我担心——我想——我想他们可能搞来了一个关在那间套房里。"

弗雷德和我面面相觑。"什么时候的事?"我问。

"两天前!那之后我就一直在找弗雷德,我也不知道还能做什么!"

弗雷德问:"那个莎拉怎么办?她还和他们在一起吗?"

"对,"内森盯着桌子,"我也不能相信,但她在。"他摇摇头,"如果他们在楼上藏了一个雪人——如果他们抓住了一个——那么,哎,雪人就完蛋了。他们肯定都要遭殃。"

我想,的确如此。弗雷德不由自主地点着头,只要是内森说的他都同意。"那楼上就有个动物园了,哈哈。"

"所以你会帮忙咯?"内森问。

"当然啦,兄弟!自然要帮!"弗雷德看起来很意外,内森居然还要询问他这个问题。

"我也愿意帮。"我说,这是发自内心的。不知为何,那家伙搞得我跃跃欲试。

"谢谢。"内森说。他看起来如释重负,"但你要参加的登山活动怎么办,弗雷德?"

"没事。反正我也是后来才加入的,纯属玩票性质,他们不会介意的。而且我也只是这次想跟他们一起去。为了这次登山,他们搞了棋盘问答游戏,免得自己在帐篷里憋得发疯。我们昨天试着玩了玩。你知道的,除了历史、文学和娱乐类的问题,我其实对这个游戏很拿手,不过他们手上这个是英国版的。所以我们个个跃跃欲试,可突然间,我好像成了喜剧团的搞笑角色,我是说,他们的方式太不一样了,不按套路出牌!你知道我们玩的时候,如果不知道答案,别人就会说'哈,真撇'——但是轮到我回答擅长的运动休闲类问题,他们抽卡问我'1956年西印度群岛板球比赛中,连续往三柱门投球365次的是谁?'之类的问题,然后捧腹大笑,头都要笑掉了。而且他们还欢呼雀跃,一边围着我手舞足蹈一边大喊:'不知道了吧你!你根本完全他妈的不知道是谁投的吧你!'搞得我很难集中注意力回答问题。所以,跟他们一起去的打算可能本来就是个错误的决定,还不如待在这里帮你。"

内森和我点头似鸡啄米。

我们早在听完内森讲述的传奇故事之后就点了菜,伊娃已经把菜端了上来。这是老维也纳饭馆的又一个神奇之处——菜品比装满更出色。不管放在哪儿它都很出挑,毕竟在加德满都吃什么都像嚼硬纸板,真是不敢相信。"看这块牛排!"弗雷德说,"他们他妈的是哪里搞来的神仙肉!"

"你们有没有好奇过,他们是怎么管理这满大街的牛的?"我问。

弗雷德乐了,"我只能想到他们悄悄拽着一头到这儿的后厨,然后'砰'!"

内森开始一脸怀疑地捅着自己面前的炸肉排。在这顿完美的晚餐期间,我们讨论了当前的各种问题。跟以前一样,对此境况,我有了一个计划。

5

小费在加德满都向来是无所不能的,但那一周,珠峰喜来登国际酒店的员工却守口如瓶,怎么也撬不开。他们甚至不愿意听到任何反常的事,更别说卷入其中,不管报酬多少都没用。一定有大事发生,我猜那个J.李维斯·菲茨杰拉德的确富甲一方。就这样,进入阿德里肯房间的A计划宣告泡汤。我撤回酒店吧台,内森缩在角落的靠背椅中,戴着墨镜和澳大利亚巴拿马帽,伪装得恰到好处。他对我的消息表示很不开心。

珠峰喜来登国际酒店和其他地方的喜来登不大一样,它的质量差不多是假日酒店的水平,但在加德满都这样的地方,足够让它跻身五星级酒店了,这也让它和老维也纳酒店一样与其他地方格格不入。吧台和机场酒吧很像,我们旁边就是一间赌场。从里面传出的阵阵欢声笑语判断,大家显然都玩得很惬意。内森和我小心翼翼地抱着自己的酒水等着弗雷德。他去酒店周围踩点了。

突然,内森一把抓住我的小臂,"别回头!"

"好的。"

"我的妈呀,他们肯定是雇了一大堆私人保安。天哪,瞧瞧这些人。不,别看!"

我不动声色地瞟了一眼那队走进酒吧的人马:统一的靴子,统一的夹克,胳膊下一块鼓包,仪容打理得十分精干,身姿挺拔,举手投足都是军人气质……说实话,他们看起来有点儿像没胡子版的内森。"哈!"我感叹了一句。绝对不是普通游客。菲茨杰拉德看来是真的很富。

弗雷德鸟儿一样飘然进了酒吧,神不知鬼不觉地坐下了,"有问题,弟兄们。"

"嘘!"内森嘶声道,"看见那边那些家伙了吗?"

"我知道,"弗雷德说,"他们是特情局特工。"

"他们是啥?"内森和我异口同声。

"特工。"

"可别告诉我这个菲茨杰拉德是里根总统的好朋友。"弗雷德却摇摇头,咧嘴笑了。

"不,他们和吉米·卡特还有罗莎琳·卡特一起。你没听说吗?"

内森摇着头,但我却突然有种不祥的预感,想起了几周前的传言。"他想去看珠穆朗玛峰……?"

"是的。其实一周前,我在那木齐①遇到过他们。但现在他们回来了:待在这里。"

"我的神啊,"内森说,"特工,在这儿。"

"其实,这些特工人都不错,"弗雷德说,"我们和他们在那木齐聊了挺多。真的耿直,是的——相当耿直——而且友好。他们会跟我们讲世界职业棒球大赛上发生的事,因为他们有卫星天线;还会跟我们聊他们的工作,那些有的没的。当然啦,有时候我们也问卡特相关的问题,这时候他们就东瞄西看,假模假样地仿佛没听见有人说话;但大部分时候他们真的很普通。"

"那他们在这儿干吗?"我半信半疑地问道。

"这个嘛,吉米想去看珠穆朗玛峰。所以他们开着直升机到了那木齐,就好像根本没高原反应这回事一样,然后径直去了珠峰!我刚才和当时碰到的一个特工聊了会儿,他告诉了我后来发生了什么。罗莎琳到四千五百多米的地方就返回了,但吉米接着往上爬。当时所有年轻力壮的特工都在周围保护他,你知道吗?不过他们开始生病,每天都有一批人因为高原反应、肺炎之类的原因被直升机载下山,直到他身边没剩什么人!他把全队的人都干回了地面上!

---

① 那木齐巴扎村。尼泊尔珠峰地区的山村,海拔3340千米。

厉害得不得了,真有六十多岁吗? 这些年轻特工像苍蝇一样纷纷掉下山,他却跟装了马达似的一路到了卡拉帕塔①,后来又到了珠峰基地营。我太佩服他了!"

"可真厉害,"我说,"替他开心。不过现在他们回来了。"

"是啊,他们给加德满都的文化内容又添了一笔。"

"那太糟了。"

"啊! 没那个运气搞到钥匙去雪人家里串趟门,是吧?"

"嘘嘘嘘!"内森使劲嘘道。

"对不起,我忘了。那啥,我们得想点儿别的招,呃? 卡特夫妻俩还要在这儿待一周。"

"窗户?"我问。

弗雷德摇头否决,"我爬上去倒是没问题,但屋子的窗户俯瞰花园,这样太招摇了。"

"天哪,这太糟了。"内森一口灌下威士忌,"菲尔可能决定要公之于众——他抓到的东西,他要趁着卡特在这里的时候开新闻发布会。这是快速宣传的完美途径——这就是他的风格。"

我们坐着,耗尽了脑汁跟好几杯酒。

"你知道吗,内森,"我慢条斯理道,"还有一个可能性我们没讨论到,不过你得带头。"

"什么?"

①卡拉帕塔海拔约5545米。从尼泊尔的珠穆朗玛峰基地营无法直接看见珠峰,卡拉帕塔是邻近地区之中眺望珠峰的最佳地点。

"莎拉。"

"什么？哦，不。不行。我不行。我不能和她说话，真的。就是——好吧，我就是不想。"

"可是为什么？"

"她不会在乎我说了什么。"他盯着自己的玻璃杯，紧张地在手心里转着，声音酸涩，"她可能只会告诉菲尔我们在这儿，那我们就真的麻烦了。"

"哦，我不知道。我觉得她不是会这么做的人，你觉得呢，弗雷德？"

"我不知道，"弗雷德说，一脸猝不及防，"我从来没见过她。"

"她不会的，真的。"后面我一直在做他的思想工作，指明这是目前我们最好的机会。但内森在这一点上分外固执，直到我们离开酒吧时仍然没一丝动摇。

我们只好结账离开。但当我们穿过门厅，走近恢宏的大门，内森突然停住了脚步。一个身材高挑、面容姣好，戴着副猫头鹰眼睛一样眼镜的女人刚走进来，内森像根木头一样杵在了原地。我猜到她一定是那人，悄悄捅捅内森，"记得，现在是生死关头！"

这句话起了作用。他深呼吸一口气，当那女人正要和我们擦肩而过时，他一把扯下帽子和墨镜，"莎拉！"

那女人吓了一跳，回过身，"内森！我的天哪！你——你在这里干什么？"

他神色阴郁，"你知道我为何在这儿，莎拉。"他把身体拔得比以往更加笔挺，直盯着她。就算她被指控谋杀了他母亲，他那副表情也不可能更责怨了。

"什么——?"她哑声道。

内森咬紧了嘴唇。我觉得他对这趟罪恶之旅的反应有点儿过了，甚至在考虑去插句话和和稀泥，让气氛不那么剑拔弩张。然而下半句里，他的声音因极度痛苦而扭曲了，"我没想到你会这么做，莎拉。"

她一头亮棕色秀发，厚刘海、大眼镜，一副学生模样。这下女学生被戳到了伤心处。

她嘴唇发颤，眼睛止不住地眨巴，"我——我——"她的脸蛋皱成一团，带着哭腔趔趄地倒向内森，瘫靠在他宽厚的肩膀上。他轻轻拍着她的脑袋，看起来受宠若惊。

"哦，内森，"她凄凄惨惨地抽噎着，"太可怕了……"

"没关系，"他的身体硬得像一块铁板，"我明白。"

他们俩腻歪了一会儿。我清清喉咙，提议道："我们去找个地方喝一杯吧。"事情好像柳暗花明了。

6

我们去了安娜普尔纳酒店咖啡厅，在那里，内森担心发生的最糟糕的事被莎拉一一验证:"他们逮到他,锁在了浴室里。"很显然,雪人吃得越来越少,瓦莱丽·巴奇催促菲茨杰拉德先生马上带他到市里那个臭烘烘的小动物园去,但是菲茨杰拉德正忙着和一堆科学家、自然作家打交道,这样一两天后就能开新闻发布会了,他和菲尔都想等一等。他们都希望卡特夫妻能出席所谓的揭幕仪式——弗雷德这么叫它,但是他们还没敲定。

弗雷德和我向莎拉打听了喜来登的看守安排。很明显,菲尔、瓦莱丽·巴奇和菲茨杰拉德不间断地轮流看守浴室。他们怎么喂他食物的? 他温顺吗? 问题,回答;问题,回答。最初崩溃了一阵后,莎拉又变回了那位坚韧又明智的妙人。

然而,内森却在不停地重复:"我们要把他从那儿救出来,我们要尽快行动,不然他就完蛋了。"

莎拉把手放在他手上,那可真是烈火上浇了一股热油,"我们必须得去救他。"

"我知道,内森。"我说,继续努力开动脑筋,"我们已经知道了。"一个计划开始在我脑海中形成,"莎拉,你有房间的钥匙吗?"她点头。"好的,我们走吧。"

"什么? 现在?"内森脱口喊道。

"当然! 我们得抓紧时间,不是吗? 记者要来了,他们会发现莎拉不在场的……我们还得先去搞点儿东西。"

7

我们返回喜来登酒店时已经接近傍晚。弗雷德和我骑着租来的自行车,内森和莎拉坐出租跟在后面。下车时我们再三叮嘱,确保司机明白我们要他在酒店前面等我们。弗雷德和我进入酒店,向内森和莎拉打出安全的信号,然后径直去了大堂电话处。内森和莎拉负责去前台登记开一间房,我们需要他们转移一会儿视线。

我给酒店顶楼(四楼)所有房间都打了一通电话,得知一半都住着美国人。我自称是卡特夫妇的助手,名叫J.李维斯·菲茨杰拉德,现在都住这家酒店。他们都知道卡特夫妇。我解释道,卡特夫妇为酒店的美国人举办了小型招待会,希望他们方便的话能够加入,地点在赌场酒吧——卡特夫妇大概一个多小时后就会下楼。他们都对这个邀请兴致勃勃(除了我不得不挂掉电话的共和党人),答应很快就下楼。

接最后一通电话的是菲尔·阿德里肯,在355号房。我说自己叫莱昂内尔·霍丁,其他说辞还是那一套。如果非说有什么变化,就是阿德里肯明显热情无比:"我们马上就下楼,谢谢——其实,我们也准备邀请你们。"我没偏见,但他听起来的确讨人嫌。内森起的名号,理论家,不是我的风格,我更偏爱混球之类的叫法。

"好的。期待见到你们所有人。"

弗雷德和我在酒吧里观察着电梯。美国人穿着他们最好的猎装夹克涌入赌场,你绝对不会想到整个加德满都居然有那么多涤纶衣物,不过我猜它在旅途中很好打理。

两个男人和一个圆润的女人从电梯旁宽敞的楼梯下了楼。"是他们?"弗雷德问,我点头,他们的相貌完全符合莎拉的描述。菲尔·阿德里肯个子不高,身形单薄,是那种加利福尼亚靓仔长相。瓦莱丽·巴奇戴副眼镜,顶着一头炸了毛的鬈发。不知道为什么,她看起来很像知识分子,相比之下莎拉却只是个乖学生。那个有钱人,J.李维斯·菲茨杰拉德,六十来岁,抽着雪茄,身材保持得很好,穿着件八个兜的猎装夹克。穿过门厅去赌场酒吧的路上,阿德里肯正和他争论什么,我听到他说,"比新闻发布会好。"

我突然灵光乍现,回到电话旁边,打给接线员找吉米·卡特。电话接通,那头传来中西部美国人平淡的声音,非常商务:"您好。"

"您好,请问是卡特夫妇的房间吗?"

"请问您是哪位?"

"我是J.李维斯·菲茨杰拉德。我想请您转告卡特夫妇,喜来登酒店的美国人在酒店赌场酒吧为他们组织了招待会,就是今天下午。"

"……我不确定他们是否有时间参加。"

"我明白。但只是请您向他们转达。"

"好的。"

回到弗雷德身边,我两口灌下一瓶星牌啤酒。"好了,"我说,"乐子要来了。我们上楼吧。"

8

我给内森和莎拉发了消息,然后和他们在355号房间门口汇合。莎拉打开门让我们进去,里面是一间大套房——风格:普通的假日酒店——除了些许湿润毛发的气味,放在地球上任何一个城市都没差别。

莎拉走到浴室门口打开锁,里面传来一阵声响。内森、弗雷德和我都不适地挪到她身后。她打开门,有动静——他在那儿,就站在我们面前。我发现自己正盯着雪人的双眼。

加德满都的旅游周边产品里,总是有画着雪人的日历、明信片和刺绣T恤,上面的图案都很雷同。我对此从来不能理解,为什么大家对雪人的想象都像是一个模子里刻出来的?毛茸茸的小东西背对着你,肩膀上看过去是一张标准猴子脸,露出一只光秃秃的大脚板,这刻板印象让我很恼火。

我可以很开心地告诉大家,真正的雪人和这些画一点儿都不像。好吧,他的确毛茸茸的,但他和弗雷德一般高,有着明显类人的面容,脸周围一圈黯淡的红色毛发就像络腮胡。他看起来有一点点像林肯——当然,是矮丑版的林肯,塌鼻子、突兀的眉骨——但就是有点儿像。看到他和人类相似的脸,我松了口气:我的计划就取决于这一点，于是暗暗庆幸内森在描述中没有夸张。唯一引人注目的是他的枕骨峰，肌肉覆盖的骨头像山脊一样从后脑贯穿头顶，延伸到前额，整个颅骨就像留了个莫西干发型。

那一刻，我们全呆在原地，成了名为"人类雪人之相逢"的石像。弗雷德决定发起破冰行动，他往前一步，冲那家伙伸出手，"向你致敬！"

"不，不——"内森掠过他身侧，拿出春天得到的那串化石贝壳项链。

"这是同一件吗？"我声音暗哑，一时茫然不知所措。因为直到浴室门打开前，我内心一直有一部分不完全相信这一切。

"我想是的。"

雪人伸出手，摸摸项链，又摸摸内森的手。我们又呆如雕塑了。只见雪人向前迈出一步，用瘦长、长满毛发的手碰了碰内森的脸，轻轻地发出哨音。内森浑身战栗，莎拉泪眼盈盈，我也觉得这场面将刻骨铭心。弗雷德说："他有点儿像个佛陀，你不觉得吗？他就是没啤酒肚，但是那双眼睛，我的天啊。无上圣佛。"

我们得行动了。我打开背包，掏出宽松的工装裤、一件黄色T恤、一件大号防风夹克。内森脱下衬衣又重新穿上，借此向雪人展示我们的想法。

慢慢地、小心地、轻轻地，我们柔声细语、轻手轻脚地给雪人穿上衣服。T恤最难穿，我们把它套过头顶时，他轻轻"吱"了一声。好在工装裤拉链拉上了。我每做一个动作都要说："向你致敬,上天庇佑之人,向你致敬。"

双手和双脚倒成了难题。他的双手形状奇异,手指骨节分明,长度几乎是我的两倍,还长了好些毛发,但是大白天在加德满都戴连指手套会导致更多问题。于是我暂时不去想它,把注意力转向他的脚。这是旅行宣传画唯一蒙对的地方:他有双大脚板,毛发覆盖,几乎是正方形,那大号脚趾像肥大的拇指。我带来的靴子已经是匆忙中能找到的最大码,可还是不够宽。最终,我给他套上西藏羊毛袜,穿上用铅笔刀改过的勃肯凉鞋,好让他的大脚趾悬在一边。

最后,我又在他脑袋上扣了一顶蓝色道奇男士棒球帽。帽子完美地隐藏了他突出的枕骨嵴,帽檐更遮住了他低平的额头和突出的眉骨。我还给他架了一副镜面环绕式太阳镜,这才收拾完毕。"嘿,真不赖。"弗雷德如此点评。再加一串夏尔巴人项链,黑绳上穿着五块珊瑚和三大块粗糙绿松石。声东击西嘛,你懂的。

在这期间,莎拉和内森翻箱倒柜,找遍了抽屉和行李,偷出了所有相机胶卷、笔记本和所有可能证明雪人存在的东西。整个过程中,雪人就站在那儿,镇定且专注。他观察着内森,一只手从袖管伸出,自然地放在胸前,就像百万富翁和他的贴身男仆。他小心谨慎地踩进勃肯鞋,调整棒球帽帽檐,种种细节都让我跟弗雷德印象深刻。"他看起来真像个佛陀,是吧?"我想,外表看上去的确不能让人信服,但就算是释迦牟尼本人,态度只怕也不会比他更温润了。

内森和莎拉终于搜寻结束,抬头看到了我们的艺术成果。"天啊,他看起来好奇怪。"莎拉说。

内森一屁股跌坐在床上,把头埋进手掌。"行不通的,"他说,"绝对行不通。"

"当然行得通!"弗雷德大喊道,一边把夹克拉链又往上拉了拉,"你看奇异街①上那些人,一直都这副打扮! 兄弟,我在学校踢足球的时候,整队都是些看起来和他差不多的家伙。说实话,要在我们州,他都能参选议员——"

"得,得,"我说,"没时间贫了。把刷子和剪刀给我,我还得捯饬一下他的头发。"我试着把他的头发梳下来盖住耳朵,但收效甚微,就又在后脑勺修剪了一通。就一趟,我心想;只是步行一小段,下楼去坐出租;还有个昏暗的前厅。"两边一样平了吗?"

"看在上帝的分上,乔治,我们走吧!"内森越来越焦虑不安,我们已经花了有一阵时间了。我们收好随身物品,装进背包,拉着打扮好的"佛爷"出了门。

9

我总是为自己奇准无比的时间感洋洋自得。许多次,我都完美地在正确的时间赶到了正确的地点,连我自己都无比诧异。它超越

---

① 奇异街位于加德满都巴桑塔杜巴广场南侧,嬉皮士聚集地。

所有刻意计算,是与宇宙循环之类的东西进行的深刻而又神秘的交流。但是,很明显,这次我队友们的时间感差得震惊宇宙,才连累得我完全垮掉。这是我能想出的唯一解释。

当时,我们正护送雪人顺着珠峰国际大酒店走廊下楼,我们的走姿很随性,雪人双腿有点儿罗圈——相当罗圈——胳膊也长——所以我一直在担心他会摔个四脚朝天——除此之外,还算正常,周围就只有几个尼泊尔普通游客。为了避开让人尴尬的电梯人群,我们决定走楼梯,于是穿过旋转门进了楼梯间。好巧不巧,正好迎面撞上下楼的吉米·卡特、罗莎琳·卡特,还有五个特工。

"我去!"弗雷德惊呼,"这他妈不是吉米·卡特吗!还有罗莎琳!"

相比强装镇定之类的行为,弗雷德的反应显得无比自然,我想这是最完美无瑕的表现。我不知道卡特夫妇正要去办别的事,还是其实要去楼下参加欢迎会。如果是后者,那我最后关头抖机灵邀请他们的决定真是糟糕透顶。不管什么原因,他们在这里,站在楼梯平台上;我们站在平台上;特工们眼珠子精光四射地打量我们,也站在平台上。

怎么办?吉米冲我们露出那著名的招牌笑容,可能上过《时代》杂志封面——太眼熟了。但又不太一样,不是毫无二致。自然,他的面容更加苍老,却又有种大病初愈、劫后余生的痕迹,好像他曾经浴火重生、经历过非常人所能想象之事。那是一张和善的脸,体现出一个人最大的包容。他还很从容自得:这种干扰只是日常生活的一部分,是他九年前自愿承担的工作的一部分。

我却跟从容自得一点儿不沾边。实际上,特工们正条件反射般地把鹰一样犀利的眼神锁在"佛爷"身上,我感到心脏骤停,只得稍微挪动身体让它重启。看见卡特的瞬间,内森呼吸凝滞,胡须之上的脸皮霎时一片惨白。情况更糟了——弗雷德向前一步伸手作揖:"嘿,卡特先生,向您致敬!见到您我们真开心!"

"嘿!你们好,"那招牌笑容越发灿烂,"你们打哪儿来?"

我们纷纷回答:"阿肯色""加利福尼亚""马——马萨诸塞""俄勒冈"。他对每一个回应都面带微笑,愉悦地点头表示认可,罗莎琳也微笑着回复"你好,你好",脸上仍是总统任职期间一样淡淡的神情,似乎她不管身在何处都同样愉悦。我们一一上前和吉米握手——直到轮到"佛爷"。

"这是我们的导游,巴——巴蒂·巴德。"我说,"他一点儿英语都不会。"

"我知道了。"吉米回答,握住"佛爷"的手上下晃了晃。

之前,我决定让"佛爷"露着手;现在,我肠子都悔青了。眼前这个人一辈子至少握过一百万只手,甚至一千万,世上没人比他更在行。一旦握住那瘦骨嶙峋的手,他马上就能察觉不同,这只手和他之前握过的几百万只完全不同。他脸上几道皱纹和眼周细纹交织在一起,仔细端详着"佛爷"的奇装异服。我感到冷汗从额头一滴滴渗出来又串成一线。"呃,巴蒂有点儿害羞。"我说。雪人却突然开腔了。

"向——尼——自敬。"他声音细弱、嘶哑。

"向你致敬!"吉米回答,一边亮出那著名的笑容。

这句,大家伙儿,可是世界上人类和雪人的第一次对话记录。

毫无疑问,"佛爷"只是想帮忙——联想到接下来发生的事,我很确定——然而,尽管我们尽力掩藏,他的话还是让我们瞠目结舌。终于,本来盯着我们——尤其是"佛爷"——快盯成斗鸡眼的特工准备让我们离开了。

"我们腾开路让人家忙吧。"我哆哆嗦嗦地说,拉住"佛爷"的胳膊。"很高兴见到您。"我对卡特说。我们都在原地乖巧地站了一会儿,抢在美国前总统前面下楼好像不太礼貌,而那些特工也肯定不愿意让我们跟在他们屁股后面下楼。最后,我只好在前方开路,一边紧紧地攥着"佛爷"的胳膊下楼。

我们平安无事地走到了门厅。莎拉和我们身后的特工相谈甚欢,成功转移了他们的注意力,我暗暗赞许。似乎我们不用再费什么劲就能脱身了。正这么想着,赌场酒吧门打开了,菲尔·阿德里肯、J.李维斯·菲茨杰拉德和瓦莱丽·巴奇走了出来。(时间感,记得吗?)

阿德里肯一眼看清形势。"他们绑了他!"他大喊,"嘿!绑架啊!"

好吧,你可能和这些特工一样像触了电似的打了个激灵。毕竟,也不知道为什么会有人想刺杀前总统,不过如果拿他当人质换点儿赎金或什么别的玩意儿,那倒是个目标。他们像猫鼬一样眨眼就蹿到了我们和卡特之间,弗雷德和我试图不动声色地把"佛爷"弄到前门外,奈何效果不如人意,要不是莎拉神兵天降,只怕是要功亏一篑——她蹦到正冲过来的阿德里肯面前,挡住了他的去路。

"你才是绑架犯,大骗子!"她尖声大叫,在他脸上狠狠地扇了一巴掌,打得他一个趔趄。"帮忙啊!"她冲特工们大喝。她容光焕发、脸蛋通红,把瓦莱丽·巴奇塞回菲茨杰拉德身边,她那头发蓬乱、蓄势待发的模样美得摄人心魄,连特工都糊涂了。趁现场一片混乱,弗雷德、"佛爷"和我趁机撞出前门,撒开脚丫子跑了。

但出租车早已不见踪影。"该死。"我说。没工夫想了。"骑车?"弗雷德问。

"好吧。"没得选——我们跑到楼另一边,给自己的两辆自行车解了锁。我跨上车,弗雷德扶"佛爷"坐上后座小方架。前面许多人正大喊大叫,其中似乎夹着阿德里肯的声音。弗雷德从我身后推了一把,我们即刻出发。我站着猛蹬踏板加速,载着雪人心惊胆战地左摇右摆着向前冲。

我一路向北。这条路只比单行道宽一点,铺过一半,一半是土,路上的自行车和汽车一如既往地稠密。我一边躲车一边避开路上的土坑,既要看屁股后的追兵,还要在"佛爷"被甩来甩去的时候保持自行车稳定，真是手忙脚乱。

我们的自行车是标准的加德满都租赁款，品牌名"喷气豪杰"：车架重、车胎厚、车把矮、不能变速；倒车会卡住，有一个手刹，配一个又大又响的车铃——这可是关键设备。这辆车还不赖：手刹能用，车把不松，车座也没指使弹簧捅穿我的屁股。然而，"喷气豪杰"是单人车，"佛爷"的重量也不轻。他的体格就像猫，看着小但无比瓷实，我敢打赌他至少有九十公斤。他坐在后面，后轮都被压扁了——轮辋和地面间隔着约莫半厘米空隙，每次我不小心骑进土坑、触底反弹的时候，车轮就发出刺耳的哐当声。

因此，我们也没能打破什么速度记录。我们向左拐进迪力巴扎时，弗雷德在身后大喊："他们在追我们！看，出租车里坐着阿德里肯和另外几个人！"

果然，身后几百米处就是菲尔·阿德里肯，他半截身子挂在白色丰田小出租窗外，正冲着我们大喊。我们蹬过霍比霍拉桥，掠过中央移民局大楼，然后我才想到可以喊点什么把人群吸引到街上来。"弗雷德！"我气喘吁吁，"兵分两路！堵住交通！"

"好嘞！"他的动作一气呵成：路中间一把刹住车跳下来，把"喷气豪杰"扔在路上。他后面的电动小三轮来不及停，一下子辗了上去。弗雷德嘴里大声骂着，把自行车拉出来，又丢到另一个方向的一辆达桑特车底下。达桑特碾过自行车，刺耳地嘎吱着停了下来。弗雷德骂得更起劲了，他到处跑，忙着把司机从他们的车上扯下来，冲他们喊他会的为数不多几句尼泊尔语:"风好冷!""水好烫!""天气真好!"

我骑着自行车离开时只瞥到了这些,但他争取了些时间,我也能在路上更集中精力。据说,迪力巴扎附近是加德满都最为拥挤的路段之一,此言不虚:两条狭窄的车道前方是一堆三层高的楼房,里面开着杂货市场和布料批发店,大门临街,尽管门前是卡车主干道,路上还是占道摆着现金收纳机之类的玩意儿。一如既往,街上数不清多少狗、山羊、鸡、出租车,还有手挽手三个并肩走的年轻女学生;一米五高的车夫在三轮车上塞着一大家子人,以五公里的时速往前蹬;偶尔还能遇到闲庭信步的神牛,你能看出问题有多严重了吧。不仅如此,那些土坑也不是吃素的——有些看起来简直像掀了盖子的窨井。

还有那些小山坡!我在人群中穿梭,按铃按到手指抽筋,本来一切顺利,直到"佛爷"摇了摇我的胳膊。我一回头,看到阿德里肯不知怎的已经甩掉了弗雷德,重新租了一辆出租追我们,正被堵在稍远处一辆涂得五颜六色的大巴后面。于是我们奋力骑上迪力巴扎陡峭的第一个山坡,在到市中心之前,一共上上下下了三回。

"喷气豪杰"不适合山地。当地市民都是弃车步行上去,只有连在尼泊尔都步履匆匆的西方人才骑着车使着吃奶的劲往山坡上磨。那天,我当然也是个忙慌慌的西方人。我还要站起来助力,但事情不好办,尤其是为了避免撞到捏着手指擤鼻涕的老头,我不得

319

不猛刹车。阿德里肯坐的出租绕过了大巴,在震耳欲聋的喇叭声中很快就要追上我们。我气喘吁吁地坐回座椅,两条腿像两根木头。看起来,我可能得通过外交手段才能解决这个问题了。突然,我的双脚被向前踢离了踏板。我们向前猛冲,贴身超过了一辆三轮车。

"佛爷"接力了,他双手扶着座椅从后座踩踏板。我以前看到过高个子西方人也这么骑车,是为了避免每次上升时膝盖撞到车把。但是,在后座骑车的下推力有限,所以从来不会有人在上坡的时候这么骑。然而对"佛爷",这根本不是问题。我的意思是,这家伙太壮实了。他力大无比,可怜的"喷气豪杰"在重压下哼哼唧唧,我们蹿上山坡,又像离弦箭一样从另一边飞下,仿佛不知何时我们已经骑上了摩托。

没刹车的摩托,我得补一句。"佛爷"似乎不知脚刹为何物,我试了一两次手刹,它只会像猪一样嘶叫着搞得我们失去平衡。我们火烧屁股一样蹿下迪力巴扎,我只能把双脚放在车架上躲开障碍,就像在玩赛车游戏一样。我瞅准时机不停按铃,好几次险些一脑袋顶上右车道迎面而来的车辆(他们靠左行驶)。飞驰掠过的间隙,我余光瞥到路上行人,他们都目瞪口呆地看着我们。绕过一辆半挂卡车,道路豁然通畅,我认出快到"交通工程师十字路口"了——我最爱的地方之一。在这里,迪力巴扎贯穿另一条主街,路口有四个交通灯,二十四小时一直亮着绿灯。

这次,路口中央站着只神牛当冒牌交警。"减速!"我大喊,但"佛爷"的单词量明显只限于"向你致敬",他依旧奋力骑行。我指明路线、夹紧手刹、俯身蹲下靠近把手,按响了车铃。

我们从一辆疾驰的出租和神牛交警中间掠过,距离两边也就不到十厘米的间隙。我甚至还没来得及眨眼,就已经冲过了十字路口。没毛病,这下时间正好。

接下来,就只是导航的问题。为了缩短路程、彻底甩掉追踪,我故意带错路,来到杜巴大街的单行道区。过了这段,去泰米尔区剩下的路就轻而易举了。

快到泰米尔区时,我们路过了皇宫庭院。我之前提到过,大树顶端光秃秃的树枝上不论昼夜都总是倒挂着密密麻麻的棕色大蝙蝠。我们经过宫殿时,那些蝙蝠一定是嗅到了雪人的气息或是察觉到了什么,突然间,整个蝠群从树枝上凌空飞起,像我的手刹一样吱吱怪叫,拍打着巨大的双翼,仿佛数百只小型吸血鬼。"佛爷"脚速慢下来,仰头凝视这景象;街区上的每一个人,甚至角落里的牛,也都在仰头凝望,看着空中密布的蝠云。

正是这样的时刻让我们爱上加德满都。

在泰米尔区,我们很快融入人群。街上随处可见和"佛爷"相似装扮的人——比比皆是,我甚至冒出一个念头:这城市正在被乔装的雪人秘密渗透。我把这归结为"交通工程师十字路口"的速度与激情导致的臆想,然后把我们的"喷气豪杰"导进了朗星酒店的大院。此时四面围墙,"佛爷"终于愿意停车了。从自行车下来,我哆哆嗦嗦地把他带到了我在楼上的房间。

10

就这样，我们放走了被圈禁的雪人。虽然我不得不承认，我把我俩都锁进了房间，所以他的自由有限。要让他完全自由、回归家园，也许会是个很棘手的问题。我还不清楚他家到底在哪里，不过在加德满哪儿都租不到车，坐大巴的话，不论目的地是哪里，路程都又长又拥挤。"佛爷"能在拥挤的大巴上撑十个小时吗？好吧，了解他之后，他也许可以，但他的乔装能不露馅吗？这可说不准。

不仅如此，还有阿德里肯这个大麻烦，特工也盯上了我们。我完全不知道内森、莎拉和弗雷德怎么样了，我尤其担心内森和莎拉，希望他们能顺利归来。此刻，和这位客人一起在这里安顿下来，我却感到一丝不适：他在这里，让我的房间显得十分狭小。

我去浴室方便，"佛爷"也跟了进来，观察我。我完事儿的时候，他也在工装裤上找到了管事的那颗纽扣，然后做了同样的事！这家伙智力惊人。还有一点——我不知道该不该提——在关于类人和灵长动物的辩论中，我听说，大部分灵长类雄性的外生殖器都比较小。目前为止，人类雄性的尺寸是个中翘楚。人类真棒！但是"佛爷"——我不是故意要看——更像是人类的尺寸。真的，证据越来越多。雪人是类人，还是高智商的类人。"佛爷"理解迅速，对复杂易变的状况适应神速,他对敌我的判断、他的冷静,都体现出了顶级的聪慧。

当然,这能说得通。不然他们怎么能隐匿得这么好,还保持这么久?他们一定给小辈传授了所有技巧,一代接一代:对所有工具或人工制品都认真追踪,把自己的家园安置在最难觅踪迹的洞穴,避开所有的人类居住地,安葬死者……

我突然又开始好奇。如果雪人真那么聪明、那么善于掩藏,为什么这位"佛爷"会和我在这间屋子?出了什么事?为什么他要在内森面前暴露自己,阿德里肯又是怎么抓住他的?

我发现自己居然在推测雪人的神经病发病率,一连串胡思乱想让我越发担心内森的到来。内森有时候不大帮得上忙,但那家伙偏偏和这雪人莫名投契。很遗憾,这我不行。

"佛爷"蹲在床上,双膝蜷曲,目光炯炯地盯着我。一进房间,我就摘下了他的太阳镜,但道奇棒球帽还戴在头上。他看起来正在仔细观察,既好奇又疑惑。接下来怎么办?他似乎在诉说,他的表情、他应付一切的方式,英勇却悲惨——这让我有点儿同情他。"嘿,老弟。我们会把你送回去的。向你致敬。"

他用嘴唇发出那个词。

他可能饿了。能给饥饿的雪人吃什么呢?他吃素还是吃肉?我屋里没太多食物:几包咖喱鸡汤,一点糖果(糖会对他的身体有害吗?),牛肉干,啊,这个可以,还有尼比克牌麦芽饼干,这种圣饼一样的印度产小饼干是我的主食……我拆开一袋饼干,配上一根牛肉干,递给了他。

他坐回床上,双腿交叉,又拍拍床,好像在说那是我的位置。我坐到他对面,他用细长的手指捏着一根牛肉干,嗅了嗅,把它夹在了脚趾间。我把自己的牛肉干吃给他示范,他看着我,好像我刚才吃沙拉用错了叉子。他从尼比克饼干开始吃,细嚼慢咽。我感觉很饿,从他圆溜溜的眼睛里,我看出他也很饿。但他很淡定,而且他让我意识到他有一套流程:先是仔细地用手摸了摸所有饼干,嗅一嗅,这才慢慢吃。他从脚趾间取下牛肉干试着掰断,目光一边扫视着房间,也可能是我,一边慢慢咀嚼。如此镇定,如此平和!我想糖果应该没问题,就递给他一袋软心豆粒糖。他尝了一颗,挑挑眉,从袋子里挑出同色的(绿色)几粒,又把袋子还给我。

很快,所有食物在我们中间摆了一大摊,我们试试这个,又尝尝那个,沉默不语、慢条斯理,又郑重其事,似乎在举行某种神圣的仪式。你知道,过了一阵我又觉得一切正常了。

11

饭后约莫一小时,内森、莎拉和弗雷德都一起来了。"你在这儿!"他们大喊,"真棒,乔治! 就该这样!"

"谢谢'佛爷'",我说,"他把我们弄来的。"

内森和"佛爷"用化石贝壳项链搞了某种仅限手部的礼节,弗雷德和莎拉则给我讲了他们的冒险:莎拉和阿德里肯打了一架,但他脱身去追我们了。她后来又和瓦莱丽·巴奇干了一架,瓦莱丽总是躲在菲茨杰拉德身后攻击指责打嘴炮。"揍她很开心,这几个月她老冲菲尔献殷勤——当然,我已经不在乎了。"内森看向她,她赶紧补了一句。总之,她对巴奇、菲茨杰拉德和阿德里肯推推搡搡、臭骂一通,但直到最后,喜来登酒店也没一个人知道到底怎么回事。几个特工去追阿德里肯,其余人都全心全意保护卡特夫妇,现在双方都要请他们来断这场官司。卡特夫妇自然不愿意插手,因为他们也不清楚事情原委。菲茨杰拉德和巴奇不愿意把事情和盘托出,只说他们的雪人被拐走了,因此他俩不足为虑。弗雷德回到酒店查看情况的时候,内森和莎拉已经喊了一辆出租。"我想卡特夫妇最后应该站了我们这边。"莎拉心满意足地说。

"那当然好。"弗雷德接过话头,"不过我身边只有老吉米,却没有雪人让我保持礼貌,而且吧,我还要找那家伙算账呢!1980年在圣地亚哥,总统选举日那天六点,我和几个朋友去投票,结果却和他们狠狠吵了一架。我觉得应该投卡特,不投安德森,因为我不相信民意调查,觉得安德森也就是做做样子,但卡特还有机会赢。我真是为这事尽力了,说服了每个人,那可能是我政治生涯的巅峰。等我们回到家打开电视,却发现卡特已经在几个小时前退出了选举!我朋友都很生我气!约翰·德拉蒙德冲我扔了瓶啤酒,喏,正砸到我这儿。实话说,我都被他们浇透了。所以我要和老吉米算账,这是一定的,我本来要去他跟前问他为什么当时要整那出幺蛾子,但我当时看他也丈二和尚摸不着头脑,就算了。"

"真相是他还没来得及那么干,我就把他拉走了。"莎拉说。

内森又把我们拉回了眼前的问题,"我们还是得把雪人弄出加德满都,阿德里肯知道他在我们手里——他会搜捕我们的。我们怎么办?"

"我有个计划。"我说。吃完饭之后,我就一直在思考这个问题。"'佛爷'的家在哪儿?我得知道。"

内森告诉了我。

我在地图上查找一番,"佛爷"所在的山谷的确和J地的小飞机跑道很近。我点点头,"好的,我们要这么干——"

12

第二天,我在尼泊尔皇家航空公司总部大楼里照了大半天镜子,终于拿到了四张次日飞往J地的机票。来之不易,尽管据我所知,这趟航班其实还有许多余票,因为J地距徒步路线都有一段距离,也不是热门地点。但是这对人家航空公司都无关紧要,他们的运营目标——据我理解——与其说是把乘客送去目的地,不如说是列名单——等候乘机名单。姑且称之为公司机密吧,但其实全世界都知道。

　　耐心,是一种十分不显眼的固执。相当数量的小费,是从候补乘客摇身变为手握机票乘客的关键。我搞定了,而且在一天之内,对此我心满意足。不过,我还是准备再做一个小小的备用计划,于是打电话给在加德满都一个旅行社工作的朋友比尔,他对这种事很拿手,有无数和尼航打交道的经验。接着,我在泰米尔区我最喜欢的登山装备店买到了其他需要的东西。店主是位中国西藏来的女士,她放下手里的《异国情天》,停下另一只正在做有氧运动的胳膊,给我找来了所有需要的衣服,正是我需要的颜色。只是她这里没有多的道奇棒球帽,但我找到了一顶上面写着"ATOM"的深蓝色棒球帽。

　　我指着它问:"这个'ATOM'是什么意思?"因为尼泊尔满大街都是印着这几个字母的帽子和夹克。是公司名吗? 如果是,是哪种公司? 她耸耸肩,"鬼才知道。"

　　铺天盖地打广告却不知道是什么东西——目前是尼泊尔的另一个未解之谜。我把新买的东西塞进背包就离开了,回家路上,有人在我身后人群中躲躲闪闪,只一眼我就认出了他:菲尔·阿德里肯,刚闪身到一个报纸摊前。

　　现在我没法回去了,不能直接回去。所以我去了加德满都宾馆,就在隔壁,跟一个拿鼻孔看人的员工说十分钟后吉米·卡特要来访问,他的秘书马上就到。然后,我穿过宾馆漂亮的小院子——它可给了这宾馆不少自命不凡的底气——跃过一处凹下的后墙,落进空无一人但满是垃圾的小巷,转个弯、跃过另一堵墙,穿过不知道究竟叫"悦亭"还是"悦享"的酒店,进入朗星酒店的庭院。我觉得自己行踪十分隐蔽,直到我看到卡特身边的一个特工站在密宗二手书店门口。我人已在院子里,于是继续向前走,赶紧上楼去了自己房间。

13

"我想他们是跟着你们过来的,"我对我们的行动小队说,"我想他们或许以为我们昨天是真的打算绑架来着。"

内森抱怨道:"阿德里肯可能说服了他们,说我们和今年夏天炸了安纳普尔纳酒店的人是一伙的。"

"那他们可以安心了,"我说,"这件事发生的时候,反对派马上就写信给国王说他们暂停了所有对抗政府的行动,直到他们中间的犯罪分子被当局抓住为止。"

"印度游击队都是狠角色,是吧?"弗雷德问。

"无论如何,"我总结道,"这一切都说明我们实施计划的理由相当他妈的充分。弗雷德,你确定准备好了?"

"当然啦,我没问题!感觉很好玩。"

"好的。为了以防万一,我们今天最好待在这里,谁都别出去。我去煮点儿鸡汤。"

因此,我们就凑合着吃了一顿斯巴达式简餐,有咖喱鸡汤、尼比克饼干、瑞士三角白巧克力、软心豆粒糖和速溶果汁。当内森看到"佛爷"吃软心豆粒糖的样子,他摇着头说:"我们得赶紧把他从这儿弄出去。"

吃完饭,莎拉开始铺床,"佛爷"马上加入行动,眼中一派天真无邪,好像在说:给谁,我吗? 这是我睡觉的地方,对吧? 我能看出内森一直十分警惕,也许是担心老菲伊·雷①演过的情节会真实上演。但其实他只是蜷缩在床脚,我想应该不会有什么问题。弗雷德和我把发霉的泡沫垫扔到地上,然后躺了上去。

"你们不觉得'佛爷'会被明天的飞机吓坏吗?"关了灯,莎拉问。

"到目前为止,他还没遇到什么烦心事。"我说。但我也很好奇,我自己都不喜欢坐飞机。

"对啊,但这和他之前经历的事一点儿都不一样。"

"站在高高的山脊上,有点儿像在飞。比起我们骑自行车,飞机应该容易点儿。"

"我不确定。"内森又开始忧心忡忡,"可能莎拉说得对——甚至对知道这回事的人类来说,坐飞机时也可能觉得不安。"

"那倒是个关键问题。"我饱含感情地说。

弗雷德插进话来,"要我说,起飞前我们应该把他灌个烂醉,再搞点儿哈希什烟双管齐下,把他搞成个废人。"

---

① 菲伊·雷(Fay Wray,1907—2004),美国女演员,1933年出演科幻电影《金刚》。影片中大猩猩"金刚"和人类女主产生了复杂感情。

"你疯了吗!"内森说,"那样只会让他更害怕!"

"没疯。"

"他都不知道那是什么。"莎拉说。

"哦是吗?"弗雷德用一只胳膊撑起身体,"你真以为雪人在那些盆栽植物①堆里生活了那么久,却什么都没发现吗?不可能的!说实话,也许这就是为什么没人看见过他们的原因!哥们儿,那儿的盆栽植物长得和松树一样大,他们还可能拿嫩芽当饭呢。"

内森和莎拉对此表示怀疑,他们觉得我们在这种紧要关头还是不要搞什么实验为好。

"你搞到了哈希什?"我饶有兴味地问弗雷德。

"没有。你知道不?这次爬阿玛达布拉姆峰之前,我本来要飞去马来西亚参加道格·斯科特组织的丛林山地探险,所以我把它们都处理掉了。带着那玩意儿坐飞机去马来西亚?脑子有坑才会那么做,知道不?其实,离开的那段时间,我有太多这玩意儿了,从那木齐下来到卢卡拉的路上,我都一直在不停地装烟管,还扔了一堆在半道上,真是好大一坨,可能有十克。我就丢在了那儿!任它丢在地上!我早就想那么做了。

"总而言之,我没了。不过,只要去街上,我十五分钟之内就能给你搞来,如果你想要——"

"不了,不了。不用。"我已经听到头顶传来了"佛爷"平稳的呼

---

① 此处指大麻。美国有些地方盆栽大麻不违法。

吸声,他睡熟了。"他明天会是我们中最放松的那一个。"这是真话。

14

还未破晓我们就起了床,弗雷德穿上了"佛爷"前一天穿过的衣服。我们在弗雷德脸上贴了些"佛爷"背上的毛发做胡子,甚至还在道奇棒球帽里圈粘了些黄褐色的毛,让它垂在脑袋后面。戴上手套,加一双大号雪地靴,他就武装了起来;再把墨镜架上鼻梁,他的怪异程度比起那天喜来登酒店的"佛爷"有过之而无不及。弗雷德在屋里走了一遭,提前感受一番。"佛爷"用那种惊讶的神情看着他,弗雷德哈哈大笑,"我看起来像你失散多年的亲兄弟,是吧'佛爷'?"

内森愁眉苦脸地瘫在床上,"这行不通的。"

"上次你也这么说。"我反对道。

"就是! 瞧瞧发生了什么! 你觉得那叫行得通? 你是在说昨天的事一切顺利?"

"这个嘛,取决于你所谓'行得通'指的是什么。我们人都在这儿,对吧?"我开始收拾行装,"放轻松,内森。"我把一只手放在他肩上,莎拉也把手放在他另一只肩膀。他振作了些,我冲莎拉微微一笑。那是个坚强的女人,她在喜来登酒店救我们于水火,在等待的过程中也一直能保持镇定。我不介意亲口约她和我进喜马拉雅山区去进行一场长长的徒步,真的。她看明白了,带着谢意冲我简单一笑,同时告诉我:没门儿。而且,欺骗内森老兄就像道奇队欺骗了文·史卡利。像那样的人你是不能欺骗的,除非你再也不想看到镜子里自己的那张脸。

弗雷德从"佛爷"的行为举止里取了许多经。我俩走出房间,弗雷德停住脚步,伤感地回头看了看屋里,我拖着他,也被他的沉浸式表演带得入了戏。只有下了楼梯,朗星酒店外面的人才能看得到我们。

但我不得不说,整体而言,弗雷德表现得相当惊艳。他之前没见过"佛爷"几次,但等到穿过院子、走到街上的时候,他已经完全抓住了雪人走路的精髓:臀部有点儿僵硬、罗圈腿,像水手打滚之前迈的步子,这样他就可以马上四肢着地——至少看起来是。我简直不敢相信。

大街上几乎空无一人:一辆面包车,觅食的野狗(它们经过弗雷德时甚至瞟了他一眼——这会暴露我们吗?),老乞丐和他年少的女儿,几个咖啡狂人等在德国面包烘焙店外,店主正在开门……在朗星附近,我们路过一辆停着的出租车,里面坐着三个人,都小心翼翼地盯着另一边。西方人。我加快脚步。"对上号了。"我低声对弗雷德说。他只轻轻地发出一声哨音。

时代广场停着一辆出租车,司机正在睡觉。我们跳进去叫醒他,让他载我们去中央汽车站。那辆我们刚经过的出租车跟在了后面。"上钩了。"我对弗雷德说。他一会儿闻着烟灰缸,一会儿四下打量车里的装饰,一会儿又像狗似的把脑袋伸出窗户吃刮过来的风。"小心别做过头了。"我说,真担心棒球帽里面粘的那些毛会被风刮跑。

过了大钟塔,我们下车付了钱,欣喜地看到跟着我们的小尾巴就停在街脚不远处,弗雷德和我沿宽阔的烂泥车道走下去,进了中央汽车站。

车站就是个泥巴大院,比大街低一两米。几十辆公交车横七竖八地停在院子里,车胎带得泥巴四溅,场面极其惨烈,就像凡尔登战役现场。所有汽车都是私人公司所有——通常一辆车一个公司,只跑一条路线——它们的代理人都在入口处盖着棉布的木摊边大声吆喝,想要吸引我们的注意力,好像我们到这儿来的时候根本没想好要去哪儿,只会从喊得最大声的代理里面挑一个。

老实讲,这次情况差不多是这样。但我挑中了去吉里的大巴,因为本就打算送弗雷德去那儿。我买了两张票,其他代理都挤在身边,对我的决定骂骂咧咧。弗雷德微微下蹲,苦恼得恰到好处。突然人群一阵喧哗,原来是一辆车获得了下一个离开院子的权利,所有车都开始蠕动着腾开车道,因为这是院子里的唯一出口。

每一次出发都是对司机、汽车离合和轮胎的严峻考验,也是对挤在周围的代理们口才的严峻考验。踩了无数次离合、听了无数次指令之后,这辆涂得鲜艳夺目的大巴终于一鼓作气冲上了斜坡,针对行程的争论重新开始。只有三辆车能畅通无阻地开上车道,因此它们的代理人之间的唇枪舌剑分外激烈。

我拉着弗雷德的手，在车轱辘印和烂泥里逛着，寻找去吉里的大巴。终于找到了：车身涂着扎眼的黄、蓝、绿、红色；和其他车一样，可能是生怕司机把道路看得太清楚，所以在车窗上密密麻麻地贴了大约四十张象鼻神。这家公司的"另一辆车"一如既往不在岗，因此这辆的座位被超售了。我们奋力挤上车，穿过把走道堵得水泄不通的行李堆，尼泊尔人喜欢坐前面，所以我们在后面找到了两张空座。等更多人上了车，就连坐在最后的我们也差点儿被拥挤的行李吞没。弗雷德靠窗坐着，这正是我的计划。

透过溅着泥点的车窗，我看见了跟着我们的尾巴：菲尔·阿德里肯和另外两人，或许是特工，但我不确定。他们正试图突破大巴代理围成的障碍圈，进到院子里来，真是个艰巨任务。他们横跨一步上了车道，本想躲开那些代理，却差点被一辆正在坡上呲溜打滑的大巴碾过。其中一人还在泥里滑了一跤，跌了个屁股蹲儿。大巴代理们在边上看得乐呵，阿德里肯和另外两个人赶紧离开，从一辆车挤上另一辆车，假装他们并没有在找什么东西。他们屁股后面缀着最能打持久战的几个代理，脚还时不时踩进泥坑。过了一阵，我都开始担心他们到底能不能找到我们。实际上，他们花了大概二十分钟，直到其中一个人看到窗边的弗雷德。他们躲到一辆车轴深陷的报废巴士后面，一脸嫌弃地挥手驱赶围绕在身边的代理。"鱼儿上钩。"我说。

"是。"弗雷德回答道,嘴唇纹丝不动。

这辆大巴现在已经完全塞满了。一个老女人甚至拐弯抹角地表示想坐在弗雷德和我中间,我没什么意见。不过,这一定又是一趟悲惨的旅程。想到他即将面对逼仄的一天,准备离开的时候,我对弗雷德说:"你真的在尽自己本分了。"

"诶关系!"他双唇仍旧纹丝不动,"鹅喜欢这种'弹队精神'!"

不知怎的,我很相信他。我在过道里站直身子——活像只黄鼠狼——然后跟他说了再见。我们的尾巴正盯着唯一的车门,不过不是什么大问题。我蠕动着挤到两个尼泊尔人中间,他们对个人"身体空间"的概念几乎等同于一个人肉体占据的空间大小——并没什么还要间隔半米的狗屁说法——然后挤到另一侧车窗前。看门的人绝不可能从大巴内透视到这边,所以我行动自如。我向那个被我坐了一屁股的夏尔巴人道了歉,把窗户打开,开始往外爬。那个夏尔巴人很礼貌地帮我,对我的反常举动没有一丝怨言。我跳进泥地,车上几乎没人注意到我的离开。我悄悄穿过车后没人盯梢的区域,很快回到杜巴大街,坐上了去朗星酒店的出租。

15

在我的要求下,出租车几乎要停进朗星的大厅。"佛爷"像带球突破防线的后卫一样闪进车后座。出租载着我们到了机场外,为了以防万一，行车途中他一直低着头。

事情严丝合缝地按着我的计划发展，你可能觉得我心情还挺愉悦的，但其实我远比早上还要紧张，因为我们走近了尼航的柜台，你懂的……

我上前咨询，员工告诉我们当天的航班已经被取消了。

"什么？"我大叫，"取消了！为什么？"

此刻，我们的票员是世界上最美丽的女人。这种事情在尼泊尔经常发生——你走在乡下，经过一个弯腰拾穗的农妇身边，她一抬头，那脸蛋就跟《时尚COSMO》杂志封面的模特似的，不过要漂亮两倍，还没化那副吸血鬼妆。要是在纽约，这位票员能跻身收入百万的模特行列。只不过她英语会话能力有限，因为我问她"为什么"时，她只是说："下雨。"然后就越过我看向了后面的另一个顾客。

我深吸一口气。记住，我心想，这可是尼航。红桃皇后①会怎么说？我指着窗户，"没有下雨。你瞧瞧。"

她无法招架，重复道："下雨了。"便环顾四周寻找主管。他向她走来：一个瘦杆儿印度人，前额中间一个红点。他敷衍地点点头，"山上J地在下雨。"

我摇摇头，"不好意思，我收到了从J地来的天气报告，而且你自己可以向北看看，并没有下雨。"

"J地的飞机跑道太湿了，没法降落。"他说。

---

① 经典童话《爱丽丝梦游仙境》中的人物。

"不好意思，"我说，"但你们昨天在那儿降落了两次，之后都没下过雨。"

"我们的飞机机械故障了。"

"不好意思，但你们外面有一整队小型飞机，如果某一架有故障，你们只要换一架顶上就行。我知道，我在这儿换过三架飞机。"内森和莎拉听到这句话都面露不快之色。

主管的主管被对话吸引了过来：又一个严肃的瘦杆儿印度人。"航班取消了"，他说，"政治原因。"

我摇摇头，"尼航的飞行员只会罢飞卢卡拉和博卡拉的航班——只有这两趟人比较多，罢工才有用。"我对航班取消真正原因的担忧慢慢被证实，"这趟航班有多少乘客？"

他们三人都耸耸肩。"航班取消了，"第一个主管先开口，"明天再来。"

我知道自己猜得没错。他们的载客量不到一半，要等到明天人满再飞。（可能会坐不下，但他们难道会在乎？）我向内森、莎拉和"佛爷"解释了这个情况，内森雷霆万钧地刮到桌前，要求飞机按行程起飞。主管挑挑眉，好像能从中寻得什么乐子一样，但我拉开了内森。趁给旅行机构的朋友打电话的空隙，我跟内森解释了一番亚洲官老爷有多擅长把惹愤怒的顾客发狂这事变成一种比赛（或者可能是艺术）。拨了三次号，我才接通朋友的办公室。总机接待员接起电话，"雪人旅行？"可把我吓了一跳，差点儿忘了这就是公司的名字。接着比尔接了电话，我跟他概述了下情况。"他们又在等飞机装满，是吧?"他笑道，"我会叫上昨天我们'卖'出去的六人组，这样你们应该就能飞了。"

"谢谢，比尔。"我又等了十五分钟，期间莎拉和我一直在试图让内森镇定下来，"佛爷"则站在窗边盯着起起落落的飞机。"我们今天必须得出去!"内森不停重复，"今天之后，他们就再也不会上当了!"

"我们已经知道了，内森。"

我又返回柜台，"请帮我换2号航班去J地的登机牌，好吗?"

她帮我换了登机牌。那两个主管站在控制台后，故意躲开我的目光。一般情况下，我都不会在意，但这次迫于把"佛爷"送出去的压力，我有点儿针锋相对。我把登机牌拿到手，然后对柜姐说——声音大得足以让两个主管听见："不会再取消了吧，啊?"

"什么取消?"

我于是作罢。

16

当然，登机牌不过是张小纸片而已。看到这架双引擎小飞机上只坐了八个人，我又开始惴惴不安，好在飞机按时起飞了。飞机离开地面后，我靠回椅背，释然的感觉像螺旋桨尾流一样流遍身体，直到那时我才意识到原来自己那么紧张。内森和莎拉紧紧攥着彼此的双手,在前座咧着嘴傻笑。"佛爷"坐我身边靠窗的位置,盯着窗外的加德满都山谷,也或许是盯着高速旋转模糊成灰色圆圈的螺旋桨,我分辨不出。神奇的家伙,那个"佛爷":冷静异常。

我们缓缓飞出加德满都山谷。从苍翠欲滴、梯田层叠、恍如中洲世界①的完美之地一路北上,飞越绵延的群山,进入皑皑白雪王国。另外四名乘客——英国佬们——不约而同看着窗外,对着神迹般的景象连连惊叹,全然不管和他们同乘一架飞机的旅客是个多怪模怪样的家伙。一切顺利。飞机到达巡航高度开始平飞后,一名乘务员沿过道走来,递给我们每人一小块包装好的糖果,这就相当于其他航空公司分发的饮料和餐食。这一切真是可爱至极,和小朋友过家家玩的那类经营航空公司的游戏差不多。这种想法也十分可爱,前提是不要把跟自己同处五千多米高空的其他人想成是角色扮演的演员,不要想他们要带你飞过地球上最高的山峰,也不要想会降落在世界上最小的机场跑道。一旦想起来,可爱立马烟消云散,你会忍不住直吞口水——努力把下沉气流、人身保险、金属残骸、下辈子等种种想法咽进肚子。

我向前调整座椅,想挡住"佛爷",这样别人就不会注意到他把糖连着包装一起囫囵吞了下去。我不太确定对面的两个人有没有看见,但他们是英国佬,所以就算觉得"佛爷"很诡异,他们的反应也只是少看他几眼而已。没问题。

---

① J.R.R.托尔金小说中的世界,这个世界上发生过的故事有《魔戒》《霍比特人》等。

没过多久,乘务员播报道:"请勿吸烟,谢谢配合。"飞机随即开始倾斜,冲着一簇钢钉般寒光四射的雪峰降落。飞机跑道毫无踪影,老实讲,"降落到那里",单看见这几个字都觉得是无稽之谈。我深吸一口气,跟你说实话,我真讨厌坐飞机。

我猜,也许你们有人知道珠穆朗玛峰下的卢卡拉飞机跑道。它位于杜德·科西峡谷一侧的高台上,机场植草带以十五度角水平倾斜,而且长度只有不到两百米,正对着山谷对面的山壁。下降时,你会满眼只有山壁,感觉正在迎头撞去。最后关头,飞行员拉杆、飞机降落,一阵不可避免的颠簸后飞机很快就会停下来,因为这跑道是个上行陡坡。这是种生命难以承受之重,许多人从此开始信教,或者至少死活不愿再坐飞机。

然而在尼泊尔,至少有十几条尼航的飞机跑道还不如卢卡拉这条。我们很不幸,J地的跑道在比差大赛中一骑绝尘。首先,它一开始压根儿不是机场——是一块种大麦的地,是村庄旁边山坡上的一块梯田。他们把地拓宽,在一头立了一根风向标,当然了,还得把大麦从地里都拔出来,就这样搞定。速成跑道。不仅如此,它所在的村子在深山老林里—— 一千五百多米高——地势陡峭,在距离飞机跑道上游大约一公里半的地方,有一块几乎和地面垂直的峭壁;在下游大约一公里半的地方,有一个急转弯。真的,任何脑子正常的人都不会想把机场跑道修在这儿。这种想法越来越明显,尤其是当我们在三千米的高空俯冲进那个急转弯,然后贴着山壁落了地,贴得那么近,如果我有那个心思,一定能测算出每公顷地里产了多少斤大麦。我本想安抚"佛爷",但他正一心一意想把我的糖纸从烟灰缸里掏出来,没工夫搭理我。有时候,做个雪人也不错。我瞥了一眼飞机起落跑道,它渐渐变大——变成一把直尺那么大——然后就落了上去。飞行员很优秀,我们只颠了两次,连滚带爬停下来的时候,距跑道尽头居然还有几米。

<h2 style="text-align:center">17</h2>

就这样,把他成功从将来毫无疑问会永远成为畸怪展主要讲解员的人类手里解放出来以后,我们和雪人"佛爷"的短暂联盟就要到头了。

我必须得说一句,"佛爷"是我最有幸认识的人之一,也是最淡定的人之一。稳如泰山,真的。

还没结束:我们收拾好行囊,走了一下午,攀上机场山谷对面的山壁,又向西沿着密林覆盖的高谷前进。那一晚,我们在两块巨石中间一处小瀑布宽敞的岩架上扎了营。内森和莎拉住一顶帐篷,"佛爷"和我住一顶。夜间我醒来两次,都看到"佛爷"坐在帐篷口,远远地望着我们面前连绵无际的山壁。

第二天的徒步行程漫长且艰难,连续上行之后,我们终于到了探险队春天扎营的地点。我们丢下行李,跨过小河上翠竹做的新桥,内森和"佛爷"带我们踏上那跨国路线,穿越密林,进入他们第一次相遇的箱形高谷。我们到达时已是傍晚,太阳在山后渐渐西沉。

一如既往,"佛爷"对计划似乎了然于胸。他早已脱下其他衣服将它们留在了营地,现在又取下我的道奇棒球帽还回来。我总是很宝贝那顶帽子,但现在似乎回赠给"佛爷"才对。他点头致意,接过帽子戴上。内森把那串化石贝壳项链戴在"佛爷"颈上,但雪人却取下它,咬断草绳,把化石贝壳分给了我们每一个人。真是让人心潮澎湃的时刻。谁知道呢,不过在以前那些时代,什么样的雪人才不吃贝类呢? 好啦、好啦,我知道我可能搞错了时间,也可能是他们说错了,但是相信我,那家伙把贝壳递给我们的时候,他的眼神也说明它们很古老。我是说,很旧。莎拉拥抱了他,内森拥抱了他,我对那一套没兴趣,只握了握那瘦削而有力的右手。"替弗雷德跟你道别。"我对他说。

"向——尼——自敬。"他轻声说道。

"哦,'佛爷'。"莎拉抽泣着,内森的下巴像老虎钳一样肌肉紧绷。真是伤感的时刻。我转身想要开,试图拉上另外两个人,毕竟天已经快黑了。"佛爷"继续向上游走去,最后,我看到他在河边一块巨石上站着,好奇地回头俯瞰我们。他狂野的褐色毛发好像突然变得整洁,与此时此景完美融合,我的棒球帽反而格格不入了。有时候,很难读出雪人的情绪,但在我看来,当时他的眼神却带着悲伤。他的奇幻冒险之旅结束了。

回程中我突然好奇,他会不会其实是真的疯癫,和我之前想的一样。我想知道,如果他下次再发现一个营地,会不会径直走进去、一屁股坐下来、嘶哑着嗓子说"向你致敬",把我们为救他逃离文明世界而做的一切努力付诸流水。也许文明已经腐蚀了他,自然人类已经消失。我希望不是这样。如果真的发生,你可能早已经听说了。

在旧露营地那天晚上,大家都郁郁寡欢。我们在帐篷点了提灯,喝了点儿汤,就坐着看炉子里的蓝色火焰。我差点儿就想点一堆篝火让自己打起精神了,但又兴致寥寥。

没多久,莎拉温情脉脉地说:"我为你骄傲,内森。"他开始试着弄亮手里那盏科勒曼营灯,眉眼满是喜悦。我也开心。其实当她说"我也为你骄傲,乔治",又在我脸颊轻轻一吻的时候,我不禁咧嘴笑起来,而且突然感到一阵……好吧,很多事。没多久他们就进了自己的帐篷。我为他俩开心,真心实意地,但我还是感觉有一点儿像《骑警杜德雷》结局里面的老斯尼德雷·维布莱士:杜德雷找到了真命天女,他独自一人受冷风吹。我当然还有我的贝壳化石,但这总归不太一样。

我关上科勒曼营灯,盯着看了那石头贝壳一会儿。奇怪的物件。给贝壳钻这个小孔的野人当时在想什么?为什么做这个?

我想起那顿摊满一床的饭,"佛爷"和我郑重其事地啃小饼干、挑软心豆粒糖。我突然间释然了,这已经足够——绰绰有余了。

18

回到加德满都,我们和弗雷德见了面,在老维也纳饭店一边吃着炸肉排和德式苹果卷一边听他讲自己的经历。"到中午,我想你们应该都走远了,所以我趁大巴在拉莫桑古停下来休息的空档,跳下车走到了这几个家伙坐的出租车前。我学着'佛爷'的样子,他们看到我走过去,差点儿当场去世。车里是阿德里肯和两个追着我们出喜来登的特工。自然了,我取下帽子和墨镜的时候他们都炸了。我说:'老兄,我搞错了!我本来想去博卡拉!这里不是博卡拉!'他们火冒三丈地冲对方破口大骂。'咋了这是?'我说,'你们也都搞错了?太惨了。'他们对骂的时候,我跟出租司机谈好了把我也捎回加德满都的价钱。那几个人都不乐意,不想让我上车,不过司机已经对他们雇他走这段烂路相当不满意了,才不管他们给了多少钱。所以我给他好多卢比的时候,他挺开心能刺激一下那几个家伙的,他还把我安排在副驾驶上和他坐一排呢!然后我们就掉头开回加德满都了。"

我说:"你和几个特工一起回的加德满都?你怎么解释帽子上粘的毛的?"

"我没解释!哎呀,反正回来的路上后排鸦雀无声,很无聊,所以我就问他们有没有看最近孟买新出的音乐灾难大电影。"

"什么?"内森问,"那是什么?"

"你没去看吗? 他们在全城表演,我们也经常看,很不错。你只要磕几小碗哈希什,然后去看一场他们做的音乐剧。差不多三个小时,没有替身啥的,他们的表演精妙绝伦! 难以置信! 我告诉那几个家伙他们就该这么做——"

"你跟特工说他们应该磕几碗哈希什?"

"对啊! 他们是美国人啊,不是吗? 反正,他们看起来也不太相信,我们还得开好他妈长一段路才能回到加德满都,所以我就跟他们讲了我最近看的一个故事。也是在城里,你确定不去看吗? 我不想给你们剧透。"

我们跟他保证这不算剧透。

"这个嘛,就是讲一个男的爱上了一起工作的姑娘,但她已经和他们的老板订婚了。这老板虽然承包了给镇里修水坝的活儿,但实际是个骗子。那骗子拿不知道什么鸟屎材料修了水坝,那玩意儿只是看起来像水泥,但其实不是。就在这期间,他掉进搅拌机被砌进了水坝里,所以开始那个男的就和这姑娘订婚了。不过她点炉子的时候烧伤了脸蛋,虽然恢复得很好,但从那以后他一看见她就能看见她的头盖骨,这事他也没法接受,所以呢他就解除了婚约,她呢就唱了很多歌,然后把自己头发都拢到受伤那边脸上假装自己是别人。他遇到她没认出她而且又爱上了她,然后她自曝身份唱着歌让他滚蛋。这时候到处都是沉郁的歌声,他试着挽回她但她说没门儿,全程一直下着瓢泼大雨,最后她原谅了他,然后他们又快乐地在一起了。可是水坝正好从骗子被埋的地方塌了,洪水席卷整个城市,市民像疯了一样唱歌。不过这两个人努力抓住了在水里伸出来的塔尖,最后洪水退去他们还挂在那上面,然后从此幸福地生活在了一起。妙极了,老兄。相当经典。"

"特工什么反应?"我问。

"他们没说话,我猜他们不喜欢这个结局。"

但是,看到内森和莎拉隔着桌子喜笑颜开地手牵着手,我想他们喜欢这个欢喜的结局。

19

哦,还有一件事:你一定不能告诉任何人!!!

好吗?

(崔龚荣秀　译)

再造历史

"重要的不是原模原样地复制德黑兰大使馆,"伊万·维努申科恼火地揪着头发,这让他看上去带了一丝东方气质,"我们是要唤起这个地方的那种精神。"

"要我说,这儿倒有我们储物仓的那种精神。"

"这儿就是储物仓,约翰。我们的电影全是在这儿拍的。"

"但我记得你说过,我们要把第一版电影里扯的谎全改过来,"约翰·兰德对导演说,"我以为你是说《逃出德黑兰》这部纪实电影太蠢了,只有德·尼罗扮演的杰克逊上校看得过眼。是你说的,最终我们要把真事拍成电影。"

伊万叹口气,"没错,约翰,是让人钦慕的记忆。不过你要知道,拍电影的时候,真实不代表和事实绝对一致。"

"我敢打赌,那部纪实电影的导演绝对也这么说过。"

伊万发出重重的嘘声。拍电影时他经常这样,这表示他正往外放气,免得自己炸锅。"别抬杠了,约翰。你应该清楚,我们做的东西和那些粗制滥造货不一样。单是月球重力这一项就决定了我们不可能做出完全真实的电影,我们在梦想世界里工作,以超现实主义手法凸显真实发生的事。还有,我们拍这些电影是为了在这儿自娱自乐! 为了翻拍那些垃圾历史片! 为了玩得开心!"

"那是自然,伊万,那是自然——只不过,你指导的那些电影都好评如潮啊。他们可都夸你是翻版谢尔盖·爱森斯坦①,还说这些翻拍都是自《公民凯恩》以来上映的最拔尖的片子。所以现在才有压力嘛,不只是拍着玩玩了,对吧?"

"才不是!"伊万使劲摆手,仿佛在猛劈空气练空手道,"我才不信那些鬼话。等我们什么时候拍得不开心了——"他几乎在吼,"我就不干了!"

"那是自然,谢尔盖。"

"不许那么叫我!"

"好的,奥森②。"

"约翰!"

"但这是我的名字啊。如果我这么叫你,我俩都要被搞糊涂。"

---

① 谢尔盖·爱森斯坦(Sergei M. Eisenstein,1898—1948),出生于俄罗斯里加,俄罗斯著名导演、编剧、制作人、演员、作家、剪辑师。

② 奥森·威尔斯(Feorge Orsen Welles,1915—1985),美国著名演员、导演、编剧、制片人,电影《公民凯恩》导演。1975年,美国电影协会授予威尔斯终身成就奖。

他们的女主角梅琳娜·古西亚尼斯赶来给伊万救场："好了约翰,你都快把他搞出心脏病了。已经晚了,我们赶快继续吧。"

伊万定定心神,用手刨着头发。他喜欢干导演这些能把人逼疯的活儿,而约翰喜欢把他逼疯。他俩几乎对所有事情都意见相左,所以才是最佳拍档。"好的,"伊万说,"好了,布景已经准备停当,跟大使馆建筑可能有些许出入——"他狠狠地剜了约翰一眼,"但也相当不错。"

"我们现在再来一遍。德黑兰正是夜间,四分之一的城市里都弥漫着麻痹神经的毒气,但你不知道革命卫队会不会戴着防毒面具之类的玩意儿突然从什么地方窜出来,也不确定隔绝毒气的房间里是不是正好藏着几个革命队员。每分每秒他们都可能蹦出来冲你开枪。你方的直升机就悬停在头顶上,声音震耳欲聋。大使馆内断了电,但探照灯开始从城市各个方向射来,锁定在直升机上。直升机陆续像劣质玩具一样分崩离析,所以现在只剩下了五架,你不确定它们还能坚持多久,毕竟已经有十架报废了。你们都戴着防毒面具,挨个搜寻大使馆各个房间,目的是找到并且转移那五十三名人质。室内一片漆黑,大部分人质和守卫一样,都昏迷了,不过一些密闭房间可以隔绝空气,里面自然有人质正大声呼救。有一阵——这部分的效果我要特别重点突出——有一阵,建筑内一片混乱。没人知道杰克逊上校在哪儿,没人知道有多少人质已经获救,有多少还困在里面。四周伸手不见五指、无比嘈杂,远处传来枪击声。我想要的效果和《上海小姐》①大结局场景类似,角色在满是镜子的屋子里相互射击,不过比这个场面再混乱十倍。"

"等等,等会儿。"约翰故意操着一口浓重的得克萨斯口音——他说得行云流水,可以无缝切换。"我喜欢混乱场景这块,还有对威尔斯的致敬。不过回到现实问题上来,杰克逊上校可是整个行动的英雄!所有直升机都躲进荒漠的时候,是他决定继续行动;也多亏他在使馆里找到安尼特·贝洛斯,所以她才能带领行动队四处寻找人质。总之,每一刻他都身先士卒,所以他们才把那些奖章都颁给了他!"

伊凡瞪着双眼,"约翰,你演谁?"

"杰克逊上校,咋的,"约翰挺直身子,指着自己,"明摆的嘛。"

"但是,"伊万轻拍着脑袋,表示自己在动脑子,"你不想只是拙劣地模仿德·尼罗的表演,是吧?你想要一种新的诠释,没错吧?在我看来,模仿德·尼罗这个主意太傻了。"

"我嘛,倒是喜欢这个主意。"约翰说,"好给他做个示范。"

伊万不以为然地直摆手,"你和其他人一样,对这件事的了解全都来自那部愚蠢的电影。我不一样,我读过人质和直升机陆战队士兵的描述,真相是,杰克逊上校的光辉时刻其实在荒漠里,尽管当时只有五架直升机还能运转,他依然决定继续完成任务。那是他的荣耀巅峰,他的英雄时刻。我们拍这个场景的时候你已经表现得淋漓

_____

① 奥森·威尔斯执导并主演的犯罪电影,1947年上映。

尽致了,每个小齿轮都在严丝合缝地运转,一丝不差。"他又拍拍脑壳。

"德·尼罗都会为你感到骄傲的。"梅琳娜说。

约翰撇着嘴点点头,"我们需要那样的伟人。没有他们,历史就完蛋了,只剩下黄沙里的一堆烂飞机,早就不知道丢到哪儿去了。"

"历史上的狠角色,"伊万说,"可惜让雪莉抢了先。而且,其实杰克逊上校在做出继续突袭的决定之后——用他下属的话说——却显得有点错愕。他们在大使馆屋顶降落以后,杰克逊上校带领第一行动队率先突袭,接着就在里面失联了。虽然最关键的前半个小时没人领导,整个行动队还是相当迅速。对这一时段的描述全都是'极其混乱',直到佩顿中士——不是杰克逊上校,电影这段是假的——直到佩顿中士找到贝洛斯女士后,她才带他们找到了人质的房间。"

"好吧,好吧。"约翰皱着眉头,"也就是说,在这一幕里,没我什么事儿呗。"

"不要太钻牛角尖嘛,约翰,也许你能随机应变临场发挥呢。不过你说得差不多。那倒霉催的直升机坠毁让你人手严重短缺,但你还是得把力量全投进突袭行动,所以这种极大的风险让你有点儿怯场。明白了吗?"

"明白了,但我不信。杰克逊是个英雄。"

"好吧,是英雄,奖章一大堆,堆满一屋子。如果他把它们都别在身上,他看起来一定像刚跳完撒钱舞①的新娘,被奖章压得直不起腰。不过,现在我们还是先想法子展示真实情况吧。"

"好吧,"约翰挺直腰板,"我准备好了。"

场景拍摄是他们都最乐在其中的部分。这是整个活动的核心,也是他们在"月神三号"里为了打发时间不停地拍电影的原因。伊万、约翰、梅琳娜和皮埃尔-保罗都是能在一个个项目中轮流解读导演工作的理论好手,遮幕②时总是松松散散,留下很大自由发挥空间。因此,对这样本就该一片混乱的场景,他们更是肆无忌惮地造作。他们个个都是制造混乱的行家。

于是,他们在"德黑兰大使馆"——储物仓里面横冲直撞了差不多半小时。储物仓的白色胶合板后面摆着许多排箱子,用来模仿使馆建筑以及其内部构造。闪烁的灯光时不时刺破黑暗,他们的叫喊声几乎要被预先录制的直升机轰鸣声淹没。头顶的透明穹顶上贴着直升机图形,轮廓映衬在星空诡谲的光辉下——这已经成了"月神三号"的产品商标,因为夜景画面中常常有璀璨异常的星海在头顶高悬,把电影渲染得如梦似幻。

扮演陆战队员的演员戴着防毒面具在使馆内磕磕绊绊地前行,

---

① 希腊、尼日利亚、波兰等部分地区的婚礼传统习俗。在该环节中,宾客与新人一同跳舞,并向新人撒钱,互动性强,气氛欢乐。

② 拍摄电影镜头前,通常要通过"遮幕"为演员定位,以便后期走位及找到最佳拍摄角度。

看起来像从天而降来侵略月球的外星人。扮演人质和革命卫队的演员横七竖八地躺在地板上，只有几个被关在安全房间里的人质在奋力反抗或者大声呼救。约翰、皮埃尔-保罗和其余人在使馆搜寻扮演安尼特·贝洛斯的梅琳娜。有一阵，约翰似乎要率先找到她了，这样的话德·尼罗电影的谎言就会历史重现。不过，最终还是扮演佩顿中士的皮埃尔-保罗确定了她房间的位置。贝洛斯当时头脑清醒，于是佩顿中士和他带领的行动小队在她的指引下四处奔走、解救人质。根据她后来描述，被囚禁数月以来，大部分时间她都在计划如果救援这一刻真的到来，自己该如何应对。他们锁定了其余昏迷人质的位置，迅速把他们拖进屋顶上胶合板做的直升机。枪击声射穿了直升机的轰鸣，他们跃上舱门，一束束白光像伊斯兰之剑般刺破夜空。

到此为止了，飞机飞离的场景会在他们的小型直升机内部拍摄。伊万关掉直升机轰鸣的录音，对着喇叭大喊："卡！"接着，他把所有精心布置过的微型摄像机都关了，此前它们每分每秒都在不停录制。

"伊万，你的电影最让我无法理解的点，"约翰说，"是你总把英雄角色挖掉。总是这样！"

他们站在水池浅水区，一边给自己降温一边观看大屏幕。这一张屏幕铺满了基地游泳馆的一整面墙，上面播放着当天拍摄的素材。许多画面都大同小异：黑灯瞎火，灯影明灭，奇形怪状的身影被扯得细长，移动时仿佛群魔乱舞，地球上的观众会觉得这超现实的场景简直摄人心魄。如果伊万能从这些素材里创作出激动人心的情节或者让人抓心挠肝的悬念，那可真是天降神迹。不过演员们都兴高采烈，尽管画面嘈杂混乱得让人头皮发麻，他们仍然展现了无比绝望、惊险，以及英勇的画面。

伊万却没那么开心。"一坨屎！"他说，"我们还得再来一遍。"

"我看着还行，"约翰评论道，"就像黑色电影①之子死而复生。不过说真的，伊万，你得改改对英雄的偏见了。我很小的时候就看了《逃出德黑兰》，它是我的启蒙之光，也是我后来去学工程的一大原因。"

皮埃尔-保罗怀疑自己听错了，"约翰，看个动作电影怎么就让你对工程感兴趣了？"

"这个嘛，"约翰皱着眉头解释，"我猜，我觉得自个儿能搞出更牛的直升机。"他对身边朋友的笑声置若罔闻，"他们太不靠谱了，我当时都不敢相信。不过，德·尼罗老兄继续前往德黑兰的方式，他解救所有人质还把他们安全送回去的手段，甚至还有像苍蝇一样掉下来的直升机，都绝了！我们需要英雄，历史讲的就是少数人的故事，他们具备名垂青史的条件，但你总是对他们轻描淡写。"

"历史伟人论，只论英雄。"皮埃尔-保罗轻蔑地说。

---

① 一种调子阴郁、情绪悲观的电影风格。一般主要用于侦探片或犯罪片中。

"对啊!"约翰赞同说道,"当然了,还有女英雄。"看见梅琳娜蹙起眉梢,约翰赶紧补一句,"伟大领袖改变历史,他们与众不同而且凤毛麟角。但如果你信了伊万的电影,历史上压根儿就没这些人了。"

伊万嫌弃地哼一声,终于从屏幕上移开了注意力,"见鬼,我们还得把那一幕重拍一次。至于我的历史观嘛,约翰,据我对你的了解,你的看法既与它兼容,又与它相斥。"他微微歪着头,一脸认真地看着他这位朋友。在片场,他们都把自己的角色扮演得淋漓尽致:伊万承受着百般折磨,是喜怒无常的导演,总是磨牙霍霍,对人发号施令;约翰犟得像头牛,是阴晴不定的大明星,是行走的"十万个为什么",坚信自己是人中龙凤。大部分时候这都只是各司其职,是游戏的一部分,只会让他们兴致更浓。出了片场,这种角色分工基本上就消失了,除非要表达观点或者逗乐子。伊万是基地的电脑操作主管,但约翰是曾经参加过火星之旅的工程师。他们是好友,在很大程度上,俩人之间的争论其实塑造了伊万对自己拍摄的修正主义历史电影的想法,这当然是这个小团体中最火花四溅的部分——尽管约翰声称他们争论是为了那些悬疑情节和平平无奇的诡异画面,而不是为了对历史发表观点。"我了解你吗?"伊万好奇地问。

"这个嘛,"约翰说,"拿你上次做的电影为例,就是一个女人救了约翰·列侬[①]的命那一部。1982年纪录剧情片拍得很好,这就是典

① 英国男歌手,音乐家,诗人,社会活动家,摇滚乐队"披头士"成员。1980年,约翰·列侬被美国狂热男性歌迷马克·查普曼枪杀,年仅40岁。

型的英雄主义行为。她就在那儿,站在一个男人身边。他刚拔出一把超级他妈大的枪,但还没来得及扣动扳机,她就以闪电之势一脚踹向了他的裤裆,并冲他的耳朵挥了一拳。但在你的翻拍里,我们的关注点全在她怎么开始上空手道课,怎么学了这些动作,她老公怎么鼓励她去上课,就算她要去反方向,出租车还是专门为了她停下,还有其他出租车司机怎么告诉她列侬刚进了公寓。都是这些,你搞得这件事好像只是巧合!"

伊万从水池里含了一大口水喷向熠熠生辉的圆顶,看起来就像一座喷泉雕塑。"需要一连串巧合,才能让玛格丽特·阿维在恰好的时间点进入达科塔大厦,"他对约翰说,"但有一些不是巧合——都是些慷慨善良或者贴心的小举动送她到了能发挥作用的地方。我没有阉割英雄主义的元素,只是把它分散在了它该去的地方。"

约翰的脸皱成一团,又摆起一副明星架子,"我觉得你的说法和一些政党的大规模社会性运动的点子很像,把历史向集体主义方向推进。"

"不,不是,"伊万说,"我的关注点一直在个人。我是说,我们个体的行动加在一起才构成历史,才构成我们口中所谓'领袖'的壮举。你明白我的意思的。你知道,人们总说现在情况改善了,可以四处旅行,有诺贝尔和平奖、世俗宗教、世界良知之类的东西,这是因为约翰·列侬成了强大的精神力量。"

"是啊,他当然是世界良知的代表!"

"当然,当然,他写的歌很伟大,不过也有很多反对他的人。但是如果没有玛格丽特·阿维,他早在四十岁那年就被谋杀了;如果没有玛格丽特·阿维的老公,她的空手道教练,还有纽约那几个出租司机,那些无名之辈,她也不可能在那儿救他的命。所以我们都是其中一分子,不是吗?那些说都是因为列侬、卡特或者戈尔巴乔夫的人——他们把我们每个人都参与的事归功给了个别人。"

约翰摇着头,把水溅得到处都是。"精妙无比,真的!但实际上,就是列侬、卡特和戈尔巴乔夫这些人改变了历史,全靠他们自己。卡特发起了人权外交,还有巴勒斯坦人、新拉丁美洲人、美洲印第安人——要是没有卡特,他们早就没有立足之地了。"

"其实,"梅琳娜俏皮地盯着皮埃尔-保罗,补了一句,"要是我对关于玛格丽特·阿维的那部电影的理解没错,如果当时她没去看卡特向1980年大选帮他获胜的工作伙伴致谢,她就不会正好在达科塔街区,更不会有机会救列侬的命。"

约翰猛地站起来,仿佛一只鲸鱼跃出水面。"所以说,我们还得感谢卡特!至于戈尔巴乔夫嘛,我都不用说他的事迹。对你们俄国佬而言,真是一百八十度大转弯,要不是他,一切都没戏。"

"好吧——我同意,他的确是位重要的领导人。"

"他当然是!卡特和他一样至关重要。他们在任的时期都是历史转折点,世界刚开始从第二次世界大战的阴霾中惨淡地爬出来,他们就大显身手了。没几个人能做到那些事,许多人压根儿没那个本事。"

伊万摇着头,"如果欧内斯特·杰克逊上校在德黑兰没有下定决心,也没有继续完成救援任务,卡特根本不可能做到那些事!"

"所以杰克逊也是英雄!"

"如果美国五角大楼的职员没在最后关头决定派十六架飞机,而是只派了八架,杰克逊也成不了英雄。"

"而且,"梅琳娜很快指出来,"幸亏安尼特·贝洛斯那年花了很多时间心心念念想着有人设法救援时怎么办,所以她就算闭着眼都能找到每一个人质被关押的地点。要是没有她,一半人质都会被放弃,这样一来卡特的表现也不会那么好看。"

"不只是这样,他们还得靠佩顿中士找到贝洛斯。"伊万补充道。

"胡说八道!"约翰据理力争——紧要关头他总是这么回嘴,接着又换了口风,"我也不太确定这些人质对卡特的连任是不是起了决定作用,他当时在和一个怪胎竞争,虽然我不记得那家伙的名字了,但他有点儿像个白痴。"

"所以呢?"梅琳娜说,"这有什么关系吗?"

约翰咆哮一声猛扑向她,霎时水花飞溅。不过,她比他灵巧得多。他在后面追赶,她就游刃有余地四下躲避,看起来像一头笨拙的鲸鱼追赶机敏的海豚。他败下阵来,又开始冲她远远地撩水花,一如往常,这场口水仗很快沦为一场泼水游戏。

"哎好了。"约翰宣布休战,不再撩水花,只是悠悠地漂在浅水区,"梅琳娜的蝶泳真是赏心悦目,在这种重力下简直像一只神女幻化的灵猫,那肌肉流畅的手臂,海豚般灵敏的转弯……"

皮埃尔嗤之以鼻,"你只是喜欢蝶泳的时候时不时露出水面的翘臀。"

"胡说八道!比起男人,女人像更是水做的骨肉,你不觉得吗?"

"反正不像你欣赏的那种。"

"像天神。男神和女神。"

"你自己就有点儿像天神,"梅琳娜对他说,"比如……酒神巴克斯。"

"嘿,"约翰挥挥手打断她,指向屏幕,"我发现这些精妙复杂的欧洲理论不好使了。而得克萨斯神枪手逻辑①看起来更合理,仅此而已。"

"只有靠这种逻辑才能办到。"皮埃尔-保罗说。

"对,你认可了我的观点。最终,不管我们这些普通人有没有帮他们掌权,还是伟大的领袖——罕见的那几个——要有所作为。"

"你这么一改命题,"伊万说,"它就和我的观点一样了。领袖的确重要,但正是因为我们让他们成了领袖。他们是集体意志,他们是我们共同意志的表达。"

"等会儿!你又过分了!这话说得好像英雄领袖几毛钱就能买

---

① 一种逻辑谬误,即在大量的数据中精心挑选出对己方观点有利的证据,不使用那些不利的证据。

一打似的。照你这么说，如果卡特1980年落选了也不妨事，列侬被那家伙杀了也不妨事。但是看看历史吧，兄弟，看看我们失去伟大领袖时都发生了什么！林肯被枪杀，他们找到能相提并论的领导人了吗？没有！甘地、肯尼迪兄弟、马丁·路德·金、萨达特[1]，还有奥洛夫·帕尔梅[2]。这些人被刺杀之后，他们的国家都为之悲恸，因为他们意义非凡。"

"他们的确意义非凡，"伊万点头道，"他们被杀害当然是坏事，而且短期内情形肯定会恶化，不过他们不是不可替代，因为他们只是跟我们一样的普通人。他们都不是天才或圣人——可能除了林肯和甘地——只是因为我们渴望英雄存在，所以才用那种方式去想他们。但我们也是英雄，是我们让他们各取所长，各司其事。而且，还有很多有才干、有头脑的人可以弥补失去他们的缺憾，所以从长远来看，我们可以恢复。"

"真正的长远，"约翰阴郁地说，"对于美国南方来说，如果没有林肯，是一百年或更久。他们并不寻常，长远更能证明这一点。"

"说到长远，"皮埃尔-保罗说，"你们饿吗？"

他们都饿了。录制的素材已经播完一轮，伊万觉得它们毫无用处。他们从水池里爬出来，一边向更衣室走，一边讨论要光临哪

---

[1] 萨达特(Mohamed Anwar al-Sadat, 1918—1981)：埃及前总统，曾获得诺贝尔和平奖，1981年被宗教极端分子刺杀。

[2] 奥洛夫·帕尔梅(Olof Palme, 1927—1986)：瑞典最著名首相，1986年在任期内被刺杀身亡。

家餐厅。基地里有很多餐馆,每周都有新店开张。"我刚尝了那家新匈牙利餐厅,"梅琳娜说,"食物不错,就是吃完饭遇到点儿麻烦——没人给我们结账!"

"你都说了,那可是一家匈牙利餐厅。"约翰接住话头。他们一齐又把他丢进了水池里。

第二次拍摄大使馆营救画面时,伊万调整了许多微型摄像机和灯光的位置,不过对演员的指令还是没变。一进入布景走廊,约翰·兰德就情不自禁地向安尼特·贝洛斯被囚禁的方向冲去。

好吧,他想,或许杰克逊上校置团队于不顾,只顾冲进使馆里找人质的做法是有点儿冲动,但他的出发点是好的,而且实际上他在得到贝洛斯帮助之前就已经解救了许多人质。这并不难,几乎他和突击队进入的每一间屋子里都有一两名人质躺在地板上,还有一些和警卫员一起瘫在大厅里,吸进毒气后浑身麻痹、动弹不得。神经毒气,这法子真他娘的天才。守卫和人质不必说,这两种角色不好演,因为动不动就会被跑过去的突击队员踢一脚。他催着队员们挨个儿检查房间,扛起人质,让他们耷拉在肩膀上,再故意踉踉跄跄地穿过走廊,时不时还要撞上墙壁——人质可真真是难演——再扯下防毒面具之类的玩意儿。毫无疑问,微型摄像机里全是精彩画面。

等突击队员都下了楼,他跑过一个角落,向他认为安尼特·贝洛斯所在的房间跑去。透过直升机的轰鸣,又躲过偶尔袭来的几轮自动射击,他仿佛听到了梅琳娜的声音,她正声嘶力竭地大喊。这么说来,皮埃尔-保罗还没有把她救出来。很好,现在他会成为拯救她的人,在她带领下拯救更多被关押的人质,就跟德·尼罗在电影里演的一样。这肯定是打伊万的脸,不过他们可以事后再讨论这个,毕竟无从知晓二十年前这栋房子里到底发生了什么,但用他独创的故事将更加精彩。

他们搭的布景只有一层楼高,这让约翰不爽:德黑兰大使馆实际有四层高,所以在楼梯上跑动也会让任务更加困难,但是伊万打算换着花样利用这一层的画面,后期再补几个楼梯镜头来打造使馆多层效果了事。好吧,这意味着他只需要挣扎着经过几个窄小的角落,跃过几个昏迷的革命卫队队员,使劲找微型摄像机的镜头。这次,周围的声音震天响,震耳欲聋。

一面墙突然倒了下来,他被胶合板拍倒在地,墙后的箱子滚落一地,塞满了走廊。"喂!"他大吃一惊,不禁大喊。这不是设计好的剧情,怎么回事? 直升机的轰鸣声戛然而止,一连串撞击声和呼啸声紧随其后,激得他脊柱上好像通了一阵强电流。他之前在例行训练中听到过这种声音。室内的空气逐渐干涸,一定是透明圆顶被破坏了。

他仰起身子靠着胶合板墙面,却被卡住了,便尽量放平身体向前滑去。他从一张胶合板下面钻过,溜进了掉落的几个箱子形成的一方小空间。走廊的方向难以分辨,四周一片漆黑。时间紧迫,想起自己那小小的防毒面具其实压根儿没有连接真正的供氧设备,他不禁骂了一句。用假道具真坏事! 他气急败坏地想。一个啥都没连的防毒面具,一个暴露在迅速流失的空气中的自己。火烧眉毛了。

他在箱子空隙中找到地方站起来,正要踩着它们往仓库门口方向跑去——希望整个基地没有被破坏。就在这时,他记起了被困在使馆过道深处的梅琳娜——她不会还在那儿吧? 见鬼。他在黑暗中摸索着前进,听见远处传来喊叫声,还有一丝光线。很好。他屏着呼吸,感觉好像已经挨了好几分钟,又觉得也许还没半分钟。每重新吸一口气,他都宁愿是冰冷的真空,而不是如刀剑般猛灌进体内的寒冷气流。紧急空气补给源源不断地从圆顶缺口涌入——这其实是他本人研发的一项技术。至少,此时此刻,它似乎派上了用场。

他听到走廊一侧传来低沉的呜咽,于是拨开挡在前面的箱子,昏暗中响起一声短促的惊呼——啊哈,找到她了。她意识不太清醒,腿部黏湿,也许是在流血。糟糕。他艰难地把她从箱子堆里拔出来、托起她。在肾上腺素和月球重力的双重加持下,他觉得自己有点儿像超人。空气越发稀薄,只剩下刺骨寒意,每次呼吸都如同针刺。他怀里抱着梅琳娜跨过重重障碍,这简直比闯鬼门关还难。他感觉头晕目眩,但仍挣扎着翻过一排箱子,踉踉跄跄地向远处的灯光前行。又一张胶合板砸在了他的小腿上,他吃痛地叫了一声,跌倒在地。"喂。"他说。空气彻底耗尽了。

醒来时,他正躺在基地医院的病床上。"太好了,"他喃喃道,"基地没给炸飞。"

听到他说话,朋友们都松了口气,不由得露出笑容。似乎整个电影摄制组都在这里了,伊万站在床边说:"没事了。"

"什么鬼,到底发生了什么?"

"明摆的嘛,一颗小流星击中了我们这块儿,而且正好落在了着陆舱里,好笑吧。不过,我们的储物仓也被它砸毁了,你肯定注意到了。"

约翰痛苦地点点头,"所以,它终于还是发生了。"

"是的。"这是月球基站面临的巨大不可控风险之一,每年都有数千颗大大小小的流星没头没脑地撞上没有一丝空气的月球表面。流星击中他们这么小的基地的概率其实很低,但是考虑到这个基数……如果把眼光拉远些看,其实他们和登山者的安全系数相差无几。山体崩塌一旦发生,那就是百分之百。

"梅琳娜呢?"约翰猛地从床上挺起来。

"这儿呢!"梅琳娜喊道。她和他隔了几张床,一条腿上打着石膏。"我没事,约翰。"为了证明自己的话,她下了床过来亲吻他的脸颊,"多亏你救了我!"

约翰哼一声,"救你?"

他们又冲他笑起来。皮埃尔-保罗用手指点点他，"英雄无处不在，像我们这样微不足道的人群也不例外。现在，你可得承认伊万的观点啦。"

"我究竟干了啥？"

"你是位英雄。"伊万咧着嘴笑道，"也可以说，只是个普通人，压根不是什么伟大领袖，但你救了梅琳娜，你改变了历史。"

"除非她成了总统，不然也没用。"约翰边说边笑，"喂，梅琳娜，去搞一间办公室吧！或者去救几位潜力股作曲家之类的。"

伊万只是摇着头，"约翰，你怎么那么固执？如果我是对的，那也没什么不好。想想吧，如果我是对的，那么我们就不会干坐着等领导来指挥。"他笑意更盛了，容光焕发，"我们是自己命运的主人，我们自己做决定，自己采取行动——我们选择自己的领袖，通过集体意志指导他们，所以我们可以让历史向任何我们希望的方向发展！就像你在储物仓里做的一样。"

约翰靠回病床，陷入了沉思。朋友们笑意盈盈地围绕在他身边，其中一位拿出一枚硕大的纸板奖章，看上去特别像《绿野仙踪》里"小胆狮"获得的那一块。"啊，可怕！"约翰叹道。

"等探险队到了火星，他们得用你的名字命名点儿什么。"梅琳娜说。

约翰思考了一会儿，有气无力地接过那枚大奖章。他的朋友们都看着他，等着他开口。

"那个,我还是觉得都是放屁。"他对伊万说,"不过,如果你说的有一点点道理,那也不过是因为你说的有点儿像阿拉莫①那种老掉牙精神,在得克萨斯,这么多年我们一直这么做。"

他们又笑了起来。

他又从床上坐起来,气势汹汹地冲他们晃着奖章。

"我保证是真的! 而且,都怪德·尼罗! 你们没看出来吗,我在模仿他这位真英雄! 我本来手足无措地在地上乱爬,接着就看见了德·尼罗的脸,看见他在德黑兰大使馆里扮演的杰克逊上校。于是我就对自己说,天哪,他在这种情况下会怎么办? 我只是照做了。"

(崔龚荣秀　译)

---

① 位于美国得克萨斯州。此地曾发生过"阿拉莫之战"(1835-1836),如今阿拉莫在美国已成为自由意志下勇气和牺牲精神的象征。

翻　译

　　欧文·拉姆福德就着矿泉水吃了些邮票黏合剂当早餐。这不仅是在严格遵照食谱,也说明又到把账单寄给兰诺克站的居民的时候了。拉姆福德早就亲自印好邮票,此刻他仔细替他们计算好费用,把钱从小酒馆的收银台放进吧台下面邮局局长的保险箱。用邮票有些傻,因为拉姆福德既是邮递员又是邮政局长——还是镇上的银行家、小酒馆和旅馆老板、法官及市长,所以他要亲自交付账单。但他喜欢邮票。上面印着从太空中拍摄的兰诺克风景:一望无际的灰黑色海洋,中间一大块缟玛瑙。况且,在兰诺克站这样偏僻的小镇上,遵守社交礼仪非常紧要。这于精神风貌有益。话说回来,必须考虑提高邮票黏合剂的质量才行。

　　安静的晨光里,小酒馆空空荡荡,楼上旅馆也是空无一人。过去几天,没有什么东西进过太空站。有些不同寻常。拉姆福德决定趁这难得的宁静出去散散步,便套上那件帐篷似的沉甸甸的橙色大衣。拉姆福德是个大块头，又高又壮。大肉脸、黑寸头，留着海象似的胡须。他经常扯它们——恰如此刻，他正揪着它们跟几个女儿告一个短别。出门便迈进能把人冻僵的向岸风，感觉不赖。

沿着兰诺克站黑鹅卵石铺成的陡峭主街走下去，拉姆福德先和正在切羊肉的屠夫西蒙打了招呼，又和帮助管理矿山的迈克伊维斯说了"嗨"。杂货铺后边传来悦耳的声音，锡匠和石匠叮叮当当地忙着活儿。接着，他来到横跨一条小溪的街道尽头，沿着坚硬的黑泥铺就的轨道一直走出镇子，爬上俯瞰着大海的矮山丘。

兰诺克星球上的所有景色都有些阴暗。它的太阳——G104938——被当地人叫作"蜡烛"，散发出清淡的水光一样的光芒。而兰诺克岛的山丘——星球上唯一的大陆，位置靠近北极——主体是黑色岩石，杂乱地点缀着黑色地衣和一点儿黑蕨草，俯瞰时就像一片漆黑的海面。岩石间的泥土中炭灰含量很高，就连蕨草上永远冻着的冰霜里也长满了灰绿的海藻。总而言之，只有被黑色海浪抛到黑色沙滩上的白色残骸才能一缓这无处不在的阴郁。你只能学着喜欢这片风景。

拉姆福德已经学会了。他嗅着冷风，心满意足地观察小镇脚下拍碎在沙滩上的海浪。小船都出海捕鱼了，剩下一些开不动的，兀自漂浮在涨潮标记上方。小镇坐落在高处，舒适而温馨，它被裹在溪水即将汇入大海的拐弯里，免受日夜不停的大风侵袭。住宅和公共建筑全由圆形的黑色石头筑成，有些已经开裂，露出白色石英大理石花纹。都是随处可见的材料。锡制屋顶在接近午时的黯淡阳光中熠熠生辉。这里开采的锡矿只供当地使用,不会出口。人们在一处大型锰矿旁发现了那处方便开采的锡矿床,一座座矿渣堆就像一串小山丘,和其他景物合而为一,一起拦截大风。蕨菜早就在上面蔓延生长了。

总体还不赖,正如歌里唱的:"一片荒无人烟的旷野。"拉姆福德还记得童年时一颗遥远星球上的树木,星球名字早已被遗忘。这是他唯一的想念。树,神奇的东西;对几个女儿而言也是好东西。他会跟她们讲关于树的故事,直到她们为树木或者果园里的野餐而潸然泪下——尽管她们从来就不曾野餐过。也许是棵鲜花盛开的树,大概长在溪流形成的山涧,也许长在避风处。值得想象一番。可是该死,很难搞到。它们不是这个星团的原生物种,也不是外来商人通常会交易的货物。真可惜。

陡峭的黑浪卷上海滩又碎裂开,露出一艘显然用来作海底探索的潜水艇,而此刻拉姆福德还在想着树的事。这艘潜艇身躯庞大,由暗绿色金属制成,安着许多轮子,开着几扇小窗。又是一些来参观的巴阿尼。拉姆福德皱起眉头。奇异生物巴阿尼,神秘莫测。很明显,拉姆福德觉得他们和人类一样,于兰诺克而言都是外星人,尽管他从来没让任何一个巴阿尼感受到过这一点。不过,都是好生意人。他们用捕捞权换取塑料,用从海底收集的多金属结核换取精炼品,还用深海的稀罕物件换些机器零件和杂七杂八的厨具。尽管如此,他们从兰诺克站得到的东西也根本不够维持一个海底族群。另外,这事儿究竟是怎么开始的?

外星人都是怪人。

这艘海坦克滚动着来到高水位线上方,停下来。一侧的舱门哐当一声打开,变成一道便梯。三个巴阿尼小跑出来,其中一个看到了他,于是他们便对着他调转了便梯方向。他走下山丘来迎接他们。

当然,他们的样子很奇特。渔民叫他们"海河马",谈起他们就像说海里有智力的河马似的,仅此而已。太荒唐了。这是和外星人打交道时的常见谬误:拿他们和最相似的星球内生物类比。随它去吧。拉姆福德对这种想法嗤之以鼻。他们真的只有脑袋像河马。当然,身躯在某种程度上也有点儿像。健硕、方正、圆润……诸如此类。不过要是你留心观察他们细小的蓝色毛发,四足上短胖但灵巧的手指,当然还有脊椎上突出的一排核桃大的赘疣时,这类比就站不住脚了。背上赘疣的作用不明,就像从脊梁骨长出的蘑菇,并不是什么养眼的光景。

话说回来,拉姆福德看过的河马照片也没多赏心悦目。总之,哪怕是透过照片,你也总能在河马的双眼中看出些名堂。它们的表情也许带着敌意,但你能一眼看出来;巴阿尼则不然。他们的脸和河马当然十分相似,就像渔民说的:屁股似的大丑脸。丑的根源是眼睛——盘子似的又圆又大,且一样扁平。透过这样的眼睛,你什么也看不出来。这一点令人好奇。有渔民称曾看到海底里有恢宏的建筑,巴阿尼在上面自在地游弋。虽说是几杯酒下肚之后的话,不过依旧有些可信度在。对兰诺克而言,他们显然是"非我族类",也没比这里的蕨菜高级多少;至少在陆地上是这样。放眼星球的整个海域也许会不一样吧,也可能远到热带地区的所有海底生物都在进化?没法讲明白。但也可能是观光客,比如热衷于在智慧族群中到处旅行的人类。装满海水的宇宙飞船。想法可真有趣。

三个巴阿尼在拉姆福德面前站定,左边那位张开海沟似的巨口,发出一串短促的口哨声和咔嗒声。根据经验,拉姆福德知道这是跟他打了个寻常的招呼,意思大概是"你好,交易联络员"。只可惜,他得靠翻译盒子才能回复:他听得出来那种声音,但自己很难发出来,而且翻译盒子还在酒馆里。

他尝试了一下,发出一般在翻译盒子里输入"你好"时发出的前几下咔嗒声。接着他又补充了另一串"咔嗒咔嗒"声,他想,意思应该是"交易,疑问?"

左边的巴阿尼迅速回应了他。他似乎在说:贸易否定。也可能是别的。其实,拉姆福德过去过于依赖盒子来识别他们到底在说什么,不过在他看来,他们自己也很依赖翻译盒子。

拉姆福德耸耸肩。只能这样了。他尝试用口哨声来表达"翻译",又加上"兰诺克站"几个字,然后指指小镇。

说话的巴阿尼发出表示同意的咔嗒声。

超音爆破声浪滚滚过山丘。他们不约而同地抬起头：白色凝迹划破兰诺克的灰色天空，登陆艇正沿着陡峭的轨迹速降，往位于内陆几英里的小镇太空港去了。拉姆福德从这种极限下降的轨迹辨认出了这艘飞船：它属于伊格格拉。

接着，不寻常的一幕出现了。三个巴阿尼纷纷直立而起，冲着天空挥舞前臂，咆哮声比音爆声还响亮。

这迹象可不好。有一次，他不得不放了一枪才把一群伊格格拉从酒馆外落单的一个巴阿尼身上赶下来。动机无从知晓，这也是他唯一一次看到这两种生物同时出现。这可不是什么好兆头。如果巴阿尼需要翻译——

"砰砰砰"几声重击，三个巴阿尼重新四脚着地。随后，他们像放羊似的把拉姆福德赶到了镇上。他几乎没机会表示反对：他们脚步迅速，每一个都有几吨重，是精挑细选后派来的。

拉姆福德走进酒馆，从吧台后的架子上取下翻译盒子。这玩意儿古老又笨重，各方面都过时了。你只能输入半截英语，而它只能互译英语和程序里有的外星语言——外星人之间的直接交流完全没戏。这让酒馆惹出过不少麻烦。

没跟女儿们解释，他就出了门。巴阿尼再度赶着他在街上走。他们迅速从另一个方向出了镇子，在狂风中上了通往太空港和远处矿厂的公路。

他们在这条路上匆匆前行，巴阿尼们脚步飞快，拉姆福德只能大步跑着跟上。绕过一座山丘,他们遇到了一群伊格格拉,约莫十几只,在路上大摇大摆、吱哇乱叫。巴阿尼停住脚步,拉姆福德也在他们前方跌跌撞撞地停下。

看到伊格格拉,他像往常一样禁不住打了个寒战——他们丑得无以复加,他们……丑得无以言表。语言,各种人类语言都对类比手法非常依赖。大多抽象概念的表达,需要对实体和物理过程作潜在类比来实现,而大多新事物则要类比旧事物描述。所有类比的对象当然都是人类认知范围内的事物——可说到伊格格拉的时候,人类世界的类比几乎就毫无用武之地,因为压根儿没有可比之物。

不过,拉姆福德想,毕竟是我们人类的类比。对外星来的你能怎么办。于是从身体构造来说,不得不拿秃鹰和伊格格拉做个比较,但两者区别明显,主要在于后者皮肤上覆盖的不是羽毛,而是白色黏液。与其说他们的翅膀是用于飞翔,不如说是作为攻击的武器。头部像鱼类,长且突出的下颚让他们神似雀鳝。长着鱼脑袋的秃鹰,身上覆满白糊糊的黏液:够形象了,只是这个类比仍旧不足以真切地形容出他们让人倒胃的特征——如此外表之上,他们更是诡异且可怕的外星生物。甚至,无法肯定他们是否与其他生物一样属于同一种现实存在。他们似乎微微闪烁着,仿佛在搅动他们的物质领域与普通时空之间的薄膜。没错,令人作呕。站在他们身边的巴阿尼被衬得相当俊美,甚至算得上人类的亲密家人。

拉姆福德走上前去和伊格格拉友好地招呼了几句,免得巴阿尼被迫去打招呼。这情况得小心处理。他之前和伊格格拉打过交道。他们来自前面的星球,用兰诺克站作为交易中心。又是交易——拜它所赐,这恒星群里什么张牙舞爪的东西都让你给碰上了。你当然得习惯这些生物。他们的语言聒噪又刺耳,每隔一阵子他们还要往对方嘴巴里啐吐沫表示强调。这是一种信息的化学传递,幸亏翻译盒子不具备这项功能。它们的话倒是不少,但语法听起来很奇怪。没有时态,连动词都没有。这又是他们来自不同现实的实证。

伊格格拉喜欢伸出一只爪子和人类握手,也许是想看他们会不会恶心得想吐。不过拉姆福德几乎可以面不改色地做到这点,比起用手捏蟑螂也糟糕不到哪里去。于是,他握了握最大那只伊格格拉湿漉漉的爪子。它身体炽热,表明新陈代谢速度很快。它侧过头,用左眼审视他,一股烂蒜臭味袭来。

另外有两个伊格格拉牵着一长串毛茸茸的小动物——有点儿像没腿的兔子——靠近过来。拉姆福德叹了一口气。或许是因为代谢速度太快,这臭味儿是真的臭。他注意到其他伊格格拉并没有动弹——

猝然间,最大那只伊格格拉的鱼脑袋像折断了般猛地垂下,一口吞下排头的那只兔子似的生物。整只吞下,无影无踪,像变戏法一样。接下来的交谈中,伊格格拉总是时不时地打断他,然后重复这一幕。这搞得拉姆福德神经紧张。

伊格格拉扯出一声洪亮的长叫,听起来像"可——鹅——姆!"。拉姆福德打开翻译盒子,切换到伊格格拉语并输入信息:"请再说一遍。"

过了一阵,盒子发出一声短促的尖叫。那只伊格格拉又叫了一声,听起来像汽车喇叭似的,巨爪还在地上不停敲击。

片刻,翻译盒子的小屏幕显示出一条消息:"饿吗,疑问。"

伊格格拉把一只满面愁容的兔子拍向面前。

"不了,谢谢。"拉姆福德稳如泰山地打着字,等盒子发声,又问道,"你们为什么来兰诺克,疑问。"

伊格格拉首领听到盒子鸣响,迅速跳舞似的跳跃数次,还打中了其中一只伊格格拉的脑袋,方才回答了问题。

盒子的屏幕最终显示出一个句子:"好战凶残现在后裔死亡肥美食物火焰死亡。"

这是盒子处理伊格格拉语时非常典型的语法。拉姆福德思忖片刻,把盒子切换成巴阿尼语,然后输入:"伊格格拉对巴阿尼表示了某种敌意。"

盒子用巴阿尼语发出奇怪的哨音和咔嗒声,声调高得离奇。左边的巴阿尼——与最初跟拉姆福德说话的那位不同——也用哨音和咔嗒声回应。盒子屏幕显示:"告诉他们我们准备好("X-咔嗒B-平缓至C-剧烈的咔嗒序列";见词典)了,而且这些满心仇恨的毒鸟会死得很传统。"

嗯,问题很大,两头为难。用伊格格拉语吧,只能得到一堆乱糟糟的语法;用巴阿尼语吧,又得查很多释义。这本身就是个问题。这盒子的表现不尽如人意,这也是事实。

他得坐稳当才能好好用键盘打字。于是,尽管看起来不大体面,拉姆福德还是在双方外星人中间坐下,调出盒子的巴阿尼词典功能开始查询。定义很快显示了出来:

"X-咔嗒B-平缓到C-剧烈的咔嗒序列:1.鱼市。2.捕鱼。3.风平浪静的天气中,海面以下十米处可见的太阳黑子。4.传统节日。5.银河系中心的星座。"

拉姆福德长叹一口气,这巴阿尼词典几乎没用。没法知道它靠不靠谱,也不知道究竟是谁编写了这玩意儿。基本程序当然是由翻译盒子制作公司的语言学家提供,但从那以后(而且它已经老掉牙了),它的每一任主人都朝里边输入了自己的新信息。其实这盒子里塞满了翻译盒子里原本没有的语言,拉姆福德从没见过其他翻译盒子里有巴阿尼语言程序,这也是当初拉姆福德在一位路过的航天飞行员手里买下它的原因。但添加巴阿尼语的到底是谁呢? 这人似乎相当喜欢恶作剧,但也可能是巴阿尼语非常依赖上下语境。有些语言是这样,没法确定。拉姆福德只能说,毕竟这盒子到现在都算管用。换个新的同样有别的问题,而且不一定有它好用。

拉姆福德思考片刻,又问了巴阿尼另一个问题:"请解释。在前一疑问句中,'X-咔嗒B-平缓到C-剧烈的咔嗒序列'是什么意思。"

巴阿尼们听着，左边那位给了回应。

"巴阿尼和毒鸟在循环往复的(Z-双击序列；见词典)中打仗，现在又将重启。这场例行战争的时间已到。"

很好，清晰如鸣钟。当然不是说消息好，但至少他搞明白了，一定是第4条定义，但也许和第3或者第5条的时间有关。等会再加一条新定义。

他还没来得及将巴阿尼的态度传达给伊格格拉，那只伊格格拉首领又吞了一只兔子，还跳着圆圈舞尖叫了好大一阵。盒子嗡嗡作响，接着屏幕开始闪烁。

"美妙火热绝妙这片土地总是再次战争的高温渣滓战场死亡肥美食物火焰死亡没错现在。"

拉姆福德眯眼觑着屏幕。

最后他输入："请解释：例战的位置在哪里，疑问。"并发送给伊格格拉。

伊格格拉首领尖声嚎叫，给出一长串回应。

屏幕显示："美妙火热绝妙这片土地总是再次战争的高温渣滓战场死亡肥美食物火焰死亡没错现在没错。"

伊格格拉的解释就是白搭。

拉姆福德决定再让巴阿尼解释一遍，于是调换了盒子的语言，"请解释：例战的位置在哪里，疑问。"

盒子发出哨响，左边的巴阿尼以咔嗒声回应。屏幕闪烁，显示：

"不必解释因为毒鸟清楚。每十二平方年[1]在同一处仪式地点做仪式性的十二一抽杀[2]，已经持续十二立方年。告诉他们不必再浪费时间，我们已经准备就绪。"

拉姆福德眉间皱出一条细小的竖线。

他在伊格格拉语和巴阿尼语之间来回切换，询问与这场例战相关的问题，并解释这些问题对恰当的翻译而言至关重要。每个伊格格拉都用一长串暴戾的名词、形容词回应，一个动词都没有；每个巴阿尼的回答则都会让他在词典里查半天。慢慢地，拉姆福德还是拼凑出了一张巴阿尼和伊格格拉阵营交战的完整情况。巴阿尼常用的词语涉及"空气、族群、对立、水源、族群、破坏、土地"等等；伊格格拉则关注"肥美"和"食物"，尽管这对他们而言显然也是一种仪式——听起来也像种游戏。但拉姆福德对这种令人迷惑的冲突的起源还是一头雾水。如巴阿尼所言，他们似乎有一种宗教仪式，即在太阳黑子活动最活跃的时候大量迁徙来到陆地，如此循环往复已经许久，但现在伊格格拉把那仪式变成了血腥的战场。也许正如拉姆福德之前推测的那样，这说明巴阿尼其实并不是土著生物。不过他也不确定，没办法知道，真的。起因也许是意外，也许是误会，但毫无疑问他们自己都不记得了。

无论如何，战争的惯例已经形成了，这一点很清楚。而且，无论是战争期间还是战后——很难确定先后顺序，因为伊格格拉语里面

---

① 根据后文，即 $144(12^2)$ 年。

② 每十二人中抽一人杀死。

没有时态——很显然,作战双方会把他们交战的那片亵渎之地给付之一炬,算是一种献祭。

嗯……拉姆福德盘腿坐在双方中间的地面上认真盘算。兰诺克站才建成三十多年。站点泥土中的碳都是过去曾经历过大火的迹象,可是矿物地质学家说并没有火山作用。有人说是酷热造成的。是太阳耀斑?或许是武器。在高温下锡会熔化。不管怎么说,现在他们就在这儿了。

拉姆福德清了清嗓子,黏糊糊的。他犹豫了片刻,本还想再犹豫一阵,然而三十多双外星生物的眼睛(包括类似兔子的生物)正一动不动地盯着他,他不得不采取行动。他揪着自己的髭须:水下的太阳黑子,占星术……太可惜了,他对这些生物的了解仅限于此。现在想到哪里了?啊,没错——巴阿尼表示已经做好面对冲突的准备:我们已准备好战斗。他眉心的竖纹更深了几分。最后,他耸耸肩,点击盒子选择伊格格拉语,然后输入:

"巴阿尼解释称其祭司进行了海底占星,结果与本次例战相悖。请求从现在起,将战争推迟至下一预定时间:距今十二平方兰诺克年,以实现行星间的合理平衡。"

翻译盒子像按了串喇叭似的吐出一段伊格格拉语。听到这话,伊格格拉们都大张着它们的鱼嘴,接着又跳着兜起圈子,搞得尘土飞扬。有几只兔子似的东西不见了。伊格格拉首领跳向拉姆福德尖叫了半天。

屏幕显示："战争高温渣滓死亡肥美食物！感叹。拖延不可能如期战争占星愚蠢！感叹。"

拉姆福德扯着自己的胡子。不怎么顺利。三个巴阿尼好奇地盯着他，等着他翻译伊格格拉刚才那阵激昂的嚎叫。他眉间的纹路更深了一重。自去年以来，巴阿尼找他的频率就高了许多。目前他们都交易过些什么？

他把盒子换成巴阿尼语，输入："伊格格拉称他们不想进行本次例行战争。他们注意到巴阿尼族群正因饥荒而陷入困境，因此死伤惨重的例战可能会导致巴阿尼种族灭绝，而伊格格拉钟爱的战争也可能因此终结。他们提议跳过本次，在下次十二平方年重返战场。"

花了许多咔嗒咔嗒和哨音才传达了这段信息。巴阿尼向后撤，凑在一起商议，而伊格格拉则对着他们嘲弄般地吱哇乱叫。拉姆福德焦心地看着。巴阿尼一直对食品交易非常积极。他不得不揩去眉头的汗水，不停地扯着胡子。巴阿尼重组阵容，排成一排，左边的那个咔嗒着讲话。

屏幕显示："巴阿尼完全有能力维持他们在（'X咔嗒B-平调到C-剧烈咔嗒序列'；见词典）中的角色。巴阿尼（'Z-咔嗒Z-咔嗒'；见词典）坚持像以往一样进行例战。毒鸟必死。"

拉姆福德深吸一口气，将盒子切换到词典，查询"Z-咔嗒Z-咔嗒"。

"Z-咔嗒Z-咔嗒：1.（双n-1咔嗒序列，B-平调；见词典）。2.位于脊髓上神经结节中的磁感应。3.蛋。4.大型轴承。5.地点意识或位置意识。6.钱。"

似乎哪一条都说不通,所以他又尝试查找"双n-1咔嗒序列,B-平调"。

"双n-1咔嗒序列,B-平调:1.(Q-咔嗒A-平调;见词典)。2.荣誉。3.骄傲。4.耻辱。5.面子。6.臼齿。"

这有点没完没了了,可能会搞得你一直在词典里翻来翻去。不管往盒子里输入这语言的是谁,这人绝对是个捣蛋鬼。但假如巴阿尼指的是某种骄傲、挽回面子之类的事,那也说得通。每个物种肯定对这个概念都有自己的版本。没错。假设这方面达成共识,那么他和伊格格拉谈到哪儿了? 它们似乎做好了知晓答案的准备。拉姆福德撇着嘴,胡子尖都要碰到下巴颏。占星师那边还算克制,伊格格拉却着实激进得很。他点击切换成伊格格拉语,开始打字:

"巴阿尼信奉海底占星师的圣语,因此打算拒绝仪式之战。伊格格拉的坚持只是徒劳。巴阿尼已在伊格格拉所在海床布满高温炸弹,以此实现目的。投入例战的高温武器有十二平方。如果伊格格拉坚持仪式之战,巴阿尼将被迫升级为全面战争,并让伊格格拉海域全军覆没。很抱歉但占星师坚持如此。"

盒子用伊格格拉语翻译这段信息时(没有动词它是怎么做到的?),拉姆福德从外套口袋掏出一块手帕揩揩额头,感到身体异常温热。饥饿让他感到有些虚弱,他得吃些早餐才行。

伊格格拉们群情激奋地吵嚷起来。拉姆福德迅速低头瞥一眼屏幕，看翻译盒子是否正在翻译他们的争吵。它确实在翻译，但问题也很明显，因为总有两三只伊格格拉在同时讲话："谎言肥美食物没有流星雨或许全面战争然后目的模棱两可没有感叹。一次失败翻译骗子蠢货流星雨没有解释或许盒子直接伊格格拉肥美食物为什么不是流星雨或许……"诸如此类。拉姆福德试图用一只眼睛盯着屏幕，另一只盯着那群跳脚的伊格格拉。看那架势，体型第二大的可能正在发表关于翻译和盒子的评论。没错，在向首领嘴里吐口水的时候，他甚至正指着拉姆福德。情况不妙。

巴阿尼正在己方阵营里吹着哨音商量，拉姆福德赶紧趁机向伊格格拉输入了另一条消息：

"巴阿尼希望与高级伊格格拉进行协商，体型第二大的伊格格拉或许有资格作为此事之代表。"

盒子尖叫着翻译出这些话，拉姆福德顺势指了指他脑海中预设的那只伊格格拉。伊格格拉首领明白了这则信息的潜台词，尖叫着跳起来扑向他的副手，呼扇着翅膀，疾风似的不停猛击对方。他用自己满是牙齿的下颚咬住副手瘦削的秃鹰脖子，拉姆福德还没反应过来，他就已经把那只尖叫的生物揍到快扁了。副手的嚎叫凄惨万分，只勉强剩下一口气，支撑他爬到那群伊格格拉身后。随后，首领大步上前，与拉姆福德和巴阿尼对话。

屏幕显示："占星术愚蠢战争高温肥美食物死亡总是压榨伊格

格拉和肥美食物变化永远不利家园星球的溃败外部合约全面战争
的范围坚持例战高温肥美食物死亡。"

　　读到这里,拉姆福德眉头紧蹙。没法说动这鱼头怪。他思考一
会儿,又把盒子切换成巴阿尼语,字斟句酌地输入了以下内容:

　　"伊格格拉斯理解巴阿尼有能力维持例战,也无意侮辱(双 $n-1$
咔嗒序列,B－平调)巴阿尼。"也许不该直接使用巴阿尼语词汇为这
信息增加力度。结合句子上下文,盒子有可能彻底搞砸。他继续输
入:"伊格格拉也有荣誉感,也要面子,所以才说巴阿尼的弱点才是
仪式之战问题的根源。但伊格格拉面临饥荒,因此要求将仪式之战
推迟十二平方年,以确保伊格格拉和巴阿尼均有足够成员来永久维
持战争。建议通过对下次仪式之战的承诺来相互表示荣耀(感
叹)。"

　　巴阿尼们对翻译盒子侧着自己的大河马耳朵,仔细倾听这串咔
嗒声和哨声。拉姆福德感到汗水在衬衫里缓缓往下淌。对兰诺克
来说,这温度也太热了。巴阿尼正凑成一堆讨论这件事,拉姆福德
再次把其中一只眼睛放在盒子上,看它能传达些什么信息。

　　"我们不能给(Z－咔嗒 Z－咔嗒;见词典),感叹。必须(中 C 到
高 C;见词典)。"

　　他偷偷摸摸地切换到词典,查找"中 C 到高 C"。

　　"中 C 到高 C:1.静静站立。2.跑。3.表示感兴趣。4.丢失。5.
交替。6.修复。7.替换。8.对着。9.(高 C 到中 C;见词典)。10.透过

浑水看。"

真有用。拉姆福德放弃了。

最后左边的巴阿尼——在那个位置说话的第三个——抬起头来开口道:"巴阿尼(Z-咔嗒Z-咔嗒;见词典)对毒鸟就巴阿尼和神圣战场的(n−1咔嗒序列,B−平调;见词典)的表达表示满意。如果达成一致,例战应在十二平方年后在规定时间重启。"

拉姆福德不禁轻轻扬了扬眉毛。很显然,搞定一个。现在他和其他人进行到哪一步了?啊,是了,顽固的秃鹰还是很难对付。它们完全有可能接下他对全面战争的威胁并采取行动,而这会让巴阿尼人相当困惑,兰诺克也会被付之一炬。嗯,那就糟了。

他努力地飞速运转着思绪。双方对战争的理解不同。巴阿尼把它当宗教行为,或许也是为了控制种族数量,但如果种群数量因饥荒降低,仪式之战就无法维持。所以,只要能与伊格格拉迅速安排会谈、保住面子,那他们就会同意推迟。不错,清楚明了。伊格格拉呢?食物来源,种族控制,游戏,谁能搞清楚?他们当然不在意巴阿尼占星师的想法,宗教对于这些伊格格拉而言也无关紧要。

需要令人信服的理由的对象,是信息的接收者而非发出者,这样才。拉姆福德为这个乍现的灵光激动得直眨眼睛。毕竟,发出人并没有听消息——实际上连发都还没有发。接收人才是关键。

他把盒子切换到伊格格拉语:"巴阿尼遭受饥荒,担心仪式之战会导致他们灭绝。如若如此,仪式之战将不复存在,肥美食物将不复存在。只是希望推迟。"伊格格拉嘲讽地尖叫起来,但盒子屏幕上出现了"理解"一词。也许现在有了一个他们可以理解的理由。最好乘胜追击。他向伊格格拉输送了另一条信息:

"如你所言,杀戮和肥美食物依赖于现存的族群数量。没有族群就没有杀戮或肥美食物,仪式之战将永远终止,因此巴阿尼坚持推迟。如果伊格格拉试图发动战争,置与巴阿尼的传统合作于不顾,巴阿尼将别无选择,只能发动全面战争,集体自杀、同归于尽。因此提议推迟。考虑到巴阿尼种群数量,遵从占星师的决定很有必要。"

盒子不停地轰响又尖叫,伊格格拉首领一边翘首倾听,一边仔细注视着拉姆福德。信息传递完毕,首领自己先在原地手舞足蹈一阵,接着,它突然径直靠近了巴阿尼。拉姆福德屏住呼吸。伊格格拉首领对巴阿尼不停尖叫,还在他们面前凶猛地扇过一只翅膀。

三个巴阿尼都大张着嘴巴,同时发出高亢嘹亮的哨音,仿佛要把自己的大脑袋劈成两半似的。拉姆福德不得不用手捂住耳朵,连伊格格拉头领也后退了一步。那三张深渊巨口,真是让人触目难忘。伊格格拉也仿佛嘲笑他们似的张开长嘴:嘴里面是密密麻麻的利齿,同样令人难忘。口水仗。如果这不会导致什么后果,那倒是无所谓。剑拔弩张。他得想法子从老鱼脸的尖叫声中听出回复,但他又不能介入得太多。

漫长的一分钟过去,双方互相瞪目。突然,伊格格拉首领转过身,高声尖叫起来。

屏幕显示:"高温死亡肥美食物推迟替代同类相残因为伊格格拉保证十二平方年后重启渣滓高温战争肥美食物。"拉姆福德长出了一口气。

他切换到巴阿尼语,输入。

"伊格格拉同意认可巴阿尼的荣耀,承诺十二平方年后重启光荣之战。"

哨音、咔嗒、哨音。左边的巴阿尼语速很快。

"巴阿尼接受延期,认可他们的荣耀。"

拉姆福德向伊格格拉领袖转达了这个消息,对方也点头同意,似乎对将会重启战争的承诺非常欢喜。然而,它随后不满地长嚎道:

"伊格格拉否定持续直到下次仪式之战伊格格拉海域高温炸弹设置,坚持立即移除。"

嗯,有点儿不妙,得让巴阿尼人移除他们并不知道也其实并不存在的炸弹;与此同时,他们正看着拉姆福德,想知道对方说了什么。为了争取时间,拉姆福德切换到巴阿尼语并输入:"伊格格拉同意尊重巴阿尼,也同意下次再行仪式之战。"

这是在重复之前的信息,但拉姆福德顾不得也来不及想太多。幸亏巴阿尼似乎并未注意这一点,他们再次同意。拉姆福德切换回伊格格拉语。

"巴阿尼称伊格格拉海底的武器将被停用。只能如此，因为武器无法迁移。"

伊格格拉首领厉声尖叫，拍得尘土飞扬。"战争战争战争全面溃败战争肥美食物热量死亡除非海底炸弹拆除！感叹。"

嗯……为了阻止一场小型仪式之战，发动很可能摧毁兰诺克岛的全面战争？那可不行。

拉姆福德很快得到巴阿尼将在十二平方年后再来的承诺，然后又切回伊格格拉语：

"巴阿尼称炸药将会移交伊格格拉。爆炸波长由炸药决定，伊格格拉可以更改设置使炸药失效。可以在兰诺克海域安排小型演示。翻译同意运送炸药并作为仪式进行演示。禁止巴阿尼与伊格格拉在例战之间对话。"

可以从锰矿搞一堆远程爆炸装置，设置一次海上爆炸，希望这能让他们信服。

一长段显然经过深思熟虑的舞蹈之后，伊格格拉首领吞了两只兔子似的生物，同时表示他接受这个计划。伊格格拉们干脆地转身，沿着通往太空港的道路跳了回去。会议结束。

欧文·拉姆福德打着摆子站起身，只觉得精疲力竭。他陪同三个巴阿尼回到海滩。当他们登上自己的海船时，左边的巴阿尼说了些什么，但翻译盒子还装在拉姆福德的大衣口袋里。等到巴阿尼的海船翻滚着消失在黑浪之下，他拿出盒子，启动，试着模仿最后一组哨声。盒子显示:"(Y-咔嗒 X-咔嗒;见词典。)"于是,他切换到词典查找。

"Y-咔嗒 X-咔嗒:1.退潮。2.扭曲、打结、复杂。3.十根食指。4.优雅。5.月偏食中的可见部分。6.树。"

"唔……"拉姆福德无言。

他慢慢向山上的镇子走去。Y-咔嗒 X-咔嗒。那些盘子似的盯着他的大眼睛。他们那边的谈话进行得很顺利,顺利极了。还有他所有的假设,关于饥荒的、例战的。他们会不会……有一点……但不可能。毕竟,语言障碍在心灵感应和实际交谈中一样麻烦。应该是这样吧。

Y-咔嗒 X-咔嗒——如果他模仿的哨音没错的话。不过他觉得他有错。为什么会有个词描述他们从来没见过的东西?不过巴阿尼曾与更早的路人交易过,盒子就是见证者。令人好奇。

锡皮屋顶在阳光下熠熠生辉。黑色石墙上透出白色石英脉纹,黑鹅卵石干净又整洁。精致美丽的小镇。一百四十四年后,他们必须得搞清楚一些事情。不过嘛,那是他们的问题,下次多警告就好。现在没什么事情可做了。

他走进酒馆,重重地一屁股坐下。女儿刚收拾好餐桌准备午餐。"爸爸,你看上去很疲惫,"伊莎贝尔问,"你又去试着锻炼了吗?"

"不,不。"他心满意足地环顾四周,长长地吐出一口气,"只是做了点儿翻译。"他站起身走到吧台后面,接了一满杯啤酒。突然,他的胡子微微上翘。"可能会因此获得一点儿报酬,"他告诉她,"如果是这样——还想去野餐吗?"

（崔龚荣秀 译）

冰　川

古德伯格太太介绍道："她叫斯黛拉。"她打开纸箱，一只灰猫跳出来，飞快钻到了角落的桌下。

亚历克斯的母亲说："我们以后就把她的毯子铺在那儿好了。"

亚历克斯趴在地上，朝猫望去。斯黛拉又老又瘦，眼睛黄黄的。她的毛色银、黑斑驳，又混杂着偏粉的褐色，很是少见。妈妈曾评价说，有点儿像龟壳。眼睛上面的毛使她看上去总像在皱眉头。她警觉地竖起了飞机耳。

古德伯格太太说："别忘了，她有些害怕男孩。"

"我知道。"亚历克斯跪坐起来。斯黛拉发出嘶嘶声。"我只是看看而已。"他对这只猫知道得一清二楚：她曾是一只野猫，不知从哪天起开始造访古德伯格家的阳台，还吃掉了他们家狗的食物。接下来，人人都看得出来，她居然和那只叫作雷米斯的狗混在了一起。

雷米斯是只腿僵得快走不动道的老狗,似乎很开心有个伴儿。没过多久,这俩家伙就变得形影不离。猫看着雷米斯,有样学样,也出门散步;人一叫就跑来;还会跟人握手;诸如此类的都让她学了去。后来,雷米斯去世,现下古德伯格一家人也要搬走了。妈妈便提出想收养斯黛拉。听闻此事后,爸爸虽然重重地叹了一口气,但并没有拒绝。

古德伯格太太来到亚历克斯身边,坐在破旧的地毯上,向前倾下身子,好看见桌子下的情形。她的脸有些浮肿。"没事的,斯黛宝贝①。"她哄道,"没事的。"

猫瞪着古德伯格太太,脸上的神情分明在说,你开什么玩笑。见她这副表情,亚历克斯忍不住笑开了。

古德伯格太太伸手从桌下将她捉了出来。被扯出来的时候,猫发出尖锐的喵声,以示抗议。然后她就蜷在古德伯格太太的大腿上,像只兔子似的瑟瑟发抖。两个女人又聊起了别的事儿。古德伯格太太将斯黛拉放到了亚历克斯妈妈的腿上。猫的耳朵和脑袋上都有伤疤。她的呼吸很是急促,好不容易才在妈妈的抚摸下镇定下来。妈妈说:"要不,我们喂她点儿吃的吧。"她深知动物在这种情形下会有多么焦虑:从多伦多搬到波士顿的时候,他们把家里的狗狗胖哥留在了多伦多。

送狗去华莱士家的正是亚历克斯和她。离开的时候,狗狗不

①斯黛拉的昵称。

停地哀号，妈妈也哭了一路。她让亚历克斯去冰箱里拿点儿鸡肉出来，装在碗里给斯黛拉吃。亚历克斯将碗放在沙发上紧靠着猫的地方。斯黛拉嗅了嗅，露出倨傲的神情，转开了目光。等她又冷静了一些，这才开始小口小口地啃咬鸡肉，鼻子在只剩一颗的尖锐犬牙上方使劲地嗅着。古德伯格太太看着斯黛拉进食，妈妈继续和她说话。吃完了食物，猫从妈妈的腿上一跃而下，在沙发上蹿来蹿去，就是不肯让亚历克斯靠近。他刚想靠过来，她就缩成一团，然后满脸绝望地往桌子下冲。"哎呀，斯黛拉！"古德伯格太太笑起来，不太在意地对亚历克斯说，"看来她还要段日子才能和你熟悉起来。"亚历克斯耸耸肩。

　　屋外，风从比楼房还高的树梢刮过，树枝猎猎作响。亚历克斯沿着切斯特街走到布莱顿大道，然后转去了左边。为了御寒，他脚步匆匆，很快就来到河边。河堤上修有供人行走的步道，他便走了上去。河堤之下，河流的边缘已经结冰，但中心部分仍在流动，淤泥般灰色的水流偶尔泛起白沫。他经过正修建水坝的一处工地，来到一片由泥土、石头、废木材和垃圾堆成的长长的冰碛①前。三步并作两步爬上冰碛，他站在上面看向冰川。

　　冰川广袤无际，像从西边和北边绵延而来的白色山脉。查尔斯

－－－－－－－－－－

　　①在冰川堆积作用过程中，所挟带和搬运的碎屑构成的堆积物，又称冰川沉积物。

河从冰川的底部涌出,自终碛①的缺口中喷发。冰川末端耸然而立,衬得河道细小,简直像一条在暴风雨中排水的沟槽。明亮洁白的大块冰从冰川末端的冰壁翻滚落下,在冰壁上留下新鲜的蓝色创口,然后堵塞了下方的河道。

亚历克斯沿着冰碛的边缘行走,来到冰川那一侧。他的左边是一片被清空的区域,只能见到破败的街道、潮湿的泥土,以及暴露在天空下的地下室。再远就是奥尔斯顿区和布莱顿区,那里城市的烟火气依然喧嚣。他的脚下是泥土和残渣混成的嶙峋的土堆,右边则是无边无际的冰和石头。放眼望去,人们很难相信这两种景象竟处于同一片天空之下。泾渭分明。他向着冰川那面,顺着自己留下的行踪,小心翼翼地从冰碛那松散又陡峭的斜坡往下走去。

冰川和冰碛交融地带的景象令人难以捉摸。有些地方,冰碛被切割,呈宽大的扇形溢出冰面②;你无法得知,那些泥土是坚实的,还是暗藏着冰隙。有些地方,冰川融化形成缺口,于是有厚厚的冰盖凌空而出,再一点点地坠入下面的灰色水塘。亚历克斯曾在这种低矮的冰穴之下见到过一辆汽车,车漆剥落,车身被砸成扁平。

还有些地方,冰向斜下方倾斜,覆盖在冰碛的砾石之上,形成一面完美的坡道,仿佛有木匠专门打造过似的。亚历克斯在泥土和冰碴之间穿行,终于找到这样的一片地方。他大步跨上呈弧线形的

---

①冰川暂时稳定时期在冰川前端的堆积物。由于堆积作用在冰川末端的一定位置连续进行,逐渐加厚增高,常形成弧状冰碛堤,称终碛堤。

②称为外洗扇,是以冰川融水为主要应力,由砾石和砂粒组成的沉积物。

白色冰面,像往日那样兴奋到战栗。他踏上了冰川。

　　弧线形的侧坡依然是陡峭的,但冰里嵌进了成千上万的砾石——这些小石头,白天被阳光晒热,于是各自找了专属的位置,窝进冰里,到夜晚冰再次冻上时,它们就被嵌住了。这一过程周而复始,直到多数石块有四分之三都埋进了冰川。如此一来,冰川就有了坑坑洼洼、嵌满岩石的表面,能够抓住亚历克斯快被磨平的鞋底。这冰面不容易让人滑倒。对他来说,冰川的斜坡都算不上陡峭。咔嚓,咔嚓,咔嚓。他每走一步,微小精致的冰晶就在他的脚下破碎坍塌。他能改变冰川。他是冰川运动的一部分。他属于冰川。

　　侧斜坡下到头是一段平坦的路,第一批大冰隙就在那里。这些深蓝色的裂隙十分危险,亚历克斯夹在两道裂隙之间,小心谨慎地爬上一道窄坡。他捡起一块拳头大小的石头,扔进稍大一点儿的裂隙。哐当,哐当……哗啦。仪式完成,他打了个颤儿,继续向前。投石让他知道,冰川之下有稀薄的空气、水池,还有从查尔斯河分出的支流……一片死寂的冰下世界。坠落其中的人永远没法逃脱。浮于表面的冰层因此散发着危险神秘的光辉,来自冰川深处的光。

　　只要在冰川上选对了路,他就能走得轻松些。咔嚓,咔嚓,咔嚓,他行走在破碎起伏的冰原表碛①之上。冰雪延绵四野。他回过头向城市望去,右边是汉考克大厦和保诚大厦,左边是比前两者稍矮些的麻省理工大楼,低空的云层缭绕在高楼之侧。冰原上的风更

　　　①覆盖在冰川表面的岩石碎片。

大了,他戴上外套的连衣帽,又紧了紧领口。千丝万缕的风发出低沉的呼啸声。布满冰面的裂痕中淌着细流,看上去竟像是寻常地貌了。就是那种辽阔的草甸,其上有嶙峋山石,潺潺溪流。但其实,两者又截然不同。打个比方,冰上的溪水流进冰隙和壶穴,转瞬便会消失。当人低头看向圆形的壶穴时,会感到相当怪异:冰层透蓝,可以看见冻在其中的气泡,里面装着很多年前的空气。

冰塔断裂,断口处的冰终于与阳光遭逢。数十座形状各异的巨大岩块散布在冰川之中,有些甚至有好几栋房子合在一起之巨。他靠着岩石前行,借之遮掩身形。一帮剑桥市的小子时不时会出现在这里。他们很危险。他必须率先发现他们,以免暴露自己。

他往冰川里走了一英里左右。冰从一块巨石周围漂过,给石头留下了一面十英尺高、歪歪扭扭的墙面。这只是成百上千古怪的冰面造型中的一例,充分说明了冰川有多么天马行空。亚历克斯曾在岩石和冰层间的缝隙中插了些木制的冲浪板,打造了一个能躲开西风的好座位。那些平坦的岩石刚好可以用来做地面。他甚至还在角落里搭了个小火堆。他每生一次火,火堆下的平坦岩石就会往冰里嵌得更深一点儿。而那本是冷硬如铁的坚冰。

不过这回他没带够火引子,生不了火。他坐在自己做的长凳上,手揣在兜底,回望着城市。他能看到数英里之外的景象。冷风从巨石旁呼啸而过。几缕照下的阳光,叫冰给透得迷离起来。杂乱无章的广阔冰域大部分让阴影蒙住,泛起淡淡的粉色。粉色来源于一种纯靠着冰雪和尘土生存的藻类。雪藻的粉、冰塔的蓝、冰原的灰混杂在一起,其间还有一片片白——那是白雪覆盖或者阳光照亮的地方。远方,黑压压的云吞噬了蓝色的汉考克大厦顶端,使楼宇看上去也像座冰塔。亚历克斯向后靠在冲浪板制成的椅背上,嘴里以口哨吹起一支来自歌剧《班战斯的海盗》里海盗王的歌。

　　大家都觉得,这只猫多少有点儿疯。她那优雅的举止只是虚伪的表象,只要一有响动,比如电话铃声、关门声,她就会像被击中似的弹起来。跳到半空,然后似乎又想起这声音并不意味着危险,于是中途停下,再舔舔毛,装作无事发生,从未起跳过。真是让人焦虑的敏感。而且,只要有人一靠近,她就神经过敏。不过,她已经尝过了被人爱抚的滋味,食髓知味。所以她时不时兴起,随便靠近一个人,发出试探性的、带着点儿呼噜声的"喵"。如果你接受了她的邀请,弯下身子来抚摸她,她就会小心翼翼地走到你刚好够不着她的位置,不断地发出邀请。但你只要一往前移,她就后退。最终,她要不然允许你摸到她,并且和你保持着刚刚能接触到的距离;要不然认为不值得冒这个险,猛地蹿开。

　　父亲被她的左右为难逗得大笑,便取笑她说:"斯黛拉,你简直蠢死了。"

　　妈妈制止道:"查理斯,别这么说。"

　　父亲说:"这简直是我见过的趋避冲突行为^①的最佳范例。"他被这项欲迎还拒的挑战引发了兴趣,于是坐在地板上,背靠沙发,伸开腿,将斯黛拉放在大腿上。这样,她既能让他撸个够,再畅通无阻地跳走;又能放松下来,打起呼噜。她的呼噜声响亮又刺耳,让亚历克斯想起电锯划过冰川的声音。父亲总是对着猫说:"笨头笨脑。"

　　几周过去,时间从八月来到九月,树叶开始枯萎零落。斯黛拉也开始主动蜷在人的腿上,不过只能是妈妈的腿。妈妈说:"她喜欢暖和的地方。"

　　爸爸附和道:"地上太冷了。"他玩起了猫儿伤痕累累的耳朵,又对她说道:"斯黛,你为什么总是坐在海伦的腿上,嗯?最先让你坐腿的可是我呢。"终于,猫也肯往他腿上趴了,还抻一抻身子,熟门熟路得像是从来如此。爸爸对着她笑。

　　斯黛拉从来不主动趴在亚历克斯的腿上。不过,若他拉长时间、慢慢地抚摸她,她也愿意在他的腿上待一会儿。如果他把猫抱到腿上却不摸的话,她大概率会瞪着斗鸡眼回过头惊恐地看他,然后手忙脚乱地跳走,同时挠得他满腿伤口。有一次,她像这样突然逃跑后,亚历克斯对妈妈抱怨说:"她太怪了。"

　　"是有些。"妈妈低声笑着说,"但你要想,斯黛拉可能被虐待过。"

　　"野猫怎么会被虐待?"

①趋避冲突是心理冲突的一种,指同一目标对于个体同时具有趋近和逃避的心态。

"我敢肯定,野猫会碰见的虐待五花八门。而且,她也有可能是在家里受了虐待才逃出来的。"

"谁会这么做?"

"总有些缺德的人。"

亚历克斯想起了冰川上的那伙人,承认妈妈说的是对的。他总是在想,如果自己落到他们手上,会发生什么。这事过后,他理解了斯黛拉坐着盯着他时,为什么永远紧锁着眉头,全神戒备,疑虑重重。"斯黛宝贝,是我,别怕。"

所以当猫跟着爬上屋顶,看上去还挺乐意跟他晃悠的时候,他受宠若惊。他家公寓在最高那层,沿着储物间后面的楼梯就能上去,将屋顶权当作是自家门廊。屋顶宽敞平坦,铺着粗糙的油毡,像是对冰川粗粝表面的拙劣模仿。但天气干燥的时候,爬上屋顶,四下打量,将小石头扔到别家屋顶上,瞧瞧能不能看见冰川,做这样的事,还是挺美的。有一次,他的裤带露了出来,斯黛拉猛地拽住。之后,他干脆带了一团父亲的毛线上来。毛线被风吹动,斯黛拉兴奋地攻击那根线,撕咬它、抓扯它;当亚历克斯把它绕在她身上时,她又拼命地要挣脱它,表现得像只寻常的小猫。亚历克斯见到她这副样子,又惊又喜。

亚历克斯心想,她或许从来没像寻常的小猫那样玩耍过。现在感到安全了,她便终于露出了本性。但这种嬉戏总会戛然而止。她总会在撕咬和挥爪的途中回过神来,然后挺直身子,神色肃穆地四下看看,像是在说:"我身上的这团线是怎么一回事?"接着她会舔舔毛,假装之前的几分钟从未存在过。亚历克斯总被逗得发笑。

纵然冰川吞没了西方和北方的许多市镇,而且近期才肆虐过沃特顿市和纽顿市,但出人意料,不管是在冰川中,还是在冰层下,都几乎看不到城市的踪迹。一切都是天然的:岩石、泥土和木头。或许那是修筑过房屋的木头,是混凝土中的泥石,但如今已然无法分辨,只剩下纯粹的泥土和岩石,以及各种碎片,偶尔会出现一片塑料或一截金属。毋庸置疑,那些被吞没的市镇,如果不是当场就灰飞烟灭,就是被带到了别的地方。冰川看上去像是刚刚湮没了白山山脉。

爸爸和加里·荣格曾提到过麻省理工的最新计划。查尔斯河下游正在修建巨大的水坝,就在奥尔斯顿区和剑桥之间的位置。他们想靠水坝拦住冰川。他们打算加热大坝内表面的混凝土,在冰川前进的时候融化它。融化的雪水在汇入查尔斯河之前,会向一系列的涡轮机倾倒而下。涡轮机发的电,就能用来加热大坝。聪明至极!

如果你低头细看冰川中的冰,就能发现它只有表面那可能不到一英寸的部分是清透的,还布满了裂痕和气泡。再往下,就变成了牛奶般的乳白。这过渡十分明显。不过,要是冰被塑造成了竖直的造型,比如冰塔侧面和冰隙之下的冰,清透的部分还会厚上几英寸。你能看到冰深处的气泡,像那种工艺差劲的玻璃。而且这种冰看上去尤为湛蓝。亚历克斯不明白为什么会有这样的差别,平躺的冰是白的,竖立的冰是蓝的。但事实就是如此。

北边的新罕布什尔州曾想延缓冰川的步伐,至少是想阻止像"阿拉斯加雪崩"那样的事突然发生。他们在混凝土中垂直插入钢筋,再将混凝土铺在冰川前进的路上。后来人们在冰川中找到了一处这样的设施,发现钢筋被掰弯了九十度,直接嵌进了擦痕累累的混凝土中。

冰肯定会没过大坝的。

有一天,亚历克斯走过爸爸的书房,听见爸爸大喊:"亚历山大①!快来看看这个。"

亚历克斯走进那个堆放着一排排书的昏暗房间。房间的窗户对着楼房之间杂草丛生的空地。绿色的灯光斜照着父亲的书桌。"过来,站在我身边,看我的咖啡杯。看见那种莫格里斯式的窗边鲜花倒映在咖啡里没有?"

"真的哎! 好棒!"

"刚才可让我吃了一惊! 我一低头,就看到杯子里有这些粉色和白色的小花,靠着墙,在微风中摇摇晃晃。像是一张老照片。我花了好长时间,才弄清楚这是倒影。"他笑道,"镜花水月。"

亚历克斯的父亲有对浅棕色的眸子,稀疏的浅色头发向后梳起,暴露出正在后退的发际线。妈妈说他是个帅哥,亚历克斯也赞

---

①亚历克斯的正式称呼。

同。他又高又瘦,优雅精致,风度翩翩。他是个优秀的人。此刻,他看着自己的咖啡杯,脸上的笑容让亚历克斯捉摸不透。

妈妈在纪念大道旁的街市中认识些人,给亚历克斯安排了一份工作。一周有三个下午,他得跨过查尔斯河,到滨河的街上帮鱼贩除内脏,帮卖菜的削皮洗菜。他也帮着摆摊和收摊,将街道重新清扫冲洗干净。他精力充沛,而且即便天气寒冷,他也不怕打湿双手,很是受人欢迎。因为频繁浸水,他羽绒服的袖口都褪了色,深蓝色几乎成了棕色。这让他的妈妈很苦恼。但他比成年人更耐得住寒冷。他的手时常会冻得青一块、白一块,他将手放在女人们泛红的两颊,冰得她们一蹦而起,直叹:"我的天!亚历克斯,你怎么受得了?"

狂风大作的下午。天色昏沉,不过没下雨。意大利面摊上发生了一起盗窃未遂事件,罪魁祸首是一条长满疥癣、动作灵敏的狗。集市登时热闹起来。狗的嘴里塞满了东西,从一堆鱼头和内脏上跳过,转眼消失不见,留下一路红红白白的内脏。看到这幕的人都笑了。这年头的野狗已经不多,能见着一条还是令人愉快。

日落后一个小时,他做完了清洁,吃饱了肚子,双手揣在兜里,一只手里还攥着张五美元的钞票。他给国民警卫队的人看了通行证,走上威克斯大桥。走到中间,他停了下来,在大风中倾身朝桥栏杆外望去。桥下,裹着冰川泥沙的乳白色河水翻腾不息。天光尚存,一道道乌压压的低矮云层,如镰刀般从西北方向扫来,看上去像是肋排。乌云之上,白昼渐被黄昏吞没。刺骨的风在他的兜帽旁呼啸。下有白水激流,上有乌云席卷……他深吸一口气,让风灌入肺腑,感觉自己在不断膨胀,填满目之所及的每一寸空间。

　　晚上,亚历克斯父母的朋友聚在公寓中,举行两周一次的派对。有人会朗读小说、诗歌、散文,以及他们自己写的批评文章,然后大家再一起讨论听到的作品。讨论结束,他们会就着买来的食饮继续争论。亚历克斯本来很享受这样的夜晚,可今晚他回到家时,发现妈妈在电脑和厨房间来回跑趟,嘴里骂骂咧咧地敲着电脑命令键,或是扭动热水龙头。看见亚历克斯,她马上说道:"啊,亚历克斯,你回来了真好。你能去趟洗衣房帮我洗一篮衣服吗?塔尔博特一家今天要在我们家过夜,没有干净的床单了。而且我明天也没干净衣服穿。谢谢,宝贝。"于是他又出了门,一边肩上扛着一大袋换洗衣物,另一只手上拿着盒洗衣液,没好气地踏着沉重的步子,路过一个穿黑色外套的矮小男人。那男人正坐在切斯特街19号屋的门廊处读报。

　　下到布莱顿大道,右转,沿着阶梯走下灯火通明的地下室自助洗衣店。他将换洗衣物和洗衣液放进洗衣机,投入几枚二十五美分,启动洗衣机,然后坐在上面。他闷闷不乐地观察着其他坐在洗衣机和烘干机上的人。机器的震动将许多人抖睡着了,剩下的盯着墙面发呆。他家公寓里,客人说不定已陆陆续续到了,正脱掉外套,手臂在胸前挥舞,语速飞快地聊天。隔壁的大卫、萨拉、约翰,对面街巷的伊拉、加里和艾琳,还有和父亲在同一所大学共事的塔尔博特一家,凯瑟琳·格林和迈克尔·吴,以及来自医院的罗恩。他们会聚在客厅,坐在沙发上、椅子上、地板上,不停地聊啊聊。亚历克斯特别喜欢凯瑟琳,她的语速是别人的两倍,见谁都叫"亲爱的",总是在笑,飞快地跟人聊天,把所有人都带进她的节奏。他也很喜欢爱讲笑话的大卫,爱礼貌发问的杰伊·塔尔博特。当然,还有加里·荣格。他总是像头熊似的坐在专属于他的角落,嘴里喝着啤酒,不管别人读什么,都要挑衅一番。"为什么要做抽象的处理? 为什么要对现实进行扭曲? 这对我们有什么帮助吗? 能告诉我们什么? 让我们抛弃抽象主义!"爸爸和伊拉称他"粗俗的马克思主义者",不过他浑不在意。

"加里,你就像普列汉诺夫①一样!"

"谢谢你的称赞!"他说这话的时候总是露出夸张的笑容,摩挲着胡子拉碴的双下巴。

接着又会有别的人继续朗读。玛丽·塔尔博特曾经读过一篇童话,讲的是冰川下的某样东西。亚历克斯曾经很爱这故事。还有一次,他们甚至说服迈克尔·吴带来了他的小提琴。吴先是不想拉,磨磨叽叽,摩挲着脖子,说自己拉得不好。最后终于像片树叶一样,摇摇晃晃地奏响了旋律,使喧闹的人群安静下来。还有斯黛拉! 她痛

---

①格奥尔基·瓦连京诺维奇·普列汉诺夫(1856—1918),俄国政治家。普列汉诺夫文艺思想的一个重要支点是强调文艺的阶级性与社会功利性的本质,将文艺的阶级性原则运用于文艺批评。

恨这样的聚会,每次都蜷成一团,躲在她的避难所里,一有风吹草动就准备逃跑。

然而,他现在却只能坐在自助洗衣房的烘干机上。

等衣服烘干,他将它们裹好放进包中,匆匆地转过街角,走上切斯特街。他走进21号楼,向后透过玻璃门看了一眼,发现隔壁那人依然在门廊处读报。古怪,这天气坐在屋外不冷吗?

楼上,朗读环节已经结束。人们在公寓里四散开来,大多都在厨房,妈妈打燃了燃气灶,将火开大。伴着他们的交谈,蓝色的火焰熊熊燃烧,将厨房映得明亮又温暖。

"白色燃气①能烧得这么干净真是太好了。"

"后来他们在巷子里发现了那个可怜的家伙的头和肠子。它当场就被开膛破肚了。"

"亚历克斯,你回来了!谢谢你。快来,吃点儿东西。"

大家纷纷跟他打过招呼后,又继续聊了起来。"加里,你实在是太保守了。"凯瑟琳高声说道。她伸出双手,笼在炉火上取暖。

"这才不是保守。"加里驳斥说,"这是个激进的目标。我想,就是因为这种理念过于激进,我才得不断提醒你们它的存在。艺术就是要用来改变现实。"

亚历克斯晃晃悠悠地沿着狭窄的廊道走向父母的卧室。那间房正对着切斯特街,爸爸正在里面和艾琳聊天。"看,这不正是现实

———————
①美国燃气品牌。

的扭曲吗？还长着树的街道就剩那么几条了，切斯特正是其中之一，看起来还挺像居住区的，而且这里离联邦大道只有三个街区[①]。嗨，亚历克斯，你回来了。"

"你好，亚历克斯。就像是把布鲁克莱恩[②]的一部分搬到了奥尔斯顿[③]。"

"正是如此。"

亚历克斯站在飘窗前，一边把手指上残留的最后一点胡萝卜蛋糕渣舔干净，一边往下看去。那个男人依旧在那儿。

"把这些屋子都关上吧，省点儿暖气。亚历克斯，一起？"

亚历克斯坐在客厅的地板上。爸爸、加里和大卫刚刚玩起"伤心小栈"[④]，他们邀请他加入，他愉快地答应了。他朝角落的桌子下看了一眼，见到一双黄色的眼睛冲他眨了眨。是斯黛拉。她皱着眉，扁平的脸上摆出一副简直无法忍受的神情。亚历克斯笑了，"我就知道你在那儿！没事的，斯黛拉，没问题的。"

像往日一样，客人们成群结队地离开。他们穿着靴子的脚重重地跺了跺地，将自己套进大衣、围巾和手套中，一走入楼梯间便冷得惊叫起来。加里轻轻地抱了抱妈妈，说："你家是波士顿仅剩的温

①美国城市规划划分为商业区和居民区，联邦大道附近在当下被规划为商业区。

②波士顿的富人区。

③波士顿比较混乱的街区。小说中亚历克斯居住的街区就属于奥尔斯顿区。

④即红心大战。避免拿到红心牌和得分牌，避免积分的游戏。

暖地方了。"然后一把拉开玻璃门。其他人跟着他出门,亚历克斯也跟在后面。那个穿着黑色外套的男人也正向右转上布莱顿大道,朝着大学和市中心的方向走去。

　　有时,当冰冷的骤雨落下,云层会呈现出冰川那种杂乱的灰色,一团团低矮的黑云点缀着浅灰色的平面。每每在这种时候,他总感觉自己站在上下两个平面之间,而这两个平面又能合而为一,化作某种更为巨大的造物:脚下是它冰冷的舌头,头上是它冰冷的上颚……

　　他站在这样的天空下,朝着约四十码外的一块漂砾①扔石头。漂砾体型不小,难度不大,投出的石块多数都能击中。拿水瓶当目标要有趣些。他带来了一只水瓶。他把它放在漂砾后面一块齐腰高的岩石上,又往回走了几步,找到一个位置。从这儿看过去,水瓶正好被漂砾遮挡住。他捡了些扁平的石块扔出,石块打着旋儿,划出一道弯曲的轨迹,从漂砾旁飞过,说不定能击中隐藏的目标。投掷石块的技术对他很重要,他时不时地就会卷进互掷石块的斗殴中,而且他常常是势单力薄的那方。他只能依靠自己,依靠弧线形投掷的技术和命中率,以及他到处藏着的弹药储备。在一片满是漂砾和冰隙的区域,他甚至能给对手制造出有两个投手的假象。

　　他全身心地投入到让投石从漂砾右侧弯过的练习——于他,

---

　　①冰川裹挟的巨大石块。

右边的路线更难一些——结果放松了警惕。听见大吼声,他惊得跳了起来,环顾四周。一块石头嗖地从他左耳旁擦过。

他卧倒在冰面上,匍匐到一块漂砾的后面。他被人伏击了!他跑到当作据点的乱石丛中,找到一处弹药贮藏点,拂去上面堆着的雪,将口袋塞满,手里也抓满了碎石。他朝石头飞来的方向看去,谨慎地打量着那边杂乱堆砌的水泥块。

没有动静。他回想了下刚刚石头擦过的情景。石头从旁边一闪而过,破空而来。差点儿就击中他了!要是真的被击中……光是想想,他便打了个寒战,胃部绞痛起来。

几乎凝成冰雪的雨点渐渐沥沥地落下。四野无遮无拦。如今天这样阴云密布的日子里,一切似乎都从下方被乳白色的冰川照亮,仿佛黯淡霓虹灯下的塑料。冰川如同易碎的巨大塑料块,漂动着、呻吟着,偶尔像被枪击中似的裂开,间或发出遥远闷雷般的哀声。像活物似的。亚历克斯就是它的盟友,是它在人类中间的代言人。他在石块之间跳跃,看到冰川移动又凝结。两个穿着绿色羽绒服的男孩一边笑着,一边从冰面跑开,翻过侧碛①,进入沃特顿的废墟。看来只是胡乱扔的石块。亚历克斯骂了他们一句,放松下来。

他又继续朝隐蔽的水瓶投掷石块。时不时地,他回想起石头从脑袋边擦过的感觉,于是投得更加卖力。扁平的石头划破空气,画出漂亮的弧线,坠落后插入冰雪。终于,有一块石头在空中旋转,然

---

①冰川暂时稳定时期在两旁谷坡上的堆积物。

后拐了个急弯。完美的一击!石头消失在漂砾背后,然后是"当啷"的一声。"太棒了!"亚历克斯高喊,跑过去查看。玻璃一般的冰面上散着冰一般的玻璃。然而,他正打算离开冰川时,一群男孩翻过冰碛而来,大喊着:"加拿大小子!""他在那儿!""抓住他!"这已经不是谨慎的伏击,更像是追捕。对方人数众多,将手里和包里的石头弹药都掷光了后,亚历克斯只能逃跑。他奔过松脆起伏的冰面,踏得融雪飞溅,跳过狭窄的冰隙和路上的细流。一道大冰隙挡住了他的路。他为了起跳,先蹦上了一块平坦的大石头,然而,岩石被他一踩,向前倾斜,顺着冰滑入了冰隙。

亚历克斯跟着向下落去。他转了个身,用鞋尖、膝盖、手肘和手挂住粗糙的冰隙侧面。虽然受了伤,但好歹不再下跌。他爬上冰隙,气喘吁吁地沿着冰隙继续跑,直到找到狭窄处,这才跳了过去。他爬过冰碛,走进奥尔斯顿西区逼仄的废弃街道。

他喘着粗气,大步走回家。他看看手掌,发现右手无名指和小指的指甲从肉里翻了起来。指甲没落,但指甲盖下血流不断。他"嘶"了一声,把手指放入口中吮吸,太疼了。血腥味弥漫在口腔里。

如果他真和那块松动的岩石一起坠入冰隙……如果那石头真的迎面击中了他……他的心脏怦怦跳动,撞击着胸骨。活着的感觉。

转上切斯特街的时候,他又看到了那个穿黑色外套的男人,正靠在他家那栋楼对面的一棵红枫上。他在监视他们!不过,那个男人似乎没有注意到亚历克斯,他提起包,朝亚历克斯的反方向走去。亚历克斯迅速地从排水沟中捡了块石头,用尽全力朝男人扔去。他手上的血洒在了人行道上。石头像颗子弹似的从男人的头顶擦过,没击中他。男人弯腰躲开,急匆匆地转过街角,上了联邦大道。

爸爸正在发脾气,"他们对加里、迈克尔和凯瑟琳也做了同样的事。他们班里的人还比我的少!我不知道他们想做什么。我不知道我们又该做什么。"

"下学期,我们或许能吸引更多人来上课。"妈妈说道,她也很恼怒。亚历克斯站在玄关,磨磨叽叽地挂着他的外套。

"可现在怎么办?以后又怎么办?"父亲拔高了声音,差点儿破音。

"至少现在赚的暂时够用了,这才是最重要的事。至于以后……活在当下吧,谁知道五年后会发生什么。"

听出了母亲话里的意思,父亲沉默了一会儿,"先是温哥华,然后是多伦多,现在轮到了这儿——"

"查尔斯,不要什么都去担心。"

"我怎么控制得住!"父亲大步走进他的书房,关上了门,都没注意到角落里的亚历克斯。亚历克斯吮吸着他的手指。斯黛拉从她的窝里小心翼翼探出头来。

"嗨,斯黛宝贝。"他轻声道。客厅里传来母亲敲击键盘的打字声。他穿过长长的走廊,路过安静的书房,来到客厅。她使劲地敲打键盘,紧抿着嘴,盯着屏幕。

亚历克斯问道:"发生什么事了?"

她抬起头,"嗨,亚历克斯。嗯,你爸爸从大学那边得到了些坏消息。"

"他又没能拿到长期教职吗?"

"不,不,不是那回事。"

"那他这回就是连申请的资格都没有了?"

她深深地看了他一眼,转头看回屏幕,屏幕闪烁着。"也没说错。学校规定,所有新来的教员都只能教进修课①。任期只能按学期来算,工资也由选课的学生支付。这意味着,必须得有很多学生……"

"所以我们又要搬家了?"

她不耐烦地说:"我不知道。"因为他又提起了这事,她有些恼怒,狠狠地敲击计算机命令键,"但现在我们真要勒紧裤腰带了。你在集市上赚的每一分钱都很重要。"

亚历克斯点点头。他心里隐隐有些害怕,没提黑衣人的事。提到他,就显得他很要紧似的。爸爸妈妈可能会有愤怒,或者惊惧之类的情绪。不跟他们说,他们就不会担心。亚历克斯能自己处理这事儿,让爸妈专心解决其他的问题。

更何况,受人监视和丢工作,这两件事本来就没什么关系,不

①大学开设的非全日制课程。

是吗？就算有关系,爸妈也做不了什么。还是别让他们愤懑郁结,
担惊受怕了。

下次,他一定能用石头扔中那男的。

暴风雨席卷而来,红红黄黄的树叶被刮落,堆叠在人行道上。
亚历克斯朝落叶堆踢了一脚。他再没见过那矮个子男人。他在帮
爸爸张贴传单。爸爸越来越烦躁和疏离了。他从工作的地方带回
了些蔬菜,塞在羽绒服里。妈妈做饭的时候没有问他付没付钱。她
在厨房里的洗碗池中洗衣服,在楼房背后、两栋楼的空地上拉了绳
子晾衣服。那片空地的落叶和杂草能埋到膝盖。有时,衣服要在那
儿晾三天才能干,经常挂在绳子上便冻硬了。

晾衣服或者收衣服时,她允许斯黛拉跟在一旁。猫先是审慎
地观察飘零的落叶,再试探着跳起来拍打它们,接着便和落叶正式
开战,疯了似的在落叶堆中打滚。

有一次,妈妈抱着一篮子干了的衣服,朝储物间的楼梯上走。
这时,一条流浪狗转过街角,朝还在外面的斯黛拉冲过去。妈妈大
吼着,赶紧朝它跑过去。狗逃跑了,可斯黛拉也失踪了。妈妈心急
如焚,慌忙将亚历克斯从书房中叫出来。他俩在楼房后面,以及邻
近的后院找了将近一个小时,但没有一丝猫的踪迹。妈妈伤心不
已。在他们决定放弃,转身上楼后,反而听到了她的叫声——从他
们头上传来"喵"的声音。猫爬上了那棵高大的橡树。"天,我聪明的

斯黛拉!"妈妈大声喊道,音调拔高了好几度。他们向着厨房的窗外叫她的名字,窗外传来焦急的"喵"声,回应着他们。

他们上到屋顶,正好能看见她。她困在那棵大树光秃秃的枝丫间。"我带她下来。"亚历克斯说,"猫不懂往下爬。"他朝树上爬去,过程非常艰难。树枝密密麻麻地织作一片,又被狂风吹得左右摇晃。等他好不容易接近了些,猫又爬得更高了。"不,斯黛拉,别这么做!过来!"斯黛拉瞪着他,在这种紧要关头紧紧地攥住树枝,因为恐惧而瞪出了斗鸡眼。

妈妈在树下一遍又一遍地安抚道:"斯黛拉,没事的。没问题的,斯黛拉。"可斯黛拉并不依她。

终于,快到树顶的时候,亚历克斯够到了她。但这时他遇上了个难题:他得用双手才能下树,而想要抓住受惊的猫,似乎也得两只手才行。"过来,斯黛拉。"他将一只手放上她的侧腹。她朝后一缩。她呼吸急促,发出微弱的嘘声,侧腹也跟着呼吸起伏。他不得不再向上爬一步,踏上了一根看起来很不牢靠的树枝。他的脸距她只有咫尺之遥。她盯着他,看上去完全没认出来。他将她从树枝上拔了下来,然后抱住她。如果她这时候伸爪挠,他肯定讨不了好果子吃。不过,她只是攀着他的肩膀和胸膛,爪子勾住他的衣服,在他的左臂和左手下瑟瑟发抖。

他用一只手攀着树,艰难地往下。斯黛拉开始拼命叫唤,微微挣扎。妈妈也往上爬了一截,好歹跟他汇合了。斯黛拉挣得更厉害了。"把她递给我。"亚历克斯将她的两只爪子依次从胸口扯开,又稳住身子,用两只手抓着递送给妈妈。如果斯黛拉这时候应了激,他们全都会有麻烦。然而这只神经紧绷的小毛球落入妈妈的怀中,放松了下来。

一回到公寓,她立马冲进桌子下的窝。妈妈用食物将她诱出来,但她还是胆战心惊的,不允许亚历克斯出现在她的附近。他一进屋,她就跑开。

妈妈说:"我看你又回到了起点。"

"不公平!是我把她救下来的。"

"她会适应的。"妈妈笑了,显然松了口气,"或许要花点儿时间,但她肯定能适应你。哈哈!要证明猫的智商高到足够让它发疯,这证据简直再好不过了。不讲道理、神经分兮——跟人一模一样。"他们都笑起来。斯黛拉凶狠地瞪着他们。"是的,说的就是你!你会重新适应的。"

亚历克斯傍晚回家后,经常会听到爸爸在厨房中走来走去,在厨房中高声说话,语气中充满愤怒和忧思。"他们像对待瑞克·斯通那样对待我们!但这是为什么?!"而妈妈总是在安慰他。亚历克斯刚关上大门,对话便会结束。有一次,他试探地沿着安静的走廊走向厨房,发现他们正站在那里,拥抱着彼此,父亲把头埋进了妈妈的短发。

父亲抬起头,放开妈妈,朝他的书房走去。他边走边说:"亚历克斯,来帮我个忙。"

"好的。"

亚历克斯站在书房中,不解地看着父亲将书从书架上取下,装进那个大洗衣包。起先,他像是扔脏衣服那样扔了些书进去,然后叹了口气,将剩下的书快速地塞进袋子,看也不看它们。

"剑桥那边有个旧书店,就在马萨诸塞大道上,叫安东尼奥书店。"

"我知道那家。"他们一起去过几次。

"你去一趟吧,帮我把这些书卖给托尼。"父亲看着空空荡荡的书架,"你能帮我这个忙吗?"

"当然。"亚历克斯提起包,心里感到十分震惊。事情居然已经到这个地步了。那些可是父亲的书!他不敢看父亲的眼睛,"我现在就去。"他有些犹豫,然后将包扛在一边肩上。他进到走廊,妈妈走了过来,握了握他的肩,沉默地表达了她的谢意,然后走进书房。

亚历克斯向东朝着大学走去,跨过查尔斯河上的大铁桥。风从桥上方呼啸而过。到了剑桥那边,他出示了通行证,将包放在地上,查看起里面的东西。自从经历过让他"臭名昭著"的"热巧克力事件"后,父亲的书就是他的禁区。眼下,二十多本书就放在包里,能摸、能打开、能看。这堆书很多都是外文的,希腊语和俄语的居多,书上都是些亚历克斯看不懂的字母。真的有人能读懂这些鬼画符吗? 好吧,父亲就能读。看来也不能说是鬼画符。他翻完了所有的书,选了两本英文的——《奥德赛》和《玛洛西的大石像》,装进自己的外套口袋。他可以把书带去冰川读,之后再卖给安东尼奥书店。或许可以放进下一批书一起卖。父亲的书房里还剩好几袋书。

冰川上此时落了些雪,填满了凹坑,并在所有漂砾和冰塔的北侧留下一块块的亮斑。一些狭窄的冰隙也被雪填满了,于是杂乱的灰色大地上出现了明亮的白色线条。等到大地白茫茫一片,冰隙就看不见了。那时候再在冰川上行走就太过危险。而现下只有一种危险:雪地上的脚印太过明显,十分容易被人追踪。不过,沿着碎石铺成的线路走,就能规避这一风险。碎石路让亚历克斯着迷。看上去,就像是推土机曾经哐当哐当地碾过这片地方,沿着冰川之舌的中线,将大量的石头和垃圾压成了笔直的线。父亲曾经和他在这里散步。有一次,他跟他解释这件事:"冰在移动,中间的冰比两侧的冰流动得快,就像河流一样。所以冰面的石头就会往中间滑,在中部形成直线。"

"那为什么会有两条线?"

父亲耸耸肩,盯着冰隙深处那蓝绿混杂的颜色,"我们不该待在这里。这你是知道的,对吧?"

亚历克斯停了下来,仔细打量碎石路上卡着的一只轮胎。这是只卡车轮胎,胎面磨损得厉害,甚至露出了带束层[1]。可以用它来

---

[1] 又称支撑层,指在子午线轮胎和带束斜交轮胎的胎面基部下,沿胎面中心线圆周方向箍紧胎体的材料层。

生火,不过烟太大。在这条笔直的由石头和沙铺成的路上,有不少神奇的东西:塑料壶,洋娃娃,灯座,电话。

藏身处没有被人发现。他从衣服口袋里拿出两本书,放在长椅上,然后用石头做了两个书立,将书放在中间。

他绕着漂砾转了一圈,四下察看。今日的天空是珍珠灰色的,光滑、低沉,被风搅动起微波。在阳光的折射和反射下,冰原异彩纷呈:奇异雪藻的粉,冰塔的蓝,岩石深深浅浅的色调,还有偶尔出现的垃圾堆的亮,和一块块雪地的白。在白镴般的云层之下,有百万种斑驳的色彩。

三下嘎吱的响声传来,然后是一声巨响,最后变为长长的颤抖低鸣。冰川——这头困倦的、雄壮的野兽移动了。亚历克斯踏着它的脊背走到长椅前坐下。远处,侧碛上滚落下碎石,在空气中激起棕色的尘埃。

他开始读书。

《奥德赛》是本奇特又有趣的书。父亲以前给他讲过一点儿内容。《玛洛西的大石像》则东拉西扯,但妙趣横生。它让亚历克斯想起自己的叔叔。不管是多小的事情,叔叔都能讲成一个小时的喜剧独白。要是让他听到斯黛拉上树的事情,不知能讲得多么天花乱坠!亚历克斯光是想想便乐不可支。只可惜叔叔在牢里。

他坐在长椅上读书,时不时地抬头望望四周。举书的手僵了,他就换一只手,然后把冻冷的那只揣进羽绒服口袋里。等两只手都冻得发青,他便把书藏进长椅底下的石头中,走回了家。

一袋又一袋的书被卖给安东尼奥书店和剑桥的其他书店。每次亚历克斯都会抽出几本看着有趣的书,放到冰川那边去。他常常白日做梦,幻想自己能藏下所有的书,再用其他方式赚到钱。在未来某个合适的时刻,将爸爸这座消失的图书馆还给他。

斯黛拉终于原谅了他上一次的"营救"行为。她喜欢上了在狭长的走廊追逐吊在空中的毛线,每每到了书房旁边的墙角处,脚下总是打滑。这让他们想起了和胖哥玩过的游戏。不管什么东西,胖哥都会跟着追。他们都会被斯黛拉逗乐——特别是她突然停下,一丝不苟地舔舔毛,好像刚刚撒欢儿的人不是她的时候。"你别想骗我们,斯黛拉!我们都记得呢!"

妈妈把她大部分的音乐专辑都卖了,只留下自己最爱的那几张。有一次,亚历克斯前往冰川,脑子里一直是《阿兰胡埃斯之恋》[①]的旋律。妈妈工作的时候总在公寓里放这首曲子。他一边在冰上嘎吱嘎吱地走着,一边哼着第二乐章的主旋律。这显然是属于冰川的旋律,是一首冰川之歌。这么一位盲人作曲家,是怎么精准地捕捉到狂风呼卷和旷野寥落的?或许,这一切不仅能被看见,也能被听见。风在说话,它于冰上呼啸。是日天色尤为昏沉,大风裹挟着冰雪吹过。他能在冰舌正中的两道碎石路间行走。今天没人会出

---

①西班牙作曲家华金·罗德里戈饮誉世界的吉他名曲。

现在这里。嗒嗒嗒……嗒嗒嗒……嗒嗒嗒……双手插进口袋，下巴埋在胸前，亚历克斯在风鸣声中跋涉，感到整个世界都包裹着他。今天太冷了，他在自己的藏身处，连一分钟都待不住。

父亲开始频繁地四处奔波，看能不能找些事做。一天早上，亚历克斯在《班战斯的海盗》的音乐声中醒来。这是他们最爱的歌剧之一；工作的时候，或是周六的早上，妈妈都会一直放它。他们对里面的歌词烂熟于心，经常跟着哼唱。亚里斯克特别喜欢里面的海盗王，能将他的语调模仿得一模一样。

他穿好衣服，走向厨房。妈妈站在炉子前，背对着他，跟着歌剧哼唱。这是个阳光灿烂的清晨，他们厨房的大窗子朝东，阳光倾泻在洗碗池、餐盘、白色炉子、油毡地面、窗台上的植物和斯黛拉上。她正惬意地趴在窗台上听着音乐。

妈妈身高，肩宽，头发剪得一年比一年短，如今就剩下短短的棕色鬈发，像顶帽子似的盖在头上，一片稍长点儿的头发盖在脖子后面。那片估计也留不了多久。亚历克斯心想，她的头发迟早会短到极限的。她沉浸在歌声中，一只修长的手悬在白色炉子上空，眼睛望着窗外。她的嗓音低沉醇厚，非常动人，就像是位真正的歌手，甚至比歌手唱得还动听。她跟着歌剧在唱，唱的是发现弗雷德里克在1940年以前都无法离开海盗时，梅布尔唱的那首歌。

歌唱完时，亚历克斯走进厨房，走向储物室。他说："这首歌真短。"

妈妈说:"是的。他们只能把这首歌写短点儿。这段剧情没什么好笑的地方。"

一天晚上,父亲又出门了,妈妈得去一趟艾琳、伊拉和加里的公寓。加里被捕,艾琳和伊拉亟须帮助。亚历克斯和斯黛拉单独待在家里。

斯黛拉在安静的公寓中走来走去,不断地叫着。"斯黛拉,我知道你在找谁。"亚历克斯恼火地说,"但是他们不在。明天才能回来。"可猫完全不搭理他。

他走进父亲的书房。今晚他总算能在稍暖和点儿的地方读书了。只要多加注意、不要暴露行踪就行。

可是,书架空了。亚历克斯站在书架前,惊讶得合不拢嘴。他不知道他们到底卖了多少本书出去。父亲的书桌上还剩着几本,但他不想去动。它们看上去像是字典。"我对它们一窍不通。"

他又回到客厅,找出装毛线的袋子,想逗斯黛拉玩儿。她不为所动。她不愿趴在他的腿上,也不愿停止叫唤。"斯黛拉,闭嘴!"她逃开了,但仍然叫唤不止。他被烦得不行,只好拿出装猫薄荷的罐子,撒了些到厨房的油毡地面上。斯黛拉小跑着过来,嗅了嗅猫薄荷,然后在上面打起了滚。之后,她开始和亚历克斯疯玩起毛线。不过,当毛线缠住她尾巴的时候,她突然愣住了,一副嗑嗨了陷入妄想的样子,死死盯住亚历克斯。然后她冲进了自己的避难所,拒绝再出来。亚历克斯最后只好放起《班战斯的海盗》,听了一会儿,睡意涌了上来。

妈妈说,他们为加里找了个很好的律师。大家心里都充满了希望。几星期过后,父亲找到了一份新工作。他从工作的地方打电话来通知他们。

妈妈放下电话后,亚历克斯问:"在哪儿?"

"在堪萨斯。"

"所以我们要搬走。"

"是的。"妈妈说,"又要搬了。"

"那儿也会有冰川吗?"

"我觉得有。在山里边。或许没有这里的那么广阔,但哪儿都有冰川。"

他最后一次踏上冰面。薄薄的雪壳覆于万物之上。一片驳杂的雪原。日光明媚,天空浅蓝,辽阔的白色冰川明亮刺眼。西方的镰刀状卷云高悬。雪已经融了一些,到处都在滴水,每一颗水滴中都闪烁着缤纷的微芒。融雪滴落、流淌、飞溅,滴答声、汩汩声、哗啦声无处不在。强烈的光线令人心惊,像是穿过眼睛、直袭脑海的一记重击。

冰川在律动。

他藏身处前方的冰隙裂得更开了。组成长椅的木板掉落。包围着漂砾的冰墙碎裂,闪亮的冰碎片铺洒在木板上面。

冰川在移动。冰川是活的。能加热的大坝不可能挡得住它。他感受着它的存在,它就在他的身下,硕大无朋,因势赋形。如同冷意浸入湿淋淋的鞋子一般,冰川也在渗透他的身体,填满他。他眨了眨眼,差点儿被四面八方耀目的光线晃瞎了。这强光宛如无影灯,让每块被雪覆盖的岩石都像是幻灯胶片上的红色一样引人注目。世界没入了白光。远方,冰正在向某个方向移动。它不断碎裂,形成空洞。万事万物都在移动:冰,风,云,太阳,以及身处的星球。天旋地转。

父母打包东西时,亚历克斯在旁边的房间中听到了他们的对话。

"不行。"父亲说,"你知道我们没办法。他们不会准的。"

打好包之后,公寓看上去十分怪异。光秃的墙壁,空荡的木地板。房子看起来更小了。亚历克斯一间间地走过:俯瞰切斯特街的父母的卧室,他的卧室,父亲的书房,客厅,被清晨的阳光洒满的厨房。还有储物间。斯黛拉也一边叫着,一边到处游荡。她的毯子仍旧放在墙角,但没了桌子,那毯子看起来又破又旧,沾满了猫毛,简直不能再用。亚历克斯抱起它,穿过储物间,沿着后面的楼梯爬上屋顶。

雪落在屋顶的四角。亚历克斯绕着圈子看着这座城市。斯黛拉在楼梯井的棚子旁,收着爪子蹲坐着看着他。她的毛被风吹得凌乱。

　　棚子四周的雪融化,又结成了冰。屋顶粗糙的油毡地面上凝结着一小块一小块的冰,冰面平整圆润。亚历克斯蹲下身子,仔细观察它们,还用指甲敲了敲其中的一块。他又起身向西边望去,但楼房和光秃秃的树梢挡住了视线。

　　斯黛拉拼命挣扎,不想待在盒子里。一被关进去,她就连连惨叫。

　　父亲已经在堪萨斯开始了工作。妈妈为了结束手头的工作,同亚历克斯和斯黛拉暂住在迈克尔·吴家的客厅中。她终于完成了,今天就是搬走的日子,他们启程前往火车站。但在那之前,还得先带斯黛拉去塔尔博特家。

　　亚历克斯端着盒子,跟在妈妈身后,穿过波士顿公园,走上联邦大道。他能感觉到猫在毯子里扭来扭去,抓挠靠在他胸前的那层纸板。妈妈领先他几步,走得很快。他们在肯摩尔广场向南转。到塔尔博特家时,妈妈接过盒子。她看着他,说:"要不然,你在这儿等吧。"

　　"好。"

　　她按下门铃,一只手臂抱着盒子,在门铃声中走了进去。亚历克斯坐在楼外的爬梯上。墙角处有些小东西——冰伸出了扁平的指头，从裂缝中爬出。

妈妈从门里出来了。她咬着嘴唇，脸色苍白。两人继续前行，走得更快了。突然，妈妈说道："亚历克斯，唉，她好害怕。"说完，她坐在街边的一道门廊处，头埋进膝盖。亚历克斯坐在她旁边，肩挨着肩。他什么都没说，也没有环抱妈妈的肩安慰她。他什么都没做。这是他从父亲那里学到的。他只是坐着，陪着她。亚历克斯坐在那儿，像冰川一样，微微起伏，存活着。世界没入了白光。

过了一会儿，她站起身来，"我们走吧。"

他们继续沿着联邦大道向火车站走去。"她在塔尔博特家会过得好的。"亚历克斯说，"她本来就很喜欢杰伊。"

"我知道。"妈妈抽抽鼻子，在风中甩了甩头，"她已经越来越能适应环境了。"他们在沉默中继续前行。她伸过一只手，环着亚历克斯的肩。她深吸了一口气，"也不知道胖哥过得怎么样。"

头顶之上，云团翻涌，恍若层层冰碛。

（小 酢 译）

月　癫

　　雅各布告诉他们,他们离月球中心很近。他是牛栏资历最浅的成员,却已是他们的领袖。

　　"你怎么知道?"索利质疑道。这里的环境极为沉闷,沤热的空气中弥漫着汗臭,角落的垃圾桶也恶臭扑鼻。玄武岩层如寂静的巨毯般罩在头顶。一片漆黑之中,他们的移动和呼吸显得分外突兀而响亮,正好昭示了牛栏空间的宽广。"我以为是用你的第三只眼看到的。"

　　雅各布哈哈大笑,嘴巴张得跟手掌一样巨大。不用说,他是个大块头。"当然不是,索利。第三只眼用于夜视,它和其他感官一样,都是天生的。它从其他感官中获取数据,把它们处理成由第三视神经传输的视觉图像,这根视神经从前额通往后脑的视觉中心。不过,它只在你注意力集中上去了,才会启用——和其他感官一样。

这不是故弄玄虚,只是直到现在,它才派得上用场。"

"那么你是怎么知道的?"

"这是个球面几何学问题,我把它解开了。奥利弗和我共同解开的。我相信,这条巨大的蓝色脉络一直延伸到地核,直到月球熔融的心脏——我们永远到不了那儿。可是我们得尽量跟随它,能走多远走多远。注意到我们变轻盈了吗? 物体核心附近重力较小。"

"我感觉自己比平常更沉了。"

"你是很沉重,索利。全是让怀疑压出来的沉重。"

"弗里曼在哪儿?"海丝特嗓门粗粝,听着像只乌鸦。

没人答话。

奥利弗不安地在牛栏粗糙的玄武岩地面上划弄。先是内奥米,随后以利亚也没了动静,现在又轮到了弗里曼。在竖井、洞穴、隧道和通道某处—— 一片漆黑的矿井迷宫中的某处,人们正在消失。似乎他们的牛栏正在渐渐空下来。其他牛栏会是什么情况?

"终究自由了。"雅各布喃喃道。

"外面有东西。"海丝特粗糙的嗓音中透着恐惧。这声音仿佛矿车车轮摩擦着轨道急弯发出的尖锐声响,刮擦着奥利弗的神经。"外面有东西!"

牛栏里早就谣言四起,悄声在一堆堆挤作一团的身躯间口耳相传。数千口竖井钻通了岩石、数百间石室和洞穴。其中许多是封闭状态,但更多的是开放状态,而且还有可供藏身的、数英里长的空间。起初，消失不见的只是一些圈养的奶牛，现在轮到了人。有一次，奥利弗听到某个近乎歇斯底里的矿工含含糊糊地絮叨，说有个大块头的工头在一次事故中失去了双臂，之后变得疯疯癫癫的——虽然安上了假肢，这个工头却遁入黑暗，在那里捕食落单的离群矿工，把他们撕碎，把他们吃掉——

他们都听到了矿车轮子摩擦钢铁的嘎吱声。上了主矿井，经过四十号隧道。轮班到了这个时候，那声音一定是工头发出来的。矿车会不会在通往他们所在石厅的岔路转向？他们高度敏感的耳朵倾听着远处的声响，甚至没有一丝呼吸声。嘎吱作响的车轮转了过来。奥利弗的身体本就在瑟瑟发抖，这下开始剧烈打起摆来。

矿车在他们的牛栏前停下。车门打开，仍是一片漆黑。矿工们战抖着，鸦雀无声。

强光"砰"的一声打在他们身上。他们一边叫喊，一边徒劳地向后往栅栏上缩。奥利弗被照得几近失明，任由工头的双手在衬衫和裤子底下搜寻，而他只能在这抓挠中畏畏缩缩。透过缩成针孔大小的瞳孔，他瞥见一张宛如黑白快照的画面：一副副枯瘦的身躯正在接受类似检查，然后被打。喊叫声、痛苦哀叫声、拳肉撞击声、电流"嗡嗡"声。矿工在剃他们的头发，又到那时候了吗？他的肚子被击中，脖子也被人掐住。海丝特瘦长结实的褐色手臂环在脑袋边上。他的头皮被灼伤，嗡嗡声纷纷停住。然后他被丢到了地上。

"十二号在哪儿？"工头断断续续地问。没有人回答。

工头离开，光亮也随之褪去，一切再度陷入黑暗——属于他们的那种纯粹、黏稠的黑暗。只不过，此时的黑暗中涌动着鲜红色条纹，飘浮在痛苦的泪水中。奥利弗的第三只眼微微睁开，这让他镇定了几分，因为这是种新奇的体验：他可以识别他的同伴——漆黑中昏暗的红黑色身形，蜷缩着、喘息着。

雅各布挪到他们中间，一边检查受伤情况一边安慰他们。他抚了抚奥利弗的额头，奥利弗说："能看到了。"

"做得好。"雅各布跪着挪到粪桶旁，揭掉盖子、伸进手去，掏出一个东西。奥利弗惊奇不已，自己竟然能把一切看得如此清晰。从前只是一些悬浮的彩色斑点浮动在黑暗中，但他一直以为那些只是残留影像或幻觉。经过雅各布指导以后，他才觉察到它们构成的图案和景象。意志力的作用，这是关键。

此刻雅各布正用他的尿液和唾液清洗那东西，而奥利弗发觉自己额头上的眼睛看得又更清楚了一些，仿佛在看轮廓锐利的血红色版画。雅各布把那团东西举过头顶，它看上去就像一盏小灯，一直倾泻着人们能看见的光线，可他们以前却从未在意过。在它幽灵般若隐若现的光芒下，整座牛栏渐渐清晰起来，如蚀刻般勾出了血似的轮廓，在一片漆黑中透着黑红色。"钷。"[①]雅各喘着气道。矿工们挤在他身边，纷纷仰起脸看着它。索利长着个短小的蒜头鼻，为了集中注意力，他整张脸都紧巴巴地挤成了一团。海丝特的面孔与声

---

① 钷：元素符号为Pm，原子序数为61，是具有放射性的镧系稀土元素之一。

音非常相称,皮肤下锋利的骨骼线条清晰可辨。"最稀有的元素。在地球上,我们的雇主靠它维护统治。他们的所有文明都以它、以它内部的运动为基础——电子逃离电子层、撞向中子,释放出热量和更多蓝光。正因如此,他们才逼我们过着这种日子,逼我们为他们把它从月球上掏出来。"

他用大拇指指甲盖刮了一下它。他们都很清楚它的黏性质地、它的重量,还有它黯淡的银灰色。在某些激光下,它会发出绿色脉冲,在其他激光下则发出蓝色脉冲。雅各布给他们每人递了一点:"放在两颗后槽牙中间,用力咬碎它,然后咽下去。"

"它有毒,不是吗?"索利问。

"累积上许多年才会中毒。"大笑声飘荡在黑暗中,"我们可没有那么些年用来重复,你知道的。不过,短期内它能帮你提高黑暗中的视力,还能增强意志力。"

奥利弗把这柔软却沉重的碎块放在牙齿间用力咬下去,他感受着金属的震颤,然后吞下。它在他体内跳动。他变得能看见其他人的脸、牛栏的网眼、大厅更下方的牛栏、机器人的踪迹——所有这些都在黑暗中,没有一丝光线。

"钜是月球的肉样质,"雅各布轻声道,"我们在月球的神经中行走,在工头的鞭子下把它们扯出来。这些竖井是地图,标记着神经元曾经所在的地方。他们把月球的思想连根拔起,想把它带回地球据为己用。这时候,月球的意识填满了我们的身体,我们自己变成它的思想,把它从灭亡中拯救出来。"

他们手拉着手:索利、海丝特、雅各布和奥利弗。汹涌澎湃的能量穿过他们的身体,留下甜蜜的余晖。

后来,他们躺在石床上,雅各布跟他们讲述自己的家乡,讲述太平洋造船厂、悬崖、海风和海浪,以及阳光如何洒在它们身上,还有酒吧里的爵士乐,以及如何使小号和单簧管互相交叉穿过彼此。"你怎么记得住?"索利哀怨地问,"他们把我清空了。"

雅各布放声大笑:"小时候,我一跤摔倒,撞上了我母亲的织针,其中一根针直接刺进鼻子,把海马体切成了两截。所以,我的大脑这辈子一直在竭力保留我的记忆,将它们存在其他地方。他们烧毁了我死亡的那部分,却完整地留下了鲜活的记忆。"

"疼吗?"海丝特声音嘶哑,嘎嘎地问道。

"织针吗? 你说呢。像工头的电触头似的,'唰'的那么一下,就戳在我身体正中。我想,我们在月亮里采矿的时候,她也会感受到那样的痛苦吧。可我现在心里却只有感激,因为那个时刻打开了我的第三只眼。从那时起我就在用它观察事物。在眼下这地方,要是没有我们的第三只眼睛,就只剩下黑暗了。"

奥利弗若有所思地点着头。

"还有外面的东西。"海丝特又"嘎嘎"地说。

又一次轮班开始,奥利弗被一名工头揪出来,摸着穿过一片黑暗,来到他工作的那条漫长、纤细的蓝色矿脉尽头。奥利弗是位高个儿年轻人,可部分矿井却很矮,也没人费工夫把这条不规则的矿脉磨得平整些。崎岖不平的岩石板上用螺栓固定着狭窄的轨道,他只能在双轨间匍匐前进,还要蹲着通过部分裂口,就像在一通巨大的扭曲的肠子里劳作似的。

他在井口启动了机器人——是个长着轮子的条形矮个儿金属箱。他启动激光钻头,微弱的光芒照亮裸露的蓝色表面,还让他暴盲了一阵。视觉部分适应之后——主要是忽略了钻头诡异的亮光——他向机器人输入指令,钻探岩层表面,然后指引着机器人的铲斗和吊机运输蓝色碎块。等大块矿石被放在机器人身后的矿车里,他便用凿岩机把附在玄武岩石壁上的矿石碎片敲下来放进矿车,再把它们送走。

这条矿脉在逐渐萎缩,正变成月球体内的一条卷须,可供工作的空间越来越小。要不了不久,机器人会因为体型太大,进不了矿井,可他们却不得不在玄武岩上继续钻孔。他们得顺着卷须走到尽头,希望能找到它的主脉,能找到分枝也行。

最初奥利弗并不怎么在意轮班工作,可是机器人身上的红外摄像头会对他和井面进行监测,机器人探头偶尔还会发出电击,督促他继续努力劳作。高温,空气闷人,他饿得越来越厉害;要不了多久,遵照要求的速度工作,就会化作惯常的绝望和痛苦挣扎。

轮班进入后半程,痛苦看不到尽头,就连时间的流逝也被吞噬。终于,他听到远处传来下班的电铃声。铃声在矿井下回荡,仿佛睡梦中传来的叫喊。他拧动机器人身上的钥匙,立刻便陷入寂静无声、纯粹且绝对虚无的黑暗。奥利弗累到睁不开第三只眼,只能摸索着跟着轮班的最后一辆矿车回到井口。矿车在前方飞驰着,消失不见。

身边再度寂静下来。远处传来的机器声,活似岩石在嘎吱作响。他已在矿井地面标记了起始数据,于是估量了这一轮班的工作:自己身体的八十九个长度。平均值。

他花了一阵子才回到与上方竖井相连的岔路口。这里是一处对外开放的石室,是各矿脉的交汇点。前方通往另一处大约七英尺高的古怪洞穴,但奥利弗无法确定有多宽。他打了个响指,没有任何回音;远方低矮石室通常亮起的灯光现在也不见了。奥利弗感到自己突然得了幽闭恐惧症,仿佛被夹在两块无边无际的粗糙岩石板中间。头顶上有完整的世界,而他被活埋在下面……他蜷伏着,每挪几步,脚踝就要磕到铁轨。他在漆黑中盲目前行,同时向斜前方伸出一只手,探查天花板上的凸起。

正走到某处时,他突然听到身后传来动静。他僵立原地,空气扑面而来。这里一片漆黑,寂静无声,可那嘎吱作响的声音又从身后传来:像指甲刮过钢琴的一整排金属琴弦。这声音悚然窜进他的脊梁骨,他感到前臂上的汗毛顶开汗水干涸的痕渍,直愣愣地戳了出来。他屏住呼吸。身后落下的脚步极缓慢、轻柔,距他大约四十英尺……鼻息之间,气流涌动,仿佛有巨大的鼻子在嗅探。步幅迈得如此之大,那多半是……

奥利弗放松关节,向侧面和前面各伸出一只手臂,蹑手蹑脚、轻如羽毛般打横向迈出十二步,远离了轨道。在月球重力的作用下,他觉得自己甚至可以飘起来。接着,他跪倒在地,尽可能缓慢地用鼻腔呼吸。心脏在嗓子眼儿后搐动,他确信这可比他的呼吸声吵多了。在心跳声和着耳朵里血液的奔涌声中,他竭尽全力认真聆听起来。他此时听得到矿车微弱的声响,或许还有矿工和工头的声音,都来自这间石室另一边,来自通往牛栏的遥远的底部隧道深处。哪怕这些声音如此微弱,也依旧妨碍了他对与他同在洞穴里的东西的听辨。

脚步声停止,接着,铁轨上传来一阵怪异的金属声,伴着轻轻的探嗅声。奥利弗蜷缩着,双臂用力抵住身体两侧,发现自己身上满是汗水和恐惧的气息。远处的矿井下,一个工头厉声说着话。要是他能跑到那里去……他遏制住想跑过去的冲动。不知为何,他很确信不论和他在一起的是什么东西,它一定身手敏捷。

又是一阵怪声。奥利弗缩缩身子,试图减小他身体的回声面积。手底下有一块碎石片,他颤颤巍巍地用手拈起它。额头抽动不已,他知道他的第三只眼正努力刺穿漆黑的寂静,看到……

一个腿部粗如柱子的身形,每条腿都是一大块红黑色。它是某种……

怪声。探嗅声。它朝他转过来了。他手腕一甩,石片飞掠出去,撞到天花板后又弹到地面,它又转回到他来过的方向。

脚步声极其缓慢柔和,似乎那些腿不知何故要……它们朝他的方向移动过来了。

他直起身,把手伸过头顶,双手在粗糙的玄武岩上乱抓。他摸到岩石上的一处深深的凹槽,旁边还有一处竖直的洞。他把一只手塞进洞里握紧拳头,用另一只手的手指勾住凹槽一侧,把自己提了起来。靴子的尖端正与凹槽吻合,他平贴在天花板上。在月球重力下,他可以在那儿待一辈子。他屏住呼吸。

一步……又一步……探嗅声接近地面——这也是他想到这个点子的原因。他无法回头看,只感到有什么东西刮过了他屁股上的裤子口袋。他以为自己必死无疑,但恐惧使他僵在了那里。接着,那声音往巨大的石室远处挪去,没有一丝停顿。

他摔落地面,弯腰往隧道远处溜去。面前的隧道在黑暗中呈现出红黑色,阴森可怖,渗出空气和微弱的噪声。他一头冲了进去,感觉指节磕在了一堵墙上。他胸有成竹地向右猛地一拐,把自己甩到了石壁和地面的交汇处。一阵脚步声从身边掠过,显然是在铁轨上奔跑。

直到再也憋不住,他才重新开始呼吸。三四分钟过去,他再也无法按兵不动,便匆匆跑到岔路口,左转溜进了牛栏。到检查站时,监视器喇叭高声响起,一个工头把探照灯射向他,粗暴地在他身上翻找。"嘿!"工头从奥利弗屁股口袋里掏出来一大块蓝色物质举到他面前,问:"这是什么?"

"对不起,老大。"奥利弗磕磕巴巴道,试图看清楚那东西——他记得刚才那玩意儿经过时蹭了他一下。"一定是掉进去的。"他无视了工头的咒骂和击打,扑进了牛栏。灯光无比灼眼,刺得他眼泪汪汪。回到其他人中间,他总算松了一口气,可身上的每块肌肉仍在战栗不已。

然而,海丝特再也没有从那次轮班回来。

过了一阵,一群工头又一次来到矿工的牛栏,挥舞着探照灯和棍棒,撵着他们在网格墙边排成了一排。透过缩成针尖一般的瞳孔,奥利弗只看得到大概形状,全是粗糙的黑灰色:雅各布是位壮实的大块头,剃光的脑袋下留着黑色短须,眼睛瞪得很大,即便在奥利弗眼中那个只有轮廓的世界里,这双眼睛也晶莹明亮。

"你们牛栏里的矿工在消失。"工头用矿工的语言说道。他的声音就像他们偶尔穿透的石英:坚硬,咔咔作响,噼里啪啦地冒着压迫感,仿佛这声音会随时爆发,化作笑声或尖叫。

没有人回答。

终于,雅各布道:"我们知道。"

工头站在他面前:"你来了以后他们才开始消失。"

雅各布耸耸肩:"我可不是这么听说的。"

工头的探照灯正打在雅各布的脸上,这让他的脸也分外明亮,仿佛两盏互相对准的探照灯似的。奥利弗的第三只眼突然睁开,为这张脸补上了细节:棕色皮肤、眉毛浓黑、头皮有疤。与黑色阴影中耀眼的白色剪影截然不同。"你最好小心点儿,矿工。"

雅各布的声音大得正好能让邻近牛栏听见:"如果外面有东西要吃我们,这不是我的错,老板。"

工头开始揍他。灯光四处乱跳,矿工们迅速卧倒在地,用后背冲着靴子以保护自己。殴打像雨点般落下,砸下密密麻麻的苦痛。不过,一定有几个牛栏听到了他说的话。

工头离开,白色的光盲变回了漆黑的夜盲,又落进纯黑天鹅绒般的死寂中。过了许久,他们都趴在自己那方私人天地里,好像在拥抱温暖的岩石地面,体会红肿的瘀伤痛感。后来,雅各布匍匐过来蹲在他们每个人身边,把手放上他们的额头。"哦,好样的。"他说,"你没事。快醒醒,看看周围。"眼神适应了黑暗之后,他们努力伸展、再伸展,像闻到气味的狗一样颤抖着。黑暗中的身躯,他们移动和呻吟时形成的形状……没错,奥利弗又想起了它。他揉揉脸、环顾四周,然后闭上眼好让自己看清。"我在回来的路上碰到了它。"他说。

他们安静下来。他向他们讲述了发生的一切。"你口袋里的蓝色物质?"

他们默默地思考着他的故事。

没有人能理解,没有人提海丝特。奥利弗发现自己也做不到。她曾是他的朋友。以后的生活再也没有了那憔悴暗哑、乌鸦似的声音……

　　过了一阵,侧门滑开,他们匆匆钻进谷仓吃饭。收蛋时母鸡"咕咕"高声啼叫,挤牛奶时奶牛也"哞哞"叫。电炉上的盘子发出微弱的光亮——又是红黑色——借助它的光亮,他的第三只眼看清楚了一切。索利做着煎蛋;奥利弗在一大桶奶酪边忙活,捞出第一轮可以吃的奶酪;雅各布坐在一头牛身后,它转过身来用头顶他的膝盖,逗得他哈哈大笑。"哗啦哗啦""哗啦哗啦",牛奶溅起奶沫。挤完奶,他抱起奶牛,把它放到干草堆前,让它在那里快乐地咀嚼吞咽。动物散发出的臭味环绕四周,混杂着各种食物香味。雅各布冲着他的奶牛笑,奶牛又蹭蹭他的膝盖,似乎在对这种调笑表达不满。"小猪崽,小猪崽。墨西哥牛。你知道吗,它们是专门被培育成这个体型的。一般地球上的牛和奥利弗差不多高,和这一整个牛栏差不多大。"

　　听到这里,他们不禁调笑起来,压根儿不相信他。蜂鸣器打断他们,用餐结束。他们回到牛栏里躺下,还是没人谈及海丝特。奥利弗一想起在矿井中遇到的到处探嗅的那个东西,皮肤就又开始麻酥酥地战栗起来。雅各布过来询问这件事,语气非常疑惑。接着,他递给奥利弗一块石头。"想象这是个标准球体,像个棒球。"

　　"棒球?"

"像滚珠轴承,你知道,完美光滑的圆形。"

啊,没错。又是球面几何,还有三角函数,奥利弗呻吟着抗拒这项工作。可雅各布却成功引起了他的兴趣——它们结合的方式虽然纷繁复杂,但却可以理解。正弦余弦,清晰明了!而越是清晰明了,就看得越清楚:网格状的牛栏,横七竖八地穿透月球主体的竖井、隧道和洞穴……都是黑色背景上清晰的红黑色线条,就像炉盘上刚刚加热显现出来的金属丝。这些都来自雅各布耐心指出的清晰明了、分毫不差的等式。他能看透岩石。

"干得好。"奥利弗感到劳累时,雅各布鼓励道。他们躺在其他人中间,左右晃动着,好为自己的屁股腾出一点儿空隙。

轮班结束,一片寂静。井下传来沉闷的"哐当"声,地面因几英里外岩石的爆炸颤抖着。一股气流闯入隧道底部,耳朵劈啪作响,似乎要瞬间把物体压缩成液体。一定是博斯曼炸药。又是一阵耳鸣导致的寂静。

"那是什么,雅各布?"等他们恢复听力,索利问道。

"这是种元素,"雅各布睡眼惺忪,"奇怪的元素,独一无二。钷,周期表第61号。是一种稀土,一种镧系元素,一种内部过渡金属。是我们在叫作'独居石'①的矿脉里找到的,以颗粒及块状存在于矿石里。"

索利很不耐烦,几乎恳求地问道:"可它为什么如此特别?"

---

① 一种中酸性岩浆岩和变质岩中较常见的副矿物,常具有放射性,因其经常以单晶体形式存在而得名。

雅各布许久没有回答。他们仿佛可以听到他在思考。随后，他说道："原子有原子核，原子核由质子和中子结合在一起构成，围绕这个原子核的电子层不停旋转。每一个电子层要么装满了电子，要么就正在装满电子——这是为了和质子数量相平衡——也是为了平衡正负电荷。你瞧，原子就跟人的心脏一样。

"钚具有放射性，这代表它失去了平衡，其中一部分要挣脱。但钚永远不会达到平衡，因为它的辐射方式无法增加稳定性，反而会增加不稳定性。中子被电子撞击时，钚原子便会以阳电子的形式释放出漫射的能量。然而，在这种撞击过程中，会有更多中子出现在原子核里，就像凭空冒出来似的。因此，那蓝色物质的每一个原子本身就是个动力循环，永久地释放出能量。有人说，它们是小型白洞[①]，每个原子都是。它们永远以每克九百四十居里[②]的强度燃烧着，把能量从其他地方带入我们的宇宙。像微型通道一样。"

索利的叹息声在黑暗中回荡，代表所有人都没有理解。"所以它有害？"

"它很危险，毋庸置疑。从它身上挣脱的阳电子会直接飞过我们这样的肉身。大多数时候它们不会触碰我们身上的任何东西，这正说明我们和幻影多么接近——主要是血，跟光差不多，这也是我

[①] 白洞可以向外部区域提供物质和能量，却不吸收外部区域的任何物质和辐射，与黑洞正好相反。但白洞目前只是理论模型，尚未被观测证实。

[②] 物质的放射性强度的单位，一居里等于一克镭衰变成氡的放射强度。该名称为纪念物理学家玛丽·居里而设定。

们能够清晰地看到彼此的原因。不过,有时β粒子①在穿过时会碰到些小东西,这可能无关紧要,但也可能让你当场毙命。最终,我们所有人都会中它的招。"

奥利弗睡着了,梦见几束像工头们的强力探照灯那样强烈的光线集中在一起,直接穿透了他的身体。轮班仍在无休无止地轮回。他们在温暖的玄武岩地面上醒来,感到浑身酸痛;他们结束漫长的工作轮班,也感到浑身酸痛。他们饥肠辘辘,还经常受伤。没人知道他们已经在那里待了多久,也没人知道自己有多大年纪。有一阵子,除了机器人的激光灯和炉盘的光亮,他们都在黑暗中生活。有一阵子,每逢轮班结束,工头会带着灼人的灯塔上门来,厉声询问他们、殴打他们。显而易见,奶牛在消失,空气瓶、氧气瓶在消失,各种物资都在消失。对奥利弗而言,其他的都无关紧要,球面几何才是至关重要。他知道自己身处何方,他看得到它。他脑海中的三维地图在每一次轮班中都变得更加的广阔。然而,其他的一切都在消退……

"因此它是世界上最强大的物质。"索利问,"但为什么是我们?我们为什么在这儿?"

"你不知道吗?"雅各布问。

"他们抹除了我们的记忆,不是吗? 所有记忆都消失了。"

但是,由于雅各布,他们知道地表之上什么模样:月球表面的圆

① 当放射性物质发生β衰变,所释出的高能量电子或阳电子。

顶宫殿,地球上如梦似幻般的奢华景象……其实,他说到它时,许多关于地球的记忆又回到了他们身上,他们喋喋不休地谈论着这些意外涌现的回忆。雅各布说,这些记忆如此深刻,只有死亡才能抹去。因此,他们在某种程度上仍然占有优势。

可是有许多东西被永远毁灭了。雅各布叹气道:"是啊,没错!我记得。我只是在想——好吧,我们在这里的原因各不相同。有些人是罪犯,有些人很爱抱怨。"

"就像海丝特!"他们笑起来。

"没错,我猜那是她被弄来这儿的原因。不过我们许多人只是在错误的时间出现在了错误的地点。错误的政治信仰、肤色,甚至是错误的面部表情。"

"我敢说,那人是我。"索利接过话头,其他人都在笑他,"是啊,我的脸长得很有喜感,我知道!我能感觉到。"

雅各布沉默了许久。"那你呢?"奥利弗问。又是一阵沉默。隆隆的爆炸声从遥远的地方响起,就像沉闷的惊雷。

"要是我知道就好了。可这点我和你一样,我不记得实际的逮捕过程。他们一定打了我的头,让我脑震荡了。我猜我一定是说了些对矿场不利的话,又被不该听的人听到了。"

"运气不好。"

"是啊,运气不好。"

又过了许多次轮班。奥利弗用两块岩石、一段引线和一组滑轮组装了一个计时器。随着时间的推移,他证实了自己的怀疑:每一轮班次都变得越来越长。熬完一个班次越来越艰难,醒着熬到饭点、熬到几何课时间也越来越艰难。工头如今每次下班都要找上门来。他们带着探照灯、叫骂声和拳打脚踢蜂拥而至,在头晕眼花的残影和痛苦中离开。有一次,索利在轮班时小声咒骂了他们,然后就再也没有回来。无影无踪。为此,工头又对他们施暴,奥利弗愤怒地大喊:"这不能怪我们! 外面有东西,我看到了! 它要杀了我们!"

下一轮班次时,那静脉似的小卷须绽放着,可是他在那蓝色矿脉周围连一块碎石头都找不到:那连着一大块主脉。他只得告诉工头这件事,开始与别的工人协作。他拆掉了计时器。

回来的路上,他再次听到了那脚步声,正拖着步子缓缓跟在他后头。这次他已走到了最后一条隧道的入口,身后的牛栏已经关闭。他转过身,用第三只眼盯着黑暗处,希望自己能看到那东西。飞速流动的空气,一阵探嗅,落在铁轨上的脚步声……狭窄的楔形空间另一头远处,一束亮光闪过,形成光滑、狭长的白色锥体。钢轨上,矿车磨过的地方闪闪发光。奥利弗的瞳孔像蜗牛触角般收缩起来,他回头盯着脚步声出现之处,什么也没看到。接着,他隐隐约约看到两个红点:视网膜,反射着远处的光线。它们眨了眨。他拔腿便跑,只几秒就到了检查站工头面前。在他停下来喘气的时候,他们打开灯,晃得他什么也看不见,接着让他通过检查站进入了牛栏。

那次轮班吃完饭后,奥利弗躺在牛栏地面上瑟瑟发抖,把这件事告诉了雅各布。"我好害怕,雅各布。索利、海丝特、弗里曼、哑巴利亚[1]、娜奥米——他们都不见了。在这里认识的所有人都不见了,除了我们。"

"他们终于自由了。"雅各布简单答道,"来吧,我们把你今天晚上的问题解决了。"

"我不在乎它们。"

"你必须在乎。除非你在乎了,否则什么都不重要。那片蓝色是月亮的意志,它正被撕掉,而月亮知道这一点。要是我们能弄清楚网格形状表达的意义,那月亮也会知道,这样我们还能努力活下去。"

"如果那玩意儿找到我们,我们就没命了!"

"你不明白。总之,不用理睬它。来吧,我们上课。我们得上课。"

于是,二人在黑暗中做着方程。两人都心不在焉,因此学习进度缓慢。才做到一半,他们全趴在了地上,沉沉睡去。

几次轮班过去。奥利弗拉伤了背部肌肉,挖掘他发现的那条主脉只让他觉得痛苦不已。主脉清除完毕后,露出的空间仿佛鸡蛋内部,表面平整光滑,呈象牙色和黑色,其他独居石形成的淡蓝色卷须斑斑点点地贯穿整片玄武岩层。他们在中间留下一处狭窄通道,两侧岩壁都凿有平台,还有坡道连接每条蓝色矿脉。后来他们又开始

---

[1] 伊利亚的简称。

各自钻探,每条矿脉中都有一个矿工和机器人组成的小队。每次轮班结束,奥利弗都赶着和其他人同时返回那鸡蛋形的石室,这样他就可以和人群一道走完剩下的路,回到牛栏。这种做法一直非常奏效,直到有一次轮班结束时,吊车支架上堆满了矿石。他费了些工夫才把它们倒入矿车,然后收工。

正因此,他不得不独自一人穿过那条狭窄的通道,还得独自一人回到牛栏。当然,早就该把牛栏挪到离井口更近的地方!他不想一个人回去……

在那狭窄通道的半道上,他听到前面有微弱的声响。窸窸窣窣,窸窸窣窣。他猛地刹住脚步,用力攥紧扶栏。他摸不到这里的天花板,便想翻越扶栏——他可以攀着它从下面走。

他刚爬上栏杆,就被几双强壮冰冷的手抓了起来。他想张嘴大喊,却被塞了满嘴湿漉漉的黏土。那蓝色物质。他的脑袋被固定住,耳朵也被塞满了同样的东西。因此,鼻腔中惊恐、尖锐的呼声被突然切断。钜,它会杀死他。背部在挣扎中剧烈疼痛。他被打横抬起,脚踝被鞭子抽打、手臂被绑在身上。接着,黏土楔钉塞进他的鼻孔,在最后一阵激烈抵抗中,他头脑陷入一片黑暗。

世界上最悄声的低语对他说:"十二号牛栏的奥利弗。"这声音伴着胃痛传来,他才惊讶地发现自己还活着。

"你从此只能自生自灭了,这代价你接受吗?"他挣扎着点头。

我从来没有想要过什么！他试图解释。我只想要和其他人一样的生活。

"你必须为每一点儿食物、每一口水、每一口空气而奋斗,你接受吗?"

我接受。我心甘情愿。

"在永恒的黑暗之中,你要偷工头的东西、杀死工头,用各种手段对抗他们的工作,你接受吗?"我心甘情愿。

"你将在月亮的思想中自由生活。你愿意接受吗?"

他坐直身子。他嘴巴里干干净净,只剩下那蓝色物质尖锐的电击般的余味。他看到了周围的形状:五个人形,有五个人。他恍然大悟,喜悦在他心中膨胀开来:"我接受。哦,我接受!"

一道光出现。由于奥利弗早已习惯了无光或者暗光环境,起初他没反应过来是怎么回事,还以为是自己的第三只眼威力猛增。也许是吧。可是还有A型机器人的激光钻头,通过圆柱形陶瓷电子元件发射出低功率光线,整个圆柱发散着黄色光芒。它就像盲鱼一样,张着嘴巴,无精打采的眼睛泛着水光。他看见索利、海丝特、弗里曼、哑巴以利亚和娜奥米站在四周。"太好了。"他说着,想一次性把他们全都抱在怀里,"哦,太好了。"

他们在一处早已遗弃的洞穴,一处平底的红土洞穴,只有三条卷须从这里蜿蜒伸向远方。洞穴里都是奥利弗早前已经习惯了通过感受、声音或嗅觉来识别的东西:圈里的奶牛和母鸡、一堆空气瓶和套装、三辆矿车、两个 B 型机器人、一个 A 型机器人,还有一摞轨道和杂物装备。他在中间慢慢走着,海丝特就在他身旁。她还是像往日那样憔悴,皮肤和阴影一般黑。它吸收了从陶瓷灯管散发出的微弱光线,反射出点点细小的光泽。"你为什么不告诉我?"

"对于我们所有人来说这都是必经的过程。就是这样。"

"娜奥米呢?"

"对她而言也一样。不过,她接受它的时候,觉得自己很孤独。"

然后他突然想到了雅各布,"雅各布在哪儿?"

粗糙的声音回答道:"我们猜,他就快来了。"

奥利弗点点头,思考着,"之前是你们吗,一直跟踪着我吗? 你们为什么不说?"

"那不是我们。"海丝特跟他解释了发生的事。她乌鸦似的呱呱笑着,"那是其他东西,还在外面……"

接着,雅各布站在了他们面前,吓了二人一大跳。他们高声大叫,其他人也都跑过来挤作一团。雅各布大笑着,"现在到齐了。"他说,"把那灯关掉,我们用不着它。"

他们确实用不着。激光灯关闭,陶瓷灯管冷却,他们仍然可以看见:他们可以看见彼此,黑暗中的红色人形,散发出喜悦。小石室里的一切都能看得见,清晰可辨。

"我们是月球的思想。"

没有了轮班作为标记,奥利弗发觉自己无法判断时间流逝。他们在辛勤劳作中不断移动:总是向上,穿过一层又一层矿井。"就像原子的外壳,我们就是粒子,被打散后正在逃离。"直到饥肠辘辘的时候他们才吃饭,直到困得无法睁眼的时候才睡觉。大部分时间他们都在劳作:要么破坏底下的竖井,要么拆除仓库,要么偷取雅各布指定的东西。有几次,他们伏击了一帮工头团伙,用激光切割器杀了他们,然后偷走了贵重物品。不过雅各布要求他们尽量避免与工头接触。他只要材料。许久以后——至少二十次睡眠之后——他们拥有了六辆矿车,每一辆都拖着一个A型机器人,沿着荒废已久的空旷矿井向上:他们得以最快的速度在前方铺设轨道,还要把身后的轨道拆掉。相对于其他物品,雅各布对炸药有种无法满足的渴求:他认为炸药多多益善。

躲避工头变得更加困难,那帮人现在全副武装、时刻警戒,说不定还在搜捕他们,谁知道呢。工头还把探照灯开到最亮,免得被伏击,但这反而使他们远远就能被瞧见。小分队引开工头,让他们在死胡同里迷路,再引爆他们脚下的地雷。在这过程中,小分队马不停蹄地向上前进,通过看不到尽头的蜿蜒小径往月球正面的方向上行。他们周遭的岩石冷却下来,空气循环更加强劲,直到变成持续的风。通过地震仪,他们还能听到远处地底下传来矿车、重机械和爆炸"轰隆隆"的动静。"哦,他们在追我们。"雅各布说,"哦,他们被吓跑了。"

他们为攒起来的战利品而欢欣鼓舞——里面有大量压缩空气和纯氧气瓶,他们每人得到了一件真空服,还有许多炸药,包括十个博斯曼——普通采矿对它们而言实属大材小用。"我们快到了。"他们吃吃喝喝时,雅各布说道,随后又去照看奶牛和母鸡。躺在矿车边睡觉时,他会和他们聊工作。他们每个人的工作不尽相同:哑巴伊利亚负责后勤,索利负责机器人,海丝特负责地震定测。娜奥米和弗里曼正在学爆破,虽没明说,但称得上雅各布的副手。奥利弗则继续研究地形图——他们已经找到了自己所在区域的隧道系统地图,奥利弗正努力把它记下来,这样一来,他就随时都能知道他们身在何处。他发现自己做得非常出色——每当他们犯险前进时,他都知道哪里会有岔路,会通往何方。他们一路向上前行。

然而,追捕行动越来越白热化,似乎到处都有工头在井下巡逻,搜捕他们。"要不了多久,他们就会在通道里布雷,再试图把我们赶进去。"雅各布说,"我们该离开了。"

"离开?"奥利弗重复道。

"离开这个体系。我们自己闯出去。"

"挖我们自己的隧道。"娜奥米兴高采烈地说。

"没错。"

"去哪儿?"海丝特呱呱叫着。

紧接着,一声几乎震破耳膜的爆炸声传来,空气被瞬间推走。四周的岩石震颤着嘎吱作响,"咔咔"裂开缝隙。隧道内部的天花板轰然塌陷，一股尘土咆哮着冲他们席卷而来。"博斯曼炸药!"索里大喊。

雅各布放声大笑。他们争先恐后地迅速穿上真空服。"该走了!"他一边大喊，一边倚靠在石室一侧操控A型机器人。他靠墙放置了一个博斯曼，设置好定时器。"搞定。"他对着真空服里的对讲机说道:"现在，我们得像从未挖过矿似的干活了，去地表!"

第一项任务是远离博斯曼，免得它在爆炸时殃及他们。现在，他们正在钻一条狭窄的隧道，还在通过时把松动的岩石移放在身后填满洞口。博斯曼爆炸时，这些填充石块会像步枪枪管里的子弹一样飞射出来。因此，为了拦截飞石，他们以锐角设置了三个急转弯，然后以最快的速度钻离了那个区域。娜奥米和雅各布相信爆炸的博斯曼能把周围的岩石震碎，碎到任凭谁都不可能找到他们的隧道起点。

"希望他们觉得我们把自己给炸了。"娜奥米说，"故意也好，意外也罢，没所谓。"奥利弗喜欢听她那轻快的欢笑，相比海丝特呱呱叫的噪音，她的声音清脆，纯净如乐曲似的。他之前从来不甚了解娜奥米，但现在他为她的优雅和力量而倾倒，钦佩她生机勃勃的能量。工作时，她甚至比雅各布还要努力，比他们所有人都努力。

新生活的几个轮班过后，娜奥米查看了一下她用绳子挂在脖子上的引爆计时器。"它应该很快就会爆炸了。谁去安抚一下牛和鸡。"然而,索利才刚走到牛栏,博斯曼就爆炸了。

爆炸声震慑了所有人。它比单纯的爆炸声更震耳欲聋,仿佛撼动了整个世界:整个世界在他们面前狠狠地关上门。他们满身伤痕,几乎听不见声音,踉踉跄跄地站起来检查彼此是否受了重伤。去安抚牛群时,比起用耳朵听牛群惊恐的叫声,他们的双手更能直观地感受这份恐惧。隧道的结构完整性似乎没有问题,他们身处的是地幔对流造成的一处旧的软流层,如今已冷却下来,呈静滞状态。还好它够软绵,承受这样的爆炸也没碎。矿工的完美岩石,像母亲一般保护他们。他们抱起奶牛,把它们放置在当作谷仓的矿车里。弗里曼匆忙返回隧道查看后方情况。他回来时,他们的听力正在恢复。透过那持续了好几个轮班的耳鸣声,弗里曼大喊:"堵得很好! 全融一块儿了!"

于是,他们有了属于自己的一处小隧道。他们抱作一团,兴奋地大喊:"终于自由了!"雅各布咆哮着,爆发出一阵前所未有的笑声——奥利弗从来没见他这样笑过。接着,他们收拾停当,打开气瓶和循环器,调整气体交流设备。

他们很快就排好了日常工作,尽可能快速且安静地推进隧道挖掘。其中一人操作机器人,在可能工作的地方尽量挖出狭窄的井道。这人只能用激光钻头,除非遇到极为坚硬的岩石,且值得冒险进行小型爆破。爆破还要以地震仪计时,以便紧跟底下矿坑中的其他爆炸。雅各布和娜奥米只希望,月球内部的复杂结构能让别人将他们弄出来的爆炸误判为采矿引爆的回响。

　　另有三人负责处理机器人钻孔卸下的岩石,把它们从隧道前方移到后面,时不时还要把矿车轨道拉到前面。放置松动的石块是件难活儿,因为如果它们在后方占据的体积比原本在隧道前方多很多的话,最终它们就会把所有空间都给塞满:这就是经典的"蠕虫"隧道问题。必须把石块塞到隧道后方,同时保证留出的缝隙尽可能的窄,完全按照切割方式——就像拼图一样。他们都对这项工作很在行,每向前挖一英里只会损失几英寸空间。不论是身体上还是精神上,这项工作都最为辛苦。每一次轮班后,奥利弗都觉得比采矿时更疲累。因为其实他们每个人都在全速工作,对于中间队伍而言,这几乎意味着来回奔跑:来来回回,来来回回,来来回回……那一小段裸露隧道的长度大约只有六十码,然而在中间工作一阵以后,它似乎有五百码长。

　　不和岩石打交道的三个人负责管理氧气和牲畜,吃饭,帮助搬运大块物件,同时抓紧时间睡觉。每过三个站点,他们便轮换角色,在每个岗位上工作一个轮班(雷管定时器计时)。这使得他们的工作流程十分令人迷惑且疲惫,奥利弗发现哪怕在轮班结束后,自己也很难计算出他们所在的位置。"你得继续演算,"当他从机器人那里跑来寻求计算上的帮助时,雅各布告诉他,"我们不是随便选个地方就上去,而是要正好在圆顶城市塞勒涅①下方,在火箭轨道边上。

――――――

　　① 古希腊神话中的月亮女神。

要做到这一点,我们就离不开良好的定位。要是做到了这一点,我们就能回到地面,出现在那些通过向地球出售蓝色物质赚得盆满钵满的雇主中间。我保证,那会是件非常有成就感的事。"

于是,奥利弗会一直计算到睡觉时间。其实,相对而言,这也不算困难:他知道出发时在月球内部的位置,雅各布也给了他塞勒涅的地表坐标。所以,这只是纯粹的计算问题。

甚至有可能通过计算他们的平均速度,从而计算出到达地表的时间,还可以比对这些数据与他们的固定资源的消耗率——氧气、循环器中消耗的水和牲畜的食物。与哑巴伊利亚商讨了几个轮班,他们才终于确定了所有因素,剩下的就只是个简单的算术问题。

奥利弗和伊利亚完成这些计算后,他们叫来雅各布,向他解释他们所做的工作。

"干得好。"雅各布说,"我早该想到的。"

"不过,你瞧,"奥利弗道,"我们有足够的空气和水,机器人的电源组数量是需求的十倍——炸药也是——可食物是个问题。我不知道我们给奶牛准备的干草够不够。"

雅各布一边点头,一边越过奥利弗的肩膀去检查他们的计算,"我们得把奶牛一只一只宰了吃掉。这不仅可以养活我们,还能减少需要的干草数量。"

"把牛吃掉?"奥利弗目瞪口呆。

"当然! 它们是肉! 地球人一直吃它们!"

"这……"奥利弗将信将疑。然而海丝特的苦笑仿佛抽了他一鞭子似的,他便没有再多说什么。

尽管如此,雅各布、弗里曼和娜奥米还是决定最好把速度加快些,好留出更多容错空间。他们在井口安排了两个人,隧道两侧则使用手钻与进行连续钻孔作业的机器人相配合。他们趁跑动时吃东西,同时把石块挪到后面;他们还能少睡就少睡;他们每次轮班都要跑几十公里。

他们蠕动着通过的岩石层性状开始变化。坚硬无比的大块深色玄武岩被颜色较浅的岩石替代,它们偶尔会断裂,非常危险。"斜长岩①",雅各布道,"我们快到地壳了。"此后每次轮班,他们都会穿过一处新的岩石区。有一次,隧道穿过了厚厚的一层钙长石,一道道玄武岩入侵其中,看起来就像粗制滥造的砖头;还有一次,他们炸开了一堵铜墙铁壁般的碧玉石墙。只有那么一次,他们穿过了一条蓝色的矿脉。穿过其中时,奥利弗突然意识到,他对月球构成的整个认知早已被开采工作扭曲——他曾以为月球上满是钷。可是,挖穿这条狭窄的矿脉时,他意识到它其实很罕见,就像巨大的月球球体中一兜松散的线网。

离开那处矿脉时,索利捡起一块矿石,好奇地盯着它。他双眼紧闭,面部扭曲,因为他正努力把注意力集中在他的第三只眼上。突然,他把那矿石砸在地上,转身走到隧道头,用钻头攻击那处矿

①　颜色浅,呈灰白色或灰色。

脉。"我把我的整个人生都给了那蓝色的玩意儿,"他声音粗哑,"可它是什么? 只不过是块该死的石头。"

雅各布笑了几声。他们继续挖隧道,远离了那些贵金属——现在对他们而言只是种好挖的软材料。"加快速度!"雅各布喊道。他拍拍索利的背,又跃过机器人旁边的石块。"这块岩石熔化又熔化,经历了漫长岁月才变成我们看到的石头。天翻地覆。"他吟诵着,把"天"字拉长,在每个字上停留,直到它仿佛成了一首歌:"天翻地覆。天——翻——地——覆——"娜奥米和海丝特接着吟诵,哑巴伊利亚用他的钻头双击机器人打着节拍。雅各布站在机器人头顶继续吟唱:"不久吾将抵达雇主之邦;世外桃源穹顶高悬,那儿有璀璨琉璃、香甜水果,还有仙雾缭绕的池塘;器皿精美、娱乐繁多,还有葡萄美酒滴滴醇香;接着一切都将……"

"天翻地覆慨而慷。"

他们挖隧道的速度越来越快。

奥利弗坐在当卧铺用的矿车里嚼着奶酪,感到雅各布的身体躺在自己身边。雅各布呼吸沉重,非常疲惫,几乎要睡着。"你怎么会知道那些穹顶?"奥利弗轻声问,"你是怎么知道那些你知道的事的?"

"不清楚。"雅各布喃喃道,"每个人都知道。他们把你的大脑烧掉了一块,把你丢在个洞穴里过一辈子。我知道的不多,兄弟。大部分都是编的。月亮的爱什么的,只要是我们需要的东西……"他睡着了。

他们穿过一层大理石——白色大理石,石英点缀其中。它在他们黑暗无光的视线中熠熠生辉,觉得自己仿佛挖到了用上好牛奶制成的岩石,里面混着钻石似的液体。这一过程持续了很久,最后让众人心满意足,沉醉在它光滑的肌理和质地、沉醉在它散发出的懒洋洋的光点中。"我记得有一次,我们去看一个爵士乐队。"雅各布这样吹嘘起来,他搬着白色石头沿矿车跑到隧道后方,小心翼翼地把它堆放起来。"那是在里士满,在码头、炼油厂和巨大的油罐中间,我们喝得烂醉,一直迷路。可是,最后我们找到了它。啊!只有一个潦倒的号手和乐队的节奏部。他坐在椅子上演奏,单从脸上都能看出他的生活就像一场混战,当真是一人吃饱全家不饿。小号是年轻人的乐器,嘴唇得非常灵活才行。我们坐下喝酒,也没报什么期望。接着他们开始演奏最后一首歌,名叫《桶上有个洞》。四小节的蓝调,非常简单的一首歌。"

"天翻地覆。"海丝特粗声粗气道。

"没错!正是如此。后来,小号手开始演奏。乐队一遍又一遍地演奏它。哈!他们肯定已经这么干过一百次、数百次。不出所料,这号手水平一般,大多数时间都闷着脑袋吹,使上了一个潦倒的小号手能使上的所有花招来挽救自己的技术,可他的本事其实早在三十年前就已经一命归西了。可是过了一阵子,这不重要了,因为他在演奏。他在演奏! 用尽毕生所学,所有音乐、所有遗憾、所有被塞进可怜的旧'桶'里的东西,还有——上帝啊——这是精神超越一切的时刻,因为那首老歌活了过来。其他人还在奏乐,小号手口中却唱起了这首歌:

"哦,桶上有个洞,

耶,桶上有个洞,

那桶上有个洞,

啤酒没得买哎!"

雅各布又唱了一遍。奥利弗、索利、弗里曼、海丝特、娜奥米——全都忍不住笑起来。雅各布想起了他未被烧毁的那部分过去! 哑巴伊利亚先是开心地敲打着矿车壁,又趁着音节与音节之间的节拍挤牛奶。"啤酒没得买! ——哞!"

他们都加入进来,或是哼唱或是放声高歌。它与他们的工作节奏完美契合:快而不赶,规律、重复、简单、循环。所有音节都长度相同,有点切分音节的意味,除了被拉长的"洞"字。还有"无法买啤酒"这一句,音调很高,每个字都被拉长,拉成了一句为胜利而发出的伟大呼号。这真是令人难以置信,因为它表示一个坏消息,或者本该表示一个坏消息。可是这首歌使这一句成了欢乐的号子,每重复一次,他们就唱得更大声,尾音拉得更长。雅各布模仿着乐器哼唱,随着调子上下翻飞;海丝特也在其中找到了各种高调的和声,仿佛钢锯切割钢铁似的。这首老歌被唱了一遍又一遍,一遍又一遍,在如帕萨卡里亚舞曲般的庄严之中,在连贫困都被扭曲成喜悦的严酷之中:蓝调。天翻地覆。他们奔跑着连唱了两个轮班,直到彻底恍惚。接下来很长一段时间,只要聚在一起,他们常常一起放声歌唱。

他们纯粹是倒了大霉,从下往上闯入了一口满是全副武装的工头的矿井;更倒霉的是,雅各布正操控着机器人,所以他第一个跳出去,拿着手钻当可射击的武器。他也是唯一遭到对方火力攻击的人。后来,是娜奥米从他身边扔过去了一捆炸药,把工头们炸得粉碎。他们把他弄上一辆矿车,推着机器人返回,又拉起轨道,开辟了新方向,用另一枚博斯曼销毁了他们曾来过此地的痕迹。

人和动物身上都挂着血迹和碎屑到处奔走:奶牛在绝望中呻吟,雅各布牙关紧闭、呼吸急促,只有海丝特和奥利弗能同他一起坐在矿车里。他们尽力照顾他:撕开一条裤腿——那条腿整个断开了。海丝特拿手钻去烧灼那些冒着鲜血的伤口,想替他止血,可雅各布对她摇了摇头。他脖子上青筋暴起,从牙缝里挤出几个字:"大腿的大动脉破了。"

海丝特声音暗哑,"都过来。"她又冲索利和其他人粗声喊道:"别瞎忙了,过来!"

他们挤在一堆破碎的石英中,断裂的透明晶体被氧化成粉红色。机器人仍在钻洞,气瓶"嘶嘶"作响,牛群"哞哞"呻吟。雅各布呼吸艰难,声音刺耳。不知为何,其他人的呼吸也是如此急促、凌乱。不过,随着他的呼吸变得和缓平静,他们的呼吸也一同平静了下来。他躺在卧铺矿车里的干草床上,盯着隧道破碎却仍闪闪发光的石英天花板,仿佛看得到很远的地方,"所有这些不同种类的岩石,"他声音中杂糅着好奇和痛苦。"你们瞧,月球本身就是一个世界。很久很久以前,地球是它的卫星。可由于一次撞击,天翻地覆。"

他们在石英石壁侧面开出一方小通道,把雅各布留在了那里。这样一来,他们继续前进、填满隧道时,他就被留在后方,留在深埋地下的墓穴里。从那一刻起,对他们而言,月球只是雅各布的一座巨大坟墓,在太空中转动着,直到太阳本身灭亡——正如雅各布曾预言过的那样。

奥利弗成功把他们拉回了既定轨道,可是没有了雅各布点头审核,他对自己的定位计算十分拿不准。他垂头丧气地把塞勒涅的坐标递给娜奥米和弗里曼。"可是,到那里以后,我们该做些什么?"其实雅各布从未说清楚过。找到城市首领,要求为矿工做主? 杀死他们? 去大型磁力轨道加速器发射的火箭那儿,然后劫持一架去地球? 还是尽量无声无息地潜入民众之中?

"把这件事交给我们。"娜奥米道,"带我们到那里就行。"他在娜奥米和弗里曼眼中看到了前所未见的光芒,这让他回想起曾在黑暗中追赶他的那个东西,那个连雅各布都解释不清的东西。这让他心生畏惧。

于是他设定好路线,他们像以前一样飞速挖着隧道。只是,他们不再唱歌,也很少说话。他们不顾一切地冲向岩石,在辛劳中弄伤自己,于是下一次便愈发猛烈地攻击它。不得不睡觉时,奥利弗躺在雅各布早已干涸的血迹上,苦涩充斥着他的身体,仿佛里面塞满了他们一起对付过的斜长岩石块。

干草已经耗光,他们杀了一头奶牛,吃了烤肉;水循环系统的过滤器堵塞,水里总有股尿骚味;海丝特频频侦听地震仪,总觉得他们正在被追捕。不过,她也认为他们正在接近塞勒涅底部。

娜奥米笑着,笑声却不像从前,"你带我们到了那儿,奥利弗。干得不错。"

奥利弗咬住嘴唇,这才把痛哭的冲动憋了回去。

"它大吗?"索利问。

海丝特摇摇头,"听起来不大。也许是那大主脉直径的两倍,不会更大了。"

"好。"弗里曼看着娜奥米说。

"那我们要做什么?"奥利弗问。

海丝特、娜奥米、弗里曼和索利都转过身看着他,目光炯炯,仿佛十二块纯钜那般明亮。"我们还剩八枚博斯曼。"弗里曼声音低沉,"其他所有炸药都加起来,我要好好布置它们。这会是我无与伦比的作品,我的杰作。我们会直接把塞勒涅炸上太空。"

他们花了十个轮班才用弗里曼和娜奥米满意的方式排布好了所有博斯曼。为了避免爆炸带来的冲击,他们又花了三个轮班才转移到离它们足够远的位置。幸运的是,正上方的岩质带着伸缩性,因此反冲力会比较小。

终于,一切安置妥当,他们六人围着主导线下设置的一堆元器件,在卧铺矿车里围坐成一圈。时间过了许久,他们都只是盘腿坐着,缓慢地呼吸着,凝视着它、凝视着彼此。黑暗中,黑红色轮廓清晰无比。接着,娜奥米伸出两只手臂,小心翼翼地把双手放上引爆器按钮。哑巴伊利亚的手覆上她的双手——然后是弗里曼、海丝特、索利,最后是奥利弗——正是雅各布带他们加入的顺序。奥利弗犹豫了片刻,感受着手掌覆盖下的血肉和骨头,还有同伴的体温。他觉得他们该说点儿什么,但他也不知道该说什么。

"七。"海丝特突然呱呱地张口了。

"六。"弗里曼道。

伊利亚努力从牙缝间送出一股气。

"四。"娜奥米数道。

"三!"索利大喊。

"二。"奥利弗道。

他们不约而同地等了一拍,用力吞咽,等着月亮和那埋葬在月亮中的人跟他们说话,然后按下按钮。他们挥拳砸向按钮,如暴风疾雨一般,仿佛连爆炸的冲击都能被抵消似的。

　　他们穿上真空服,吸着纯氧,来到最后一条隧道清除里面的碎石。他们进入博斯曼爆炸形成的巨大圆锥形深洞,发现大量竖井暴露其中,隧道从深洞各个方向蜿蜒而去。因此,这副景象赫然呈现在他们面前——被炸毁的隧道直探入月亮深处——他们的来处。在这窟窿上方,正努力攀过隧道口破碎的边缘,攀过一座新生环形山的山壁的东西……

　　它一片漆黑。不像是岩石。白色光点遍布表面,有些明亮,有些黯淡。如果你直视它们,它们便消散在黑暗中。这些光点数以千计,散布在一处不是穹顶的黑色穹顶上……而在中间,几乎在头顶正上方:一个蓝白相间的球体——巨大、明亮、蔚蓝、遥远、圆润。一半像工头的探照灯那般明亮,另一半藏在阴影之中……显然它是圆形,是一个大球,在……天上。在天上。

　　他们站在环绕深洞的巨大碎石堆上,静默无言。透明的塑料碎片、钢柱、成片的草皮、金属碎片、一只胳膊、断裂的树枝,还有一点儿橙色陶瓷半埋在斜长岩碎块中。他们回过头,盯着天上的球体,盯着虚空,几乎没有注意到废墟中的这些东西。

　　良久,除环顾四周外,他们一动不动。在那些几乎全被抛向同一方向的杂物远处,月球表面是连绵不绝的白色山丘,与头顶的星海同样奇异且辉煌。如此广博浩瀚!奥利弗做梦都梦不到如此广阔的景象。

"蓝色的一定是钜。"索利指着地球,"他们用我们开采的蓝色物质覆盖了整个地球。"

他们目瞪口呆地盯着它。"它有多远?"弗里曼问。没人回答。

"他们都在那儿。"索利尖利地笑起来,"我要是能把地球也炸掉就好了!"

他踩着碎石,沿火山口边缘走了一圈。火箭轨道,奥利弗突然想到,原来一定在弗里曼炸出的碎片所在的方向。运气不好。最后一次爆炸中,他们从黢黑的泥土和玻璃中冒出头来。索利指着它们,洪亮的声音在奥利弗耳边响起,连对讲机都绷紧了神经:"完蛋,我们没法飞到地球去把它也炸掉!要是能去该多好!"

哑巴伊利亚向前迈出几步,从碎石堆上高高跳起,扬起手来扫过那蓝球。他们对他大笑:"就差一点儿,是不是!"弗里曼和索利也各自尝试了一番,接着他们都尝试了一番:助跑、跳跃,在太空中慢慢飞起,持续五六秒,或七秒,往头顶的天空抓一把,然后身在梦中似的飘回来,踉踉跄跄地降落,然后再试一次……跃升至最高点的感觉十分美妙。在真空中自由自在,不受重力或其他任何东西影响,哪怕只有一瞬间。

过了一阵,他们在满是白色灰尘和黑色泥土的新造火山口边缘坐下。奥利弗坐在火山口最边缘,双腿悬空,这样他就既能看到月球底下的世界,又能抬头仰望天空。三只眼睛都不足以估量如此巨大的事物。他的心怦怦直跳,陶醉、沉迷,动弹不得。他十分疲累,仿佛喝醉了似的。对讲机里滋滋啦啦地传来伙伴的呼吸声——它们慢慢平静下来,落入同一节奏。海丝特模模糊糊地说了句"桶",大家都轻轻笑了起来。除奥利弗之外,其他人都躺在废墟上仰望这令人晕眩的宇宙,仰望着黑色天鹅绒般、无边无垠的广袤空间。奥利弗坐着,手肘撑在膝盖上,看着黑色天空下熠熠生辉的白色山丘。它们被地球的光芒照亮——地球光和星光。地平线之上,白色山脉和岩石残骸上戳出来的圆顶玻璃碎片一样锋利,而地球一直俯视着他。一切都如此神奇,让人难以置信。他像大口灌下氧气一样吞下这幅景象,感受它充满自己的身体,在胸腔里膨胀。

"你觉得他们到了这里以后,会把我们怎么样?"索利问。

"杀掉。"海丝特压着嗓子呱呱答道。

"或者把我们拉回去干苦力。"娜奥米补充道。

奥利弗笑起来。无论发生什么,此刻都无关紧要。因为他们头顶上,乳白色星子洒落在浩瀚无边的黑暗天空,照亮了无数更加美好的世界。地球此时正升上了他们头顶,像盏精美的蓝灯一般散发出光芒。而他们脚下这轮快乐的月球上,白色山丘连绵起伏,斑斑点点的环形山遍布表面,宛如一块巨大的奶酪。

(崔龚荣秀　译)

苏黎世

　　我们准备离开苏黎世时，我决定努力把公寓打扫得和两年前搬进来时一样干净。联邦理工学院的一名员工，也就是大楼业主，要来检查。这些检查在大楼的外国居民之间可谓传奇——相当严苛。我想成为第一个给检查员留下深刻印象的外国佬。

　　不用问，这可不容易。公寓墙壁是白色，桌子是白色，书柜、衣柜、床头柜、梳妆台和床架是白色，床单、毛巾、餐具也都是白色。总之一句话，除了精美的浅茶色硬木地板，几乎所有表面都是白色。不过，我已在打扫公寓方面获得长足进步，还在瑞士待过两年，所以对这次的检查内容有大致判断，还清楚它的相关标准。我的灵魂跃跃欲试地迎接挑战，我敢拍胸脯保证：走的时候这地方会一尘不染。

　　没多久，我就意识到难度其实不小。沾满泥巴的鞋子蹭在地上的痕迹，每一滴咖啡、每一次汗湿的手掌、每一回呼吸都曾留下痕迹。丽莎和我竟然在这乱得不可思议的家里生活过,这一处处的损坏便是证据:我们挂过照片,于是墙上留了孔;我们也从来没清扫过床底下。之前的房客早已提溜着家什匆匆溜走了。真是很难办。

显然,烤箱在我心里立马成了问题的症结所在。跟你讲,有一次我们去几个美国朋友那儿搞家庭烧烤,烧烤架就设在迪本多夫①镇某座建筑五楼的露台上。其他公寓楼尽收眼底,烤鸡和汉堡诱人的香味袅袅飘向夏日的湿润天空——此时楼下突然警笛长鸣,一整队消防车靠在路边,跳下来几十个消防员——所有这些一起上阵,只为与我们的烧烤作斗争。一位邻居打电话报警举报我们,说露台上出了火灾。我们向消防员解释的时候,他们一边点头,一边冷眼觑着遮天蔽日的浓烟。刹那间,我们所有人都觉得这顿烧烤确实搞得一团糟。

所以我从未在公寓阳台购置烤架,而是用烤箱烤日式照烧羊肉串,味道还不赖。我们用的是上好的照烧酱,食谱是我母亲几年前照着一本杂志做的。不过,配料里的红糖成了问题的根源。加热时,液体红糖会"焦糖化",就像丽莎和她的化学家同事常说的那样。正因如此,烤箱内部表面上到处都是不愿意掉落的棕色小点。它们对澳洲的易擦净清洗剂嗤之以鼻,对强生的强力除污剂不屑一顾,我这才开始意识到,焦糖化多少有点像陶瓷黏合剂的反应过程。我需要的是激光,可我却只有钢丝球。于是我开始搓揉。

---

① 瑞士的一座小镇。

这是一场我的指尖肉与焦糖陶瓷圆点的角逐:哪个会率先被钢丝球擦除? 当然是肉,但是它能长回来,圆点不能。人体的再生奇迹将使我赢得这场伟大的战役。接下来两天(想象一下,花十五小时盯着一个两英尺长的立方体内部!),我奋力擦除每一个小圆点,时间每流逝一小时,我都能感到心中因敌方之顽固而燃起的熊熊怒火一寸高过一寸。

最终的胜利属于我:干净的烤箱——亮晶晶的灰黑色金属匣子。它会通过检查。我杀气腾腾地在公寓中穿梭,誓要用相似手段对付公寓其他每一处表面。

我袭击了厨房的其他地方。确实,食物早已渗透每一处角落和缝隙,但没有哪个地方变得焦糖化。轻轻一抹,污渍便无影无踪。我是洁净先生,我灵魂纯洁、双手有力。我用音响播放贝多芬,播放他作品中代表宇宙盲目、疯狂之能量的那些乐章:《大赋格》《第九交响曲》第二章、《第七交响曲》终曲以及《锤击键琴》奏鸣曲。边舞蹈边清洁的我,是这盲目疯狂能量的另一显现。我也被查理·帕克复杂狂热的乐曲所驱使。没错,就是他的《盐焗花生》和《永恒变化》。没过多久,厨房便像工厂展示的模型般闪闪发光。它会通过检查的。

其他房间做了些无谓的抵抗。灰尘,你也能敌得过现在的我?"我是宇宙能量,盲目又疯狂,吸光床下的尘土与肮脏!"清理吸尘器绒毛时,我右手食指的指尖被削掉了,一时半会儿的,血难免会溅去墙上。只不过,这些房间能做到的最为顽固抵抗也就如此了,很快它们就会变得锃光瓦亮。

士气大振的我决定一不做二不休,把所有细节都搞定。我本不打算处理地板,因为它们看起来干净得可以通过检查。可是在一尘不染的环境衬托下,我不禁注意到门廊周围隐约有些许黑色痕迹,污垢悄然潜藏在一些木纹小凹痕里。我买了些木料抛光剂着手处理地板;事毕,人踩上去就像踩在冰面上。

我掸掉挨着天花板的书柜顶上的尘土,还在墙上的钉孔里填了涂料。这一步完成后,墙壁变得平整光滑,可我感觉抹过涂料的地方有些许变色。我踱步片刻,灵光乍现,便从盒子里取了打印修正液用作补漆。它可真不错——门廊的裂纹、椅背刮擦过的墙壁。打印修正液,完美无缺。

这疯狂清洁周的每个夜晚,我都和朋友坐在一起,一边喝酒一边感受双手传来阵痛。某天晚上,我不经意听到一位以色列朋友说,为了清洗双层玻璃窗里面的夹层,她的一位瑞士朋友把窗框给拧了下来。我从椅子上弹起来,惊得合不拢嘴:我刚好就是在那天下午注意到双层玻璃窗内侧有灰尘,一直觉得无可奈何。我从来没想过还能拧下窗框!可瑞士人就知道这妙招。第二天,我拿出一把螺丝刀,拧开窗框、擦洗玻璃,一直干到手腕软得像煮熟的意大利面条。窗户玻璃的四个面都闪闪发亮。它们会通过检查的。

检查日早上,我巡视起公寓的大房间:棕褐色皮椅、皮沙发,白色墙壁和书柜,阳光洒遍室内;我呆立在原地,仿佛身处白兰地梦幻般的广告,空气如矿泉水般纯净透明。

我瞥了一眼门厅里的长镜,什么东西吸引了我的注意。我皱起眉头走上前去,和往常在镜子周围一样感到心神不定,便仔细观察起来。不出所料,灰尘。我忘了擦镜子。擦拭它时,我惊叹不已:灰尘覆盖的镜子和干净镜子之间的区别显而易见,哪怕——我盯着手中的纸巾——只存在能划出一根短细线的灰尘,就像浅浅的铅笔痕迹那样。只是一点点灰尘,散布在这么大的表面上——却仍然肉眼可见。眼睛就是这么厉害。我在想,如果我们能看到它,为什么看不明白自己?为何看不通透万事万物?

干到这一步,我欣喜若狂地在这干邑广告似的环境里大步走来走去,突然想起了洗衣机里的床单。要不是因为那些床单,一切本该全部就绪才对。整个星期我都在地下室清洗那些床单,红色塑料洗衣筐里塞满亚麻布料——我们有七条床单、七个枕套和七件大羽绒被套。羽绒被没问题,雪白得像棉花似的。可是床单、枕套……唉,它们泛黄了。被我们的身体染了色:能证明自身存在的身体证据让人目瞪口呆:油脂、体液,我们身体的细微碎片像黄油似地蹭上布单,根深蒂固。

我想,那些瑞士人一定有办法销毁这些严重的"罪证",于是我买回来了漂白剂。回想起家中的漂白剂广告,我坚信染色的亚麻布床单在经历一趟水洗旅行后会白得像一道闪电。然而事与愿违,洗了一遍又一遍,它们的颜色并未改变。于是我买回来另一种漂白剂,然后又买了第三种。两种是粉末,一种是液体。我增加了每种的剂量,也无济于事。

现在已是检查日早上,我想起地下室的床单,心中的狂喜被击得粉碎。我匆匆奔下楼,沿着地下长长的水泥走廊来到洗衣房。这栋建筑让我感觉能屹立一千年不倒,抵得住百万吨重压。洗衣机系统支持三国语言,尺寸像一辆手推车。我将它联网,把漂白剂列阵放在顶上,为最后一波尝试展开预先检查。这是我在本周第十四次执行这一任务,相关流程已十分流畅规范。可是这一次,我却停下来开始思考。看着烘干机顶部陈列的三种不同漂白剂,我有了主意。我拿起最大的盖杯,把它打开,倒入液体漂白剂,直到半满,然后分别倒入两种粉末。

协同作用,没说错吧?我一边哼小曲儿赞颂协同作用的神秘力量,一边从签到簿上取下铅笔,奋力搅拌盖杯里的混合物。它先是冒了点泡泡,接着泛起泡沫。

直到那一刻我才想起我妻子——那位化学家——曾经冲我河东狮吼,因为我想把浴缸弄干净,就把两种清洁剂混在了一起。"如果你把氨水和Ajex清洗剂混在一起,它们产生的氯胺气能要了你的小命!"她当时说,"永远不要把那些玩意儿混在一起!"

因此,我把漂白剂杯盖丢在烘干机上逃出洗衣房,又从混凝土建的大厅往回看,认真探闻。一低头,赫然发现铅笔仍紧握在手中,铅笔下半部分——搅拌漂白剂的那部分——白得像一根粉笔。"嗬!"我大叫一声,往大厅更深处撤退。协同作用真是威力无边。

一阵思索后,我又仔细检查了那支此刻顶着一块纯白色橡皮的铅笔,然后才回到洗衣房。空气似乎没问题。此刻我已下定决心投身其中,迎接这瑞士式挑战。我小心翼翼地把那杯漂白剂倒入洗衣机顶部的塑料开口,把浅黄色床单和枕套塞进洗衣机,合上盖子,按下90摄氏度的高温放水按钮。上楼以后,我发现左手食指尖上有一块白斑;回到公寓,我发现搓洗不掉它。"漂白了我的肉!"我惊呼,"这玩意儿终于起了该有的效果。"

一小时后,我心怀忐忑地回到洗衣房,希望床单没有被撕成破布条之类的玩意儿。谢天谢地,打开洗衣机盖门时,里面射出一道眩光,仿佛几架照相机的闪光灯同时冲着我的脸,就跟广告里的场面似的,洗衣机里的床单白得像刚落下的积雪。

我高兴得直跳脚,又把它们塞进烘干机。等检查员按响楼下的门铃时,它们已经被晾干、熨好、折叠整齐,堆放在了卧室衣柜亚麻色的抽屉里,看上去就像一大块象牙皂。

让检查员进门时,我兴高采烈地哼着小调。他是位年轻人,也许比我更年轻。他英语很好,一脸歉意又戒心十足。他说这任务对我俩而言都很无聊,但却必不可少。没问题,我答应着,然后带他四处查看,期间他一直蹙着眉头,却又不住点头。"我得清点厨房物品。"他边说边挥舞着一张清单。

这一项花了一些工夫。检查完毕,他不满地摇头道:"少了四个杯子、一个勺子,还有茶壶盖子。"

"没错,"我兴高采烈,"我们打碎了玻璃,丢了勺子,可能还摔了茶壶,不过我记不清了。"这些都不值一提,它们和最要紧的挑战毫不相干。要紧的不是个数,而是秩序;不是数量,而是质量;不是库存,而是干净程度。

检查员也明白这一点。听到我的肯定,他一本正经地摇头道:"好的,好的;不过,这个怎么说?"他带着一副志得意满的神情把手伸到杂物柜顶部后面,当着我的面掏出了一小摞脏兮兮的厨房抹布。

在那一瞬间我幡然醒悟,检查员离不开肮脏,就像警察离不开罪行一样,这是工作唯一乐趣之所在。我盯着被彻底忘在脑后的厨房抹布,"它们怎么说?"我反问,"我们从来没用过,都忘了它们放在那上面。"我耸耸肩,"一定是以前的房客干的。"

他一脸狐疑地盯着我,"你的盘子是怎么擦干的?"

"我们把它们立在水槽上,让它们自己晾干。"

他摇晃着脑袋,根本不相信会有人用这种方法。我想起我们的一位瑞士朋友,她淋浴后会用毛巾擦干浴缸。我固执地耸耸肩,而检查员也固执地摇了摇头。趁着他再次转身检查杂物柜是否还有其他被遗忘的宝藏时,我不假思索地迅速把手伸到他身后,用被漂白的食指碰了碰脏兮兮的厨房抹布。

它们变白了。

等这位年轻的探长搜查完杂物柜,我随口道:"话说,它们也没那么糟吧?"他看着厨房抹布,一脸怀疑地看着我,眉毛几乎飞上天了。我只是耸耸肩,离开厨房。"你快好了吗?"我问,"我还得去市中心。"

他准备离开。"我们还得处理丢掉的玻璃杯。"他声音低沉,十分不悦。

"还有勺子,"我说,"还有茶壶盖儿。"

他走了。

空荡荡的公寓中,我在晶莹剔透的空气里手舞足蹈。任务完成,我通过了检查;我灵魂纯洁,我气度优雅。微弱的阳光割开低矮的云层,阳台上空气清冷。我穿上羽绒服前往市中心,想最后再看一次我的苏黎世。

走下杂草丛生的古老台阶,穿过瑞士联邦理工学院冬日的寒冷花园,经过中国研究生居住的高大建筑,走下通往沃尔特大街的陡峭人行道,又经过日本火枫和室内设计商店。我碰了碰一朵红玫瑰,看到它变成白色也并未觉得多惊讶。我的整个指尖现在看起来像一截硬邦邦的石蜡。

在沃尔特大街电车站,冷风呼啸。街对面的房子据说闹鬼,如今只剩下粉色残骸,墙壁上满是巨大的裂痕。丽莎和我曾一直为它惊叹不已,苏黎世没有什么地方能比它更荒凉。它与周围格格不入,是像我们一样的流亡之物,我们爱它。"我永远不会碰你。"我对它说。

六号有轨电车"嗡嗡"地从弗伦特恩教堂驶下山坡,在我面前"吱嘎"着停下。要想车门打开,必须按一下按钮,我这么做了,于是整个电车车厢都变成了白色。它们一般都是蓝色,虽然有一些会为了宣传城市博物馆涂成不同颜色,还有一些会涂成白色来宣传里特利贝格的东方博物馆。我想,这辆车现在大概会被当成其中之一。我乘上电车。

我们从山上往下,向着普拉特、苏黎世大学和中央广场方向滑行而去。我坐在电车后排,看着面前上下车的瑞士人。许多人都已年老,除非单人座位都被占满,否则没有人相互挨着坐。要是某个站点有单人座位腾出来,挨着陌生人坐的人会起身挪去单人座位。没人说话,尽管他们确实会对视一眼。大部分时候,他们都看着窗外。窗户很干净。六号线运行的有轨电车建于1952年,却仍保持着出厂状态;它们已经通过了检查。

我低头一看,突然注意到电车上的每一双鞋都无可挑剔,接着又注意到每一颗脑袋的发型都打理得一丝不苟,就连电车上的两个朋克族的头发也在体现个人风格的同时收拾得妥妥帖帖。鞋子和发型,我想,这些可以体现一个国家的财富,这些极端因素可以揭示灵魂。

一名拉丁美洲男子在苏黎世大学站上了电车。他上身披着五颜斑斓的毛披肩,下身穿着黑色薄棉制长裤,似乎被冻得厉害。他带着个奇怪的物件,看上去像把弓。弓上的图案画得很潦草,五颜六色的,一只同样画着图案的小葫芦挂在弓把——倘若这真是能射箭的弓——的位置。男人修长的黑发披散着,垂过肩膀落在毛披肩上。他长着一张大方脸,看起来像拉丁民族和印第安族的混血儿,也可能是来自玻利维亚、秘鲁或厄瓜多尔的纯种印第安人。苏黎世住着不少这样的人,丽莎和我经常在班霍夫大街上看到他们成群结队地演奏音乐、讨要零钱。排箫、吉他、鼓、装满豆子的葫芦:街头音乐能演奏整个冬天,表演者和观众都在飘着雪的空气中瑟瑟发抖。

电车再次发动时,这个拉丁裔走到车厢前部,转过身面对着所有乘客。他用西班牙语大声说了些什么,便开始飞速拨动起弓弦,弹奏那挂着葫芦的弓。拇指在金属弓弦上下翻飞,改变音高,声音在葫芦中回荡,制造出响亮的拨弦声。音乐很糟糕:聒噪、不成曲调,让人根本无法忽略。

瑞士人都咬牙切齿地盯着这种侵扰。没有这样的先例——我以前从来没有见过这种行为。很显然,其他人也没有。这粗糙的乐器声是如此执着、如此诡异。车内的不满与乐器声一样显而易见,两种不同共鸣在紧张的气氛中分庭抗礼。

电车停在哈尔登格站,下车的人比平时多。显然有一些只是为了逃离这位音乐家,会再乘坐下一趟电车。那家伙拨弦时,新上车的人都讶异且不悦地盯着他。车门关闭,我们再次出发,电车驶下山坡来到中心广场。被圈在车厢里的观众盯着那音乐家,仿佛满怀敌意、盯着过往汽车的牛群。

接着他突然迸发出歌声。那是一首玻利维亚或秘鲁风格的山间民谣,戏剧化地述说一则悲伤的故事,那人拨动着他滑稽的乐器,嗓音狂野又嘶哑,歌儿表达着流亡者迷失在这极寒之地时心中的所有苦闷。这男人的声音可真妙!忽然间,那荒诞不经的拨弦被赋予了意义,一切都完美契合。这用异国语言歌唱的嗓音冲破了所有障碍,与我们,与电车上的每一个人对话。这样的歌声不能忽视,更不容否认——我们对他的情绪感同身受。因此,那一刻,尽管一个字也听不懂,我们却成了一个小小的共同体。当声音表达出真正想表达的内容时,可真是有力量啊!座位上的乘客变换了姿势,他们挺直身板,心无旁骛、面带微笑地看着歌手。当他端着一顶黑色毡帽在电车上来回走动时,他们把自己的口袋和钱包翻了个底朝天,把零钱全投了进去;他们对他报以微笑,用瑞士德语,甚至标准德语对他说着什么,希望他能听懂一些。当电车到达中心广场、车门"嘶嘶"地响着开启时,他们不约而同感到诧异——车上没人注意到我们已经到站了。

瑞士人!我不得不嘲笑他们。如此封闭,却又如此慷慨……

一旦触碰到这辆白色电车的白色部位,他们自己也会跟着变白。椅背,栏杆,头顶的吊把,都一样。他们触碰电车,又以一副跟自家瓷雕塑一样雪白的模样下车。不过中心广场没有人注意这件事。

一道离开电车时,我碰了碰音乐家的肩膀,这像是一种问候,或者也是一种实验。他只是看了看我,黑色的眼睛如黑曜石一般。于我而言,那些粗暴缝在他毛披肩上的颜色愈发明亮、愈发鲜艳:交叉织就的小彩虹,猩红、橘红、翠绿和紫罗兰色,还有粉红和天蓝色,都在棕色的粗织羊毛披肩上光彩夺目。而这位音乐家头也不回地走进了苏黎世的中世纪小镇迪本多夫。

我穿过大桥,低头看着利马特灰色河水中的白天鹅,感受着掠过的寒风,飘浮在对他的音乐和我公寓的纯洁的记忆中。我沿着班霍夫大街行走,要再看它一遍。这么久以来,这是我第一次完完整整地欣赏它,也是最后一次,以后再来不知道会是何时,也许永远不会再来了。我心潮澎湃,不禁脱口而出:"啊,美丽端庄的苏黎世,我也是你流亡的子民。"我轻抚着建造那些古朴典雅建筑的花岗岩石块,它们在我手下变成婚礼蛋糕,发出哀鸣,仿佛是被束缚住的小提琴在倒着演奏。我何时才能再次看到这番景色?珍珠灰色的天空低垂,在寒风中掠过头顶,阿尔卑斯山脉矗立在苏黎世湖尽头,仿佛裁成山峰形状的硬纸板,有哪座山峰能比它更加陡峭?我摸了摸电车轨道,它们变成了白金色,铺在釉面糖果似的宽阔街道上。我沿这条白色街道漫步,看着富商熠熠生辉的橱窗陈设:珠宝、衣物、手表,无一不完美、无一不夺目。我用手指在窗玻璃上轻轻描摹,它们变得如白色蛋白石般洁白无瑕。

我徜徉在中世纪小镇狭窄的小巷,触摸每一栋宏伟建筑,直到宛如身处牛奶和小苏打共同建造的寂静世界之中,而每一次触碰都伴随着一声道别。

最后一次,专门去做些你喜爱的事!我经过圣彼得教堂——在我触碰之前它已经光洁如雪花石膏;经过圣母玛利亚教堂,跨过河,来到格罗斯大教堂。教堂内部空旷得让人痛苦,就像一间白色大理石制成的空荡荡的高大仓库……接下来,我又一次经过那座仿佛白纸建造的大桥,返回河对岸。我俯视着灰色的利马特河,只见苏黎世大部分地区都在我的触碰下漂白,变成了白色。

我来到伯克利广场湖畔,才一触摸台阶,精致的小公园和船坞就变得宛如闪闪发光的肥皂雕刻,美丽的水瓶侍神伽尼墨得斯和老鹰雕塑仿佛是用白色陶瓷铸就。在我看来,伽尼墨得斯展开的双臂似乎拥抱着整个世界。在这个世界上,拥有灰色天空和灰色河流的日子匆匆掠过,一切转瞬即逝,你永远没有机会把握它、抚摸它,无法把它据为己有。

难道我们什么都留不住吗?这些年的生活中,我们曾有过欢乐时光,我们曾身处其中。现在,一切都洁白无瑕,纯净、静止,在我的指尖抚摸下变成了大理石。因此,我在事物终结时纯粹的陶醉与狂喜之中走下白色的混凝土坡道,来到湖水舔舐着的岸边,蹲下身来摸了摸它。面前长长的湖泊完全静止下来,变成了白色,就像一大桶白巧克力似的。远处,雄伟的阿尔卑斯山一片雪白,头顶奔腾的云朵翻涌着,像旋转的玻璃般闪闪发亮。我转身回看这座转变后的城市:安稳、安静的苏黎世,由白雪、白色大理石、白巧克力、白色陶瓷、牛奶、盐巴、奶油共同构成。

可是,依然能听到那首弦音从远方的街道飘来。

（崔龚荣秀　译）

文兰之梦

摘要。兰塞奥兹牧草地①正是日落时分。海湾风平浪静,沼泽遍布的海滩在阴影中模糊昏暗,平整的陆地像手臂一样指向近海的平坦岛屿。远处,一座更为高耸的岛屿像巨石般矗立在海面,吸引着最后一缕日光。一条汩汩作响的溪流轻轻穿过海滩沼泽。沼泽上方长满青草的狭窄梯台上,依稀能看到低矮土丘的形状,是草皮墙壁剩下的部分。三四间覆满青草的建筑矗立在一旁,远处支着几顶帐篷。

一群人——考古学家、研究生、劳动志愿者和游客,一同来到可以俯瞰遗址的岩石山脊。其中一些人在一圈围起的黑石头上点起了篝火,其他人则拆开食品包和一箱箱啤酒。拉布拉多②像块黑

---

① 又名水母湾。位于加拿大纽芬兰与拉布拉多省纽芬兰岛最北端,上有维京人村落遗迹。在1978年被联合国教科文组织列为世界文化遗产。

② 加拿大东部一地区。

影般躺在远处海面上。火种播下,火苗燃起,昏昏暮色中迸出黄色
火花。

热狗肠、啤酒、海边篝火,周遭却安静得出奇。各种声音都压抑
着,山丘上的人频频从高处往下看。考古队领队是个五十岁出头、
身材瘦高的男人。他正带着一位贵宾简单参观,而那位贵客似乎不
大高兴。

介绍。考古挖掘的领队是麦吉尔大学的考古学教授。看向贵
客时,他脸上的表情却像是遇到了咄咄逼人的本科生。这位贵宾
——加拿大文化部部长——问题一个接一个。当她提问时,教授就
带她去熔炉、冶炼厂和E栋建筑旁边的小山丘亲自寻找答案。新挖
的沟渠穿过土丘和洼地,黑黢黢的泥煤露出规整的矩形切口。它们
没什么可向这位部长展现的,但她坚持要去看看。她此刻倒是问了
些直击要害的问题,可它们在渥太华同样也能得到解答。没错,教
授解释道,熔炼的燃料是木炭,其温度可高达一千二百摄氏度左右;
其过程是直接还原沼矿,每五公斤矿渣可以炼出一公斤左右的铁。
一切都和其他北欧地区的熔炼过程相同——只不过沼泽矿中的褐
铁矿已由现代光谱分析精确识别,分析表明此处精炼的沼铁矿来自
魁北克北部,靠近席库蒂米。沼铁矿冶炼者并非此前所传的北欧探
险家,他们不可能搞到这种矿石。

小土丘里也存在类似情况。由于铁锈在泥煤中的迁移速度已

知,所以可以确定土丘中的那些铁铆钉只存在了一两百年。

"所以,"部长的英语带着法语的调子,"看来你已经证实了?"

教授一言不发地点点头。部长紧紧盯着他看,他不禁觉得,即便他告诉了她如此消息,她似乎依旧有些愉悦。是因为他?是因为他说的行话?还是因为他明显的(还越来越严重)抑郁?他分辨不出来。

部长挑挑眉毛:"兰塞奥兹牧草地是一场骗局。加拿大公园局不会喜欢这消息的。"

"没人会喜欢。"教授声音嘶哑。

"没错,"部长看着他说道,"我想也是。尤其因为这是更大规模的遗址的一部分,对吧?"

教授不置一词。

"文兰这一主题,"她说,"整个是骗局!"

教授阴郁地点头。

"我本来也不相信它是真的。"

"没错。"教授说,"但是——"他冲周围低矮的山丘挥挥手,"它依旧出现了。"他耸耸肩。"能支撑这故事的证据总是很少。三则传说,这处遗址,斯堪的纳维亚记录中的一点参考文献,几枚硬币,几座石冢……"他摇摇头,"真没多少。"他从地上拈起一块风干的泥煤,将它捏碎在指间。

突然,部长对他笑了笑,把手搭上了他的臂膀。她的手指很温暖,"你要记住,这不是你的错。"

他笑得有气无力的。"我想也不是。"他喜欢她脸上的表情:富有同情心却轻松愉悦。她和他年纪差不多,或许稍大一些。一位迷人又精致的魁北克人。"我要喝一杯。"他坦诚道。

"山坡上有啤酒。"

"更烈点儿的东西。我有一瓶还没开封的白兰地……"

"我们一起把它拿到山上去吧。"

实验方法。研究生和劳动志愿者围坐在篝火旁,空气中弥漫着烤热狗肠的香气。接近晚上十一点,太阳落山已过去了半个钟头,夏日暮色的最后一丝光亮缓缓漏出天空。燃烧的篝火仿佛灯塔一般。啤酒源源不断,聚会开始变得热闹了一些。

部长和教授站在火堆边,用塑料杯喝着白兰地。

"你是怎么开始怀疑文兰的故事的?"部长一边问一边看着学生烤热狗。

几个志愿者听到这个问题后靠了过来。他们领了不菲的工资,就为了花一个夏天在沼泽地里挖土沟。

教授耸耸肩,"我记不太清了。"他尝试挤出笑容,"作为一名考古学家,我却记不得自己的过去。"

部长赞同似的点点头,"我猜应该是很久之前了吧?"

"是啊。"他收敛心神,"我说到哪儿了? 有人在研究文兰地图的故事,想找出它是谁做的。二十世纪五十年代,这张地图出现在纽黑文①一家书店里——你也许知道?"

"不,"部长道,"我跟你保证,我对文兰一无所知。我只知道在我这个职位的人都必须知道的一些基本内容。"

"是这样,二十世纪五十年代,人们曾发现一张名为'文兰'的地图,可是不久它就被指出是一场骗局。然而,调查员追溯地图的历史时发现,它与包含它的图书可以被追溯到十九世纪二十年代,这说明骗子生活的年代比我预计的更久远。"他重新装满一杯白兰地,又给部长倒了一杯,"十九世纪有很多关于维京人的恶作剧,但这个太古早了,让我非常惊讶。人们普遍认为这一现象的根源在于一位丹麦学者1837年所出版的著作②,里面包含了文兰传说和相关资料的译文。这本书在美国斯堪的纳维亚居民中很受欢迎,后来,你知道……也许是出于扭曲的爱国主义,也许是一个经常被取笑的民族的反应……所以我们有了肯辛顿石碑、长戟、系船具的洞、钱币。但若是一场骗局出现在《美洲古物文献》之前……这就让我觉得耐人寻味了。"

"这书本身是不是也多多少少涉及其中?"

"没错,"教授说着,欣喜地注视着部长,"我一直在想,这本书有没有包含那骗局的材料,或是受到它的启发。后来有一天,我正在读一份描述这地方的田野调查,突然觉得这处遗迹太过崭新了些,

---

① 美国康涅狄格州港口城市。
② 即丹麦历史学家卡尔·克里斯蒂安·拉芬的《美洲古物文献》。

仿佛一修好就马上空置了似的。顶多也只是短暂地用了一个夏天，因为他们找不到任何废物堆，也半座坟墓都没看见。"

"它可能只是被短暂使用了一下。"部长指出。

"是的，我知道，我当时也这么想。可是，后来我听卑尔根①的一位同事说，格隆伦丁加传奇显然是伪造的，至少发现文兰的那部分是假的。那部分是后来被插进书里的，时间能追溯回十九世纪二十年代。从那以后，我便一直有疑问萦绕在心头。"

"可文兰的传说远不止这一处，对吗？"

"没错。有三个主要来源：格隆伦丁加传奇、红发埃里克传奇，还有豪克斯博克传说中讲述托尔芬·克尔塞夫尼远征的部分。其中一个传说引发了疑虑，我便三个都开始质疑。故事本身也好，承载它们的作品也好，就连一切与文兰有关的想法，都让我开始怀疑起来。"

"是你在卑尔根的时候吗？"一位研究生问道。

教授点点头。

他喝光塑料杯里的白兰地，感到酒精在他体内奔腾。"我在那里和尼尔森一道查阅了红发埃里克和豪克斯博克传说，心想里面与文兰相关的内容怎么会是伪造的呢！可是墨水泄露了天机——不是墨水成分，成分没什么问题，出问题的是它浸入纸张的时间。我得说明一下，那是十三世纪的纸！伪造者技艺高超：那些传说在十九

---

① 挪威西南部城市。

世纪初的某个时候,就已经被篡改了。

"它们可都是世界文学名著。"一名劳动志愿者瞪圆了眼睛嚷道。招聘劳动志愿者的宣传广告里可不包括"听主要研究者瞎猜"这一职责。

"我知道。"教授烦躁地耸了耸肩。

他看到地上有一大块泥煤,便捡起来扔进火堆。没一会儿,它燃烧了起来。

"看着就像泥土在燃烧。"他凝视着火焰,心不在焉地说道。

讨论。泥煤燃烧产生的垃圾烧焦气味顺风飘来,海湾平静的水面也在同一阵微风中荡起涟漪。部长在火焰上方暖了一阵自己的双手,然后指向海湾:"不敢相信他们根本没到过这儿。"

"是啊,"教授说,"它看起来真就像某个维京人的遗物,我会对他这么说。"

"他。"部长重复道。

"我知道,我知道。这整件事让你禁不住这么想象:一个二三十岁的男人在各地奔波——挪威、冰岛、加拿大、新英格兰、罗马、斯德哥尔摩、丹麦、格陵兰……多次往返北大西洋,就为了掩埋所有这些痕迹。"他摇着头,"不可思议。"

他取出白兰地,又给自己斟了一杯。他不得不承认,自己有些醉意了。

"这场骗局的好些部分还隐藏得很深！都没法说我们是不是已经把它们都找了出来。这座小山丘里埋了两颗灰胡桃，而灰胡桃只生长在圣劳伦斯河下游，所以谁敢说它们不是在那儿有另一处遗址的线索呢？那里长着许多葡萄藤，正好解释了文兰①这个名字的由来。我跟你说，越是了解这个骗子，我就越是确信其他地点的存在。比如纽波特②的塔，罗德岛那座——它倒不是那个骗子修的，因为从十七世纪以来它就在那儿——但是十九世纪早期，他肯定在某个月黑风高的夜晚在那儿干了点儿什么……我敢打赌，要是进行充分发掘，你会找到一些北欧文物。"

"埋在所有该埋的地方。"部长说道。

"一点儿没错。"教授点头同意，"还有北方拉布拉多海岸的豪猪角，传说他们在那儿修理了一艘船。那儿也有。东西分散在各处，只剩能不能被发现的问题。"

部长挥舞着手中的塑料杯："尽管这个遗址肯定是他的杰作，他也不可能在这么大范围内做这么多事。"

"我不这么认为。"教授喝了一大口酒，咂了咂麻木的双唇，"或许在南边的新不伦瑞克省③还有一个这样的地方，我是这么猜的。不过这里无疑是他最大的项目。"

"是做那件事的时机到了，"劳动志愿者主动开口道，"亚特兰蒂

①文兰英文为"Vinland"，形近"藤蔓生长之地"的"vine land"。
②美国罗得岛州纽波特市。
③加拿大沿海省份。

斯^①、穆^②、利莫里亚^③……"

部长点头赞同:"它能满足某种愿望。"

"神智学,大部分都是。"教授喃喃道,"但这个不一样。"

志愿者慢悠悠地走开,教授和部长不约而同地盯着篝火看了一阵。

"你确定吗?"部长问。

教授点头肯定:"微量元素表明,矿石来源于魁北克上游,泥煤里的化学变化不对劲,而且核共振纪年法表明发掘出的青铜胸针被埋下也没有多久。他真是一丝不苟得让人震惊,连这样平平无奇的小物件都能想到。可是他却被绊倒在了事物的自然性质上。就是这样。"

"可是,如此多的辛劳和努力!"部长说,"这才是我不敢相信的地方。肯定不止一个人! 埋下这些物件,砌墙——肯定会有人注意到他!"

教授一口酒呛在嗓子里,冲她一边点头一边摆手,喘着粗气道:

"渔村,距这儿往北一公里,十九世纪初有寄宿处。1842年夏天,一队十人租了一间房子,账单由卡尔森先生支付。"

部长扬了扬眉毛:"啊。"

---

① 传说中位于欧洲到直布罗陀海峡附近,是拥有高度文明的国家或城邦,其居民以"海洋之神的子民"自居,后因自然灾害沉没。

② "穆文明"或"姆文明",据称位于史前太平洋区域。

③ 传说中的古文明,位于南太平洋附近。

一个研究生拿出一把吉他开始演奏，其他学生和志愿者都围在她身边。

"所以，"部长问，"卡尔森先生。他在别处出现了吗？"

"卑尔根有一位欧曼教授，雷克雅未克①有一位卑尔根博士。年份对得上，研究各种传奇故事。我想他们都是他，但我也不确定。"

"你对他知道多少？"

"一无所知，没人关注他。我想，我已经发现有几次他曾横跨大西洋，但是他用了化名，所以可能有大部分我都没找出来。他是斯堪的纳维亚裔美国人，显然在挪威出生。这人有些钱——有某种爱国情怀——对大学心怀不满——谁知道呢？我只有几个签名，化名的签名。字迹花哨，仅此而已。但这才是他最了不起的地方！你想，大部分骗子都会留下身份线索，因为有些人希望自己被找出来。如以一来，就有人钦佩他们的聪明才智，或者上当的人会感到尴尬，诸如此类。可是这家伙不想被逮住，而且在那个年代，如果你不想被记录……"他摇着脑袋。

"神秘的人。"

"没错，但我也不知道怎样才能找到更多关于他的信息。"

火光中，教授一脸阴郁。他又灌下一杯白兰地。部长看着他，体贴地说道："过去的事情我们无能为力，真的。所以才叫过去。"

"我明白。"

---

① 冰岛首都。

结论。他们把最后的木墩子扔进篝火，烈火熊熊，黄色火舌在火星中挣脱束缚。教授感到浑身麻木、心头冰凉，被跳跃的火光照亮的脸庞仿佛戴着涂满油污的原始面具。周围的歌声刺耳又吵闹，他一个词也听不懂。晚风冰凉，他手臂和脖颈滚烫的皮肤难受到起了鸡皮疙瘩。酒味让他一阵难受，不过他也清楚，身体还要花一段时间才能消化。

部长领他离开篝火，来到岩石遍布的山脊。不可否认，远离学生和劳动志愿者能让他自在一些。星光照亮了脚下的帚石楠和凹凸不平的花岗岩。他一边跌跌撞撞地走，一边试图跟她解释这件事的意义：作为一名考古学家，最重要的工作就是要发现他们过去的一些错误发现。

"就像一副马赛克，"他醉醺醺地试图跟上转瞬即逝的思维，"大部分碎片都消失不见的拼图、挂毯。如果你扯出一根线……它就毁了。剩下的内容太少了！我们需要能找到的每一丝每一毫！"

她似乎能够理解。她告诉他，她学生时代曾在蒙特利尔一家咖啡馆当服务员。许多年后，出于怀旧她又去了那条街。咖啡馆不见了，那条街面目全非，她也不记得任何同事的名字。"这还是我自己的过去，还没过多少年！"

教授点点头。白兰地在他的血管里奔腾冲刷，他看着部长，星光映得她如此美丽。她似乎是他的缪斯，是被派来安抚他的？是来吓唬他的？他也不知道是哪一种。克利俄，他想。是司掌历史的缪斯女神，是一个他可以说上话的人。

她柔声轻笑道："有时候，我们的生命好像比我们通常想的长久得多。我们经历转世轮回，然后回首往事，什么都留不住，除了……"她挥挥手。

"青铜胸针，"教授道，"铁铆钉。"

"没错。"她看向他，眸子在星光中闪闪发亮，"我们要为自己的生活考古。"

致谢。后来，他又送她回到篝火边，它已经烧成了一堆火红的木炭。走路时，为了稳住步子，她把手搭在他的臂膀上。在这接触中他感到了一丝异样，可是却无法理解。他喝了那么多酒！为什么他如此沮丧，为什么？他的工作就是寻找真相；他找到了，应该高兴才是！为什么没有人告诉他感受会是这样？

部长对他道了晚安。她去睡觉了，还建议他也去睡觉。她眼神中满是同情，声音却很坚定。

她离开后，他摸出那瓶白兰地，喝光了剩下的酒。篝火渐渐熄灭，学生和劳动志愿者们要么在帐篷里，要么在夜色中，成双成对。

他一个人走回遗迹。

低矮的土丘是从未存在过的墙壁。真正遗址另一头的圆形建筑是公园服务部门建造的模型，目的是向游客展示建筑"真实"的模样。维京人在新世界边缘扎营以后，他们修理船只、寻找食物、互相打斗、为无比的嫉恨而疯狂；他们和危险的印第安人作战、被杀，然后被驱逐出这片比格陵兰更加丰茂的土地。

灌木丛发出嘎吱声，他被吓了一跳。本应该是这样：趁着夜色，死神蹑手蹑脚、偷偷逼近——他猛地转身，埋伏在星光照出的阴影中的斯克雷林人①跳将出来，他们拉紧弓弦，箭头直指他的心脏。他战抖着，缩成一团。

然而不是。事情不是这样。截然不同。相反，那只会是一位戴着眼镜、拎着一大袋旧破烂的男人，正在指导一些失业的水手进行挖掘。他毫不起眼、沉默寡言，没人知道他姓甚名谁。某天夜里，他将回到那片森林，也许是由于摔落或者心脏病突发——他化为一具骷髅，穿着皮革、配着剑带，头骨眼眶上架着眼镜，而这种格格不入的装束最终暴露了他……教授跟跟跄跄地翻过低矮的山丘往森林走去，一心想找到那由无心之失造就的坟茔……

可是不会，它不会在那儿，那沉默寡言的人从来不那么做。他去世的地点一定很远，没有任何迹象显示他这么多年来做过些什么事。他只是穷人医院里的一个病人，医生忽视了他口袋里的铜胸针，送葬员的助手偷走了它。一位无名氏，就这样去了坟墓，去了更远的所在。文兰的创造者，永远无迹可寻。

教授望向四周，内心茫然，又觉得有些反胃。看到身边有一块

---

①传说中文兰的原住居民。

齐腰高的冰川漂砾,他便坐上去,把脑袋放在双手上。真是非常不专业。他孩童时代读过那么多书。部长会怎么想!准许拨款。没有理由感觉如此糟糕!

那个纬度的仲夏夜很短,聚会也持续到很晚,东方的天空都已变得灰蒙蒙的。他看得到遗址,还有长长的草皮屋顶。海滩上停着三艘精心设计的船只,身穿皮毛的小人影从长屋出来,没入水中。他走到他们中间听他们交谈,那是种挪威方言,他听得懂一大部分。他们那天将要远航,该装船了。他们打算带走一切,不再回来。森林里的斯克雷林人太多,快箭导致的杀戮也太多。他走在他们中间,帮他们装船。接着,一个身穿黑外套的小个子从熔炉后匆匆逃开,他咆哮着追击,还在半路上抄起一块石头,准备对那黑色闯入者致命一击。

部长用手轻轻一碰,他便醒了过来,还差点摔下岩石。他摇摇脑袋:自己仍然醉着。尽管太阳已经升起,酒醒还要再过几个小时。

"我早该知道,"他生气地对她说,"他们在格陵兰撑到了极限,天气恶化,他们能走这么远,真是了不起。文兰——"他对着遗址挥挥手,"只是些梦想家的故事。"

部长平静地凝视着他:"我不确定它重不重要。"

他抬头看着她,"你的意思是?"

"历史由人们讲述的故事构成。小说、梦想、骗局——也都由人们讲述的故事构成。真也好假也罢,对我们而言,故事才是最要紧的事。故事本身蕴含的某些品质决定它们是真还是假。"

他摇摇头："有些事情确实曾发生过,但有些事情没有。"

"可你怎么确定哪个是哪个？ 你不可能亲自回去看。也许文兰是你所说的那个神秘无名氏的虚构,也许维京人确实来过这里,后来又在其他地方登陆。不论如何,它对于我们而言终究只是个故事。"

"可是……"他咽了咽口水,"故事是否真实当然很重要!"

她在他面前踱步。"我有个朋友曾给我讲过他在一本书中读到的东西。"她说,"书是很久以前一位曾在红海航行过的旅人写的。书中提到的故事讲述者是单桅帆船上的一位男仆,他从记事起就没有父母。三岁时,这男孩就已经成了一名水手——在那之前,他一直在海滩边流浪。"她停下脚步,低头俯瞰脚下的海滩。"我常常幻想那小男孩的生活,小小年纪,在海滩上独自讨生活——这让我讶异。也让我……快乐。"

她转身看着他："可是,后来我给一位儿童成长专家讲了这个故事,他却只是摇头。'这可能不是真的。'他说。准确地说,不算谎话,而是……"

"一则奇谈。"教授提醒道。

"奇谈,没错。他认为这男孩的年纪应该更大些,或者曾得到过帮助。你知道的。"

教授点点头。

"可是，"部长道，"最终我发觉这个结论对我而言无关紧要。在我脑海中，依然可以看见那蹒跚学步的孩子在潮汐的水洼中寻找日常果腹的食物。因此，对我而言这是鲜活的故事，而这才是重要的事。我们用这种方式评判历史上所有的故事——我们评估它们的依据是它们能在多大程度上激发我们的想象力。"

教授盯着她，又揉着下巴环顾四周。有时候，在渡过不眠之夜后，事物边缘突然变得清晰可见，仿佛从内部散发出光泽一般。他说："有你这样想法的人也许不该做你现在的工作。"

"我以前不知道我有这样的想法，"部长说，"过去几个小时才有的，想着想着就想了出来。"

教授惊讶道："你没睡？"

她摇头道："这样的夜晚，谁能睡得着啊？"

"我也是！"他几乎兜不住笑容，"所以，你们会说它是一个'不眠之夜'①？"

"没错，"她说，"两个人的不眠之夜。"她用那逗趣的眼神看着他，似乎……似乎她理解他。

她向他伸出双臂，握住他的双手，拉着他站起来。他们穿过兰塞奥兹牧草地遗址向帐篷走去。草地被露水沾湿，青翠欲滴。

"我还是认为，"二人同行时，他说道，"我们想要的不仅是过去的故事，我们还想要不那么容易被发现的事—— 一些过去其实没

---

① 原文为法语（Nuit blanche）。

有的东西。一些秘密,一些神秘寓意……一些给我们的生活带来某种理解的事。"

　　她的一只手滑到他的臂膀下,"我们想要孩童时期的亚特兰蒂斯,但却无能为力……"她笑着,轻轻抬脚踢向一处草丛;几朵露珠闪过,瞬间架起一道明亮的彩虹。

（崔龚荣秀　译）

二十世纪历史图鉴

如果真理在大英博物馆的书架上找不到的话,那么真理又在何处?

——弗吉尼亚·伍尔芙

每天摄入一定的光亮能显著改善抑郁症患者的情绪。所以,每晚八点,弗兰克·丘吉尔都会去公园大道的诊所,在一间有1600瓦白光照明的房间里坐上三个小时。虽然和太阳比还是不大一样,但这里真的很明亮,就像天花板上挂着十六个光秃秃的灯泡。不过这些灯泡很可能是长管状的,它们被隐藏在白色塑料板后面,于是整个天花板都在发光。

他坐在桌旁,用紫色的笔在一张粉色的纸上涂鸦。这时已经十一点了,他走上刮风的街道,交通灯在夜色中闪烁。他步行回"西部八零公寓"的住处。第二天早上五点,他会再返回诊所接受黎明前的治疗。现在,该睡觉了。他挺期待就诊的,这样的诊疗已经持续了三个星期,让他有些疲惫。不过,诊治颇有效果——据他所知,平均每周应该有20%的改善,但他并不清楚那是什么感觉。

在他的房间里,电话答录机闪烁着。经纪人给他留了条口信,要求立即回电话。此时已近午夜,但他仍然按下了号码,铃声刚响,经纪人便接起了电话。

"你有DSPS。"弗兰克对他说。

"什么?什么?"

"睡眠相位后移症候群①。我知道怎么治。"

"弗兰克!听着,弗兰克。我给你搞了个好提案。"

"你的灯都开着吗?"

"什么?哦,对了,治疗得怎么样了?"

"我大概好了六成。"

"挺好,挺好,继续坚持。听着,我有个东西能百分百帮到你。伦敦的一个出版商想要你写一本关于二十世纪的书。"

"什么样的书?"

"你的生平,弗兰克。不过这次要搞个大的。可以这么说,要涵盖和体现你其他所有书。他们想在世纪之交的时候推出这本书,做

---

① 睡眠相位后移症候群(Delayed sleep-phase syndrome,简称DSPS)是一种长期的睡眠时间紊乱。有这种症候群的人一般都会睡得非常晚,同时在早上起床非常痛苦。

大开本,配大量的插图,大量印刷——"

"那种放咖啡桌上展示的大型画册?"

"人们肯定会想把它摆上咖啡桌,但这不是——"

"我不想写这样的书。"

"弗兰克——"

"他们想要什么,一万字?"

"他们要三万字,弗兰克。他们会预付十万英镑。"

这让他顿了顿。

"为什么这么多?"

"他们是出版界新人,搞电脑的,就习惯这种数字。这次的规模完全不同。"

"那肯定的。我还是不想写。"

"弗兰克,别这样,你是最合适的人选!是芭芭拉·塔奇曼[①]的唯一继承人!"这是在他平装书上找到的一段简介,"他们指定要你——我是说,二十世纪的丘吉尔,哈哈,简直非你莫属。"

"我不想写。"

"别这样,弗兰克。你需要这笔钱,我以为你挺缺钱的——"

"行吧,行吧。"是时候换种方式了,"我会好好考虑的。"

---

① 芭芭拉·W.塔奇曼(Barbara W. Tuchman,1912—1989),美国著名历史学者、作家,美国艺术与文学学院首位女性院长,备受费正清、约翰·肯尼迪、威廉·夏伊勒等人推崇。她于1963年和1972年分别凭《八月炮火》和《史迪威与美国在中国的经验,1911—1945》两度获得普利策奖。

"他们很急,弗兰克。"

"你不是说世纪之交吗!"

"我是这么说。但到时候会有很多这类的书,他们想避开这股热潮。首先树立个标杆,然后接着印刷发行个几年。这会很棒。"

"一年之内就会降价清仓。就我所知道的这种大型画册,还没出版就降价了。"

经纪人叹了口气:"别这样,弗兰克。你需要这笔钱。至于这本书,你尽力而为写好就行了,对吧? 你整个职业生涯都在写书,这也是你总结的机会。你还有那么多读者,大家会愿意看的。"担忧让他语气变得尖锐,"别因为之前发生的事变得沮丧,以至于错过这么一个大好机会! 反正工作是治疗抑郁症的良方,而这也是你改变我们对所发生事情看法的机会!"

"用一本大型画册?"

"该死的,别这么想!"

"那我该怎么想。"

经纪人深吸一口气,缓慢呼出来:"就当十万英镑吧,弗兰克。"

他的经纪人不会明白的。

然而,第二天早上,当他坐在明亮的白色天花板下,用绿色的笔在黄纸上涂鸦时,他决定去英国。他不想再坐在那个房间里了。这个想法让他有些害怕,他怀疑治疗没什么作用,病情并未如预期好了六成,而他不想转药物治疗。他脑子没问题,身体也挺好,尽管这说明不了什么，但让他对药物产生了莫名的抵触。他有他的理由，他需要自己的感知。

灯光室的技术人员认为，这种态度本身就是个好兆头。"你的血清素水平正常，对吧？这意味着情况不坏。再说了，伦敦比纽约更靠北边，所以你会摄取到在这里缺失的光线。如果你需要更多光，可以一直向北，不是吗？"

他给查尔斯和莱娅·道兰打了电话，想借住一阵子。结果发现他俩打算第二天前往佛罗里达，但他们依旧邀请他住下来。他们不在家时，挺喜欢能有个人留下来帮忙照看公寓。弗兰克以前也这么干过，他钥匙圈上还挂着那把公寓钥匙呢。"谢了。"他说。事实上，这样更好，他不太想跟人交流。

于是，他打包好衣服和露营装备，第二天一早飞往伦敦。最近，人们的旅行方式越发奇怪：他进入酒店外的一个移动"厢子"，然后从一个"厢子"换到另一个"厢子"，持续了好几个小时，直到他从卡姆登地铁站出来，才再次走到户外。那里距离查尔斯和莱娅的公寓也就几百码。

当他穿过卡姆登大街，走过电影院，聆听着伦敦的声音时，昔日的快乐像魅影般擦肩而过。多年来，他一直这么做：来到伦敦，在找到别的落脚处前与查尔斯和莱娅住在一起。他在大英博物馆里做研究和写作，探访查令十字街的二手书店，还会花一整晚待在公寓里,跟查尔斯和莱娅看电视、聊天。二十年来,他有四本书都是这么写出来的。

这间公寓位于一家肉铺上面,每堵墙都是摆满书的书架,甚至连马桶、浴缸和客床上都钉上了书架。万一发生地震,客人便会被埋葬在伦敦的百年历史之中。

弗兰克把背包扔上客床,走过楼下的一排英国诗集。客厅几乎被一张堆满了文件和书的桌子占据。楼下的小街是露天农贸市场,他能听到商贩们收拾东西的阵阵声响。虽然已经过了九点,但太阳还没有落山,五月末的白昼十分冗长,就像在接受漫长的治疗一样。

他下楼买了些菜和米回楼上煮。厨房的窗户映着落日余晖,小小的公寓透出些许光亮,强烈地召唤着它的主人,仿佛他们就在那里。刹那间,他希望他们没走。

吃过晚饭,他打开CD机,播放一些亨德尔的音乐。拉开客厅的窗帘,他端着一杯保加利亚葡萄酒坐上查尔斯的扶手椅,膝盖上摊着一本笔记本。他望着鲑鱼色的天光从云层透出来照向北方,试图思考第一次世界大战的起因。

早晨,他在沉闷的、斧头剁冻肉的砰砰声中醒来。他下楼吃着麦片翻阅起《卫报》。然后,他便坐上地铁去往托特纳姆法院路,步行去大英博物馆。

因为"美好时代"①的缘故,他已经对战前时期做了不少研究,但在大英图书馆写作是他不想打破的惯例,这也让他成了传统的一部分,这种习惯可以追溯到马克思甚至更早。他向一位图书馆员出示了还在有效期内的读者票,然后在常坐的那一排找到个空位。事实上,就在这座"大头骨"穿顶的"额叶"下方,在那张阅览桌上,他写下了不少关于两次世界大战之间的文章。他翻开笔记本,盯着一页,缓慢地写道:"1900至1914",然后继续盯着那页纸。

正如《卫报》的一位年轻的左翼评论家尖锐指出的那样,他早期的著作倾向于关注战前欧洲统治阶级的奢华颓靡。就他目前对第一次世界大战起因所做的研究来看,他赞同一般理论:大战是民族主义抬头、外交边缘政策以及过去二十年里几次对经验总结错误判断的结果。美西战争、日俄战争和两次巴尔干战争都仅仅是局部的,没有造成灾难性后果。

此外,还有几次"事变",诸如摩洛哥事件等等,曾将两大联盟推向崩溃边缘,但没有把它们真正推翻。

因此,当奥匈帝国在斐迪南大公遇刺后,向塞尔维亚提出不合理要求时,没有人预料到局势会如多米诺骨牌般倾进战壕,发展成战事屠杀。

历史充满偶然性。嗯,毫无疑问,这话很有道理。但现在,他发

---

① 美好时代(法语:Belle poque)是欧洲社会史上的一段时期,从19世纪末开始,至第一次世界大战爆发结束。这个时期被上流阶级认为是一个"黄金时代"。

现自己想到了各大城市的街上，为战争爆发而欢呼雀跃的人群；他们能够让和平主义彻底消失，似乎是一股强大的力量。简而言之，欧洲列强的富裕公民们显然一致支持战争。支持一场毫无意义的战争！

这其中有某些不可思议的东西，这次他决定承认这一点，并与之进行对话。这就需要考虑上个世纪的欧洲和平时期。事实上，那是一个充满血腥镇压的世纪，是帝国主义的高潮，世界大部分地区都被列强瓜分。这些大国的繁荣是以牺牲其殖民地的利益为代价，而殖民地本身则遭受了极大的苦难。然后，列强们把赚取的利润用于武器制造，再兵刃相向，最后走向毁灭。这种发展有些诡异，就像一个实施大屠杀的凶手最终把枪口对准了自己一样。惩罚，结束了内疚，也结束了痛苦。这样真的说得通吗？在华盛顿特区陪伴临终的父亲时，弗兰克参观了林肯纪念堂。右手边的墙上用大写字母刻着林肯第二次就职演说，省略了逗号，古怪的镌刻方式，却给演说增加了圣经般的沉重，就像它提到的正在进行的战争："可是假使上帝要让战争再继续下去直到二百五十年来奴隶无偿劳动所积聚的财富化为乌有并像三千年前所说的那样等到鞭笞所流的每一滴血被刀剑之下所流的每一滴血所抵消那么我们仍然只能说'主的裁判是完全正确而且公道的'。"

一个可怕的想法，来自林肯藏于表面之下的内心黑暗部分。但作为第一次世界大战的起源理论，他仍觉得不够充分。可能对于各国的国王、总统、将军、外交官和那些帝国军官们而言,这个理论足以令人信服。他们很清楚自己在做什么,所以或许会在无意识的罪恶感驱使下集体自杀。但那些在家里、在大街上为战争爆发而欣喜若狂的普通公民呢?这似乎更像是另一种仇恨的表现。我所有的问题都是你的错!他和安德莉亚经常这么指责对方。每个人都会这么干。

然而……在他看来,跟其他人一样,他也找不到真正的起因。或许那只是一种单纯的毁灭快感。面对一座宏伟大厦的原始反应是什么?推倒它。面对一位陌生人的本能反应是什么?攻击他。

但他渐渐迷失了方向,陷入了形而上学的"人性"之中。在一篇冗长的文章里,这会是一个永恒的问题。不管原因是什么,1914年就在那里,不可重复、不可解释、不可改变。

"战争爆发了。"

在他过去的书里,从未写过战争。他是那群坚信历史发生在和平时期的人之一。而战争嘛,你不妨掷颗骰子或者直接跳到和平条约。除了军事历史学家,对任何人来说,只有当战争结束后,有趣的事才会开始。

现在他不太确定了。当前对"美好时代"的看法被扭曲,因为人们只是透过终结这个时代的战争来重新看待它,这意味着一战在某种程度上比"美好时代"更强,至少比他想的要强。这次,为了理解这个世纪,他似乎不得不写一些关于它的东西。所以,他必须去研究它。

他走到中央目录桌前。太阳躲进云层背后,房间变得昏暗起来,他感到一阵寒意。

在很长一段时间里,光是数字就足够让他震惊了。为了摧毁堑壕防御,在索姆河十四英里长的战线上,英军每隔二十码就放了一门大炮,前后共发射了一百五十万枚炮弹。1917 年 4 月,法国发射了六百万枚炮弹。德国的"大贝莎"能将炮弹射出七十五英里高,几近到达太空。凡尔登是一场持续了十个月的"战役",死亡近百万人。

英军的前线部署有九十英里长。在这场战争中,每天有大约七千人在这条战线上受伤或死亡——不是因为某场特定的战役,而是在偶然的狙击或轰炸中伤亡。这就是所谓的"浪费"。

弗兰克停止了阅读,脑中浮现出越战纪念碑的画面。他在离开林肯纪念堂后,去参观了它。看到那些刻在黑色花岗岩上的名字,他触动颇深。有那么一瞬间,似乎可以想象出每个人的模样,每条白色的名字代表一个鲜活的生命。

一战期间,每一两个月的英军死难人数就是一座越战纪念碑——每一两个月,持续五十一个月。

他填好借书单,交给中央环形书桌的图书管理员,然后拿起前一天要的书,回到小阅览桌前。他翻阅书籍并做了笔记,大部分是数字和统计。英国工厂生产了两亿五千万枚炮弹。主要的战役有超过五十万人丧生。大约有一千万人死在战场上,还有一千万人死于革命、疾病和饥荒。

在阅读间隙,他偶尔会尝试写点儿什么,但没有太深入。有一次,他写了几页关于战争经济的文章。农业和商业组织,特别是在拉特瑙领导下的德国和劳合·乔治统治下的英格兰,让他强烈地想起了现在的后现代经济的运作方式。人们可以把晚期资本主义的根源追溯到拉特瑙的"战争原料部",或者他的"中央采购公司"。所有企业都是为了应对作战而组织起来的。但当战争结束,敌人被打败,这些组织仍然会得以留存。人们继续奉献工作成果,只是他们是在为那些在体系中担任战时政府职能的公司劳作。

二十世纪的大部分时间,都消耗在一战中。1918年11月11日上午11点,停战协议签署。那天早上,双方在前线照例进行了轰炸。到上午11点时,又死了许多人。

当晚,弗兰克匆忙赶回家,遭遇了一场雷阵雨。天空像烟雾缭绕的玻璃一样暗淡模糊。

战争从未结束。

这种认为两次世界大战其实是一场战争的想法,其实不是他的原创。温斯顿·丘吉尔曾说过这话,纳粹的阿尔弗雷德·罗森堡[1]也说过。他们认为二十年代和三十年代是一个间歇期,是两部分冲突重组的一个停顿,犹如飓风之眼。

一天早晨的九点,弗兰克还在道兰家吃着麦片,读着《卫报》,翻阅自己的笔记本。他似乎每天早晨都起得比较晚,尽管是五月,白昼似乎并未变长。倒是恰恰相反。

有人反对这是一场单一战争的观点。至少在1925年洛迦诺公约[2]签订后,二十年代似乎并不十分凶险。德国从金融崩溃中幸存下来,各地经济似乎也强劲复苏。但到三十年代事情的真实状况显露出来:经济大萧条;新兴民主国家向法西斯倒戈;残酷的西班牙内战;乌克兰大饥荒,空气中弥漫着可怕的死亡气息。这种感觉就像从斜坡滑落,无助地重新陷入战争。

但这次不一样。

全面战争:德国军事战略家在19世纪90年代,分析了谢尔曼的亚特兰大会战,创造了这个词。而当德国在1915年使用鱼雷袭击

---

① 阿尔弗雷德·罗森堡(Alfred Rosenberg, 1893—1946年),第二次世界大战中纳粹德国的一名重要成员,为纳粹党内的思想领袖,也是纳粹党最早的成员之一,比希特勒加入纳粹要早九个月。

② 洛迦诺公约(Locarno Treaties),是1925年10月16日英国、法国、德国、意大利、比利时、捷克斯洛伐克、波兰七国代表在瑞士洛迦诺举行的会议上通过的8个文件的总称。协议在该年10月5日至10月16日签署,并在12月1日于伦敦获得确认。一战中的欧洲协约国与中欧及东欧新兴国家尝试确认战后领土界线,并争取与战败的德国恢复正常关系。

中立船只时^①，他们觉得自己发动了全面战争。但他们错了，第一次世界大战不是全面战争。1914年，德国士兵杀死八名比利时修女的传言震惊整个文明世界，所以当卢西塔尼亚号被击沉时，抗议的声浪变得异常激烈，以至于德国宣布取消了对客船和中立国船只的无限制潜艇战。这种事只会发生在人们还持有这样观点的世界：在战争中，军队打军队，士兵杀士兵，当平民不小心被殃及或杀害时，那绝对不是有意针对。几个世纪以来，欧洲的战争都只是另一种形式的外交。

1939年，局势发生了变化。或许，这只是因为在技术层面上出现了以大规模远程空中轰炸为形式的全面战争。另一方面，或许是从一战中吸取了教训、总结了经验。例如，约五百万乌克兰农民死于大饥荒^②。几千个村庄因饥饿而消失。这就是全面战争。

每天早上，弗兰克都在大目录卷里翻来翻去，仿佛能找到别的一些关于二十世纪的东西。他填好单子，拿起前一天选好的书，回到小书桌。比起写作，他花了更多的时间阅读。白天大多数时候都是阴天，大穹顶之下有些昏暗。他的笔记越来越乱。他不再按时间顺序工作，而是不断强迫自己回到第一次世界大战，尽管他的阅读

---

①1915年5月12日，英国卢西塔尼亚号客轮被击沉，至少有124名美国人丧生，威尔逊总统为此向德国政府提出强烈抗议。

②乌克兰大饥荒是1932年至1933年发生在苏联乌克兰苏维埃社会主义共和国的大饥荒。据估计，大约有315万至718万乌克兰人死于这一事件。

进度已经进入到二战时期。

两千万人死于一战，五千万人死于二战。平民的死亡占了大部分。在战争的尾声，成千上万枚炸弹投向城镇，期望引发风暴大火。这样的情形下，大气层确确实实被点燃了，就像德累斯顿、柏林和东京。此刻，平民成了目标，战略轰炸很轻易就能击中他们。从这个意义上讲，广岛和长崎仿佛是一句话结尾的叹号。这句在战争中一直说的话：我们会杀光你全家。战争就是战争，正如谢尔曼所说：如果你想要和平，投降吧！而他们确实投降了。

两枚原子弹。在广岛被炸的三天后，长崎也遭到了轰炸，日本人甚至还没来得及了解原子弹造成的损失、做出任何反应。那枚在广岛投下的原子弹，一直是文学作品中争论不休的话题，但弗兰克发现甚至很少有人为长崎辩护。有人说，杜鲁门和他的参谋这么做是为了：一、向斯大林表明他们不止有一枚原子弹；二、向斯大林表明，哪怕只是威胁或警告，他也会使用原子弹，长崎就是最好的例子。一座越战纪念碑的价值和意义瞬间化为乌有，只是为了让斯大林别把杜鲁门当儿戏。而他确实不太把杜鲁门当回事。

当艾诺拉·盖号的飞行员顺利着陆后，他们举行了烧烤派对来庆祝。

晚上，弗兰克静静地坐在道兰的公寓里。他没有看书，只是望着傍晚天空中漏出的夏光照向北方。白昼越来越短。他能感觉到自己需要治疗。需要更多的光！有人在临终前说过这样的话——可能是牛顿、伽利略、斯宾诺莎，诸如此类的人。毫无疑问，他们当时都挺沮丧。

他很想念查尔斯和莱娅。他确信如果他俩能陪他说说话，他会好些。毕竟，那就是朋友存在的意义：他们能一直陪伴相处，你还能和他们聊天。这就是友谊的定义。

但查尔斯和莱娅此刻在佛罗里达州。黄昏时分，他看到公寓里的书墙就像放射环境中的铅衬，所有这些记录下来的思想形成了一种对抗有毒现实的盾牌。或许是最好的盾牌了。但现在它们失效了，至少对他来说没什么用，这些摞起来的书也不过是一本本书脊而已。

后来有一天傍晚，在落日的余晖中，整个房间似乎都变得透明，他坐在一把扶手椅上，悬在一座巨大而朦胧的城市上空。

和广岛、长崎一样，大屠杀是有先例的。俄罗斯人与乌克兰人，土耳其人与亚美尼亚人，白人定居者与印第安人。但德国人屠杀犹太人的机械化效率，是全新且恐怖的。在他那堆书里，有一本关于死亡集中营设计者的书，那些建筑师、工程师、施工者，是否比疯狂的医生或暴虐的守卫更令人憎恨？他不好说。

然后是陡增的屠杀人数，六百万。不可思议。他读到过在耶路撒冷有一座图书馆，负责记录他们能找到的六百万中的每一个人。

那天下午,走在查令十字街时,他想到这一点,停下脚步。所有那些名字都在图书馆里,在另一间透明的房中,另一座纪念碑。刹那间,他仿佛瞥见了那是多少人,整整一个伦敦。然后,它便消失了,他被独自留在街角一隅,左顾右盼着,害怕被撞倒。

他继续前行,试着计算了一下需要多少座越战纪念碑才能刻下这六百万名字。大约十万人两座,那百万人就是二十座,所以一共得要一百二十座。他一个一个地数着,一步一步地数着。

他晚上常去酒吧。

惠灵顿酒馆是最好的,他偶尔还能遇到通过查尔斯和莱娅认识的熟人。他和他们坐在一起,听他们聊天,但发现自己常被当天的阅读弄得心烦意乱,所以他不太参与闲聊。好在英国人对怪癖的容忍度比美国人高,并不会让他感到不受欢迎。

酒馆很吵闹,光线充足。许多人在里面走动,聊天、抽烟、喝酒。另一种式样的铅衬里房间。他不喝啤酒,所以一开始还保持着清醒。但后来他发现自己很喜欢酒馆卖的苹果酒,于是就和那些喝啤酒的人一样喝起来,烂醉如泥。从那以后,他时而会变得非常健谈,给其他人讲述他知道的二十世纪的事情,他们会附和点头,出于礼貌再贡献一点儿其他信息。然后,再转回之前谈论的话题,温和且没有冷落他。

但大部分时间,他一喝醉,便觉得自己离他们的谈话越来越远,内容无比跳脱,让他跟不上。而每天早上,他都醒来得很晚很缓慢,头痛欲裂。一上午就这么过去了,他在睡梦中错过了很多晨光。抑郁症患者不应该喝酒。于是最后他放弃了惠灵顿酒馆,选择去离道兰家最近的酒馆吃饭。那里叫"中途之家",另一个世界的尽头,这名字真是糟糕,但他还是在世界尽头吃了饭。用餐完后,他会坐在角落的桌旁,小酌着威士忌,一页一页地翻看笔记,啃咬着笔端。

正如一本书的标题所说,战争从未停止过。但原子弹的出现,意味着本世纪上叶看上去会和下叶有所不同。一些人——大部分是美国人——称之为"美式和平"①,但大多数人称它为"冷战"。1945年至1989年,那段时期倒也没那么"冷"。在超级大国僵持的保护伞下,各地爆发了局部冲突。这些战事冲突与两场世界大战相比,显得微不足道,但总共发生了一百多场,每年造成约三十五万人死亡,总死亡人数约一千五百万人,也有人说死了两千万人,这很难统计。大部分都发生在十大战争中:两次越南战争、两次印巴战争、朝鲜战争、阿尔及利亚战争、苏丹内战、1965年印尼大屠杀、尼日利亚内战、两伊战争。然后,又有一千万平民因蓄意的军事行动挨饿。所以,这一时期的战损总和相当于第一次世界大战。尽管,这耗费了十倍的时间,也算是种进步吧。

虽然规模不大,但冲突的残忍程度却急速上升,骇人的暴行或

① 美式和平(Pax Americana)一词派生于"罗马和平",是指二战后美国主导的全球经济、政治、地区军事地位这种状况的描述。

许足以让它们比肩两次世界大战。或许真的可以。因为他目前所研究的内容包括了一系列关于强奸、肢解、酷刑的描述和彩色照片——人们的尸体，穿着各自的服饰，散落在地上的血泊中。

与此同时，世界上的权利继续向少数人手中转移。第二次世界大战是成功结束经济大萧条的唯一途径，而各国领导都记住了这一事实。因此，从第一次世界大战开始的经济整合一直持续到第二次世界大战和冷战，将整个世界卷入了战时经济。

一开始，1989年看起来似乎是个转折点。但现在，仅仅七年之后，冷战的失败者都像1922年的德国一样，通货膨胀，物资紧缺，他们的民主体制分崩离析，变成军政府。只不过这一次，这些军政府有财团资助。跨国银行接管了旧苏联集团，就像他们接管第三世界一样。以"自由市场"的名义，实施"紧缩措施"，这意味着世界上有一半的人每晚饿着肚子睡觉，为百万富翁们还债。尽管气温不断上升，人口急剧增长，"局部冲突"仍然在二十个不同的地区蔓延。

一天清晨，弗兰克对着麦片发呆，不愿离开公寓。他翻开《卫报》，读到今年全球国防预算总额将达到一万亿美元左右。"再来点光。"他说道，艰难地咽了咽口水。这是一个黑黢黢的雨天，他感觉到自己的瞳孔在努力放大。尽管现在是五月，天空却越来越昏暗，仿佛伦敦维多利亚时代的雾又回来了，那时的煤烟印染在了现代的画布上。

他翻过报纸，开始阅读一篇关于斯里兰卡冲突的文章，僧伽罗人和泰米尔人已经足足战斗了一代。而上个星期的某个时候,一对夫妇早上出门时,发现家里六个孩子的头颅整齐地摆在草坪上。他把《卫报》扔到一旁,穿过煤烟走上街。

他跟着自动导航器逛起了大英博物馆。在书架顶端等着他的是一本关于这个世纪战争死亡人数估算的书。大约有一亿人身亡。

他发现自己又回到了伦敦漆黑的街道上,思索着那些数字。他走了一整天,却无法集中精力。那天夜里,他睡着后,这些数字计算又来了,在梦里或催眠的幻象中:需要两千座越战纪念碑才能列出本世纪的战争死难者。他看到自己在华盛顿的林荫大道上漫步,从国会大厦到林肯纪念堂的整个公园里都点缀着黑色的越战纪念碑,就像一群巨大的隐形鸟儿落在上面。整整一夜,他走过黑色的翼墙,往西走向河边的白色坟墓。

第二天,他从书架上取出的第一本书是关于1931年至1945年中日战争的。和大多数亚洲历史一样,虽然它规模巨大,但西方对这场战争的记忆并不深刻。在日本侵略期间,整个朝鲜实际上变成了一座奴隶劳动营。而日军在满洲集中营里杀害的中国人和德国纳粹杀害的犹太人一样多。这些成千上万的死难者都是门格勒这样的纳粹医生的"杰作",用"科学的"医学实验实施酷刑。例如,日军实验者就曾抽干中国人的血,再替换成马血,以观察能活多久。

存活时间从二十分钟到六小时不等,受试者始终承受着巨大痛苦。

弗兰克合上书,放到一旁。他从昏暗的角落挑出另一本,细细端详。这是一本陈旧且厚重的书,用深绿色皮革装订,书脊和书封上嵌着暗金色图案。十九世纪历史图鉴——后期才有的彩色照片,已经有点褪色。是乔治·纽恩斯有限公司于1902年出版的,显然是他们策划的关于上个世纪的产物。出于对书名的好奇,他翻开书看了看,最后一页的文字引起了他的注意:"我相信人性本善。我相信,我们正站在一个世纪的黎明,这个世纪将比历史上任何时期都更加和平与繁荣。"

他放下书,离开大英博物馆。在一个红色电话亭里,他找到了最近的一家汽车租赁公司——威斯敏斯特附近的安飞士分店。他乘地铁过去,在那儿租了辆蓝色的福特赛拉旅行车。方向盘自然是在右边。弗兰克以前从未在英国开过车,他坐在方向盘后,试图掩饰自己的不安。谢天谢地,离合器、刹车和油门与往常一样从左到右。换挡也是一样的,不过得用左手操作。

他笨拙地换到一挡,把车开出了车库,左转弯,沿着街道左侧行驶。这有些奇怪。但坐在右边驾驶的怪异感,保证了他不会忘记靠左的必要。他把车停在路边,看了看安飞士的伦敦街道地图,规划了一下路线,再重返车流中,驱车前往卡姆登大街。他在道兰家楼下泊好车,上楼收拾了一下,再把行李拿到车上。他倒回去留下了一张纸条:去了一个午夜也有阳光的国度。接着,便下楼开上车,一路向北,驶上高速公路,离开了伦敦。

空气很潮湿,低沉的乌云覆盖着大地,这里落下一片阴郁的阵雨,那里透出一束昏暗的阳光。山丘是绿色的,田野泛着黄色、棕色,或是浅绿。起初,有很多的山和田野。然后,高速公路延伸至伯明翰和曼彻斯特,他开过一排排联排房屋和农田,狭窄的街道没有一棵树。所有房子都井然有序、整齐划一,但仍让他置身于最荒凉、人迹罕至的景色之中。街道就像战壕。毫无疑问,世界正在被蹂躏。人口密度就像那些老鼠实验所设定的水平一样增长,而那些实验让老鼠发疯。这是一个很好的解释。这种情况下,受影响的大多是雄性:抢夺领地者、为繁衍而夺食的杀戮者,都被困在了小盒子里。他们已经疯了。一位爱德华七世时代的作家曾写道:"我相信男人大多都这样。"为什么不是呢?不可否认,这些主要都是男人干的。策划、外交、战斗、强奸、杀戮。

显而易见,要做的就是把世界的领导权交给女性。在福克兰群岛有撒切尔夫人,英迪拉·甘地领导着孟加拉国,这是事实。但的确值得一试,情况不会变得比现在更糟了!鉴于母性本能,可能会变得更好。把丈夫的工作都交给每位第一夫人,或许每位女性都该替代她们的丈夫去工作。让男人在家带孩子,五千年或五万年,在残暴的父权社会中一直带下去。

在曼彻斯特以北,他路过了巨大的无线电发射塔,还有看起来像核反应堆堆栈的东西。战斗机从头顶呼啸而过。二十世纪。为什么这位爱德华七世时代的作家没有预见到它的到来呢?或许,未来总是无法想象的。再或许,1902年的情况没那么糟糕。爱德华七世时代的人,在一个繁荣的时期往前看,看到更多的是同样的情形。但接下来的世纪却充满了恐怖。现在,人们从一个恐怖的时代往前看,如此类推,预示着下个世纪的形势将是不可估量的严酷。随着新的毁灭技术的发展,实际上任何事情都可能发生:化学战、核恐怖主义、生物大屠杀、受害者被飞越而过的纳米杀手干掉,或者被饮品中的病毒杀死,再或者被特定的电话铃声谋杀,或因毒品、大脑植入、酷刑、神经毒气变成僵尸,或干脆被枪杀、活活饿死。高科技,低科技,方法层出不穷。随着人口增长,资源枯竭,杀人动机将比以往任何时候都强烈,人们不再是为了统治而战,而是为了生存。一些战败的小国家可以为它们的对手制造一场瘟疫,不小心灭掉整个大陆,杀死所有人,这是完全有可能的。二十一世纪可能会让二十世纪显得平淡无奇。

这样的遐想之后,他猛然惊觉自己已经开出了二三十英里,甚至六十英里,完全没注意车窗外的世界。自动导航把他带到了相反的路上。他试图集中注意力。

　　在卡莱尔上方的某处,地图显示了两条通往爱丁堡的路线:一条是从格拉斯哥下方的高速路出发,而另一条小路则更快捷些。他选择了更短的路线,从一个出口进入环岛,然后上了A702,这是一条往东北方向的双车道公路。黑色的柏油路面被雨水浸湿,头顶上是疾驰的密布乌云。开了几英里后,他经过一块写着"风景路线"的路牌,这意味着他选错了路,但却不想调头。或许这条路也挺快,只是要费些工夫:频繁的环岛、有红绿灯的村庄,还有被树篱或墙围住的狭窄路段。太阳就快落山,他已经驾驶了好几个小时,有些疲倦。当一辆黑色卡车从水雾和阴影中冲过来时,几乎快和他迎面相撞。他得努力让自己靠左开车,而不是本能叫嚣着往右。左右必须对换过来,但脚上的操作保持不变——变的是换挡的手,但换挡的作用还是一样——这一切都变得混淆模糊,直到大卡车向他迎面冲来,他向左转,但却踩了油门而不是刹车。猛烈地前冲让他往左打方向盘,转出更远以确保安全,车轮滑出了柏油路,滑进一旁的排水沟,致使车子又弹回路面。他猛踩一脚刹车,卡车在耳边轰鸣而过。汽车在湿柏油路面上打着滑,最后停下来。

　　他把车停在路边,打开了应急灯。他下车查看,发现驾驶室这边的后视镜不见了,只剩一块长方形金属,四颗铆钉孔微微向外翻起。后视镜调节器也不见了,留下一个更大的孔。

　　他走到汽车另一边,试图想起赛拉旅行车的后视镜是什么样子。一块牢固的金属和塑料框。他沿着马路往回走了一百来码,在黄昏中寻找那块丢失的镜子。但哪儿都没有,镜子不见了。

在爱丁堡附近,他停下来,给多年的老友埃里克打了个电话。

"什么? 弗兰克·丘吉尔? 你在这附近? 那快来。"

弗兰克跟着导航进入市中心,经过火车站,来到一条狭窄街道的附近。对他来说,侧方位停车真的太难了。他尝试了四次,才把车靠在路边,赛拉旅行车碾过铺路石,颠簸着停稳。他熄掉引擎,下了车。但他觉得整个身体仍在震动,活像一个大音叉在暮色中嗡嗡作响。商店的灯光投射到过往的汽车上。屠夫、面包师、印度熟食店。

埃里克住在三楼。"快进来,伙计,进来。"他看起来有些急躁,"我以为你在美国! 是什么风把你吹来了?"

"我不知道。"

埃里克匆匆瞥了他一眼,把他领进公寓的生活起居区。窗外可以看到对面城堡的屋顶。埃里克站在厨房里,一反常态地沉默。弗兰克放下背包,凑过去看城堡,气氛有些尴尬。过去,他曾好几次和安德莉亚一起去拜访埃里克和苏珊娜——一位灵长类动物学家。那时,他俩住在新城区的一套三层的大公寓里。弗兰克和安德莉亚一到那里,他们四个便会在一间乔治亚风格的高挑客厅里喝着白兰地,聊到深夜。有一次,他们开车去了高地;还有一次,弗兰克和安德莉亚待了整整一个节日周,他们四个尽可能多地去观看戏剧。但现在苏珊娜和埃里克已经分道扬镳,弗兰克和安德莉亚也离了婚,那段日子都消失殆尽了。

"我来得不是时候?"

"其实没有。"埃里克在水槽边忙活,一阵碗碟碰撞声,"我要和几个朋友去吃饭,要不你一起吧——你还没吃晚饭吧?"

"不,我不用了——"

"没事。我想你之前见过佩格和罗格。而且,我相信这还能分散点注意力。今早我们都去参加了一场葬礼。朋友的孩子死了,摇篮病,你懂的。"

"天哪,你是说……"

"是的,婴儿猝死综合征。他们把他送到日托所,在睡梦里去世了。才五个月大。"

"老天爷。"

"是啊。"埃里克走到餐桌前,拿了瓶拉弗格倒进杯子,"喝威士忌吗?"

"喝。"

埃里克又倒上一杯,一饮而尽。"我想一场合适的葬礼能帮父母处理好这一切。所以汤姆和伊利斯负责抬棺,那棺材也就这么大。"他双手分开一英尺。

"不是吧。"

"是的。从未见过这样的。"

他俩默默地喝着酒。

这是一家时尚的波西米亚海鲜餐厅,在一家酒吧上面。在那儿,弗兰克和埃里克见到了佩格与罗格,还有另一对夫妇,以及一个叫凯伦的女人。全是动物行为学家,都打算在接下来几周前往非洲——罗格和佩格去坦桑尼亚,其余人去卢旺达。尽管早上才参加了葬礼,但他们聊起天来仍然欢快热情、涉猎广泛。弗兰克喝着葡萄酒,听他们讨论非洲政治、拍摄灵长类动物的问题、摇滚乐。仅有一次提到了葬礼,他们就摇了摇头,三缄其口无话可说。

弗兰克说:"我想现在发生这种事总比等到孩子长到三四岁要好。"

他们盯着他。"哦,不。"佩格说,"我不觉得。"

弗兰克清楚地意识到自己说了蠢话,试图补救。"我的意思是,你们知道的,他们有更多时间……"他摇摇头,有些落寞。

"这太绝对了,不是吗。"罗格温和地说。

"没错,"他说,"确实是。"他喝了口酒,想继续说下去:的确,任何死亡都是绝对的灾难,即便是一个什么都不明白的婴儿。但如果你花费一生时间抚养六个这样的孩子,然后某天早上出门,发现他们的头颅放在草坪上,会怎样呢?难道不是一个比一个绝望吗?他喝多了,头很痛,身体还在因一天的车程,以及与卡车擦肩而过的惊吓震颤着。而且,看样子可能由于疲惫导致的阅读障碍已经入侵他所有思维,包括道德观念,这让一切都倒退了。于是,他咬紧牙关,专注喝酒。叉子在手里嗡嗡作响,杯子在牙齿下震颤。房内很黑。

后来,埃里克在他家楼前停下来,摇了摇头。"还没准备好回家,"他说,"让我们试试'典藏大厅',这是你周三晚上最喜欢的活动。传统爵士乐。"

弗兰克和安德莉亚一直是传统爵士乐爱好者。"有什么好曲子没?"

"对付今晚足够了。"

酒吧在步行的距离,沿着干草市场宽阔的鹅卵石长廊,走上维多利亚街。他俩在酒吧门口被拦下来,需要付一笔额外的费用。常驻乐队换成了自助餐和音乐会,还请来了几个不同的乐队表演。收益将捐给最近在车祸中丧生的一位格拉斯哥音乐家的家人。"我的妈呀!"弗兰克惊呼,感觉自己被诅咒了。他转身打算离开。

"不妨试试,"埃里克说着掏出钱包,"我来付钱。"

"但我们已经吃过饭了。"

埃里克没理会他,递给那人二十英镑,"来吧。"

酒吧里很宽阔,却挤满了人。一张巨大的自助餐桌上堆满了肉、面、沙拉和海鲜。他们从吧台拿了饮料,坐在拥挤的野餐桌尽头。周围吵闹嘈杂,浓厚的苏格兰口音让弗兰克只能半猜半蒙。一批当地表演者陆续登台:常驻的传统爵士乐队、一位脱口秀演员、一个演唱四十年代怀旧歌曲的歌手、一群西部乡村组合。埃里克和弗兰克轮流去吧台续酒。弗兰克看着乐队和人群,不同年龄各种类型。每支乐队都说了些关于已故音乐家的事,显然他小有名气,是位摇滚歌手,但听起来却像个恶棍。演出后醉驾回家出车祸,大家一点儿不意外。

大约在午夜时分,一位胖胖的年轻人坐到他们桌,开始偷吃周围所有盘子里的东西。突然,他像头鲸鱼般上了台。当他加入乐队准备时,人们欢呼起来。他拿起一把吉他,倾身靠向麦克风,开始尽情表演节奏布鲁斯和早期摇滚乐。他和他的乐队是目前为止最好的组合,整个酒吧都沸腾了。大多数人都站起身,在原地跳舞。弗兰克身旁有位年轻的朋克少年,不得不靠着桌子回答一位灰发女士关于如何保持头发尖尖竖起的问题。凯尔特人的守灵方式,弗兰克想。当胖子开始演唱查克·贝里的《摇滚音乐》时,他喝了口苹果酒,和其他人一起嗨起来。

所以,当乐队表演完最后一首安可曲,他和埃里克蹒跚着走入夜色回家时,他感受不到任何痛楚。他们在酒吧里那阵子,外面的天气变冷了许多,街道黑黢黢的,空无一人。"典藏大厅"也不过是一个小小的木头灯箱,掩埋在冰冷的水泥城市里。弗兰克回头朝它的方向望了望,一盏盏街灯映照在干草市场黑色的鹅卵石上,脚下有数千条短小的白色波浪线,看起来像刻在黑色花岗岩上的名字,仿佛整个世界的地表构成了一座纪念碑。

第二天,他又驱车向北,穿过福斯桥,沿着林尼湖岸往西到达威廉堡,再从那里向北穿过高地。在阿勒浦上方,陡峭的山脊像鱼鳍一样从光秃秃布满沼泽的山坡上迸裂出来。到处都是水,从水洼到湖泊,甚至在大部分高地都能看的大西洋。朝海上望去,内赫布里底群岛的高大岛屿隐约可见。

他继续往北开,车上有睡袋和泡沫床垫。所以,他把车停在一处景色优美的观景台,用布鲁特炉子煮汤,睡在车后座。他在黎明时分醒来,接着向北行驶,不跟任何人说话。

最后,他到达苏格兰西北端,被迫向东,沿着一条通往北海的道路前行。当天傍晚,他抵达苏格兰东北部的斯克拉布斯特。他驱车来到码头,发现第二天中午有一艘渡轮要开往奥克尼群岛。他决定乘船。

没有僻静的地方可以停车休憩。于是,他在一家旅馆开了间房,在隔壁餐厅吃了晚饭:鲜虾蛋黄酱配薯条。然后回房睡觉。第二天早上六点,开旅馆的老妪来敲门说四十分钟后有一班临时渡轮要开船,问他要不要走。他说要。他起身穿好衣服,顿觉疲惫不堪无法继续。他决定还是乘常规渡轮。于是他脱掉衣服躺回床上。接着,他意识到,不管他累不累,都不能再睡了。他咒骂着,几乎快哭出声。他又起身穿上衣服。楼下的老妪煎了培根,做了两块厚厚的培根三明治给他,毕竟他也等不到她的日常早餐了。他坐在赛拉旅行车里吃着三明治,等待开车上渡轮。一进船舱,他便锁好车,走进闷热的客舱,躺在软垫胶椅上睡了过去。

渡轮在斯特罗姆内斯靠岸时,他醒了。有那么一阵子,他忘了自己在渡轮上,也不明白自己为什么不在斯克拉布斯特旅馆的床上。他透过盐渍斑斑的窗户,注视着那些渔船,惊讶不已。然后他想起来了,他在奥克尼群岛。

沿着主岛的南部海岸线行驶,他发现自己对奥克尼群岛的想象完全错了。他本以为这里是高地的延伸,但相反,它就像苏格兰东部一样,低矮、圆滑、郁郁葱葱。大部分地方都是耕地或牧场。绿色的田野、篱笆、农舍。他有些失望。

然后在梅茵兰岛的大城市柯克沃尔,他开车经过一座小小的哥特式教堂,那种袖珍教堂。弗兰克从没见过这样的。他停下来,下车凑过去看了看。圣马格努斯大教堂,始建于1137年。这么早,而且是在遥远的北方!难怪它这么小。建造它需要从欧洲大陆运送工匠,运到这座只有干板墙和草皮屋顶的原始渔村。这一定是种奇怪的输入,一场文化革新。建成后的建筑如此与众不同、引人注目,像来自其他星球的东西。

但当他绕着隔壁的主教宫转了一圈,又走到一座小博物馆时,他意识到这对柯克沃尔来说可能根本不算什么惊天动地的大事。当年的奥克尼群岛在某种层面上一直是海上十字路口,北欧人、苏格兰人、英格兰人和爱尔兰人在这里交汇,为这里注入了可以追溯到石器时代的本土文化。他驱车经过的那些田地和牧场,有些已经耕种了五千年!

这样的面孔走在街道上,专注且生动。他对当地文化的印象和对这片土地的想象一样,都是错误的。他原本以为自己会发现,随着人们南迁到城市,破败的渔村会逐渐消失。但柯克沃尔并不是这样。在那里,年轻人成群结队谈天说地;街边的餐馆挤满了吃午餐的人;书店里,他发现了关于当地主题的大部头:自然指南、考古指南、历史、海洋故事和小说。有几位很受欢迎的作家甚至把岛屿作为他们的全部创作主题。他意识到,对当地人来说,奥克尼群岛就是世界中心。

他买了本旅游指南,驱车北上,沿着大陆东海岸,来到古尔尼斯史前圆塔。这是一座从基督时代到北欧时代一直被占领的要塞村庄。史前圆塔本身是一座圆形石塔,高约二十英尺。它的墙至少十英尺厚,用平坦的石板砌成,堆叠得非常仔细,你甚至无法在缝隙里塞下一枚硬币。周围村落的墙要薄得多,如果遭受袭击,村民们便会退进圆塔里。弗兰克对着指南上的解释点了点头,这让他想起暴行并不是二十世纪独有的。毫无疑问,有些就发生在这里。除非圆塔能起到某些威慑作用。

从古尔尼斯史前圆塔可以俯瞰到主岛梅茵兰岛和较小的劳赛岛之间的一条狭窄的海峡。向海峡望去,弗兰克注意到蓝色的海面上泛起白色的波纹,海浪和泡沫汹涌而过。显然,这是一场潮汐竞赛。此刻整条海峡的浪潮都向北冲涌,速度之快,是他见过的任何河流都无法匹敌的。

根据旅游指南的建议,他开车横穿岛屿,来到新石器时代的布罗德盖石圈、斯丹尼斯立石和梅肖韦古墓。

布罗德盖石圈很大,有三百四十英尺宽。起初的六十块石头中,有一半还屹立着。每一块都是粗糙的砂岩,经过几千年风化,形成了极具个性和魅力的形状,就像罗丹的雕塑一样。阳光勾勒着它们划出的弧线,非常美丽。

斯丹尼斯立石没那么令人印象深刻,因为只剩下四块石头了。每一块都非常高。这倒是激起了更多的好奇而不是敬畏:他们是怎么把这些“怪物”立起来的? 没人知道。

从路边看去,梅肖韦古墓只是一个锥形草丘。为了参观内部,他得约一个导游,愉快地安排在十五分钟后出发。

只有他一个人等在那儿,这时,一位矮壮的女人开着皮卡过来了。她大约二十五岁,穿着李维斯牛仔裤和一件红风衣。她冲他打了招呼,打开围着土丘栅栏上的一扇门。然后领他走上一条碎石小路,来到西南坡的入口。在那里,他们不得不跪下来,沿着一条三英尺高、大概三十英尺长的隧道爬下去。隆冬的落日直照进入口,女人转头说她的李维斯牛仔裤是新买的。

墓穴的主室相当高。"哇!"他感叹着站起身,环顾四周。

"很大吧。"导游说。她随口给他讲解了一下墙壁是用随处可见的砂岩板砌成的,一些巨大的独柱撑起入口通道。还有一件意想不到的事:一群北欧水手在十二世纪(陵墓建成后四千年!)闯入了这座坟墓,并在里面躲避了三天暴风雨。之所以知道这点,是因为他们在墙壁上刻下了符文,讲述了他们的故事。女人指着几行字,翻译道:"找到宝藏的人是幸福的。"还有这边:"英格丽特是世界上最美的女人。"

"你在开玩笑吧。"

"上面是这么说的。你看这儿,你会发现他们还画了些画。"

她指着三个优美的线条形象,大概是用斧头刻成的:一只海象、一头独角鲸和一条龙。他在柯克沃尔的商店里见过这三样东西,都是银质的耳环或吊坠。"它们很漂亮。"他说。

"好眼力,那是维京海盗留下的。"

他盯着它们看了很长时间,又绕着墓室走了一圈,看了看那些如尼文。那是些令人产生联想的字母,生硬且棱角分明。导游挺有耐心,详细地回答他每个问题。她夏天做向导,冬天缝制些毛衣和棉被。是的,这里的冬天很黑,但不会太冷。平均气温三十摄氏度左右。

"这么暖和?"

"是啊,你看,这就是墨西哥湾暖流。这也是为什么英国如此温暖,挪威也是。"

英国如此温暖。"我明白了。"他小心翼翼地说。

回到外面,他站在下午强烈的阳光中眨了眨眼睛。他刚从一座有五千年历史的坟墓里出来。在湖边,能看到矗立的石头和两个圈。英格丽特是世界上最美的女人。他望着布罗德加,那是一圈黑点,旁边的水泛着银光。这也是一座纪念碑,虽然人们已经不清楚是要纪念什么了。一个伟大的首领;一年的死亡人数;下一年的新生儿;行星、月亮和太阳的运行轨迹。或者别的什么,更简单纯粹的东西。我们在此。

从太阳的高度看,现在应该是午后,所以他看了眼手表,惊讶地发现已经六点了。多么神奇。这就像他的治疗一样!只不过更好的是,现在他可以沐浴在户外的阳光和风中。在奥克尼群岛避暑,在福克兰群岛过冬,据说这两个地方非常相似……他开车回到柯克沃尔,在一家酒店的餐厅吃了晚饭。女服务员身材高挑,很有魅力,大约四十岁。她问他从哪里来。他问她什么时候比较忙(七月),柯克沃尔有多少人口(她猜大约一万人),她在冬季会做什么(会计)。

他吃了烤扇贝,喝了杯白葡萄酒。之后,他坐在赛拉旅行车里,看着地图。他想在车里过夜,却没能找到停车的好地方。

　　梅茵兰岛的西北端看起来很有希望,于是他又驱车横穿岛屿,再次经过布罗德盖石圈和斯丹尼斯立石。布罗德盖矗立的巨石映衬着西边天空橘色、粉色、白色和红色的带状云,投下一道道剪影。

　　岛屿最西北角是巴克古伊角。那里有块很小的停车场,深夜时分空无一人,完美。从这里向西延伸是一条潮汐堤道,现在被海水覆盖着。离水面几百码远的地方,有座叫伯赛的小岛。是一块平坦的向西倾斜的砂岩,所以人们可以看见岛上草地的全貌。那儿还有一片村庄遗址和博物馆,西端还有座小灯塔。显然,这是他第二天打算去看看的。

　　在岬角南面,岛屿的西海岸向后弯曲,形成一道开阔的海湾。海滩后面,矗立着一座保存完好的十六世纪宫殿遗址。海湾尽头是一段高耸的海崖,叫马威克岬,崖顶有一座塔,看起来就像另一个古尔尼斯史前圆塔。但他在旅游指南中发现,那是基钦纳纪念馆。1916年,英国皇家海军汉普郡号巡洋舰在近海触雷沉没,包含基钦纳在内六百人全军覆没。

　　很奇怪。几周前(感觉就像几年前),他曾读到,当德军前线得知基钦纳死讯后,他们开始敲钟、敲锅碗瓢盆以示庆祝:从比利时海岸到瑞士边境,这种嘈杂的声响在德军战壕里四处回荡。

　　他在旅行车后面摊开睡袋,垫好泡沫垫,躺了下来。他有一支看书用的蜡烛,但他此刻不想阅读。海浪的声音很大,天空还有一点光亮,北方夏天的黄昏实在太长。太阳似乎只是向右滑去,而不是落下。他忽然明白了仲夏时节在北极圈上空的感觉:太阳会一直往右滑,直到擦过北方的地平线,然后又升回天空。他需要住在天涯海角,四海为家。

汽车在一阵风中微微摇晃。吹了一整天风,看样子这里经常刮风,这也是岛上没有树木的主要原因。他躺平,看着车顶。一辆汽车是一顶完美的帐篷:地板平坦,不会漏水……当他进入梦乡时,他想,这是一场一英里宽、一千英里长的宴会。

他在黎明时分醒来,那时刚好凌晨五点。他的身影和汽车的影子都投向了伯赛岛。那座岛还在,只是潮汐堤又被海水淹没了。显然,能露出堤坝的退潮时间只有两个小时。

他在车上吃了早饭,比起等堤道通车,他选择往南开去。绕过伯赛海湾,在马威克岬背后,就是斯凯尔湾。那是个宁静的早晨,他独自开在一条单车道上。这条路穿过了绿色的牧场,炊烟从农舍的烟囱里升起,向东蔓延。农舍是白的,有石板搭成的屋顶,两根白色的烟囱矗立在房屋两端。周围的农场上都是同样的农舍废墟。

他来到另一个停车场,那里已经停了五六辆车。海滩后高高的草丛中开辟了一条小路,他顺着往南走。这条路绕着海湾蜿蜒了近一英里,经过一座十九世纪的大庄园,显然还有人居住。在海湾以南附近,修建了一道低矮的混凝土海堤和一栋现代小楼。海滩上方的草皮断断续续的,看起来有许多洞。他加快步伐。几个人正围着一个穿呢子大衣的男人，又是一位导游？

是的，这里是斯卡拉布雷①。

地上的洞，是石器时代的房屋，被掩埋在沙土里，没了屋顶。它们的地板离草皮大约十二英尺。内墙和岛上别的东西一样，都是用石板砌成的，堆叠得非常精确。石炉、石床架、石梳妆台：导游说，由于岛上缺乏木材，而石板随处可见，所以房屋里大部分家具都是用石头做的。这样的方式就成了经久不衰的传统。

一摞摞石板撑起较长的石板，做成一个标准的学生用风格的专板架。碗橱镶嵌在墙上，厨房里有个石柜，里面有杵和臼。这些东西作何用处一目了然。这一切是如此熟悉。

房屋之间有狭窄的通道。这些也被沙土覆盖了。显然，整个村庄的草皮屋顶是由浮木或鲸鱼肋骨支撑起的，在暴风雨来临时，他们不需要出去。第一个商场大概也不过如此，弗兰克想。浮木中包含了云杉，它们一定来自北美。又是墨西哥湾流的杰作。

弗兰克站在七个人身后，一边听导游讲解，一边俯身往下观察房屋。导游五十多岁，胡子拉碴，矮胖壮实。就像梅肖韦古墓的导游一样，他很擅长这份工作。没有刻意制订计划，只是随意地游走，分享他知道的东西，而不是枯燥死板地背诵。这座村落存在了大约六百多年，从公元前3000年开始，布罗德盖石圈和梅肖韦古墓就是在那些年建成的，所以生活在这里人们可能参与了建设。这个海湾

① 全名叫"斯卡拉布雷新石器时代遗迹"，位于斯凯尔湾旁，被誉为"苏格兰的庞贝"，但历史却比庞贝久远得多。

可能那时候是个淡水湖,海滩将它与大海分隔。那时,这里人口约五六十人。完全依赖牛羊畜牧生活,也会下海捕鱼。当村子废弃后,沙子填满房屋,野草在屋顶肆意生长。1850年的一场飓风,掀翻了草皮,将房屋暴露在外,除了屋顶,一切完好无损……

渗水将各处边缘都磨光滑了,每块石板看上去仿佛都经过了雕琢,都能照到阳光。每座房子都是一件光彩夺目的艺术品。承载了五千年的岁月,却又如此熟悉:同样的需求、同样的思维、同样的解决问题的方式……一阵战栗传遍全身,他注意到自己确确实实地被震惊到合不拢嘴。他闭上嘴,几乎放声大笑起来。瞠目结舌的惊讶有时候竟会如此自然而然、毫无意识、真情流露。

当其他游客离开后,他继续四处闲逛。那位导游,看样子又是一位热心人,朝他走来。

"就像《摩登原始人》。"弗兰克说着笑起来。

"啥?"

"你会在里面看到石头做的电视之类的。"

"哦啊,很有现代感,是吧。"

"简直了不起。"

弗兰克挨家挨户地走着,导游跟着他一起,他俩聊起来。"为什么这座叫酋长之家?"

"其实这只是个猜测。里面的东西都更大更好些,就是这样。在我们的社会,酋长就能拥有这些。"

弗兰克点点头,"你住附近吗?"

"嗯呐。"导游指着远处的小楼。他曾在柯克沃尔开过一家旅馆,但后来转手卖掉了。柯克沃尔的生活对他来说太过忙碌。他在这里找了份工作,然后搬了过来。他对这里十分满意,还通过函授获得了考古学学位。他学得越多,来这里后就越是惊讶。毕竟,这里是世界上最重要的考古遗址之一。没有比这里更好的地方了。都不需要去想象那些家具和工具。"能清晰地看到他们的思维方式和我们一样。"

正是如此。"他们到底为什么离开呢?"

"没人知道。"

"啊。"

他们继续往前走。

"反正没有打斗迹象。"

"那就好。"

导游问他住在哪儿,弗兰克告诉了他关于赛拉旅行车的事。

"我明白了。"那人说,"行吧,如果你需要使用卫生间的话,这栋楼的背后就有一个。或许你可以刮刮胡子。你看起来有一阵没刮过了。"

弗兰克脸涨得通红,揉了揉胡茬。其实,他早在离开伦敦之前就没想过要刮胡子。"谢谢,"他说,"或许我会接受你的建议。"

他们又闲聊了一会儿废墟,然后导游走上海堤,留弗兰克安静地漫步。

他朝下看了看那些房间,它们仍在闪闪发光。仿佛光是从里面点亮的。六百年的漫长夏日,漫长冬夜。或许他们已经起航去了福克兰岛。在遥远的五千年前。

他跟导游告别,导游挥了挥手。在走回停车场的路上,他停下脚步回头看了眼。在云毯之下,风拍打着高高的海滨草,每一根摇曳的茎秆都清晰可见。云底是很明显的扇形,所有的云都镀上了一层银色边光。

他在斯特罗姆内斯的码头吃过午饭,望着停泊的渔船。一群看起来非常实用的捕鱼船队,船上还装饰着由金属、橡胶以及颜色鲜明的塑料制成的航标。下午,他开着赛拉旅行车绕着斯卡帕河,驶过东海峡的桥——就是温斯顿下令用沉船堵住的那座。南边的小岛上尽是绿油油的田野和白色的农舍。

傍晚,他缓慢行驶回到巴克古伊角,在十六世纪伯爵宫的遗址上驻足观看了一阵。男孩们在没有屋顶的大厅踢足球。

潮汐褪去,露出一条混凝土人行道,镶嵌在潮湿的棕色砂岩上。他把车停好,迎着凛冽的寒风走过去,登上伯赛堡垒。

眼前立刻出现了维京人的遗址。由于侵蚀的缘故,部分旧址已经沉入海里。他爬上台阶,进入齐膝高的、密实的墙网。与斯卡拉布雷比,这是一座很大的城镇。在那些低矮的地基中,矗立着一道齐肩高的教堂墙垣。十二世纪,雄心勃勃的罗马式设计,却只有五十英尺长,二十英尺宽! 这是一个袖珍教堂。然而,有一座修道院与之相连。在这里做礼拜的人曾到过罗马、莫斯科、纽芬兰。

皮克特人①早在此之前就居住在这里了。他们的废墟遗址埋在了北欧人的下面。尽管记录不详,但显然他们在北欧人来之前就离开了。可以肯定的是,人们在这里已经生活了很长很长时间。

闲散地探索了一阵后,弗兰克向西走上岛屿的斜坡。离悬崖上的灯塔只有几百码距离。那是一座现代的白色建筑,有些矮胖。

再往后,就是岛的边缘。他朝塔走过去,从岛屿的避风处出来,一阵狂风几乎把他掀翻。他走到悬崖边往下看。

终于出现了和他想象的一样的东西! 它离海边很远,大概有一百五十英尺。悬崖断裂,岩石堆叠,它们自由地矗立着,摇摇欲坠地倾斜,好像随时会落下。巨型崖,阳光直射而下,照耀着它们,浪花拍打在崖底的岩石上撞得粉碎:如此明显又有些夸张地昭示着欧洲的尽头,他笑出了声。这简直是为他量身定制的地方,能结束痛苦和恐惧。在欧洲的"船尾"扮一次哈特·克莱恩②……只不过这里看起来其实更像"船头"。事实上,这是一艘非常大的船的船头,乘风

① 指数世纪前,先于苏格兰人居住在福斯河以北的皮克塔维亚,也就是加勒多尼亚(现今的苏格兰)的先住民。

② 哈特·克莱恩(Harold Hart Crane,1899—1932)是二十世纪美国最重要的诗人之一。1932年4月27日,在墨西哥回美国的途中,他从奥里扎巴号客轮上投海自尽。

破浪往西撞去。是的,他能从脚底感受这一切。他还能感到颤抖、翻滚,以及最后缓慢的倾斜沉没。所以,从"船上"跳下去有些多余。无论如何,末日总会到来。迎着风,他觉得自己像一个皮克特人或维京人。他知道自己站在了一块大陆的尽头,一个世纪的尽头,一种文化的尽头。

然而,有一艘小船从南边绕过马威克岬驶来。那是一艘来自斯特罗姆内斯的小渔船,在汹涌的海浪中可怕地颠簸。它向西北驶去——要去哪里呢?那边已经没有别的岛屿了,除非去往更远的冰岛、格陵兰岛、斯匹茨卑尔根岛……这个时候,日落时分,西风呼啸,它到底要去哪?

他久久地盯着那艘拖网渔船,目不转睛,直到它在地平线上只剩下一个黑点。海面上布满了白色海浪,风还在继续猛烈地刮着。海鸥鸣叫着飞过,落在下面的悬崖上。太阳离海面很近,正向北滑落,小船不过是宽广大海上的零碎漂浮物。这时,他想起了堤道和潮汐。

他顺着岛跑下去,当看到白色的浪花从右边涌上来,冲刷过混凝土堤道时,他的心怦怦直跳。如果被困在这里,就得强行进入博物馆或者蜷缩在教堂的角落过夜……但这不行。混凝土堤道又变得清晰了,如果他全力奔跑——

他沿着台阶冲刺,跑上粗糙的堤道。左边还有不少平行的砂岩山脊露在外面,但右边已经被淹没了。他奔跑着,一道破碎的浪头卷上堤道,没过了膝盖,鞋子里灌满了海水,吓得他够呛。他咒骂着继续往前跑去。

登上岩石,爬上五级台阶,他在车前停下,气喘吁吁。他坐进副驾位,脱了靴袜和裤子,换上了干的裤子、袜子和跑鞋。

他走下车。

现在狂风不断,撕扯着汽车、岬角和周围的海洋。这让他在炉子上做饭有些困难。汽车不是个好的防风罩,风总能从车下吹到炉子。

他拿出泡沫垫,用靴子把它靠在汽车的背风面。垫子和汽车的体积给了他足够的挡风空间来维持炉火旺盛。他坐在炉子后的柏油路上,望着火焰和大海。风刮得很大,伯赛湾的白浪拍打着,白色多过蓝色。即便有减震器,汽车依然在晃动。太阳终于侧着滑入海中,显然,这将是一个漫长的蓝色黄昏。

水烧开后,他倒入家乐速食汤搅拌了一下,再放回火上煮了几分钟,接着关掉炉子吃起来。他直接从热气腾腾的锅里舀了一勺豌豆汤塞进嘴里,再配点奶酪和意大利腊肠,酌一口锡杯里的红酒,再喝口汤。这样的情形下能做顿饭吃,真是荒唐又满足:如此风高浪急!

吃完饭后,他拉开车门,放好餐具,然后拿出风衣和雨裤穿上。他绕着停车场走了一圈,又去巴克古伊角的悬崖峭壁边兜圈子,看着北大西洋被飓风撕扯得四分五裂。几千年来,人们一直这样生活着,那道浓郁的暮蓝色似乎会永远延续。

最后,他回车上拿了笔记本,又走回巴克古伊角,感觉风不断在耳边拍打。

他坐下来,两腿悬在悬崖边上,三面都是大海,狂风从左往右肆虐而过。地平线是最纯粹的蓝色和最蓝的黑色交汇之处。他用脚后跟踢着岩石。他能很清楚地看到笔记本里哪几页上写着字,他把它从金属活页圈上撕下来,揉成纸球扔掉。它们向右翻飞,立刻消失在黑暗和白浪中。他把所有写过字的纸页都处理掉,又把活页圈里长长的撕碎后剩下的纸片清理干净,一股脑全扔了。

天气越来越冷,风是一种持续的动力攻击。他躲回车里,坐上副驾座。他把笔记本外壳放在驾驶座上,此刻,西边的地平线一片深蓝,至少十一点了。

过了一会儿,他点了蜡烛,把它放在仪表盘上。汽车还在风中摇晃,蜡烛的火焰在烛芯跳动。车里所有的黑影也随着烛火颤抖着。

他拿起笔记本,翻开。潮湿的纸封皮间还剩下几页。他从背包里找出一支钢笔,手放在纸上,笔摆在写字的位置,笔尖在他手颤抖的阴影里。他写道:"我相信人性本善。我相信,我们正站在一个世纪的黎明,这个世纪将比历史上任何时期都更加和平与繁荣。"外面的夜很黑,狂风呼啸。

(梁　爽　译)

缪尔在沙斯塔山上

"良善亦须有度。"爱默生①曾如是道,这话听起来就像是说在风光醉人的约塞米蒂国家公园②相处一周,就能摸清一个人的全部底线。尽管如此,这依旧是条宝贵建议,因为缪尔的底线掩埋在洒满阳光的草地下、流水潺潺的小溪中。也有可能那位老哲学家只是想说:"你应该亮出自己的原则",或者"有底线没问题"。确实是宝贵的一课。

沙斯塔正是一座爱默生式的山峰——缪尔坐在顶峰,突然意识到了这一点。还在青葱时,它就努力向天堂挺近,比周围的平原还要高出了一万英尺③。现在它已是古老山脉,为冰川所覆盖。它宽阔的圆形山峰上没有火山口,创造之火被彻底封在了里边,不过,它

---

① 爱默生(Ralph Waldo Emerson, 1803—1882):美国著名思想家、文学家、诗人。美国总统林肯称他为"美国文明之父"。

② 美国加州中东部国家公园。

③ 沙斯塔山约4 322米高。

的山脊上仍然裸露着熔岩凝固形成的尖锐岩石,山体深处腾升的地火也足够煮沸顶峰周遭泥泞的山泉。最后,还有大雪覆盖的山体本身,它孤寂、强大,仿佛正在沉思的神明。就像爱默生。

缪尔举起一只黄铜气压计。为了读取数据,那天早上他和名叫杰罗姆·比克斯比的老熟人登上沙斯塔山——尽管读取数据其实只是爬个山、四处看看的幌子。山顶上,目光所及之处皆是山脉——海岸山脉、锡斯基尤山脉、三一山、北部的内华达山脉、白雪皑皑的平顶山拉森——罗盘上的每个方向都有山脉,山脊与山峰互相交错,地势纷繁复杂。

当他坐着静观山景时,云朵从山谷升起,漫过山脊,直到除沙斯塔山之外的一切都淹没在云层之下。他仿佛站在云海中的一座雪岛之上。西方,一团雷雨云砧汹涌而来,明亮的云团仿佛大理石般紧实坚固。他凝视着它,就像艺术家凝视艺术品一样。他感受着山风扯动他的胡须,感受它从大衣织物的肌理中掠过,深深地陶醉在他惯常的狂喜之中——

可比克斯比也在,他磕磕绊绊地穿过白雪皑皑的平坦山顶,像一只黑蚂蚁。他本来一直在最终的顶峰下等待,此刻他却喘着粗气爬上原本是山峰最高点的一小片残留的火山口岩壁,来到缪尔身边,说道:"我们该下山了——风暴要来了!"

"再读一遍数据。"缪尔烦躁地说。他不关心读数,但是也不想下山。

　　于是他们继续待在寒风清冽的山顶。可随后,粗纺羊毛似的雾气突然出现,搅和了头顶清澈的空气。才刚完成最后一次读数,云层便把他们笼罩了起来,风也越吹越猛。他跟着比克斯比走下凸岩、登上山顶平原时,六面体形的冰雹从四面八方砸向饱经风霜的红色岩石,砸向积雪,砸向他们的脊梁。

　　他们继续艰难地向西跋涉,一路经过温泉嘶嘶作响的喷气孔、翻过大块的黑色熔岩。一波又一波暴雪袭来,雪花密密麻麻的,他们甚至看不清自己的脚面。狂风抽打他们的耳朵,雪霰刺痛他们的脸庞。气温降得如此迅猛,缪尔反而心生好奇,停下来查看温度计。十分钟内,温度下降二十二摄氏度,来到了零下。

　　闪电划落,渐隐于云层。惊雷在四周炸裂,震得他们整个身子都在随之颤动。"哇!"缪尔大喊,在雪幕中却听不见他的声音。他咧嘴大笑。其实,他爱这山间风暴。他曾经数次身处风暴之中,坚信只要继续前进,风暴决不会伤害到他。艰苦跋涉产生的热量总是能够抵挡最狂野的冲击。就这样,他挣扎着穿过呼啸的雪窝、怒号的阴风和惊雷,低头向前挺进,仿佛在和某个力大无穷的力士搏斗一般。面对风暴之威力、之壮观、之力量,面对其如神明般势不可挡的气势,他高声呼和——也是嘲笑它用力过猛——

　　可他把比克斯比彻底抛之脑后了——事实上,他已经远远落后,不见了人影。缪尔蜷缩在一块巨大熔岩的遮风处静静等待——它是山脊的路线标志。过了一阵,比克斯比出现在雪地里,一看就知道他并不像缪尔那样乐在其中。

两个男人在巨石背风处挤作一团。奇异的光忽闪忽闪地照亮他们,周遭的声音震耳欲聋,他们几乎无法交谈。"没法再走了!"比克斯比大喊。

"什么?"缪尔十分震惊。

"我们没法再走了!"

"但我们必须走! 我们别无选择!"

"我们会死的!"

"不,不——我们要待在山脊上,我认识路!"

"那儿一丝遮挡都没有!"

这里是他们必须留在山脊上的原因:雪崩将横扫两侧山坡。哪怕他们躲过这些,也很可能会意外闯入冰川。然而,那山脊会被风暴吹扫干净,显出一条通往山下安全地带的崎岖道路。一定会有狂风,但没什么风能把人从岩石上吹走;就算狂风真的带来这种威胁,人总是可以就地平躺,直到狂风结束。

他内心烦躁,试图解释,但比克斯比却不愿意听。他只是摇着脑袋,再次大喊:"我们不能再往下走了!"他看起来和平常并无分别,神情平静,喊叫声中带着理智,但他本人却透着固执。当缪尔大喊"我认识从山脊下山的路"时,他盯着缪尔,仿佛盯着一个疯子。雷声震天,气流从山脊呼啸而过,撞上百万颗獠牙般的熔岩,厉声的咆哮和嚎叫淹没了人类的声音。

"我们必须下山!"缪尔再次喊道,"没得选!"

"我们不能下山! 不可能下得去! 我们会死!"

"停止不前才会死!"缪尔心中开始升起怒火。蠢蛋,他以为这块大石头、这点小遮挡就能保护他们吗?"我们没得选!"他又重复一遍。

比克斯比摇头拒绝。有一瞬间,他看起来活像缪尔的父亲,对《圣经》教义某个点固执己见。"我不走了!"

"我们必须走!"

"我不走!"

就是这样。恐惧之中的固执会让哪怕最完美的逻辑都碰一鼻子灰。

缪尔愤怒地揪着自己的胡子。"那你打算怎么办!"他喊。

比克斯比抹一把脸上的雪,四处张望,像牛一样眨着眼睛。

"喷气孔是热的。"他说。"喷气孔里面在沸腾!"缪尔大喊。他怒火攻心,想揪住男人的外套,把勇气重新按回他体内。"会释放过热毒气!"

可比克斯比正步履蹒跚地返回喷气孔。他佝偻前进,从侧边卷来的阵阵狂风吹得他摇摇晃晃。"蠢货!"缪尔大喊着,毫不留情地斥骂他。

他待在巨石旁,搜寻云层停歇的间隙,这样他就能以此为证据趁机说服比克斯比继续前进。可是,一丝机会都没有,风暴怒号不止。突然,他意识到自己对比克斯比的愤怒源自他自身的恐惧,那是一种传递性表达。他不能抛下同伴不管,因此现在他们俩都处于极度危险之中。

山尖附近的喷气孔是沙斯塔火山昔日荣耀仅剩的最后一小部分遗迹。过热气体通过弯曲的裂缝上升,从山顶西侧一处小凹陷中冒出。在那里,融雪、火山灰和沙子混合加热,形成一片沸腾的黑色泥沼。

缪尔走近了它。在暴风雨的冷空气中,这片土地却热气腾腾,看起来既像云团从山上倾泻而出,又像是从山上冲刷而过:真是怪诞的景象。比克斯比蜷缩在泥潭边缘,缪尔重重地踏着步子走到他身边。比克斯比抬起头:"这样我们才不会被冻死!"

"哦,没错,不被冻死就是安全!"缪尔讽刺道,"那我们怎么才能不被烫伤?我们怎么才能不让肺部受到酸性气体损害?衣服湿了我们怎么下山?不管是暴风雨还是晴天,我们都会冻僵在下山的半路上!我们必须坚持待到早上,谁知道明天会怎样!"

比克斯比苦闷地发着抖。

缪尔屏住呼吸,长叹一口气。也没啥好办法。人都已经在这里了。他蹲下身子,看着镶着雪边的翻滚的泥坑,狂风直接吹散了泥淖中散发的每一丝温暖。他们的安全区大约有四分之一英亩①,但

---

① 约一千平方米。

只有八分之一英寸厚,二者犹如相拥的斯库拉①和卡律布狄斯②。

缪尔又叹了口气。他踏进泥里,立马陷到了膝盖深的位置,同时感到热气蒸腾着双腿。气泡四处喷溅,泥浆像融化的熔岩浆。不过他们站在泥池迎风那侧,也许能免遭毒气影响——只要狂风能稳稳地吹向同一方向。风向似乎确实稳当:它自西边呼啸而出,穿透衣衫。他们在泥里也无法支撑多久,最终,缪尔喘着粗气一屁股坐在了泥池的浅滩上。热水从泥沼中渗进他的裤子,接着是衬衫和外套。他向后躺下,脑袋抵着迎风的雪堆,身体伸展在泥泞中,雪沫呼啸着掠过脸颊。他的鼻子对此倒是不为所动,坚持不懈地向他传送硫黄的恶臭气味。泥沼的温度灼伤了他的皮肤,可他也必须承认,这使得他从狂风中解脱了出来。一阵笑声迸出他的身体,仿佛泥沼中迸出一股气体似的。接着,一股上升气泡烫到了他的后背,他大叫一声,急忙滚到一边。他揉搓着往那火辣辣的痛处糊了一块和着雪的泥膏,被碳的臭味熏得头晕目眩。他这会儿满身泥泞,外套和裤子全部湿透,比克斯比也是如此。可要是站起来,他们就会被风暴吹成冰雕。他们只能坚持。

他们还得经常变换姿势,要么把暴露在风中的四肢浸入泥沼,要么露出快被煮熟的四肢。时间的流逝以痛苦为刻度。暴风依旧强劲,呼啸的狂风将躺着的二人隔绝开来,几乎可以说他们都是独

---

① 海妖名。位于意大利半岛和西西里岛之间墨西拿海峡一侧的一块危险巨岩,对面是著名的卡律布狄斯大漩涡。

② 海妖名。西西里海域墨西拿海峡著名大漩涡。

自一人。不过,偶尔缪尔会抬起脑袋大喊,比克斯比也会呼喊着回应,接着两人会再次陷入孤离的境地。雪花密密麻麻,他们不得不把它们吹开。雪花在他们裸露的皮肤上安家,挨挨挤挤地结成一层冰霜。二人挪动身体时,它们甚至会劈啪作响。

显然,太阳已经落山,天黑了。缪尔眼前只看得见一片漆黑。有时泥沼似乎比天空更幽暗,有时天空似乎又比泥沼更幽暗。和多年前——已经是很多年以前了——他失明期间的世界一样黑暗。他看到锉刀跳进自己的眼睛,房水①流进手心,受伤那一侧的视线迅速黯淡下去。后来,夜晚降临,当他正战抖地躺在一张陌生的床上时,黑暗再次无情地降临在另一侧眼睛,他被彻底抛入黑暗之中。那种恐惧是他一生中最糟糕的经历,因此此情此景这对他而言是小菜一碟——只是种自然的黑暗,只是一场狂怒的风暴,你可以观赏它、爱上它。而我会举目远眺山脉,观看四周景色。当时他失明了足足三个星期,那三个星期里,尽管有医生保证,却仍然充斥着无法言说的恐惧。等视力恢复时,他已经从自己的生活出走,抛弃了他父亲和国家认为适合他的命运:农业、发明机器,诸如此类。他再也没回去,再也没回头。他放弃了那一切,将自己献身旷野。因此这么说来,在这里,身躯在沸腾的火山口,耳边呼啸着暴风雪——其实是一种福祉,是一种大自然的恩惠——

比克斯比的呻吟打断了他的思绪。他看到那男人的躯体一边

---

① 无色透明的眼部组织液体,具有提供营养和维持眼压的作用。

翻滚着躲避喷气孔,一边挣扎着不让自己下沉。有些泥泞的地方是黏糊糊的黏土,有些地方又像是煮沸的红茶在茶壶里呼哨。有几块不知是什么的东西——也许是漂浮在泥泞之下湿透的浮石。他试图把那些浮石垫在身下当作床铺,好保护自己免遭上升的喷射气流伤害,可它们却不停滑走。风依旧呼啸,但云层变得稀薄起来。吹过他们身体的雪花一定只是些雪沫,因为他看到了一颗星星。俗话说:"只要你能看到一颗星星,就继续前行!"可这句话不适用于今晚。

很快,云层往东方掠去,满目星光遍洒。熟悉的图景闪耀在夜空中,把他在这个世界上躺过的所有其他夜晚全数聚集在身边。眼睛是朵能看到繁星的花。如果星星可以一直下降,现在就会落在雪坡上,那时星光将照亮黑暗,把他们指引回家。可是现在他们浑身湿透,还有一英里长的、被摧枯拉朽的狂风席卷的山脊要翻越,他们只能熬过这一夜。可他什么也没说。事实如此,不必多说。另外,其实他也有过错:他在山顶停了太久。况且,眼前的星星突然让他意识到,不管境况多么让人难以忍受,他们幸存的可能性都很大,因此不必担忧。他曾在山上度过许多寒冷的夜晚。比起有些极痛苦的夜晚,甚至可以说那沸腾的泥浆使这夜晚的惨状减轻了几分。不过,他的背部皮肤突然火烧火燎地痛起来——从来没有疼得如此鲜明过。不过,他也对疼痛习以为常,甚至算是适应了。他打小便在一家入不敷出的农场工作,而雇主是他的父亲——一个抠门悭吝、目光狭隘的男人,一堂教人不要做基督徒的课程:儿子们整日辛劳为他赚取口粮,而他却只会整天钻研《圣经》,然后用鞭子、皮带抽打他们——

　　他的腿要着火了。他拔出膝盖,把腿伸进冰冷的寒风,那一瞬间他闻到了气体的味道。有一次,他父亲遣他去挖井,地下七十英尺深处,渗漏的瓦斯没过了他。他昏厥了,后来勉强苏醒,又勉强把自己拖到了足够远的绳梯上呼吸新鲜的空气,这才活了下来。他抬起脑袋冲比克斯比大喊:"你还在吗,杰罗姆?"

　　嘶哑的声音传来,似乎在说与寒冷相关的东西。人还在那儿。缪尔躺回泥泞之中,忘掉了整个世界,忘掉了整个生活,也忘掉了一想起就让自己难受到胃部打结的山路。看啊,星星。眼睛是一朵看得到星星的花,浸润在原始的寒冷和高温中。左脚在靴子里嘎吱作响,在雪堆上勉力支撑。他抵着浸湿的皮革扭动脚趾,想确保它们还没被冻坏。不,冰冷的感觉已经消失,只留下某种隐隐约约的麻木感;同时他的右脚却被灼伤,烫得他几乎喊出声——也确实发出了痛苦的呻吟。他猛地将腿拔出,暴风把湿漉漉的裤子裹在腿上,大腿被冻住,可脚还在灼烧的疼痛中抽搐。

　　"你很痛苦吗?"比克斯比大喊。

　　"是的!"笨蛋,他在想什么?"冰火两重天! 不过没关系,它弄不死我们!"只要他们没有被气体熏倒。一股泡泡喷上他的脊梁,他翻滚着把泥浆胡乱抹到烫伤的地方,然后用早已冻伤麻木的拳头猛击患处。

度时如年。星星仍然挂在他们初见它们的地方,所以应该也没过去几"年"。他专注地盯着地平线附近的星星,希望看到它们西去的动静。那一颗,几乎被熔岩堆成的矮墙挡住的那颗:专注于它,盯住它,盯住它,盯住它……它动了吗?没有,时间早已静止。或许他们在不断下沉,在努力求生中早已死去,而此刻他仿佛正躺在他父亲农场那样的井底地狱中,或是落到了但丁地狱其中一层。在那里,冷热交织却互不抵消,地狱上层的灵魂从未体验过这种痛苦。他能够听到他们的呻吟——

啊,那颗星被遮住了。半个小时倏然而逝,仿佛时间在倏然之间跳跃前进,从一个永恒瞬间到下一个瞬间——其实时间在他眼中常是如此,正如那些阳光明媚的温暖午后,他会躺在内华达山脉的某处草地上,旁边有一条溪流轻快流淌。他躺着看云彩,做些虚空的梦,直到突然的抽搐把他拉回草地。那时云影已蔓延伸展,长到了原来的两倍之多。在整齐得完美无瑕的草地上,云雀轻快地唱着:"喂啰,噻啰,喂啰,喂——啰,喂啰。"

思绪飘忽,忽近忽远。他冲比克斯比大喊,得到个微弱的回应。至少还活着。一个泥泡迸裂,滚烫的泥浆溅上他的脸颊,他一边"噗噗"地吐着泥,一边把鼻子抹干净。他感觉不到自己的左手臂,也挪不动它;他也无法确定它是从什么时候开始失去的知觉。那一侧是迎风面,想必它早已在气流的强攻下变得麻木了。他尝试让手臂在泥泞中浸得更深一些,彻底掩住。把四肢一个接一个地浸到黑色淤泥中——这一过程实在有些强人所难。手臂这下仿佛烧着了似的。是喷气孔冒泡的关系吗?并非如此,其实是他不小心把胳膊插进了雪堆,他的右手能证明。可是皮肤分明在火辣辣地痛!

接着,一个气泡抬升起他的膝盖,腿后侧顿时感觉像有一座融化的冰川倾泻在上面似的,冻得生疼,连膝关节都发出了咯吱咯吱的响声!他呻吟着。火辣辣的寒冷加使人僵直的高温,他也分不清是冷还是热!

也许没关系。囿于冰冷的理智和炽热的激情之间,无知的肉体总要付出代价。人永远分辨不清二者,那言语难以形容的痛苦!最好是把这一切抛诸脑后。

突然,他灵光乍现,想出了办法。他站起来,回头一看,只见自己的身体仍旧躺着,伸展在泥泞之中,几乎要被淹没了。像一块海绵,浸透在永生之中,又像一团永恒不变的原子,只是以那种特定的形状链接在一起,见证着宇宙的美丽。

没错:他站在那里,低头凝视着自己煮沸却又冻僵的肉身。他总还是有些疑惑,便尝试走了几步,在泥潭周围绕了几圈;然后他飞起来,穿越肆虐的暴雪朝一块裸露的岩石飞去。那里有一座建筑——一栋方正的小木屋,星光把它照成了白色。他走近它,发现小屋墙壁由纯白色石英筑就,门窗边框上也镶嵌着石英晶体;房门和屋顶都由石板构成,上面零星地点缀着地衣;窗户则是轻薄光滑的水层。

他打开门，走进去。桌子是被冰川抛光的花岗岩板，周围的长凳是倒在地上的原木。床由云杉树枝架成，地毯由绿色苔藓铺就。

这是他自己的家。他坐在一张原木椅上，把手搭上桌子。他的手陷进花岗岩中，身体则陷进原木、陷进苔藓，最后陷入石英之中。

他感觉自己在融化，变成山体的一部分，正在岩石中缓慢往下翻滚。他已融入沙斯塔山，山在他耳边低语："我是。"它鼓起脸颊吹了一口气，他被吹到高处，自己身体的原子被抛进了天空。它们御风翻滚，散落在罗盘每一处，然后坠落、融入大地。每一块岩石、每一颗砂砾、每一抔土壤中都有一个原子，就像泥浆中的气体、海绵中的水分，直到他的躯体与加利福尼亚融为一体、合二为一。只有他的视野依然独立，他宝贵的视野，那是山河风光的意识，如雄鹰一般翱翔在绵长的沙滩、雄伟的山谷、原始的水杉，以及光明所在之地——但山脉的风光不同——炫目的冰川覆盖了除最高峰之外的一切地方。它们如从天而降的指尖，穿过绵延的山丘，分隔开约塞米蒂公园的院墙。接着，冰川渐渐消退、干涸，逃离了那片地方。

他跌跌撞撞地向西翱翔。现在正是夜色苍茫，地面静卧的海湾仿佛一张莹莹闪烁的黑色地图；黑色海面上，散布的光点如纵横交错的桥梁；四周山丘上，数百万颗白色小点如点缀的繁星，勾勒出塔楼、道路、码头、竞技场、纪念碑。一座环绕海湾的城市，真是美不胜收。可是,有这么多人!这一定是数千年后的未来,因为冰川代表数千年前的过去。他在时间中翱翔,从刀锋般锐利的现实飞出,回到冰川时期,再前进至超级城市时期,也许每条通道都跨越了一万年。以石头为生命,那只是眨眼之间,而内华达山脉自始至终都屹立在那里。也许它会被未来城市啃食,正如它被古老的冰川啃食一样。某个夏天,绵羊把草地夷为裸地;要是有牧羊人,境况只会更糟。要是这么多人群居在海湾边……

他斜着身子向东飞行,翱翔在巨大的山谷上空,感到好奇又恐惧。他穿过塞满金矿的山麓,向上穿梭于山峰之间。他在气流漩涡中站起身来,凝视着被星光点亮的花岗岩。山谷中星光遍洒,景色摄人心魄。转身,拐弯,翱翔,鼓起勇气:因为一切都在黑暗之中。目光所及之处,一丝灯光也无。只有加利福尼亚的脊梁骨在月光中发出莹莹清辉。如此美景总是暗藏危险,无可避免。它养育的生灵——所有生灵——都必须保护它。他飞越最高的山峰,接着回头远眺:一轮满月以其银白光辉照亮东边的悬崖峭壁。死亡谷①似乎火焰熊熊,惠特尼山②则冰川遍布——

他的脚踝陷在喷气孔里,脑袋埋在泥泞的雪堆中。他动了动,看到星辰已经轮转了近四分之一圈。他长长地深呼吸了几次,冰冷的空气刺激下,视线逐渐清晰起来。他又回到当下,回到了泥泞的

① 美国死亡谷国家公园,位于加利福尼亚州东南部。
② 位于美国加利福尼亚州东部。

床榻。他能觉察到自己的肺部和思想;此外,他与这座山似乎仍然融为一体,没有区别,而他只是感受着它,带着几分距离,也带着几分震动。不过现在他明白了自己身处何方。他曾在时间中御风飞翔过一阵子;而此刻他又变回了约翰,仰面躺平,被冻得通身麻木。

尽管如此,那副景色依旧历历在目。那是壮观的沙斯塔派遣他完成的一次远航!也许那样的景象正是印第安人对它顶礼膜拜的原因。

至于他所看到的……唉,宜居之处从来都不甚宽广,处于过去和未来的夹缝之间。人们在八分之一英寸的危险之处不安地蠕动。或许总是如此,譬如那稀薄得吓人的空气。徒步一整天,你就能越过一大半地方,和攀登沙斯塔山并无二致。薄薄的一层空气膜紧紧包裹着地貌风光,地球自身也在太阳周围那薄薄一块温和宜居的区域转动。这片区域的温度,既不会高到让海洋沸腾,也不会低得让海洋冰封。它可能只有几英尺,甚至是八分之一英寸厚,谁知道呢?地球能在那里转动,真是一个奇迹!世界就像一滴精致而珍贵的露珠,极精准地悬挂在光芒中恰当的位置,宛如每天早晨蜘蛛网中的每一滴露珠……

星轮已再次转动。比克斯比挪动着身子发出呓语,仿佛落入了睡梦。东方的天空先是接近蓝的黑色,然后变成接近黑的蓝色。光明缓缓渗入世界,视觉仿佛是种全新的技能。就像视力之于从前一直盲目的生物,是种瞬间产生的知觉。星星悄然开始逐渐退场。他看着一颗黯淡的星星越来越微弱,然后眨眼间消失不见——真是个奇异的时刻。眼睛是看得到星星的花朵。

比克斯比声音嘶哑,咕哝着说要离开。可他们在山峰西侧,距离太阳出山还要几个小时。另外,天寒地冻,冻得二人无法动弹。二人一旦挪动,他们的外套就会像薄脆的玻璃一样"噼啪"作响。

天空虽然万里无云,颜色却是一片沉郁冰冷的蓝。除了泥沼、雪堆和接壤的熔岩,他什么也看不见。他感觉自己仍然是山体的一部分,自己的皮肤和泥泞之间并无明显接缝。晨光绽放时,他似乎被它所填满。晨光倾泻而下,穿过他的双眼、落入岩石。他感觉自身仿佛是一个相互联系的巨大整体中的一截管道,是随着宇宙呼吸与脉搏共同跳动的有机体。他内心的热量聚拢燃烧,因此身子暖和得足以融化外套上覆盖的冰壳。那热量来自火山、来自太阳,来自银河系中心,来自宇宙的心脏——来自最初中心的舒张与膨胀。在这最本质的统一面前,任何二元论都无关紧要了:他是上帝伟岸身躯的一粒原子,他清楚这一点。眼前风光与自身思想,二者是同一种奇迹的两种表现。

在一座近乎是死火山的孤峰上,两点黑色的意识正观察着晨光。

尝试下山的时机终于到来。想象高于理性,行动高于思想。他一向如此认为,现在更是如此!是时候将这两种思想践行在下山路上了。

雪霰像云母碎片一样在头顶闪烁,接着,太阳冲破山顶。他们站立着,仿佛两尊像刚出炉的泥人,胸膛上的冰块碎裂,背上的泥土簌簌掉落。他们挨着彼此的手臂,仿佛整个世界都在他们指尖上燃烧。对于那些认真聆听的人而言,自然是最伟大的老师。缪尔很久以前就知道,任何长期苦难的末尾都积蓄着能量。这是登山者才能常常发现的幸事。

他们发疯一般甩开双腿,踉踉跄跄地翻过绵长的山脊。等他们走到雪坡,下山的速度更快了:二人在雪流中游弋,从小型雪崩上方滑过,扑倒在地。不过一切都在下降,加以利用之后,他们的疲弱反而加快了下山的速度。

后来,清新的松柏气味穿透头发间的硫黄味,他们到达了林木线。比克斯比靠坐在一棵树上休息,缪尔则继续前行,寻找他们的东道主希森。他大步穿过草地,气势如神明降临。草地上,野花在他目光所及之处绽放,色彩纯粹又浓重。透过树林,他看到了希森的马儿,闻到了他架在火上熬煮的咖啡。倾泻的光束中升起烟雾。他在家,现在他也回到了家中。

(崔龚荣秀　译)

性别差异

　　对古基因组出现误判的可能性很大。在构想超微观化石材料时,不仅仪器的影响无处不在,随着时间推移,材料本身、包括DNA和其基质也会变化,因此数据常常残缺不全或是七零八落。所以,我们不得不承认一种可能性:通过罗夏墨迹测试①得到的心理投射图案也许单纯只是选矿过程②而已。

　　安德鲁·史密斯博士和其他人一样,也意识到了这种可能。没错,这是他研究中的一个核心难题——把化石记录中的DNA痕迹有理有据地分类,把它们从假化石阵列中区分出来。在这一学科的历史中,从最早的假鹦鹉螺到著名的假冒火星纳米细菌,假化石时不时会冒出来煞风景。除非你能证明你真的在讨论你所说的东西,

---

　　① 罗夏墨迹测验因利用墨渍图版而又被称为墨渍图测验,是非常著名的人格测验,也是少有的投射型人格测试。

　　② 包括破碎和筛分、磨矿和分级。其目的主要是使有用矿物与脉石矿物,有用矿物与有用矿物分开,达到单体分离,为分选作业做准备。

否则古基因组学不会有丝毫进展。因此当史密斯博士最初在早期海豚化石的垃圾 DNA 中发现那玩意儿的时候,他并没觉得有多激动。

那时候,他的工作总是掺着些让人分神的事情。他住在亚马孙海南岸,在环绕世界的大洋南边的海湾,极乐之境东边,靠近赤道。到了夏天,哪怕是最接近凉爽的夏日,靠近海岸的浅水也像血液一般温暖,还有海豚——经地球河豚改造而成,像中国的白鳍豚、亚马孙河豚、恒河盲河豚,或是印度河的印河豚——在浅水区玩耍。清晨的阳光刺破海浪,映出海豚金光粼粼的轮廓,有时候八只九只一群,在同一片海浪中嬉闹。

他所工作的海洋实验室位于欧墨尼得斯角一座海滨小镇的海岸边。沿海岸再往西便是关联的阿刻戎实验室。他在欧墨尼得斯的工作主要是研究海水盐度增加导致的海洋生态系统变化。史密斯博士当前负责的项目涉及研究这些已经灭绝的鲸目动物在地球的不同海水盐度中的适应能力。他实验室里不仅有地球实验室送来研究的化石材料,还有大量学科相关的文献,以及这些生物所有现存后代的完整基因组。从地球转移化石的过程,将宇宙射线污染问题引入到了古代 DNA 相关的所有研究课题,不过大部分人认为这一影响因素极小,根本无关紧要,所以这些化石也原样继续运输着。当然,得益于近期部署的核聚变快速动力车,宇宙射线照射量得以显著减少。因此史密斯得以对古代及现代哺乳动物的耐盐性展开研究,这也对火星的情况有所助益。同时他还加入了关于这两颗行星的古卤素循环的争论——此乃比较行星学和生物工程学如今的热门研究领域之一。

然而,这个领域的研究工作过于晦涩,若非全情投入,你很难让自己信服。它只是一门旁支,是两个不同领域的融合。和欧墨尼得斯角实验室的大多数研究相比,它最终没什么用处。史密斯感觉自己正在和渐渐边缘化的感受做斗争:不管是在各种实验室会议、非正常聚会场合,还是咖啡会谈、鸡尾酒聚会、沙滩派对或划船远足活动,他总是格格不入,只有研究近海海豚繁育的弗兰克·德拉姆对他研究的领域和应用表示很感兴趣。更糟糕的是,他的导师兼雇主是弗拉德·塔尼耶夫——同时是头批百人之一、阿刻戎实验室联合创始人。对于这样一位火星上能找到的最强科学导师而言,他的工作也变得越来越无关紧要。不过,实际上他们两人几乎没有交集。有传言说这位老板的身体状况每况愈下,所以他可能会成为"无老板状态",也由此无法接触实验室的技术人员和其他资源。这才是绝望透顶。

当然,还有赛琳娜:他的——他的伙伴,室友,女朋友,更重要的是,爱人——可以用许多词形容这段关系,却又都不算准确。与他同住的女人;与他一同读研、一同做了两个博士后、一同搬来欧墨尼得斯角住进海滩边靠近海岸电轨车终点站的一间小公寓的女人。在这里,当人们回头东望时,海角就耸立在地平线上;如果从海面远眺,它就像一座背鳍。赛琳娜在自己的领域里稳步向前。她研究的盐草基因工程在这里举足轻重,因为他们要靠它稳固绵延一千公里、满是低矮沙丘和流沙沼泽的海岸线。科学和生物工程双重进步,在如此情况之下,自然是重大成就。所有事都顺理成章,其中自然也包括邀请她加入各种令人振奋的公共/商业合作。

而且这些都是私下向她抛来的橄榄枝。史密斯从前只觉得她美丽,现在还看到了她的成就,而其他男人也意识到了这一点。只需稍微留点心就能注意到,这种能力穿透破旧的实验室大褂和素面朝天的脸蛋,直达她光滑曼妙的胴体和超乎寻常、甚至有些让人不敢直视的智商。不——在实验室里,他的赛琳娜似乎和其他小白鼠毫无二致;然而,夏日里组员们一起去温暖的茶色海滩边游泳时,她像穿着泳衣的女神一样走出狭长的浅滩、没进浅海,宛如返回大海的维纳斯。在场的每个人都仿佛视若无睹,却根本情难自禁。

一切都很好,只是她对他逐渐失去了兴趣。史密斯认为,恐怕这是个不可逆的过程;或者说得更准确些,如果到了连他都能注意到的地步,一切就已经不可挽回了。因此两人一起做家务时,他看她的眼神虽心事重重,却又无可奈何。他的浴室里有位女神,正在沐浴、擦拭身体、梳妆打扮,一举一动都曼妙如仙舞。

但她再也不和他聊天了。她沉浸在自己的想法中,更愿意把后背留给他。不—— 一切都不复从前了。

他们初次相遇是在曼加拉的一个成人游泳俱乐部,当时两人都是当地一所大学的研究生。现在,仿佛是为了重温那段时光似的,史密斯听从弗兰克的建议,和他一起加入了欧墨尼得斯一家类似的俱乐部,又开始经常去游泳。他坐电车去那五十米长的大泳池——它坐落在露台上,俯瞰着大海。清晨,他拼命游泳,导致他的身体一整天都在不停分泌β-内啡肽^①,几乎很难意识到工作的问题或者回家后的困局。工作结束、乘电车回家时他总是饥肠辘辘,在厨房里丁零咣啷地胡乱做一顿饭,等饭做好的时候,他甚至已经吃了一大半。如果赛琳娜在场,他会为她糟糕的厨艺和她谈工作时的兴高采烈而气恼,又或许他只是为饥饿而气恼,为两人悬而未决的关系而担忧。这时候他们还能假装生活一切正常。但如果他在这种脆弱时刻斥责她,她就会沉默一整晚。这种情况屡见不鲜,所以他努力控制自己的脾气,做饭,快速解决掉自己的饭,好让血糖恢复正常水平。

不管怎样,九点左右她都会果断睡觉,只剩他一人仔细感受时间流逝。要么他只能在夜色中悄悄出门去,在距离公寓几百码远的沙滩上散步。一天夜里,他向西走着,看到拟火卫一从天空中冒出来,就像海岸上的遇险信号弹。他回到公寓时她正醒着,还在开心地煲电话粥。看到他回来,她吃了一惊,快速挂断了电话。想了想,她又觉得该说点什么,便说:"马克打的电话,我们搞到了柽柳359,可以来重复第三号除盐基因!"

---

① 脑垂体分泌物,能增加创意、注意力和工作动力。

"真不错。"他说着,挪去了黑黢黢的厨房里,这样她就不会看到他的脸。

这却惹恼了她,"你根本不在乎我的工作进展,对吧?"

"我当然在乎。我说了,真不错。"

她不满地哼了一声。

后来有一天回到家,他看到她和马克一起在客厅里。只瞟了一眼,他就知道他们刚才曾开怀大笑,而且在他打开门前,他们俩曾坐得非常近。他没有理会这些迹象,而是尽力表现得亲切好客。

第二天早晨游泳锻炼时,他旁观了几位正在自己这条泳道游泳的女士。这三人这辈子一直在游泳,自由泳泳姿比陆地上任何完美的舞姿更加完美无瑕。上百万次的重复练习让她们下意识的动作自然得仿佛大海里的鱼儿。水面之下,她们的身体顺滑前行,身体线条光滑流畅。典型的泳者身形,和赛琳娜有点像:瘦长的肩膀轮番贴近耳朵,胸腔被强有力的背阔肌拉平。她们的胸部要么和壮硕的胸大肌融为一体,要么随身体的运动而左右摆动。泳衣的设计,让本就高耸的胯骨更显高耸,背部曲线挺入浑圆紧实的臀部,又拱下来延伸到充满力量的大腿、纤长的小腿,再到仿佛正在跳芭蕾一样的双足。对这样美丽的律动而言,舞蹈这种类比都显得黯然失色了。这样的律动一下接一下,一圈又一圈,最后让他沉溺其中,忘记了思考和观察。而这只是这种感官饱和环境的区区一角罢了。

她们这一泳道的领头人正怀着身孕,却比谁都更有力量,甚至在休息时也没有气喘吁吁——史密斯通常都会喘个不停——反而摇着头笑道:"每次翻滚转身时他都会踢我!"她有七个月的身孕,肚皮浑圆,看起来像一只小鲸,但她还是会以其他三人都无法企及的速度射进泳池。俱乐部的最强泳者真是让人惊叹。开始这项运动后不久,史密斯就想奋力在一分钟之内完成一百米自由泳——这目标还算合理,他最后也在一次比赛里完成了目标,顿感心满意足。后来,他听说当地大学女子队的训练内容是一百趟百米自由泳,全都要在一分钟内完成。于是他明白了:尽管人类的模样看起来相差无几,但有一些就是远比其他人更强壮。就算这位怀孕的领头人在强者中属于低级梯队,今天的游泳对她而言也只不过是一次轻松的伸展运动,可这就已经远远超越了其他队员的极限。当她从反方向游过来时,你的视线会情不自禁地被她吸引。尽管她速度奇快,动作却无比丝滑、毫不费力。她每一圈的击水次数比别人都少,花的时间却短得多。她怀着宝宝的孕肚划出完美的水蓝色曲线,一切就像魔法一样。

回到家的情况更糟糕了。赛琳娜常常工作到很晚,跟他说的话也更少了。

"我爱你,"他说,"赛琳娜,我爱你。"

"我知道。"

他试着把自己埋在工作里。他们在同一间实验室,可以一起工作到很晚才回家。他们像往常一样聊着工作——虽然早已与往日不同——都还是关于基因组学。两个科学家还能走得多近呢？这肯定有助于他们重归于好。

但基因组学的领域是如此广袤，谁都没法涉足方方面面，这是毫无疑问的。他们自己就是最好的证明。然而，史密斯坚持用最新、性能最强大的跟踪显微镜，一个原子接一个原子地审视材料，终于开始在研究化石DNA模型方面取得了些进展。

他手头的样本所保存的东西，似乎都是过去被称为生物的垃圾DNA的玩意儿，这在过去就算是走了霉运。不过，最近阿刻戎的科尔实验室在研究垃圾DNA的不同作用方面突飞猛进——它根本不像之前猜测的那样百无一用。这些突破包括表述垃圾DNA里的那些短小、凌乱的重复序列。这些序列其实是进行更高层次操作的编码指令，并非用于常规基因操作——比如细胞分化、信息顺序测序、细胞凋亡等。

自然了，很难用这种新发现来解释已部分降解的化石垃圾DNA。但是图像中有核苷酸序列——或者更准确地说，是腺嘌呤-胸腺嘧啶和胞嘧啶-鸟嘌呤偶联①的特征矿物替代物。文献已经确定了替代物，只等着被明确标识。它们本质上是纳米化石，但对懂行的人而言才是这样。一旦读取出结果，它们就可能酿造出具有活性的相同核苷酸序列，从而与原始化石生物相匹配。理论上，人们可以再造生物本身，但实际上并不存在完整的基因组，故而这一想

---

① 脱氧核苷酸的两种碱基，即嘌呤（腺嘌呤、鸟嘌呤）和嘧啶（胸腺嘧啶、胞嘧啶）。

法只是痴人说梦。也不是没有人尝试更简单的化石有机体：有做整体研究的，也有使用DNA杂交技术把能破译的基因表达嫁接到活体模板上——这些活体大多为早期生物的后代。

几乎可以确定，这种特殊的远古海豚是淡水海豚（尽管许多都住在入海口附近，有一定的耐盐性），但根本不可能完全复原它。不过这不是史密斯要做的事。真正有趣的是找到一段和现存后代基因似乎并不匹配的基因片段，通过试管合成新基因组，把它嫁接到当代生物的基因链中，再观察这些实验动物在杂交测试和复杂环境中的行为，寻找它们功能上的差异。

如果有条件，他还会做线粒体实验。一旦成功，物种与其原始物种趋异①的具体时期便能得到更精确的界定。

也许他能在海洋哺乳生物发展图谱上为它找到具体位置，尽管上新世②早期的图谱相当纷繁复杂。

两种研究方向都需要投入大量劳动和时间，差不多得全神贯注——也就是要力求完美。他每天工作数个小时，数周如此，数月如此。有时候他也能和赛琳娜一同搭电车回家，但大多数时候不行。她在和合作者（大部分时候是马克）一起撰写最新成果。她的时间总是不固定。他工作时便顾不得想这些，所以他一刻不停地工作。但这不能解决问题，甚至算不上是好策略——它似乎让事情更糟糕了——他必须努力对抗不断增长的绝望和失落感。尽管如此，他还

---

① 趋异是指同源生物进化成多种不同类的后代，以适应不同环境的现象。
② 距今560万到164万年前。上新世时温度降低，许多哺乳动物灭绝。

是选择了这么做。

"你觉得阿刻戎的工作怎么样?"一天上班时,他指着桌子上科尔实验室最新印出的标注得密密麻麻的材料问弗兰克。

"太有趣了! 看起来就像我们终于过了基因这关,看到操作说明书了。"

"如果有这么个玩意儿的话。"

"必须有,不是吗? 虽然我不确定科尔实验室里适应性突变的固定率的数值是不是够高。大田和木村建议上限定为10%,这和我看到的情况相符。"

史密斯点点头,心情愉悦,"他们可能只是走稳健路线。"

"那是自然,不过你得跟着数据走。"

"那么,在这种情况下——你觉得我研究这些化石垃圾DNA有意义吗?"

"这个嘛,当然啦。为什么这么问? 它当然能告诉我们些有意思的事。"

"它的进展慢得简直伤心。"

"为什么不读取一段长序列,再培育看看会得到什么呢?"

史密斯耸耸肩。他觉得对全基因组使用鸟枪法测序还是草率了些,虽然这法子肯定更高效。读取名称作"表达序列标签(EST)"的一小段单链DNA使得人类基因组中的大部分基因被迅速识别,不过还是有一些遗漏。连控制基因蛋白质编码的调控DNA序列都被忽略了,更别提只在更有意义的序列之间填充那长长的间隔的垃圾 DNA 了。

史密斯向弗兰克表达了这些疑惑。他一边点头赞同,一边却说:"如今的绘图已经很完整,情况自然也变了。你有这么多参考点,不可能在大序列上搞错小节点的位置。直接把你从兰德-沃特曼模型①中得到的东西插进去,然后用科尔变异完成剩下的部分,就算有大量重复也没事。你手头这些东西才重要,反正它们差不多就跟 EST 似的,已经没什么用了。所以你不妨一试。"

史密斯点头答应。

那天晚上,他和赛琳娜一起搭电车回家。"你觉得我用鸟枪法对试管样本进行测序的可行性怎么样?"他腼腆地问她。

"草率,"她道,"风险加倍。"

于是一种新作息表诞生了。他工作、游泳,然后搭电车回家。赛琳娜一般都不在。他们的答录机里经常有马克给她的工作留言,或是她给史密斯的留言,说她会晚一些回家。这种情况太多了,所以他有时候会和弗兰克或其他泳友一起出去吃晚饭。有一次,他们在一家海滩餐厅点了几扎啤酒。酒足饭饱之后,原本在沙滩上散步的他们,最后却跳进了浅浅的水湾,在温暖的海水里畅游。这里和泳池截然不同。他们互相撩泼水花,纵情大笑。那真是欢乐时光。

———————

① 兰德-沃特曼模型:鸟枪法测序和基因组装的最基本的理论模型,它揭示了测序深度与覆盖度之间的关系。

然而,那晚他回到家以后,答录机里又有一条赛琳娜给他的留言,说她和马克胡乱地吃了几口,要继续写论文,她还要再晚一些才回家。

她没有开玩笑:她凌晨两点都没回家。时间一分一秒过去,史密斯终于意识到不会有人这么晚连一个电话都不往家里打,还在外面写论文。于是这留言变了味道。

痛苦与恼怒席卷而来,汹涌澎湃。这种借口简直是把他当猴耍。他至少应该得到一次暗示——一个坦白——一个场景。随着时间流逝,他越发愤怒。接着又担心了一阵,心想她该不会是受了伤什么的。但她没有,还在外面鬼混。他突然怒不可遏了。

他从衣柜里抽出纸箱,扯开她的抽屉,把她的衣服一股脑儿堆进箱子,又把它们压成一团,这样才装得进去。然而这些衣服散发着他们共有的洗衣皂的味道,还有她的味道。嗅到这味道的他号啕大哭,不禁坐倒在床上,膝盖发软。如果他真这么做了,那他就再也看不到她穿衣服和脱衣服的样子。一想到这个,他就像动物一样哀号起来。

不过,人不是动物。他把她的东西都扔进箱子,把它们搬到前门外,扔在了那里。

她三点钟才回到家。他听到她一脚踩进纸箱,低声发出惊呼。

他猛扯开门,迈出去。

"怎么回事?"她原本还计划着解释点什么,如今却转变成了气愤。这让他越发怒火中烧。

"你清楚怎么回事。"

"什么!"

"你和马克。"

她瞪着他。

"你可算发现了,"她终于开口了,"一年前就开始了。到这时才有了你的第一反应。"她指着地上的箱子。

他扇了她一巴掌。

但他立刻蹲在她身边,扶她坐起,不住地说:"我的天哪,赛琳娜,对不起,对不起。我不是故意的。"他打她只是因为她的蔑视,她鄙视他没能早日察觉。"我不敢相信我……"

"滚开!"她发疯似的一边打他一边又哭又喊,"滚开,滚开!"她受了惊吓,"你这个杂种,你这个可怜虫。你居然,你居然敢打我!"她几乎要尖叫,不过也压低了音量,毕竟周围还有许多公寓。他双手托着她的脸。

"对不起,赛琳娜,真的非常、非常抱歉。我是生气你说的话,但我知道不是,那不是……对不起。"现在他生自己气的程度赶上了生她的气——他在想什么,他为什么要把她送上这样的道德制高点。摧毁他们之间纽带的是她,犯错的是她!她抽噎着——转身离开——决绝地走进了夜色。附近几扇窗户亮起了灯。史密斯站在原

地,垂头丧气地盯着塞满她的美丽衣物的纸箱,右手指关节不住地
突突直跳。

那样的生活结束了。他继续独自一人住在海边公寓,继续工
作,但知道怎么回事的人都躲着他。直到脸上的瘀青消失,赛琳娜
才回来工作。后来她没有起诉,也没有再和他聊那天晚上的事。不
过她确实搬去了马克那儿,工作时也尽可能地避开他。谁不是如此
呢?偶尔,她也会来到他所在的角落,用不带情绪的声音询问一些
他们分手的后续事宜。他没法正视她的眼睛,也没法心平气和地迎
上其他同事的目光。很奇怪,一个人可以在和别人交谈时假装互相
对视,但他们其实不是真的一直在看你,你也不是真的在看他们。
这灵长类动物的炉火纯青的本事啊,已经在大草原上锤炼了数百万
年。

他没了胃口,也没了活力。早上醒来,他想为什么要起床。然
后盯着卧室空荡荡的白墙,那里曾经挂着赛琳娜发表的文章。他有
时很生她的气,生气到脖颈和前额上的脉搏不舒服地咚咚直响。这
能催他起床,不过他没有别的地方可以去,只能工作。在他工作的
地方,所有人都知道他打过伴侣,是个家暴犯,是个大混蛋。火星社
会容不下他这样的人。

羞愧,愤怒。怨恨,愧怍。也许是痛心或屈辱,也许是怨恨或
懊悔。失去了爱情,毫无差别的愤恨。

他基本上不怎么再去游泳。现在他一看到女泳者就感到痛苦

万分,尽管她们和往常一样友好。除了他和弗兰克,她们对实验室的事一无所知,弗兰克也没有透露一丝从前发生的事。但是说不说都没两样:他和她们断了联系。他知道自己应该多游泳,但他还是游得更少了。每次下定决心改变时,他都会去连续游两三天,然后就又放弃了。

一天黄昏,当他强迫自己进行的锻炼快要结束时——和往常一样,他现在感觉好一些了——几个泳友冒着热气站在泳池里。三个最持之以恒的泳友一时兴起,计划冲完澡之后去附近的一家餐馆吃饭。其中一个看着他,问:"去莱可披萨?"

他摇摇头,丧气地说:"家里有汉堡。"

她们笑起来,"哎呀,来吧。汉堡还能再放一晚上。"

"来吧,安迪。"旁边泳道的弗兰克插话了,"如果可以的话,我也想去。"

"当然可以。"女士们说。弗兰克也经常在她们的泳道游泳。

"嗯……"史密斯强打起精神,"好吧。"

他和他们坐在一起,听他们围着餐桌闲聊。她们似乎还微微冒着水汽,湿漉漉的头发在额头卷成一个个小绺。三位女士都很年轻。真有趣——离开泳池的她们看起来平凡又平庸:瘦削、胆小、丰满、笨拙,随便什么样子。穿上衣服之后,你根本猜不到她们其实拥有强壮的肩膀和背阔肌,身上的肌肉组织紧实又光滑。她们仿佛穿上小丑服的海豹,在舞台上摇摇摆摆向前走。

"你没事吧?"他沉默了许久,有人问他。

"哦是,有事。"他犹豫地瞟了一眼弗兰克,"我和女朋友分手了。"

"啊哈! 我就知道有事!"一只手搭上他的胳膊(他们总是在游泳池里撞到对方),"你最近很反常。"

"没错。"他难过地微笑道,"这太难了。"

他永远不可能告诉她们发生了什么,弗兰克也不会。但不说这件事的话,剩下的事情也都说不通。所以他什么都不能说。

他们察觉到了这一点,在座位上挪挪身子准备转移话题。"哦,不过,"弗兰克试图帮忙,"海里的鱼可不止这么一条。"

"是泳池里。"其中一个女人调笑道,用胳膊肘捅捅他。

他点点头,试图微笑。

几人对视着。其中一位向服务员要来了账单,另一位对史密斯和弗兰克说:"一起去我家吧,我们要泡个热水澡,缓解一下肌肉酸痛。"

她在一幢带院子的小房子里租了一间屋子,其他住户都不在家。他们随她穿过漆黑的房子来到院里,揭开浴缸盖,打开热水,脱掉衣服,然后钻进热气腾腾的水中。史密斯也羞赧地加入了他们。其实也没什么大不了,人们在火星的海滩上晒日光浴时总是赤身裸体。弗兰克则似乎压根儿没注意,他非常放松。不过他们从没有这样子在游泳池里游过泳。

他们都被热水烘得直叹气。租房子的女人进屋拿了啤酒和杯子出来。她放下啤酒箱,把杯子递给他们,这时厨房的灯光正好洒在她身上。毕竟一起在游泳池里泡了无数个小时,史密斯对她的身体非常熟悉。尽管如此,看到赤身裸体的她时,他还是惊呆了。弗兰克则对这一番景象无动于衷,倒了一杯啤酒。

他们一边喝啤酒一边闲聊。其中两位是兽医。那位领队——怀过孕的那一位——她年纪稍大一些,是泳池附近一间制药实验室的化学家。那天晚上,她所在的合作社帮忙照顾孩子。史密斯看得出她们都很尊敬她,哪怕在这里也是。最近她会把宝宝带到俱乐部来,把婴儿车停放在飞溅区之外,游起泳来和往常一样强壮有力。史密斯的肌肉在热水中柔软了下去,他一边呷着啤酒一边听他们说话。

其中一位女士低头看着水中的双乳,笑道:"它们这样漂着,好像泳池的浮标。"

史密斯已经注意到了这一点。

"怪不得女人游得比男人好。"

"只要不是太大,就不会影响流体力学。"

领头的女士透过雾蒙蒙的眼镜片往下看。她面色一团粉红,挽着头发,影影绰绰,娴静端庄。"不知道我的漂浮能力有没有因为哺乳降低。"

"但那都是母乳。"

"没错,但母乳中的水是中性密度,脂肪才能漂起来。也许没有母乳的乳房比满是母乳的更有浮力。"

"脂肪更多的漂得好,哈哈。"

"我可以做实验,用一边胸部喂他,然后下水看看——"他们笑得前仰后合,打断了她说的话。"会有用的! 你们笑什么!"

他们却只是笑得越发厉害。弗兰克开怀大笑,看起来开心又安心。这些女性朋友信任他们。但史密斯仍然感到格格不入。他看着他们的领队:戴眼镜的粉团团的女神,宁静、朦胧,自己却浑然不觉。她是做女主角的科学家。她是第一个完整的人类。

但当他后来试图向弗兰克解释这种感觉,甚至只是描述它时,弗兰克却不以为然。"女性崇拜是极其错误的,"他警告道,"是一种分类错误。女人和男人太相似了,相似到没必要讨论差异。你知道的,男女基因几乎完全相同。就是一对激素表达式而已,她们和你我并无分别。"

"不止一对。"

"但也没别的了。我们从一开始都是女性,对吧? 所以你最好这么想:没什么能让它产生重大变化的事情。阴茎只是个超大的阴蒂。男人是女人,女人也是男人。生殖系统的两个部分,完全对等。"

史密斯盯着他,"你在开玩笑。"

"什么意思?"

"嗯——就是说,我从来没有见过哪个男人能孕育新生命。"

"那又怎样? 它发生了,但只不过是一种专门的功能。你也永远不会见到女性射精。不过我们以后又会变得一模一样,繁育相关的细节只在一小部分时间段比较重要。不,我们都一样,我们都是繁育的其中一环。没有区别。"

史密斯摇了摇头,如果真能这么想就好了。但是数据会推翻这一假说:历史上95%的谋杀案都是男性犯罪。这就是区别。

他说了许多,但弗兰克并不在意。他答道,火星上的男女谋杀率趋同,而且概率低得多。这正好证明是文化制约起作用。地球人类父权制的产物和火星并不相干,一切都是后天培养而非先天形成(虽然这个二分法也有问题)。弗兰克坚持认为大自然可以证明任何你想要证明的事情。雌性鬣狗是凶残杀手,雄性倭黑猩猩和绒毛蜘蛛猴却性情温和,乐于合作。弗兰克说,这没有任何意义。什么都说明不了。

但弗兰克从来没想过要打女人的脸。

化石DNA数据集的模式越来越清晰。随机共振程序高亮标记了被保留下来的内容。

"看这儿,"一天下午,当弗兰克俯身向他道别时,史密斯指着电脑屏幕对他说道,"这是我手头亚马孙河豚的一个序列,GX304的一部分,靠近结合位点,看到了吗?"

"这么说你有雌性数据咯?"

"我不知道,但我想这信息表示我有。不过,看,看它怎么和人类基因组这部分相匹配。在希利斯8050里面……"

弗兰克走进他所在的角落,盯着屏幕,"拿垃圾DNA相比较……我不明白……"

"但这连续匹配了一百多个单位,看到了吗?它直接接入了孕酮的起始基因。"

弗兰克眯起眼睛。"呃,好吧。"他迅速瞥了史密斯一眼。

史密斯道:"我在想,垃圾DNA中有没有什么存在了非常久远的东西,能从现在一直追溯到人类和豚类的早期哺乳动物祖先。"

"但海豚不是我们的祖先。"弗兰克道。

"某个时期曾有个共同祖先。"

"是吗?"弗兰克直起身,"好吧,随便。我拿不准的是序列一致本身。两者是有点相似,不过,你懂的。"

"你在说什么?你没看到吗?看那儿!"

弗兰克低头瞥了他一眼,神色讶异却不置可否。看到这番神态,史密斯莫名害怕起来。

"差不多是,"弗兰克说,"只是有点。也许,你应该用杂交测试看看匹配度到底如何,或者和阿刻戎实验室复核非基因DNA里的重复部分。"

"可是它们完美匹配!连续上百对,怎么可能是巧合。"

弗兰克的态度似乎比刚才更加地说不清道不明了。他向角落边的门外瞟了一眼,最后又道:"我倒没看出有那么一致。抱歉,我就是看不出来。你看,安迪,你已经辛苦了很长时间。而且自从赛琳娜离开之后,你也很沮丧,对吧?"

史密斯点点头,感到胃部阵阵疼挛。几个月前他也确认了,弗兰克是最近这些日子里为数不多会直视他的眼睛的人。

"那个,你知道,抑郁症对大脑会产生化学影响,你知道的。有时这代表你会开始觉得自己看到了其他人看不到的序列,不过这不代表它们不存在。毫无疑问它们存在。但不管它们的意义有多么重大,不管它们是否并非只是一种类比,或者与之前的发现相似之处——"他低头看着史密斯,顿了顿,"你瞧,这不是我的研究领域。你应该把这个给阿莫司看,或者去阿刻戎跟老头子聊一聊。"

"嗯,嗯。谢谢,弗兰克。"

"哦,不,不,不需要。对不起,安迪。我可能什么都不该说。只不过,要知道,你已经在这上面花了太多时间。"

"是啊。"

弗兰克离开了。

有时他会趴在办公桌前进入梦乡,在梦中完成一些工作。有时他会直接睡在沙滩上,裹着大衣卧在细沙里,伴着澎湃的海浪声平静下来。工作时,他盯着屏幕上排成一列的圆点和字母,用一个又一个核苷酸构建序列图。它们大都十分清晰。两个主序列图之间的相关性很高,远远超出偶然的概率。人类的X染色体清楚地显示出一种远古水生始祖——一种海豚——的非基因DNA痕迹。人类的Y染色体则没有这些痕迹,同时和黑猩猩的匹配度也比X染色体更完整。Y染色体相当稳定。弗兰克看起来不愿意相信,但它就在那儿,就在屏幕上。但怎么可能呢? 这代表什么? 它们都是从哪里来的? 它们生来就有这些特点。就在不到五百万年前,黑猩猩和人类从一位共同祖先——林地猿——分离为两个不同物种。史密斯正在研究的亚河豚化石可以精确地追溯到大约五百一十万年前。那时候,大约一半的猩猩发生性行为的原因是强奸。

一天晚上,在实验室独自完成工作后,他坐着反方向的电车去了市中心。他内心拒绝承认自己在做的事情,但最后他还是站在了马克住的公寓大楼外,一条陡峭的山脊下。他沿着一条阶梯小巷走上山脊,途中正好可以直接看到马克的窗户,还有赛琳娜。她正站在厨房窗边洗碗,一边回头和别人说话。她笑着,脖颈上的肌腱在灯光下十分醒目。

史密斯走回家。走了一个小时,途中许多电车从他身边掠过。

那天夜里他辗转难眠,于是下楼来到沙滩,裹着大衣卧在那里。最后,他睡着了。

他做了一个梦。午后的阳光下,一只毛茸茸、长得像黑猩猩的双足灵长类小动物正弓着背沿东非的海滩向前走。浅海区碧色的海水温暖而澄澈,海豚在海浪中游弋。这只猿猴长而强壮的手臂专为击中目标而生。它涉入浅水,快速抓住一只海豚的尾巴和背鳍。

它当然可以逃脱,却没有挣扎。那是一只雌海豚。这只猿猴将它翻过来,与它交配,然后放走了它。他离开了,后来又回来寻找浅水中的海豚,并且诞育了一对双胞胎—— 一公一母。随后猿猴大军蜂拥而至,两只小猴都被杀了来吃。然而在离岸更远处,一只海豚又孕育了两个新生命。

史密斯被黎明唤醒。他站起身,走进浅滩,看到清澈的靛蓝色海浪中游弋的海豚。他涉入海浪中,海水只比泳池的水冷一点。拂晓时分,太阳低垂。那些海豚只比他长一点,又小又软。他和它们一起冲浪。它们在海浪中的速度比他更快,但有时又只能绕在他身边游动。一只海豚从他头顶跃过,溅起水花,又卷回他面前的波浪中。突然,又一只海豚从他身下闪过,他一时兴起,抓住它的背鳍,于是突然在波浪中加速前进起来。海浪上扬,他和海豚都裹在里面——这是他一生中最了不起的冲浪体验。他牢牢地抓着背鳍,海豚和同伴鱼跃而出,转身游向大海,但他还是不愿松手。就是这个,他想。然后,他又想到人类和豚类都是依赖空气才能呼吸的生物。一起都会好起来的。

（崔龚荣秀　译）

发现生命

　　通往"喷气动力实验室"的最后一段路十分狭窄。它沿着丑陋的棕色山脉侧翼向山上延伸,俯瞰着洛杉矶市。这条路通常情况下够用,可一旦发生点有新闻价值的事,它便难以应付蜂拥而入的媒体。比如今天早上,汽车和拖车车队从安全门几乎一直排到高速路匝道口。比尔·道金斯看着自己老福睿斯的温度计在前进时缓慢爬升,车辆排出的尾气让空气中的烟尘更加厚重,似乎快成了实体。终于,他通过保安那关,把车开到员工停车场,又步行至访客停车场——里面停满了头顶卫星天线的电视拖车。毋庸置疑,世界上每一种语言、每一个国家都派了代表,还都带着自己的设备,这也毋庸置疑。

　　进入大楼,比尔向右转去了新闻发布会会议室,里面同样挤得水泄不通。比尔的同事在舞台上堆满话筒的长桌后坐成一排,面对着摄像机、闪光灯和记者。比尔的朋友迈克·柯林斯沃思正在回答关于污染的问题,同时努力让自己看着较为游刃有余。没哪个科学家希望在向非科学家解释事情的时候有其他科学家悄悄旁听,因为有人正等着瞧他们简单粗暴的解释能有多简单粗暴,所以这样的事其实相当尴尬。让情况变得更复杂的是,记者团也是鱼龙混杂,从在某种意义上(如社会背景、历史背景)比科学家本人还博学的专家,到几乎连提词器都看不懂的电视门面都有。再加上相关话题的情感负荷,层层叠加之后几乎能叫人抓狂。但这种磨人劲儿总是让比尔看得津津有味。

一位上镜的年轻女士得到约翰点头许可后接过传来的无线话筒。"本次发现对您而言意味着什么?"她问,"您认为这个发现的意义是什么?"

台上的七人面面相觑,底下的人群哄堂大笑。约翰问:"迈克?"迈克做了个鬼脸,惹得人群又笑了一阵。但是约翰了解自己的同事:迈克在现实生活中是个聪明家伙,比尔确实能想象他那些个性十足的回答会如何火上浇油:它意味着我得在数十亿人类面前回答愚蠢的问题;意味着我不用每周工作八十小时,能再看看正常生活是什么样。然而迈克也擅长处理公共关系,他绷紧脸皮回答了第二个问题。比尔觉得这是比较难的那个。

"这个嘛,在某种程度上,它的意义取决于外星生物学家在更全面地研究有机体时发现了什么。如果这些有机体和地球生命遵循相同的生化原理,那它们或许与地球生命有着某种亲戚关系。或许是跳上了流星从火星来到地球,又或者是从这儿去了火星。如果是这种情况,那么DNA分析甚至有可能确定二者分离的时间,以及哪个星球的物种更久远。我们也许会发现我们原本都是火星人。"

他顿了顿,好让听众发出应付性的笑声。"话又说回来,研究或许也会发现完全陌生的生物化学特性,那就表明我们的起源不同,而这就是另一番光景了。"迈克停住了话头。他意识到自己要说的还有一大篇,内容也即将变得晦涩难懂,于是他决定长话短说,"不论是哪种结果,我们都能了解生命适应性之强大,它能够跨越行星,或许还能在同一个太阳系诞生两次。因此,只要宇宙真的普遍存在生命,那么无论上述哪种情况,都只会让我们变得更安全。"

比尔面带微笑。迈克很不错——这回答给情势、要点及潜在新闻头条都提供了简要梗概:"火星生命证明宇宙普遍存在生命。"并不是百分百符合事实,但简评嘛,就是这么回事。

比尔离开会议室,穿过小广场,进入大院北侧的一栋大楼。楼上小办公室和小隔间的门都开着,便携电视也都在同时播放就在一百码以外的那场新闻发布会。会场里的气氛,连带着彩带和气球,颇有在过节的感觉。但不知怎的,比尔没这么觉得。屏幕上,CNN[①]标志下坐着的他那些朋友被捧成了英雄:随着火星探索的机器化和自动化进行,"年轻且无私奉献的火箭科学家"正在替代宇航员——

---

　　① 美国有线电视新闻网。

很愚蠢,但至少好过出问题的时候,当时他们被刻画成了无力胜任工作的"饱受摧残的火箭科学怪人"。那项任务可真是极其要紧(尽管资金不足),得在办公桌上进行远程宇宙探索。在这个实验室,他们曾多次扮演过上述两种角色,也逐渐意识到,对媒体、或许还有公众而言,其实并没有所谓的中间立场,也意识不到他们只是在工作——在困难、艰苦但并非无法忍受的环境中做着困难重重却又乐在其中的工作。不,对世界而言,他们是一年两次、每次九小时的"发现之旅",不管他们是书呆子英雄也好,书呆子笨蛋也罢,反正第二天就被忘掉了。

事情本就如此,并不会困扰到比尔。面对这结局,他感到有些意犹未尽:使命达成,待办事项几乎被清空,这让他多少感到有些空空落落;但让他烦心的也不是这个。他还有电话和媒体问题的邮件等着回复,便开了自动导航,用饱经上周工作锤炼提高的能力处理这些回复。登陆舱已经从沙尔巴塔纳峡谷①入口处向下钻探,在沙子下面采集了土壤样本。热传感器在那里检测到火山口热量,这代表该区域永久冻结冰层有液体渗透。样本被密封保存在金属球内推去了火星轨道。与人造卫星会合后,它没有沿轨道绕地球大气层行驶,而是直接飞回地球,砸进了犹他州达格威试验场②距离目标地点仅十码远的地方。没错,人造陨石。没错,金属球不可能被撞碎,

---

① 火星地名。

② 美军主要的生化武器试验场。

因为它专为本次撞击而设计,确实经得住撞击人行道或一堵钢墙,而且还在它撞出的小陨石坑中毫发无伤地被回收了——机器人回收后自动飞往位于休斯敦的约翰逊航天中心。打开之前,它被放置在密封建筑的密封实验室的密不透风的密封筒内,所有一切都是为这目的量身打造。没错,他们用不着给达格威或整个犹他州消毒,也不用对休斯敦进行核打击(反正也不用杀死火星细菌),一切都很顺利。外星生命被安安全全地锁起来,哪儿都出不去。人类很安全。

比尔回答了一堆这样的问题以后,感觉有太多人亟须接受更好的风险分析教育。他们钻上车,开上高速,叼着烟把儿,头上顶着高能无线电发射器赶去新闻编辑部,迫不及待地想知道自己是否会因为休斯敦那被严严实实密封了三层的东西而处于微生物污染的危险。到了午休时分,比起烦躁,比尔更觉得沮丧。人类无知又短视,教育程度低,容易恐惧和迷信,还被束缚在异想天开之中。然而这也不是真正困扰他的事。

迈克也在食堂里,趁饥肠辘辘时吞下了午饭时要吃的一排含黄酮类化合物和抗氧化剂,比尔同他一起,感到精神好了几分。迈克压低声音复盘上午的新闻发布会(许多记者拿着宾客通行证在食堂吃午饭)。"生命的意义是什么?"迈克快速地悄声说,"它意味着新陈代谢,意味着午饭时会饿。拜托了,老天爷,让我们吃吧,这就是意义。"接着,高高挂着的电视机开始播放休斯敦的新闻发布会,他们和其他人一样一边看,一边仔细听屏幕上的小人儿说话。"约翰逊航天中心"的外星生物学家正在撰写初期报告:火星细菌长度约100纳米,比ALH 84001①中初步鉴定出的化石纳米细菌大,但小于大多数地球细菌。细菌为单细胞,含有蛋白质及核糖体,其DNA结构由腺嘌呤、胸腺嘧啶、鸟嘌呤和胞嘧啶碱基对构成。

"亲戚。"迈克宣布。

其DNA与某些类地球有机物类似,例如哥伦比亚基底古生菌——雅氏甲烷螺菌,因此它们是共同祖先的后代。

"有关系!"

线粒体DNA分析揭露分离发生时间的可能性很大。一诞生就分离了,约翰逊的一位科学家笑着主动开口道。他们在屏幕上的表演与"喷气动力实验室"的科学家们如出一辙。自然发生论与生物外来论,地球和火星之间频繁往来。这些概念在一知半解中匆匆涌现,人类可能还是会呼吁对休斯敦和犹他州进行核毁灭,名义则是拯救世界使其免受外星感染、安德罗美达菌株②感染和各种幻想出的传染病——幻想病,迈克咧嘴笑道。

约翰逊的科学家们还在一本正经地喋喋不休,成为众人的焦点让他们兴高采烈。很奇怪,NASA③把火星工作的重点全部放到

---

① "艾伦山陨石"。1996年,美国航天局科学家宣称其中找到了早期火星生命存在的证据,但此后科学界纷纷质疑,目前尚无最后结论。

② 源自迈克尔·克莱顿的同名科幻小说。书中一艘卫星意外坠毁,意外带来的微生物导致美国亚利桑那州一小镇的许多居民感染而死亡。

③ 美国国家航空航天局。

了"喷气动力实验室"。这其实是把人类历史的一个重大尝试集中去了一处小型大学实验室,周围还有许多相互竞争的实验室,它们像巢穴群中的雏鸟似的,时刻准备逮住机会把"喷气动力实验室"的眼珠子啄出来。现在,约翰逊实验室和艾姆斯研究中心的外星生物学团队也终于参与进来,"喷气动力实验室"不再上演独角戏。不过他们仍然是总部,还像之前为火星登陆舱做设计一样,给这样本也设计了返回地球的操作程序。项目职责扩散当然是种解脱,但也是种失望——是一个时代的结束。但现在看着电视,比尔明白这也不是困扰他的事。

迈克同比尔和纳西姆一道回到办公室,继续在台式电视上收看约翰逊的新闻发布会。样本中显然不止有一个物种,也许多达五种或者更多,只是他们还不知道。他们觉得可以让它们都在火星罐中存活,但也不确定。他们只确定这些生物都在控制之中,而且没有危险。

有人问起人类对火星的探索范围,答案是"很分散"。有人说:"问题很多。"高级别讨论才会涉及这些问题,当然有 NASA 加入,此外还有美国国家科学基金会、美国国家科学院、国际天文联合会,以及五花八门的联合国机构——总之,科学界的世界政府。

迈克笑道:"人类要被这人类使命吓坏了。"

纳西姆点头赞同道:"艾德·马丁俱乐部已经宣布这些东西只是细菌而已,跟浴室的垃圾并无分别。我们每天灭掉数十亿个,它们不会妨碍我们征服火星。"

"他们不是认真的吧。"

"他们是认真的,不过也有点疯。很长一段时间内我们都不可能到那儿——如果能去的话。"

比尔突然明白了什么。"那太可悲了,"他说,"我自己就是个人类-火星人。"

迈克笑着摇头道:"别这么急着下定论。"

比尔回办公室简单收拾了一下,然后打电话到埃莉诺的办公室,想和她说说话。他想跟她说,我们做到了,任务成功,但梦想从此破灭。可她却不在。他留言说自己回家的时间会和平常差不多,接着便开始专注于待办事项。从底部添加事项的速度不再盖过从顶部删减的速度,他想忙起来,却失败了。他渐渐意识到:自己一直认为工作内容是去火星,是在那里创造更美好的世界。他一直用它解释生活的一切:工作的艰难时刻,家人脸上的表情。埃莉诺全力支持,却换来这又失望又沮丧的结果。他们二人困顿其中,尽管他们都像二十世纪五十年代婚姻中的夫妻一样拼尽全力:丈夫常年地整天不着家,而妻子埃莉诺每天也要长时间工作。所以他们的孩子一直都属于日托中心和课外看护中心,一到工作日就得待满一整天。某个星期一早晨,把小儿子乔送到日托中心后,比尔回头透过窗户往里看,看到男孩脸上满是被遗弃和努力压抑着的孤独感。在

一模一样的老地方等十个小时,不论如何都得和其他人一样熬过去
——这三岁孩子脸上的表情刺痛了比尔,更刺穿了他的心。而这一
切,他做的这一切,他投入的所有时间,每一天、每一年,都是为了有
一天人类能在火星定居,并最终创造一种良性文明。他一辈子都在
一方小隔间里燃烧,因为这宏伟项目的开端是那么脆弱,因为几乎
没有人相信或理解,所以全都指望他们。小小一间实验室,尽全力
落实这"更快、更好、更便宜"的项目——可它不仅和热力学第二定
律矛盾,还有着其他问题(他们经常指出这些问题)。他们知道,现
实世界中不论怎么组合都只能实现这三个要求里的其中两个。可
无论如何他们还是得试,结果最后发现,唯一真正变得"更便宜"的
是他们自己的劳动成本和生活质量。火箭科学家们像笼子里的松
鼠一样狂奔,好让火星居住成为现实——只有遥远的、几个世纪后
的未来火星人才会真正感激且感到荣幸。然而,现在看来,根本不
会有什么未来的火星人。

过了六点,他和迈克、纳西姆二人一起在夏末的烟霾中搭顺风
车回家。他们驶上210号高速公路,一路畅行无阻,直到合乘车道
才和其他车辆一起停下来,因为这里是210和110车道的交叉路
口。然后他们和其他车辆一样走走停停,长长的车队亮着刹车灯缓
慢前行,加速减速不停变换,仿佛在拉手风琴。他们对此再熟悉不
过。此时洛杉矶高速公路系统的平均速度低至每小时11英里,低
得让包括他们在内的许多洛杉矶人想尝试地面街道,但纳西姆的计

算机建模和他们的亲身试验结果清晰：如果距离超过五英里，堵塞的高速公路仍然比堵塞的街道更快。

"哎，又是个红红火火的日子。"迈克郑重其事地从帆布包掏出一瓶苏格兰威士忌，咬开瓶盖猛灌一口，又递给比尔和纳西姆。尽管这是他在"喷气动力实验室"取得巨大成就或遭遇灾难之后的典礼上才会做的事，比尔和纳西姆也觉得有些危险，但都没有拒绝，各自很快喝了一口。迈克又喝了一口，这才紧紧地拧上瓶盖，把它塞回背包——这些动作就像要把瓶子恢复成崭新合法的密封状态似的。比尔和纳西姆以前就因此笑话过他，这次纳西姆说："你为什么不随身带个小烙铁，这样子才密封得好嘛。"

"哈哈。"

"或者用NASA那套解决方案，"比尔道，"畅饮一番，然后把瓶子丢进海里。"

"哈哈，可别逮着我们的衣食父母咬。"

"反正他们总被人咬。"

迈克盯着他，"你对这个重大发现不满意，是不是，比尔。"

"没错！"比尔的脚踩住刹车，"没错！我一直以为，以为我们会开启火星定居的篇章。我以为未来人类会生活在那儿，把它变成另一个地球，你知道的，红、绿、蓝——在那儿建立一整个世界，书写第二篇历史，而我们会回到一切的起点。现在这些操蛋的细菌已经出现在那儿，那我们可能永远无法登陆了。我们得留在地球，把火星留给火星人,细菌火星人。"

"红色小土著。"

"所以我们的开始就是一无所有！我们的开始就是死胡同！"

"胡说八道。"迈克说。比尔也来了些精神,感到一束光像那苏格兰威士忌似的在身上流淌。或许他已经在一方小隔间里奋力苦干,熬了十年生命,就为了那死胡同里的项目——一个永远无法实现的项目。可是,至少他能和这样的人一起工作;这么多年过去,他们还是像亲兄弟一样。这些聪明卓越的怪胎,会在交谈时郑重其事地使用"胡说八道"这个词。会读维多利亚时期的男性文学作品作为消遣的迈克和其他人一样有趣,他那"认真的火箭科学家"的形象不曾博得任何一次上镜,却被媒体的问题和期望塑造成了一个蠢蛋。他们都兢兢业业地扮演着脑残肥皂剧里的蠢蛋——在比尔一直以来梦想着某天可以逃离的脑残肥皂剧里。生活对你意味着什么,白大褂博士,这次发现意味着什么。没错,它意味着我们为一个死胡同项目烧光了生命。"胡说八道是什么意思！"比尔大喊,"他们会把火星变成自然保护区,保护细菌的自然保护区,天爷啊！没人会愿意冒险登陆,更别提改造它了！"

"他们当然会,"迈克说,"人们会去那儿。最终人类会定居,会改造它——就像你一直梦想的那样。它花的时间可能比你想象的久得多,但反正你都不可能是其中之一,所以着什么急呢？顺其自然。"

"我不这么想。"比尔阴郁地说。

"当然会的。不管是以什么方式，它会发生的。"

"哦，谢谢你！太谢谢了！不管什么方式，它都会发生？这可太有用了！"

"这可不是你最经得起检验的假设。"纳西姆一针见血。

迈克咧嘴一笑，"你用不着检验，就是这么优秀。"

比尔尖声笑着，"真可惜，你没跟记者这么说！该发生的总会发生！这个发现该意味着什么就意味着什么！"他们七嘴八舌地谈笑起来："这发现意味着火星上有生命！""这个发现意味着你想让它意味着啥它就是啥！""这就是意义一直以来的意义！"

欢闹声渐渐平息，他们依然陷在走走停停的车流中。奶白色天空下，一排排红灯闪烁着从巨大的高架桥上穿城而过。

"好吧，该死。"迈克说着，对着窗外景色挥挥手，"那我们只好改造地球了。"

（崔龚荣秀　译）

终于自由的普罗米修斯

请在此处附加您的报告

这部小说假定科学是正在进行的乌托邦式的原始政治实验，其自身理论化不足，且缺乏可以在人类事务中行使与其实际生产能力和维持生命临界状态相匹配的权利之范例。在其背景故事（以冷战惊悚风格写就）中，科学家首次于宏观决策中被边缘化；特工说服了杜鲁门等人，让他们认为，科学在战时创造了对于胜利至关重要的新技术（如雷达、青霉素、原子弹等）；待到战争结束，这种会不断扩散的创造力可能对民间企业掌控社会构成威胁。

科学家随后在剩余价值投资和分配决策中失去作用，随后又不自觉地作为团体提供商品生产与服务活动，并且个人皆愿意在现有的非可持续分级冶炼系统中任职，年薪为五万至十五万美元，外加养老金、股票期权及轻松的教学任务。(本章形式为僵尸小说,非常幽默风趣。)

后来,按照科学理论增加的人口灾难性地超过了地球的长期承载能力。在各种无人问津且无权无势的非决策组织任职的科学家得出结论,人类行为引发的气候变化以及由此引发的大规模灭绝事件很可能威胁其子孙后代的福祉,并因此对科学家们自身正在进化的适应性产生威胁。沉睡者苏醒了。

与此同时,有一部分人进行了成本–效益分析,比较了"花十五年辛劳学习一门科学"和"说'我相信',并通过集体政治行动控制比科学家们更多的人均卡路里(食物)、资金和多得多的后代"。许多人得出总结:以信仰为基础,寄生科学之上,耗费的个人成本更低,因此适应性也更强。(以僵尸为生的吸血鬼、舞枪弄炮、夜间追逐。小说在这里变得阴森可怖。)

后来,在一次建模会议上,关于汉密尔顿规则的讨论开始涌现。该规则指出,应该发展利他主义,只要给予者的成本C小于适应收益B(通过帮助另一位与r相关的个体获得B),而r被计为两个拥有共同血统的个体的基因的一部分(赫尔帝,1999),则C≤Br。

会议上,一位遗传学家指出:由于人类与果蝇有60%共同基因,而所有真核生物共享九百三十八个核心基因,因此r也许总是高于迄今为止的计算值。一位生态学家提到了著名的《自然》杂志所刊文章,其中估算生物圈为人类带来的益处价值为每年三十三万亿美元(R.科斯坦萨等①,《自然》杂志387期,253 - 260页;1997年)。一位经济学家提议,可以将希望维持此种益处的科学家的个人成本,以对冲式配合基金的形式概念化;为方便讨论,每位科学家的初始投资设定为一千美元。

分析员争论这些数字时,此处有滑稽场面。一位生物学家指出,对每个生物体而言,生命带来的益处都可以无可非议地举为无穷大,这极大地改变了方程式的结果。(叫骂、打架、大厅以西部的狂野方式被拆毁。)

与会者得出结论,利他主义也许可以奏效,对冲基金从此建立。(希望提前投资的小说读者可访问网站http://www.sciencemutual.net。)接着,与会科学家投票,建立董事会,适用于所有政府的示范性宪法,负责形成政治纲领的政策研究机构,此外还成立了一家游说公司。所有科学组织均被敦促加入该基金。基金会法律团队前往世界法庭,要求对所有未来生物圈的损害进行赔偿,由正在造成损害及允许损害发生的政府向基金会支付费用。

随后有许多会议召开,无言地解释了小说中大部分交配场景出现在本章的缘由。作者似乎对倭黑猩猩文学②极为熟悉,甚至过分偏爱。为最大限度地提高繁殖率,在达沃斯、圣达菲、拉斯维加斯等地做出了令人精疲力竭的尝试。

---

①指《世界生态服务的价值与自然资本》论文,1997年5月发表于科学杂志《自然》。

②暗指不分场地、时间、对象的滥交。

由于科学家从企业的军工全球精英手中夺取了权力,小说风格转变,集法律惊悚片与托尔金式的宏大幻想于一体。此处曲折发散的战略模糊性掩盖了使其在现实世界发挥作用的真实机制,"模糊性"的产生要通过有效运用复杂语法、语义内容含量低的短语("信息串联"),尤其是活跃的舞台动作(头发着火的人跑过)、爆炸、追车,重启"大到抽象的数字"——在此情境下,若世界法庭判决胜诉,而接下来的一章(用免费电话号作为题词!)以崭新的乌托邦空间为舞台,那么对于那些仍暂停在柯勒律治①所说的"自愿信任"的人来说,"科学互助基金会"的潜在资产看起来仍然合理。

叙述速度加快。"科学互助基金会"为各地举办的所有选举安排获胜者。对冲基金持续增长,科学机构成为国际超级机构,以黑色直升机为象征的军事阴谋数量激增。人类整体决定遵循新的科学指导方针,表明生殖适度最为接近旧石器时代规范,而此种生活方式仅用一百二十万年就使大脑容量翻了三倍。尽管人口将激增至联合国所预计的百亿人口的中期峰值,但通过适当技术手段(尤其是牙科)全面增强这一行为模式,能够使全球资源需求以数量级减少。合理、平衡的正向反馈能够使普遍适度所获益处最大化。(小说以标准结局、唱歌、跳舞、繁殖结束。所有地球生物从此过上最优生活。)

---

① 塞缪尔·泰勒·柯勒律治(Samuel Taylor Colerdge, 1772—1834),英国浪漫主义诗人,作品以自然、逼真的形象和环境的描写表现超自然的、神圣的、浪漫的内容,使读者在阅读时因"自动摒弃其不信任感"而感到真实可信。

请您不吝推荐

接受读者推荐出版,但建议将文本战略模糊性的表观尺寸减小到三弧秒[1]或更小。发布者应采取域名(sciencemutual.com)保护措施。(另外,增加追车场面。)

（崔龚荣秀　译）

---

[1] 量度平面角的单位。

柏林爱乐乐团定音鼓手,1942

第一乐章　不太快的略呈庄严的快板

第一乐章与死亡有关。它以一个小玩笑开始,这就是贝多芬赠你的礼物——史上最可怖的音乐。可是乐曲开篇,他让它听起来就像小号在给自己的嘴唇和吹嘴热身,弦乐器根据双簧管调弦,更华丽的音色以五度下行被扔了进来,仿佛是想调匀和声——然后整个乐章仿佛坠落悬崖,变成一种紧迫而响亮、如参差锯齿般暗黑的东西。定音鼓手必得用他一生中最暴力的出场方式敲击,才能接住这掉落的玩意儿。厄运一击,坏消息降临——他擂响五号和三号鼓,仿佛抢着死亡的大锤,横扫一切。十六个音符奏出的完整《诸神黄昏》——换句话说,完美的黄昏乐曲。因为一切都是命中注定。

富特文格勒当然知道,他再清楚不过。他步向指挥台,仿佛它是绞刑架。他一站上台,立马就开始指挥,和以往每次演出一样

——可这次不同,他脸上表情之狰狞、可怖、前所未有。在他身后乌压压地挤满了观众的爱乐大厅中,定音鼓手看到许多身穿制服的男人,他们眼睛上盖着纱布,手臂吊起,鼻子上贴着绷带,找不到腿在何处。余光中,他看到舞台两侧都垂下巨大的"卐"字,在他们头顶和身后都还各有一个。纳粹军官坐在前排,戈培尔咬着下唇,像只兔子似的。最好不要直视他们。在两次猛击中间的短暂休息空档,以及整个第二主题中,当反调不断试图蹑手蹑脚溜出大厅时,定音鼓手都把目光锁定在指挥身上。然而他还是看得到那些缠着绷带的男人,还有坐在各处衣着肃然得体的女人们。怜悯、恐惧、渴望、遗憾,在她们脸上交织扭曲。当第一主题回归,所有人的注意力都被吸引之时,他使出比以往更大的劲儿敲下鼓锤,锤出它们的命运。

和这首乐曲相关的,并非只有死亡。《贝多芬第九交响曲》第一乐章本身就是一个完整的世界,每一次演奏都会有新的领悟。它十七或十八分钟的时长衍生出一场希腊悲剧,似是填满了岁月沧桑。其中有瞬息万变,有喘息之机,有四处求索,有温存时刻……在某些小节中,木管乐器略作停顿,接入一段流畅的乐曲,宛如一段生命的脉动,弦乐紧张的诘问随之而来:这样的甜美真实存在吗?我们能随这绝美演奏逃脱升天吗?我们能把整个世界抛在脑后吗?答案只是:不能。这段小调被另一场命运的洪流拍得粉身碎骨,在阴郁中陡然坠落,第一主题核心部分的丧钟敲响,下行的三度音和五度音给出一种从无底深渊边上的悬崖跌落的感觉。它们拼尽全力挣扎,想逃离深渊,却不断下坠。这与那著名的第五交响曲的第一主题不同,这是一种别样的呼唤,是对逆境的抗争。八个音符迅速交织缠绕,如命运烙下的纹章,最终在充满英雄气概的呼喊中抬升。没错,第五交响曲第一章是英勇,而第九交响曲只关于死亡,就在爱乐乐团的大厅,没什么能够阻挡它的降临。

这是1942年4月19日。

在场的每个人都知道,只要不是傻子,他就会知道。而对于这种关系重大的事,更是找不出几个傻子。也许戈培尔是个傻子——倘若他并非精于算计的投机分子,抑或是发了疯的话。可是大厅里的大多数人都心知肚明:夜间,他们听到了轰炸机的声音。它们随着厉声响起的空袭警报降落到地下,他们则站在黑暗中聆听,听着头顶上方的整个世界变成阵阵颤动的定音鼓。他们看得到坐在人群中的残疾男孩。他们读报纸、听收音机,深夜在厨房里和他们信任的朋友聊天。他们是柏林人,他们心知肚明。

最近,定音鼓手发现在第一乐章中间几分钟的激烈曲段末端,贝多芬要他演奏的长长的鼓鸣变得与夜间头顶上方的轰炸机十分相似,甚至能模拟不同种类的轰炸机在头顶掠过时的声音,音效取决于他敲击时与鼓框的距离及速度。这样说来,他可以模仿亨克尔轰炸机①挣扎着起飞时低沉的轰鸣,或是德哈维兰②的高音断奏,或

---

① 20世纪30年代早期,德国在违反《凡尔赛条约》的情况下设计。
② 二战时期"蚊"式轰炸机。

者兰开斯特式轰炸机^①在四散奔逃的人群上方急掠而过时细腻绵密的轰鸣声。这些发动机的轰鸣时不时被中间鼓面上的暴击打断,仿佛防空火力控制。二者相似度之高,令人难以置信。从先知般的孤独中,那位聋哑老人显然听到死亡的未来在他身上回荡,于是他用"重升""颤音""突强"和"极强"^②来表现它们;还有贯穿乐符的斜线——它是轰炸机的象征。

现在回到第一主主题那命中注定的锤击。在此处,他重现了上次战争中大炮的声音。他曾在那场战争中战斗,各种枪炮声他都听过无数次。有时隆隆的火炮声正是此刻贝多芬作品想要的节奏,有时则持续数小时。五十公里范围的大贝尔莎巨炮通宵达旦地轰炸:这知识此刻正派上用场。他开心地奋力锤击,使出浑身解数,一次比一次用力。大厅里的每个人当然都知道他在做什么。

当然,在音乐之外,他们很少讨论战争。你不能讨论。在大楼里的时候,定音鼓手和其他人一样小心谨慎,从不在大提琴手拉梅尔特或克莱伯,又或是布霍尔茨、舒尔德斯、沃伊沃斯附近说什么话——这五个是极其令人讨厌的党员——仅五个就足以毒害整个乐团。有一次,他看到沃伊沃斯对温和的小个儿小提琴手汉斯·巴斯蒂安说:"现在你打招呼的时候得说'希特勒万岁'。"巴斯蒂安回答:"啊,可单纯说声早安也不错,不是吗?"结果沃伊沃斯一直瞪着他,直到巴斯蒂安像只小耗子一样匆匆溜走。

---

① 1941年研制。英国重型轰炸机,担任对德国城市的夜间轰炸任务。
② 即"x""tr""sf"和"fff",五线谱强度符号。

　　不过，乐团中只有极少数人这样。谈起政治，他们就像无知孩童，不知道该说什么，也不想知道该说什么。他们中的大多数人没有参加过一战，大多都在音乐中度过一生。尽管有时候，几个人聚在排练室，也会有人越过别人的肩膀，看着报纸喃喃自语：哦，天哪，最近在俄罗斯打的胜仗似乎只有之前的一半，这是前线上的芝诺悖论[①]；或是会低声说几句刻薄话：哈哈，当然。至少从20年代以来，每个人都对这模式习以为常。最新消息是数百架英国轰炸机一夜之间炸毁了汉堡并将其付之一炬，接下来肯定是柏林，没人会怀疑这一点。然而也没有人可以说出口，他们中间有纳粹在——那些衣冠楚楚、小肚鸡肠的混蛋——所以不能说。柏林爱乐乐团曾经专属于它的演奏者们，他们拥有它，每个演奏者都有股份。可是戈培尔逼他们把股份卖掉，攥在了自己手里。他们现在犹如笼中的鸟儿，不得不因叛徒的存在而提心吊胆。围桌夜话的时候，几个最为此感到反感的人甚至会讨论国家局势，还提到了他们在战争结束后的打算：他们要立即解雇拉梅尔特、克莱伯、布霍尔茨、舒尔德斯和沃伊沃斯，还要举行第一次战后音乐会，以门德尔松的序曲开场。这就是计划，这就是他们将采取的行动。他们醉醺醺地跟彼此这么说，等到一切都结束——埃里希·哈特曼[②]总是在类似的时候加上他用

　　[①] 乌龟总是领先阿喀琉斯一步。每当阿喀琉斯到达乌龟所在的上一个位置，乌龟总是又往前进了一段距离（尽管这段距离可能极短），所以阿喀琉斯永远都追不上乌龟。

　　[②] 第二次世界大战时期德国空军的超级王牌飞行员。

惯的这句结束语:等我们都死了的时候——而他们只能畏畏缩缩地点头。

这时,透过耀眼的灯光,定音鼓手无助地瞟了一眼观众。从台下一张张脸上,他看出他们都或多或少听过哈特曼说的话。这种心知肚明胀满胸口,仿佛塞了一口铁钟:一两年内,在座的只有少数人能活下来。不到一半?十分之一?无人生还?没人能说清,但所有人都心知肚明。

自然,音乐坚信观众们其实明白,定音鼓手的木槌也把它敲进了他们的头盖骨。低音里那一小段重复的挽歌宣告终曲到来,连柏辽兹①都曾为此不寒而栗,并由此深信,贝多芬老人对疯狂了如指掌:疯狂此刻充斥着他们的身躯,震动着他们的五脏六腑,反反复复。六个音符下行,两个音符上行,反反复复。

他们从未这样演奏过第一乐章,此时所演奏的,是他们心知肚明的那些知识。最后,恢宏的d小调下降五个音程,冷酷无情却逃无可逃地拖着他们下坠,把他们从悬崖边推入深渊——击中每一个音符:

咚、咚!咚咚,咚咚,咚咚,

咚咚咚咚!咚!咚!咚!咚。

---

① 柏辽兹(Hector Berlioz,1803—1869):法国作曲家、指挥家、音乐评论家、十九世纪上半叶法国音乐最伟大的代表者。

第二乐章　谐谑曲:极活泼的快板

《谐谑曲》总是被视为定音鼓和管弦乐器的最佳协奏曲;如果你是定音鼓手,更深以为然。第五小节要求的定音独奏音符是乐曲的一部分,仅相隔一个八度,二者皆为D调,首先反复,随后以切分音锚定抑扬有致的主题,加上常见的在所有共鸣的间隙中的定音鼓独奏。独奏专家和管弦乐队。你不得不折服于贝多芬的天才巧思。

定音鼓手敲完了那三个宏伟音符,它们四散开来,带着强大的破坏力,所向披靡地肆意横冲直撞。极活泼的快板,名副其实。但它又栩栩如生,具备某种无意识的生命,像某种摆脱了所有障碍的昆虫或细菌。它狂躁、汹涌,能置人于死地。它是宇宙疯狂的盲目能量。

富特文格勒一如往常,状若痉挛一般操纵着这台铁面无情的引擎,用神秘的动作推动乐团继续演奏。神神道道、别别扭扭、高深莫测:和其他人一样,定音鼓手早就知道,最好从富特文格勒挥舞的上臂或者肩膀动作读出他实际想要的节拍。对节奏而言,他身上的其他一切均都不可靠;至于他另外那些身体抖动,鬼知道是什么意思。只能说,这些动作涉及一些超越身体表达的特质,富特文格勒总想试着传达,可是就他连本人在排练时也无法对其定义。他有点疯狂,会在停顿后突然开口说话;谈到他在作品中想要呈现的内容,又可能会意外地极其口齿不清。遇到提问,他会停下来敲着乐谱,恼怒地咧着嘴笑。看着乐谱,他最后会告诉你,就照着谱子演奏。

他们也的确这么办了。最终,这变成了一种群体心灵感应。这句话说得有点夸张,但在富特文格勒的指挥下,情况总是如此。指挥没有什么别的指导,他们只得自己编着补上。因此而突如其来的责任和强加的任务令让人瞠目结舌,会令人忧心忡忡,当然,有时也能让人为之一振。就如同富特文格勒狡猾地抵抗纳粹一样:他不会让纳粹对自己发号施令,自己也不会对他的演奏员发号施令——哪怕他是指挥,哪怕这名义上是他的工作。令人讶异的是他总是能让它奏效——看着他在指挥台上猛舞指挥棒,看着他失去节奏,却仍然相信他,他们常常作为一个有机体、一股思想进行演奏。那是全世界最棒的感觉。

自然,他们会仅仅因为这一点而爱戴他。另外还有些严格遵守纪律的指挥家,像克纳佩茨布施;或是白痴指挥家,比如克劳斯;当然啦,还有这位音乐大师的伟大对手——冰冷丑陋的冯·卡拉扬。不—— 一位优秀的指挥家总被称赞,一位伟大的指挥家总被爱戴。

不过对于富特文格勒而言,意义远不止于此。这种感觉存在在定音鼓手的大半辈子里。他年轻时曾是一名贝斯手,在柏林爱乐乐团中赢得一席之地,可以与埃里希·哈特曼本人并肩而坐。可是在一战时,他奔赴前线,在一次进攻中跌入无人区摔断了左臂。后来的十一天里,他都被困在双方炮火之中,吃着死人的食物,还要试图躲藏或是爬回德军一侧——而他面前的德军似乎在撤退。终于，夜间巡逻队把他带回部队，但从那以后他就与从前判若两人，精神上和身体都截然不同，而且经常抑制不住左手的细微颤抖。这似乎是他音乐生涯的终结，可富特文格勒曾听过他的演奏，于是建议他去敲鼓：敲鼓时颤抖会消失，而且只会让他更"高频"。这为他劈开了前方的路。

这是件大事。不过，由于富特文格勒的缘故，现在还有许多其他人在管弦乐队里。只是在那儿而已，或者只是还活着而已。博特蒙德、兹莫龙、洛伊施讷和布鲁诺·施滕泽尔是半个犹太人，其他几个——包括他们的首席小提琴手雨果·科尔伯格，都娶了犹太女人。科尔伯格会哀怨地解释：她一直都是犹太人；我很后悔，但事实如此，我能做什么呢；无能为力。可富特文格勒却做了些事。

三十年代时，管弦乐队中的所有犹太人全数被流放，这让这位音乐大师痛苦万分，尽管他反对也无济于事。可在那之后，他坚持保留他的演奏员，让他们和他们的妻子得到豁免。自然，这惹得戈培尔试图毁掉他。为了守住红线，这位大师不得不因此牺牲自己的事业——他辞去爱乐乐团和国家歌剧院音乐总监职位，辞去了所有官方职务。直到现在，他都只能作为嘉宾进行指挥，只能接受个人名义的邀请，且从不前往被征服的国家表演。哪怕希特勒在现场，他也从不向纳粹行礼：他总是手持指挥棒，庄重地走向指挥台。只要一登台，便马上开始指挥。这前所未有。每个人都清楚，这是一种蔑视。

现在他抽离了,沉浸在最伟大的德国人——贝多芬的音乐深处。光芒照在他的双脚上。贝多芬很容易被认为是一位神明,因为他的音乐自然如阳光、如汪洋。可他也曾是一个聋哑老人,日复一日地作曲,勤奋刻苦。不知怎的,富特文格勒明确表现出了这一点,使音乐宛如新生,仿佛是出于机缘和意志才能谱就的即兴创作。演奏员们看出他在奋力把这一点传达给他们。他以多种方式为他们而战:在空无一人的咖啡馆里谈论此事,在深夜与最信任的朋友——那些同样深陷困境的人——交谈。他们知道,大师正保护着大约一百人,使其免遭纳粹迫害——这还不算管弦乐队里的一百人——他们都摇摇欲坠地靠在他抽搐的肩膀上。

因此,他们当然爱戴他。定音鼓手愿意为他而死,而且他不是唯一一个这样想的人。演奏时,在他的间接引导下,他们身不由己地跟随他进入那神秘的异世土地,并竭尽所能将其带回演奏大厅。第二乐章中定音鼓的演奏部分让鼓手能够在许多小独奏中重复切分的主题。这主题的规则非常机械化,因此最终效果很糟糕,仿佛第七小节的狂野终曲不知何故被一拳搋到了自动钢琴上:它是种盲目的能量,躁动不已却又冷酷无情。定音鼓声再度响起,发出大炮般的轰鸣,甚至也像头顶上暂时返回的轰炸机。听到这里,富特文格勒面色凝重地点着头。他从维也纳被拉回来就是为了这个,又是希特勒过生日。意料之中的事,所以他像往常一样出了城,维也纳市的长官必须允许他离开。可冯·席拉赫①讨厌希特勒,因此也许会拒绝任何类似许可,使所在地成为一处避风港。然而传来的消息是戈培尔已经通过电话威胁了冯·席拉赫,而且还卓有成效,富特文格勒因此被遣返。现在,他们夹在"卐"字符号中间,为元首的生日演奏,摄像机转动,录音带录音,好让全世界都一睹盛况,这场面得以永远留存。就这样,大师所有为保持距离而付出的努力都化为了泡影。此刻,他身体僵硬,指挥棒痉挛般地挥舞,他那张心不在焉却痛苦万分的脸常常扭曲成愤怒的模样。他身上的一切都让他的乐手明白:这是个糟糕的场合,是一场灾难、一场在劫难逃的失败。未来的人们会听到磁带、看到录影,然后对他们品头论足。他们无法理解。除非管弦乐队的演奏足够精彩,人们才有可能为之停顿并感到困惑——回想起他们自己国家的罪行,回想起他们是如何转过头,希望这糟糕的时代终会过去——回想起他们的抵抗如何失败。也许,他们会听到糟糕的时代还未结束、暴徒当政而你无能为力时,人们困顿其中的痛苦。或许,你什么也没做。如果他们能够想象,他们会做点不同的事。他想着,伴着突然的一声猛击:他们撒谎! 他们撒谎!

可是如果他们能听到,他们就能明白。因此,别无选择,只能像着了魔一样演奏,活在贝多芬的乐章中,把它抛向追捕者的獠牙之

---

① 全名巴尔杜尔·冯·席拉赫(1903—1970),1925 年加入纳粹党,全德青年领导人,驻维也纳总督。纳粹德国战败后,冯·席拉赫被逮捕,在纽伦堡审判中被判处二十年有期徒刑。

间。他们像栖息在堡垒中一样栖息在音乐之中,通过音乐对抗纳粹。整个乐队都明白这一点,尽管这是一种叛变。前两个乐章足以说明这点,他们在狂怒中演奏,他们从未如此拼尽全力地驾驭这匹古典的战马!仿佛整个身躯都在努力,敲击鼓面时,他的木槌就像棍棒。定音鼓手使出浑身力气击打出谐谑曲的最后一个音符,直接敲裂了五号鼓的鼓面。

第三乐章 如歌的柔板

通常,第三乐章开始时他会坐在凳子上休息八分钟左右,之后还会不时休整一下。他休息的时间多于演奏。因此,他听着琴弦的美妙旋律,按特定的顺序思考自己的人生,就像拨弄念珠一样:先是他的母亲,然后是他的父亲,再然后是他的童年和青年时期,最后是他的音乐。

可这一次,他必须坐在鼓后面的地板上,尽量不动声色地给鼓面换一个新蒙皮。他拧下损坏的鼓面,解开鼓箍,再装上新的蒙皮——这都是为了保证鼓声按时出现。也许,他可以在其他鼓上演奏慢板的第一个定音鼓部分,然后在第一个和第二个切入点中间继续修复。大师要用将近二十分钟横渡这段最长的慢板。就算一切全不如预期,他也能在终曲之前完成修复。当然,越快弄好自然越妥当。因此他以最快的速度开始修复工作,并保持绝对安静,做到不引人注目。其中一位打击乐手尤尔根注意到他的窘境，爬过去帮助他。"冈瑟！"他在耳边悄声道，"你都干了啥！"

"不妨事，"定音鼓手答道，"只要搭把手就行。"

他们一起开工，坐在地板上，把手伸到铜鼓边缘。修复时，他的一部分心思仍然沉浸在音乐中。这段慢板也是他最喜欢的部分。可他注意到，与各有其伟大之处的其他三个乐章相比，人们总是容易忽略《第九交响曲》的慢板。不过，这样不对，慢板也同样是旷世杰作。尽管定音鼓手永远都不该这么说，可如果非要挑出《第九交响曲》中相对不那么令人惊艳的一个章节，第二乐章或许首当其冲。整部交响曲都很伟大，非常适合聆听与沉浸其中，而慢板更是上帝赐予的祝福。

富特文格勒经常把这曲子指挥得像是在倒糖浆。这个晚上，他的指挥节奏比以往更慢。恢宏庄严的旋律盘旋贯穿一系列变奏，一次比一次更加婉转曲折。其细节之丰富，让人想起布鲁克纳[①]。简单说来，这是一首极美妙的乐曲。他松螺丝的时候，这乐曲使他的手变得稳定，忽略了铜框映照出的自己那张满是焦虑的面庞。

然后，转折出现。短促的小号声响起，第二主题仿佛从很远的地方飘来，切断了这首乐曲。它也许是一种呼唤，是返乡的召集，只不过它呼唤的是其他人。乐曲重新响起，带着他们来到下半段，去

[①]安东·布鲁克纳（Anton Bruckner，1824—1896），十九世纪下半叶奥地利作曲家、管风琴家。布鲁克纳以德奥古典音乐为楷模，沿袭巴赫、贝多芬、舒伯特的交响音乐传统，内容严肃深刻、旋律宽广咏唱，具有史诗规模。

到更远的地方。富特文格勒如梦幻般的节奏从来不曾错失每一段曲调;乐章流动,揭示出下方更深层的流动乐章。这就是大师在他自己的世界里听到的东西,定音鼓手周围的所有琴弦都追随着那些曲调。

在全场安静时更换鼓面是一项困难无比的任务。有一瞬间,松开的铁环敲到了乐谱架边缘,金属发出"叮当"一声。弗里德里希·施耐普——大师的录音师——从他的录音间瞪向边上:他听到了。此刻他看到他们的窘境,并严厉地剜了他们一眼。他的目光在显示器和他们二人中间来回扫视,看起来亟须抽支烟——他看来一直是这副样子。可元首不喜欢抽烟,大师也不喜欢,所以在演奏结束之前他都没有机会,因此施耐普只能不停地咀嚼着自己的小胡子。冈瑟和尤尔根把新蒙皮覆过鼓身,放上铜箍,然后半圈半圈小心翼翼地将它拧紧,又把定音鼓翻了个身。哎,除非他愿意冒险在自己的部分开始之前小声敲鼓,他等会就只能一边演奏一边调音了。他曾这样做过一两次——当时的曲子本身也需要他这样做。听到乐谱之外多余的这些小小声音,大师轻轻把脑袋歪到一边,似乎在考虑这种做法是否能够被允许。鉴于他曾不止一次地遇到这类出格行为,指挥棒的尖端划出的细微动作仿佛在说:如果你非要这么大胆,理论上我并不一定反对,可你必须服从指挥。所以他可以在这个不合时宜的五朔节之夜①调整鼓音,而大师会理解——或许不理

---

① 欧洲节日。传说在五朔节之夜,魔女们会在布罗肯山上举行盛大的仪式,庆祝春天的到来,那时候人们可以在野外点火焚烧东西。

解,那他稍后可以向他解释情况。

　　尽管他正专注于安静无声的工作,但他内心的某些部分仍然在坚持拨着记忆念珠。显然,无论在发生什么事情,此刻这首曲子都能激发他的思绪。于是——他的母亲。他真是想念她。她工作是那么努力。她是个面包师,当她丈夫在旅途中或是酒吧里时,她在面包店里把儿子抚养长大。她给他留下的主要印象一直是她工作之努力,甚至在他还是孩童时,就已经对此印象深刻。直到现在,每每想起这件事,他的心中仍然充满敬畏。从那以后,在他认识的所有人中,没有一个人能像她那样努力工作。现在她已经去世二十八年了。

　　然后是他的父亲,他那疯狂的父亲。他的年龄太大,大得不适合参加第一次世界大战,可他现在还在东部前线做一名卡车修理工。最近他在柏林休假,带儿子出去喝酒,给他讲了很多故事,主要是作为拥有几十辆卡车的车队中唯一一位修理工是什么感觉——只有他和一个叫马蒂亚森的道路工程师一起维护维持车队运转。每次出行都他妈的像《伊利亚特》和《奥德赛》的结合,孩子,道路全被破坏了,我们永远陷在齐轴深的烂泥里。上次出行,马蒂亚斯不在,卡车全打滑,溜进了沟渠和运河!你可说说。我们还得把车开出去,他们都指望着我!我当时看着那一摊,心想:拜托了,马蒂亚斯,快跟我说说话,快出现在我跟前,告诉我你会怎么处理这荒唐可笑的烂摊子——我发誓,冈瑟,我向上帝发誓,我向你母亲发誓,马蒂亚斯跟我说话了!我会告诉每个人他在说什么,让他们做一些我从未见过、更没听过的事！那是我内心的马蒂亚斯在通过我的躯体说话。我们会解决这个烂摊子，然后继续前进。我们都在彼此心里，孩子。我们心灵相通，如果你仔细聆听，就可以听见。

我知道，定音鼓手说，就像我们演奏的时候。

不过他看得出来，他的父亲对此深信不疑。想到整个对俄战役的命运，换句话说，整场战争的命运，都落在一个脑子里有各种声音的六十岁老修理工肩上，真是好笑。

富特文格勒继续如行云流水般前行。相较平时，他确实放慢了慢板的节奏，这无疑是在指责戈培尔及其同伙。"你们在这里，为的是其他章节的激情与荣耀，"富特文格勒的节奏似乎在说，"可我不会为你们加快步调。现在你们是贝多芬的俘虏，被贝多芬捕获。让我们沐浴其中的音乐正是你们从我们身边夺走的世界——这里是密林中的草地，是星期天黎明时分洁净的街道，是缓慢时间的徐徐流动，是虚空时刻、沉思本身。这都是你挥舞着你那恶毒的愚蠢从我们这里夺走的东西。如果可以，仔细聆听且铭记在心——如果你有心的话。"

主题像一首赞美诗，他们也如吟诗一般演奏它。他们正在祈祷，在吟唱祷告歌。不过，你二十三岁、刚被柏林爱乐乐团聘为低音提琴手时所吟唱的那种虔诚，与你在地底下听到兰开斯特轰炸机在头顶低鸣时所吟唱的那种虔诚，是截然不同的。他们现在吟唱的是后者，其中既有责备，也有安慰，最终混合着对他们所失去的那个世界的某种深切的痛苦。它再也回不来了。

低音提琴拨响的重音形成了完美掩护,他可以在五号鼓鼓沿敲击,检查调音。似乎没问题。总体听上去可能有些许尖,不过声音很统一。他可以敲下去,一切都将平安无事。

这会儿,曲子到了乐谱上确实写着需要他轻敲演奏的部分。贝多芬对节奏爱得如此深沉,在他之前,很少有作曲家曾想到过用这种方式使用定音鼓。施耐普仍然在录音间里瞪着他们:在操作过程中,他们肯定发出了一些噪声。不过,在这些没办法的小小破音中间,时不时也夹杂着观众的咳嗽声,定音鼓手倒是觉得没必要太过在意。他专注于自己的部分,随着曲调轻轻敲打。他何时曾像这样轻柔地吟唱过? 这是一件如此甜蜜且平和的事情。

随后,一声轻敲:结束近在眼前。就像尾声自身体现的那样,比以往任何时候都更缓慢。他仍需要继续敲,轻轻地,柔柔地——最后以一记坚决的擂声结尾——但并非结束(另一个小玩笑)——随后才是结尾。

第四乐章 急板:欢乐颂

从终曲第一幕开始,他们立即再次被投入到第一乐章和第二乐章的重音中。他的大铜鼓完全参与其中,简直要把人们锤回现实、锤回战争。关于前三乐章的简短回忆被依次截断,随后每一章都遭然变为战争。这冲突如旋涡般轰鸣着,吸着他们坠入其中。所有这些阴暗的对世界的再度宣告很快被人声打破——那是一个男人的嘶吼。但此时此刻,黑暗主宰着一切。

接下来是那著名的主题,是接下来半小时中他们要为之展开角逐的节目。它来到这个世界,仿佛一种自胃部产生的感受,只不过是低音提琴的低语。大师喜爱这种极为细弱的声音,与过去一样,他照例安排合唱团在发出第一个音时就上台。因此,歌手轻微的咳嗽和他们的脚在升降台上不可避免弄出的嘎吱声几乎和低音提琴同一分贝,这更是让施耐普禁不住吹胡子瞪眼,可是大师就喜欢这样。等这第一回过去,他会说,它的余音将在你身体里袅袅不绝。

于是布鲁诺·基托合唱团尽可能安静地鱼贯入场。在他们入场时(这花了些时间),琴弦拉出美妙曲调,带起最基本的独立高音部分,接着像波浪一样上升,直至与铜管乐器相遇。此刻,定音鼓手周围及身后站着一群人,有男有女,按身高排列。他右边至少有一百位女性,她们穿着白色衬衫,头发整齐——她们的存在更为引人注目。她们的气味中混合着洗发水和汗水的味道,他觉得那闻起来就像松软的面包。此时,全民皆为乐队的组成。

四重唱的独唱家们一同站在富特文格勒右边。不是这些音调!低音歌唱家一声吼唱,人声演唱与管弦乐开始合奏,起初它恢宏却不稳定,随后却把舞台搅弄得汹涌澎湃。这奇异的歌词传递的意义似乎乱如飞弹:必有更好的东西存在——它们似乎在说,否则它们就将自虚无中创造。他如此解读那些歌词，那些语句也常常与这种感觉彼此吻合。接着，整个合唱团的人都切入进来，跟随低音提琴吟唱，唱着同样的几句歌词。在终曲的动荡与喧嚣中，它们出现得恰到好处。

这段乐章结构中包含好几个自成一体的时刻与段落，每个部分都如同他们需要穿越的某一片大陆。它不完全是一首交响诗，更像是一系列变奏。变奏种类如此繁多，令人目不暇接、难以分辨。但伟大的曲调就蕴藏在每一段变奏之中，隐藏在转位、反转、结构变化与节奏变化之中——每一种变化都列阵其中，各种气势均被彻底展现。保持各部分之间的秩序和流动是大师的部分工作内容，这也是他天赋的一种体现。

另外，他还教导他们，当四重唱独唱者演唱时，演奏者必须降低音量，好让大厅里的听众听清他们四人的声音。他对这种动态转调非常坚持，演奏者们也已经学会了用一种堪称"狂热钢琴"的演奏模式：这种激昂模式既能保持音乐和演奏者的激情，又不会淹没独唱者的歌声。在这方面，管弦乐队比基托合唱团做得更出色——或者说在定音鼓手眼中是如此。当合唱团和独唱者同时演唱时，不太可能在这么多人的合唱中听到独唱者的声音。也许这无关紧要：在他们脑海里，他们都是独唱者，就像他父亲听到马提亚斯一样。

肯定没有人会比定音鼓手更开心：他要猛地重击、捶击、连续敲击、连续重击、敲打、轰隆隆地猛击。他驱使着音乐，让它中断，也在其中演奏，就好像贝多芬一直对他关怀有加，想让他感到快乐。这所谓的"土耳其变奏"伴随着男高音独唱，二者欢快地并驾齐驱，他的打击乐同伴们则像喝醉了的奥斯曼人一样叮当作响。男高音的演唱极佳，每个四重唱中都有一位最佳演唱家，这一次似乎是男高音赫尔格·罗桑杰拉，他的嗓音友好，音调中甚至透着高贵。可惜他独唱的最后华丽终曲、他的跃升时刻，都完全被合唱团淹没了。人们得像贝多芬一样才能听到它。

这里引出了那一段庄严的和弦，合唱团则缓慢吟唱，"在那——繁星——之上——"之类。那部分也很顺利，像又一次祈祷。女性的声音超越了自然，没有任何乐器能与这种纯粹的美丽相媲美。

他们继续演唱，仿佛穿过一间间天堂的厅堂。交响乐的每一部分都进行得十分顺利，与他们任何人曾听过的一样顺利，不知怎的，他们只感觉到精神振奋，士气也高涨起来——他们开始变得无比激动。他能清楚地听辨出合唱团和演奏者都被这句歌词所深深吸引——他们的声音，我的老天！仿佛所有人都被一个巨大的物体兜在一起，然后一同飞了进去。富特文格勒此时也充满了活力：他把它拉到一起，让他们听、让他们唱。在他脸上，他们看到的是：如果他们把这演奏做得足够漂亮，也许他们就会一同离开这个星球。哦，他们有罪，没错，可他们绝非故意。那是苦难所迫。他们已经疯魔，但在疯魔之中，他们造就了这一切。如果最糟糕的文化造就了最美妙的东西，那将如何？它会比人们想象的更为复杂吗？至少，这会是个永恒的难题，人们会看着录像带、听着磁带中的这首音乐，然后停下来，看到被关在笼子里的鸟儿，听到并不是所有人都被收买，听到有些人不得不留下来，竭尽所能展开斗争——用他们拥有的一切——哪怕只是为了演奏一首乐曲，好提醒坐在收音机前的人们：还有一个更好的世界。

接下来是整部交响曲中定音鼓手最喜欢的部分：这大赋格以精力充沛的活泼快板为标志，清晰快板贯穿始终——这是一种编织赋格。合唱团的不同部分首先分成两个声部，当新声音加入原有组合时再转入其他旋律；之后管弦乐队也分成几个部分，分别加入不同声部；小提琴和低音提琴则来回摆动形成飞快的伴奏，伴奏或高或低，或两者兼而有之。一大群人因此同时引吭高歌，唱响完全不同的音调——欢乐女神圣洁美丽，灿烂光芒照大地；我们心中充满热情，来到你的圣殿里——在你圣洁羽翼下面，人们团结成兄弟——哦世人，你们是否预感到永恒？请往星幕上方找寻！它一定在那繁星之上——所有这些乐句在同一时间、同一空间重叠出现，所编织出的曲调显得气势恢宏且无一错漏。这首复调中有那么多纵横交错的旋律，定音鼓手甚至无法相信耳聋的贝多芬是否真的能想象出它听起来是什么样子。他一定只是把它看作纸页上的一副图案、一种希望，一种此时此刻充满大厅的希望，一种不是复杂与喧嚣的气势恢宏的复杂与喧嚣——他必须在定音鼓上强调出这一点——在混乱中显现出秩序，在混沌中展现出美，一种复杂到让人无法理解的美。这一定是那个曲段,冈瑟想——正如他在演奏时常常想的那样——贝多芬在首演时被搞糊涂了。老人坐在指挥旁边的舞台上,想帮忙把握节奏;可他却无从下手,指挥因此在没有他的情况下继续指挥演奏。等到一切结束,观众鼓掌欢呼时,贝多芬仍然面对管弦乐队坐在那里。由于他背对观众且耳聋,因此浑然不觉,也许正在为自己失去了地位而难过。于是,女高音弗劳伦·昂格尔走到他跟前,拉着他的手,带他转过身,好让他看到观众。接着观众欢呼雀跃,向他展示他们的感受。这是他的国家,这些是他的人民;这是音乐家的国度,哪怕身扛锁链,依旧拥有主权。不论你的圣洁羽翼落在何处,不论谁人团结成为兄弟。按照贝多芬对他的要求,他在赋格的终曲部分重现了这一感受。

这时候他们全都涨红了脸:容光焕发,目光如炬,眼睛一直盯着大师或自己的乐谱,好像环顾四周就会发现一些难以忍受的东西。合唱团心无旁骛地低吟着紧随而来的部分,来来回回,低声的断奏似乎是"寻找——在那——繁星——之上",接着又是突如其来的高歌:兄弟!兄弟!来来回回,低吟与高歌,低吟与高歌,乐趣纵生。此刻所有人都在尽力大声歌唱。两百多人的嘹亮嗓音——他这辈子从没听过这么响亮的音乐。表演越来越好,进入佳境,他们都听得出来。它抓住了他们,带他们飞走了!

最后,四重唱的独唱终于来临。它是结束的标志:在定音鼓手听来,那歌声古怪而粗糙,仿佛四条羊毛线都打结了似的;然而,随着女高音在高潮部分唱出的华丽高音转折，歌词之翼向下弯曲——"在你光辉照耀之下"，恩典降临，轻触我们的灵魂。

在女高音唱完最后一句——"在你轻柔羽翼之下"①——的那一瞬间，富特文格勒在复杂的尾声中催促着他们、驱使他们。一开始很快，匆匆忙忙——接着是最后的渐慢篇章，声音仿佛从悬崖跌落，又跌落了五度音程——最后，他加快速度，这倍速快得甚至有些不近人情。他总是这样做，还会说它"像地狱里飞出来的蝙蝠"，不过也从来没有像今天晚上这么快过。哪怕以他通常的节奏，短笛手也不得不以超快速度用超大音量演奏，但在这个晚上，弗兰斯只得把他的帽子扔进风中，像个疯子一样吹奏，而定音鼓手必须随着他一起敲击每一个音符，他做到了！

然后他们站在那里，仍站在最后的和弦的回响之中，身心都仍充满着袅袅余音。定音鼓手聆听着、颤抖着，双眼盯着富特文格勒的脸庞。在注定将要到来的寂静中，一切可怕的预兆都将出现，那些像利剑一样悬在这一夜上空的东西——他们将要持续的罪行、无法逃避的审判，以及死亡本身—— 一切都无关紧要。他们散场了。

（崔龚荣秀　译）

---

① 原文为德语。